COLLECTION FOLIO

Tristan Garcia

Âmes

Histoire de la souffrance

I

NOUVELLE ÉDITION
REVUE PAR L'AUTEUR

Gallimard

Tristan Garcia est né en 1981 à Toulouse. Il est notamment l'auteur de *La meilleure part des hommes*, prix de Flore en 2008, de *Faber : Le destructeur*, et de *7*, prix du Livre Inter 2016.

Pour notre enfant

Note sur la présente édition

Après l'écriture du volume suivant, ce premier tome a été entièrement revu, corrigé et par endroits réécrit par l'auteur.

Avertissement

Ce que tu t'apprêtes à lire est une longue, très longue histoire ; c'est même l'histoire de plusieurs histoires dont certaines ne font que quelques pages et d'autres sont beaucoup plus développées. Tu peux les découvrir dans l'ordre où elles se déroulent, si tu as envie d'une épopée ajustée à notre temps, une épopée qui ne sera plus le chant des héros, mais la mémoire réinventée de celles et ceux qu'on a oubliés. Si tu te méfies des grands récits ambitieux et que tu préfères te divertir avec un recueil de petites histoires drôles et tragiques, tu peux choisir l'une ou l'autre, dans le désordre : chacune se suffit à elle-même, elle raconte une vie. Tu es libre de voir dans ce qui suit un seul et même roman, ou une série de nouvelles isolées.

À chaque recommencement, tu te sentiras sans doute désorienté, comme plongé dans le noir, ou au contraire projeté en pleine lumière, au milieu de personnages dont les manières d'être, les croyances, les désirs et les buts te sembleront complètement étrangers ; tu t'habitueras.

Chaque récit se passe dans un lieu et à une époque différents. En le lisant tu rencontreras ceux qui y vivent, et il te faudra apprendre à vivre un peu comme eux.

Quand une histoire sera finie, tu te retrouveras ailleurs, plus tard.

À travers les siècles ne t'attends pas à suivre un ou plusieurs personnages principaux. Ne crois pas non plus que l'héroïne, ce sera l'humanité. Souvent tu seras amené à t'attacher à des êtres d'une autre espèce. Ils naîtront, ils mourront. Personne ne reviendra de la mort, en tout cas pas sous le même nom ni dans le même corps ; pourtant, c'est vrai, telle femme dans tel récit t'évoquera peut-être le garçon du récit précédent, un vieillard te rappellera une enfant, aperçue plusieurs siècles auparavant, sur un autre continent, ou alors un cheval, un oiseau, un insecte ou une plante… La vie prendra des formes sans cesse différentes ; en progressant dans ta lecture, tu pourras tout de même te raccrocher à un fil, aussi ténu soit-il, à quelque chose de régulier que beaucoup de personnages désigneront sous le nom d'« âme ».

Suis quelques-unes de ces âmes. Petit à petit, tu devineras des motifs qui courent tout au long de leur existence. À la fin de chaque histoire, peut-être que tu te diras : Tout change, mais au fond ça reste la même chose ; ou bien : C'est toujours pareil, et pourtant quelque chose se transforme…

Ça sent, ça souffre et ça jouit, ça fait des efforts. Qu'est-ce que c'est ? D'où ça vient et où ça va ?

Je ne sais pas.

Lis, peut-être que toi, tu trouveras.

Première histoire

NAISSANCE DE LA SENSATION

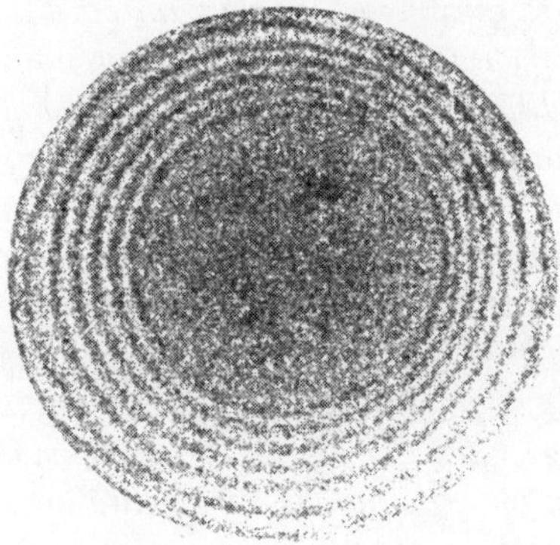

Quelque part, il y a 2 milliards d'années

Ça n'a jamais vraiment commencé.

Avant le début de l'histoire, il y avait déjà quelque chose à raconter.

Depuis son explosion et son expansion, la matière entière avait dormi l'œil fermé, d'un sommeil agité et inconscient ; personne n'assistait aux péripéties de la chaleur et de l'énergie, le monde n'était pas mort, il n'était pas vivant. C'était un spectacle sans auteur ni spectateur.

Aucun miracle, seulement des causes et des effets, mais peut-être qu'aucune loi ne les enchaînait. Tout était sans cesse différent. En l'absence de mémoire, seul le temps retenait ce qui s'était passé, conservait l'avant dans l'après et empêchait l'univers d'être instantané. La nature ? Des masses locales obéissant à des principes différents, à chaque échelle de la matière un royaume indépendant.

À la périphérie d'une étoile qui avait commencé à brûler, il s'était formé une chose à peu près sphérique, qu'auréolait une fine couronne de gaz turbulent : dans le monde à la fois sourd et muet était apparu un trou d'air, et ce trou c'était la Terre.

À la surface de la planète bombardée par des

roches, des métaux et de la glace, les ondes magnétiques variaient sans cesse de longueur et de fréquence, mais s'évanouissaient vite dans l'oubli, sans couleur et sans bruit. Puis le nuage ardent s'est refroidi. Siècle après siècle, la vapeur d'eau projetée par les geysers s'est liquéfiée, et il y a eu de l'eau. Dans l'océan, sans doute un milliard d'autres commencements. Rien n'en est resté sauf ceci : la vie, un simple chahut dans le chaos général.

Pourquoi ? Sans raison. Comment ? De proche en proche. Il n'y avait pas de plan d'ensemble, pas d'idée – petite ou grande –, pas la moindre trace d'un esprit ou d'un dieu.

Le vivant remuait, mais son déchaînement restait un détail dans la masse des eaux : archées, coques et bacilles éparpillés ; quelques colonies de bactéries au fond de sources chaudes ou de lacs salés ; près du rivage, un voile d'algues mousseuses.

Ça a changé. Rien de fulgurant, pas d'événement : aucun instant décisif n'a coupé le temps en deux. La sensation n'a pas surgi de l'absence de sensation, soudaine, brève et violente, à la façon dont frappe la foudre... Non, des stimuli anarchiques du vivant a plutôt émergé un bruit de fond et de ce bourdonnement chimique une sorte de mélodie qu'on appelle la sensation. Au sein de quelques éponges, elle a diffusé son message dans un brouhaha de protéines ; à la façon dont les ondes se propagent au sein d'un liquide, le signal encore confus a progressé puis, comme le ressac après avoir heurté un obstacle, il est revenu au cœur de ces formes spongieuses, qui se sont contractées : à travers elles quelque chose communiquait et leur donnait un semblant d'unité.

Elles devenaient des corps.

Cellule par cellule, ces petits organismes ont construit un pont chimique sur l'abîme de la matière morte, transportant de l'information et de l'énergie entre leurs organes. Peu à peu, le pont fragile est devenu un arc réflexe, une ligne de feu : jouissance ou souffrance, parfois les deux. Dans les tissus vasculaires des coraux, des étoiles de mer et des oursins, l'influx a propagé de fibre en fibre un incendie nerveux. Mais au centre de chaque corps il n'y avait personne, juste de longs tubes neuronaux, de temps en temps un minuscule ganglion. Alors, durant encore des millénaires, l'excitation a brûlé sans qu'il n'en reste rien ; le plaisir et la peine ont appelé en vain.

À force d'insister, tout de même, la sensation a fait un nœud : un encéphale, un cerveau.

Et là-dedans, petit à petit, quelque chose a répondu.

Disons que c'était un début.

Deuxième histoire

LE VER

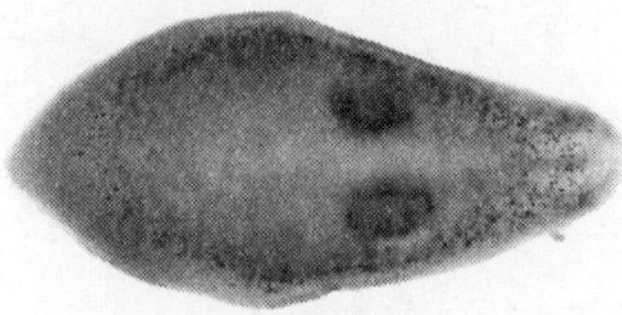

Quelque part sous la mer,
il y a 530 millions d'années

C'est peut-être un ver qui a souffert le premier.

Pour sentir complètement, il suffit de sentir un peu – on n'a jamais de point de comparaison. Il ne faut pas se moquer du ver marin : dès qu'il l'éprouve, sa vie ne vaut pas moins qu'une autre.

À sa manière il va et il devient. Le courant lourd et lent des bas-fonds le contrarie et le contraint, mais il ne déforme pas complètement sa fine silhouette qui évoque une gouttelette oblongue de moins d'un centimètre. Rapporté à son environnement il a une masse négligeable et pourtant c'est comme si, avec obstination, le ver refusait de se dissoudre dans l'immensité de l'océan. Il résiste à toutes les forces qui l'emportent, le compriment et le font dériver au gré des rivières sous-marines.

Poursuivant l'errance de millions de ses ancêtres oubliés, ballottés par les flots, ce ver incolore et plat vogue depuis quelques heures à peine – depuis qu'il est né – et de l'extrémité de ses cils ventraux il effleure, au hasard des montées et des redescentes, le sol noir sous une mer aveugle. Derrière une nuée microbienne tapie près du plancher océanique, il frôle de temps en temps une éponge, les épines et la sclérite d'un mollusque. Alors il ouvre grand le chas de sa bouche et laisse s'y engouffrer du plancton. Ce qui pénètre dans son estomac n'en ressortira pas. Dénué d'anus, le ver ne défèque rien. Toute l'énergie qu'il absorbe, il la consomme. Parfois il frissonne et quelque chose de puissant le parcourt : sur son dos, plusieurs dizaines de cellules sensibles donnent le signal. Des flagelles tressautent le long de son ventre et une intense pulsation le foudroie : c'est de l'électricité qui le traverse de haut en bas. Au passage du courant nerveux, un filament clignote et l'anime d'un orage miniature.

Quand il est électrisé, il se sent exister.

Le reste du temps, entre le néant plein d'en bas et le néant vide d'en haut, tout ce qui existe pour lui c'est de l'eau qui varie. C'est de l'eau aux mille manières, au fond de laquelle il descend, se contracte et s'étend. Un peu partout sur son corps, ses longs cils caressent les particules de vase en suspension. Est-ce de la joie ? Stimulé sans cesse par un concert d'oscillations, le ver vibre avec le monde sous-marin : à peine un cil frémit-il que tout son organisme devient solidaire du frémissement ; le ver est dans le monde, mais le monde est dans le ver.

Modulation de chaleur et de froid... Mélopée de la pression... Staccato frénétique du sel et de l'acidité... Alternance de glauque et de clarté... Ça joue sur la corde de ses nerfs une mélodie de plus en plus ondulante.

Et il danse.

Si quelque chose s'oppose à lui, il se ressaisit. Il sait reconnaître l'adversité. La prochaine fois, il se détournera de cette région où une forme solide l'a contrarié dans son ballet. Il évite de mieux en mieux les obstacles urticants, crochus ou brûlants.

Petite impasse de la sensation, le ver apprend à devenir inquiet. Dans l'embrouillamini nerveux qui lui sert de tête, il le pressent : rien ne conspire contre lui et il n'y a pas d'ennemi. Non, tout ce qui se trame autour, ce sont des enchaînements sans volonté, des actions et des réactions qui assemblent et désassemblent, construisent et détruisent en toute innocence. Le hasard, seulement. La masse du monde néglige l'existence du ver – à tout moment elle pourrait l'anéantir sans même s'en rendre compte.

Quel est le malheur originel ? Que la sensation se trouve toujours prisonnière d'une partie trop fragile de matière.

La sensation du ver est bien peu de chose, à la merci d'un simple accident.

Attention, la Terre est turbulente. L'eau gronde et tout tremble à l'unisson. Le ver s'agite frénétiquement. Qu'est-ce qui se passe ? Près d'une faille volcanique, l'effondrement d'un palier de chevauchement sous-marin a provoqué un éboulis dans le bassin où il vivait. Au rythme des spasmes de la croûte terrestre commence une interminable farandole de débris au ralenti. De coïncidence en coïncidence, plusieurs gros morceaux de granit entrent en collision, amortis par l'eau ; après le premier choc quelques fragments acérés s'en éloignent. En suspension dans la vase, ces sortes d'aiguilles tourneboulent. Un petit éclat de granit parmi d'autres, affûté et sans but, vient toucher le ver à la dérive.

Dans l'univers ce n'est presque rien, mais dans le ver c'est la fin de tout.

Il va crever.

Dès que sa chair est sectionnée, le tissu musculaire

se répand en désordre, le méat se vide, dégorge le produit de sa digestion inachevée, puis les couches de tissu laminé craquent et c'est maintenant son sentiment qui commence à céder. Il ne comprend pas ce qu'il lui arrive ; quelque chose de survolté se forme en lui et se roule en boule. Pendant moins d'un centième de seconde, pour résister il se fabrique une conscience : de l'énergie qui croit échapper à la matière. Tous ses cils se sont hérissés, ils vibrent, ils tremblent, comme si… Une dernière impulsion nerveuse le traverse violemment, le fait se sentir plus vif que jamais au moment même où il se déchire :

Il est quelqu'un !

Seul témoin de son propre anéantissement, le ver se sent à la fois absolu et absolument rien.

Il n'est plus personne.

Il est mort.

Auparavant il y avait un ver, à présent il y a deux bouts de chair déchiquetée – bientôt mille fragments de matière en décomposition. Ce corps haché menu… La petite bouche couronnée de cils, cet unique organe qui l'ouvrait au reste du monde – cette bouche-là n'a plus de forme. La fine dentelle de son épiderme, les rangées de cellules qui travaillaient à lui fabriquer une vie, ce peu de vie qui était pour elle-même infinie, et cette pelote de nerfs qui lui servait d'esprit : en miettes. Des sensations perdues dans le néant. Quelque part loin de lui flotte une autre partie de lui. Son corps gît béant. Une bouche sans ventre et un ventre sans bouche… La souffrance c'est la vie séparée d'elle-même.

Et dès qu'un ver est coupé en deux, il y a du mal sur Terre.

Troisième histoire

JURAMAIA

—

LA MÈRE MAMMIFÈRE

Quelque part sur la Terre,
il y a 160 millions d'années

Quand elle mange, elle se sent revivre. La nourriture remue dans sa bouche. Avec appétit elle croque dans la chair du lombric affolé. Puis, à mesure qu'elle l'avale, la petite masse de vie qui gigote à l'intérieur de son gosier s'avoue vaincue. Enfin, broyé par ses dents antérieures, le ver à l'agonie devient complètement inerte, de la bouillie protéinée au goût amer. Aux aguets elle mâche sa purée et cesse un instant d'avancer à couvert le long d'une branche. À peine a-t-elle profité du sentiment d'être rassasiée qu'elle se fige de nouveau et guette l'ennemi. Elle se tient le dos rond – et sa queue tendue, fine et pointue, multiplie sa taille par deux.

Elle n'est pas grande, et pas très rassurée par la pénombre humide de la forêt qui l'enveloppe. Un rien l'humilie, tout ou presque lui paraît plus puissant qu'elle. Elle frétille du museau, la barbiche de poils blancs clairsemés le long de sa mâchoire se hérisse et ses cils clignent : danger.

Quelque chose de nuisible rôde par ici.

À mi-hauteur du tronc, allant et venant sur des branches épaisses et noueuses, elle ne connaît jamais le repos. Ni brève ni longue, son existence est constamment inquiète parce qu'il n'existe pour un animal comme elle rien de définitif, si ce n'est la mort. Tout juste née, déjà elle tremblait, elle chassait et elle était chassée.

Elle sait que le moindre bruit signifie une menace – mais le silence aussi, peut-être pire encore.

Dès qu'elle n'entend plus le long de ses poils la symphonie des mouvements de la forêt, qui lui permettent de se repérer dans l'inextricable toile tissée par tous les êtres vivants, les vers dorés et les feuilles rouges, les insectes volants et les rampants, elle s'arrête. Palpitant dans la cage osseuse de son corps soyeux, elle entend trembler son petit cœur gonflé de sang qui pompe : il fait alterner des vagues de peur et d'apaisement dans chacun de ses membres engourdis. Il actionne la vie de son corps, cette machinerie dont elle est à la fois le geôlier, la geôle et le prisonnier : un cliquetis sanguin, musculaire et nerveux. Ses poumons sifflent, elle tremble sur ses quatre pattes qui se crispent contre l'arbre. C'est toujours l'arbre qui, avec la voix grave du vent, psalmodie l'alerte. La musique du danger provient de l'écorce flûtée qu'un animal vient de frôler, et dont il a occulté au passage une cavité qui lui servait parfois d'abri. Oui, un ennemi est après elle et, embusqué derrière le tronc, il l'attend patiemment. Allant sur un rameau où sont sertis des tiges et des bourgeons, elle tressaille, prise au piège par cette ramification qui ne mène plus nulle part. Elle se sent abandonnée par le regard du ciel. L'œil rayonnant faiblit. Il réchauffe son pelage et la rassure toutes les fois qu'elle craint le vide, l'obscurité, le néant. Peut-être qu'elle s'est montrée trop téméraire. Portée par les lueurs vivifiantes de l'après-midi et le désir d'aller fureter plus loin que d'habitude, elle est descendue trop bas. Au-dessus d'elle, la clarté perce à peine la grille des feuilles qui dessinent une voûte de plus en plus sombre. L'embranchement inférieur, lui, plonge vers les ténèbres du sol. La voilà parvenue dans une impasse, juste au-dessus des fougères. L'étage où elle dort et se nourrit d'habitude lui semble aussi loin que le ciel lui-même ; c'est l'infini qui la sépare de l'infini.

Un sifflement pathétique s'évanouit de sa gueule. Dans l'ombre dansent quelques rares éclats du feu lointain qui émane encore du grand œil : le soleil. Pour affronter l'ennemi, elle redresse le museau dans les derniers rais de lumière, grogne et fait mine d'être courageuse.

Qu'il se montre donc !

Lorsqu'il lui apparaît enfin, l'animal progresse avec beaucoup de précaution entre les ramilles fourchues : le long d'un branchage, en direction du croisement où elle l'attend en montrant les dents. Mais il a des pattes griffues, le museau allongé... – en fait c'est un semblable ! Il vient à sa rencontre, suivi par l'œil protecteur du soleil qui les regarde de nouveau. Deux fois plus large et plus long qu'elle, le semblable avance avec plus d'assurance. En équilibre sur un nœud du bois, à la naissance de la branche sur laquelle elle se tient, il l'a vue, il la voit – que voit-il vraiment ? Comme elle le sent, il la sent aussi. Son pelage dorsal révèle de beaux reflets d'amarante. Au-dessus de ses deux yeux noirs, qui brillent aussi fort que celui du ciel, elle devine une cicatrice violente et le duvet ras, qui lui donne le front haut. Instantanément il lui semble qu'il est la deuxième moitié de quelque chose de brisé en elle, qu'elle a laissé échapper ou qu'elle n'a jamais connu.

Enfin ! La réconciliation l'enivre de joie.

Dans le plaisir de se frotter à un semblable, il y a l'excitation de la peau, des nerfs et du cerveau, la satisfaction d'entrer en contact avec – de l'autre côté – une peau, des nerfs, un cerveau presque identiques. Chacun devient la partie d'un monde complet. Comprimés l'un contre l'autre, les deux corps qui palpitent, les organismes dont le sang ardent réchauffe la peau, dont les poumons fougueux font monter et descendre la structure rigide des os, dont les poils rétractiles se hérissent, enracinés dans l'épiderme piqueté de terminaisons nerveuses, s'enveloppent et se rassurent. Elle a peur, cependant, d'une fusion trop brève et trop cruelle. Lorsqu'il cesse de l'entourer et de la comprendre pour la prendre et pour la pénétrer, elle sursaute. Un cri de surprise lui échappe – elle le savait pourtant, elle le sentait –, mais elle redevient silencieuse pendant que le semblable, qui est si différent d'elle, plus fort et plus pressant, l'ouvre et fouille à tâtons ses profondeurs intimes : elle a mal, il met du temps, elle regarde droit devant elle, les cils battent la chamade par-dessus le globe obscurci de ses yeux, elle s'agrippe à la ramure qui plonge dans les feuillages mauves et violets, tandis que l'autre enfonce en elle quelque chose qui lui coupe la respiration avec brutalité. Haletante, le museau qui frissonne, les oreilles qui se dressent frénétiquement, elle voudrait se retourner pour partager avec lui le moment d'infini – qui n'a pas eu lieu, à peine entrevu. Lorsqu'elle se redresse et le cherche en reniflant le long de la branche contorsionnée jusqu'au tronc épais, droit et rassurant, il n'est déjà plus là. Elle se sent à la fois lourde et vide, traîne son ventre sur ses pattes arrière affaiblies, et guette l'œil familier du soleil au-dessus de la forêt, en vain : rien ne la regarde, la voilà seule.

La nuit tombe.

Laissée à l'abandon contre le tronc moussu, elle geint, affalée sur le flanc. Après la disparition du semblable, elle se sent incapable de reprendre avec le même enthousiasme le chemin en spirale des embranchements qui rythmaient sa vie, des ramilles et des rameaux tout autour du tronc. Le temps d'à peine quelques variations de lumière, elle a vieilli d'une moitié de vie. La température a baissé. Il fait frais comme avant l'arrivée d'un froid mortel. Elle sent qu'elle aussi a changé.

Dans son ventre travaillaient à la fois la vie du lombric qu'elle avait chassé, mangé et digéré, et cette vie nouvelle que le semblable venait tout juste d'ensemencer. Quelqu'un l'avait nourrie, et elle nourrirait quelqu'un d'autre. C'était une chaîne. Elle lécha l'extrémité de ses pattes griffues. Au fil de sa toilette, toute sa jeunesse sembla s'évanouir dans l'air. Sous l'odeur lourde qui lui restait, elle reconnut sur son pelage le parfum laiteux de sa propre mère – un sentiment mammifère. À son tour elle enfanterait.

Petit à petit se nouaient à l'intérieur de son corps le passé et l'avenir. Au milieu : quelque chose de fertile. La vie qu'elle portait ralluma le brasier de son appétit, encore plus impérieux qu'auparavant. Tandis que le froid remontait du sol vers le ciel, la peur de manquer dégringola du ciel ; il fallait qu'elle mange. Poussée par la nécessité, elle s'aventura un étage plus bas, là où les insectes cornus rejoignent les enfers du sol, au soir venu.

Fébrilement elle fureta le long de l'escalier formé par l'empattement des branches, en suivant sur l'écorce une piste de champignons noirs à demi rongés. Mais rien ne pourrait la rassasier par ici : elle voulait de la viande. À la tombée du soir, raclant l'écorce du bout des griffes elle descendait vers les ombres glacées du sous-bois, quand elle crut sentir la pupille de la Lune braquée sur elle.

Petit animal haut perché, elle éprouva brièvement une sorte d'illumination qui chassa toute son angoisse. Elle regardait quelque chose, mais elle voyait l'ensemble.

Émerveillée, elle s'immobilisa.

Par avance elle apercevait la fin de l'histoire, comprenant la logique de la chaîne des vies dont elle représenterait un maillon négligeable. Tout émergeait du soir avec évidence : elle ne pouvait ni le voir ni l'entendre ni le toucher, mais l'ensemble lui apparaissait dénué de laideur et de beauté, de tristesse et de joie. Sur fond de néant, elle voyait l'histoire de la vie comme si c'était son enfant.

Puis le néant fit du bruit.

C'était l'ennemi.

L'obscurité avait profité de quelques secondes de distraction durant son illumination pour souffler sur la Lune, la couvrir de nuées grises et reprendre l'ascendant. Le sentiment d'exaltation avait été vite chassé par la nuit froide. En voulant fuir, elle faillit chuter. Le cœur tambourinant derrière les barreaux de sa cage thoracique, sous le coup de la panique elle avait oublié sa vision sublime du tout : elle en était redevenue une minuscule portion.

L'ennemi venait de la griffer et de lui trancher la queue. Endolorie, elle courut sur le lichen glissant d'un arbre au bras tordu, qui remontait jusqu'à la branche maîtresse. Elle chercha à revenir à l'aveuglette vers la charpente de son monde. Mais elle s'était aventurée si loin parmi les feuillages d'en bas qu'elle s'y égara encore un peu plus ; trop précipitamment elle plongea dans le soir d'hiver, bientôt ralentie par du bois sec, épineux, et de la bruyère. Derrière son dos, lourd, lent et régulier, l'ennemi approchait.

Peut-être que le semblable aurait pu surgir à l'improviste. Il aurait défié cet ennemi, le monstre de nuit, le néant aux yeux noirs. Il l'aurait enveloppée comme il l'avait déjà fait. Il l'aurait comprise et protégée. Mais il n'existait ici aucun refuge, et son semblable avait disparu. Elle n'était la moitié de personne. Après avoir suivi une fausse piste, le ventre alourdi par sa future progéniture et par la nourriture, sifflant affaiblie dans le vide, espérant que l'arbre l'entende et que le ciel la voie, elle hésita une dernière fois. Un pas en arrière… Une patte en avant. Elle émit une longue plainte, tout à fait inutile. Elle supplia l'ennemi de lui accorder un sursis. Tout son corps se révolta contre la certitude de n'être bientôt plus que de la viande.

Plus aiguë que jamais, la peur lui piqua le cœur. Elle lui fit battre les cils et hérissa son poil. Battant en retraite intérieure, elle se roula en boule au creux de son propre pelage ventral. Elle se pelotonna contre un semblant d'âme au fond de son corps et y chercha l'indestructibilité. En rentrant en elle-même, elle espérait échapper à la mort ; mais l'heure était venue.

Il n'y avait pas de justice.

D'abord elle résista et défendit pied à pied ce qu'il lui restait de chair à mesure que l'ennemi en arrachait plusieurs lambeaux. Déjà elle sentait le sang lui manquer. Ivre de rage, elle dessaoula vite de dépit et de douleur. Anémiée elle céda au vertige. Elle perdit son appui et demeura suspendue au-dessus du vide : elle ne tenait plus que par cette gueule féroce qui la prenait en tenaille entre deux rangées de crocs.

Son bassin se fractura.

La lutte finale ne dura pas longtemps mais, comme si sa perception se trouvait ralentie et renforcée par l'imminence de la destruction, elle retint les moindres détails de la scène : l'odeur de son propre sang mêlée au tanin nocturne des arbres qui assistaient indifférents à son supplice, les taches de couleur baveuses, acides, allongées, qui tapissaient le fond de ses yeux. Son théâtre de sensations, d'images et de bruits, vibrait encore quand l'ennemi ouvrit la gueule pour la réduire à une masse négligeable de matière et d'énergie. Prise d'une dernière convulsion incongrue, elle couina et glissa de guingois entre deux canines. Elle n'avait plus aucun espoir d'échapper à l'emprise de son prédateur. La cage thoracique rompit sous la pression de sa mâchoire à lui et elle abandonna l'air frais de la forêt où elle était née pour pénétrer tout entière dans son haleine fétide, exhalant les sucs acides de l'estomac où elle serait digérée – et avec elle cette progéniture qui ne verrait jamais le jour. Au tout dernier moment, soulagée de n'avoir plus à se battre, elle cessa de s'agiter. Avant de rendre l'âme, elle émit un léger son chuintant qui s'échappa par la flûte de ses poumons broyés.

C'était le soupir de la créature épuisée, parvenue au terme de la journée, après avoir lutté avec l'angoisse du matin au soir, qui voit arriver la délivrance de la nuit, sans même penser au jour qui suit.

Quatrième histoire

FRONT HAUT

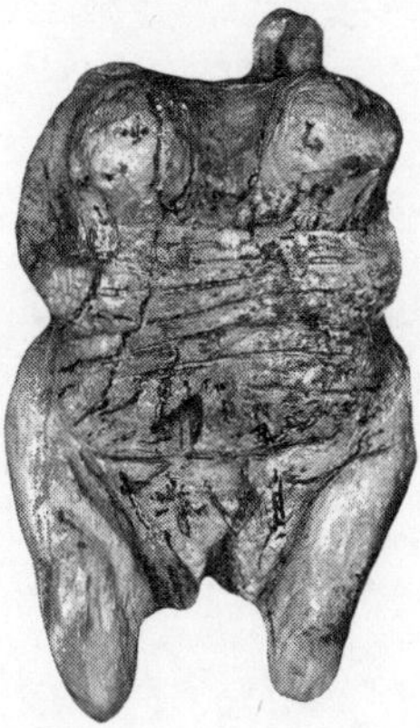

Quelque part en Europe, – 39000

1

Je suis pleine – prête à dégorger une bête ou un dieu, je n'en sais rien, j'ai reçu la vie mais je ne l'ai pas encore donnée, c'est la première fois, avant de mourir j'aimerais pouvoir faire naître. Mère, aide-moi à devenir mère – malheureusement mère tu n'es pas là, ni personne.

La vie est dure.

Je suis réveillée, je n'ai pas dormi. De jour en jour je continue à ne pas m'arrêter. Qui va encore avec moi ? Je suis la seule à être la seule, un prédateur m'a prise en chasse et je m'efforce de me regarder comme il me voit, lui : une petite proie décharnée avec deux jambes qui courent, dans l'espoir de lui échapper. Dès que j'entends rouler les cailloux le long de la pente enneigée, dès que le silence se tait, dès que je reconnais le bruit de la respiration qui siffle, qui feule et qui frémit, je sais que c'est après moi : toujours l'ennemi. Par pitié, laisse-moi vivre – mais non.

Personne ne sauvera celle qui dit moi. Allez, arrête ta plainte !

Mon cœur désire s'arrêter, et pourtant il bat. Moi vivante, je n'ai pas cessé de craindre et d'espérer la fin. Ma tête aussi voudrait s'éteindre : sans cesse elle allume une lueur froide dans mon corps, qui n'éclaire rien. Mon corps ne peut pas dormir et lorsqu'il manque de repos il ne sait même plus ce qu'il manque. J'essaie de ne pas me souvenir d'avoir mangé un jour, pour que la faim ne me soit pas plus difficile à supporter que d'avoir tout le temps à respirer. Hélas, une bouche affamée ne reste pas sèche longtemps et la salive se souvient pour moi. Fatiguée d'être fatiguée, j'ai oublié la forme des plaines, à force de montagnes, et le sentiment de la joie, à force d'être moi.

Des images de l'autre côté de mes yeux, à l'arrière de ma tête, rendent ma vision confuse, brouillent ce que j'entends et interrompent ce à quoi je réfléchis.

Tu te lamentes trop ! J'aimerais penser moins, il me semble que je vivrais mieux.

À l'angoisse de la nuit succède la peur du jour. À lui seul le ventre pèse plus que tout le reste de mon corps. Abrutie par la lumière qui frappe, je laisse mes pieds noués dans du cuir de renne suivre la neige de plus en plus blanche qui monte à la tête de la montagne. Après chaque pas je boite, je trébuche tous les dix pas, je tombe à partir du moment où je ne peux plus compter. Une fois au bout de mon souffle, je le cherche. À la façon du fils du daim dans l'air du matin gris, je voudrais laper à une source fraîche. Mais l'air me résiste autant que le torrent gelé au museau de l'animal assoiffé. Même les étoiles sont de glace, par ici. Par-dessus mes épaules le ciel est si froid qu'il fige le crissement des cailloux, qui glissent sous les pattes de la bête qui me poursuit : elle feule, elle frémit, elle fait semblant, elle attend, elle voudrait me manger le ventre, le foie, elle espère se repaître de moi et son souffle chasse le battement de mon cœur affolé tout au fond de mon oreille.

Je tords le cou comme une enfant réclame l'attention de sa mère absente. Je dodeline de la tête qui me pèse : on dirait un fruit mûr sur la branche du printemps. Le crâne qui sert de carapace à mon esprit vacille et préférerait rouler le long de la pente sur laquelle je suis condamnée à monter avec ma peine, alors que l'espoir dégringole. Ici ont disparu les rennes de la vallée et les rêves que je faisais quand j'étais fille de ma mère. Le passé est dans mon dos mais, plutôt que de me pousser vers le haut, il me tire par le cou. À cause de la nostalgie des choses disparues il m'alourdit. Invisible, il me retient et je dois lui résister pour grimper jusqu'à la fin de l'histoire.

À qui demander d'entendre ma lamentation ? S'il ne naît pas, cet enfant ne me plaindra jamais. Pas une larme pour sa pauvre mère qui doit escalader, dernière de son espèce, l'ancienne montagne de feu. Qui se souviendra de la femme qui disait moi, mais à qui personne ne dit toi ? Donc je m'adresse à moi-même : femme, cherche l'entrée de la sortie, fais ta fière et repense à hier.

Car je n'ai pas toujours vécu ainsi, seule, à demi nue et affamée. Hier mes cheveux étaient noirs, drus et nombreux. Sur mon cou sèche le sang où ils m'ont été arrachés par un coup de griffes. Je vais les mains vides, calleuses comme si elles étaient faites de roche noire, qui ne peuvent presque plus rien attraper à cause de leurs parties coupées. À ma tête les souvenirs sont comme les phalanges manquantes à mes doigts. J'essaie de me rappeler l'arme que je possédais : cette pierre où était gravée l'image de la force qui frappe, tranche et tue l'ennemi, mais la forme des choses n'apparaît plus devant mes yeux, seulement derrière, à cet endroit du crâne où attendent les idées. Aujourd'hui je suis sans doigts, sans arme et sans idée. Qu'est-ce qu'il me reste ?

Il faudrait que je chante mon malheur et que je danse ma peine. On a cessé de m'écouter, puis de m'entendre, et de me voir. D'abord ma mère, après elle les hommes, les animaux qui vont à quatre jambes, enfin les arbres précoces et les tardifs aussi, les fleurs à miel et les fruits dont on boit le jus sucré, le printemps et l'été... Personne, et ensuite rien. Le monde désert des miens. Il n'est resté que des pierres plates, du sable gris, de nouveau des pierres noires, et une montagne de feu éteinte sous la neige blanche : de la cendre. Ici tout est sourd à une femme en plaintes, étranger à une femme en pleurs, hostile à celle qui réclame – au vide on ne demande rien.

Depuis que l'ascension a commencé je recommence à soupirer d'épuisement. Quelle chialeuse je suis. Ta gueule, tu me fatigues, redresse-toi ! En m'éloignant du monde d'hier dans l'espoir de donner naissance, je soupire parce qu'à l'intérieur de ma poitrine l'air ne supporte plus de demeurer enfermé : je crois qu'il me fuit, lui aussi. Je suis une cage à demi ouverte. J'aimerais que l'esprit en sorte enfin, pourtant il reste emprisonné dans ce corps qui s'entrebâille de partout, un corps lourd de maigreur, dont le peu de poids me pèse. Avec difficulté je tourne le dos au vent moqueur : les cailloux roulent et annoncent que l'ennemi est encore après moi – il part mais il revient toujours en assassin.

Que faire ? Je suis trop jeune et je n'ai jamais été initiée aux mystères de l'esprit. Je ne sais pas à qui réclamer un peu de sympathie au fond de la grotte qui m'abrite au soir tombé, où la lave brûlante a refroidi. Quand je soupire, la grotte du vieux volcan soupire avec moi, la roche noire répète mais ne répond jamais, car elle n'a pas mal dans sa pierre comme j'ai mal dans ma chair.

Mes aïeux, je voudrais sortir de ma gorge ce mal-là qui est le mien – mais depuis longtemps je n'ai rien partagé, même le mot le plus simple pour vous supplier de m'aider, il ne s'évade qu'à moitié de mon gosier épuisé de prier faute de mieux. Faites que l'enfant sorte de moi mieux que ma voix. Peut-être qu'il sera le dernier de mon espèce. Je pose la main à plat au-dessus de mon nombril. À ma progéniture je tâche de donner la paix, ce calme et cette douceur que je n'ai pas.

Le jour m'épuise, la nuit me réveille.

Avant que le fourmillement qui remonte le long du bras ne m'empêche tout à fait de fuir, je relève mon corps et l'enfant qui niche dedans. Ah, la chiure de ma chair ! Qu'il est lourd… Mais il n'a pas demandé à naître. Pauvre chose, auprès de qui je fais l'excuse de ma pénitence. Au hasard des heures, l'image de ma propre enfance me revient derrière les yeux : sous l'abri installé entre les hautes perches de bois où j'ai grandi… Suspendus avec des tendons et noués grâce aux nerfs du gibier, les ossements d'une bête féroce, mais vaincue, me protégeaient du ciel. Puis ils sont tombés, ensuite les troncs moussus de la forêt, et après ça le ciel nu, la neige qui voltige, à la fin les miens ont disparu. Le borgne, le bègue, l'estropié, la mère et le père. Mon semblable aussi, rentré en moi à la tombée de la nuit… Il y a introduit l'enfant, après quoi il est mort, comme les autres.

Pourquoi ai-je survécu à mon espèce ?

Me voilà acculée dans une fissure du volcan endormi, à l'écart de la brise glaciale.

Parce que je cède épuisée à la nuit du dedans, les yeux me referment. J'entends les cailloux rouler le long de la pente à pic. Je devrais sursauter, mais je n'ai plus la force de le faire : je demeure immobile. Après les cailloux, ce sont des os qui cliquettent et le vent qui devient de la voix.

Il n'y a pas un ennemi, non, il y en a deux !, trois !, au moins autant que les phalanges qui me manquent… Pire : ils sont encore plus nombreux ! D'abord je crois avoir retrouvé les miens et je voudrais crier de joie – mais l'étonnement m'ordonne : silence.

2

C'est une compagnie d'hommes qui m'a chassée. Dans mon antre elle m'a débusquée et me dévisage maintenant le ventre. Ils se tiennent debout à l'entrée de la crevasse de roche noire, appuyés sur des jambes droites et de longs bâtons sculptés en forme d'idées. Tous sont enveloppés dans la peau tannée des animaux qu'ils ont tués, ils n'ont pas l'habitude du froid qui mord même l'intérieur des joues. Ils ont marché la bouche fermée, méfiants, les armes à la main, et dans la tempête ils sont venus se reposer à l'entrée de l'anfractuosité où je gis toute en lamentations.

Plus grands que moi et plus élancés, la peau sombre, ils dominent. Quand ils soufflent, sifflent et remuent les lèvres je me sens semblable à une enfant qui pleure – où sont mes parents ?

Le plus jeune me regarde. Il a le front haut. Maigre mais large, je ne sais pas sauter, marcher droit et dominer comme ils font. Pourtant l'homme jeune et fort s'accroupit devant moi et me tend une main habile, épaisse et fine à la fois.

Sa tête n'est pas comme la mienne ; s'il est beau, je ne le suis pas.

Ces hommes ne me sont pas identiques, mais pas différents non plus. Plus j'ose regarder le visage de Front Haut, mieux je me souviens du mien : que ma gueule est laide ! Et puis je suis bête. Assis ensemble en cercle presque parfait comme là où naissent les formes et les idées, ces hommes savent disposer devant leurs yeux ce qu'ils ont derrière la tête – pas moi. Ils entourent la misérable que je suis, qui gémit qu'elle a faim, froid, qu'elle est fatiguée et blessée, et qui quémande leur aide. Les hommes si nombreux que je ne peux pas les compter me contemplent, et l'un pousse la pointe de son bâton sous mon menton, pour me montrer aux autres. Ils échangent mot contre mot dans le vent glacé, ils sifflent du souffle qui signifie et je guette les expressions de leurs têtes dures, rondes et brillantes, à la peau aussi noire que le charbon à la mort du feu, dont roulent les yeux gris comme les perles incrustées dans leurs cheveux tirés vers l'arrière. La chevelure leur descend en cascade jusqu'à d'épaisses fourrures d'où pendent les os d'animaux qu'ils ont tués et où ils ont sculpté d'autres formes d'idées. Leurs choses font du bruit, la claie et la treille cliquettent contre les anneaux et les nœuds de bois qu'ils portent aux hanches et qui chantent leur science. Moi en revanche je suis ignorante et muette, sèche, brûlée par le feu et le froid, pâle et noircie comme le charbon, entaillée là où était l'oreille que j'ai perdue, j'aimerais au moins leur rendre la parole. Mais elle me manque, où est-elle partie ?, il ne me reste qu'à pleurer comme une femme.

Donc je m'humilie.

L'homme qui porte le front haut et des tibias de bêtes qui s'entrechoquent sur ses épaules me regarde vers le bas. Quand il cesse de parler, il observe mes réactions, appuyé sur un genou couvert de peau tannée et de cordes entremêlées, dans la neige qui lui cède en chuintant, et il me sourit en me comparant par le regard à un animal effrayé. Entre deux doigts l'homme tient délicatement mon absence de menton, il hésite à me caresser, caresse-moi ! voudrais-je l'encourager, et descends entre ce qu'il me reste de seins pour poser ta main sur le ventre malade, le ventre foutu, mon ventre plein de vie. Il voit que j'attends un enfant. Il m'explique, il comprend que je ne comprends pas, mais garde la paume contre la peau de mon abdomen plein à craquer, et je pleure, car je suis si seule.

Il me retient par le cou, calme et doux, et pour la première fois depuis que je peux me souvenir, quelqu'un m'endort.

Rien ne dure très longtemps, la douceur non plus. Mais il en reste un souvenir plus profond quand elle est perdue, et un regret plus grand. Il faut se relever, repartir et marcher sans répit. Front Haut m'a soulevée du sol puis enveloppée dans une peau de biche faite cuir. Je tremble de froid et d'envie de fuir. J'ai honte de ma saleté. Il ne m'a plus touché le ventre mais m'a poussée entre les reins pour que j'avance sur le sentier qui s'enfonçait dans la glace des sommets, puis par-dessus l'épaule il m'a tendu un peu de neige fondue pour débarrasser les saletés de mon visage. J'avais la peau de celle qui ne connaît que la difficulté, le vent du froid et le froid du vent, les griffes, les morsures, la blessure ou la fièvre. J'ai posé un pied devant l'autre et je me suis effondrée. À peine le réconfort trouvé, je m'étais évanouie, trop faible pour survivre à de la bonté.

Après mon réveil, alors que je croyais que le monde finirait tout en haut de la montagne, la neige sous nos pieds a repris forme de plaine au sommet. De part et d'autre de la blancheur, deux pointes jumelles dominaient dans le ciel. Comme un creux entre les tétons de la femme ou la nuque entre le crâne et les omoplates d'un homme qui dort, le col permettait de voir des deux côtés : aujourd'hui et hier, devant et derrière. Front Haut a frôlé ma taille pour me faire pivoter. Le bras droit sur mon bras gauche, il m'a appris à me tourner, me retourner, à voir ce qui se trouve dans mon dos passer devant mes yeux, et moi j'ai ri jusqu'à ce que je ne sache plus ni qui ni quoi... Sur le point de tomber vertigineuse de joie, il m'a rattrapée et m'a assise sur un monticule de neige ; il me protégerait.

Quand je ris, on doit voir que je n'ai plus de dents. Alors je me cache la bouche avec le dos de la main, où il manque tant de phalanges.

Souvent Front Haut glisse deux doigts intacts, fins et épais à la fois entre mes lèvres gercées et mon absence de menton. Puis il ouvre grand ma bouche et inspecte mes gencives à vif. Pourquoi ? Il écarte aussi les paupières de mes yeux, et je ris comme une enfant. Il me sourit parce qu'il sait que j'aime sentir sa main calme et chaude contre ma nuque velue mais râpée par la froidure. J'aime gémir de son plaisir et ne pas résister à sa force, qu'il retient. Puis il est temps de rouler de nouveau comme une pierre le long des pentes. Il me parle. On dirait qu'il raconte une histoire. Moins vite, voudrais-je dire, mais il parle sans vouloir m'enseigner ce qu'il sait. Tant pis. Je m'imagine qu'il sait ce qui a été et qu'il sait ce qui sera, la Lune et la nuit, le jour et le Soleil, la montagne et la vallée, ce qui est en haut et ce qui est en bas. Je crois qu'il domine tout, plus haut que les cimes, qu'il va sans crainte sur une crête étroite où les vents soufflent et s'affrontent : nous y penchons d'arrière en avant, d'avant en arrière, comme les feuilles de l'été au gré des bourrasques. Nous marchons au creux du col où l'univers murmure tout en tempête, à cet endroit depuis lequel on aperçoit la plaine du jour qui n'est plus et la plaine du jour qui n'est pas encore. Nous, disent les hommes, nous sommes maîtres du monde du milieu. Nous suivons l'histoire comme un chemin. Voilà ce que j'aime imaginer dans sa voix grave sous les grains d'orage, dans la bouche de cet homme au front haut qui décide pour moi de la direction, du sens, du but de la marche et de la vie. Avec lui ma confiance se tient droite. Après m'avoir montré l'horizon nuageux et désigné l'au-delà, il m'a nettoyé les pieds, il m'a nourrie de viande sèche et salée. Il a même soigné mes escarres avec de la pâte d'argile et mes dernières dents cariées grâce à un bouillon de plantes amères. De brûlante de froid il m'a rendue tiède.

Front Haut, lui, n'avait pas coutume d'un gel si sévère : il ne quittait pas son cuir ni sa fourrure, les joues rouges, mordues par la bourrasque, quand il frissonnait moi je l'aimais.

Il n'a pas voulu apprendre ma langue, car je suis seule à en faire parole. Quel besoin pour lui ? Il vit avec ses semblables, qui sont dix et plus encore... Plus que je ne saurais compter. Avec eux soir et matin il échange de la bonne parole, qui est à la mienne ce que la main est au doigt : pour un mot de moi, il en possède cinq qui s'articulent, grâce auxquels il peut non seulement désigner, mais prendre, déplacer et transformer les choses avec science. Toutes les fois où Front Haut me tient entre ses mains afin de me couvrir de sommeil, je me sens pareille à une dame d'argile sculptée qu'on frotte jusqu'à la rendre douce, plus douce que la peau d'un enfant. Il en porte une suspendue à la ceinture, entre le collier de dents d'un vieil ennemi et l'os troué grâce auquel il siffle au ciel, quand il dit au revoir à la nuit et bonjour au matin. Il fait parler le vent : il chante.

C'est comme ça qu'il raconte l'histoire. Sa voix monte, descend, et ne tombe pas.

Mais sur le col de la montagne personne ne tient en équilibre longtemps. Tout dégringole tôt ou tard dans l'incertain. Après plusieurs nuits et plusieurs pluies, les hommes qui cherchaient la vallée en chantant ont perdu le fil du chemin. Inquiets, les compagnons de Front Haut ont commencé à parlementer avec ceux qui les dominent : des idées en personne, des divinités. À force de les prier, ils ont trouvé des traces d'errance. Ceux qui marchaient devant eux étaient morts de faim, de froid ou de fatigue. Les misérables avant nous s'étaient réfugiés à l'intérieur d'une caverne profonde. La bouche des dieux les avait engloutis, avant d'en recracher le crâne et les os, que les hommes inspectaient aujourd'hui avec le soin et le respect qu'ils doivent aux restes de leurs ancêtres.

Accroupi avec ses compagnons sous l'auvent de la grotte, à trois pas de distance de moi, Front Haut réfléchit. Moi je suis grosse et j'attends. Qu'est-ce que j'y peux ? Je suis de celles pour qui on décide. Même à mes compagnes je ne suis pas semblable :

sous leurs yeux de biche, elles ont une beauté qui ne m'appartient pas. Quelques-unes portent comme moi ceux qui marcheront après nous. Jeunes nous sommes souvent lourdes. Les vieilles femmes désormais légères parlent avec les hommes, consultent les ossements et chuchotent.

C'est une impasse où nous nous sommes tous égarés.

Non, protestent les hommes : l'histoire doit continuer, nous mourrons un peu plus loin sur le chemin, nos enfants après nous, et leurs enfants encore après. Moi je vais derrière eux, je me sens déjà finie, peut-être que je suis du passé.

Est-ce que l'homme commence où je m'arrête ?

De nouveau des nuits et de nouveau des pluies : personne n'était plus avancé que les ancêtres morts dans l'impasse. Toujours un obstacle arrêtait nos pas et la nourriture était devenue rare. Les hommes étaient de mauvaise humeur. Ils ressemblaient aux nuages noirs avant l'orage. À leurs yeux, j'existais plus que l'animal mais moins qu'eux. En prévision de la famine ils ont cessé de nourrir ma bouche, même si j'avais un estomac de plus dans mon ventre. Pour me préserver, Front Haut a fermé sa gueule à la petite part de viande séchée et salée qui lui revenait, de graines et de cosses aussi, et il me l'a donnée. À son tour il devenait maigre et faible comme pas grand-chose. Le pauvre attendait la mort sous le vent, la neige et la nuit, afin que moi je demeure dans la vie, et mon enfant aussi. Hélas j'étais inutile à mon homme, je n'étais qu'un ventre derrière quoi je me cachais.

Au moment où Front Haut commençait à s'enfoncer dans le rien, ses compagnons qui avaient observé avec minutie les cadavres de leurs ancêtres y ont trouvé la forme d'une idée : ils ont brûlé les os et grâce à la poudre de bois calciné ils ont fait apparaître, en frôlant du bout des doigts les anfractuosités du rocher, une image de renne. Ils ont invoqué l'esprit, qu'ils ont suivi au fond de la grotte humide où nous étions dans l'impasse. Pour entrer en procession derrière lui, les hommes à bout de force ont fait basculer un, deux, trois rochers et une passe est apparue. Dans l'obscurité nous sommes descendus, les femmes après les hommes, et moi après elles.

Nous avons marché dix pas, et la nuit devant nous est passée derrière nous ; dix fois nous avons marché dix pas, jusqu'à ce que je recompte, et plus de fois que je ne sais compter, nous avons marché plus de fois que je ne saurais jamais compter : toujours la nuit devant nous repassait derrière. Jamais la lumière que nous avions abandonnée dans notre dos ne resurgissait sous nos yeux. J'avais peur de la nuit qui suit le jour et que le jour ne suit pas, je tremblais et je me plaignais à la façon de l'animal qui s'humilie : silence ! m'a frappée du poing un homme, et Front Haut affaibli a retenu sa main pour m'épargner. Front Haut lui a craché aux pieds et il a menacé de me défendre. Pendant que je pleurais, il a aussi fait naître du feu dans la nuit : c'était un petit feu, de ce feu qui ne dure que quelques pas, mais à sa lueur Front Haut a souri. Il m'a laissée passer devant lui et a posé sa main rose, chaude et calme contre ma nuque puis mes reins. Patiemment il m'a aidée à marcher, en brandissant le flambeau haut par-dessus mon épaule, afin que je distingue une langue de lumière dans la gueule des ténèbres. Bien que la torche n'éclaire qu'à trois longueurs de bras tout autour de moi, il m'a semblé que l'obscurité du monde luisait, que le noir brillait aussi fort que le Soleil, alors j'ai compris qu'il y aurait toujours une histoire après la fin de l'histoire. Enivrée, j'ai vu comme les dieux, c'est-à-dire que j'ai pensé : une fois que tout sera fini, l'oubli se souviendra… Le vide sera plein… L'obscurité lumineuse et la mort vivante.

Front Haut a dit une vérité puis il a soufflé sur la lumière, tout s'est éteint et j'ai continué d'aller à l'aveugle, clopin-clopant, le ventre gonflé, l'enfant jouait dedans. J'avais confiance.

Il n'a pas plu, il n'a pas neigé. Le jour a cessé de succéder à la nuit et l'ombre est restée tapie dans l'ombre. Mais lorsque le début s'est trouvé plus loin du souvenir qu'il ne l'était de l'oubli, la sortie a surgi : comme les oiseaux qui se frottent les plumes, les hommes épuisés mais joyeux ont fait cliqueter leurs os taillés et leurs anneaux de bois gravés, les dents de l'ours gris et du chien noir, les pénis de cerfs qu'il portaient au poignet, au cou et à la ceinture. Ils m'ont rappelé quand je faisais la fête avec les miens.

Depuis que les hommes et moi avons tourné le dos à nos yeux dirigés vers la montagne souveraine des cieux, je ne trouve plus trace derrière ma tête de l'image des aïeux de mes aïeux. De mes anciens semblables je ne garde pas d'autre empreinte que les marques du silex sur mes pommettes, inscrites quand j'avais cessé d'être une enfant. Pour me souvenir de mon espèce, qu'est-ce qui me reste ? Le monde d'hier ne me revient plus. Tout était dans une idée pour nous, jadis, et je l'ai perdue. Quant au monde de ces hommes-là, il est dans une idée que je ne peux pas penser, car je ne suis pas comme eux : je ne marche pas vers la même fin. Je ne sais pas où nous conduiront les paroles de ces hommes qui portent des dents d'ours à la ceinture. Seulement lorsqu'il se dirige vers moi, je connais le but de Front Haut : c'est moi et mon enfant.

À l'entrée de la vallée qui verdoie et qui jaunit, Front Haut m'a sortie du sommeil. Ragaillardi, il avait le torse de nouveau large, les mains épaisses et fines à la fois. Le front rouge d'ocre pilée, lui et ses semblables partaient chasser un remerciement pour les dieux qui nous avaient sortis de l'impasse.

Au cœur de son poing, Front Haut portait un deuxième bras taillé dans le bois. À ce bras-là, il avait accroché une lance, dont la pointe de pierre avait été chauffée sur le feu. Quant à ses compagnons, ils brandissaient des épieux en bois de sapin, des pierres de frappe suspendues à des cordes tressées et de longs couteaux qui franchissent la peau. En silence ils ont suivi le soleil rose des heures les plus fraîches du jour. Hommes et femmes ont traversé la plaine dont le vêtement de neige avait été troué de taillis, de buissons épineux, jusqu'au pied de la forêt. Dans une clairière, Front Haut a posé son genou sur le sol humide et désigné la trace d'un cerf parmi les hautes herbes.

Je ne connais pas leurs dieux, je ne les vois pas.

Il existe un cercle qui n'est visible qu'à ceux qui vivent dedans : moi, je n'y suis pas autorisée. C'est le cercle de leurs divinités. Exclue du début à la fin de la journée de chasse, je reste assise sur un rocher à moitié enterré. Je sens le flux et le reflux de la nausée. Ma main aux phalanges manquantes est posée sur mon ventre qui craque comme une outre trop pleine, et que le froid fait éclater veine après veine. Envieuse de la nourriture, et pourtant dégoûtée, j'observe les hommes allongés à l'orée du bois, assis et debout qui s'entretiennent en prière avec leurs dieux.

Enfin un compagnon de Front Haut, orné de la riche parure d'un oiseau, se couche à la manière d'un homme mort et il appelle le cerf. Peu après la bête apparaît. Grand comme plus d'hommes que je ne sais compter, éclairé par le soleil qui hurle qu'il est brillant, il brame la mort.

Mais qu'est-ce que c'est que ça ? ai-je tremblé.

Tout de suite le bras en bois de Front Haut projette sa lance aussi loin que le regard, comme si en jetant un œil au dieu, l'homme pouvait l'atteindre et le blesser. L'animal du dieu s'effondre. Ses quatre pattes tremblent et faillissent : le voilà à genoux qui geint qu'il vit encore. Ma peur aussi a été vaincue. L'homme domine ! Je partage leur triomphe et leur joie. Écartant les doigts taillés dont j'avais recouvert mes yeux anxieux, j'entends les hommes faire usage du cri et de la parole. Ils se réunissent en cercle autour de la bête divine à l'agonie, lui consacrent des mots pour dire merci. Ils aiguisent la lame des longs couteaux, ils parlent soulagés du silence de la journée de chasse, ils rient, ils posent les mains sur le sacré, ils lui prodiguent la bonne parole, ils finissent sa vie et ouvrent son ventre. En plaisantant, Front Haut plonge le bras dans l'épaule du cerf, cherche le muscle et les os, en passant par l'abdomen, le chemin des tripes, puis remonte sous le ventre qui palpite : il y tranche net le foie. Ensuite il arrache le cœur, qu'il donne en offrande au plus vieux de ses compagnons. Bientôt les femmes qui m'ignorent chantent les mains rouges. En psalmodiant elles pressent la peau dont le sang coule jusqu'à une panse qu'ensuite elles scellent. Et Front Haut dont la bouche scintille de pourpre est heureux. Comme si je n'existais pas, il s'assoit dans l'herbe face à mon ventre, il parle à l'enfant. Devant lui il agite de la viande et je sens la progéniture qui bouge comme le cœur du dieu cerf palpitant. Le petit réclame de manger et comme s'il agrippait mes poumons des deux mains, il bloque ma respiration. Le ventre coupé, je me tiens en femme qui baisse la tête. L'homme ! L'homme ! Je dis dans la langue de mon espèce, prisonnière de mon prisonnier : l'homme ! Aide-moi ! Je sens que la vie veut sortir de moi, maintenant.

Et puis le ventre se calme avant la tempête. Il n'est pas encore temps.

Plus les hommes avancent dans l'histoire, moins je parviens à aller après eux. Front Haut, qui connaît la bonté, a donc cassé quelques longs branchages d'arbres fleuris. À l'aide d'une lame aiguisée, il leur a donné la douceur d'une peau attendrie. Sans me rendre le regard que je lui proposais pour excuse, il a noué des cordages en tendons de cerf et la peau de deux lièvres, afin de me fabriquer un traîneau de bois. Là-dessus je pouvais m'allonger quand il me tirait derrière lui. Tâchant de me retenir, car la chiure me sortait du cul comme l'eau du torrent, je craignais de sentir la merde de ceux qui ont mangé leurs morts. Pourtant Front Haut m'a traînée. Fort comme il était, à travers la plaine sans fin, il m'a transportée jusqu'aux arbres cendrés. Quand le filet de merde et de sang qui coulait avec ma honte d'entre mes cuisses s'est épaissi, j'ai cru qu'il m'abandonnerait. Bientôt j'allais dégorger. Pour ne pas crier je mordais ma main, mais ça a senti si fort que les hommes et les femmes ont reniflé ma production et se sont approchés de ma ventrure. Front Haut a parlé et une vieille mère grise, qui possédait la puissance de ne plus avoir d'enfant, a répondu. De la main à la main la vieille lui a confié quelques feuilles séchées, un tronçon de racine, du sang de cerf dans l'outre scellée et du sirop bouilli au fond d'une jarre d'argile cuite. À l'écart des autres, Front Haut a préparé la pâte. Après m'avoir ouvert la bouche édentée, sous ma langue il a introduit la préparation. Puis il a refermé mes vilaines lèvres scarifiées. Hélas, je n'ai pas osé demander à ses bras de me tenir serrée pour qu'ils me rassurent. Assise j'ai attendu qu'il attende, à quelques pas du feu qui crépitait le retour du printemps. Entre ses mains puissantes il a protégé mes phalanges qui manquaient. Puis le goût du sang, de la chose bouillie et l'amertume du mélange ont soulevé ma poitrine. Ça me rappelait l'organe palpitant du cerf et j'ai vomi mon cœur. Mais j'ai regardé la chose avec intérêt : le cœur était bleu, il battait et en levant le regard…

Je rêvais les yeux ouverts.

Je n'ai pas tout de suite été soulagée. La souffrance encore logée en moi a gagné en force. Après un moment, pourtant, j'ai cessé de voir par-devant. Derrière mes yeux, je me suis extirpée de moi-même, écartant le trou de mon cul comme quand on ouvre la bouche pour en faire sortir la parole, par l'embrasure des fesses j'ai poussé ma grosse tête et mes épaules étroites, puis mon énorme ventre et mes cuisses décharnées. Par-derrière je me suis donné naissance à moi-même. Près du feu, je me suis redressée. De nouveau je possédais tous mes doigts à la main droite, l'intégralité de mes dents dans la bouche, et je parlais la langue des hommes : Dis-moi, Front Haut, est-ce que tu seras le père de mon enfant ? Et il a dit oui. Est-ce que tu protégeras ce qui sort de ma chair comme si ça sortait de la tienne, et le fruit de mon espèce comme si ça t'était semblable ? Il a dit oui. Oh j'étais soulagée. La peur m'avait quittée, je vivais dans le cercle visible seulement du dedans où les dieux apparaissent aux hommes : ils sont grands, transparents, vibrent comme l'éclair et sifflent plus vite que le vent. Ils ne connaissent ni le mal ni la peine. Dans leur ventre et dans leur bouche, derrière leurs yeux et au plus profond de leur tête, ils n'ont pas de mot pour souffrir. Moi-même je sens que j'oublie ce que c'est, alors je les remercie et je rentre chez moi en passant cette fois par mon sexe, j'ouvre mes grandes lèvres, j'écarte la voie qui mène à mon ventre chaud et la tête la première je rends visite à mon enfant. Peu à peu, il fait froid. Là-dedans c'est complètement noir et mon ventre est vide. Mon petit ?, je demande, où es-tu ? Viens me voir. Mais je ne comprends plus les mots qui sortent de ma propre bouche. Lentement la peur revient, la confusion aussi. J'ai envie de rendre. Un filet vert puis jaune s'écoule de ma bouche. Et j'y porte la main droite, à laquelle manquent de nouveau trois phalanges. Je tousse, je m'étouffe. Au fond des yeux comme dans l'eau je découvre le reflet de ma gueule en pointe de flèche. Je ne ressemble pas aux hommes. Je ne suis pas un homme. Mon front est bas, il pèse contre mes yeux. Moi qui suis habituée à les voir, je me regarde telle qu'ils me voient : un monstre.

La fièvre était terminée.

Front Haut m'a relevée. Recroquevillée sur mon ventre lourd, je me suis endormie sans sommeil. Le feu s'est consumé, les hommes veillaient, mâchaient des feuilles qui étanchent la soif et attendaient. Il me semblait qu'il ne me restait plus qu'un trou et un ventre par-dessus. Rien ni personne ne me regardait, l'homme pas plus que les yeux brillants du ciel : il n'y a pas de dieux pour moi. Dans l'obscurité l'homme qui guettait les cendres et les braises a bâillé. À côté de moi j'entendais Front Haut respirer et j'ai tendu la main pour chercher la sienne, mais il a grommelé. Alors tout mon corps s'est contracté.

À quatre pattes, la vieille mère grise s'est approchée et elle a reniflé ma pisse : de l'eau coulait de moi désormais. Il pleuvait entre mes cuisses et mon ventre grondait comme l'orage. Une douleur soudaine m'a rattrapée et serrée fort au creux de son poing. J'ai hurlé après l'homme, j'ai réveillé Front Haut, je lui ai griffé la gueule et je l'ai insulté : c'était l'aurore.

À mesure que le soleil montait, l'enfant descendait de moi.

3

Front Haut m'a attachée à des bouts de bois enfoncés dans la terre et encerclée de cailloux blancs. Spectateurs tout autour de mon râle, les hommes restaient silencieux, échangeant parfois un regard de voisin à voisin. Assis en demi-lune par-devant mes jambes écartées, tenues par des nœuds en tendons de cerf, ils hochaient la tête. Front Haut, lui, s'épongeait le visage inondé de sueur. Il laissait la vieille mère grise se pencher au-dessus de mon sexe pour tirer l'enfant d'entre mes cuisses. J'avais si mal que je leur attribuais le nom de la fiente des hyènes, je leur fendais le scrotum par l'insulte et je menaçais d'enfoncer un long bâton épineux dans le cul de leurs femmes et le trou de bite de leurs fils. J'ai ordonné à Front Haut de me soulager. Mais s'il osait tendre la main vers ma gueule, je la lui mordais. Donc le malheureux ne disait plus rien, il épongeait le sang et s'accroupissait, supportant le flot nauséabond dans lequel baignaient mes fesses, par-dessus lesquelles la vieille s'efforçait de séparer l'enfant de la merde en sifflant, en ruminant et en récitant toujours les mêmes formules. Tais-toi la vieille ! Va fermer le cul qui te sert de gueule ! Les larmes ont interdit à mes yeux de voir, puis mes oreilles se sont bouchées comme si je basculais au fond d'une eau profonde et noire. J'aurais souhaité me fendre en deux – à cet instant je ne désirais même plus le soulagement, seulement la fin de mon effort. À peine ai-je entendu le rugissement victorieux de Front Haut : après avoir appuyé son genou entre mes jambes nouées à deux bâtons enfoncés dans le sol, il a sorti la vie de ma vie. Il a arraché à mon cri cette chose luisante qui a crié à son tour et m'a laissée muette. Puis il a levé au-dessus de sa tête l'enfant encore lié à moi par le cordon. À la lueur du matin, je l'ai vu. Sèche mes larmes ! ai-je glapi dans mon ancien langage. Mes poignets étaient encore maintenus au sol, serrés fort par la corde qui m'entaillait la peau. Montre-le-moi ! Et j'ai souri en contemplant la chair de ma chair tenue à bout de bras, après que Front Haut a tranché le cordon avec sa lame chauffée dans le feu. À tous les hommes de l'autre côté des cailloux blancs qui m'encerclaient, il a présenté l'enfant. Je ne voyais pas encore son visage, puisque Front Haut me tournait toujours le dos : montre ! J'ai espéré pleurer de joie, j'ai tellement voulu être débarrassée que j'ai presque cru à ma délivrance. Mais peu à peu j'ai compris que le travail serait infini, parce que la douleur continuait de me déchirer le ventre. Pourquoi ? J'ai rugi et Front Haut s'est retourné, dos au soleil. Je ne distinguais plus que son ombre et celle de mon fils. L'homme s'est penché par-dessus l'épaule de la vieille femme. Elle marmonnait à l'entrée de mon trou béant, dont elle écartait les peaux comme des pétales de fleur fanée : après le premier enfant, il y en avait un autre…

Ce que j'ai gueulé hors de ma gueule n'avait pas de sens, mais tous les hommes accroupis en demi-lune devant moi l'ont compris et ils s'en souviendront.

Ils se sont tus.

Le ciel, la plaine, le monde n'a plus entendu que moi.

Écoutez !

De rage j'ai essayé d'arracher mes liens, le cuir, les tendons, les cordes qui me retenaient moitié nue, allongée sur ce sol poussiéreux, sous un arbre cendré. J'ai montré les dents, j'ai aboyé et haleté en leur montrant la gueule : Front Haut, où es-tu ? Saloperie ! Lorsque le second est enfin sorti du trou, j'étais sèche, vide, je n'avais plus rien à donner. Même le souffle m'avait abandonnée, je n'étais qu'une vieille peau retournée. Hirsute et blanche comme l'os, recouverte par la poussière du sol que mes gesticulations avaient soulevée, j'ai suivi des yeux Front Haut : avec la douceur d'une rivière il lavait mes deux petits. Quel bon père. L'homme, ai-je murmuré, présente donc ses fruits à la femme… Je veux embrasser la chiure de ma chair.

Calme et blanc le soleil montait à la tête du ciel et le grand astre a été spectateur de mon malheur sous l'arbre cendré, au beau milieu de la plaine. Quand la femme a réclamé le dû de son don, l'homme n'a même pas dit non : l'homme n'a jamais répondu.

Sans se presser, Front Haut a franchi le cercle de cailloux blancs et porté les jumeaux qui pleuraient après leur mère sur le traîneau de bois et de cordes grâce auquel il m'avait escortée de la montagne jusqu'à cette vallée qui sent l'herbe fraîche, la terre grasse, la poussière et la cendre. Une fois brisé le cercle de pierres et d'hommes silencieux, chacun a empoigné son arme, la hampe, la lance, l'épieu, la peau roulée. Chacun a tiré derrière lui et poussé devant lui. Hommes et femmes ont repris leur longue marche à travers la plaine.

L'homme !

Le dernier, Front Haut a tourné le dos à mes yeux et je l'ai appelé. Toi qui portes le front haut, regarde-moi ! L'homme ! Mais je ne pouvais plus bouger. Tout le long de mes membres ça fourmillait. Lui, il a commencé à s'en aller, quittant l'ombre de l'arbre cendré pour pénétrer dans la lumière des herbes jaunes et vertes. Avec lui il emportait les deux petits. Parce que le cuir, le tendon, la corde retenaient mes poignets, mes chevilles, mon corps de travers, épuisée j'ai supplié : Reviens ! Je ne savais pas assez de ses mots et juste assez des miens. Clouée à la terre, vidée et ouverte en deux, j'ai cru qu'il avait oublié de me libérer. Essoufflée j'ai souri et j'ai espéré qu'il rebrousse chemin.

S'il te plaît !

À dix pas de moi, j'entendais encore pleurer mes deux bébés. Front Haut a tiré de sa ceinture une outre scellée en foie de cerf, au creux de sa main il a versé de l'eau claire puis rafraîchi leur visage. Ensuite il a sifflé une femme aux yeux de biche qui marchait parmi les derniers de la harde : elle s'est approchée et elle a posé le premier contre son sein gauche, le second contre son sein droit. Front Haut l'a assise à ma place sur le traîneau.

Et l'homme a continué l'histoire. Il m'a abandonnée derrière.

Lorsqu'ils sont devenus plus petits que les plus petits arbres à l'horizon, j'ai compris que je ne les reverrais jamais. Alors j'ai crié assez fort pour que mon cri transperce la plaine, au-delà des rangées d'arbres en fleurs, par-dessus les montagnes et dans la vallée qui suivra, jusqu'à ce qu'ils ne marchent plus que dans mon cri. Ils ne pouvaient pas l'ignorer. Dans quelle langue ? Je ne sais pas, mais j'ai lancé contre eux le pire des mots, qui grandissait à mesure que je voyais diminuer l'ignoble silhouette de l'homme sous le soleil de midi :

Maudit !

Le ciel est témoin que j'ai hurlé, que j'ai craché la dernière de mes dents pourries, pour que ma parole le poursuive à jamais :

Maudit soit l'homme ! Maudit jusqu'à la fin, et encore maudit après ça !

J'ai déchiré le ciel avec ce qui me restait de souffle :

Souffre !

La première qui m'a abandonnée, c'est la voix. Puis l'air s'est fait rare, les poumons faibles, les pleurs secs et mes mouvements immobiles : je demeurais la dernière de mon espèce, loin derrière l'homme, attachée sous ce grand arbre cendré. L'histoire était passée. L'homme l'avait suivie et il m'avait volée. Derrière ma tête, à l'ombre de la bruyère, j'ai entendu rouler les cailloux. J'ai écouté crier le silence. Enfin le bruit de la respiration qui siffle, qui feule et qui frémit, que j'avais oubliée dans la compagnie des hommes, a fait taire le silence : la bête était de nouveau après moi.

Le vieil ennemi revient toujours.

Cinquième histoire

UR

—

LES JUMEAUX

Mésopotamie, – 2950

ILS ARRIVENT SAUVAGES

Les deux frères jumeaux marchent dans la plaine. Ils sont nés l'un après l'autre et ils ont grandi ensemble, mais ils ne se souviennent de rien.

Impossible de les distinguer. Lequel est le reflet de l'autre ? Leurs longs cheveux noirs retombent sur leurs épaules et rien d'autre ne pèse contre leur dos : ils prétendent qu'ils sont libres. Au-dessus d'eux l'air semble toujours léger. Seuls, ils ont franchi les montagnes et traversé d'immenses forêts de cèdres en suivant le chemin des étoiles brillantes : à l'ombre des abiétinées résineuses, des genévriers dont l'huile lavait leurs plaies, ils ont marché les pieds nus depuis qu'ils étaient enfants, ils ont dormi à même le sol moussu et appris à vaincre les bêtes. Et puis, en sortant des bois inhabités, ils ont découvert cette grande plaine fertile. Curieux, ils ont décidé de la traverser.

Bien sûr, ils savent qu'ils vont mourir, mais ils attendent que la mort se montre pour l'affronter. Pour l'heure, on dirait qu'elle les fuit.

Nous ne connaissons pas la peur, affirment-ils.

Un jour, les jumeaux rencontrent un pâtre isolé qu'ils effraient, car ils sont grands, forts et violents. Ils rient de ce poltron, mangent les génisses du pasteur, et ensuite digèrent la viande allongés dans les pâtures d'astragales : ils se demandent où sont parties les étoiles brillantes qu'ils voyaient du haut des montagnes, loin là-bas, puis ils n'y pensent plus.

Les jumeaux qui n'ont pas connu le ventre où ils ont été conçus croient qu'ils n'ont pas de mère. Comme ils ont grandi dans des régions à l'écart de toutes les tribus, ils ont fini par penser qu'ils n'avaient pas de père non plus. Pour dire « je » ils disent « nous », dans une langue qu'ils sont seuls à parler. Ils se suffisent mais le monde regorge de surprises. À mesure qu'ils avancent, le paysage change. La nature cultivée prend des formes et des couleurs mieux dessinées, et plus ils pénètrent à l'intérieur des champs plus le sol leur paraît découpé selon un rythme qui n'est pas celui de la montagne ni de la forêt. Bientôt ils découvrent un vaste campement, que signale de loin une fumée s'échappant des toits de chaux et qui laisse dans le ciel la trace de la main des hommes.

Quand ils goûtent pour la première fois du pain cuit et de la bière fermentée, volés aux villageois qu'ils ont égorgés, ils ne font pas de différence avec la viande, les herbes et les baies. Ce qui a été cuisiné n'est pas très différent de la chair crue : ça se mange. Sans distinguer les huttes des arbres, ils progressent des plaines vers les champs irrigués, où des fermiers ont retourné le sol, mis le harnais aux animaux, délimité des parcelles et élevé des enclos.

Année après année, la terre, la boue et les branches rompues ont permis aux habitants de cette vallée de monter les fascines, les barrages et les talus afin de détourner le cours des eaux. Çà et là, des ardoises ou des galets ramassés dans le lit des ruisseaux leur ont servi de clôture. Désormais leurs palissades de bois sont nouées par des tendons de gibier tressés et montés à angle droit. À mesure que grandissaient les villages, les anciennes maisons rondes ont pris une forme carrée. Chacun y a ajouté une pièce dès qu'il naissait un enfant, et ça a donné une famille ; la famille a noué des alliances et les alliances ont formé une cité. En faisant travailler les nouveaux arrivants du Nord et de l'Est, ils ont aménagé des courettes en dur où les premiers arrivés vivaient bien : jardins florissants, arrière-cours ombragées, riches vergers protégés d'une intrusion étrangère par des murs.

Petit à petit, les murs sont montés de plus en plus haut.

SOUS LES REMPARTS DE LA VILLE

C'est un berger albinos qui leur parle le premier de murailles infranchissables. Aux deux sauvages, il enseigne quelques mots. Le malheureux garde des chèvres pour un « Lugal » et il supplie les deux frères de ne pas lui prendre ces bêtes qui sont sa seule propriété. En échange, il leur enseignera à ouvrir la bouche pour parler la langue d'Akkad. « Gal », répète-t-il en désignant leur grande taille.

Ils ouvrent la bouche tour à tour, et tant bien que mal ils disent : « Gal », leur premier mot.

Puis l'albinos montre la taille de l'un ajoutée à la taille de l'autre, et il indique quelqu'un qui serait encore plus grand :

« Lugal », dit-il.

Dubitatifs, les frères répètent :

« Lugal. »

Enfin il ferme le pouce et l'index en cercle pour imiter la muraille infranchissable : « Ur ».

Au matin qui suit il les conduit là-bas. Sur la route pavée, des marchands, des hommes en armes, des porteurs d'étendard agitent des fanions bleus et les deux frères s'arrêtent, fascinés par l'apparition sur la ligne d'horizon de murs de briques disposées en boutisse, bien encastrées mais qui saillent comme si la puissance du soleil s'était transmise par magie à cette carapace de terre cuite, protégée par des picots : la ville. Pour la protection du ciel on remercie le dieu Enlil, qui règne sur les airs. Puis, plus près de la cité, quelques chalands invoquent la déesse Ea, qui réchauffe le sol. Tenant à la main une poignée de serpents frétillant dans la canicule, ils ont brûlé la terre jusqu'à la cendre, et les deux frères ahuris regardent sans comprendre ces hommes agités qui enterrent les vipères vivantes, tout en prononçant parole sur parole, les doigts écartés, les mains jointes et la tête qui dodeline.

Dix pas plus loin, des enfants jouent aux osselets.

Leur guide ramasse une pyramide de corne et d'ivoire qui tient au creux de la main. Sur les quatre faces se trouvent gravées des encoches : voilà le sort.

Ils étaient curieux des murs, puis des mots, et maintenant du destin.

LA PORTE DE CÈDRE

Les deux frères sont impatients. Ils n'ont pas la notion du temps.

Par-dessus les hauts murs, les voyageurs contemplent le chantier d'une tour qui monte étage après étage jusqu'au ciel. C'est la tour d'En-men-lu-ana, explique le berger albinos, où travaillent les mécréants de Sumer : des paysans qui viennent du Sud et qui vénèrent An. Leur siège se trouve à Uruk, une autre cité qui a élu pour hétaïre Eanna. Ils n'y comprennent rien sinon que les gens d'Akkad n'aiment pas les hommes de Sumer dont les dieux sont différents.

Ils les comptent et les parquent à la façon des moutons, ils s'en méfient et les retiennent sur le seuil de la cité. Considérés comme étrangers, les deux frères n'ont pas le droit de le franchir.

Gardant l'entrée méridionale, une immense porte en bois reste fermée toute la nuit. Dans la journée, des soldats en uniforme qui portent une masse d'arme à la main l'ouvrent et vérifient marchandises et marchands. Les jumeaux observent ce portail massif taillé dans le cèdre, puis les colonnes qui soutiennent le poste de garde et ressemblent à des sapins rocheux.

En ville le bois imite la pierre, et la pierre imite le bois.

Bientôt, tout leur semble sens dessus dessous ; ils ont l'impression d'être désorientés et exclus. Enivrés soir et matin par les innombrables mots que les hommes prononcent tout autour d'eux, les frères jumeaux voudraient pénétrer dans cette ville et dans son langage.

« Apprends-nous ! » supplient les deux frères.

Parce qu'il a encore peur d'eux, le berger albinos leur enseigne la langue d'Akkad.

Excités comme des enfants, les deux frères

dorment sous la tente du berger albinos, parmi les ouvriers du chantier qui chôment, en attendant d'être employés par la ville d'Enlil. Puisque les soldats du Lugal prélèvent chaque soir une dîme aux vagabonds, le berger albinos ne déclare qu'une tête pour les deux hommes. Afin de tromper sur leur compte, il demande à l'un de rester à l'ombre de la tente quand l'autre en sort, et inversement. C'est une excellente ruse. Ni l'un ni l'autre ne la comprend vraiment, mais ils se sentent obligés par les mots de l'albinos.

Il donne un nom simple à chacun : « l'Un » et « l'Autre ».

Le jour l'Un sort ; la nuit c'est l'Autre.

Chacun leur tour, ils font la connaissance des vagabonds aux portes de la ville. Ils apprennent le jeu de dés. Ils n'ont pas beaucoup de chance au jeu, mais à la lutte à mains nues ils sont si forts que les pauvres parient sur eux. L'Un combat un champion de Sumer et le bat ; l'Autre affronte un guerrier d'Amurru et le terrasse aussi. Grâce à leurs gains ils gagnent le droit d'entrer.

L'Un pénètre le premier.

Une heure après, l'Autre se présente à la porte en cèdre. Il est si semblable à l'Un que le garde dit :

« Tu es déjà rentré une fois et je ne t'ai pas vu sortir. Comment est-ce que tu as fait ? »

L'Autre ne répond pas.

Les militaires se regardent interloqués, peut-être sont-ils en présence d'un être surnaturel, qu'ils ont laissé franchir le seuil de la cité.

À présent, ils déambulent dans Ur sans le berger albinos. Derrière les hautes murailles, les deux frères égarés décident de se séparer et chacun suit son chemin, l'Un à gauche, l'Autre à droite.

Le premier parvient au grand marché de la cité où, transportés sur les canaux, affluent les produits de la plaine cultivée. Jusqu'au canal frontière de la cité de Sumer, le Roi de la ville est souverain. En échange de sa protection, le pays lui livre du bois de construction, des céréales et de la viande. Dirigés avec des rênes noués à l'anneau à travers leurs narines, les animaux prélevés pour impôt font procession sur la place du marché. L'Un est pris de vertige devant l'abondance de biens et le grouillement de ses semblables dont il sait si peu : ici sa force se trouve submergée par le nombre.

Pendant ce temps, l'Autre parvient à l'esplanade du temple d'Eanna : c'est un grand temple de briques et de mosaïques que des cônes d'argile recouvrent comme la cuirasse d'un insecte. Ignorant des usages, l'Autre pisse dans le caniveau qui charrie l'eau de la lessive et des ablutions jusqu'au canal de dérivation. Cassée en deux par l'âge, une vieille femme observe ses urines et sourit :

« L'homme qui pisse sur les briques retournera à l'argile.

— Qu'est-ce que tu dis, la vieille ? »

L'Autre ne prête pas attention à la prédiction, car il n'a aucune idée de l'uromancie ni même de l'avenir. La vieille lui propose de « lire » et il ne comprend pas non plus ce mot.

Derrière la vieille se tient une jeune fille à la

bouche lippue : une servante aveugle au service de la prêtresse d'Eanna qui racole les hommes pour le bon plaisir des femmes. L'Autre, qui ne sait rien de tout ça, croit voir une apparition du « souffle fragile », c'est-à-dire un rêve éveillé.

« Quand tu te trouveras dans la nécessité, dit la voix douce de la jeune aveugle, qui comme dans les songes semble parler à travers la bouche de la vieille, viens frapper à la porte du sanctuaire. Passe le seuil de graviers blancs et la prêtresse d'Eanna t'accueillera. »

IL Y A UN GRAND TAUREAU SUR LE MARCHÉ

À l'autre extrémité de la cité occupée à la construction de la tour, sur le marché à la viande et au grain, l'Un trouve querelle. N'ayant jamais entendu parler de vol, il décide de cueillir une pomme mûre sur l'étal d'un marchand. Bientôt il se trouve cerné par une nuée de commerçants, puis de gardes au casque plat, à la cote de maille et à la jupe plissée des serviteurs du Lugal En-men-lu-ana, le Roi. Excité par l'envie de se battre, l'Un commence à frapper dans le tas. Puis il bat en retraite, repoussé par la foule qui lui renvoie des coups de pied. Il n'a pas l'habitude de la masse, après avoir traversé les forêts silencieuses et le désert indifférent. Déstabilisé, l'étranger marche à reculons, bute contre un grand taureau blanc qui attend à l'entrée du marché, un anneau d'or à la corne.

Ceux qui criaient se taisent et regardent. Dans l'arène qui se forme autour du taureau furieux, l'Un est seul. Il a hâte de faire la démonstration de sa vigueur. Jamais il n'a rencontré un être plus fort que lui ou son frère, aussi attend-il l'animal sans douter de l'issue du combat. Mais les taureaux des villes ne sont pas ceux des champs. Ils sont autrement intelligents, et la bête sait faire semblant. Au moment de plonger à la droite de l'homme inconscient du danger, une feinte lui autorise un pas de retrait, après quoi elle encorne le sauvage près du foie ; l'homme perd son sang.

Alertés, les soldats au manteau clouté et au casque de cuir plat se rangent en ligne au travers des étals bousculés et séparent la foule, pendant que le taureau blanc tourne autour de l'étranger :

« Achève-le ! » hurle une femme.

À peine un caillou lancé et on parle déjà de le lapider afin de précipiter son agonie. La main au manche de son épée à la lame incurvée, un certain Lu Baba – un officier monté sur un char à quatre ânes – ordonne à l'escorte de reculer et de laisser le dieu cornu en finir avec l'étranger.

L'Un a mal, mais il n'a pas encore peur.

À la deuxième charge de la bête qui martèle le sol du sabot et dont la masse fait trembler les étendards du marché, au lieu d'esquiver par la droite ou par la gauche, puisqu'il sait qu'il n'aura pas le temps d'échapper à ses cornes effilées, l'Un se poste entre les deux yeux du taureau. Encaissant sur le torse le choc du front adverse, il se saisit des cornes de part et d'autre. Puis il le repousse en ahanant. D'abord ni l'homme ni l'animal ne bougent et leurs forces s'annulent. De colère, le taureau verse soudain sur un côté, et d'un seul bras l'homme brise l'une de ses cornes : par la gauche, l'animal embroche entre les côtes le sauvage mais sur la droite celui-ci le poignarde à la nuque. À son tour l'animal dégorge du sang, étourdi il va en rond sur la scène improvisée du grand marché.

On murmure.

Sévèrement touché au flanc et le pas hésitant, l'Un cherche l'ombre d'une rue avec l'intention d'y reprendre son souffle. Ensuite il s'écroule à l'écart de la foule. Adossé à un pilier de bois où flotte encore l'étendard royal, il croit défaillir de douleur : l'animal l'a blessé près du cœur. Pour la première fois il lui semble qu'il ne vaincra pas.

« Mon frère ! » entend-il soudain.

Incliné au-dessus de lui, l'Autre est revenu du temple et prend l'Un dans les bras à l'abri de la cohue. Quand il aperçoit sa plaie ouverte, de rage il ressort de la rue où son jumeau s'était réfugié : inconscient de l'attroupement il avance sur la place du marché pour en finir avec la bête.

Surpris comme on l'est par la lumière après avoir attendu trop longtemps dans l'obscurité, l'homme tient à la main la corne à l'anneau d'or qu'il a arrachée à la main de son frère. Au milieu des planches et des tréteaux renversés il se retrouve devant l'animal à bout de souffle. Là, les badauds remarquent que l'étranger ne porte plus la moindre trace d'une blessure au flanc gauche.

C'est un miracle. La plaie se sera refermée d'elle-même : il est indestructible !

Est-ce que le taureau le croit aussi ? Ou bien est-ce qu'il a compris que cet homme en cache un autre ? Déjà à demi égorgé l'animal qui a perdu la force de combattre se rend à l'Autre : le sauvage n'a plus qu'à lui enfoncer sa propre corne entre les yeux.

Il triomphe.

La rumeur monte dans la foule.

Ils aiment se raconter des histoires. Dans le peuple beaucoup parlent désormais d'un demi-dieu qui aurait vaincu le grand taureau blanc à lui seul. Ses blessures auraient guéri en un instant et il ne connaîtrait pas la fatigue. Dans leur enthousiasme, les gens n'imaginent pas qu'ils étaient deux.

Quand la foule vient le célébrer, le nouveau héros qui ne comprend rien à toute cette excitation s'échappe dans l'ombre. Qu'est-ce qu'on lui veut ? Alors que la garde royale de Lu Baba contient à grand-peine la cohue, l'Autre prend son frère sur son épaule et s'enfuit dans le dédale des rues. Sans savoir où trouver refuge, il conduit le blessé au temple d'Eanna.

Là il frappe à la porte du sanctuaire, dont le seuil est marqué par du gravier blanc.

MOI, PRÊTRESSE D'EANNA

Dès que l'homme voit la prêtresse d'Eanna, il la désire.

Mais que faire de ce désir ? Pour être comblé il ne suffit pas de la regarder. Il ne suffirait même pas de la posséder : le moyen d'étancher l'appétit qu'il éprouve devant sa beauté lui est inconnu. Parce qu'il la veut mais ne sait pas quoi exiger d'elle, l'étranger tombe en sa dépendance.

Elle sent tout de suite son insatisfaction.

« Tu as vaincu le taureau ? » lui demande-t-elle, drapée dans un voile bleu orné de feuilles d'or, debout près du grand autel de son sanctuaire.

Pendant qu'on soigne son frère, il répond que non : ils étaient deux. Ils l'ont vaincu ensemble.

« Peu importe. »

Pour qu'on ne reconnaisse que son visage, la femme consacrée aux dieux ne laisse rien paraître d'autre. Tout son corps est voilé et elle sait comment attirer l'attention d'un homme vers sa bouche : elle parle avec aisance, et le timbre de sa voix est enivrant comme le vin. La servante aveugle qui lui sert d'oreilles lui a rapporté en même temps que les deux étrangers la nouvelle d'une foule en liesse, qui cherche désormais son héros enfui dans les rues de la cité. Il y a eu un début d'émeute. Après avoir fait aux deux sauvages la grâce de l'hospitalité de la déesse de la Lune, elle décide d'en tirer parti.

Tout en parlant, elle invite au bain celui qui n'est pas blessé, s'enfonce dans les vapeurs devant des statues de femmes à tête de génisse, jusqu'à un bassin d'émail et d'eau brûlante où elle lui fait masser la peau.

« C'est toi qui as vaincu le taureau », murmure-t-elle. Et un chœur de jeunes femmes psalmodie tout autour de lui des louanges.

Est-ce qu'il se méfie ? Du mensonge il ne connaît que le mot : les femmes, elles, ont l'habitude d'être volées. Le pouvoir royal leur a été refusé et en échange elles ont appris à manier le mystère.

Des trois courtisanes au service de Nanna, prêtresse d'Eanna, l'une est aveugle (pour ne pas voir les secrets de sa maîtresse), la deuxième sourde (pour ne pas les entendre), la troisième muette (pour ne pas les répéter). De corps elles sont belles, mais chacune arbore un visage jugé disgracieux : les dents de guingois, le nez retroussé comme le museau d'une truie, disent les hommes, ou les oreilles décollées. Elles servent de bouche, de main, de sexe à la prêtresse. L'aveugle est sa bouche et ses oreilles : elle possède des talents de ventriloque (il s'agit de la jeune fille que l'étranger a déjà rencontrée sur les marches du temple) ; la sourde prête ses doigts à la prêtresse du culte ; la muette lui a fait don de sa vulve. Lorsque la maîtresse suce le pénis d'un homme, c'est du bout des lèvres de sa servante ventriloque. Et si elle donne le droit qu'on la pénètre, c'est entre les cuisses de la muette. C'est ainsi. Aux femmes qui lui servent de substitut elle commande à distance, comme la Lune qu'elle prie et qui ordonne depuis tout là-haut aux marées.

Pendant que l'un des jumeaux, convalescent, reprend des forces sous des draps de laine, la prêtresse piège l'autre frère dans la conversation ; elle l'attire et l'effraie à la fois.

« Quel est ton nom ? » l'interrompt-il, troublé par le vin sucré et les caresses lentes et répétées de la servante sourde.

« Mon nom c'est Moi, je suis celle qui dit "je".

— Et moi quel est mon nom ? s'enquiert-il. Je sais dire "je" aussi…

— C'est Toi quand je suis là et Lui quand je n'y suis pas.

— Nous sommes deux frères…

— Tu es Toi, et l'autre c'est Lui. »

Il réfléchit.

En l'assaillant sans cesse de signes qui possèdent plusieurs sens, elle le déconcerte.

« Que veux-tu ? » implore-t-il.

Mais la servante sourde continue de lui flatter la poitrine, lui pince les tétons et l'échauffe.

La prêtresse d'Eanna répond : « Je veux que tu sois Roi à la place du Roi. »

LE ROI EN-MEN-LU-ANA

Après un bref rituel d'accueil, le Roi déclare devant toute la cour :

« Sois le bienvenu. Je suis brillant comme le Soleil et solide comme la Terre, rejeton du Lugal, Lugal moi-même, et Lugal du Lugal, plus homme que les hommes, aussi dieu que les dieux, je domine, je protège et je donne de la corne comme le buffle.

« Mon nom est En-men-lu-ana, fils du fils des premiers, mais lui-même le premier. »

Puis le Roi observe l'homme sauvage. Suite au désordre suscité la veille par la victoire de l'homme sur le taureau, ses gardes armés l'ont cherché partout. Mais l'étranger avait trouvé refuge au temple où la déesse Eanna reçoit la corne votive et les libations des femmes. La prêtresse conspire contre le Roi, qui voudrait l'exiler hors de la ville. Lorsque les soldats, sous la conduite de Lu Baba, sont entrés dans le sanctuaire, la menace d'une révolte a été brandie une fois de plus par les partisanes de la prêtresse et les réfugiés sumériens qui travaillent à l'édification de la tour, en l'honneur d'un dieu qui n'est pas le leur. Mais le Roi a fait quérir l'étranger et les soldats ont traîné les vestales par les cheveux afin d'accéder aux appartements où l'homme les attendait.

Le voilà qui paraît enfin devant eux. On a beaucoup parlé de lui aujourd'hui.

L'étranger est grand. Il se tient tête haute dans la salle principale du palais d'En-men-lu-ana, fervent suppliant des Grands Dieux, descendant d'An le sublime et du seigneur Enlil. Il attend au centre de la salle rouge, décorée de reliefs qui expliquent à l'œil la généalogie de ce Roi au front haut. Devant la frise se presse une foule inquiète d'administrateurs, de secrétaires, de comptables, debout ou assis sur de simples tabourets, curieux de l'inconnu. Immobile sur le trône et sous la tiare, le Roi à la barbe tressée et au chignon luisant d'huile guette l'étranger qui attend les bras ballants. Ébahi il contemple tout autour de lui le bois précieux incrusté d'ivoire des coffres, des bols en cuivre, des vases en or et en argent, des harpes et des plateaux sculptés que le Roi fait circuler dans l'assistance. En déplissant sa jupe en peau de mouton, le souverain propose de trinquer.

« Maintenant ouvre la bouche et parle. »

Mais les mots sont des cailloux dans la bouche de l'étranger : ses maladresses font rire la cour.

« Silence ! »

Le Roi dont la semence n'a donné que des filles regarde l'homme et voit un fils.

« Celui qui rit encore de l'étranger, je lui ferme ses lèvres avec de l'or brûlant. Laissez-le dire. »

L'étranger ne peut pas correctement s'exprimer, mais il est beau, grand, fort comme le souvenir que le Roi aimerait conserver de sa propre jeunesse. C'était du temps où à la tête des chars il allait à la guerre prouver sa valeur. Parvenu au faîte de la montagne, descendu dans le puits des enfers et remonté aussitôt, il avait traversé sans crainte le cercle enchanté de racines, de feuilles et de roseaux tracé par les magiciens de l'ennemi. Hélas, aujourd'hui il dépend de ses oblats, des consacrés, des hiérodules et surtout de la prêtresse, qu'il trouve perverse et qui lui veut du mal. L'homme qu'il a été reconnaît dans celui d'aujourd'hui son substitut. Et puis cet étranger est aimé par le peuple.

Alors En-men-lu-ana, Lugal du Lugal, appelle le scribe « brûleur de roseaux » pour dicter :

« Au sixième mois de la trente-cinquième année du règne d'En-men-lu-ana, sous le sceau du scribe royal, un homme sans nom et sans vêtements, un *saklu* venu de la montagne et des forêts, qui avait le cheveu long et qui n'était pas coiffé, avec la barbe sans tresses et à qui seule la sueur servait d'huile, pour qui les mots étaient encore des pierres, est apparu et a triomphé d'un taureau. Par la volonté du Roi il sera désormais substitut du Roi... »

Le souverain dicte au Sumérien qui court vite et bien sur la tablette d'argile. Et il voit que l'étranger ne connaît rien au don d'Enki, qui a légué aux hommes le *me* : le nom de chaque chose.

L'étranger ne connaît pas l'écriture.

Aux officiers qui maîtrisent la science des signes, le Roi annonce qu'au nom d'An et Ki – le ciel et la terre –, il nomme son substitut à la tête de la garde royale. L'assistance est surprise. Puis il parle de la tour, dont il faut hâter le chantier : jusqu'à présent, les limites tracées par les murs marquaient les frontières du royaume ; désormais, le royaume s'étendra aussi loin qu'on peut apercevoir le sommet de la tour. Quiconque lèvera les yeux dans la plaine et verra la construction devra dire : « Je suis le sujet du Roi. » Plus haute la tour, plus vaste le pays ; et une tour haute jusqu'au ciel permettrait de régner sur la terre entière.

« Va porter ma parole sur le chantier », commande-t-il au sauvage qu'il a décidé d'adopter.

Afin que la paix soit respectée, le Roi fait ensuite livrer au temple d'Eanna, d'où s'élève la Lune à la nuit tombée, plusieurs rations de viande rouge, un bélier à sacrifier, un sceau cylindrique et dix *gur* d'orge. Il en fait établir le compte sous le contrôle du scribe sumérien appelé « brûleur de roseaux » et sous la direction de Lu Baba, chef d'escorte. À l'annonce de la nomination de l'étranger, Lu Baba a grimacé : il espérait être nommé chef de la garde, alors il est jaloux.

LE PREMIER ET LE SECOND

C'est l'aube, belle et chaude.

Quand brille le point du jour, les jumeaux se retrouvent enfin : au temple d'Eanna, ils tombent dans les bras l'un de l'autre.

« Il faut que je te raconte… J'ai combattu un taureau sur la place du marché !

— Je sais, je l'ai vaincu après toi ! C'est moi qui t'ai porté dans les bras jusqu'au sanctuaire. J'ai rencontré celle qui s'appelle Moi, puis le Roi. Et il m'a adopté. »

Après qu'une heure a passé, le frère convalescent a entendu tout le récit de son frère bien portant, et ils mangent la main dans la main comme deux enfants.

Encadrée par les servantes d'Eanna, la prêtresse apparaît voilée. À son tour le frère convalescent en tombe amoureux. Son frère a dit vrai : c'est la beauté incarnée. Pour se lier à la déesse, elle a fait forger deux anneaux d'or et d'argent entrelacés, qu'elle porte au majeur droit. Elle appartient aux dieux auxquels elle se voue et les hommes de chair ne sont dans son esprit que des moyens de s'entretenir avec les divinités. Maniant avec dextérité la corne votive qui contient de l'onguent à l'huile parfumée, la prêtresse bénit le lieu où ils mangent la viande du taureau offert par le Roi, dans l'antichambre du temple.

Elle regarde les jumeaux qui viennent de l'étranger, elle voit l'avenir de l'humanité.

« Vous pourriez m'appartenir tous les deux, annonce-t-elle, mais moi je ne peux m'offrir qu'à un seul de vous. »

L'Un et l'Autre se taisent. Ils ne voient pas la moindre différence entre eux.

Certes, l'Autre est intact et l'Un encore blessé : il porte une cicatrice au flanc gauche.

« En apparence il faut que vous demeuriez semblables, explique la prêtresse, donc je veillerai à ce que vos entailles paraissent identiques. Pour moi seulement vous serez différents. »

Comment choisir auquel des deux reviendra la prêtresse ?

D'un petit coffre d'ivoire, elle sort deux dés aux quatre côtés triangulaires. Ils ne savent pas compter mais elle demande aux deux frères d'en lancer un chacun sur la table en bois de pin clair.

« Le nombre fera la différence. C'est moi qui compterai pour vous. À toi. »

À qui s'adresse-t-elle ?

« Lequel de nous deux doit commencer ? »

À chacun des jumeaux elle a confié un dé semblable.

« Tirez en même temps. »

Mais les deux dés affichent le même nombre.

« Encore. »

De nouveau c'est égal.

« Allez. »

Le sort se lasse. Trois pour l'Un, deux pour l'Autre.

« Et voilà. »

L'Un, elle le renomme le Premier ; l'Autre, le Second.

Afin de les distinguer, elle chuchote au creux de l'oreille du Premier son nom secret, que même ses servantes ignorent.

Puis elle fait monter le Premier dans ses appartements, auprès du sanctuaire secret de Sin la Lune quand Samas le Soleil est absent, et s'allonge en offrande sur le lit consacré d'où, d'après la coutume, le Roi des enfers s'est absenté pour célébrer le hiérogame. À l'Un, qui est maintenant le Premier, elle laisse apercevoir ce qu'il y a au-dessous de son drap bleu et elle entrouvre les cuisses.

« Voilà pour toi », dit-elle.

Puis elle fait lever la corne du taureau par cette servante sourde qui lui sert de main : d'un geste vif et précis, la fille blesse l'homme, qui ne s'y attendait pas et tombe à genoux.

« Soigne-le. Qu'il cicatrise et semble maintenant identique à son frère blessé. »

Pendant ce temps, le Second couche chez une courtisane qui le rend joyeux, parmi les filles qui rient, s'amusent de lui, prennent son sexe à deux mains, le mettent à la bouche et se le rentrent en gémissant. Ils célèbrent l'amour à la manière vulgaire des cinèdes, renversent le cul et le con comme dans l'*astammu* où l'épouse et l'époux se trouvent invertis la nuit. Le Second fornique avec une femme qui aspire de la bière à la jarre, pendant que les autres entre elles se lèchent et s'amusent de leur inversion. Puis le sommeil les gagne et le Second défavorisé par le sort s'endort réconforté par les filles de joie.

Mais au crépuscule qui suit, la bouche de la prêtresse le réveille et lui rappelle son devoir : traverser les rues jusqu'au palais et prendre son service auprès du Roi.

Il se lève, il s'habille et obéit au plan de la prêtresse.

LE SENS DES RÊVES ET LE SENS DES MOTS

Le Roi qui devient vieux n'est pas serein.

Le souverain se tourne et se retourne sur le trône. Il y fait les cent pas. Il se rassoit. Sur son front haut la peur a fait perler la sueur. Aux heures les plus tardives il tombe de fatigue, mais il ne dort jamais. La nuit il veille dans son grand palais et appelle à son chevet son image, son substitut.

« Écoute mon rêve. Au cœur du sommeil, un fantôme m'a rendu visite et il a tourmenté mon esprit avec son souffle vicieux... D'abord, s'interrompt-il, jure que tu ne me laisseras pas mourir.

— Je le jure.

— C'est bien. Mais je ne sais pas si c'est assez.

— Pourquoi ?

— À cause du rêve.

— Qu'est-ce que tu as rêvé ?

— J'étais le Roi. J'ai rêvé de moi mais j'ai rêvé de moi *deux fois*. J'ai rêvé que le premier moi dévorait le second, mais le second était aussi le premier. C'était le même. Donc je me suis mangé.

— Je n'y comprends rien. »

Au pied de l'estrade royale, le Second veille en armure légère aux nœuds de cuir. Il a fière allure. Vêtu d'une laine tissée par des servantes aux doigts fins, il porte une lance à la main. Il prête l'oreille à En-men-lu-ana, dans la chambre éclairée par d'innombrables bougies qui sentent le camphrier : le Roi brûle d'envie de se confier.

« Quel est le sens de ton rêve ?

— Dans un songe, si un homme mange, il est vainqueur mais si un homme rêve qu'il est mangé, il est vaincu. Donc à la fois je gagnerai et je perdrai.

— Comment le sort peut-il affirmer une chose et son contraire ?

— Mon fils, dit le Roi, le rêve est au monde ce que le mot écrit est à la chose. Et tu sais que le même mot peut signifier deux choses différentes.

— Je ne sais ni lire ni écrire.

— Tu sais rêver.

— Je ne rêve jamais. »

L'étranger s'est attaché au Roi, il veille à son côté, il résiste à la jalousie de Lu Baba, le chef d'escorte royal qui n'aime pas les étrangers du Nord et de l'Ouest ; avec le « brûleur de roseaux » sumérien, il surveille l'avancement lent et pénible des travaux. Mais lorsqu'il retourne dormir au sanctuaire, afin que son frère le remplace, il ne rêve pas. Il vit comme il va. Il se souvient peu, réfléchit encore moins. Bien sûr il a du désir, mais il n'espère rien.

C'est un homme fruste. Pourtant, à la conversation qu'il entretient régulièrement avec son substitut, le Roi prend plus de plaisir qu'avec ses courtisans. Il vient un temps où un homme ne connaît pas plus grande satisfaction que de transmettre à son enfant une certaine idée qu'il s'est faite du bien et du mal ; et puisque le Roi considère l'étranger comme son fils, il est heureux d'enseigner à cet innocent les signes, le sens des rêves et le sens des mots.

« Il faut s'en servir pour régner, mais ne jamais tomber dans leurs pièges, qui sont nombreux. Ne laisse pas tes rêves regarder au fond de ton esprit ; protège-le aussi des mots des autres. Rester dans ce secret-là, c'est être Roi, à condition de contrôler les noms et les rêves de tes sujets. »

★

Les heures deviennent des jours, les jours des mois et les mois des années.

Soir après soir, cependant que le Second fait le pied de grue auprès du souverain qui ne trouve pas le sommeil au fond de sa chambre, la prêtresse tâche d'apprendre à écrire au Premier.

Elle lui apprend les noms *Mun*, *Sid*, *Kisal* et *Men* ; elle lui apprend à compter des quantités de chèvres et de brebis, d'orge et de fruits, à mesurer les rations, le passage du temps, les jarres de malt, de gruaux d'orge et de laitage ; elle lui révèle le secret du nombre, la petite encoche qui signifie un *iku*, le grand cercle un *sar*, le petit cercle un *bur* : un *sar* vaut soixante *bur*, un *bur* dix-huit fois un *iku*… Quel ennui que l'écriture.

Il médite vaguement.

Les nombres l'endorment. Maintenant qu'il sait compter, il entrevoit à peu près la différence entre lui et son frère.

« Tu n'apprends rien, le sermonne la prêtresse, l'univers te dominera toujours.

— Quelle forme a l'univers ? demande le Premier, histoire de maintenir chez elle l'illusion qu'il serait intéressé par tout ce charabia.

— Par-dessous la Terre il y a l'Aspu ou l'Engur, c'est-à-dire l'eau sur quoi flotte tout le sol. Aux extrémités du monde la mer est son épouse. Elle a pour nom Taiamat. Toi, tu viens des monts jumeaux…

— Ah.

— Écoute. Derrière les montagnes dont tu viens, que tes semblables ont descendues pour pénétrer dans les plaines fertiles, des forêts de résineux s'étendent. Puis les mers orientales se poursuivent jusqu'au bout du monde, où le ciel finit supporté par d'immenses rochers. De l'autre côté, après le désert occidental dont proviennent les Amorrhéens, un homme qui marcherait aussi vite, aussi loin et aussi longtemps que toi, s'il ne connaissait ni la soif ni la faim, trouverait les eaux qui mènent au fleuve des enfers. Aux deux extrémités, le monde a un trou…

— Comme le trou de ton cul ! » plaisante le Premier. Las de la leçon, il préférerait forniquer plutôt que bavarder, mais il faut qu'il écoute : Eanna voudrait le voir devenir Roi.

« Je te montrerai mon cul si tu fais un effort… », soupire la prêtresse qui s'abaisse au faible niveau d'intelligence de l'homme. « Maintenant, figure-toi que deux puits s'enfoncent dans les ténèbres, à chaque extrémité. De l'autre côté, le monde est à l'envers. »

Il bâille. Il n'aime pas les histoires et touche le téton de la prêtresse sur le sein de son substitut, cette servante au visage hideux. Un bref instant il se représente les enfers où habitent des êtres faits de souffle, des spectres maudits, condamnés à revenir et à errer toujours ; puis il s'endort.

À son réveil, de mauvaise humeur, il aperçoit son frère dans l'antichambre du sanctuaire :

« Je ne fais que te croiser.

— Nous ne nous voyons plus. »

Ils tombent dans les bras l'un de l'autre.

« Mon frère, j'apprends l'écriture. »

Le Second ne répond rien. Il aimerait apprendre à sa place.

« Mais cela ne sert à rien et je m'ennuie. Et toi ?

— J'écoute parler le Roi. Il ne veut pas m'apprendre à écrire, alors je fais le soldat.

— Je voudrais tellement être à ta place. »

SUBSTITUT DU ROI

Le Roi croit qu'il n'y a qu'un seul homme sauvage : celui qu'il a adopté comme substitut.

Après minuit c'est à lui qu'il parle pour conjurer ses insomnies. Mais il sait que son fils dirige aussi sa garde le jour, qu'il maîtrise le violent Lu Baba, fait la police sur le chantier et rend la justice, jusqu'au coucher du Soleil. Quelle endurance : est-ce qu'il ne dort jamais ?

Un soir, le Roi lui confie :

« J'ai encore fait un rêve.

« Dans mon rêve, j'étais au palais d'En-menlu-ana, mais je n'étais pas moi. À la lueur de la Lune, je ne distinguais plus mon ombre. Tout ici avait des yeux. Moi, j'avais emprunté ceux d'abord d'un esclave, puis d'un chien : un molosse. J'ai cligné des yeux et voilà que j'étais devenu le sol de terre cuite, sous tes pieds, parce que même la chambre pouvait regarder. Un souffle léger, c'est tout ce que j'étais désormais. Je voyais tout mais je n'étais plus vu de personne. Du haut de la tour, je me suis cherché un peu partout dans le pays, aussi loin que porte le regard. Où est-ce que j'étais ? Nulle part.

— Quelle est la signification de ce drôle de rêve ?

— Si l'homme voit mais n'est pas vu, c'est qu'il mourra.

— Qui ne meurt pas, mon Roi ?

— Je mourrai bientôt. Mais le rêve signifie aussi que je serai oublié.

— Jamais ! La tour se chargera de rappeler ton existence. On se souviendra toujours de toi.

— Peut-être pas. Mais promets-moi, supplie le Roi, de ne pas me laisser voir ce jour où plus personne ne me reconnaîtra.

— Cela n'arrivera pas. Je te le promets.

— Jure et répands le sang de ta main. »

Comme il convient, le Second tranche sa paume du fil de l'épée et laisse couler le sang.

Pourtant le serment n'apaise qu'à moitié la crainte du souverain. Avec la peur sa peau s'est couverte d'eczéma. Dès qu'on évoque les récriminations du peuple, il se met en colère et refuse d'écouter. Or le pays gronde. À la tête de la garde, le Premier et le Second doivent étouffer plusieurs tentatives de soulèvement. Parmi la population ils sont si craints qu'ils peuvent se permettre d'être cléments – contrairement à Lu Baba, qui est trop brutal. On les aime. Le vieux souverain, lui, est détesté. Dès qu'il y a de la haine dans les rues de la ville, elle est pour lui.

Dans cette atmosphère délétère, le Second se sent impuissant.

« Est-ce que tu pourrais m'apprendre à écrire ? »

Le souverain rit :

« C'est l'affaire du Roi.

— Est-ce que tu pourrais m'apprendre à lire, au moins ?

— Laisse la lecture aux femmes.

— Pourquoi ?

— Le vieillard écrit, la femme lit et les hommes vivent. Ils agissent : ils n'ont pas le temps.

— Dis-moi comment vivent les dieux.

— Les dieux vivent délivrés de la peur. De même que nous ne pouvons pas imaginer leur vie, ils ne peuvent pas se représenter la nôtre. Autour d'Enlil dans le ciel, ils sont parvenus à la fin de l'histoire. Ce que nous pensons ils le sentent, ce que nous rêvons ils le voient, ce que nous espérons ils s'en souviennent. »

ILS ÉCHANGENT LEURS DESTINS

Insatisfait, le Second sent la vie qui vibre le long de ses nerfs. Il pense à l'existence divine qui lui échappe. Maintenant il sait ce qu'il veut quand il désire la prêtresse, l'amante de son frère dont il est jaloux : il voudrait vivre comme les dieux. Parfois il est si frustré qu'une sorte d'ulcère lui colore de jaune le visage. Il attend, il se fait du souci ; sans cesse il pense à hier et réfléchit à demain.

Après avoir quitté le chevet du souverain, il doit partir honorer dans le quartier des tavernes les courtisanes et les prostituées au nom d'En-men-lu-ana. Las de sa tâche, il bâfre, il livre sa chair à la chair des femmes, il offre à ces femmes un substitut à la semence du Roi, il se divertit, certes, mais à ce divertissement il ne trouve plus aucune joie.

Il pense qu'il ne vaut pas mieux pour le Roi que la sourde, l'aveugle et la muette qui sont au service de la prêtresse, et voilà qu'il se sent humilié.

Même s'il couche avec des femmes, il convoite la seule qui lui est interdite. Fâché de ce désir dont il ne parvient pas à se débarrasser, il passe ses nerfs en se battant contre d'autres hommes. À peine un soldat de Lu Baba raconte-t-il une plaisanterie salace à propos de la « prostituée d'Eanna », qu'il vient lui répondre à coups de poing. Aussi est-il très apprécié des Sumériens qui haïssent les miliciens de Lu Baba. À la porte du marché, où sont affichés les poids et les mesures en vigueur, les fruitiers lui offrent chaque matin une poignée de poudre d'amande, en signe de respect des marchands ambulants les plus modestes ; les mendiants et les chômeurs le saluent aussi.

Parmi les ouvriers et ceux qui attendent d'être employés sur les chantiers, il entend murmurer une incantation en prévision de la procession rituelle du Dernier Jour. Le chant parle de la déesse du feu. Dans le peuple il se prépare quelque chose, mais quoi ? Au sanctuaire le Second rentre fatigué d'avoir commandé la garde avec le « brûleur de roseaux », d'avoir tiré à l'arc entre les créneaux du rempart, d'avoir frotté les mains du souverain trempées de sueur par la peur et de les avoir lavées encore une fois à l'aube, sèches comme la cendre, à cause de son inquiétude.

Après avoir franchi le seuil de graviers blancs, il salue le Premier. Il passe dans les appartements de la prêtresse, et y dort quelques heures. Il ne mange ni fenouil ni cresson, il ne goûte pas l'oignon mais dévore de l'oie, du canard, de la tourterelle à la grande table de pin. Il est servi par des vestales qui ne disent pas un mot. Dans les bains qui sentent le parfum, il digère tranquillement et il attend.

« Tu devrais être joyeux », lui dit le Premier, qui est maussade : la prêtresse lui demande beaucoup et ne lui donne rien en échange. Il aimerait fréquenter les courtisanes, boire et manger d'une main, de l'autre enlacer une femme qui rit ; la prêtresse, elle, ne sourit jamais.

« Je ne l'aime plus. »

Le Second se tait.

« Les occasions de s'amuser sont pourtant nombreuses. Je voudrais goûter aux plaisirs… »

Le Second hoche la tête. Le Premier ne devine rien des désirs inassouvis de son frère et s'exclame :

« Rends-moi service, mon frère !

— Comment ? Tu es le Premier, tu es à elle. Je suis le Second et moi j'appartiens au Roi. »

Mais le Premier sourit.

« Eh bien… Changeons.

— Quoi ?

— Échangeons. »

Et au creux de l'oreille il lui confie le nom secret de la prêtresse d'Eanna.

★

Ce soir, le Premier part s'amuser avec les femmes et le Second le remplacera dans le lit conjugal.

Elle ne le sait pas. Est-ce qu'elle le sent ? Il est différent, mais elle ne dit rien.

Au moment d'entrer dans la chambre sur la couche de laquelle attend la prêtresse bleue, le courage fait défaut au Second et sa main tremble comme celle d'un vieillard qui ne sait plus diriger la cuiller à sa bouche : il fait tomber l'encensoir, demande pardon et fléchit un genou afin de ramasser l'objet sacré. Mais la voix claire de la femme lui commande de le laisser là. Ce sont les doigts de la prêtresse – en fait ceux de la servante muette – qui recolleront les morceaux de l'ustensile brisé.

« Viens à moi. »

Est-ce qu'il saura la tromper ? Elle connaît la nature changeante des vérités, les ruses, les faux-semblants que les mots peuvent multiplier sans fin ; lui commence à peine à réfléchir et il n'excelle pas dans le mensonge. Face à l'épouse de son frère, pour la première fois de son existence, le Second ne sait pas quoi faire de ses mains, et elle le traite de benêt.

« Tu es bien timide, ce soir. Je te fais de l'impression ! »

Amusée, la prêtresse fait tâter par ses doigts – c'est-à-dire encore une fois ceux de la servante muette – la bourse où loge la semence de l'homme, sous son pagne de cuir. Il gémit, et sa mollesse durcit doucement, mais non sans douleur. Derrière le dos, il dispose ses deux mains tel un enfant pris en faute : fidèle à son frère, il voudrait passer la nuit sans déshonneur.

Il découvre la chambre intime, au beau mobilier bleu d'azur, de lapis-lazuli et d'ivoire précieux recouvert de draperies. Tout y évoque des sentiments et des idées subtils. Alors il lui demande :

« Apprends-moi à écrire. »

Mais elle éclate de rire :

« Je te propose un bien meilleur plaisir. »

Il n'a pas le droit de refuser.

« Branle-le ! » ordonne la prêtresse.

Immobile, il est autorisé à contempler le visage de la déesse pendant que celle qui lui sert de doigts va et vient le long de sa verge qu'elle a enduite d'une huile herborisée. Bientôt l'onguent transforme le sexe de l'homme en une sorte de branche noueuse et fleurie ; alors il lui est permis d'embrasser la femme qui sert de bouche à la prêtresse : elle glisse la pointe de sa langue entre ses dents serrées. Enfin l'homme a le droit de rentrer dans celle qui porte la vulve de sa maîtresse – puis la maîtresse demande à ses servantes de se retirer, et elle fait tomber le voile bleu.

« Ce soir, tu as le droit de t'unir à la Lune elle-même. »

Il voudrait dire non, mais il désire dire oui. Elle le fait taire.

« Chevauche et viens foutre ta déesse. »

Après être entré dans la prêtresse par l'intermédiaire de sa servante, il pénètre dans la déesse à travers la prêtresse. Ainsi, d'étage en étage sur une pyramide de plaisirs, il accède un instant au sentiment de pure joie qu'éprouvent tout le temps les dieux.

Comme un parfum magique qui rend tout moelleux, la présence de la femme produit chez le Second un attendrissement et il lutte pour rester dur. Enfin la prêtresse le renverse, s'assoit sur lui, enfonce sa verge, réclame son propre plaisir, grogne, râle, demande encore, monte, grimpe, s'accroche et à la fin l'homme sent le souvenir de son frère au fond du sexe de la femme.

Puis elle serre les dents, passe de l'autre côté et se détend.

Il a vu quelque chose – il pleure.

« Tu deviens trop sensible », remarque-t-elle en se rhabillant sous le voile bleu. Après avoir copulé, elle le fait embrasser une dernière fois par celle qui lui sert de bouche. Les servantes sont revenues dans la pièce avec des coupes d'eau fraîche et prennent soin de l'homme brisé en deux par la jouissance.

Il se répand en sanglots, parce que dans le sexe de la femme il croit avoir entrevu la vie des dieux.

Puis les heures passent : la nuit est redevenue le jour, le jour est redevenu la nuit. Le souvenir s'estompe et il a repris son service : accoudé aux fenêtres du palais, le Second contemple la cité.

ET TOUS LES HOMMES VOIENT LE FEU

À la nuit tombée un incendie s'est déclaré.

Dans l'obscurité qui était à peine trouée par les lampes de suif, les bougies de cire et les torches de tissu enflammé, un grand feu semble prendre le ciel d'assaut : c'est la tour qui brûle !

Depuis des semaines que le grain venait à manquer et que les ventres grondaient, la garde a réquisitionné de l'orge et du blé entreposés dans les silos royaux, aux abords du chantier. Les réserves sont défendues par les hommes en armes de Lu Baba mais des voleurs sumériens ont été surpris par la garde en train de se faufiler vers le quartier des entrepôts. Dans la cohue qui a suivi, ils ont enflammé – peut-être volontairement, peut-être par accident – les silos. Parmi le peuple la faim est si grande qu'on désobéit aux soldats pour tâcher de sauver quelques poignées de grain dans les réserves en flammes. Et pourtant les ouvriers, les chômeurs, les vagabonds et les prostituées empêchent les officiers de détourner l'eau des canaux pour en arroser l'incendie : ce serait faire insulte à la déesse du feu, qui leur a envoyé cet avertissement. Bientôt tout le faubourg piétine de rage. Dans la bousculade tombent en premier des femmes et des enfants. Le silence de la nuit est déchiré par les appels à l'aide.

En harnachant son armure, le Second comprend qu'il lui faudra frapper fort pour les faire reculer – mais il n'est même pas certain que les sectes séditieuses excitées par le feu baissent la tête devant l'armée. La révolte sera sanglante. Dans l'histoire il y a toujours deux côtés : il se trouve peut-être du mauvais, mais c'est le sort qui en a voulu ainsi. Il ne reste à l'homme malchanceux qu'à tenir sa position et retarder la défaite.

Il attend les ordres du Roi, qui ne viennent pas tout de suite. Abasourdi, le souverain contemple la silhouette de la tour dans les brumes étouffantes qui parviennent jusqu'aux fenêtres du palais, puis il ordonne :

« Tue-les tous ! »

Et le Second s'incline.

Après avoir abandonné à Lu Baba la défense de la citadelle royale, il longe les corridors de la garde, il encourage les soldats hésitants qui ramassent leur masse d'arme, il flatte la croupe des ânes et des chevaux, il fait grincer, crisser, gronder les roues des chars et ouvrir grand les portes du palais. À l'air libre de la nuit que le feu alourdit, il ceint son crâne du casque plat aux lanières de cuir et tient fermement de la main droite son épée incurvée. Il demande aux mercenaires postés aux abords du palais de présenter leur hache, d'emboîter le pas à la troupe et d'encercler la foule en furie. Substitut du Roi, le Second se sent telle la chèvre avant le sacrifice qui, après récitation des formules rituelles, est associée au nom d'un homme maudit. Quand on la conduit au bûcher à sa place, l'exorciste détourne le sort sur elle… Plutôt que le Roi, en effet, c'est le Second que la foule attaquera.

Voilà pourquoi l'étranger a été adopté.

Il marche avec courage, parce qu'il connaît maintenant la peur et compte l'affronter. N'était le feu, il ferait doux. Les étoiles brillent d'une douce clarté au-dessus de lui. À l'extrémité des rues que la cendre commence déjà à recouvrir, il aperçoit des barricades de bois, des rampes de chantier, les chaises et les tables des tavernes renversées. Dans la cohue, l'excitation des insurgés crépite d'étincelles invisibles. Au pied de la tour des blocs de terre cuite désencastrés se sont écroulés. Il écarte ses troupes en ligne et attend le choc. Il marche lentement, il va vers le chaos, il entend la ville tout entière qui semble grincer sur ses fondations ; c'est Ur qui vacille. Mêlés à la haine des hommes, il reconnaît le rire des enfants. De plus en plus prudemment il avance et a l'impression de serrer dans son poing la mort qu'il s'apprête à donner au peuple. En première ligne de la troupe dont il devine l'angoisse et l'horreur devant l'ivresse des factions qui, de toutes parts, accourent pour les assassiner, il cligne des yeux.

Pourtant, là sur la place, au pied de la tour dont

des parties gisent de travers comme les jambes fracturées d'un géant, ils l'acclament tous. La clameur monte, l'engloutit comme l'océan à la fin des terres connues et à l'entrée des enfers. Les yeux révulsés, la paume des mains tendue vers le ciel noir et jaune de feu, Sumériens, séditieux, sectateurs, femmes des faubourgs, artisans et mendiants entament en son honneur un chant de victoire. Ils crient comme des possédés et il ne comprend pas. Parce qu'il n'a pas le temps de les détromper, les gens en haillons, des ouvriers et des moins que rien des plaines d'Amurru l'entourent : certains fraternisent avec les soldats, déconcertés, qui guettent la réaction de leur chef. Enfin, le « brûleur de roseaux » saute à pieds joints sur un char aux roues brisées. Depuis sa tribune de fortune il annonce que le héros se trouve en plusieurs lieux à la fois. Il a été vu luttant aux portes du palais et maintenant il surgit parmi eux : c'est un demi-dieu.

En parlementant avec le « brûleur de roseaux » excité, le Second devine ce qui s'est passé.

Sur les ordres de la prêtresse, le Premier a pris les armes. Peut-être même a-t-il favorisé le départ de feu : à présent il attaque le palais et compte prendre le trône. Applaudi par la foule, le Second revient sur ses pas : il va au grand palais blanc, qui brûle aussi.

Tout sera bientôt détruit.

Les hommes de la garde se sont déjà retournés contre Lu Baba. Dans la cour d'honneur gît le cadavre de l'Akkadien violent. Le Second demande à ses suiveurs d'ouvrir grand les portes de cèdre et de monter au rempart. Qu'ils le laissent se confronter au Roi seul à seul.

Lorsqu'il entre dans la chambre royale où tout a

été bousculé, le souverain se tient à quatre pattes devant celui qu'il croit être son fils :

« Tu m'as trahi… », couine le Roi.

« Ah, te voilà ! » s'exclame le Premier à l'intention de son frère.

Aux yeux horrifiés du Roi, le traître s'est dédoublé.

« Vous êtes deux démons… »

Au nom d'Eanna, le Premier s'apprête à égorger le Roi déchu, mais le Second arrête son geste :

« Je lui ai promis…, murmure-t-il.

— Quoi ?

— De ne pas le tuer. »

Et le Premier, qui a lancé l'insurrection, s'amuse :

« Je ne suis pas toi.

— À ses yeux, si. »

Grelottant dans ses loques, le Roi attend la sentence et supplie.

« Dis-moi le vieux…, demande le Premier, est-ce que je suis ton fils ?

— Je croyais que tu l'étais !

— Et lui ?

— Comme toi ! Qu'il crève dans la gueule des chiens !

— Tu vois, reprend le Second. Pour lui, nous ne sommes qu'un seul homme. Quand j'ai fait ma promesse, je t'ai engagé aussi : tu ne peux pas lui ôter la vie. Les dieux en sont témoins.

— La prêtresse nous demande de le tuer.

— Quel besoin ? »

Et le Second tend au Premier une torche enflammée afin qu'il examine de plus près le vieillard humilié devant eux. La tiare est perdue, les habits déchirés… Qui le reconnaîtra ?

« Dis-moi : qui es-tu ?

— Je ne sais plus, pleurniche le vieux roi.

— Laisse-le s'en aller.

— On le reconnaîtra.

— Pas sans la tiare, le trône et les habits. Dans la rue, il passera pour un vieux mendiant. »

Mais le Premier n'est pas convaincu et il approche la torche du visage du vieillard, comme pour en effacer les derniers traits reconnaissables.

« Attends… J'ai promis autre chose, murmure le Second.

— Quoi ? »

L'ancien substitut du Roi s'agenouille auprès du vieil impotent au visage rouge, presque brûlé, qu'il se tient entre les mains en entendant la clameur du peuple à travers les corridors de son palais : la foule prend possession de la citadelle, met à sac les chambres, ouvre grand les coffres, répand les richesses et oublie sa peur du Roi. Le Second explique :

« J'ai promis qu'il ne verrait jamais le jour où on ne le reconnaîtrait plus. »

Par pitié, de la pointe de l'épée il lui crève les deux yeux.

Et le lendemain matin, le vieux n'est plus qu'un mendiant aveugle égaré dans les décombres du saccage, un anonyme que l'armée refoule avec d'autres misérables hors de la cité reconquise.

JALOUX L'UN DE L'AUTRE

Les deux frères sont devenus un seul Roi.

Pour qu'il en soit fini des séditieux, les meneurs de l'émeute ont été châtiés sous des prétextes fallacieux.

Au vieux Roi akkadien a succédé un nouveau souverain, époux de la prêtresse devenue reine : à présent le Lugal des Lugal se présente comme serviteur à la fois de la Lune et du Soleil. À Lu Baba a succédé à la tête de l'escorte royale le Sumérien « brûleur de roseaux » ; parmi ses officiers figurent des hommes d'Amurru ; quant à ceux qui n'ont rien obtenu, ils n'ont qu'à se taire.

Les festivités sont célébrées par l'ancienne prêtresse. Après avoir rendu grâce à Nisaba, déesse des plaines, elle promet aux cultivateurs une récolte abondante : que les fonctionnaires royaux partagent leurs gains avec les familles des villages alentour. Il y en aura assez pour que tout le monde soit servi. La femme au voile bleu porte la couronne. Détournée de ses vœux à Eanna, elle sert de protectrice de toutes les divinités de la ville et des cités voisines.

Avec le Premier, elle couche souvent et s'accouple peu ; avec le Second, c'est l'inverse.

Ils espèrent qu'elle n'en sait rien et qu'elle croit encore n'avoir qu'un seul mari dans son lit. Soir après soir, le Second joue le rôle du Premier auprès d'elle quand celui-ci a envie de passer la nuit chez les prostituées.

C'est le Premier qui trône presque tout le temps : c'est lui qui commande l'armée et qui agit en audacieux ; mais c'est le Second qui réfléchit. Meilleur conseiller, il est plus mesuré et plus prudent en affaires, quand l'autre est plus combatif.

Aux yeux du peuple, le Roi gouverne du matin au soir et du soir au matin : il est à la fois un guerrier et un sage. Pourtant, au fil des mois, le Second proteste contre sa condition de souverain de l'ombre. Chaque fois qu'il copule avec l'épouse de son frère, il se satisfait de moins en moins de l'honorer au nom de l'autre et voudrait l'aimer pour lui-même. Un soir, il lui demande :

« Qu'est-ce que tu penses de mon frère ? »

Sans hésiter, la femme répond par la bouche de sa servante :

« Il se méfie de toi. »

La bouche de l'ancienne prêtresse dit la vérité, mais le Second ne sait pas si « toi » le désigne lui ou se réfère à l'autre. À partir de ce jour, il ne trouve plus le sommeil sans cauchemar ; il se sent surveillé. D'abord il rêve de l'ancien Roi à la peau rouge et aux yeux crevés, puis il fait les mêmes songes prémonitoires que l'ancien souverain.

Le vieux est-il mort ? se demande-t-il. Est-ce qu'il erre encore parmi les vagabonds que la garde a repoussés hors de la ville et qui campent au pied des murs ? Une fois le chantier de la tour abandonné, dont l'emplacement est maintenant consacré aux dieux sumériens, l'armée s'emploie à étendre par des expéditions, dont le Premier a pris la tête, le territoire d'Enki et de la prêtresse bleue.

Au retour d'une campagne victorieuse aux lisières du désert, le Second embrasse son frère à l'écart de tous les regards, dans les appartements du palais où ils ont l'habitude de discuter, les rares fois où ils se fréquentent encore. Le Premier dit au Second :

« Je crois que la Reine se méfie de toi.

— Pourquoi ?

— Elle se pose des questions. »

Comme le Second a appris à mentir, il répond prudemment que la Reine a peut-être deviné qu'ils échangent leurs rôles dans sa couche.

« Non. Elle ne le sait pas. Pourtant elle te trouve

méfiant à mon égard. Dis-moi : est-ce que tu es jaloux de moi ? Ou est-ce que tu m'aimes encore ? »

Le Second réplique que poser cette question, c'est déjà l'aimer un peu moins.

« Tu as raison. »

Le Premier demande pardon à son frère, puis dit :

« Est-ce que tu désires ma place ?

— Non. »

Il ne lui avoue pas que depuis longtemps il ne pense plus à le remplacer, mais à l'éliminer. Et ils s'embrassent encore et boivent ensemble. Le Premier croit qu'ils sont réconciliés. Mais la nuit suivante, le Second joue de nouveau le rôle du Premier au lit et demande à la Reine :

« Pourquoi est-ce que tu te méfies de mon frère ?

— Tu lui as parlé ?

— Oui.

— Qu'est-ce qu'il a dit ?

— Le Second croit que je me méfie de lui.

— Il a raison ? »

Tout est devenu confus. Ne sachant plus tout à fait qui il est – le Second ?, le Premier ? –, il hésite et la Reine dit :

« Tu es troublé. Voilà pourquoi je répète qu'il te cause du souci. »

Elle le fait caresser par les doigts de sa servante et se lamente :

« Tu parles beaucoup de lui quand il n'est pas là.

— Est-ce que tu trouves que je pense trop à mon frère ?

— Tout le temps. »

Il médite un instant, puis demande :

« Tout le temps… Mais quand, au juste ?

— Ce soir, par exemple. »

À cet instant, le Second sent que la blessure est devenue une lame et la lame une blessure. Le voilà incapable de discerner ses soupçons de ceux qu'il a suscités chez son jumeau. Pris de vertige, il lui semble qu'il est à la fois la cause et le résultat, le chasseur et la proie. Ne sachant plus rien distinguer, il comprend qu'il est condamné à frapper le premier pour empêcher son frère de le tuer.

Après un long silence, la Reine propose :

« Je peux te donner ce que tu désires. »

Que répondre ?

« Oui. »

Elle fait sortir de l'alcôve ses servantes. Avec ses propres doigts, dont elle fait si rarement usage, elle tire du fond d'un tiroir secret une fiole de corne, qui contient une poudre sans odeur ; en quelques mots elle lui donne le nombre de gouttes nécessaires pour tuer.

« Voilà ce que tu m'as demandé. »

Elle croit la donner au Premier.

Le Second, qui joue encore le rôle de son jumeau, voudrait savoir ce que celui-ci lui a demandé… Mais il fait semblant de le savoir déjà. D'un air entendu, il hoche la tête et referme la main autour de la fiole de corne.

BOIS, MON FRÈRE

« La nuit a été bonne ? »

Le Premier a vomi sa bière auprès des prostituées. Il a mal à la tête.

« Bois, mon frère. »

Avec affection, le Second lui tend un bol d'argile cuite, dans lequel il a versé une infusion.

Est-ce que le Premier hésite à boire ? Devant ce qui lui semble un doute instinctif de son frère jumeau, le Second éprouve des remords et semble sur le point d'avouer à l'autre le projet criminel qui le tourmente ; mais l'autre lève le bol au niveau de leurs yeux, pour trinquer. Les yeux scintillants de larmes, il lui parle du temps où ils allaient côte à côte, incapables de se distinguer l'un de l'autre, nus et les cheveux sur les épaules. Il se souvient de la jeunesse, mais la jeunesse les a oubliés ; comme s'il voulait supplier son frère de ne pas commettre le forfait qui les séparera à tout jamais, lentement il porte le bol à ses lèvres.

Et il boit. Il déglutit.

« Tu es différent, aujourd'hui. »

L'autre répond que non.

Puis ils se taisent.

Pris de convulsions, le Premier bave comme un chien et mord dans le vide. Ses yeux deviennent verts, de la couleur de l'arsenic. Quand il serre les dents, on dirait qu'il essaie d'avaler ses propres lèvres. Ses doigts lui échappent : ils tâtonnent à la recherche du rebord de la table en pin, dans l'espoir de s'y agripper et d'arrêter les secousses ; mais déjà il se renverse sur le côté droit. Paralysé, il peine à fixer encore du regard le visage du Second, qui attend.

« C'est toi ! » gémit le Premier. Il rampe jusqu'au gravier au seuil du temple et ses doigts engourdis se referment sur un minuscule caillou blanc, qu'il aimerait lancer à la face de son assassin. Désormais incapable du moindre geste, il le garde au creux de la main et l'emporte avec lui aux enfers.

Dans les pupilles dilatées par le poison de ses yeux se reflète le visage du fratricide.

« Adieu. »

Dès que c'est fini, le Second livre aux molosses du palais le corps de son frère et attend qu'il n'y ait plus de cadavre avant de remonter dans la chambre, où il annonce à son épouse :

« J'ai tué l'autre. »

ILS REVIENDRONT

L'usurpateur fit mine d'avoir toujours été le Premier.

À compter de ce jour un ulcère au foie le rongea. Il lui donna le teint jaunâtre, au point qu'il devait se farder chaque matin pour le cacher. Pourtant le peuple devinait la couleur de la honte par en dessous et le surnomma « Foie jaune ». La reine qui attendait un enfant chercha un remède dans la parfumerie des Sumériens. Avec l'huile des grands arbres et les arômes des baies, les plantes de la steppe et les écorces de la forêt, elle fit tout son possible pour le soigner. Peine perdue. Le pire des maux dont il était affligé était peut-être l'impossibilité de dormir sans cauchemarder. Les « formes fragiles du souffle », comme les appellent les Akkadiens, le hantaient. Chaque soir elle cherchait à lui faire retrouver la paix, en lui décrivant la demeure des dieux qui vivent aux extrémités du monde, sur des îles fleuries ; à la fois mâles et femelles, étrangers au souci de la vie et pourtant vivants, ils gouvernent tout ; à l'intérieur de chaque chose ils inscrivent le mot juste ; selon un code encore inconnu des hommes ils commandent à la nature, à la fois propriétaires et protecteurs des éléments – du feu, de l'eau, de la terre, du métal et des forêts ; satisfaits sans connaître la satiété, désireux sans manquer de rien, ils ne savent pas souffrir.

Mais le Roi, rongé par l'ulcère, la frappait au lieu d'écouter la suite de l'histoire. Quand il lui reprochait de lui avoir fait assassiner son frère, elle jurait lui avoir obéi. C'est lui qui le voulait. Enceinte de leur enfant, elle suppliait et s'humiliait de nouveau. Et parce qu'il connaissait son orgueil de femme, il commença à soupçonner que l'ancienne prêtresse, qui avait abandonné la Lune pour une couronne de reine, ourdissait déjà une vengeance contre lui.

Suspicieux à l'excès, il fit d'abord exécuter la bouche de la Reine, qu'il accusa d'avoir médit de son défunt frère. Quand il fallut assister à l'exécution, la Reine pleura en silence.

Puis, déclarant qu'il avait été induit en erreur par celle qui servait d'oreilles à la souveraine, il la fit condamner aussi. Cette fois-ci la Reine, grosse de plusieurs mois, refusa d'être présente lors du supplice.

Enfin le Roi s'enferma dans le palais, abandonnant le gouvernement aux administrateurs et aux marchands. Il reprocha à la Reine de porter l'enfant de son frère et non le sien.

Le fard ne cachait plus rien : il était jaune de haine.

Piégée dans le mariage par lequel elle se trouvait soumise à celui qu'elle avait cru soumettre, la Reine le pria de prendre de l'euphorbe, du parfum de Ninurta, de la gomme de térébenthine et de la résine afin de calmer ses douleurs, qui le rendaient si méchant. Mais l'homme se méfiait des huiles de cèdre et de cyprès, de tous les onguents fleuris des femmes. Dans l'eau, même si elle était tamisée, il devinait l'odeur de la mort. À la viande il trouvait un goût de cadavre. Dans les moindres produits de la nature il soupçonnait une ruse à l'œuvre. Et dans cette ruse il craignait la vengeance. En se tenant le ventre à deux mains la Reine lui jura qu'elle n'était pas innocente, certes, mais que l'enfant, lui, l'était. Pourtant, un soir qu'il souffrait trop, le Roi entreprit de faire descendre de son ventre l'enfant, pour vérifier duquel des deux frères il était. À l'aide d'une longue lame, il alla le chercher entre les cuisses de l'épouse endormie, qui se réveilla en hurlant. Lorsqu'il se calma enfin, il découvrit que le fœtus était mort et la mère grièvement blessée ; il demanda pardon.

Dans l'espoir de ne pas perdre son épouse, il fit sacrifier la dernière de ses servantes et suivit le vieux rite destiné à tromper les dieux. Après avoir collé toute la nuit la jeune fille contre le corps de la prêtresse fiévreuse, pour l'imprégner de son odeur, de son sang et de son identité, en secret il fit creuser une fosse dans les jardins d'amandiers. Au fond de cette fosse on allongea la Reine et son substitut ; en invoquant Ereskigal et Eanna, on fit mine d'égorger la Reine à l'aide d'une lame en bois ; quant à la servante, on lui trancha l'aorte pour de vrai. Puis le Roi exigea qu'on traite sa dépouille comme si c'était le véritable cadavre de sa femme. Il lui rendit hommage, espérant ainsi induire les dieux de la mort en erreur et sauver la vie de la souveraine.

Une fois qu'elle fut enterrée, le Roi versa un peu d'urine fraîche sur sa tombe et il attendit.

Mais les dieux ne se laissèrent pas berner. Les temps avaient changé : ils n'écoutaient plus guère les prières et les lamentations des hommes, qui avaient abusé de leur confiance. La Reine rendit son dernier souffle quelques nuits plus tard, après avoir chuchoté à l'oreille du Roi :

« Ils reviendront !

— Qui ? »

Et elle mourut.

Dans l'heure qui suivit le Roi monta sur les remparts d'Ur, d'où il contempla la plaine fertile qui l'entourait, invisible, et le désert au-delà.

Il guettait déjà leur retour.

Sixième histoire

NOSTOS

—

LE RETOUR

Méditerranée, – 1251

CHAPITRE
1

UN CAILLOU AU DÉBUT...

Dans le désert le jeune et le vieux marchaient les pieds nus, sales et ensanglantés, et seule la parole les distinguait encore des charognards qui les suivaient. Depuis deux semaines ils n'avaient rien mangé, et pourtant le peu de salive qu'il leur restait, ils le gaspillaient à lancer des insultes dans le vide :

« Putain de sa race.

— Que le roi boive la pisse du chien !

— Qu'il le mange cuit dans sa propre merde...

— Il est sorti du trou du cul du monde, et il y retournera.

— Il renaîtra sous forme de pet de vache.

— Et alors il puera tant qu'il suppliera la mort de venir !

— Il faut qu'il souffre d'abord.

— Non, la souffrance lui semblera trop douce.

— Il voudra retourner dans le passé tuer sa propre mère pour ne pas être né. »

Puis il se turent.

Il faisait chaud et il n'y avait rien à l'horizon : ils étaient loin de tout. Le vieux, qui avait les yeux crevés, donna à son compagnon un caillou à sucer. Ils reprirent leur conversation ordurière. Après avoir franchi une nouvelle barrière de sable, le jeune vagabond en haillons crut un instant sentir contre sa peau brûlante la brise venue de la mer, qui lui aurait redonné l'espoir de vivre : à défaut, il aurait aimé mourir avec le souvenir d'un souffle d'air frais et il aurait donné tout ce qu'il lui restait (rien, sinon son corps misérable et fatigué) pour succomber au froid plutôt qu'à cette canicule démentielle. Le soir même, son vœu serait exaucé puisque la température chuterait ; mais après un court instant où ils approcheraient de la possibilité de se sentir à peu près à leur aise, la nuit deviendrait glaciale, et mortelle à sa façon bien différente du jour. C'était un mal ou un mal contraire, et non moins redoutable. Pour l'heure, balafrés et rôtis par la couille brûlante d'un dieu méchant, là-haut dans le ciel, qui giclait sa semence de feu sur leurs crânes, que la misère avait pelés et raclés du bout des ongles, les deux miséreux avançaient avec la démarche ridicule des morts, les jambes déjà raides et la tête qui dodeline.

« J'aimerais me vendre contre un verre d'eau.

— Personne ne t'achètera.

— Tais-toi et donne-moi le caillou. »

Le vieil aveugle gronda.

« Donne. Tu me le dois. »

À regret, le jeune homme qui prétendait avoir les yeux verts ouvrit la bouche et y plongea le poing pour en extraire un minuscule caillou arrondi, lisse, humecté de salive et presque frais dans cette fournaise. La pierre avait un arrière-goût légèrement salé, qui aurait pu se révéler désagréable, mais c'était leur unique plaisir et leur seule fortune. Dans les moments de découragement (c'est-à-dire tout le temps), elle les réconfortait et leur faisait remonter l'eau à la bouche. Le jeune loqueteux la laissa scintiller un court instant devant ses yeux révulsés, ses yeux fous, cuits et recuits par la lumière cruelle du jour, dont les larmes s'étaient depuis longtemps évaporées. Puis en bougonnant il le tendit à son vieux compagnon, qui hésitait à chaque pas, comme s'il se traînait encore le boulet au pied, comme si le sable le retenait, comme si la terre agrippait de ses mains griffues ses chevilles rachitiques à cet endroit où des croûtes séchées, grattées, refermées et rouvertes dessinaient un anneau rouge et brun, d'où suintait l'écume du pus. Le peu de chair encore saine paraissait protester contre la corne, l'escarre, le cramoisi, peut-être déjà la putréfaction qui lui recouvraient les jambes et dont il sentait le progrès inéluctable. Ce fuyard dont l'âge était indéterminable avait perdu ses yeux il y a longtemps. Aveugle, il s'orientait dans l'immensité du désert en suivant la voix vibrante de colère et de haine du jeune homme aux yeux verts (c'est ainsi qu'il s'était présenté à l'Aveugle). Parce qu'il avait tout le temps peur de se heurter à un mur de pierres au-devant de lui il tendait ses mains lacérées par ce maudit vent des sables qui lui biseautait l'épiderme. C'est dans le creux de ces mains-là que les Yeux verts avait déposé leur trésor commun : le caillou. Le caillou était tout. L'Aveugle s'empressa de le palper du bout des doigts, comme pour s'assurer de son existence incertaine et puiser à sa surface quelque force cachée. Ce n'était guère plus qu'une pierre à plâtre, un morceau de craie. Mais, parce qu'il n'y avait rien d'autre à disposition, dans leur infortune elle était devenue un symbole auquel ils se raccrochaient tous deux et qui leur évoquait un monde dont ils avaient été bannis, le rêve de survivre à cet enfer et la vague espérance de retrouver un jour la simple joie de respirer et d'être là, au lieu d'une douleur dont ils ne savaient même plus imaginer l'absence ou le contraire. Ils auraient préféré perdre une jambe plutôt que cette amulette d'albâtre.

L'Aveugle marmonna une bénédiction dans une langue inconnue, peut-être un banal remerciement, et il déposa la petite chose dans le sillon de sa langue, commença à la suçoter avec délectation, explorant la moindre aspérité de ce caillou irrégulier. Comme si c'était une perle rare, il profita de ses précieux détails au milieu de la dévastation générale. Plus il suçait, plus il essayait de retrouver en bouche le goût de quelques moments heureux, qu'il n'était pas certain d'avoir lui-même vécus ; à défaut, il obtenait un filet de bave orangée par le sang. Si grande était sa soif que la pierre lui rappela l'eau, oui, l'eau qu'il avait oubliée !, mais aussi le vin, l'alcool dont il aurait aimé retrouver le tanin, la robe et les subtilités, l'amertume et même l'acidité : n'importe quoi sauf ce sale bloc de poussière qui lui asséchait désormais la gueule en permanence. De contentement plutôt que de peine cette fois-ci, il geignit. Tournant et retournant l'objet délicat à l'intérieur de son palais grossier, tel un homme très vilain qui se trouve aimé d'une belle femme et qu'il chérit un peu trop, pensa-t-il, l'Aveugle flatta la pierre du bout de la langue. Il la fit sonner et trébucher contre ce qu'il lui restait de dent (une seule, noircie). Pendant tout ce temps il continuait d'avancer à petits pas de damné, comme si les fers maintenaient ses jambes en arc, mais il ne voulait pas répéter l'effort de traîner les pieds dans le sable : ça épuise vite, la marche. Donc il prenait soin de lever le genou. Ainsi, en allant moins vite, espérait-il marcher plus longtemps et plus loin.

« Ce salopard porte une sauterelle sur le gland…, reprit les Yeux verts comme en proie à une hallucination.

— … et une vipère dans le fion », répondit l'Aveugle. Il renifla. « Le Roi, ce fils de la hyène… » Il voulut cracher, mais il ne trouva rien d'autre à glavioter que le caillou. « Dis-moi, les Yeux verts…

— Oui ?

— Est-ce que la mer est près de nous ?

— Ni près ni loin. Je ne la vois pas, répondit avec lassitude les Yeux verts.

— Que vois-tu ?

— Rien. »

L'Aveugle imagina son jeune compagnon, qu'il avait déjà failli rosser à mort et qui n'était jamais qu'un allié de circonstance, cessant de marcher, la bouche sèche, pour observer tout autour d'eux l'étendue vide de ce pays inconnu, à égale distance du fleuve fertile, de la mer du nord et du détroit. Découragé, il toussa et l'autre prit peur un instant qu'il n'ait avalé la chose précieuse.

« Est-ce que tu l'as toujours dans la bouche ?

— Oui », bafouilla l'Aveugle.

Il se réjouissait des dernières notes presque sucrées qui s'évanouissaient en spirale au fond de sa glotte. Il tâcha de siphonner ce qu'il croyait être le suc même de la pierre, son essence rare, ce délicieux parfum de femme citronné ou mielleux (à ce sujet, lui et les Yeux verts se disputaient).

Mais ce n'était peut-être que le goût de la bave de son compagnon. Au fil des jours l'odeur du gosier du jeune usurpateur avait pénétré le morceau d'albâtre, mêlée à l'amertume de sa propre haleine fétide et de ses gencives à vif. À contrecœur, le vieux délogea la pierre de derrière sa dent noircie avant de la soupeser. Elle semblait de plus en plus légère et c'était inquiétant. Attaquée par leur succion incessante, à cause de leur avidité elle ne durerait plus longtemps. De toute façon, ils finiraient bien avant cela en cadavres : combien de temps, combien de lunes et combien de soleils leur restaient-ils à endurer ? Et pourquoi est-ce qu'ils s'entêtaient dans ce supplice, à vouloir vivre en dépit de l'évidence : la vie n'était que souffrance. Peut-être à cause du désir qu'ils avaient de se venger, qui les agiterait comme des pantins jusqu'à la fin. Mais qu'y avait-il à l'horizon ? Le vieil Aveugle n'en savait rien et n'osait poser la question à son compagnon naïf. L'autre profita de sa rêvasserie et de son inattention pour lui arracher des doigts la seule chose au monde qui comptait et en consommer à son tour le charme qu'ils croyaient magique, puisqu'il les maintenait entre la vie et la mort. La bouche orpheline de la pierre, l'Aveugle leva le genou et reprit sa marche lente et résignée, tout en jurant :

« Quand on le retrouvera, on lui fistulera la queue avec un clou rouillé…

— Et ensuite une putain la lui bouffera ! Et elle se fera du clou un cure-dent, crut bon de préciser les Yeux verts, tout heureux de sa trouvaille.

— Penses-tu… Elle vomira plutôt sa couille dans l'auge des porcs. »

L'Aveugle se tut, mais la réplique attendue ne vint pas.

Désorienté, il s'immobilisa, moulina des bras en vain et murmura :

« Où es-tu passé, les Yeux verts, enfant de la putain et du chiot merdeux ? »

Le jeune usurpateur ne répondit rien et l'Aveugle devina que son compagnon à bout de forces convulsait par terre, sur le sable chauffé à blanc.

Alors le vieux s'accroupit.

Tâtonnant avec les moignons de ses doigts, il finit par atteindre les flancs du jeune homme, que parcouraient des spasmes. À cause de son trop grand empressement à sucer le caillou, le malheureux s'était étouffé. L'Aveugle lui empoigna la nuque, le frappa d'un coup sec entre les omoplates et lui fit recracher la pierre : si les Yeux était mort, l'Aveugle n'aurait pas hésité à l'ouvrir en deux par l'arrière-train pour récupérer leur trésor. Avant de s'y résoudre, il tripatouilla tout de même dans la cavité buccale du jeune homme et pinça sa langue, pour l'empêcher d'avaler la chose et de s'étouffer. Il caressa l'espoir que dans l'opération les Yeux verts lui rende un peu de bile, qu'il aurait pu lécher. La soif était si grande… La faim aussi, retenue seulement par l'impossibilité dans laquelle il se trouvait de manger de l'homme : l'unique être humain aux alentours était son guide dans cette nuit perpétuelle où il errait. Il avait besoin de lui. Le vieil Aveugle s'assit à côté du jeune malheureux, satisfait de pouvoir mâchonner la pierre de Lune qui suscitait en lui un reste de salive. Le vieux déglutit comme s'il avait bu au calice des dieux (il ne croyait pas aux dieux). Pour une raison qu'il peinait à s'expliquer, il aimait ce petit rocher d'un amour tendre.

Pas par générosité, mais parce qu'il était soucieux de conserver en vie le plus longtemps possible son guide, il en refit don aux Yeux, qui respirait avec difficulté, et le glissa entre ses lèvres gercées.

Alors seulement il entendit le bruit.

« Quoi ?

— Silence.

— Quoi... ?

— Ça veut dire : ta gueule. »

Depuis le nord, sous la traînée de foutre du soleil dans le ciel (tel que l'Aveugle se le représentait dans l'obscurité), il perçut la rumeur du monde qui approchait.

« Je n'entends rien...

— Tu as les oreilles pleines de merde. Je ne vois pas, mais j'entends mieux que toi. »

Puis il murmura :

« Cache le caillou. Fourre-le sous ta langue... Et ne l'avale pas, sinon je te tue. »

D'abord un cri, puis un appel et bientôt un archipel de bruits animaux et humains, de claquements, de rires et de sifflements, par-dessus le braiment du chameau qu'on faisait taire, transformèrent le désert en société.

« Qui êtes-vous ? » demanda une première voix en dialecte haut-égyptien, avec l'accent passe-partout des marchands.

Tout de suite l'Aveugle comprit le sort qui leur serait réservé.

Mais, inconscient de ce sort, les Yeux verts répondit fièrement :

« Nous cherchons le Roi. »

L'un des caravaniers s'amusa :

« Quel roi ? Le monde n'en manque pas.

— Le Roi, le seul. »

Alors l'Aveugle entendit le commerçant qui dirigeait la petite caravane interrompre les rires et le brouhaha :

« Couvrez-les, donnez-leur à boire et s'ils peuvent être utiles, ajoutez-les au compte.

— Quel compte ? » s'enquit les Yeux verts inquiet.

UN CAILLOU CONTRE DEUX CAILLOUX

Ils étaient devenus esclaves.

Où se trouvaient-ils ? Dans quel royaume ? Ils apprirent que les villes de Pithôm et de Ramsès, qu'ils s'apprêtaient à traverser les fers aux pieds, avaient été construites par les tribus nomades des fils de Sem pour le compte d'un certain User-maat-re Setep-en-re, qui n'était pas à proprement parler un roi : ici c'était Pharaon qui régnait, et selon sa loi les vagabonds appartenaient à celui qui les trouvait. En l'occurrence, c'était un riche caravanier de Chypre qui avait ramassé l'Aveugle et les Yeux verts en plein désert. Des hommes de Tyr ou d'Arad, des étrangers à la peau bleu foncé comme le verre de Mitanni, d'ébène de Nubie ou de cuivre de Canaan étaient déjà en la possession de ce marchand qui convoyait des sceaux en lapis-lazuli, de l'essence de térébenthine, des scarabées, de l'ivoire, de l'ambre et du miel, de Memphis vers les cités achéennes, en passant d'abord par les ports de Sidon et Byblos. Peut-être feraient-ils escale en Ougarit.

Les Yeux verts et l'Aveugle n'avaient échappé à une vente sur le grand marché aux esclaves de Ramsès que pour embarquer avec leur nouveau maître sur un navire de bois comme ils n'en avaient encore jamais connu : profond, les cales encombrées de marchandises et long comme une douzaine d'hommes adultes allongés. Au moment d'y monter, les Yeux verts détailla avec admiration la charpente de cèdre libanais, taillée à même le tronc et la coque, qui tenait grâce à l'emboîtement de tenons saillant dans les mortaises carrées. Les Yeux verts, qui n'en connaissait ni le nom ni l'usage, tâcha tout de même de décrire cet agencement à l'Aveugle. Il avait quelques rudiments de construction et fut favorablement impressionné par la technique de ce peuple.

À présent ils n'étaient plus des hommes libres, mais comme les pièces de bois du navire assemblées les unes aux autres en une sorte de construction au service de la volonté du maître. Auprès du gouvernail se tenait le gros contremaître du marchand, qui prenait du repos à l'ombre d'un dais joliment brodé. Tandis que les marins obéissaient aux ordres pour manœuvrer la grande voile en quête de vent, les esclaves attendaient enchaînés et accroupis, désœuvrés, ankylosés au soleil, aussi dociles que des animaux parqués le temps de leur transport. Ils ne pouvaient pas communiquer avec leurs compagnons de galère, qui ne partageaient pas leur langue (si tant est qu'ils aient encore su parler). Beaucoup étaient malades et de peu de valeur. Comprimés les uns contre les autres sur le pont, au-dessus du précieux chargement qui bénéficiait de la pénombre et de la fraîcheur, ils toussaient, gémissaient en plein soleil avec le plus de discrétion possible, afin de ne pas s'attirer les remontrances du contremaître. De temps en temps celui-ci les fouettait avec une longue lanière de cuir qu'il gardait enroulée autour de l'avant-bras : un râle parcourait la masse de chairs endolories, chacun cherchant à s'arracher au bloc des autres, levant les deux bras au-dessus de la tête en signe de soumission plutôt que de protestation ; puis le silence retombait sur le navire fabuleux qui, d'après les observations des Yeux verts, voguait en direction du nord-ouest. Il fendait l'argent des flots de ses flancs cuivrés, la voile blanche gonflée comme le ventre d'un homme repu. Au mieux eux mangeaient des noix mal conservées, au pire des copeaux de bois, car leur valeur était si faible qu'investir dans leur alimentation aurait été pour le maître chypriote prendre un risque financier trop important. Déjà l'Aveugle imaginait le gros contremaître luisant de sueur conseiller à son patron de balancer la majeure partie de cette cargaison humaine inutile par-dessus bord. Mais comment leur prouver qu'ils pouvaient encore servir ?

Sur les eaux qui donnaient aux Yeux verts la nausée – et l'haleine d'un cul de chacal – l'Aveugle calculait leurs pertes et leurs gains au gré du destin : ils avaient échangé l'immensité du sable sec contre l'énormité de la mer sans point d'attache ; et il méditait sur le malheur qui les éloignait du Roi et de la possibilité de se venger, qui ballottait les hommes exténués d'un désastre à un autre, eux qui ne réclamaient pourtant qu'une proportion raisonnable d'eau, d'air, de terre et de feu, plutôt que l'excès de l'un ou de l'autre, l'alternance cruelle de la soif accablante et d'un mal de mer violent. Dans cet univers capricieux, décidément, il semblait ne pas exister d'autre point fixe que le caillou. L'Aveugle profita de l'agréable tiédeur qui émanait désormais de l'espèce de morceau de gypse, qui l'aidait à oublier son ventre creux et sa tête pleine de haine. Plus tard, alors que le contremaître avait le dos tourné, il leva les deux mains attachées par une corde épaisse mais élimée dont quelques fils mal tressés lui attaquaient les poignets, sous une volée de moustiques et de moucherons. Il déglutit, puis recracha le caillou moite. Avec délicatesse, il le déposa au creux des mains liées de son voisin. Dès qu'il en avait l'occasion, les Yeux verts lui chuchotait une description de l'architecture du navire, de la couleur de la peau, des riches vêtements de leur propriétaire, de ses armes, de la nature et de la valeur, du nombre exact de leurs compagnons d'infortune, que l'Aveugle rapportait dans sa tête au sens du vent, à l'odeur pestilentielle de bile et de diarrhée, de chairs malades, au lourd parfum de térébenthine et de sumac qui remontait des entrailles du vaisseau, à l'huile et à l'eau qui coulaient entre les lattes du pont sur lequel ils étaient agenouillés, ou accroupis, les jambes percluses de crampes et les pieds enfoncés dans l'arrière-train de ceux de la rangée de devant. Ainsi espérait-il voir se dessiner un tableau précis de leur situation, et de leurs chances d'y échapper. Ils ne survivraient pas à la traversée. À moins de cesser de respirer les miasmes des esclaves, pour ne pas absorber le principe même de leur maladie, avant même d'atteindre l'île de Crète ils ressembleraient à ces bêtes de somme étiques et bonnes à abattre en période de famine – à ceci près qu'on ne pourrait même pas tirer d'eux de la viande.

S'il n'y avait le caillou, depuis bien longtemps ils se seraient laissés mourir.

Mais ils possédaient encore cette petite pierre, qui était comme une âme minéralisée, et ils résistaient.

Bien sûr, elle diminuait toujours un peu plus en taille et en poids. Étanchant la soif, la faim, la colère et le ressentiment, tranquillisant les nerfs et les muscles, elle nourrissait tout de même en eux une sorte d'opiniâtreté.

Il ne restait qu'à attendre le moment opportun.

Enfin, au zénith, l'Aveugle crut entendre un signal : une plainte qui venait de la poupe du navire. C'était peut-être l'indice d'un changement dans leur condition, ce qu'il qualifiait – lorsqu'il s'efforçait d'éduquer son jeune compagnon – d'« opportunité du sort ».

« Et le sort, précisait-il, se manifeste lorsqu'on se trouve, comme nous, réduit à l'impuissance.

— Pour ceux qui ont le pouvoir, le sort n'existe pas ? » murmura les Yeux verts.

Et l'Aveugle ricana.

« Si. Car ils font partie du même monde. Écoute bien ce qui se passe. »

Le maître hurlait de douleur et insultait tous ses dieux dans sa langue de marchand qui mélangeait des mots d'akkadien et de hurrien au haut-égyptien et au dialecte chypriote d'Enkoni. Il accusait ses concurrents sur le marché de Memphis de l'avoir empoisonné avec de la noix vomique, qui provient de l'arbre à strychnine. Il s'en prit aussi aux fidèles du Roi Soleil égyptien, avant d'insulter le fils d'Amon et de le comparer à un tumulus de putréfaction et de selles d'ânesse. Pendant tout le temps que dura sa diatribe, ses serviteurs s'agitaient à l'arrière du vaisseau, sous le dais tissé de fils de cuivre qui sentait l'amande et l'organdi. Quelques-uns étaient chargés d'éponger sa sueur, d'autres de lui masser le dos, expliqua à voix basse les Yeux verts à l'Aveugle. Mais, paniqués par les cris de leur maître qu'ils ne parvenaient pas à apaiser, les hommes en pagne et à la tête nue larguèrent de lourdes ancres de pierre pour stabiliser le bateau sur les eaux agitées aux abords d'Ashkelon, sous le soleil orange typique de la saison chaude de Peret.

« Est-ce que ce salopard se tient le bide entre les mains ? Dis-moi, les Yeux.

— Il a posé les doigts près de son nombril, puis il a chié sur sa couche d'osier. Il me semble qu'il a la diarrhée. Est-ce que c'est de bon augure ? Il va crever ?

— Appelle le gros contremaître qui a la voix d'une chèvre de Naharin.

— Il va nous battre.

— Fais comme je dis. »

Lentement l'Aveugle laissa rouler le caillou au creux de sa main, afin de l'exposer quelques minutes aux rayons du soleil, qui pissait de la lumière sur leurs crânes rasés.

« Hé ! Toi !

— Ta gueule, fils de chien et chien toi-même ! »

Hélé par les Yeux verts, le contremaître fit cingler le fouet. Avec plus de précision qu'à l'accoutumée, il visa les côtes apparentes des Yeux verts, qui se tordit de douleur mais ne se plaignit pas : le jeune homme essayait de ne pas respirer trop fort, afin de ne pas rouvrir les plaies du jour précédent.

« Maître ! » supplia dans l'ancienne langue d'Akkad l'Aveugle en élevant les mains pour flatter son désir d'être craint.

« Maître ! Je t'en supplie ! »

Le gros homme grogna.

« Ferme ta gueule de chien ! » éructa-t-il comme s'il ne connaissait pas d'autre insulte, mais l'Aveugle dit doucement :

« Je sais soigner. »

Le contremaître réfléchit. Tout autour de lui, la dizaine de moribonds accroupis qui geignaient en gardant les mains croisées contre leur nuque relevèrent légèrement le visage, pour le voir se passer une main sur les joues, remettre droit sa calotte et demander :

« Soigner qui ? Soigner quoi ? »

L'Aveugle pensa que c'était gagné : l'homme mordait à l'hameçon.

« Je peux soigner notre maître. »

Et l'Aveugle, qui faisait semblant d'être perdu parce qu'il n'y voyait rien, s'appuya sur l'épaule des Yeux verts.

À l'autre extrémité du bâtiment, le marchand gémit, grogna et appela auprès de lui son contremaître. À regret, le gros homme de Washukanni fit signe à l'Aveugle de se lever et de marcher. Puis il ordonna aux Yeux verts d'aider son compagnon à se tenir droit et de le guider jusqu'au maître. Un vent sec balayait la grande mer, bleu, noir et violet sous le soleil dur de Peret. Une première fois, le corps tenaillé par les crampes, les Yeux perdit l'équilibre, comme si le vent pouvait l'emporter, tant il avait maigri. « Sale bâtard ! » beugla le contremaître. Les Yeux verts laissa passer sa colère et se releva.

Pour protéger et orienter l'Aveugle à travers le cheptel des esclaves prostrés dans leurs déjections, il écarta les bras. Le contremaître jurait et contrejurait en akkadien, parce qu'il devait à son tour patauger en sandales de cuir dans leur chiure, le temps de longer le bordage de la cale garnie d'épices, de bijoux, bien protégée par une rampe au rebord sculpté de boiseries en acajou. En grommelant il invoqua Marduk, changea d'injure, traita de cul de corbeau la face des esclaves noirs aux lèvres roses, qui ne valent même pas la moitié d'une pute. Pour faire bonne figure devant le maître malade, il fit claquer le fouet une dernière fois contre les fesses des Yeux verts, qui étaient si rachitiques qu'on les aurait dites creuses. Il menaça de lui perforer un second trou du cul, puis il épongea la sueur sur son front. Maladroitement il s'excusa pour sa grossièreté auprès du marchand. Mais, avant même que le contremaître ait pu le présenter, l'Aveugle s'adressa avec respect au marchand dans la langue chypriote, comme s'il la connaissait d'un voyage précédent ou d'une vie antérieure, et il lui parla non pas comme un esclave à son propriétaire mais, pensa le contremaître en frissonnant, comme un souverain à un autre souverain. Enfin l'Aveugle tendit le bras droit pour saluer…

Et le contremaître voulut interrompre ce geste insolent, de peur que le vieil esclave n'essaie d'assassiner son propriétaire, mais ce dernier demanda, las et curieux à la fois, qu'on le laisse faire : à tâtons, l'Aveugle approcha du ventre rebondi du maître le petit caillou chauffé au soleil par le dieu d'Abondance. Mimant une sorte de transe, il récita une litanie longue et précise de noms de divinités toutes inconnues des gens du marchand, il enchaîna des phrases alambiquées mais ne fit rien d'autre que d'approcher encore, avec une lenteur cérémonieuse, le caillou de l'abdomen du commerçant dont il avait fait relever la chemise de lin au-dessus des mamelons. Lorsque le marchand commença à frémir, l'Aveugle estima qu'il était prêt et il déposa le fragment de roche au creux de son ombilic, au centre exact du ventre qui gargouillait.

Puis il attendit.

On n'entendait plus que le bruit chuintant de l'air que l'homme inspirait et expirait, tandis que les porteurs de part et d'autre de sa couche avaient cessé d'agiter leurs palmes ; bientôt il soupira plus calmement. Il referma même les yeux et il péta. Montant et descendant au rythme de sa panse détendue, le caillou blanc lui avait communiqué une sorte de chaleur bienfaisante. Le marchand rit : il ne se sentait plus comme un conduit d'égout bouché et sur le point d'exploser ; il avait retrouvé une certaine paix des tripes.

Avec un geste enjoué, le marchand indiqua au contremaître qu'il pouvait se retirer en compagnie des deux esclaves et regagner l'avant du navire dont scintillaient les reflets de cuivre. Estimant qu'il avait accompli une bonne action, l'Aveugle demanda :

« Mais, Seigneur, quel est le prix de ta guérison ? Quelle sera notre récompense ? »

Le contremaître le gifla pour avoir parlé sans y avoir été autorisé. Étonné que l'esclave ait pu croire qu'il aurait la permission de discuter avec un homme de son rang, le marchand prit tout de même la peine d'expliquer au vieil aveugle qu'il ne lui devait rien. Tout au plus lui souhaitait-il de survivre jusqu'au port suivant, si telle était la volonté des dieux.

« Seigneur... »

L'Aveugle insolent insista :

« Le caillou qui guérit m'appartient. Je dois le récupérer. »

Agacé, mais aussi amusé par le peu de respect des convenances que manifestait ce vieil homme, le marchand soupesa la drôle de pierre ronde et blanche. Il l'observa d'un œil, à la façon dont il aurait évalué un diamant, mais ne trouva pas la moindre valeur à l'objet. Diverti par avance par sa propre facétie, il sourit et réclama au contremaître son maillet, jeta le caillou à ses pieds et d'un coup sec il cassa la pierre en deux parties. L'Aveugle poussa un cri, comme s'il avait été poignardé ; les Yeux verts gémit. Du bout de ses doigts potelés, le marchand ramassa les deux morceaux du caillou et les tendit aux misérables agenouillés devant lui :

« Vous n'en aviez qu'un, maintenant en voilà deux. C'est le début de la richesse ! »

Une dernière fois il rit de sa plaisanterie avant de convoquer son navigateur pour discuter de leur position, à quelques jours des ports du Levant, soucieux qu'il était des troupes hittites stationnées un peu plus au nord.

À coups de pied dans le dos, le contremaître fit revenir l'Aveugle et les Yeux parmi les captifs.

DEUX CAILLOUX CONTRE UN ARBRE

« Est-ce vrai que vous revenez des enfers ? » chuchota un esclave kassite acheté dans les lointaines régions de Zagros, qui avait six doigts à une main (signe de chance), mais un bras en moins (indice d'une certaine infortune). Découragé, les Yeux verts somnolait sur le flanc, recroquevillé dans la chiasse des autres prisonniers, les chevilles et les poignets attachés par l'épais cordage douloureux ; il ne répondit rien.

« Nous en venons et nous y retournons », déclara l'Aveugle, qui sans l'aide de son compagnon tâchait de se faire une idée du mouvement des gens en armes à bord du bâtiment. À présent il avait un plan. L'équipage s'était endormi à mesure que montait la Lune dont l'Aveugle sentait par intermittence la lumière jouer sur sa moitié de pierre : il la tenait fermement entre le pouce et l'index.

« Les Yeux…, murmura l'Aveugle.

— Oui ?

— Regarde. »

À contrecœur les Yeux verts fendit la croûte de ses paupières et observa tout autour de lui, sur le navire en bois de cèdre et en cuivre, la grande voile, en berne en l'absence du moindre souffle de vent, et les bêtes humaines dont il faisait partie, affalées en surplomb de la cale qu'on avait recouverte d'un drap plus épais pour la protéger des miasmes. Tout autour, il prit la mesure de la mer immense et lourde – mais ne parvint pas à l'admirer, pas plus que le ciel encore mille fois plus vaste : il ne trouvait pas le courage de défier du regard un univers si grand, si noir. Il préféra se laisser écraser par le poids de l'immensité, inconscient des dieux et des forces supérieures qui agitaient l'espace et le temps auxquels sa vie minuscule était tout entière livrée.

« Quoi… ? demanda-t-il, sans trouver le mot adéquat dans la langue de Pharaon.

— Tu es libre. »

Il sourit. L'Aveugle avait ses lubies, au nombre desquelles figurait une sorte d'esprit de contradiction : plus leur condition empirait, plus l'Aveugle manifestait une espérance absurde dans une fortune favorable. Il prenait ses désirs pour la réalité, à mesure que les faits s'éloignaient pourtant de sa volonté.

« Oui, c'est ça..., dit les Yeux verts afin de lui faire plaisir.

— Tu es libre. Mets-toi debout, marche, tends la main, approche-toi de l'homme qui béguète comme une chèvre et égorge-le. »

Le jeune homme cligna des yeux puis, incrédule, il contempla les liens défaits à ses pieds et ses mains soulagés du cordage qui lui servait de harnais. Patiemment, l'Aveugle avait tranché la corde à l'aide de la moitié la mieux aiguisée du caillou, qu'il lui confia en guise de couteau.

« Vas-y. Tue-le. »

Sans lui demander ni comment ni pourquoi, les Yeux verts se leva et se prépara à occire l'homme d'Akkad endormi. Même s'il s'efforça de ne réveiller personne parmi les prisonniers, quelques-uns gémirent et s'accrochèrent à ses chevilles : le navire frémissait déjà d'une rumeur fébrile quand il atteignit le lit de paille du contremaître. Retrouvant les gestes du guerrier au moment où il les accomplissait, il appuya du pied contre la cage thoracique du geôlier, au point de lui rompre les os ; il lui coupa la respiration et lui laissa à peine le temps d'agiter ses membres tel un insecte à la carapace renversée. En se penchant sur sa victime, les Yeux oubliait toutes les humiliations maintenant qu'il retrouvait le pouvoir de tuer. Comme si c'était une arme d'enfant, il brandit la lame effilée entre deux doigts et l'introduisit sous la mandibule de l'homme au niveau de l'oreille, transperça sa chair, appuya, chercha sous le sang la veine jugulaire et ensuite la trachée ; d'un demi-cercle bien dessiné, il imprima une sorte de sourire ridicule dans le cou trop gras du contremaître puis, par une gifle du revers de la main, il rejeta vers l'arrière le visage boursouflé de l'homme qui s'étouffait et désolidarisa quasiment la tête du buste ; enfin il frappa du talon sur le cou bouillonnant de sang, il sentit la colonne vertébrale résister et la broya avec le pied.

Une fois sa mission accomplie, il ramassa le maillet de bronze, le fouet de cuir et fit face aux serviteurs apeurés du marchand qui l'encerclaient, en agitant des torches de gras enflammé devant leurs yeux, pour distinguer la menace dans l'obscurité.

Ils sonnèrent l'alerte.

« Viens ! » ordonna l'Aveugle au milieu des esclaves affolés. Les Yeux verts, qui reculait pas après pas devant la charge des sbires du marchand chypriote, s'empressa de couper la corde qui entravait encore l'Aveugle tout en repoussant des mains et des pieds la masse des autres prisonniers, qui les suppliaient dans tous les langages des royaumes égyptien, hittite, de Mitanni et au-delà, et dont la confusion retardait heureusement la progression des gardes du marchand. On entendait tonner la voix affolée du maître à la poupe, dans la pénombre zébrée par les torches huileuses.

« Prends-moi par la taille et balance-moi par-dessus bord, ordonna l'Aveugle.

— Est-ce que c'est le moment de mourir ?

— Non. C'est encore le moment de vivre.

— L'Aveugle..., lui avoua les Yeux verts qui sentait les serviteurs armés du maître s'avancer vers lui. Je ne sais pas nager.

— Ah. Eh bien je nagerai et toi, tu t'accrocheras.
— Tu ne vois rien.
— De toute façon il fait nuit. »

Déjà engagé par-dessus la rambarde de chêne renforcée par du cuivre, l'Aveugle se laissa soulever par les Yeux verts. Celui-ci projeta la frêle carcasse de son compagnon aussi loin qu'il put dans les ténèbres : elles s'ouvrirent, résonnèrent puis se refermèrent en silence. Au fond de son cœur hésitant, les Yeux cherchait le courage de s'enfoncer à son tour dans la bouche de l'obscurité. Écrasant au passage les pieds, les poignets, parfois même les crânes des malheureux qui tentaient de lui arracher des mains le fouet et le maillet, pendant que progressaient parmi eux, comme dans un buisson fin serré de roseaux, les miliciens du marchand, au moment de sauter il chercha, pris de panique, la moitié de pierre blanche qui lui appartenait ; mais il ne la trouva pas : les Yeux verts cessa de penser et il sauta les mains vides.

★

« L'Aveugle ! »

Après de lentes secondes d'angoisse passées dans l'eau froide, voyant s'éloigner les points lumineux du navire qui ne formaient déjà plus qu'une mince ligne hésitante, il tenta de se maintenir à flot. Mais chacun de ses gestes pour remonter l'enfonçait un peu plus : il se noyait. Une dernière fois il maudit le Roi. Hélas, une seule vie ne suffirait pas pour se venger. Dans cette vie-ci, il avait échoué. Au moment d'être englouti, à bout de souffle mais résigné, parvenu au terme des efforts que pouvaient endurer son cœur et ses poumons, et heureux de cesser de vivre, il sentit deux mains grossières glissées sous ses aisselles qui l'arrachaient à la mort ; alors il comprit qu'il lui faudrait encore supporter cette existence.

★

Les forces de l'Aveugle n'étaient pas très importantes, et elles ne cessèrent de décroître avec la nuit. Incliné vers l'arrière à la façon d'un animal d'eau douce, il portait contre son ventre le corps transi par le froid, l'impuissance et la honte, de cet autre imbécile aux yeux verts, incapable de nager.

« La putain lui foutra un tison enflammé dans l'anus…

— … ensuite on l'ouvrira en deux pour le lui sortir par le nez ».

Comme toujours, pour passer le temps, ils insultaient le Roi.

Puis ils économisèrent leur souffle.

Plongés jusqu'au cou dans cette mer lourde et froide, ils n'imaginaient pas que les dieux des autres hommes (puisque eux n'en avaient plus) aient pu les sauver de l'esclavage pour les abandonner ainsi à la noyade. Il n'y avait plus de trace d'un sort favorable dans leur situation : la nuit était glaciale, la mer agitée et les Yeux verts encombrait de plus en plus l'Aveugle. Le jeune homme le sentait, il le savait et il éprouvait une culpabilité d'autant plus aiguë que l'autre, taciturne, ne lui reprochait rien. Sans un mot ils attendirent que les flots les submergent. Que faire d'autre ?

Grelottant, les Yeux verts décida tout de même d'avouer :

« Le vieux... J'ai perdu mon caillou. »

Et l'Aveugle répondit :

« Ça va, il me reste le mien. »

Agacé par le calme de sa réponse, les Yeux verts se débattit, se retourna et l'arracha de la bouche de son sauveur :

« Salopard, ça ne vaut rien. Est-ce que tu entends ton caillou de merde tomber dans le trou du cul des dieux ? »

Et il lança la pierre le plus loin possible. Avec un certain étonnement ils n'entendirent pas le gargouillis ironique de l'eau qui aurait dû conclure sa chute. Au lieu de quoi l'Aveugle reconnut un drôle de son mat. Il s'acharna à nager dans la direction où l'autre idiot avait projeté le caillou, jusqu'à ce que son front heurte un objet à la dérive : c'était du bois flotté auquel il se raccrocha et qu'il explora du bout des doigts.

« Dis, les Yeux, on dirait un arbre entier...

— En pleine mer ?

— Déraciné. »

Alors l'Aveugle sourit.

Du fil de l'ongle il parcourut les fines crevasses, les rides, les nœuds dans l'écorce du tronc, et dans son esprit accoutumé aux ténèbres la chose étrange et majestueuse prit la forme d'un arbre abattu dont subsistait le houppier, un ramage fourni retombant comme la chevelure d'une femme couchée sur le flanc. Aux branches et aux feuilles trempées dans l'eau calme, lente et noire, il reconnut l'espèce de l'arbre.

« C'est un saule. »

Les Yeux verts en fut tout étonné.

« Il n'y a pas de saule au bord de la mer, n'est-ce pas ?

— Seulement au bord des rivières, qui conduisent à la mer.

— Est-ce que…

— Nous nous trouvons près d'une terre, après une tempête. »

Les Yeux verts s'arracha enfin à l'eau et s'assit à califourchon sur le tronc qui dérivait lentement, avant de tendre la main au vieil aveugle pour le faire monter au sec entre les branchages.

« Est-ce qu'il nous faut remercier un dieu ?

— Non, répondit l'Aveugle, pas besoin de dieu. Le sort, c'est juste une chose contre une autre. Un caillou perdu contre deux cailloux gagnés, et deux cailloux perdus contre un arbre : voilà où nous en sommes pour l'instant. »

CHAPITRE
2

UN ARBRE CONTRE UNE FORÊT

Au matin, les Yeux verts, qui s'était assoupi entre les branches molles et caressantes du saule, fut réveillé par l'Aveugle :

« Qu'est-ce que tu vois ? »

Et il n'en crut pas ses yeux : l'arbre avait dérivé jusqu'aux abords d'une grande île de pierres blanches. Elle était recouverte d'une végétation dont le vert de jade éclatant lui agressa l'œil un court instant et l'aveugla. Il avait perdu l'habitude des jolies choses et crut d'abord à un mirage. Avec calme et majesté, le grand saule les conduisait jusqu'aux rives de l'île survolée par de beaux oiseaux bleus, à l'embouchure d'une rivière brillante qu'il décrivit avec difficulté à l'Aveugle, recherchant dans sa mémoire les mots pour exprimer la joie.

« Ha ha ! Si le Roi pouvait voir ça ! Nous lui sortirons les couilles de ses bourses, et nous les lui collerons en lieu et place des yeux », répondit l'Aveugle. Il se moquait bien de la beauté ; tout ce qu'il voulait, c'était se venger.

« Est-ce que c'est l'île du Roi ?

— Je ne crois pas. Ce n'est qu'une île… C'est bien ce que tu m'as dit ? Moi-même je régnais jadis sur un territoire beaucoup plus vaste », rappela le vieil homme aigri, aux orbites vides, persuadé d'avoir été détrôné.

Autour de lui les Yeux verts remarqua des branches en fleur et il observa d'un peu plus près le saule sur lequel ils allaient, un saule argenté peut-être, aux feuilles lancéolées, légèrement ovalées, par-dessous lesquelles poussait le chaton duveteux des fleurs. Dans les eaux l'arbre répandait sa semence, ouvrant ses bourgeons, qu'il caressa du bout des doigts. Est-ce que c'était le printemps ? Ses nerfs atrophiés avaient perdu l'habitude d'une sensation si douce : seule la dureté faisait encore réagir ses mains et, dans la délicatesse presque écœurante de la fleur, rien ne résistait à la pression agacée de ses doigts. Il pensa que ce que la vie avait de plus agréable lui resterait inconnu et sauta du haut de l'arbre, s'écorchant dans les branches sauvages pour mettre pied à terre. Tenant à peine en équilibre, à cause d'une cheville douloureuse, il parcourut en boitant la plage de galets, chassa un crabe, brisa deux de ses pinces et en mangea la chair fraîche. Il se nourrit goulûment mais garda quelques miettes en réserve pour l'Aveugle, qu'il aida ensuite à accoster.

« Est-ce que l'île est déserte ?

— Nous n'en savons rien. Traînons l'arbre derrière nous et cachons-le dans les fourrés, à bonne distance de la plage.

— Pourquoi ? L'arbre est lourd et nous sommes faibles. Mieux vaut trouver à manger, chercher de l'aide ou se préparer à affronter un ennemi.

— Regarde-moi, abruti. »

Les Yeux verts regarda l'Aveugle, un démon rouge arraché aux entrailles du monde des morts, brisé en morceaux par Anubis et transporté à travers les siècles par le souffle des dieux moribonds de l'ancienne Babylone. Maigre au point qu'on pouvait compter sous sa peau ses os rompus, bossu et velu mais le poil brûlé, roussi, l'homme s'était assis sur une roche qui avait la forme d'une tortue. Il se tenait impudiquement la bite à l'air : de la peau flasque et irritée, qu'il grattait comme s'il avait la gale.

« Nous sommes nus, faibles, désarmés. Rien ne nous appartient, à part l'arbre.

— Des arbres... », répondit les Yeux verts, en grignotant quelques vers des sables qu'il attrapait entre les galets plats, sans même prendre le temps de les nettoyer à l'eau claire. Il reprit, la bouche pleine :

« Des arbres, mon ami, il y en a tout autour de nous, une forêt entière. Ça ne manque pas. »

Et il lui décrivit le paysage.

« Dis-moi, les Yeux, est-ce que tu vois le moindre saule le long de cette rivière qui coule là-bas, sur notre droite ? »

Le jeune homme fronça les sourcils. Il se leva, protégea des rayons du soleil le seul bien qu'il pouvait monnayer auprès de son compagnon (sa vue) et répondit que non.

« Alors aide-moi à cacher ce saule un peu plus haut, en attendant qu'il serve notre dessein. Qui sait ? »

★

C'était une belle île, calme, chaleureuse mais tapissée d'ombre. On aurait juré que rien n'y manquait. De bon matin les deux hommes, après s'être lavés dans l'embouchure de la rivière où s'abreuvaient les oiseaux bleus, remontèrent le cours d'eau. Ils s'engagèrent dans un bois de cèdres et d'épicéas cendrés, qui devait promettre le printemps en hiver et garder la mémoire de l'été en automne, pensa l'Aveugle. Il posa la main sur l'épaule des Yeux verts, qu'il entendait joyeux pour la première fois et qui lui dit :

« Foutre dieu, mon sexe bande de joie. »

Ils rirent de bon cœur.

« Silence, chuchota les Yeux verts. À quelques pas de nous il y a une biche aux aguets. Ne l'effrayons pas. »

Ils n'avaient pas faim, mais les Yeux verts avait envie de chasser, pour ne pas perdre le plaisir de tuer. Lorsqu'il s'approcha de l'animal farouche, abandonnant à la lisière de la clairière l'Aveugle qui essayait de distinguer les bruissements de pas, le frôlement des hautes herbes et le chant de l'alouette, un homme sortit des buissons et tapa dans ses mains pour faire fuir la bête :

« Qui êtes-vous ? »

L'Aveugle aurait voulu demander aux Yeux verts de lui décrire l'étranger. Ils se trouvaient sur ses terres et il parlait une langue qui leur était inconnue, avant d'adopter une variante d'ougaritique, dont l'Aveugle avait appris quelques rudiments.

« Qu'est-ce que vous voulez ?

— Nous cherchons le Roi.

— Pourquoi ?

— Pour le tuer. »

Il entendit l'étranger sourire :

« J'étais le roi.

— Le roi de quoi ?

— Le roi de cette île.

— Quel est votre nom ?

— Le Roi des saules, mais je ne le suis plus.

— Pourquoi donc ?

— Il n'y a qu'un roi et il n'y a qu'un saule de majesté, mais la tempête l'a emporté. Comme le veut la tradition, j'ai perdu le trône quand l'arbre a été déraciné. Depuis, j'erre, je suis redevenu un simple vieillard. »

En haut-égyptien de Memphis, les Yeux verts décrivit à l'Aveugle un homme grand, large et sage à la barbe rasée et au crâne chauve, qui portait une tunique à la mode chtonienne, mais d'un tissu plus léger que celui des Chypriotes : à la main il tenait une épée de bronze forgé.

« Roi des saules, dit l'Aveugle, tu dis qu'il n'y a plus de saule sur ton île ?

— Je te le redis : il n'y en a plus.

— Nous en possédons un. »

Et il proposa à l'homme tout surpris de négocier avec eux.

« Est-ce que vous êtes des marchands ?

— Disons que nous aimons échanger.

— Qu'est-ce que vous désirez en échange du saule ?

— Un navire pour partir.

— Où allez-vous ?

— Ça ne te regarde pas. Nous allons tuer le Roi.

— Il y a beaucoup de rois sur cette terre.

— Jadis il n'y en avait qu'un.

— Pourquoi vouloir le tuer ? »

Les Yeux verts cracha :

« Il nous a trahis et nous a envoyés en enfer – nous et nos ancêtres.

— Quand ? »

Ils ne répondirent pas.

« Je ne peux pas vous donner de navire. Cette île se trouve à l'écart des marées et des courants, c'est un pays où viennent peu d'hommes. Il en revient encore moins et personne n'en repart. Nous ne possédons pas d'embarcations comme en fabriquent les marins de Phénicie, ni ces barques en nattes de joncs dont on dit qu'elles peuvent contenir cent hommes de Pharaon… Nous ne sommes pas des marins comme les Crétois de Knôsós, les marchands de Tirynthe ou de Pylos qui transportent des amphores, des hommes et des armes. Nous ne savons pas construire un bâtiment qui flotte. Nous ne savons même pas vraiment nager. La mer est sacrée pour nous : on ne la franchit jamais.

— Cette île est votre prison, alors… », soupira les Yeux.

L'ancien roi des saules ne répondit rien.

Ses paroles étaient trop lyriques pour des vagabonds. L'homme le comprit et décida de négocier avec ces étrangers qui ne connaissaient ni gloire ni dieux.

« Vieillard, nous ne pouvons pas te donner le saule si en échange tu ne nous livres pas ce que nous voulons.

— Vous êtes bien des commerçants. Eh bien… À défaut de navire en bois, je peux vous promettre une forêt. »

Incrédule mais amusé, les Yeux verts, qui surveillait le glaive de bronze poli et étincelant de leur interlocuteur, voulut répondre. Mais avec un air ébahi, il contempla tout autour de lui la forêt de pins noirs, les collines de cyprès, les hautes cimes élégantes, les arbres de Yehudah et le tronc épais du châtaignier.

« Une forêt ? Et qu'est-ce que tu veux que nous en fassions ?

— Très bien, le coupa l'Aveugle. Contre un seul arbre, tu nous fais propriétaires de tous les autres, dans les limites de ce que nous voyons aujourd'hui tout autour de nous. Entendu ? Et nous en disposerons comme bon nous semble.

— Je suis votre obligé.

— Et nous sommes les tiens.

— Considérez-vous comme mes hôtes, conclut le vieillard. Conduisez-moi au saule de majesté et je vous accorderai l'hospitalité qu'un roi doit à ses invités, même s'ils sont de vulgaires marchands. »

Il n'y avait qu'une ville dans cette île, où le roi revint avec à la main une branche du saule blanc argenté. Sortant de leurs demeures en inclinant la tête, les habitants reconnurent sur-le-champ la légitimité de leur souverain. Il portait le rameau fleuri au-dessus de sa tête, coiffée de plumes de paon. À pas lents, les trois hommes traversèrent les rues en chaux de la petite cité dont les habitations semi-enterrées d'argile et de terre battue, d'où filait un léger fumet de viande grillée, laissèrent bientôt place à un palais aux murs revêtus de pisé. C'était un dôme bleu dans l'enceinte duquel un verger abritait des palmiers à dattes, des poiriers à feuilles d'amandier, du myrte et des pistachiers, disposés en cercle autour d'un trou dans la terre fraîche et humide. Ici l'orage avait abattu, déraciné puis laissé rouler le saule royal du haut de l'éminence herbeuse qui dominait la rivière. Cette rivière menait à la mer qu'on apercevait encore à l'horizon. Au sommet de la colline, le roi fit venir plusieurs porteurs en pagne à la peau bronzée, qui transportèrent l'arbre sacré. À la tombée de la nuit ils organisèrent un banquet illuminé par les torches d'un bois à l'odeur citronnée, au cours duquel le souverain présenta son peuple aux deux hommes qui bâfraient, en émettant des bruits de bouche et des pets. Sous la protection du faucon chasseur, les griffes serrées sur son perchoir et attaché par une chaînette d'argent, le roi décrivit son pays comme si c'était le paradis. Les hommes mangèrent des tripes de chèvre poivrées aux herbes du maquis et une tête de mouflon rôtie.

Puis le souverain fit venir ses trois filles. Elles se tenaient droites, le front ceint d'un bandeau azur symbole de chasteté. Chacune portait à un doigt deux anneaux d'or et d'argent entrelacés.

« La première, annonça son père, est la plus belle fille de l'île : elle a le visage et le corps de notre déesse, dont nous ne révélons jamais le nom aux étrangers. » Et la fille s'inclina en signe de politesse devant les deux naufragés aux mains sales et à la bouche édentée ; les Yeux rota. « La deuxième, reprit le roi en s'adressant cette fois à l'Aveugle, a la plus belle voix et elle chante avec les oiseaux de nos bois, elle a appris d'eux la musique et aujourd'hui c'est elle qui leur enseigne le langage des dieux. » La fille timide psalmodia un air bourdonnant dans une langue inconnue, qui fit monter aux yeux du jeune homme des larmes d'enfant ; il pensa à sa mère qu'il n'avait pas connue. Quant à l'Aveugle, il but une rasade de vin amer et déglutit. « Et la dernière ? » s'enquit-il. « La troisième, conclut le souverain de l'île, c'est la plus sage. Elle tient de moi tout ce qu'elle sait. » L'air solennel, le roi leva son gobelet rempli d'une variété d'hydromel qui n'était pas assez sucrée au goût des Yeux verts. Il déclara qu'il offrait aux deux hommes ses trois filles, qui valaient bien mieux qu'une forêt.

Mais la plus jeune des trois intervint :

« Père, ils ne voudront pas. Et ils n'y ont pas intérêt.

— Vous ne nous avez pas menti, sourit l'Aveugle, cette fille est peut-être laide, mais j'entends qu'elle sait réfléchir. Elle dit vrai.

— Pourquoi ? »

Le roi était étonné.

« Parce que, mon père, vous espérez les retenir alors qu'ils veulent partir. Parce que le ventre de la femme donne des enfants qu'il faut nourrir, alors que le bois des arbres promet la construction de navires qui permettent de fuir. »

Elle s'inclina.

« Vous êtes maligne, dit l'Aveugle. Mais je crois entendre dans votre voix le désir de partir vous aussi…

— Je voudrais voir le monde, admit dans un souffle la jeune fille, qui devait avoir treize ans.

— Tais-toi. Arrêtons là, dit le roi : vous ne voulez pas de mes enfants, eh bien, vous aurez la forêt. Faites-en ce que vous voulez. »

Et il mit un terme au banquet.

UNE FORÊT CONTRE UN RADEAU

Durant la moitié d'une année, sous les ordres de l'Aveugle, les Yeux verts mena à bien la destruction de la forêt méridionale de l'île, au grand dam du roi. Afin de leur fabriquer un radeau, il abattit tous les pins noirs ou presque, arracha les racines des cèdres et des chênes pubescents à l'ombre desquels vivaient les biches. Logés et nourris par le roi, qui n'avait qu'une parole, les deux hommes saccagèrent son royaume. Bien sûr, ils n'avaient pas le droit de rendre visite à ses filles et ils n'avaient pas l'autorisation de coucher avec les femmes du village ni de parler aux hommes de l'île, dont ils ne comprenaient guère le langage. Aussi les Yeux verts, armé d'une hache et tirant à la corde sur les arbres, dévasta-t-il tout seul les bois jour après jour, mois après mois.

Parce qu'il leur fallait, affirmait l'Aveugle, du matériau de construction.

Sur cette partie de l'île que les étrangers avaient ratiboisée, la cadette du roi profita un jour de sa promenade matinale pour s'écarter de son chemin habituel. Contrevenant aux ordres de son père, elle vint demander aux Yeux verts, affairé à abattre un bosquet de châtaigniers, à quoi ressemblait le monde au-delà de l'horizon. Torse nu, l'homme marqua une pause dans sa corvée. L'Aveugle attendait que les Yeux verts débite le bois en planches. Ensuite, il lui demandait de les assembler d'après l'image qu'il se faisait d'un bateau, tout du moins d'un radeau solide. Ils gaspillaient les arbres, mais l'Aveugle se tenait à son plan pour partir de l'île.

La fille un peu disgracieuse dit :

« Décrivez-moi les terres de l'autre côté de la mer. Cette mer me semble sans fin, quand je la regarde du haut du verger. Mais je sais qu'il y a autre chose. »

Pour toute réponse, les Yeux verts en sueur lui montra sur son dos une brûlure profonde qui lui avait été infligée par les hommes d'une ville lointaine. Il fit courir le doigt de la jeune fille le long de l'une de ses cicatrices : voilà à quoi ressemblait la civilisation. Puis il guida sa main jusqu'à son sexe dressé sous le pagne : voilà aussi ce qu'on y trouvait. « Et ça ? » Il désigna une belle bague aux anneaux d'or et d'argent à son doigt, qui la liait à son père. « Combien ça vaut ? » Puis il reposa la main tremblante de l'enfant contre sa propre poitrine et lui fit sentir son cœur qui battait, comme celui de n'importe quel autre homme, même s'il était méchant : jamais elle ne survivrait au monde du dehors. Il résista à la tentation qui lui brûlait les bourses et le gland de relever sa jupe blanche et de fouiller en elle.

Après s'être branlé dans les bois pour se soulager, à l'ombre des rares arbres de la baie qu'il n'avait pas encore attaqués à la hache, il rejoignit l'Aveugle. Jamais le vieux ne lui aurait pardonné d'avoir violé la fille du roi. Il fallait qu'ils se tiennent bien.

L'autre salopard d'aveugle obsédé par son idée pataugeait dans la boue, dans un amas de branches rompues, de débris, de planches mal coupées et d'assemblages incohérents.

C'est une chose de connaître un objet du dehors, de l'avoir vu ou de l'avoir touché ; c'en est une autre de le fabriquer. Or l'Aveugle qui avait touché les embarcations d'osier sumériennes et le commerce nilotique, le transport de marchandises sur des barques et sur des barges, ne connaissait pas d'autre bateau capable d'aller sur la mer que celui dont ils avaient été les prisonniers et les esclaves. D'après les descriptions approximatives des Yeux verts, l'Aveugle pensait pouvoir concevoir le plan d'une embarcation qui résisterait aux courants du grand large. Peu à peu, il imagina une longue quille de pin et un bordage taillé par les Yeux verts dans le bois de cèdre, dont le calfeutrage artisanal leur demanda plusieurs semaines de travail. Enfin ils s'attaquèrent à la charpente. Comme des enfants qui imitent un arc à l'aide d'une branche ramassée au pied d'un arbre, et qui partent à la guerre équipés d'un jouet, ils firent mine de savoir construire un navire – et finirent par fabriquer quelque chose qui y ressemblait plus ou moins : un radeau à la vague forme de bateau.

En guise de mât, le radeau ne possédait qu'un tronc de sapin mal dégrossi. La voilure se réduisait à une enfilade de draps troués et recousus, récupérés auprès des villageois. Lorsqu'il fut temps de faire rouler l'attelage de fortune sur une allée de rondins, les habitants s'attroupèrent. Timidement, ils saluèrent les deux étrangers qui s'apprêtaient à repartir. L'aînée des filles embrassa sur les deux joues l'Aveugle puis les Yeux verts. La puînée leur chanta un hymne à la gloire du dieu des vents. Quant à la cadette d'apparence disgracieuse, elle leur prodigua quelques conseils et les supplia, à voix basse, de revenir la chercher. Elle pressa les mains de l'Aveugle, elle sourit aux Yeux verts et les regarda embarquer sur cette drôle de chose qui flottait à peu près.

UN RADEAU CONTRE UN SAC

Ni l'un ni l'autre n'avait la moindre notion de navigation.

Ils ne savaient rien des vents contraires, des courants ascendants ou descendants, des bas et des hauts-fonds, des manœuvres et des prières que connaissent tous les marins. Sans carte pour repérer les voies de passage et rejoindre les rivages favorables, ils se retrouvèrent bientôt livrés au vent qui parcourait le ciel et perdirent le cap avant même que le drap ne crève.

Privés de voile, ils dérivèrent.

En vain ils allèrent d'un bord à l'autre, tournèrent en rond deux jours et deux nuits sur une mer d'huile, se lamentèrent et bientôt se battirent.

Les Yeux verts était occupé à agonir d'insultes l'Aveugle, lorsque le vieil homme le fit taire. Il avait entendu un bruit de voix derrière le grondement de l'orage qui menaçait. Ils se trouvèrent vite entourés de bris de bois doré et de cadavres en robes colorées qui flottaient à la surface des eaux et se multiplièrent, comme d'étranges fleurs surgies des profondeurs.

« On dirait que des dieux se sont affrontés sur la mer », murmura les Yeux verts.

Ils entendirent des cris.

« Hé ! Hé ! Ohé ! »

Agrippés à quelques planches, une poignée de survivants hélaient l'espèce de radeau mal sculpté et presque immobile : en ougaritique, ils leur lançaient des appels à l'aide.

« Faisons-les monter à bord. Ils pourront nous guider. »

Obéissant à l'Aveugle, les Yeux verts jeta une corde de lianes épaisses, au bout de laquelle l'ancre était attachée. Ramant du mieux qu'ils pouvaient à l'aide de lances à la pointe de bronze, les survivants du naufrage, débarrassés de leur armure pour rester à flot, se saisirent de la corde. Ils rampèrent à bord du radeau, qu'ils déséquilibrèrent bientôt.

« Nous pesons trop lourd, prévint l'Aveugle.
— D'où venez-vous ? » demanda les Yeux, curieux.

Ils appartenaient à un bataillon d'Ougarit qui avait perdu une bataille décisive. Après de multiples escarmouches dans l'intérieur des terres, jusqu'à Tall Tiverni, ils avaient répliqué aux razzias des combattants des mers : des peuples inconnus des Peleset, des Tjeker, des Shekelesh, des Denyen et des Weshesh qui brûlaient les maisons, ravageaient les campagnes, engrossaient les femmes et parlaient au feu. Ils avaient pillé Canaan et attaqué en traître les sujets d'Ammistamru. Contre ces envahisseurs il y avait eu sur la mer une bataille – un massacre… Les meilleurs avaient été vaincus. À présent il leur fallait rejoindre les rives du Levant pour prévenir leurs frères d'armes de leur défaite, expliqua le mieux éduqué des soldats hagards. Ils ressemblaient à une troupe de rats après l'orage. Mais le radeau tanguait, ils étaient trop nombreux et, quoique malingres, trop lourds pour la structure artisanale de l'embarcation. Il fallait l'évacuer.

Au soldat d'Ougarit qui leur avait parlé il manquait toutes les dents à l'exception d'une, un chicot noir. C'était un officier humilié par la défaite : il traita l'Aveugle et les Yeux verts de « paysans », puis – ce qui était pire dans sa bouche – de « marchands ». Il les accusa de trahir toutes les nations.

« Nous pouvons nous charger de deux d'entre vous… Vous nous conduirez vers le rivage du pays de Qadesh, proposa l'Aveugle. Et les vôtres viendront sauver ceux qui sont restés derrière. Ils attendront ici en s'accrochant aux planches…
— Pas de marchandage ! » cracha le soldat qui

n'avait plus qu'une dent. Et il pointa son épée de bronze contre le foie, l'estomac puis le cœur des Yeux verts. L'officier n'avait rien à craindre d'un homme maigrichon et d'un vieillard aux yeux crevés.

« Descendez. Ouste ! Sautez. »

Les Yeux s'humilia : à genoux, il supplia l'officier ; mais les hommes d'Ougarit le saisirent sans ménagement par les épaules et le jetèrent par-dessus bord, avant de mettre aussi à l'eau l'Aveugle. Ensuite ils se défirent de leurs vêtements qu'ils nouèrent dans l'espoir de tendre une voile de fortune au mât de sapin. Ils balancèrent leurs sandales, déballèrent le peu de provisions qu'ils avaient gardées au sec après avoir coulé et se débarrassèrent d'un baluchon de toile volé à l'ennemi. Ils éclatèrent de rire : « Voilà votre lest ! »

Ils venaient de jeter à l'Aveugle et à son compagnon un gros sac de cailloux.

Les deux malheureux barbotaient dans l'eau froide. Blessé au crâne par le lourd paquetage bazardé par les soldats, les Yeux verts se lamentait de nouveau, attrapant d'une main la planche qui avait jusque-là porté les soldats ougaritiques. De l'autre main, il tenait la balle de tissu remplie de pierres qui avait heurté sa tête et l'agita de dépit :

« Idiots ! Enculés cent fois par le bouc, nous donnons encore du cul au premier venu. Hélas ! »

L'Aveugle n'avait pas de larmes, donc les Yeux pleura pour lui aussi.

Voici qu'ils se trouvaient de nouveau démunis.

Leur vie n'était que la répétition d'une même misère à laquelle l'illusion de la fortune donnait successivement l'apparence de l'accablement ou du soulagement, selon qu'ils allaient vers un malheur ou qu'ils en revenaient. Il n'y avait que des défaites, retardées parfois par le sentiment trompeur de la victoire – par « victoire » il fallait entendre la joie perverse tirée de la chute d'un autre – et cette légère satisfaction qui permet de bien dormir durant quelques nuits, avant de retourner à l'agonie. Amer, les Yeux voulut jeter au loin le lest, en insultant ces suceurs de chèvres d'Ougarit qui les avaient chassés de leur propre radeau ; mais l'Aveugle le débarrassa de la balle de tissu pour en inspecter le contenu.

« Salopard ! Enfonce-toi une pierre dans la gueule jusqu'au cul de ta génitrice, puisque tu lui lèches le derrière ! éructa les Yeux verts. Je t'arracherai la peau des couilles avec le bout des ongles. Regarde où tu m'as amené... Est-ce que tu comptes encore me faire sucer un caillou ?

— Ce n'est pas un simple caillou.

— Ah oui, et c'est quoi ? Une pierre précieuse ? »

Les Yeux ricana des idées saugrenues de l'Aveugle à propos du sort.

« Tais-toi, espèce d'âne enfoiré ! Et regarde. »

Avec ce qu'il lui restait d'ongle, l'Aveugle avait gratté un des fragments de roche balancés pardessus bord par les soldats d'Ougarit, qui n'en connaissaient pas la véritable nature. En croquant dans le caillou, il avait fait apparaître à la lueur du soleil une tache d'or :

« Nous sommes riches ! »

Et en refermant le sac il rit aux éclats.

CHAPITRE 3

UN SAC D'OR CONTRE UNE PETITE FORTUNE

Une fois qu'ils eurent de l'or, c'est vrai, ils n'eurent plus à se soucier du sort.

Le matin même vint à leur secours un transport chypriote qui faisait route vers la baie de Minet el-Beida où règnent les fils d'Ammistamru. Sur la digue du port, l'Aveugle et les Yeux croisèrent des marins de Karkemish et d'Amurru. Du plomb, du cuivre, du bronze, de la vaisselle, des amphores, du vin ou de la farine étaient entreposés dans les baraquements, gardés par d'importants contingents hittites depuis la nouvelle du désastre en mer.

Contre un seul shekel, les notables et les marchands pouvaient monter dormir dans la grande cité d'Ougarit, où les prostituées connaissaient l'art de prolonger la jouissance des hommes et où l'on mangeait des viandes enfarinées dans de la belle vaisselle de Mykênai.

Mais les négociants du pays étaient inquiets : la guerre couvait.

En passant devant le temple de Baal au coucher

du soleil, les Yeux verts cracha trois fois. Pour insulter leur religion, il leva l'index, se toucha les parties génitales et promit sa pisse à la bouche du dieu des moissons qui les avait abandonnés dans le désert, là-bas près de Babylone. Au fil de leur promenade s'allumaient les torches à résine, la mèche des lampes à graisse aux fenêtres des maisons, et ils furent abordés par une série de prêtres de Sidon, d'étranges messagers qui prétendaient parler au nom des divinités égyptiennes dans une langue du Nord : en fait, il s'agissait d'imposteurs. D'autres hommes, déguisés en femmes, promettaient d'ouvrir leur cul à la verge des voyageurs contre une poignée d'orge ou de seigle. On les traita de riches *tamkars* akkadiens. En faveur du parti opposé aux hittites, une bande de messagers d'Alalakh et des partisans fanatiques de la mémoire du grand Niqmepa les bouscula et les invectiva. Ils ne comprenaient rien à la politique de cet endroit. Au milieu du chemin bien éclairé, où coulait l'eau de la vaisselle, l'urine et le jus des égouts, les deux hommes clopinaient. L'échine courbée, marchands aux manières de mendiants, ils avaient peur d'être démasqués.

Les Yeux verts conservait la pépite d'or au chaud dans sa culotte. L'Aveugle le charriait à ce propos, parce que ça lui faisait un gros fessier, et les Yeux verts, vexé, faisait mine de lui lâcher la main pour le perdre dans les faubourgs.

Ils se rendirent chez l'usurier.

Bien sûr qu'ils perdirent dans l'affaire, d'intermédiaire en intermédiaire, au moins la moitié de la valeur de leur or. Mais, désormais flanqués d'un garde armé dont ils payaient le salaire, ils arpentaient le port avec une bourse pleine de pièces frappées par l'empire hittite de Muwatalli et on les saluait comme s'ils étaient des notables. Cette monnaie valait encore cher par ici, parmi les marchands d'Alashiga, de Keftin et du pays de Pharaon qu'ils appelaient Misrain.

Donc ils se mirent en quête d'un armateur.

Sur les conseils de navigateurs expérimentés de Pa-ka-na-na, ils s'adressèrent à un vieux Levantin de la côte phénicienne. Ils avaient en leur possession l'équivalent de cent shekels et il en fallait justement cent pour construire un navire de taille modeste. Ils souhaitaient acquérir un bateau capable de caboter jusqu'à ce pays que le constructeur nommait Ahhiyawa où, paraissait-il, vivait le Roi des rois. Hélas, on réclamait aussi cent shekels pour payer un équipage au complet.

Il fallait choisir.

UNE PETITE FORTUNE CONTRE DEUX MOITIÉS D'IDÉE

Après quelques heures de discussion agitée, les Yeux verts menaça de partir seul. Il irait jusqu'à Ahhiyawa à travers les terres arides du Nord en compagnie d'une poignée d'hommes ; de toute façon, ne sachant pas nager, il ne voulait plus prendre la mer sans l'aide de marins expérimentés. L'Aveugle le traita de nouveau d'abruti merdeux, car une telle expédition impliquait de retourner dans le désert, où ils avaient bien failli crever et où le vieux se sentait particulièrement démuni, à la merci de ceux qui le guidaient et pouvaient aussi bien l'abandonner, puisqu'il n'y voyait rien. Il entra dans une violente colère et accusa son compagnon d'avoir été jadis le frère du Roi et son complice. Le front d'un rouge aussi luisant que le métal sous les frappes du forgeron, il rappela aux Yeux leur passé d'esclaves, et comment il l'avait arraché à cette condition. Il exprima toute la haine qui seule agitait encore ses membres et faisait battre son cœur. En akkadien, il en appela à la mort non seulement du Roi, mais aussi des Yeux. Pour eux, il souhaitait pire que les enfers ou l'oubli éternel. Il pria que son compagnon devienne une ombre parmi les ombres, ce qui était le pire affront qu'un Akkadien puisse faire. Puis il prédit la destruction du soleil, l'extinction de toute lumière et le retour de l'ombre humaine à la taille et à l'état du ver, de la larve au milieu de la merde. Après quoi il n'y aurait plus personne pour chier ni pour être chié. Tout redeviendrait immobile et insensible comme les rochers : de la matière morte.

Qu'est-ce qui retint les Yeux de frapper son compagnon et de l'achever ? La honte de tuer un vieillard impotent, mais surtout la frustration de savoir que l'homme, incapable de voir, ne pourrait pas assister à son propre châtiment. Donc, après avoir récupéré sa part de cinquante shekels, les Yeux verts décida de remonter seul aux résidences préfectorales d'Ougarit pour se payer une putain. Il souhaitait se faire lire les mains et la pisse, soigner sa peau, sa verge, son cul et ses reins, qu'il avait tout endoloris par leurs mésaventures. Il avait envie qu'on le suce, qu'on lèche sa semence et qu'on l'entraîne dans un sommeil tranquille.

Plus tard il irait par la route qui conduit en Canaan recruter des hommes durs au mal mais bon marché, car il n'avait plus en sa possession que la moitié de la somme initiale. Il chercherait des mercenaires disposés à l'accompagner durant quatre saisons dans une longue marche qui passerait par Qadesh, Tarsa, la Lukka, les îles lointaines, jusqu'à la cité achéenne du Roi des rois. Pour se nourrir, une fois le crédit épuisé, ils voleraient ; si nécessaire, ils tueraient aussi.

Et il tourna le dos à son vieux camarade qui éructait encore et qu'il n'écoutait plus.

Désormais ce serait chacun pour soi.

UNE MOITIÉ D'IDÉE CONTRE UNE MOITIÉ DE BATEAU

L'Aveugle pensa : « Bon débarras » et se tint à son plan initial. Après qu'il eut été abandonné par son jeune compagnon, le vieil homme promit à l'artisan de l'arsenal la somme nécessaire à la mise en chantier du navire, sans lui avouer qu'il ne disposait plus que d'une moitié de richesse ; il délivra le garde du corps de son contrat, fit des économies, ne mangea presque plus et attendit en dormant dans la rue que le bateau soit construit.

Trois mois passèrent.

L'artisan et ses ouvriers, qui étaient très jaloux de leurs techniques, ne révélèrent pas comment ils avaient sculpté la quille dans du saule argenté qui leur venait des îles. Dans le secret de leur forge, ils avaient frappé les virures de métal. Contrairement aux fabricants du Sud, ils estimaient que le squelette primait sur les muscles, les tendons et la peau d'un être vivant, donc pour copier la nature ils commençaient toujours par l'armature. Ils attendirent pour monter la bordée de la coque, à la manière des peuples de la mer, avec lesquels ils partageaient certains secrets de conception et de montage. Après avoir assemblé environ la moitié du meilleur navire qu'on eût pu trouver entre Tyr et Tarse, le charpentier fit venir l'Aveugle, qui était redevenu crasseux et se morfondait dans les ruelles du quartier des auberges. Là, les paysans saisonniers attendaient un engagement. Titubant sur le chemin pavé des ivrognes, l'Aveugle savait qu'il était arrivé au terme de son crédit. L'artisan demanda :

« Maintenant donne-moi l'autre moitié. Dans trois mois tu auras ton vaisseau. »

Bien sûr l'Aveugle n'avait plus rien et l'artisan trompé fit appel au juge du gouverneur – lequel ne trancha pas dans la querelle opposant deux étrangers. Au grand dam de l'un et de l'autre, il décida que la moitié déjà construite du bâtiment appartenait à l'Aveugle, mais que l'artisan se trouvait désormais libre de ses engagements.

Pour cette raison, l'artisan qui s'estimait floué décida de ranger sur le quai, près de la jetée, la moitié du bateau. Sa silhouette évoquait un squelette d'oiseau géant qui aurait été croqué par une mâchoire de colosse. Le demi-navire attendait, couché sur un flanc. Plongé dans le plus grand désarroi, l'Aveugle passa tout son temps seul à veiller près du morceau de chose qui lui appartenait. Les enfants se moquaient de lui. Il devint le propriétaire bien connu de ce que les gens désœuvrés du port nommaient soit le « na- » soit le « -vire ».

De peur qu'on lui dérobe sa portion de propriété, il dormait au creux de la coque de ce qui aurait pu être une épave – mais qui n'avait même pas commencé d'exister. Incapable de trouver le sommeil, parce qu'il craignait que des ravaudeurs ne lui dérobent des planches, des vis et des virures, l'Aveugle se demandait tout le temps :

« Que faire d'une seule moitié... ? »

Et il pensait à l'autre.

UNE MOITIÉ D'IDÉE CONTRE DIX HOMMES

Chassé vers le nord par la sécheresse, les Yeux verts était monté en compagnie d'une caravane de marchands en Canaan, à la recherche de dix jeunes gens résistants. Dans le pays troublé, comme les grappes de fruits gâtés à la fin du printemps, des groupes de femmes, d'enfants et d'infirmes tombaient le long des routes, à mesure que l'armée, la police, l'autorité de Pharaon déclinaient. L'anarchie avait déjà gagné certaines régions, remarqua les Yeux verts en traversant des campements aux tentes trouées, croisant des bédouins affamés, une population terrorisée dont les ennemis – mais on ne savait pas exactement qui – brûlaient les récoltes (alors qu'il n'y avait déjà presque plus de moisson ni de fenaison), épuisaient les lacs asséchés (où l'on jetait les ordures), affamaient la terre pauvre, pulvérulente (qui n'était même plus travaillée) et répandaient aussi les miasmes de la maladie : le pays avait pourri sur pied.

La caravane s'apprêtait à faire demi-tour. Elle n'avait rien à vendre à ceux qui n'avaient plus d'argent. Il ne restait guère qu'une dizaine de jarres de farine aux deux tiers gâtée, et à peine quelques pouces de maïs ou d'orge à rapporter aux cités hittites inquiètes, qui voyaient elles aussi arriver la disette. À la lumière de la nuit, assis près du feu qu'il nourrissait chaque soir à l'écart de la caravane, les Yeux verts avisa une compagnie de jeunes chenapans dépenaillés, et il se souvint de son ancienne condition quand, à demi nu et à peine humain, il ne partageait pas comme maintenant, à peu près repu, le repas des marchands ; il lui revint à l'esprit le temps où il errait dans le désert en compagnie de l'Aveugle. Est-ce qu'il eut pitié ? En silence il invita les miséreux à se presser autour de son feu. La générosité n'était pas une qualité pour un homme dans sa position, mais il aurait peut-être besoin d'eux. Il espérait en apprendre un peu plus sur l'état du pays, se faire une idée de leurs intentions, de leurs forces, de ce qu'ils avaient à lui offrir et découvrir s'ils étaient dans une situation assez précaire pour accepter de devenir ses gens en échange d'un salaire misérable. Il ne voulait pas d'esclaves – pas plus qu'il ne désirait prendre à sa charge des enfants –, mais il devait apprendre à gouverner les hommes, un peu comme on gouverne un navire. Il leur parla ; hélas il n'avait pas le même talent que l'Aveugle pour les langues et, après avoir compris non sans difficultés qu'il s'agissait d'Israélites en fuite, en s'aidant des mains il tâcha de s'entretenir avec ces fils de Sem, qui parlaient un mauvais dialecte de Memphis. En mélangeant les mots de différentes cités que les uns et les autres avaient traversées au cours de leur exode, il comprit vaguement qu'ils s'étaient éloignés des fils de Noun l'Ephraïmite et de Caleb, lui-même fils de Yéfouné le Judaïte, dans leur quête d'un refuge en pays de Canaan. Il comprit aussi que leur tribu malade souffrait de la faim et avait peur des soldats de Pharaon encore en patrouille aux abords du lac. Les Yeux verts eut quelque mal à se représenter ce qu'ils voulaient, en fin de compte, mais il rompit un pain de farine et leur en offrit. Il remarqua que les Sémites allèrent tout de suite en porter à leurs mères et à leurs sœurs. Lorsqu'ils revinrent il les arrêta dès qu'ils se mirent à parler de leur dieu, car les Yeux verts n'était pas un homme religieux. Contre quelque chose de concret, il attendait quelque chose d'aussi concret. Il leur proposa donc cinq pièces à chacun contre la propriété de leur corps, de leurs muscles, de leurs jours et de leurs nuits, durant un cycle complet des astres, le temps de monter vers le nord, de s'emparer d'un bâtiment navigable, de retrouver l'ancien Roi qui était pour les Yeux verts ce que Pharaon était pour eux, de le torturer et de le tuer. Ils resteraient des hommes libres. Ils auraient tout loisir de partir, après qu'ils l'auraient remboursé du temps qu'ils lui devaient. Surtout ils auraient la liberté de célébrer et d'honorer leur dieu, de prier, de jeûner et d'agir selon leurs croyances, leurs préceptes, leurs commandements. Pour tout ce qui ne concernait pas leur dieu, ils lui devraient une stricte obéissance.

Ils hésitèrent, expliquèrent que tout concernait leur dieu – qu'ils appelaient « Dieu » tout court – et encore une fois il peina à suivre leur raisonnement. Après un moment d'hésitation, il accepta quelques-unes de leurs requêtes étonnantes : par exemple, les dix fils de Sem affamés demandèrent à recevoir leur paie par avance, afin que leur famille en profitât même s'ils mouraient en chemin et retournaient dans le giron de leur dieu. Si les Yeux verts dit « oui », c'est parce qu'il avait confiance en ces hommes qui, obnubilés par leur dieu, connaissaient trop mal leurs semblables pour pouvoir les tromper.

Ils étaient honnêtes (ce qui est un défaut) ; il fallait leur apprendre un peu de la ruse et du vice nécessaires pour survivre. Aussi leur prodigua-t-il le conseil de tenir leur argent caché, loin du regard des soldats de Pharaon et des mercenaires des peuples des mers. Qu'ils disent à leurs mères et à leurs sœurs, qui craignaient pour leur vertu, de quémander la protection d'une caravane de marchands hittites, qu'elles paieraient en shekels et qui leur permettrait de regagner la côte. Ils firent mine d'écouter, mais avec obstination ils répétèrent que les femmes attendraient leur retour pour rallier avec eux cette terre que leur dieu leur avait promise.

Tout ce qui a été promis peut être repris, par les dieux comme par les hommes, les prévint les Yeux verts. Ils firent signe que non, pas par « Dieu », et de guerre lasse il haussa les épaules.

Après quoi il préleva sur le salaire des fils de Sem de quoi leur acheter un pagne de mauvais lin, des sandales tressées et une arme chacun – un gourdin, un arc, un carquois et une poignée de flèches rafistolées. Le lendemain matin, ils s'en allèrent par la rive nord du grand lac bleu. Ils marchèrent plusieurs semaines et les Yeux verts réalisa avec inquiétude qu'il avait fait l'acquisition d'hommes qui tenaient mal le coup. Même nourris ils maigrissaient vite. Quand ils pressaient le pas, ils perdaient leur souffle. Trop exposés au soleil, ils se plaignaient de brûlures. Allant de nuit, ils prenaient froid, éternuaient ou tremblaient. Étaient-ils trop jeunes ? Même dans la douleur et dans la peine, qu'ils ne craignaient pas mais auxquelles ils s'exposaient imprudemment, ils consacraient un temps excessif à leur culte, que les Yeux verts observait de loin. Auprès du feu il attendait la fin des libations, des psalmodies, des chants et de toutes les récitations intrigantes par lesquelles ils faisaient un usage quotidien, à son avis inutile, de leur dieu. Peut-être que ce dieu unique se sentait seul ; pour cette raison il avait besoin de leur compagnie et de leurs discussions continuelles.

Jadis les Yeux verts avait vu quelques Israélites construire les murs de brique des cités de Pithôm et de Ramsès, mais il ignorait la nature de ces gens-là et bientôt il se repentit de son achat. Au fond de lui il plaignait ces jeunes hommes pieux, qui avaient encore l'âge d'aimer leur mère et qui s'affaiblissaient à mesure qu'ils avançaient, au lieu de s'endurcir. Sans doute aurait-il dû proposer aux descendants de Sem de les libérer de leur contrat s'ils souhaitaient rentrer chez eux, mais les Sémites ne pouvaient plus le rembourser de son mauvais investissement. Pour retrouver des vivres, tant qu'ils étaient encore en état de se battre, il ne vit d'autre moyen que d'attaquer une caravane de marchands. Ils en égorgèrent les hommes, avec maladresse et en dépit de son premier désir, qui avait été de les épargner. À contrecœur, réalisant que les marchands dépouillés n'avaient nulle part où aller dans les étendues rocheuses aux abords de Qadesh, il avait préféré leur épargner l'agonie cruelle qu'il avait lui-même connue. Hélas, les jeunes fils de Sem maniaient mal l'épée, et ils avaient échoué à les exécuter proprement.

Il se sentit gagné par le découragement.

Au moins, sur des chameaux, aussi faméliques soient-ils, le voyage devint plus confortable – pour un temps.

Plus au nord, avant de longer la boucle verte de

l'Euphrate, les animaux attrapèrent un mal étranger en buvant à une source d'eau corrompue par la pisse de mouton, qui fit mousser la bave à leurs lèvres et noircir leurs naseaux. Les hommes poursuivirent donc à pied sans pouvoir profiter de la viande de chameau. Bientôt ils ne rencontrèrent plus une seule âme en vie et collectèrent dans les ruines ou sous les cendres des cimetières des restes de fruits secs, des noix, un peu de cuir à mâchonner aussi. Le temps avait changé : il faisait sec et des tempêtes éclataient, infertiles, aiguës et tranchantes aux joues, qui n'étaient plus suivies de pluies revigorantes. Il sembla aux Yeux verts qu'en de multiples endroits la terre avait tremblé, qu'elle s'était ouverte et qu'il en restait de vilaines plaies. C'était un sol mort, ravagé, fantomatique que les fils de Sem couvrirent de leurs plaintes – à voix basse pour ne pas l'importuner, car il était d'humeur massacrante : la toute-puissance qu'ils prêtaient à leur dieu lui tapait sur les nerfs. Quelle sorte de dieu était-ce donc là ? Un dieu qui abandonne son peuple et qui fait de la terre un désert ? Qu'il profite de son existence au lieu de commander la nôtre. Les dieux qui font mourir leurs gens meurent aussi avec eux, c'est bien connu. Puis il regretta de les avoir rendus malheureux en insultant leur divinité, car ces jeunes gens ou ces enfants tenaient à ce dieu plus qu'à leur père. Alors seulement il aperçut sur leur visage les progrès de la maladie : il y avait dans les ruines comme dans les puits où les chameaux s'étaient abreuvés les germes d'un mal auquel il avait résisté mais qui les avait assaillis, faibles comme ils étaient. Leur teint se fit jaune, leurs ongles et leurs cheveux tombèrent… Ils se lamentèrent en priant, sans cesser de suivre les pas de leur maître. Leurs oreilles se racornirent tel un fruit pourri, leurs yeux s'enfoncèrent dans leurs orbites, ils perdirent la vue avant de devenir incapables de marcher ; pourtant, allongés dans la nuit ils priaient encore. Accablé, les Yeux verts comprit qu'il ne lui restait plus qu'à les regarder mourir dans l'obscurité en espérant que leur dieu se montrerait miséricordieux à leur égard. Assis sur un roc à l'abri du vent des sables, dans une province de Lycie qui n'avait même plus de nom, il vit rendre l'âme l'un après l'autre les dix jeunes fils de Sem prostrés, recroquevillés sur le flanc ainsi que des nouveau-nés. Déjà ils étaient des cadavres offerts aux charognards. Il recouvrit leurs visages hâves avec des lambeaux de leurs pagnes.

Contemplant les jambes osseuses et jaunâtres des dépouilles, qui dépassaient du tissu, il se demanda ce qu'il pouvait bien faire de sa richesse, qui consistait désormais en dix hommes morts.

DIX HOMMES MORTS CONTRE UNE FEMME VIVANTE

De la poussière recouvrait les buissons épineux et un nuage gris surgit à l'horizon, où les Yeux verts, qui n'avait rien d'autre à observer, identifia bientôt un guerrier lourdement équipé d'un casque à cimier, d'une épée au pommeau d'or et d'un bouclier de bronze orné d'un coq. Traînant la patte, il allait flanqué d'une jeune fille qu'il tenait au bout d'une laisse de cuir. Ses sandales remuaient le pisé de l'incendie qui avait ravagé la région, au milieu des taillis cendreux et des roches déchiquetées.

De loin il le héla dans une langue étrangère.

Et les Yeux verts se redressa, marcha au-devant de lui de façon à laisser hors de sa vue les dix cadavres qui étaient à lui et dont il ne voulait pas révéler tout de suite l'existence à l'étranger. Après tout, c'était sa seule propriété.

En l'approchant, il découvrit que le guerrier, qui était plus large et plus grand que les hommes du pays, venait sans doute d'Ahhiyawa, dont l'Aveugle et les marchands hittites lui avaient déjà parlé. Au nord, au-delà de la mer, il existait mille cités où vivaient ces guerriers achéens combattant les riches villes de la péninsule septentrionale, et dont faisait apparemment partie ce soldat perdu. Puis les Yeux observa la fille, qui était jeune, svelte, sale et vêtue d'une robe d'esclave des peuples de la mer. Ses cheveux très noirs, presque bleus et en désordre, occultaient mystérieusement – comme à une pythie – son visage, son expression, son âge et sa condition. Elle s'exprima dans le dialecte chypriote, avec un accent et des inflexions qui ne lui étaient pas tout à fait inconnus. Entremetteuse improbable en plein milieu de la plaine déserte, elle traduisit sur un ton monocorde les expressions dramatiques de l'homme d'Ahhiyawa, qui parlait fort, gesticulait et mimait une scène qui parut ridicule aux Yeux verts.

« Son compagnon, Mêriónês, fils de Môlos et demi-frère d'Idomeneús, fils de Deukaliôn, fils de Mínôs… »

Fatigué d'avance par sa glorieuse généalogie, les Yeux verts se retint de cracher ou de se gratter les morpions pour ne pas paraître grossier, non par politesse mais parce que le guerrier tenait un glaive tranchant à la main.

Donc il l'écouta pérorer :

« … parti flanqué de quatre-vingts nefs de Knôsós, celui qui rivalise d'ardeur avec Arès, lui qui était l'égal des archers de Spártê et de Pylos, il a vaincu l'ennemi… » La femme hésita à traduire la suite dans leur langue : « Il a… asséché sa semence, euh, brûlé sa cité et il a… », elle fit un geste impudique, « il a fait ce genre de choses aux femmes.

— Ah, bien, félicite-le de ma part. »

Les Yeux verts péta, mais sans un bruit, et se demanda ce qu'il pourrait tirer de ce héros puissant, qu'il ne pouvait attaquer ni voler, à qui il devait hélas le respect et la crainte qui entourent les demi-dieux que chantent les aèdes, mais qui n'avait pas beaucoup plus à boire ou à manger que lui.

« Il te remercie. Il se plaint beaucoup… », résuma-t-elle après de longues minutes d'un monologue qu'elle ne jugea pas nécessaire de traduire dans les moindres détails. « Il se plaint de l'infortune et de la colère du dieu de son île, qui s'appelle Potéidaôn – celui qui ébranle le sol, meut les mers et les océans, fait jaillir les sources comme les enfants entre les jambes des femmes fertiles… Il s'est échoué sur les côtes accidentées de ce pays noir… Il pleure ceux qui n'ont pas survécu, il pleure le roi de Trion. Maintenant il demande où est aujourd'hui le roi de Lokroi. Il demande si le roi de Pylos vit encore…

— Ah, il parle d'un roi ? »

Les Yeux verts se montra enfin intéressé. À cette marque d'intérêt, la jeune femme réagit en redressant la tête, décroisant les doigts devant sa poitrine afin de dégager les cheveux aux reflets bleutés qui l'empêchaient jusqu'alors de voir et d'être vue :

« Les Yeux verts ? » demanda-t-elle dans un souffle.

Il fronça les sourcils :

« Tu me connais ? »

Alors elle s'effondra en pleurs et lui tendit les mains, implorante :

« Je suis la fille du Roi des saules. Je suis la cadette du souverain qui était ton hôte… Tu as changé, tu es maigre et tu as perdu des cheveux. J'ai changé aussi, mais je te supplie de me regarder. Est-ce que tu m'as oubliée ? Je t'en prie… »

Elle pleurait.

« Est-ce que quelqu'un sur cette terre se souvient encore de moi, maintenant que tous sont morts ?

— Qu'est-ce que tu dis ? Comment est-ce que tu t'es retrouvée ici, dans ce pays, si loin de chez toi ?

— Le frère de Mêriónês… »

Et paniquée elle fit signe en direction du soldat achéen qui commençait à comprendre qu'elle ne traduisait plus ses paroles, mais qu'elle parlait en son nom propre et complotait avec l'étranger…

« Ce soldat cruel… Est-ce que tu te souviens du palais ? Ils ont coupé le saule et l'ont brûlé après avoir décapité mon père… » Elle peinait à reprendre son souffle quand le guerrier l'attrapa à la gorge : « Ils m'ont violée et je leur ai servi d'esclave, je les ai suivis jusqu'au continent… »

Du pommeau de son épée, le combattant la frappa à la bouche.

Il lui fit perdre une dent et avaler son sang, puis la frappa de nouveau. Impuissant, les Yeux verts attendit qu'il en ait fini. L'Achéen tira les longs et beaux cheveux noirs qu'il enroula comme le harnais du cheval autour de son poignet. De force il redressa la tête de la jeune fille, il lui tordit le cou pour lui faire contempler le soleil en face et appuya avec ses lourdes jambières métalliques contre l'intérieur des cuisses et des genoux de sa captive, jusqu'à ce qu'elle tombe au sol et demande grâce.

Il parlait beaucoup et elle pleurait.

« Dis-moi ce qu'il dit et cesse de parler pour toi, lui conseilla les Yeux verts. Même s'il ne comprend pas ce que tu racontes, il l'entendra à ta voix, et alors il te fera encore plus de mal.

— Il dit... », et elle ravala ses sanglots, puis avec l'air imperturbable de celle qui se soumet, elle se remit à traduire. Peut-être malade ou affamé, le héros discourait et grimaçait sous le nasal et les couvre-joues de son *krânos*, en l'écoutant traduire :

« Il dit qu'il se trouve jeté par le sort loin de chez lui. Il vit dans le déshonneur. Il a perdu les siens. Il a aussi perdu les symboles de sa victoire : son navire aux lances de bronze, son... *xyston* – je ne sais pas ce que c'est, quelque chose en frêne – et surtout la dépouille des hommes qu'il a tués. Tout lui a été volé. Il te prie de bien vouloir l'excuser. Mais il t'ordonne de l'aider, toi qui connais ce pays. »

Dès cet instant, les Yeux verts retrouva le sens de la ruse et il décida de tourner la situation à son avantage.

Sur un ton accommodant, il entreprit de dialoguer. Il posa d'abord quelques questions complaisantes au guerrier assoiffé, affamé et qui avait trop chaud sous les lambrequins de cuir qui ceignaient sa poitrine. L'homme brûlait de retrouver la gloire qu'il avait perdue, avant d'entreprendre le long voyage de retour vers les siens. Les Yeux verts demanda à la fille de traduire ses paroles avec le plus de précision possible, car il espérait le manœuvrer subtilement vers l'idée qu'il avait en tête. Lorsqu'il en fut tout près, les Yeux s'exclama :

« Quelle prouesse, seigneur ! Combien d'ennemis ont péri de vos mains ?

— Dix fois dix, au moins.

— Les vôtres vous croiront, dit les Yeux verts, mais qui a été témoin de vos exploits ?

— Hélas, nul autre que mon frère, emporté par la colère des dieux… », précisa la fille agenouillée.

Tristement, les Yeux verts hocha la tête : les exploits du héros ne pouvaient plus être attestés.

« Ou bien… »

Et il fit mine d'hésiter. Le héros paraissait facile à duper, à cause de sa vanité.

« Quoi ?

— Si les dépouilles de vos ennemis pouvaient parler pour vous…

— Hélas, les cadavres ont été perdus dans le naufrage.

— Ou alors… »

Il sourit avec respect au guerrier pâle sous le lourd *krânos* à cimier.

« Seigneur, insinua les Yeux, il vous faudrait rapporter chez vous d'autres cadavres !

— Il dit qu'il pourrait tuer des hommes juste avant de débarquer chez lui.

— Non, non, non ! Dis-lui que les siens verraient qu'il s'agit d'hommes de sa région. Ce qu'il lui faut, ce sont des cadavres d'étrangers. Des Sémites, par exemple. »

À bout de forces, le soldat embrassa l'horizon, puis laissa ses bras retomber et son glaive racler la terre stérile :

« Il n'y a personne ici.

— Justement, répliqua avec enthousiasme les Yeux verts, par le plus grand des hasards je suis peut-être en mesure de vous aider ! »

UNE FEMME CONTRE UN REMÈDE À LA DOULEUR

Il était en colère, amer et déçu.

Au moment de marchander, espérant obtenir contre dix hommes morts un bouclier de bronze ou au moins une courroie de cuir, qu'il aurait échangés au prochain port contre un esclave, même en mauvaise condition physique, les Yeux verts s'était heurté au refus obstiné de l'étranger. Sous la menace de son épée, les Yeux avait cédé et il avait abandonné au guerrier les dix cadavres contre rien – ou presque.

Le héros qui avait combattu avec les Achéens et qui connaissait personnellement le fils de Mínôs était un homme d'honneur : il n'aurait pas supporté de prendre sans donner. Mais *ça*... Ce n'était pas un don, c'était une charge supplémentaire.

À présent, les Yeux verts marchait en maugréant de haine, quelques pas devant la jeune fille aux chevilles fines, que les fers avaient encore fragilisées :

« Attends-moi !

— Où est la bague d'or et d'argent que tu portais au doigt, quand je t'ai rencontrée ?

— Ils me l'ont volée.

— Tu vois, tu ne vaux rien. Tu ne me sers à rien. Laisse-moi... Tu es libre. »

Que pouvait-il faire d'une jeune fille si faible ? De plus, elle était laide. Contre dix hommes une seule femme..., ce n'était pas juste. Qu'elle lui donne dix fils ? Le temps de lui mettre dix garçons dans le ventre, avec un peu de chance, il faudrait dix ans et le temps qu'ils grandissent, dix années supplémentaires. Avant de retrouver une armée comparable à celle qu'il avait perdue, il serait devenu vieux et dans l'incapacité de se venger.

Le mal resterait impuni.

« Attends… ! »

La fille n'avait pas voulu lui fausser compagnie. Et puisqu'elle avait choisi de demeurer avec lui, à l'approche des ports d'Anatolie, il s'autorisa à être méchant et il choisit de la violer.

Depuis longtemps il n'avait pas pénétré de femme pour sentir au fond d'elle une sorte de soulagement désespéré. Pendant qu'il la prenait de force, il la regarda se débattre. La chevelure noir et bleu couvrait avantageusement son visage disgracieux, trop anguleux et dont le menton fuyait et le nez pointait un peu trop, de sorte que la combinaison des deux lui donnait cet air curieux, triste et inquiet qui l'agaçait. La fille de l'île n'était pas belle, mais elle avait tout de même un sexe, dans lequel il s'imposa. La fille ne hurla pas mais gémit de douleur et surtout de déception, parce qu'elle le croyait presque bon et parce qu'elle l'avait suivi pour cette raison. Mais il n'avait pas supporté qu'elle se trompe sur son compte, ainsi que font toutes les femmes qui rêveraient que les hommes soient à leur image. « Avec une bite à la place du con, lui expliqua-t-il après coup, je suis un autre genre d'animal que toi. » Donc il la força pour lui rappeler qu'il ne valait pas mieux que les autres mâles. Il était une brute, et il ne fallait pas qu'elle attende autre chose de lui ; il lui aurait rendu un bien mauvais service en lui faisant croire à la délicatesse et à la justice, en l'accoutumant à une façon de faire qui n'existe pas vraiment, ni ici ni ailleurs, et qui n'avait jamais existé autre part que dans l'imagination des femmes, d'après lui. Après s'être libéré de sa semence âcre sur son ventre, parce qu'il ne souhaitait pas qu'elle porte d'enfant de lui tant qu'elle l'accompagnerait, il se détendit et redevint presque agréable. Mortifiée par son erreur d'appréciation, elle se roula en boule. Auprès du feu, non loin des villes du Nord où il comptait bien se rendre sans savoir quoi y marchander, les Yeux verts prit ses aises, les couilles à l'air. Il s'empiffrait de baies sauvages et d'un lièvre à peine rôti. Bientôt il ressentit l'étrange envie de consoler la fille qui lui avait donné du plaisir malgré elle, de lui flatter le menton, de lui promettre qu'elle était jolie – ce qui n'était pas vrai mais pourrait le devenir à force de le lui dire. Il aurait pu devenir amoureux. De là vient qu'il se sentit presque humilié quand elle le repoussa d'un coup de pied dans les parties, avant de se draper maussade dans la robe qu'il avait déchirée au moment de l'entreprendre… Et il se rembrunit lorsqu'elle lui proposa un marché.

« Encore un marché. Quel marché ? renifla-t-il en nourrissant le feu qui faiblissait.

— Je suis intelligente, pas toi.

— Peut-être.

— Contre dix hommes morts, tu as obtenu une femme savante. Tu n'écoutes que tes couilles. Tu me violes. Quelle sorte d'idiot es-tu pour ne pas comprendre que tu as gagné au change ?

— Prouve-le.

— Tu es malade. »

Il s'apprêtait à se moquer de ces prophéties de bonne

femme, lorsqu'il sentit une toux noire naître dans ses poumons, lui racler la gorge et épuiser son souffle :

« Est-ce que tu m'as ensorcelé ? »

Et il brandit un tison trouvé au milieu des ruines.

« Imbécile. L'Achéen toussait aussi. Et la chaleur lui montait au front : il était enfiévré. C'est pour ça qu'il parlait sans discontinuer. Il était malade. Bientôt tu le seras autant que lui. J'espère seulement qu'en me sabrant comme un homme sans honneur, tu ne m'as pas refilé le mal en même temps que ta semence puante. Salaud. »

Elle cracha par terre.

« C'est un mal que les gens du Sud attrapent dans le Nord. Écoute-moi !

— Ferme ta bouche, femme, sinon j'y mets ma queue pour te faire taire ! beugla les Yeux verts. Tu ne sais rien. Ou bien tu es à moi et tu écartes les cuisses en silence… Ou bien tu n'es pas à moi et tu dois t'en aller ! Je ne veux même pas voir ton visage qui me rappelle celui du rat, ni entendre ta voix qui caquette comme celle de l'oie ! Je ne t'écouterai pas. »

Et il se boucha les oreilles.

« Bien. Tant pis pour toi. Tu vas crever. »

Elle ricana, se fabriqua un drap avec les haillons de la robe turquoise et s'endormit auprès du feu mourant.

Il demeura éveillé, mais cauchemarda tout de même sous le large peuplier au beau milieu de la steppe où ils bivouaquaient. Observant le ciel incrusté d'étoiles, il crut apercevoir un parchemin écrit avec du feu. Puisqu'il ne savait pas lire, il ne comprit pas le message que les dieux lui adressaient.

Puis, retournant sa face échauffée vers la plaine, il lui parut que la campagne suintait. Bientôt une sorte de sueur lourde et noire envahit le paysage.

Il appela la fille à l'aide, en vain. Elle faisait mine de dormir.

Grelottant, il tendit la main comme un enfant vers sa mère qu'il n'avait jamais connue. Mais la jeune femme dont il ne savait pas le nom détourna la tête, cracha les graines de chanvre torréfiées qu'elle avait mâchées pour s'assoupir. Contemplant le pays tranquille après la guerre, au sud du grand lac de sel, elle ignora longtemps son appel.

« Écoute… », lui dit-elle finalement, parce que ses gémissements l'empêchaient de se reposer.

Il pleurait.

Comme des aiguilles la fièvre lui avait percé les pores de la peau. Transi par le froid devenu chaud, il tremblait, impuissant et malade ; il implorait son secours et son pardon, qu'elle lui refusa à cause du viol de la veille.

« Mais je te propose tout de même un marché.

— Oui !

— Écoute-moi. »

Et sans tendresse elle posa la paume de sa main contre son front :

« Tu es faible.

— Soigne-moi… »

Il geignit.

« S'il te plaît, prie au moins tes dieux de m'aider.

— Idiot, la prière ne peut rien pour toi… »

Et elle soupira. Jeune, pauvre, femme et perdue dans un pays qui n'était pas le sien, si intelligente fût-elle, elle n'avait pas la moindre chance de survivre seule. En colère mais redirigeant la force de cette colère vers son intérêt, elle choisit d'aider cet homme, puisqu'il n'y en avait pas d'autre alentour, et elle espéra que ce salopard l'écouterait :

« M'écouteras-tu ? »

Elle le gifla, car il commençait à perdre connaissance.

« Je ferai ce que tu dis... Je t'en supplie...

— Promets. Jure sur ton dieu.

— Je n'ai pas de dieu.

— Comment est-ce que je peux te croire, alors ?

— Tu ne peux pas. Je t'en prie...

— Bon sang ! »

Pourquoi se trouvait-elle prisonnière d'une région de l'univers et d'une époque aussi mesquines ?

Et puis tant pis. Même si elle n'avait pas sa parole d'honneur... De l'ourlet maladroitement cousu de sa robe, elle sortit une fiole de corne et de cuir, par le bec de laquelle elle laissa tomber quelques cristaux blancs. Sans cesser de parler aux Yeux verts dont la peau luisait d'une étrange obscurité intérieure, qui était le signe de la mort qui rôde, elle expliqua :

« Gratte l'écorce du saule blanc. Recueilles-en la poudre. Fais bouillir de l'eau. Attends bien d'obtenir des cristaux comme ceux du sel. Dose comme je viens de le faire. Avant de manger, avale la substance active de l'arbre et laisse couler l'essence de la plante jusque dans tes reins. Par les poumons, par le cœur et par le sang, attends que l'essence du saule se diffuse dans tout ton corps. Tu verras, la chaleur baissera. La fièvre disparaîtra et l'inflammation aussi. Le mal fuira ton corps. Est-ce que tu m'entends ? »

Il fit ainsi qu'elle disait : il but la décoction. Il attendit une demi-heure et sans s'en apercevoir il s'endormit – il ronflait.

Au lever du soleil, avec enthousiasme il claironna :

« Femme, je suis guérie. Tu vas faire notre fortune ! »

Allongée à une distance prudente de lui, occupée à contempler le vent qui faisait onduler les rares herbes de la plaine, elle lui demanda pourquoi.

Quand il sourit, pour la première fois elle remarqua les dents qui lui manquaient (il ne souriait jamais) :

« Parce que nous allons marchander.

— Mais le remède est à moi ! » protesta-t-elle.

Les Yeux verts lui retira la fiole des mains et marcha d'un pas décidé vers la ville.

Ils empruntèrent la route commerçante qui menait de Tarhun-tassa à l'arrière-pays, jusqu'aux cités de Kanesh, Kussara et Sarissa.

D'après la légende, les hommes parlent là-bas d'étranges dialectes magiques, ils vont tous à cheval et font l'amour avec les chèvres : ce sont des brutes, mais comme tous les hommes ils ont mal et ils donneraient cher pour cesser de souffrir.

« Ton remède nous rendra riches.

— Les Yeux verts ! »

Elle criait contre le sens du vent.

« Tu n'as rien compris... Rien n'empêche de souffrir ! Jamais. L'écorce du saule atténue seulement la chaleur du corps, et elle...

— Ta-ta-ta-ta, tais-toi. Tu es sage, et je suis bête. Tu avais raison. Tu es bonne et je suis mauvais, c'est vrai. Mais je suis comme les hommes, moi, et je les connais. Pas toi. C'est tout ce que je peux t'apprendre : à les connaître. Fais-moi confiance. Ils paieront. »

Pour la première fois, il se montra courtois. Elle n'avait aucune envie de croire qu'il pût devenir meilleur, mais elle avait faim, et puis elle n'avait pas la force de prétendre avoir raison contre les hommes de son temps, contre ce salopard, contre le pays, contre la terre entière. Surtout, il était fort. Il saurait la défendre. C'était la meilleure raison. Alors elle tâcha d'apprécier le contact de la paume rêche de sa main, à laquelle manquaient deux phalanges. Quelle vie violente avait-il donc vécue ? Elle s'en voulut de le plaindre – elle refusait d'éprouver pour lui la moindre sympathie.

Mais elle le suivit.

À la première ville de quelque importance, ils se rendirent là où un charlatan arrachait les dents. Ils attendirent de voir passer les marchands de blé à la dentition pourrie par le grain et par le sucre, qui ramenaient d'Orient de l'or, de l'argent et du bronze, la bouche qu'ils ne lavaient jamais abîmée par le vent des sables, quand l'acidité du foie leur remontait des entrailles, corrompant l'émail blanc de leur sourire. On entendait des grognements et des cris. À l'écart de l'échoppe au coin de la rue, les Yeux verts commença à racoler ceux qui sortaient, un linge ensanglanté contre leur joue tuméfiée. Grâce aux quelques phrases de hittite et de lourite qu'il avait apprises, il parvint à attirer l'attention. Bientôt un client curieux qui se tenait la mâchoire à deux mains et qui empestait le vin de mauvaise qualité s'arrêta et les Yeux verts lui proposa dans de l'eau fraîche le remède dissous, invisible et inodore, que l'homme, non sans méfiance, accepta de goûter. D'abord il ne se passa rien. Après avoir attendu dix minutes à l'ombre du grenier à grains, le client voulut reprendre sa pièce de bronze et rosser les Yeux verts pour prix du temps qu'il avait perdu à cause de lui. À cet instant parut la jeune fille enveloppée dans sa robe turquoise reprisée et les cheveux lâchés sur ses épaules. Mal entretenue mais bien éduquée, elle se tenait droite à la manière des prêtresses. Elle commença à parler dans une langue que personne ne connaissait, chanta et se lança dans d'interminables incantations qui surprirent le client, qui lui firent peur aussi, parce que la femme semblait lui porter un message issu du fond des âges, dans la langue des anciens dieux. Après l'avoir écoutée, l'homme porta la main à sa bouche et constata avec étonnement qu'il n'avait plus mal du tout.

Satisfait, il paya le double du prix promis.

« Tu vois, fit remarquer la femme en encaissant leur premier client, moi aussi je connais les hommes. »

À compter de ce jour ils travaillèrent sans relâche.

De cité en cité jusqu'au grand lac salé, en pistant les caravanes de voyageurs, ils proposèrent leur remède à ceux qui extrayaient les pierres à lécher, les blocs de cristaux salins, tout autour de la mer blanche. Les travailleurs souffraient du sel, du soufre et de la chaleur. Ils étaient preneurs de tout ce qui pourrait les soulager.

Quand vint le temps des moissons, il ne restait presque plus d'essence de saule dans leur fiole, mais les Yeux verts avait acheté à des marchands drapiers venus du royaume des fils de Karuntas une robe d'organdi et de mousseline aux galons multicolores, des souliers de cuir de chèvre tanné et une broche dorée. La fille était désormais habillée en pythie, ils mangeaient à leur faim et lui passait pour un habile négociant. Hélas, il ne poussait pas le moindre saule sur cette terre abîmée par le sel : comment continuer à produire leur remède ?

En réfléchissant les Yeux repensa à l'Aveugle, son ancien compagnon.

Parfois il se sentait la partie manquante d'un ensemble oublié.

Alors la fille qu'il faisait passer pour son épouse lui demandait :

« Pourquoi veux-tu te venger d'un roi ?

— Ce n'est pas un roi, c'est le Roi.

— Il y en a tant sur cette terre. Ils sont aussi nombreux que les dieux.

— À l'époque il n'y en avait qu'un. Mais je m'en souviens de moins en moins bien. Je sais que je le hais. Pourquoi ? L'Aveugle saurait t'expliquer tout ça mieux que moi. Chaque jour qui passe enterre plus profond le passé dans mon esprit. Il me semble que j'ai vécu d'autres vies, beaucoup de vies, et que je me bats depuis toujours pour reprendre quelque chose qui m'a été volé. En apparence nous avons quelques possessions, toi et moi, mais je sens bien qu'en réalité je n'ai rien. Avant même la naissance quelque chose m'a été confisqué, et je suis condamné à mendier. Voici tout ce que je sais : je hais les rois qui prospèrent sur notre misère. Il y en a un au moins qui ne doit sa fortune qu'au tort qui m'a été fait. Il a pris mon existence, il s'en est nourri. Il n'est heureux que parce que je suis malheureux. Il ne vit que parce qu'il m'a tué.

— Mais tu vis.

— En apparence. »

Compatissante, la femme voulut lui caresser le dos. Les Yeux était encore si méfiant qu'il ne pouvait accepter de tendresse et elle retira vite sa main.

« Je ne peux pas te rendre heureux, et je n'en ai pas le désir. Tu es une ordure. Mais je n'ai nulle part où aller. Je n'ai que cette vie. Je ne connais personne d'autre. Je me contente de très peu, puisque je me contente de toi. Est-ce que tu ne pourrais pas t'en contenter aussi ?

— Tu n'as plus besoin de moi : tu fais une excellente prêtresse. La robe te donne l'air d'être la vestale d'un dieu. Les hommes tremblent quand ils t'entendent. Tous te trouvent belle, à présent.

— Je ne suis pas belle.

— Peut-être que les hommes ne désirent pas te posséder. Mais ils voudraient être possédés par toi. Tu leur fais penser à leur malheur – et ensuite tu l'apaises un peu. Ils se mettent à pleurer en ta présence, ils attendent que tu te lies à eux…

— Je ne veux pas me lier à un homme. Je suis bien avec toi, à côté de toi, quand nous discutons de cette façon, comme des égaux.

— Tu valais moins que moi, à présent c'est moi qui te suis inférieur. Nous ne serons jamais égaux.

— Mais nous pouvons continuer à voyager tous les deux. Cherchons un bois de saules blancs, pour remplir notre fiole vide… »

Il s'allongea. Ils possédaient à présent un véritable lit sous une tente de coton grossier. Confortablement installé, il ferma les yeux et lui expliqua :

« Tu n'as pas besoin de ce remède. Il te suffit de faire les gestes. Tu sais quand la fièvre est bénigne et qu'elle peut s'en aller d'elle-même. Tu impressionnes les hommes… »

Le poing sous la joue elle protesta :

« Tu dois me protéger. Ne m'abandonne pas.

— D'accord. »

Il promit qu'il resterait. Au beau milieu de la nuit, pendant qu'elle dormait près de lui, allongée sur le dos et les mains croisées contre la poitrine, il recompta l'argent qu'il lui restait et le glissa dans l'ourlet de sa vieille robe turquoise, à l'intention de la fille. Il aurait aimé lui laisser un mot, mais il ne savait pas écrire. Sans faire de bruit, il sortit de la tente, il quitta le camp sous la voûte étoilée, tourna le dos au pays du grand lac salé, descendit vers le sud de Tarhuntassa, entra dans le premier port et prit la mer.

Devenu marin, pendant un an il s'employa à gagner sa vie et à économiser de la monnaie en laiton à la recherche d'un autre saule blanc, pour distiller le remède à son propre compte, devenir riche, acquérir un bateau et partir tuer le Roi, enfin.

CHAPITRE 4

UN REMÈDE À LA DOULEUR CONTRE UN BATEAU ENTIER

Après quelques mois de dur travail, il avait complètement oublié le visage de la femme.

Parfois il repensait tout de même à sa robe rapiécée et chaque fois qu'il faisait l'amour avec une prostituée, il croyait apercevoir en pensée le reflet bleu des cheveux de celle qu'il avait connue. Dès qu'il croisait une dame, il la comparait à l'image de la silhouette de l'autre, qui lui apparaissait de plus en plus belle, couronnée par le halo des regrets.

De port en port, pendant tout ce temps, il augmentait son trésor.

En vieillissant, il avait le sentiment que le monde de ses jeunes années s'enfonçait lentement mais inéluctablement dans le désordre. Seul l'effort de son corps à l'ouvrage, qui avait vite repris l'habitude d'endurer la fatigue, la sécheresse ou l'humidité, le retenait à quelque chose de solide. Sinon, tout autour de lui, tout changeait. Aussi fut-il très surpris (très heureux aussi) de retrouver après tout ce temps, sur la place du port dont il était parti voilà plus d'un an, l'Aveugle. Le vieil homme était assis devant un navire dont une moitié seulement avait été montée.

« L'Aveugle... ! »

Le temps avait passé, mais l'Aveugle reconnut sa voix.

Il ne manifesta pas le moindre étonnement et sa colère était toujours aussi vive.

« Pauvre connard ! Qu'est-ce que tu as gagné à me laisser tomber pendant une éternité ? » aboya-t-il.

Et les Yeux répondit :

« Rien. J'ai acheté dix hommes et ils sont morts. J'ai obtenu une femme en échange, j'aurais pu l'aimer et je l'ai quittée. J'ai failli être riche, maintenant je possède cinquante shekels, autant que lorsque je t'ai quitté. Et toi ? »

L'Aveugle beugla :

« Une moitié de bateau m'appartient, mais une moitié seulement à cause de toi ! Branleur de bouc ! Par ta faute je suis la risée des hommes du coin. Quand ils me voient, ils rient : grand-père, est-ce que tu veux qu'on vide une moitié de la mer pour pouvoir naviguer ? Ils se foutent bien de ma gueule. Grand-père, est-ce que tu partiras à la moitié du jour prochain ? Ha ha ha ! » L'Aveugle cracha. « Mais pendant ce temps-là, le Roi est toujours vivant, et il a la belle vie, lui.

— Dis-moi, l'Aveugle, demanda les Yeux verts en inspectant l'armature du navire inachevé, de quel bois est faite la quille de ton vaisseau ?

— De bois de saule. Il n'a même pas été poncé. Pourquoi ? »

Les Yeux verts exulta.

★

Ils distillèrent le remède.

L'écorce de saule qui guérissait les maux de tête, les maux de dents, l'inflammation des organes internes, les fièvres passagères et les règles douloureuses, semblait magique aux gens du port. Contre une pièce d'or, les deux compères apaisaient la souffrance d'un passant ; contre dix pièces, ils firent l'acquisition d'une jarre de vin et contre ces dix jarres-là ils obtinrent un liquide plus précieux, qui valait bien une perle d'ambre ; ils échangèrent leur perle d'ambre contre quelques épices rares, et les épices rares contre la résine des pistachiers, qu'on ne trouvait plus au nord et dont quelques onces équivalaient à un chargement d'argent, puisque les troupes de Pharaon en Canaan en manquaient et les payaient avec de l'or pur ; grâce à cet or ils purent faire l'acquisition d'un navire entier et, avec ce qui subsistait de l'écorce du saule, d'un équipage. En direction de la Crète ils embarquèrent une lourde cargaison de cuivre et d'étain, mais aussi des boucliers, des casques, de l'ivoire, des lampes à huile, des dents d'hippopotame et quelques sceaux cylindriques en lapis-lazuli.

L'Aveugle et les Yeux verts étaient devenus de riches et respectables marchands.

UN BATEAU CONTRE...

Ils passèrent le voyage à l'arrière du navire, assis ou allongés, rafraîchis par deux esclaves égyptiens. La mer était belle et bleue. Les Yeux verts la décrivit en termes poétiques à l'Aveugle, qui répondit :

« Rien à foutre. Je veux casser les jambes du Roi et lui enfoncer le tibia dans le trou de sa bite.

— D'accord, l'Aveugle. »

Mais les Yeux pensa : sa haine ne faiblira jamais. Il continuera d'insulter. Tant pis.

Au début du mois de Chemou, où règne une chaleur étouffante, ils débarquèrent dans un port crétois. Là, ils monnayèrent le cuivre et l'étain contre un chargement de bronze travaillé et d'une sorte de fer forgé dont ils ne connaissaient pas l'origine. Accueillis en véritables dignitaires par le gouverneur, ils passèrent devant les ruines de trois palais et trouvèrent le pays particulièrement pauvre : la nourriture offerte était de piètre qualité et le vêtement des femmes, mal taillé, ne tombait pas droit.

Ils demandèrent à voir leur roi.

Le grand Roi, affirma le gouverneur du village, habitait dans la demeure des dieux, au pied du sanctuaire du mont Ida. Mais il était préférable de ne pas le déranger. Quand l'Aveugle demanda d'où venait l'ennemi qui avait pillé leurs récoltes, le gouverneur évoqua des étrangers qui venaient de l'Occident et annonçaient la fin des temps ; malheureusement leur roi était désormais trop faible pour les défendre contre ces envahisseurs-là. L'Aveugle et les Yeux le remercièrent, acceptèrent d'être guidés par un berger et rejoignirent avec quelques-uns de leurs hommes la haute montagne qui dominait les plaines.

« Il n'est pas loin d'ici, grogna l'Aveugle, je le sens.

— Si tu le dis. »

Alentour, dans les pâturages et les campements, les Yeux verts qui montait à cheval demandait à inspecter les poteries de la petite paysannerie. Il remarqua que les formes ondulées et complexes s'étaient considérablement simplifiées ; leur technique était en train de se perdre.

Ce royaume dégénérait.

Quand la pente s'éleva, embrassant le mont Ida dans une robe de végétation épineuse, sous le brouillard ils devinèrent quelques habitations troglodytiques. On les désarma et on leur banda les yeux (ceux de l'Aveugle aussi), afin de leur faire passer le seuil du sanctuaire jusqu'au siège du roi de Crète, devant la bouche ouverte d'une caverne venteuse. Lorsque les Yeux verts recouvra la vue, il reconnut le guerrier achéen avec qui il avait échangé dix hommes morts contre une seule femme.

« Je te connais », dit le souverain, que l'Aveugle traduisit.

Le roi toussa et ils échangèrent quelques politesses. « Ici, expliqua l'Achéen, j'ai fait mettre en terre les dix hommes que tu m'as livrés, en souvenir des ennemis que j'ai tués. Grâce à toi, j'ai retrouvé le trône à mon retour, mon épouse, mes hommes et mes chiens. Les morts attestent de ma victoire. Mais je me suis toujours demandé qui ils étaient... » Personne n'écoutait le maître qui avait maigri et qui était malade (il toussait beaucoup), à l'exception de quelques esclaves.

« D'où venaient les hommes morts ?

— C'étaient des fils de Sem. Des Hébreux.

— Hmm. »

Il reprit son souffle.

« Et toi, le marchand, qu'est-ce que tu as fait de la femme que je t'avais donnée ? Je t'ai laissé misérable, je te retrouve plus riche qu'un roi, en tout cas plus que moi. Tu as fait une bonne affaire.

— Je ne sais pas où elle se trouve, seigneur. Je crois qu'elle travaille désormais avec les dieux. Elle porte la robe bleue des prêtresses, qui lui va très bien.

— Ah. »

Il faillit s'étouffer et les Yeux remarqua que la fièvre avait creusé ses joues. D'un geste vague du bras le marchand désigna les grottes et les sanctuaires :

« Est-ce que tu es vraiment le roi de ce pays ?

— Non. »

L'Aveugle grimaça de déception et traduisit.

« Je ne suis que le représentant du grand Roi. Mon île appartient au Wa-na-ka. »

En mycénien ce mot signifiait « le Roi des rois ».

Est-ce que c'était lui qu'ils traquaient depuis si longtemps ?

« Va en Arcadia..., poursuivit l'Achéen, va à Knôsós et on te dira : le Roi des rois siège à Mykênai, de l'autre côté de la mer. Nous lui devons nos villes, nos palais et nos armes. Nous lui devons la vie. Il nous nourrit. (Il s'interrompit afin de boire quelques gorgées d'eau fraîche.) Il habite au-dessus de la colline d'Árgos, derrière les murs que des cyclopes sont censés avoir érigés, dans la demeure de Perséus, fils de Danaé, elle-même fille d'Acrisios. »

Il parlait de plus en plus difficilement.

« Est-ce qu'il a le teint jaune ?

— Il a le visage doré. Pourquoi ? »

L'Aveugle fit signe aux Yeux verts que c'était bien de ce Roi qu'il s'agissait.

« Hélas, le Roi des rois devient vieux. Les temps

ont changé. Il ne se souvient presque de rien. On raconte qu'il se cache à l'écart de sa propre cité, sous la brume. Allez le voir.

— Nous le ferons.

— Dites-lui que l'île de Mínôs a besoin de lui. Et faites-lui don de ce présent. »

Sans parvenir à claquer des doigts, d'une main molle et impatiente à la fois il indiqua à une cinquantaine d'esclaves d'amener devant ses invités une très lourde caisse en dalles de pierre.

« Seigneur, notre bateau est déjà très chargé…

— Je vous paierai. »

Il fit la grimace.

« C'est le seul langage que vous compreniez, n'est-ce pas ? L'argent. Je vous paierai, j'ai dit.

— Nous devons partir pour la ville mycénienne, mais notre navire est plein, seigneur. Nous reviendrons.

— Tais-toi, marchand ! »

Il chercha une table contre laquelle taper du poing, ne trouva rien mais les menaça du doigt :

« Obéis !

— Seigneur…

— Je te paie ou je te tue. Tu choisis. »

Les esclaves de l'Achéen étaient armés.

« Combien ? demanda les Yeux verts.

— Je paierai à votre retour.

— Combien ? »

L'homme annonça une somme considérable, que les Yeux verts accepta.

« Pourquoi avoir accepté ? lui demanda l'Aveugle sur le chemin du retour.

— C'est une opportunité.

— Quelle opportunité ?

— C’est toi qui me l’as appris : une opportunité du sort. Nous voulons être riches et c’est une opportunité de gagner de l’argent.

— Nous sommes déjà riches. Nous voulons tuer le Roi.

— Nous le tuerons bientôt. Et nous deviendrons plus riches que lui.

— Les Yeux… Ça fera ta perte.

— Toi, tu t’es déjà perdu, l’Aveugle : tu ne vis plus que pour cette idée. Tu ne baises pas… Tu ne prends pas plaisir à dormir ni à manger… Tu ne penses qu’à ça : tuer le Roi ! Tue-le donc et laisse-moi vivre. Moi, je m’occupe de la cargaison. »

L’Aveugle répondit :

« Crétin. Fils de la couille. À cause de toi, il ne nous restera rien que… »

Mais les Yeux verts n’entendit pas la suite.

… DES CAILLOUX À LA FIN

Fâchés une fois de plus, les deux hommes s’étaient installés aux deux extrémités du bateau.

Au port, ils chargèrent en dépit des protestations du navigateur et du contremaître la caisse en dalles scellées. Elle enfonça le navire dans les eaux juste au-dessus de la ligne de flottaison tracée à la craie. Même les esclaves égyptiens s’en inquiétaient.

Pourtant, dès le lendemain matin, l’embarcation fit voile de Knôsós en direction du continent. Par temps couvert, elle se dirigea vers les cités d’Ásinè et d’Árgos, derrière lesquelles trônait la ville du petit-fils de Phorôneús, Mykênai, qui sert de demeure au Roi des rois, ils voyagèrent en silence à l’ombre d’un dais.

Les Yeux verts se demandait ce que pouvait bien contenir la caisse.

Il réfléchit aussi aux mouvements imprévisibles de la vie. Il se souvint s'être trouvé de l'autre côté du navire, où les esclaves maltraités attendent en frissonnant de prendre la place des rameurs et de souquer torse nu sous la menace de l'orage. Parmi la masse d'une dizaine d'hommes, il se chercha lui-même. Il essaya de trouver celui qui ressemblerait le plus à l'esclave qu'il avait lui-même été. Il aurait pu se montrer bon avec eux ; mais la barrière qui les séparait était plus solide que le fil invisible qui le reliait à son passé : il s'identifiait mieux à ceux de sa classe qu'à celui qu'il était lorsqu'il appartenait à l'autre partie de la société. Les classes d'hommes sont claires, nettes et éternelles comme les constellations du ciel, alors que le mouvement de la vie de chaque homme est parfois aussi instable que le vent et les flots. Et pourtant, lorsque lui revenaient à l'esprit les différentes étapes de sa vie, jusqu'à la richesse, il était saisi par un léger sentiment de tristesse.

Quelque chose lui manquait.

Il se souvint de ce caillou ridicule que lui et l'Aveugle suçaient avec une telle avidité dans le désert égyptien et il voulut se tourner vers son ancien compagnon pour évoquer avec lui le bon vieux temps.

Mais à l'approche de Mykênai, les premières gouttes tombèrent, le vent tourna, le ciel devint noir et l'air lourd. Quelques vagues capricieuses bondirent par-dessus le pont enfoncé trop près de la surface agitée des eaux. À la manœuvre, les Crétois juraient dans la langue de leurs ancêtres.

Lentement, le gouvernail craqua. Le fouet à la main sous la pluie, le contremaître réprimanda et frappa les rameurs qui geignirent. Leurs gémissements firent écho au grincement de plus en plus insistant du navire et la panique gagna les rangs.

Les Yeux verts hurla :

« L'Aveugle ! »

Désorienté par le bruit, l'Aveugle cherchait un appui contre le bastingage, à la proue du navire. Avec précaution les Yeux enroula une corde épaisse à sa cheville droite, pour ne pas prendre le risque de le voir chuter par-dessus bord.

« Chienne ! »

Le vieux écumait de rage.

« Par le cul de la chienne ! Est-ce que tu ne comprends pas ce qui est en train de se passer ? »

Il le menaça du poing et ordonna qu'on jette tout de suite par-dessus bord la caisse qui déséquilibrait le navire.

« Du calme, l'Aveugle !

— Non ! Balance cette caisse ! »

Mais la côte n'était plus très éloignée : on commençait à la deviner sous les nuages gris. Le bateau tiendrait jusque-là.

Le vieux continuait de s'égosiller ; blasé, les Yeux ne l'écoutait plus : il discutait avec le navigateur et le contremaître chypriote des vents, de la voilure et de la distance qui restait à parcourir pour rejoindre le port de Pylos.

Soudain il entendit le cri désespéré de son compagnon qui avait entendu avant tout le monde le crissement des tenons et des mortaises : dans la structure du bâtiment, ils avaient commencé à céder. Le bois craqua comme si on déracinait une forêt entière sous leurs pieds. Enfin la coque se fendit. Dans une explosion de copeaux de chêne et de cèdre, tout s'ouvrit. Projetée en l'air, la cargaison de jarres et d'amphores surgit au beau milieu d'immenses gerbes d'eau et d'éclats de la charpente. On aurait dit que le bord du vaisseau s'était redressé, la coque s'effilochant en mille javelots de bois, qui pendant quelques secondes donnèrent au bateau l'étrange allure d'une forêt plantée en pleine mer.

« Qu'est-ce qui se passe ? Qu'est-ce que tu vois ? » suppliait l'Aveugle.

Ébahi, les Yeux verts ne savait pas comment lui décrire la scène.

Le navire s'était brisé en deux.

D'abord muets de surprise et de peur, les hommes d'équipage se mirent bientôt à hurler. Toutes leurs langues se confondirent en un seul cri – à peine les Yeux verts eut-il le temps de voir la lourde caisse destinée au Roi grande ouverte, emportant vers le fond les deux parties du navire rompu.

Comme un idiot, les Yeux lança à l'Aveugle :

« Regarde ! »

Et l'Aveugle entendit le bruit des cailloux... La caisse était pleine à ras bord de pierres de craie ! Voilà donc quelle était leur mystérieuse cargaison. Elle contenait mille fois mille petites boules d'albâtre, qui se déversaient à présent entre les barres de verre brut, le vin épicé, la résine, les scarabées d'or, l'huile, le cuivre et l'étain, le bronze, le lin et le coton... Dans le chaos, toute leur richesse était en train de tomber à la mer.

Ils coulaient avec leur chargement.

« Les Yeux !

— L'Aveugle ! »

Se raccrochant à ce qui restait du pont, les Yeux chercha en vain à rejoindre son compagnon. Puis il porta la main à son visage pour découvrir que de longues et fines échardes lui étaient rentrées dans la joue : il pissait le sang et avait déjà perdu un œil. Tout de même, par-dessus bord il tendit la main à l'Aveugle, qui avait la moitié du corps immergé et qu'un lest empêchait de surnager.

Le vieux fou était entraîné dans la mer.

« Viens !

— Non, je ne peux plus. »

Sachant qu'il était trop tard, l'Aveugle se contenta de beugler :

« Promets !

— Quoi ?

— De le trouver. »

Puis l'homme disparut. Son visage ravagé par l'indignation avait été brusquement avalé par la mer.

À cet instant seulement les Yeux se souvint qu'il ne savait pas nager.

« À l'aide ! »

Çà et là, des esclaves libérés de leurs entraves s'efforçaient dans le désordre le plus complet de quitter la partie encore à flot du bateau. Nus, ils se lançaient à l'assaut des eaux ; certains nageaient déjà en direction des terres mycéniennes. À quelque distance on apercevait les côtes déchiquetées par les récifs, cascadant jusqu'aux marches d'Árgos, sous le soleil qui perçait de nouveau la nuée. Aussi brève que violente, la tempête s'éloignait. Lentement, les débris du naufrage descendaient vers les profondeurs tandis que, profitant de l'accalmie, tout le monde quittait le navire.

Lorsque tous les hommes encore vivants lui

eurent tourné le dos, en ignorant ses appels à l'aide, les Yeux verts qui n'avait pas de dieu n'eut plus personne à prier. S'acharnant à s'accrocher à un bout de bois, il commença à perdre pied. Le menton désespérément tendu vers le Soleil, il arrachait encore un peu d'air au ciel qui le lui refusait de plus en plus fermement, et il cligna des yeux en cherchant du regard la maison royale de Mykênai, perchée sur les hauteurs. Il pleura. Tout se répétait. Encore une fois il avait échoué et c'est comme si rien n'avait été accompli. Tout autour de lui des centaines, des milliers de petits cailloux blancs, sans doute destinés à une noble demeure funéraire, roulaient dans la noirceur des eaux. Pareil à un enfant qui voudrait retenir la pluie de tomber, il voulut s'agripper à ces pierres mais referma le poing sur un galet lisse et doux, tranché net sur un côté, qui lui entama la paume de la main ; puis, les doigts recroquevillés sur du vide et de l'eau, il lâcha prise : derrière le voile tendu de la mort, il devinait la terre ferme, si proche de lui mais qui ignorait toujours sa présence.

À peine eut-il le temps de penser : « je n'ai pas trouvé le Roi… » qu'il mourut.

Septième histoire

HULI LIU

Royaume de Wu, – 479

1
L'eau endiguée par la terre

Au sommet de la septième montagne du Sōngshān, l'ermite contemplait la mer de brume qui baignait les vingt vallées du royaume : du ciel s'écoulaient des volutes blanches comme la fumée qui s'échappe des naseaux du dragon, dans les fables. Nu, à l'exception d'un linge humide, roulé en torsade et noué autour de son bassin, Huli Liu était peut-être l'unique habitant de ce massif. Observant le flux et le reflux des nuages contre les flancs de la montagne, il écoutait un étourneau bavard, qui paraissait lui raconter quelques lointaines aventures du passé.

Peu importait – il se sentait maître de lui-même.

Quand la brume envahissait les vingt et un pics et les vingt vallées, Huli Liu éprouvait ce sentiment souverain. Est-ce que ça arrivait souvent ? Il n'en savait rien. Depuis longtemps, l'ermite du Sōngshān ignorait tout du passé : chaque nouvelle journée chassait de sa mémoire la précédente. De même que le soleil, en progressant dans le ciel, éclaire une portion de la Terre et en laisse une autre dans l'obscurité, en avançant l'esprit du vieillard abandonnait derrière lui le passé dans les ténèbres, le vide ou plutôt le *vague*. Du mois dernier il ne lui restait déjà plus rien. Huli Liu, c'est-à-dire « jaune safran », était un nom qu'il s'était lui-même donné. Sans doute avait-il été quelqu'un d'autre, auparavant. Mais pourquoi essayer de le découvrir ? Pourquoi opposer aux forces bienfaisantes de l'amnésie un effort douloureux ? Bien sûr, Huli Liu avait pensé à prendre des notes sur les parois de la grotte où il dormait, afin de retrouver chaque matin le souvenir des événements de la veille, de ses actes et de ses pensées. Mais, constatant qu'au fond de la grotte il n'y avait aucun signe de notes relatant les étapes précédentes de sa vie, il jugea que le mieux était encore de continuer ainsi, dans une ignorance presque complète : s'il n'avait rien écrit jusqu'à présent, c'est qu'il avait toujours eu de bonnes raisons de ne pas le faire, et il n'en voyait pas de meilleures de commencer aujourd'hui la chronique de son existence.

Il préférait passer furtivement, sans laisser la moindre trace sur cette terre.

Voilà ce qu'était une vie réussie, délivrée des précédentes et des suivantes.

L'ermite sans âge vivait presque en suspension : sa conscience s'étendait au plus loin d'avant-hier à aujourd'hui. Au lever, l'homme se contentait de répéter les activités qui avaient été les siennes le matin précédent ; quant à celles qui l'avaient occupé deux jours plus tôt, déjà elles s'enfonçaient dans une sorte de coton informe. Sans en être certain, Huli Liu suspectait une herbe noire, très noire, qui poussait près du grand saule au bord de la cascade. De là on voyait le Hangze couler au fond de la gorge, sous un ancien pont de cordes impraticable qui indiquait que les lieux avaient été fréquentés un jour par ses semblables. Mais jamais il n'y avait rencontré âme qui vive et à cet endroit il ne poussait que quelques poignées de l'herbe noire. Cette herbe à l'odeur âcre, au goût de marne et d'argile fraîche, soulageait Huli Liu de ses maux de tête, des cauchemars qui le menaçaient parfois au milieu de la nuit. Elle purgeait aussi ses intestins... Surtout, après à peine quelques minutes, elle lui procurait un sentiment de vertige euphorisant : il avait l'impression de voir le passé récent s'éloigner sous ses pieds, comme la rivière au fond de la gorge ; pour cette raison, il se doutait que l'herbe était la cause de son amnésie profonde – de sa bonne santé aussi.

Pour bien vivre, il faut oublier.

Il semblait à Huli Liu qu'il avait su, voilà longtemps, pourquoi il valait mieux ne pas retenir les événements du passé. Qu'est-ce qui, ayant eu lieu jadis et naguère, l'aurait empêché d'être heureux aujourd'hui ? Ce n'était plus très clair. Parfois, quand il descendait de bon matin les paliers glissants conduisant à la cascade d'eau froide, aussi maigre qu'un moineau déplumé, il était tenté de découvrir qui il avait été, ce qui s'était passé au cours de cette vie – et des précédentes. Mais l'envie lui passait vite et il sautait d'un rocher à un autre jusqu'au bord de l'eau qu'il regardait filer. Voilà : vivre comme de l'eau. Alors il plongeait la tête dans les flots, saisi par le froid qui agrippait comme avec des griffes aiguisées les os mal assemblés de sa vieille tête et les faisait tenir ensemble ; puis il relevait le visage et recoiffait les longues poignées de cheveux qui résistaient encore, mal enracinées dans son crâne à la manière de grappes de bruyère après l'orage.

Il était heureux, libre d'être n'importe qui et ne devant rien à personne.

Sur les flancs de la septième montagne, il n'y avait pas d'eau stagnante qui aurait pu lui servir de miroir : l'eau de la pluie, des ruisseaux ou du torrent faisait scintiller la lumière comme du cristal, sans retenir à sa surface l'image instable des choses. Aussi Huli Liu ne pouvait-il qu'imaginer très vaguement à quoi ressemblait le vieil ermite des bois qu'il était devenu. À l'aurore il prenait tout de même le temps de nettoyer sa peau distendue, qui commençait à vivre d'une vie indépendante de ses os. Ensuite il se nourrissait de diverses baies roses ou rouges, qu'il cueillait le long d'un sentier terreux traversant les sous-bois ombragés jusqu'à l'entrée de sa grotte. Assis là, il contemplait les vingt vallées – tout du moins essayait-il de deviner leur forme en filigrane sous le brouillard. Vide dans le vide, il méditait. Comme l'écorce qu'on pèle du fruit, l'homme décollait ses yeux de ce qu'il voyait, ses oreilles de ce qu'il entendait, délivrait ses muscles de tout effort, jusqu'à n'être plus qu'une forme sans contenu. Fugitivement il éprouvait une joie absolue. Ensuite sa joie se dissolvait avec le reste, et Huli Liu se sentait lui-même disparaître.

Alors, sur le seuil du néant, il se redressait, rappelé à l'existence par les rhumatismes douloureux, rajustant le tissu sur son sexe bringuebalant.

À l'instant difficile à déterminer où la lumière cesse de gagner en force et où l'obscurité reprend le dessus, froide et tonique, Huli Liu préparait ses potions : d'abord il ingérait une pincée de poudre d'or, qui lui assurait une longue vie royale (d'après la tradition, celui qui mange de l'or devient lui-même doré) ; puis il avalait une décoction de lamelles bouillies de *reishi*, ce champignon qui pousse sous les pruches et raffermit les chairs ; enfin il écrasait deux feuilles d'herbe noire entre un caillou poli qui lui servait de pilon et une roche plate en guise d'enclume. Après ingestion de l'herbe, il ressentait une légère griserie, des vertiges et, avant de s'endormir, quelques crampes d'estomac : parfois il lui fallait déféquer une pâte sombre et pailletée, presque liquide, qu'il identifiait aux impuretés de sa mémoire ; il geignait, il râlait, il soupirait ; enfin il trouvait le repos à l'écart du monde, guéri de tout souci.

Au-dessus de lui, les étoiles inscrivaient dans le ciel une vérité complexe qu'il ne savait plus déchiffrer. Indifférent au destin, Huli Liu avait déjà regagné son antre. Sur une mauvaise paillasse de joncs, il se couchait près du peu d'affaires personnelles qu'il avait conservées, parmi lesquelles on comptait une lame de hallebarde rouillée, montée sur un bâton noueux de noyer ; un habit *hanfu* recousu, composé du *yi*, une tunique qui tombe aux genoux, et du *chang*, une jupe qui monte jusqu'aux chevilles, retenue par une ceinture jaune passé. De ce vêtement à la fois riche et austère, Huli Liu ne connaissait pas l'origine, mais tous les soirs il en brossait la poussière. À l'abri d'une anfractuosité dans la roche, il conservait aussi une bague aux deux anneaux d'or et d'argent entrelacés, qu'il avait héritée – de qui ? – et qu'il glissait parfois à son annulaire décharné, où elle tenait avec difficulté ; c'était charmant.

À la lisière de l'endormissement, il se roulait en boule sur la paillasse dont quelques fragments de joncs lui rentraient dans le cuir, qu'il avait dur ;

soulagé des cauchemars par l'herbe noire, il s'endormait. Il lui semblait qu'il ne devait plus rien sinon la vie – à ses parents, sans doute.

Au centre de sa poitrine, une large cicatrice en forme de croix lui faisait penser qu'il avait été marqué à la naissance. Mais pour quelle raison ?

Il lui restait bien quelques idées des grands livres. D'après ces conceptions, il était peut-être un demidieu, « l'homme jaune » par excellence : dans la tradition, on entend par là un être du milieu parfait, qui demeure au centre de la terre, entre les quatre éléments conflictuels et complémentaires du bois et de l'eau, du métal et du feu ; pour un médecin, il aurait été celui qu'on appelle « l'homme de la rate », au corps parfaitement centré entre le foie, les poumons, le cœur et les reins ; aux yeux du chroniqueur ou de l'historien, il aurait incarné le souverain de la fin d'été et du début de l'automne, lorsque les feuilles jaunissent et que l'air tiédit. D'une façon ou d'une autre, il avait trouvé la solution au problème de la vie humaine. Grâce à l'oubli, l'énergie souveraine de la présence des choses l'enveloppait, et dans ces moments d'assoupissement, il ne manquait de rien ; il avait déserté la vie mauvaise, corrompue, d'en bas.

Pourtant, sous la combinaison des neuf astres majeurs, après une tempête inattendue, au premier souffle de l'automne resurgirent plusieurs signes de perturbation : d'abord un léger vent pathogène vint le déranger, ce genre de vent qui souffle aux oreilles avant de faire siffler les poumons, qui arrache une à une les feuilles dentées, aux stipules épineuses, du jujubier, dont il avait l'habitude de consommer le fruit jaune, au noyau dur qui lui servait ensuite d'arête effilée pour découper et coudre le tissu.

À cause de ce mauvais vent-là, qui charriait quelque chose du passé, remontant depuis les rives du fleuve, tout en bas, il se sentait *contrarié*.

Peu lui importait ce qui arrivait à ses semblables, dans le royaume à ses pieds – et pourtant il réfléchissait, ce qui n'était pas bon pour son équilibre.

Hélas, il ne savait même pas si ce sentiment de contrariété revenait avec régularité chaque automne, puisqu'au bout de quelques jours il l'aurait oublié.

À vrai dire, plus que la contrariété elle-même, c'est le soupçon de la contrariété qui est pour un sage la source d'une série de désagréments intérieurs menaçant de lui faire perdre sa position de surplomb, par-dessus l'ignoble histoire du monde. C'est comme si l'histoire le rappelait à elle. « Viens… », murmurait-elle. Et, se faufilant entre sa peau et ses poumons, le vent chantait. De la musique… Ça lui rappelait quelque chose. Elle évoquait un air entêtant, à la fois inconnu et familier, comme ceux que fredonnent peut-être les femmes, songea Huli Liu, qui n'en avait pas rencontré depuis qu'il avait tout oublié. Il craignait ce type d'air insinuant qui rend fou les ascètes un peu trop chastes, en chuintant à travers les bambous, l'écorce des pins rouges, du noisetier et du saule. Justement, en se réveillant ce matin-là, il crut entendre la voix tentatrice du saule l'appeler par un nom qui n'était ni tout à fait le sien ni celui d'un autre.

Il avait rêvé d'une catastrophe, peut-être d'un naufrage, et il s'était senti coupable.

Huli Liu était pourtant certain d'être innocent.

Le chant lui annonçait un châtiment – ou un crime qui en méritait un.

Quelque chose de défavorable approchait de son

refuge hors du temps. Aussi fut-il peu étonné de découvrir le lendemain, à quelques pas de la cascade, un beau renard blanc. C'était un signe. Il était de la couleur pure des neiges sur le dos, mais teinté d'or sous le ventre. L'animal plongea ses yeux dans ceux de Huli Liu et excita en lui le sentiment d'être en dette à l'égard de quelqu'un. « Moi, je ne suis personne... », protesta-t-il. Mais les augures de la nature l'avaient prévenu d'un changement important : un jour ou l'autre, il faudrait qu'il accepte de se battre. Le renard s'enfuit.

Le jour suivant, il était revenu.

Malheureusement – poussé par une faim irrépressible – il avait dévoré toute la bonne herbe noire. Huli Liu ne put retenir un cri ; il attrapa un lourd bâton de noyer et commença à le frapper.

Depuis longtemps, Huli Liu n'avait pas prononcé le moindre mot et le premier qui lui vint fut :

« Maudit ! »

Qu'est-ce que je vais devenir sans cette herbe..., se lamenta l'ermite. Il fallait surtout qu'il se calme : dans ses organes, l'accès de colère laissa place à un accablement excessif ; et puis il eut de la peine d'avoir frappé l'animal. Alors l'ermite rampa pour tirer de sa cachette ce pauvre renard blanc. De ses longs bras décharnés il l'enveloppa et entendit son cœur battre la chamade. En l'examinant plus attentivement, il s'aperçut que le renard, avant d'être battu par lui, avait été mutilé. À l'aide d'une lame, un esprit pervers lui avait fendu la queue dans le sens de la longueur, en neuf parties, et écorché vif l'arrière-train. Qui, se demanda Huli Liu, a pu commettre un acte si cruel ? Et il ramena l'animal à l'abri dans sa caverne, pour le soigner.

Cette nuit-là, une mélodie lui trotta dans la tête : « quand viendra l'été je marierai Nüjiao », qui lui fit penser au renard de la légende, Huli Jing aux neuf queues. Il se demanda si ce présage était bon ou mauvais. De fil en aiguille, il se souvint d'avoir rêvé de Huli Jing, accompagné par une femme muette, d'une grande beauté. Paniqué par ce songe, ne sachant s'il s'agissait d'un souvenir ou d'une prémonition, il sentit la bile de sa rate refluer : sa peau commençait à prendre cette vilaine teinte jaunâtre due à un foie malade. Il voulut retrouver son détachement à l'égard de toutes choses, mais tout ce qu'il entreprenait pour compenser la force qui l'entraînait dans un sens faisait basculer son esprit en sens opposé. Au matin, étourdi et soucieux, il se consacra au soin du renard blanc, dont il lui avait fallu trancher net les chairs purulentes et la queue mutilée ; puis il lui imposa une diète pour le purger. Ce régime amaigrit encore un peu plus l'animal. Inquiet, Huli Liu décida de le nourrir de quelques graines de jujubier qu'il avait conservées dans sa réserve.

Mais le renard semblait devoir inéluctablement périr.

Comment interpréter l'accumulation de tous ces signes ? Il n'était pas impossible qu'il ait déjà été troublé par de tels changements à l'automne dernier, avant de tout oublier. S'il avait déjà eu affaire à un renard blanc, il était normal qu'il n'en garde aucun souvenir. Alors comment savoir ?

Préoccupé par la lecture de ces événements erratiques, un matin il oublia de se laver dans l'eau vive du torrent. Dans la direction de la plus lointaine des vallées il crut reconnaître une odeur de brûlé, alors même que l'eau, cette nuit-là, était tombée du ciel sans discontinuer : l'orage était d'ailleurs venu à bout de la résistance des bois, et il avait entendu que quelques noyers avaient craqué.

Au petit jour, il ne retrouva pas le renard blanc à sa place habituelle, devant la grotte. Il pensa que l'animal avait de nouveau fui et une étrange image lui vint à l'esprit : le renard en femme. Il crut apercevoir une dame possédant une queue, ornée d'un doux et fin pelage blanc dans le dos et d'interminables cheveux noirs et bleus, qui recouvraient son bas-ventre. Secouant la tête comme pour se défaire de ce fantasme embarrassant, Huli Liu sortit pieds nus en appelant :

« Renard ! Oh hé ! Renard ! »

Sur le seuil de la grotte, il buta contre le corps recroquevillé d'un enfant fiévreux, à la peau livide. Quand le petit releva le visage, Huli Liu vit qu'il était défiguré par un bec-de-lièvre et qu'il avait les lèvres rouges de sang séché :

« Qu'est-ce que tu as mangé ? »

Hélas, il eut vite confirmation de ce qu'il craignait : dans une bouillie de viande ensanglantée gisait le renard blanc, que cet enfant sauvage avait attaqué, mordu et en partie dévoré.

2
La terre labourée par le bois

Le sage gifla l'enfant, puis l'attrapa par ses longs cheveux sales, le traîna contre les pierres humides, la mousse et ces champignons *ling zhi* qui une fois bouillis clarifient les pensées, favorisent la circulation de la lymphe et apaisent le cœur – et il est vrai que la colère ôte à l'homme toute lucidité… Au pied du noyer, fou de rage, Huli Liu roua le gamin de coups de pied. À bout de souffle, il le frappa aux côtes et le fouetta avec une branche d'amandier. Mais l'enfant ne dit rien et très vite le vieillard cruel sentit venir la lassitude et le regret. À force de faire couler le sang et la bave de ce jeune garçon muet, il lui vint à l'esprit que l'enfant était peut-être le renard réincarné, passé dans une autre forme de vie – alors il cessa de lui faire du mal.

« Parle. »

L'enfant, que son bec-de-lièvre condamnait à sourire alors même qu'il sanglotait, glapit et ouvrit grand sa bouche blessée. Il était parcouru par des frissons à cause du froid. La famine faisait siffler ses poumons faméliques comme le vent d'hiver qui s'immisce entre les troncs d'arbres morts.

« Je te pardonne d'avoir tué le renard, pardonne-moi de t'avoir frappé. S'il te plaît parle-moi. »

Intrigué par le frémissement de ses lèvres, l'ermite s'accroupit et du bout des doigts ouvrit la bouche fendue de l'enfant. Desserrant avec difficulté les deux rangées de dents qui avaient poussé en désordre sur ses gencives, il sépara la mâchoire supérieure de celle d'en bas : dans la cavité buccale il découvrit une prolifération de plaies purulentes. Et puis tout au fond il devina une traînée de pourriture, mais pas le moindre signe d'une langue – un moignon seulement. On la lui avait coupée. Après lui avoir refermé la bouche (ou la gueule), Huli Liu pensa sans savoir pourquoi au Roi Jaune de la fable, puis il se pencha pour écouter dans la poitrine de l'enfant une voix de fausset qui paraissait chanter l'air traditionnel des cinq vents mauvais.

« Viens avec moi. »

Après avoir serré sa ceinture autour de sa taille et recouvert son sexe, par pudeur devant l'enfant, Huli Liu déplaça le peu de biens qui lui appartenaient au fond de la grotte. Il se surprit à prendre soin de ce petit homme : d'abord il le frotta avec vigueur afin de faire revenir dans son corps le sang et l'énergie, puis il partit puiser de l'eau dans une peau tendue au fond d'un seau de bois mal cloué. Il l'aspergea d'eau, frotta le petit crasseux de bas en haut, de la plante des pieds jusqu'au sommet du crâne, et nettoya en profondeur ses plaies. Après les avoir à peu près pansées, il les protégea du vent d'automne avec des cataplasmes de feuilles de jujubier. Il eut recours à d'autres onguents dont il ne connaissait pas tout à fait la composition mais que, d'instinct, il parvint à extraire des plantes ravivées par les pluies d'automne, d'une racine raclée avec un os de jujube, ou d'une écorce encore terreuse, pilée dans de l'eau bouillie. Il s'étonna lui-même : comment donc était-il si savant ? Maniant avec précaution l'os de jujube effilé, il en profita aussi pour raser le crâne du gamin, le débarrassant ainsi de ses poux, avant de retourner voir la cavité buccale, qu'il entreprit d'assainir à l'aide de boules de coton et de la mousseline de son vieil habit recousu. Alors que l'enfant avait sommeil et qu'il tirait sur ses bras comme pour le supplier de le laisser s'endormir, Huli Liu trouva le courage de chauffer à blanc la lame dans le feu, maintenant que le jour était déjà bien avancé. Il tourna et retourna le tranchant du métal. Puis il soupira et chercha le moyen le plus bref de procéder, en imaginant par avance se souvenir de cet instant précis, une fois qu'il aurait été accompli. Huli Liu se raconta qu'aujourd'hui c'était déjà hier, que c'était même devenu avant-hier, puis la semaine passée, l'an dernier et enfin un lointain passé : par avance, il imagina donc l'enfant au bec-de-lièvre devenu adulte, remerciant son père d'adoption – lui-même – sur son lit de mort. Devenu grand et sage, l'enfant lui serait reconnaissant d'avoir su cautériser sa plaie et de l'avoir sauvé. Encouragé par cette vision prémonitoire, Huli Liu s'approcha du petit et cala un pied contre son torse malingre : il arrêta net sa respiration et tira sur son menton comme on découvre la gueule d'un chien. Il remercia le destin de ne pas avoir à subir les insultes et les hurlements du gamin, puisque celui-ci était muet, et lui enfonça dans la gueule la lame de métal incandescent, afin de cautériser ce qui restait de sa langue. Huli Liu grimaça, compta jusqu'à cinq, sentit monter l'odeur de chair brûlée, appuya un peu plus fort du pied sur la poitrine du gamin, dans l'espoir de le faire s'évanouir.

Lorsque ce fut fini, pourtant, l'enfant était toujours conscient.

Pour ne pas avoir à affronter son regard accusateur, Huli Liu s'en alla rincer la lame de la hallebarde dans l'eau du torrent. Ensuite il la frotta contre le tronc d'un bouleau, sous les yeux étonnés d'une chouette.

« Je sais... », marmonna l'ermite, comme s'il cherchait à se justifier. Seul ou en compagnie de l'enfant, lui qui était naguère si avare de mots, il parlait de plus en plus.

Après trois jours occupés à le veiller, il constata que le jeune garçon était toujours aussi brûlant. Il essaya de l'apaiser en l'abreuvant d'infusions de cônes de pin et de résine de bouleau ; il lui fit manger de la terre molle et mouillée en guise d'emplâtre à ses plaies buccales. Mais l'hypothèse à laquelle Huli Liu aboutit quant à l'équilibre général des forces naturelles fut que le renard avait contaminé l'enfant par une sorte de rage qu'il serait incapable de vaincre. Le germe ne rendait pas le petit agressif : tant mieux ; mais de nombreux souvenirs désagréables et confus assiégeaient désormais Huli Liu jour et nuit, en l'absence de l'herbe noire d'oubli, et le vieil homme au chevet du jeune convalescent ne parvenait plus à trouver le sommeil. Le petit, lui, respirait de plus en plus mal, les poumons encombrés par une glaire qui sentait le soufre. Son souffle charriait un élément mystérieux et lourd, comme le limon dans le lit d'une rivière. Au milieu de la nuit, l'enfant appelait souvent, se débattait et roulait sur le sol de la grotte dans une gigue frénétique, comme pour attraper un souffle d'air qui lui échappait. C'était la mort qui venait – et Huli Liu en était bien malheureux. Il se sentait même honteux de ce malheur, qui signifiait l'échec de son détachement du monde : il ne parvenait pas à se résoudre à laisser mourir l'enfant dans l'indifférence. Que faire ? Au petit matin, alors qu'il pleuvait à noyer la suie, Huli Liu enfila le *hanfu*, serra à la ceinture le *chang* et le *yi*.

Et il partit.

3
Le bois coupé par le métal

À l'aide de cordes en liane, de branchettes de noisetier et d'un vieux tissu bleu de jaspe, Huli Liu fabriqua une imitation de palanquin pour y bourrer un fagot de bois – et l'enfant. Contre sa propre épaule, il cala un lourd baluchon de moine. Lentement d'abord, pour respecter le rythme automnal de la forêt, il entama sa descente dans la brume du matin puis, s'apercevant que l'état de l'enfant empirait – ses poumons sifflaient comme une outre crevée –, Huli Liu pressa le pas. Il s'enfonça dans la forêt plus loin qu'il n'avait jamais osé aller (autant qu'il s'en souvienne). Dépassant la cascade et le petit bois de noyer, il descendit vers les vertes collines qui regorgeaient certainement de jade et de cinabre (comment s'en souvenait-il ?). Sous ses plantes de pied durcies par la corne, il sentit la mousse mouillée d'une fine rosée. À mesure qu'il s'y enfonçait, dans son esprit revinrent quelques vagues figures fabuleuses, de drôles d'odeurs épicées, les motifs de drapeaux et d'insignes de guerre, et surtout la silhouette du Roi Jaune. Étourdi par les souvenirs qui lui semblaient être ceux d'un autre, il parcourut en pensée d'agréables jardins où l'attendait une femme-renarde aux cheveux bleus, longs et soyeux. D'autres images de fable l'assaillirent bientôt, dont il ne savait pas si elles appartenaient au rêve, à la réalité, ou à des histoires qu'il avait dû entendre enfant. Depuis qu'il manquait d'herbe noire, il digérait avec plus de difficulté et l'observation de ses selles trop liquides l'inquiétait. Dormant à la belle étoile, il cauchemardait d'hommes sans cesse à sa poursuite : leur visage restait mal défini, puisqu'il n'avait pas rencontré de semblables depuis si longtemps. D'où qu'ils viennent, en tout cas, ils voulaient sa mort… Déconcerté, il se demanda s'il avait commis un crime affreux qui l'aurait conduit à devenir ermite, pour échapper au jugement des hommes. Peu à peu le doute et l'acidité s'insinuèrent dans sa plèvre, contribuant à déséquilibrer toute l'harmonie du corps et de l'esprit qu'il avait trouvée dans l'oubli.

Une voix commençait à chuchoter à l'oreille de l'ermite, mais il n'y comprenait rien.

En sortant de la forêt, il fut émerveillé par le paysage roussi par l'automne : une belle plaine fertile roula sous ses pieds, abandonnée par ses habitants. Il n'y trouva qu'un charnier d'ossements de vaches : des carcasses à demi enfouies sous des tumulus, le long de la rivière qu'on apercevait à peine, barrée par les herbes folles. En guise d'habitations, quelques murs de pierre comme croqués par la mâchoire d'un géant. Plus loin, sous un tapis de cendres, on devinait des rizières en jachère depuis des années – pas de chemin pour traverser, et il dut faire le tour des champs.

C'était désert.

« Où sont passés les hommes ? » murmura Huli Liu, qui ployait sous le poids de l'enfant.

D'un pas hésitant, il franchit cent *lis* sans croiser une seule âme humaine, comme si un dieu avait rappelé à lui tous les hommes du pays. Une catastrophe ou un miracle avait eu lieu par ici. Les buis, les bosquets, les taillis prospéraient : çà et là allaient de paisibles bovidés sans chaîne à leur encolure, des rats qui ne cherchaient plus à se cacher, des chiens sans maître, de nombreux corbeaux et des passereaux chanteurs qui survolaient la vallée leur appartenant désormais.

Huli Liu se souvint d'avoir vécu en ces lieux.

Quelques fantômes flottèrent sous ses yeux grands ouverts comme les lotus et les nénuphars à la surface des eaux. Il était presque certain d'avoir connu le Roi Jaune, et c'était bien son royaume dont il parcourait les ruines.

Soudain il aperçut quelqu'un. Devant une chaumière de briques et de bois aux fenêtres en papier de riz, un homme se tenait debout, quoique légèrement de guingois. Comme lui, c'était un vieillard. Il vint à leur rencontre, après les avoir vus de loin franchir la rivière sur un gué de fortune. Ne sachant trop à quoi s'attendre des autres êtres humains, Huli Liu empoigna nerveusement le bâton de noyer et dissimula sous sa tunique la lame de hallebarde rouillée.

Mais l'autre le héla sans la moindre intention hostile, dans une langue qui lui était familière.

L'inconnu avait la face ridée comme une prune ou l'anus d'un chien, et il se tenait avec dignité : il était trop maigre pour son habit de cérémonie, dans lequel il semblait flotter à quelques pas du pilier sculpté de ce qui avait dû être le temple de ce village. Enveloppé par les hautes herbes humides, on aurait dit un spectre de l'humanité morte au beau milieu de la nature vivante.

Il mit les formes pour le saluer et s'excusa de ne pas pouvoir lui indiquer son nom de naissance :

« Je ne connais que le nom que je me suis moi-même attribué. »

L'homme s'était baptisé « Tian-lian-sé », c'est-à-dire « veine bleue », en référence à la couleur des vaisseaux sous la peau délicate de son cou et de ses poignets.

« Comme vous, j'ignore le nom qu'on m'a donné jadis », lui répondit Huli Liu en le saluant. Il fut heureux que l'inconnu ne se sente pas plus humilié que lui par cette situation burlesque : deux vieillards se rencontrent, incapables de se rappeler qui ils sont, ni ce qu'ils ont fait. Aussi attendit-il avant de lui poser la moindre question, car il ne souhaitait pas, en dévoilant ses propres faiblesses, offrir d'emblée à l'autre le double avantage de connaître la vérité et de savoir que l'autre l'ignorait.

Pour ne pas susciter d'embarras plus longtemps, il décida tout de même de lui présenter l'enfant.

« Est-ce que c'est votre fils ? »

Une fois de plus, Huli Liu dut reconnaître qu'il ne savait pas grand-chose. Peut-être, après tout. Mais avait-il des enfants ? Quant à son propre passé, il était sans réponses, et pour ne pas paraître tout à fait ignare il préféra expliquer comment il avait trouvé cet enfant malade près de la grotte où lui-même demeurait à l'écart des hommes, là-haut sur la montagne ; il mentionna aussi la fièvre.

Sans attendre, Tian-lian-sé ausculta le petit, lui prit le pouls à cette heure favorable du jour, compta les pulsations et mesura le rythme du souffle. Huli

Liu se sentit à la fois soulagé et jaloux lorsque son interlocuteur lui proposa de soigner l'enfant.

Tian-lian-sé affirmait connaître le « Neijing » et pratiquer la science des aiguilles d'argent.

Après l'avoir invité à franchir le seuil d'une masure gardée par Shen Tu et Yu Lei, deux divinités chasseuses de fantômes dont les noms se trouvaient gravés de part et d'autre du chambranle en bois de pêcher, Tian-lian-sé se rinça les yeux et les mains dans une bassine en laiton. Puis il sélectionna à l'intérieur d'un petit coffre de bois rouge plusieurs longues aiguilles étincelantes. Il demanda à Huli Liu d'étendre sur la natte de paille l'enfant livide. Avec vigueur il lui frotta la poitrine, la paume des mains bien à plat, le temps de laisser brûler l'encens et de chauffer les aiguilles.

« Posez-moi la question qui vous taraude depuis que vous êtes arrivé ici. »

Regardant Tian-lian-sé masser l'enfant aux yeux mi-clos, qui tendait les bras vers lui pour être rassuré, Huli Liu ne répondit rien.

« Allez... Vous voudriez savoir pourquoi il n'y a plus âme qui vive dans cette vallée. »

Tian-lian-sé s'agenouilla à gauche du jeune fiévreux, dont il déplia le bras d'un geste sec, presque violent, le forçant à se rétracter pour réclamer Huli Liu comme si c'était son père, en effet.

Tian-lian-sé ne parut pas en prendre ombrage. Voyant que le garçon faisait confiance à Huli Liu, il demanda à ce dernier de détendre le bras du malade et de maintenir le membre bien droit, le temps pour Tian-lian-sé de trouver le septième point du méridien.

« Lequel ?

— Celui des poumons. Est-ce que vous l'entendez respirer… ?

— Je sais. Le vent…

— Entre les poumons et la peau, le vent a apporté de l'eau qui refuse de s'écouler… »

Tian-lian-sé disposa son pouce contre la paume de l'enfant, jusqu'à pointer vers une petite dépression, au-dessus du pli de flexion de son poignet. Ensuite, d'un mouvement précis qui devait être réussi en une seule fois, il introduisit une aiguille chaude à la convergence de la branche qu'il appela « Luo » et d'une ligne transversale dont il ne retrouvait plus le nom :

« C'est étrange… Je me souviens des gestes et des points, mais pas des noms… »

Huli Liu ne sut pas s'il devait profiter de l'avantage que lui offrait cette confession impromptue :

« Vous avez vraiment tout oublié ?

— … oui, mais ça me revient. Pourquoi ? Vous aussi ? »

Tian-lian-sé, dont les veines bleutées brillaient à la lueur de l'après-midi à travers le papier de riz, sourit :

« Peut-être à cause de l'enfant… »

Il désigna son patient fiévreux, allongé au fond de la pièce, qui semblait n'avoir pas conscience des aiguilles alignées sur le méridien de circulation de son énergie, du poignet jusqu'à la poitrine.

« Vous n'avez pas l'impression de l'avoir déjà vu ? »

Tian-lian-sé n'avait pas tout dit. Sans avoir menti, il avait omis de préciser qu'il avait lui-même rencontré l'enfant avant aujourd'hui… Quand ? Comment ? Huli Liu sut que l'avantage auquel il avait cru brièvement, au début de la discussion, n'était qu'une illusion. Tian-lian-sé, ce vieillard poli qui le mettait mal à l'aise, le manipulait comme un marionnettiste qui fait aller où il veut une poupée. Il distillait allusions, fausses et vraies informations à sa guise – et son langage était alambiqué ; tout y devenait oblique et mystérieux, sujet à interprétation.

« Il y a quelques jours de ça, cet enfant est passé près de l'antre où je vis seul, depuis je ne sais combien d'années, et il a arraché une herbe qui me servait de remède. Il ne m'en a rien laissé.

— Une herbe noire ? »

Assis sur une chaise branlante dont il ne restait que trois pieds, Huli Liu cligna des yeux.

L'autre avait une bien étrange manière d'avouer son ignorance et de devancer les questions de son interlocuteur, de lui annoncer où il pourrait frapper au combat qui les opposerait peut-être ; au contraire de Huli Liu, resté sur la défensive, il reconnaissait sans honte avoir été amnésique.

« Mais vous commencez à vous souvenir, comme moi ? Et vous vous posez des questions. »

Comme s'il commençait à prendre froid, Tian-lian-sé toussa et poursuivit :

« Je ne sais même pas ce que j'ai fait de ma vie. Vous non plus... Quelle étrange situation. »

Conscient de l'inconfort de son interlocuteur, Tian-lian-sé lui proposa de partager son repas.

En position de force, il commença à raconter les récents événements qui l'avaient mené jusqu'ici.

Depuis trois jours qu'il parcourait la vallée de l'ancien empire, à court d'herbe noire, Tian-lian-sé n'avait rien trouvé d'autre que les signes de la destruction de tout un monde : des mausolées, des pavillons de céramique, des pagodes et une route impériale de dalles à l'abandon, rongés par la végétation, à l'exception de cette petite maison de briques au mur de laquelle figuraient deux caractères presque effacés qui signifiaient « Extrêmement faible » ou peut-être : « résistance par l'Extrêmement faible ».

Dans ces lieux calmes et désolés, il s'était installé en compagnie d'une chèvre qui lui fournirait du lait. Hélas, elle avait fui. Alors Tian-lian-sé avait exploré une seconde construction, bien plus fastueuse, qui avait sans doute servi de « Jardins-de-l'harmonie-préservée » à ce royaume abandonné : un ensemble de ponts, de pavillons de bois brûlés et de parcs arborés désormais en friche. Dans la bibliothèque envahie par les ronciers, le lierre sauvage et les fleurs de lisier, où les hiboux nichaient la nuit, il avait découvert trois rouleaux contenant l'histoire du royaume..., et il marqua une pause, ... du Roi Jaune. Puis il servit de l'alcool de riz éventé et, dans deux bols d'émail ébréché, il versa un brouet de radis, de tubercules et de champignons.

Huli Liu le remercia et demanda : « Le Roi ? »

Les deux vieux s'assirent en tailleur autour d'une table en pin branlante, pour avaler leur repas frugal à la lueur du suif. Ils mangèrent à la paysanne, avec moult bruits de contentement de la bouche, tout en prêtant une oreille attentive à la respiration de l'enfant, sur le corps duquel Tian-lian-sé dut aller changer de disposition les aiguilles. Il fallut que Huli Liu se lève ensuite pour rassurer le petit au bec-de-lièvre, qui ne s'était rendormi qu'à la condition que Huli Liu lui tienne la main. Quand l'enfant fut plongé dans un profond sommeil, les deux vieillards retournèrent s'attabler et Tian-lian-sé proposa de lire à Huli Liu la chronique inachevée contenue dans les trois rouleaux qu'il avait trouvés.

Refermant à demi les paupières, pour mieux l'observer par en dessous, Huli Liu rééquilibra d'une jambe la chaise à trois pieds et fit signe qu'il écouterait son hôte avec la plus grande attention.

Il avait perdu l'habitude de la conversation et fut soulagé de se trouver dans la situation d'avoir à écouter sans répondre ; très vite, pourtant, il eut envie de poser des questions, car il reconnut que, d'une façon ou d'une autre, cette fable que lisait Tian-lian-sé – c'était l'histoire de sa propre vie.

4
Le métal fondu par le feu

« Il y a de nombreux printemps et de nombreux étés, commença Tian-lian-sé, il y eut enfin un roi qui était juste et qui faisait le bonheur des hommes. En ce temps-là, la constellation du Grand Feu s'inclinait vers l'ouest et le Roi Jaune qu'on surnommait « l'innocent » avait rétabli l'équilibre de toutes les forces contraires sur Terre. Encore dans sa prime jeunesse, celui qui régnait sur les vingt et une montagnes et leurs vingt vallées était considéré comme la réincarnation du Fils du Ciel, premier empereur de la dynastie Xia. Alors que sous le ciel tout est toujours en conflit, il avait accompli la promesse d'unifier le pays, les vallées riches et les vallées pauvres. À la fois humble et élégant, il avait le lobe des oreilles délicat et long, comme les sages. Il faisait l'admiration des hommes et excitait l'amour des femmes ; pourtant il demeurait chaste, de sorte que personne ne puisse être jaloux. On le disait anormalement grand, comme s'il avait été originaire d'une autre contrée, et il avait de la force pour deux, même s'il ne se battait jamais : son tempérament l'incitait à toujours rechercher la paix. C'était un esprit simple, ouvert à tous et généreux.

Parcourant les mille *lis* de sa riche vallée, il prodiguait de bons conseils aux pêcheurs de carassin, aux cultivateurs de rizières, soulageait au passage le dos d'une femme de ses fagots de bois mort, et en rentrant au palais faisait la lecture des fables du dragon aux orphelins, égayait le travail pénible des moines en jouant à la balle avec eux dans les jardins fleuris de leur temple. Comment régnait-il ? Il suivait tout simplement l'ordre de la nature, au service des hommes. Quand il y avait un incendie il faisait détourner l'eau de la rivière, puis contenir les flots par des barrages de terre ; dans le sol fertile, il ordonnait ensuite qu'on replante des arbres et qu'on en taille le bois avec des lames de métal forgées dans le feu... Tout allait ainsi par cycles harmonieux, dans son royaume comme sur la Terre.

« Chaque année, pourtant, lorsque les vents de l'automne commençaient à souffler, il sentait se réveiller dans ses poumons le vieux démon de la *mélancolie*. C'est ce démon jaune qui vaut aujourd'hui son surnom au souverain. Le Roi Jaune combattait depuis la naissance ce démon hérité des premiers hommes, dont il ne pouvait guère que repousser les assauts, sans jamais le tuer : c'était en effet un démon immortel qui s'exprimait par le souffle, ce souffle qui rend fous les hommes les mieux disposés, tristes les plus joyeux et lâches les plus courageux. Pourquoi lui ? Peut-être qu'il y a longtemps quelqu'un l'avait maudit pour les méfaits d'ancêtres dont il avait hérité le pouvoir. Le démon susurrait à l'oreille du bon Roi des histoires du passé lointain, expliquant qu'il tirait en fait sa noblesse des plus ignobles atrocités, du vol, du meurtre et du viol. Aussi justement soit-elle utilisée aujourd'hui, son autorité provenait de crimes immémoriaux commis contre d'autres hommes et d'autres animaux. – Oui, lui ou un autre avait arraché des enfants à des femmes étrangères, jadis, pour peupler son royaume, il avait menti, trahi, tué, il avait humilié et exploité des êtres vivants pour en arriver là… Le peuple des Xia n'avait pas toujours existé, et pour se former quelques-uns avaient profité de tous les autres. Il essayait de se rassurer en se représentant un tableau d'ensemble : malgré les détails atroces du passé, le monde des Xia pourrait devenir meilleur sous son gouvernement. Mais le Roi le savait : rien, pas même la Grande Vision de la Totalité, ne pourrait le soulager de ce soupçon et l'amour que lui vouait son peuple, au lieu de l'apaiser, ne faisait qu'attiser son sentiment de culpabilité. Aussi n'avait-il d'autre choix, pour résister à la bile et à l'amertume qui menaçaient de noyer ses organes vitaux, que de régler son comportement sur les astres de chaque saison, en tournant le dos aux spectres des humiliés et des perdants. Tant pis pour les morts. Il avait gagné – et pourtant… Il s'efforçait de laisser l'énergie d'aujourd'hui circuler en lui et d'oublier le démon du passé, grâce à un remède cultivé par le vieil apothicaire du palais. Ce sage-là avait recueilli les connaissances des mages de temps ancestraux. Il collectionnait les manuscrits et toutes sortes de petits objets merveilleux, qu'il achetait aux marchands des rares caravanes franchissant le col au-delà des brumes occidentales – par exemple cette bague d'or et d'argent évoquant le Soleil et la Lune. Grâce à ses recherches sur le poison d'anciennes prêtresses, dont il avait atténué les doses jusqu'à le rendre inoffensif, il avait fait pousser au bord de la rivière une herbe pour faire taire le démon du Roi…

« À dire vrai, celui-ci souffrait alternativement d'un excès d'enthousiasme et d'un excès d'abattement. D'abord, il se voyait capable de résoudre tous les maux du monde à lui seul ; puis, réduit à l'impuissance, il lui semblait que rien, jamais, ne changerait. Alors, en proie à la mélancolie, il avait l'impression de tout comprendre et de ne rien pouvoir faire.

« Pour le soulager, l'apothicaire écrasait une pincée de l'herbe noire…

« Vous avez entendu ? » s'interrompit Tian-lian-sé. À la mention de l'herbe noire, sa voix avait légèrement tressailli. Huli Liu était aussi étonné. Après un trou dans le manuscrit, l'autre reprit :

« … désormais le Roi était soucieux à cause d'une secte portant le nom de l'"Extrêmement faible" (à cet instant Tian-lian-sé prit soin d'accentuer toutes les syllabes du mot, puis leva les yeux vers la plaque de cuivre au-dessus du chambranle de l'entrée, où figuraient les mêmes caractères). Cette secte violente terrorisait les paysans. On ne sait pas ce qu'elle professait, ni même si elle professait quoi que ce soit. À sa tête se tenait un chef particulièrement rusé, dont l'intelligence était crainte dans les vallées pauvres. Il organisait le pillage des hameaux voisins au profit de tribus qui vivaient et dormaient dans ces sous-bois où on ignore encore la civilisation. Autant le Roi Jaune étendait sa compassion à tous les êtres, autant le chef de l'Extrêmement faible ne reconnaissait et n'aimait personne d'autre que lui-même. Il défendait ses intérêts contre le monde entier : ses lieutenants les plus proches ne le respectaient que parce qu'ils le craignaient et il n'hésitait pas à faire décapiter ses propres fidèles aussi bien que les partisans de l'ennemi. On prétendait qu'il avait l'habitude de punir les traîtres ou ceux qui le volaient en découpant leur corps en neuf morceaux, qu'il dispersait ensuite dans les champs et les forêts ; charge à la famille de celui qui avait été châtié de reconstituer son cadavre. Or l'Extrêmement faible ne cessait d'inquiéter le bon Roi, non parce qu'il menaçait son pouvoir mais parce qu'il lui révélait son impuissance. Le souverain se mit presque à jalouser le brigand, car il se sentait embarrassé par sa propre bonté et sa bienveillance. À ses yeux, le bandit le rendait moins innocent que simple – et surtout *limité*. Le bandit faisait souvent le mal, certes, mais il était libre de le faire. Le Roi, enfermé dans la pureté qu'on lui attribuait, se demandait ce que ça faisait de pouvoir être mauvais.

« Du moins c'est ce que prétend la fable, à la fin du premier rouleau.

« Un soir que la constellation du Grand Feu s'inclinait vers l'ouest – et ici Tian-lian-sé déplia une carte d'astrologie dessinée et intercalée au début du deuxième rouleau – le Roi ne supporta plus sa propre perfection céleste, cette fausse ingénuité qu'on aimait tant en lui, et fit le vœu de mal agir. Il en discuta avec son démon. Excessivement enthousiaste et nerveux à l'idée de désobéir à son destin, comme un enfant rebelle, il quitta en pleine nuit son palais et, ne sachant trop que faire de mal, camouflé sous sa pèlerine, il résolut d'attaquer quelqu'un au hasard : au coin de la Maison de la Corne, où d'après la légende il y a longtemps un taureau sacré s'était changé en daim, il frappa dans l'obscurité une mince silhouette qui pressait le pas pour rentrer chez elle. Mais, parce que le Roi n'avait pas l'habitude de porter des coups, ou bien parce qu'à travers lui c'est le démon qui donnait l'assaut, il roua de coups un vieillard – en fait l'apothicaire du palais – jusqu'à ce que le cœur du malheureux, surpris, cesse de battre.

« Le souverain était parfaitement responsable de son acte, commis en toute conscience, parce qu'il ne supportait plus d'être un Roi innocent alors que tous les rois sont des coupables, se disait-il. Mais quand il vit l'apothicaire recroquevillé par terre, sans vie, il n'assuma plus son geste.

« Paniqué, le Roi regagna en toute hâte ses appartements.

« Dès le lendemain, il chargea son administration d'enquêter sur le crime commis près de la Maison de la Corne. Il se sentit à la fois soulagé de ne plus être innocent et embarrassé d'être coupable de ce crime-là, qui lui répugnait particulièrement. En habits de majesté, il décida de rendre visite aux proches de la victime, et dans toute la capitale on s'accorda à louer sa bonté d'âme : en effet, le vieux n'avait pas d'autre famille que sa fille Nüjiao, qui était de santé fragile et que l'apothicaire allait justement retrouver quand il avait été surpris par l'assassin. La fille de l'apothicaire avait toujours été admirée pour sa beauté, qui la faisait ressembler à une renarde. Toute jeune, on lui avait bandé les pieds ; mais son père n'avait pas voulu la vendre pour autant : elle avait appris à broder, à jouer de la mandoline à quatre cordes et ne connaissait pas les hommes, de la convoitise desquels la protégeait une longue chevelure noir et bleu, qui recouvrait ses épaules et sa poitrine. Elle avait une voix magnifique. Auprès d'elle le Roi demeura silencieux pendant près d'une heure, jusqu'à ce que Nüjiao demandât sur le ton le plus déférent possible le droit de s'entretenir avec lui en privé, sans ses secrétaires ni son valet. Il lui fit cette faveur, qui introduisit dans l'esprit du peuple l'idée qu'en secret le bon Roi était aimé de la plus belle dame du royaume. Une fois seule avec lui, Nüjiao baissa le regard avec la modestie qu'on attendait d'une jeune femme devant son maître, pour lui avouer qu'elle ne supporterait jamais de lui mentir, ni même de lui cacher la vérité : elle expliqua donc que le soir précédent, alors qu'elle marchait enveloppée dans un long châle à la rencontre de son père en retard, pour lui apporter de quoi boire et manger durant son travail nocturne, elle avait aperçu le meurtrier, à la lueur d'une lanterne de papier suspendue près de la Maison de la Corne.

« Le Roi demanda doucement de qui il s'agissait.

« En pleurs, Nüjiao répondit qu'il s'agissait de lui. Elle implora son pardon et lui offrit de disposer de sa vie, mais le Roi se contenta de se lever et de partir. Ainsi, il y avait un témoin.

« Dès ce moment il fut tourmenté d'avoir mal agi.

« Il se sentit déçu par le peu de plaisir, trop furtif, qu'il avait pris au crime et le poids des remords encombra ses épaules, qui n'avaient pas connu jusqu'alors d'autres tourments que ceux de la naïveté. Le Roi Jaune comprit que le vice n'est pas un défaut en soi, mais qu'il ne convient pas à certains esprits comme le sien – qui ne le supportent pas. Alors il se sentit affaibli, à la merci du témoin de ce triste forfait qu'il regrettait déjà. Tant que la mauvaise action n'était que possible, il pouvait bien y renoncer. Mais une fois que ça avait été fait…

« Et s'il effaçait le passé ? Le Roi ordonna à Nüjiao de consommer une grande quantité d'herbe noire.

« Nüjiao obéit.

« Le jour même elle commença à douter de ce qu'elle avait vraiment vu. Portant le deuil de son père en brodant à la lueur d'une lanterne de papier, elle accepta de tout oublier par piété envers son souverain, qui avait sûrement de bonnes raisons d'avoir mal agi. Pour garder tout de même auprès d'elle le souvenir de son cher père, elle porta en pendentif une vieille bague aux anneaux d'or et d'argent entrelacés, qu'il lui avait offerte. Peu à peu, elle ne sut plus d'où provenait le bijou, continua de consommer de l'herbe noire et perdit toute notion de son père, puis de sa propre personne. Ébahie, elle ne constituait plus une menace pour le Roi. Pourtant, toutes les fois que le souverain traversait la cité pour se rendre dans la campagne, il passait à cheval devant la demeure de l'ancien apothicaire et il lui semblait que cette maison le regardait comme l'œil d'une citrouille à travers la terre du jardin. Il se sentait encore coupable. Pourquoi ? C'était absurde, puisqu'il n'existait plus aucun témoin du mal commis. Le peuple l'aimait toujours autant et il avait appris à mieux profiter des qualités qu'on lui prêtait. Dans les chaumières on discutait parfois de la jeune dame endeuillée qui avait perdu la tête pour lui. Plusieurs chansons populaires à la mandoline exaltaient l'amour impossible de cette jeune femme pour le Roi, qui avait préféré se consacrer à son royaume. Sur un air nostalgique, on fredonnait « au printemps il épousera Nüjiao »… Mais le Roi supportait de moins en moins ces poèmes et chansons, qui réveillaient son démon. Avec le temps, il percevait des sous-entendus dans les refrains les plus enfantins. Et si on se doutait de son crime ? Par prudence, il demanda à la dame amnésique de demeurer cloîtrée derrière les volets fermés de son pavillon. Il exigea aussi des courtisans qu'ils cessent de parler d'elle.

« On crut à du dépit amoureux.

« Et chaque fois que le Roi franchissait les portes aux lourds piliers de la cité, il lui semblait que les fenêtres de la maison de l'apothicaire ouvraient les yeux et le fixaient du regard.

« Mal à l'aise, il fit donc déplacer la jeune femme dans une autre vallée, plus pauvre et éloignée.

« Dans son esprit inquiet, où le démon de la mélancolie distillait son venin dès qu'il était fait référence à cette vallée déshéritée, le mot de "vallée" devint bientôt synonyme du crime dont il était coupable. Sans donner d'explication, il fit donc interdire l'usage de ce terme à la cour. S'il était question de "cette-chose-bien-connue-qui-se-trouve-entre-deux-montagnes", on se taisait. Mais il ne s'en trouva pas soulagé. Bientôt même un silence commença à faire souffrir son esprit toujours aux aguets, puisque ce silence pouvait très bien signifier qu'on n'osait pas dire le mot "vallée", qui lui rappelait la femme – elle-même un rappel de son crime.

« Partout il percevait des *signes*.

« Par une nuit d'hiver, persécuté par la voix du démon, il cavala en direction de la septième vallée du royaume, bien décidé à en finir avec ces signes-là. Drapé dans sa pèlerine il frappa à la porte de la masure de briques et de bois, aux fenêtres en papier de riz, où se morfondait la jeune fille aux airs de renard, qui avait oublié son propre nom. En entrant il l'étrangla.

« Comme s'il avait pu effacer le signe du passé, le Roi se sentit soulagé et entreprit de redevenir innocent.

« Personne ne remarquerait la disparition de la jeune femme cloîtrée à l'écart des paysans pauvres et, après le meurtre, il eut le sentiment de n'avoir rien fait, puisque personne ne l'avait vu faire.

« Mais même un roi ne vit jamais sans témoin... » – sur ces mots, Tian-lian-sé changea encore une fois de rouleau, tentant de déchiffrer les caractères à moitié effacés du fragment suivant, qui revenait en arrière dans le récit : « ... d'après ce que j'en comprends, le sectateur de l'Extrêmement faible, fasciné par cette jeune femme seule, dont il trouvait qu'elle ressemblait à la renarde des fables, lui rendait visite chaque soir. Il ne voulait pas qu'on le sache et personne n'en parla : on savait qu'il avait pour habitude de trancher la langue des hommes un peu trop bavards. Au contact de la jeune femme, pourtant, il était devenu plus doux. Lui qui était accoutumé à prendre les femmes par la force, il avait renoncé à... Vous savez bien, marmonna Tian-lian-sé. Désormais il l'aimait comme dans les poèmes. Et c'est lui qui la trouva assassinée. Même si personne ne le vit faire, on raconte que pour la première fois de sa vie, il pleura. Après lui avoir enlevé sa jupe de mousseline et avoir défait le chignon en forme de cigale qui trônait au-dessus de son visage fardé, il prit sa dépouille dans les bras et l'enterra lui-même au fond du jardin, avec ses vêtements et le peu d'affaires qu'elle possédait encore. Il ne conserva que cette bague qu'elle portait en pendentif, avant d'ordonner à ses hommes de brûler tout le village. Il avait la ferme intention de poursuivre le meurtrier jusqu'aux enfers. Qui avait tué la jeune femme ? »

À cet endroit du texte mal recomposé, Tian-lian-sé marqua une pause afin de ne pas troubler le sommeil léger de l'enfant, qui gémissait au fond de la pièce. Dans la maison, la lumière du jour avait fui et la lampe de suif avait peu à peu conquis tout l'espace. Contre les fenêtres en papier de riz elle projetait les ombres des deux vieillards perplexes : chacun réfléchissait à certains détails de leur vie, qu'ils avaient reconnus au fil de la fable.

Tian-lian-sé reprit sa lecture :

« … un jour une famille pauvre qui cultivait le sorgho se présenta en haillons aux hommes de l'Extrêmement faible. Le père de famille demanda audience à leur chef. Il expliqua au brigand qu'ils avaient aperçu le Roi non loin du champ où ils venaient voler du grain, dans les granges où la secte prélevait son impôt. Ils se confondirent en excuses pour avoir voulu leur dérober du grain. Naguère, il leur aurait coupé la langue. Mais pour les récompenser d'être venus lui parler, le brigand se montra clément : il épargna leurs vies et leur fit signe de disparaître de sa vue.

« Puis il décida de déclarer la guerre au Roi.

« Commencèrent les saisons les plus sombres du royaume.

« Excité par son démon, le Roi trop enthousiaste lança une campagne militaire en vue de reconquérir les vallées perdues. Dans un premier temps, le peuple suivit son roi et loua son sens de l'initiative, car l'Extrêmement faible avait la réputation d'attirer les vauriens et les violents, mais – Tian-lian-sé parcourut la fin du rouleau – je vous passe les détails : à l'issue de cette campagne sanglante, le Roi perdit espoir et sombra de nouveau dans la mélancolie. Il crut le pays perdu.

« D'après les Annales, le royaume entra en effet dans d'interminables années de conflit... », il s'arrêta car Huli Liu s'était levé, alerté par le silence de l'enfant, et se rendit à son chevet, où il annonça à Tian-lian-sé que le petit ne respirait plus. Sans paraître très inquiet, le vieillard lui prit le pouls, le serra dans les bras et constata que les aiguilles d'argent avaient épuisé son énergie. Alors il le massa et lui appliqua différents onguents qu'il avait emportés avec lui dans son baluchon ; les baumes dont il lui avait badigeonné le torse firent revenir l'enfant à la vie : il cligna des yeux, se réfugia dans les bras de Huli Liu et détourna la tête pour ne pas voir l'autre vieillard.

Tian-lian-sé, qui ne semblait pas troublé par la défiance de l'enfant à son égard, affirma qu'il était normal que le malade soit affaibli par le traitement des aiguilles. C'était la preuve de l'efficacité des soins prodigués. Mais Huli Liu demeurait suspicieux et garda le petit dans les bras.

« Poursuivez », demanda-t-il, alors que la nuit était tombée sur la campagne. Il s'était assis en tailleur sur la natte, l'enfant blotti contre son sein.

« D'après l'annaliste du royaume, le pays entra dans d'interminables années de conflit, répéta Tian-lian-sé, au cours desquelles la couronne s'affaiblit et l'Extrêmement faible se renforça. Le Roi avait changé. Il était devenu bon stratège, mais impitoyable. S'il était trahi, il envoyait la garde égorger les gens qui n'avaient pas dénoncé les traîtres. Pour la première fois, certains résistèrent pourtant à la volonté de leur souverain : ils refusèrent de présenter d'eux-mêmes la nuque à ses bourreaux, qui durent les faire s'agenouiller de force. Le peuple n'avait plus confiance dans le Roi devenu fou. Obsédé par l'idée de supprimer son ennemi, pour mettre fin au conflit, il ordonna à la garde royale de prendre d'assaut les vallées éloignées et pauvres où la Secte recrutait ses adeptes.

« Mais le brigand s'était échappé avec ses meilleurs officiers dans les montagnes, quelque part sur les vingt et un pics.

« Tant que le chef de la secte vivrait, le Roi souffrirait et le pays aussi. Les rides avaient durci son visage d'innocent vieilli et il supportait de moins en moins d'être vu. Aussi se voilait-il la face dès qu'il rendait visite à ses officiers, de plus en plus indisciplinés. Il affirmait lutter pour la libération de toutes les vallées du pays, et de son point de vue c'était vrai ; pourtant cette libération ressemblait pour les paysans des vallées pauvres à une invasion et une soumission sous la contrainte. Forcés d'être libres quand les soldats de la garde royale reprenaient possession de leurs terres, il leur sembla peu à peu que la peur de l'Extrêmement faible dans laquelle ils vivaient jusqu'alors était, par contraste, désirable.

« Ils en vinrent à regretter la terreur du brigand, qui depuis qu'il avait disparu dans la montagne apparaissait comme le champion de la justice et de la paix ; quand cela vint aux oreilles du sectateur et de ses derniers fidèles, cachés dans les bois, le brigand rusé en profita. Il se présenta aux villageois soumis au Roi dans leurs vallées comme leur bienfaiteur.

« Et, de fait, il devint moins indifférent à leur cause ; il lui plut d'être applaudi par les vieillards, les femmes et les enfants lorsqu'il reprenait un hameau des mains du roi légitime, mais injuste ; il appréciait qu'on chante des chansons à sa gloire, qui se fredonnaient dans les rizières, à voix basse, pour que les troupes du Roi ne les entendent pas ; à force d'être aimé peut-être devint-il aimable, en effet.

« Cela ne fit qu'exciter un peu plus la haine du souverain et... »

À ce moment de la lecture, l'enfant fut de nouveau pris de tremblements, la commissure de ses lèvres se voila d'un filet de bave, ses membres se plièrent selon des angles qui semblaient impossibles et Huli Liu ne savait pas quoi faire. C'est Tian-lian-sé qui eut la présence d'esprit de se saisir d'une longue aiguille, qu'il planta au centre des méridiens dans le haut du dos, pour reprendre le contrôle des mouvements réflexes de l'enfant. Sans manifester la moindre émotion, Tian-lian-sé demanda à Huli Liu de recoucher le petit jusqu'à ce que celui-ci retrouve ses esprits.

Ensuite il parcourut le peu qu'il lui restait à lire.

Le troisième rouleau, en effet, était très incomplet.

Dans les ruines du palais royal, avoua Tian-lian-sé, il n'avait trouvé qu'un fragment de cet ultime rouleau de la légende. Penché sur le papier de lin déchiré où elle avait été consignée, Tian-lian-sé fit constater à Huli Liu le mauvais état du texte : à la place de nombreux caractères il n'y avait plus que des trous. Tout de même, le vieillard étonnamment lettré (d'où tirait-il donc son savoir ?) entreprit de déchiffrer le fragment final, qui commençait par une embuscade au cours de laquelle les plus fidèles officiers du brigand avaient été soumis à la torture, et dont quelques-uns étaient ressortis avec une large cicatrice en forme de croix sur le torse.

Huli Liu ne put se retenir et souleva son vêtement pour montrer à Tian-lian-sé la couture sur sa poitrine, qui correspondait très bien à la description. Pour toute réponse, Tian-lian-sé lui dévoila une croix à peu près semblable, entre les seins.

« Quelle coïncidence.

— En effet. »

Quand ils parvinrent à reprendre le fil du récit, en devinant ce qui était écrit dans les blancs entre deux caractères, ils apprirent ce qu'ils savaient déjà : le royaume des vingt vallées s'était effondré. Les partisans du Roi Jaune ? Tués. Les survivants de la secte de l'Extrêmement faible ? Ils avaient fui vers les provinces voisines.

Ce fut la fin d'une époque d'abord bénie, puis maudite, et le début d'années incertaines.

Parmi les vestiges du palais, des villages et des rizières autrefois prospères, des carrières de jade et de cinabre à l'abandon, il ne subsista bientôt plus que quelques vagabonds, dont le Roi et le brigand, qui se disputaient le peu de grain et de viande encore disponible dans l'ancien royaume.

À la toute fin, la légende redevenait une fable et s'adressait aux enfants.

Il s'agissait de distinguer le gentil et le méchant. C'était pourtant difficile, et le ton du texte était étonnamment indécis.

Adoré des hommes au début de l'histoire, le Roi était bon par nature mais il avait propagé le mal. À la fois craint et détesté, le brigand était un être odieux qui avait fini par défendre la bonne cause.

Qui est le meilleur des deux ? demandait l'auteur de la fable. Au terme de ces années sombres, le ressentiment et la vengeance les avaient noués ensemble et, comme face à deux vipères entremêlées, on ne savait plus ce qui revenait à l'un ou à l'autre.

À plusieurs reprises ils s'affrontèrent en duel : chacun en ressortit blessé, mais aucun ne parvint à tuer l'autre. L'ancien Roi, sourit Tian-lian-sé, arborait peut-être la même cicatrice en croix…

En tout cas le pays des Xia était ruiné et tous les habitants étaient partis en exil.

De leur affrontement ne subsistait qu'un sentiment de confusion, de chagrin, de perte et de déclin. Incapable d'en finir avec cette vie, pour faire taire la voix du démon qui sifflait de plus en plus fort au fond de ses poumons, le Roi Jaune consommait d'importantes quantités de l'herbe noire cultivée par l'ancien apothicaire du palais, qu'il avait assassiné. Il se sentait de moins en moins enthousiaste et de plus en plus fataliste. Dans le désespoir où il avait été entraîné, incapable de supporter le mal qu'il avait fait à moins de commettre un mal encore plus grand, il ne pouvait survivre qu'à la condition d'oublier. Alors il redevint innocent. Grâce au sentiment de vide où le plongeait l'herbe qui avait le goût âcre de la marne et de la terre mouillée, il changea une nouvelle fois. Délaissant ses beaux habits brodés pour une modeste tunique traditionnelle, il laissa pousser sa barbe, emporta quelques affaires avec lui et partit habiter seul dans la montagne.

Quant au brigand, bien qu'il ait vaincu le Roi, il avait perdu tout le reste. Ne trouvant plus le sommeil, torturé par les remords et les regrets, il s'en alla vivre lui aussi en ermite.

Huli Liu interrompit la lecture et murmura :

« Lequel des deux a écrit le texte ? »

Tian-lian-sé déchiffra le sceau sur le rouleau.

« Le brigand, apparemment. »

Puis il lui montra que le rouleau avait été déchiré : l'histoire n'était pas finie.

5
Le feu éteint par l'eau

La lampe à suif n'était déjà plus qu'un léger papillon lumineux dans la nuit qui avait envahi la vallée et la maison ; les deux hommes se devinaient plus qu'ils ne se voyaient.

Huli Liu rompit en premier le silence après la lecture :

« Et si le texte était un piège, qui nous oblige à nous souvenir ?

— Peut-être, reconnut Tian-lian-sé. Il est difficile de résister au désir de l'interpréter, même si je n'y suis pas très favorable. À quoi bon ? Nous sommes vieux et ce manuscrit est la dernière d'une succession de perturbations de l'équilibre de votre vie et de la mienne : le vent, puis le renard...

— Vous avez vu le renard blanc ? demanda Huli Liu, incrédule. Est-ce qu'il était déjà blessé ?

— Non », sourit Tian-lian-sé, et Huli Liu eut la désagréable impression qu'il mentait, ou plutôt que c'était lui qui l'avait mutilé, déchirant sa queue en neuf parties, par pure cruauté. Qui sinon ? De plus en plus méfiant, Huli Liu se souvint que le sectateur, dans la fable, réservait ce châtiment à ses victimes. Il leur coupait aussi la langue, pensa-t-il en regardant dormir l'enfant.

« La fable dit qui nous sommes, vous et moi, n'est-ce pas ? »

Mais Tian-lian-sé en remballant les trois rouleaux haussa les épaules :

« Je n'en sais rien. Péniblement, mon esprit retrouve peu à peu la mémoire, mais de mots et jamais de phrases, de figures, jamais d'images – comme si je n'entendais que quelques notes isolées et aucune mélodie en entier. Tout ce que je sais c'est qu'il y a quelques jours encore, je vivais sur les flancs de la montagne, au-dessus de l'ancien temple en ruine. Pour ne pas souffrir de mes cicatrices et d'insomnie j'avalais une ration quotidienne de cette herbe noire, que je faisais bouillir dans un petit pot en cuivre, et ma foi, j'étais tout ce qu'il y a de plus heureux. Je vivais dans l'état confortable d'un somnambule, qui aurait pu durer jusqu'à ma mort ; mais tôt ou tard on dirait que quelqu'un vient toujours réveiller notre mémoire. Et ce n'est pas pour notre bien.

« Si nous avons une responsabilité dans les horreurs de ce monde, mieux vaut l'oublier.

« Je préfère penser que rien de tout ça n'a de sens. La vie est un jeu auquel personne ne gagne.

— Hum », grogna Huli Liu en flattant les poils de sa barbiche. Il croyait, lui, que tout avait un sens : la fable et la réalité. À voix basse ils commencèrent à argumenter à la lumière de la lampe :

« Nous disposons de signes éparpillés, dit Huli Liu, mais l'ensemble de l'histoire nous échappe. Qui est qui ? Écoutez ma manière de parler, qui est plutôt celle d'un lettré. Maintenant voyez mes manières, mes mains et mes gestes, qui me paraissent être ceux d'un paysan. Au contraire, je trouve votre posture assez noble. Votre langage peut faire illusion, mais à quelques reprises il m'a paru trop précieux. Vous ressemblez à ceux qui veulent imiter la noblesse, parce qu'ils en sont dépourvus. On pourrait formuler cette hypothèse : à la fin, le Roi a pris des habitudes de bête en vivant dans la forêt. Mais les mots appris dans l'enfance durent plus longtemps que les attitudes qu'on adopte. Donc il continue à parler noblement, alors qu'il agit en sauvage.

« En ce cas, le Roi c'est moi.

— C'est une possibilité, opina Tian-lian-sé. Essayons autrement. Le brigand a pu conserver la manière d'être d'un paysan, tout en s'éduquant et en apprenant à parler comme un lettré. Pas vrai ?

— Oui.

— Alors le brigand ce serait vous.

— Je...

— Vous voyez bien qu'on pourra toujours tirer une conclusion dans un sens ou dans l'autre.

— Je ne sais pas.

— Continuons : ma peau est fine et votre cuir épais. Donc enfant j'ai dormi dans les draps de soie d'un palais, et vous avez couché depuis votre plus jeune âge dans la forêt. Non ? Regardons plutôt mes veines bleues : c'est la couleur de l'Extrêmement faible ; et vous, vous avez le teint jaune, comme le Roi. Maintenant, nos cicatrices : elles se ressemblent. Si l'auteur avait été plus scrupuleux, nous pourrions faire la différence entre les blessures du Roi et celles du brigand. Mais de nos cicatrices comme de toutes ces traces incomplètes, nous ne tirerons jamais aucune conclusion définitive. Il restera toujours un soupçon.

— Il faut bien essayer, pourtant.

— Pourquoi ?

— Qui pourrait vivre dans l'incertitude ? Pas moi.

— Moi si. Selon la saison, on pourrait rêver qu'on est l'un ou l'autre : parfois vous, parfois moi… Parfois brigand et parfois roi.

— Un tel homme souffrirait de folie. Il se mentirait. Il deviendrait idiot ou violent.

— Et alors ? Qu'est-ce que vous proposez de mieux ?

— Réfléchissons. Trouvons le rôle que nous avons joué là-dedans.

— Je réfléchis, mais ça ne permet pas de trancher. Au contraire, plus j'y pense, moins je comprends…

— Il doit y avoir un moyen d'être fixé.

— Bonne chance pour trouver une preuve, des années après…, sourit Tian-lian-sé.

— Qu'est-ce que vous dites de ça ? demanda Huli Liu en fouillant dans le baluchon qui traînait à ses pieds, pour en sortir la bague aux anneaux d'or et d'argent entrelacés.

— Ah, je vois l'idée : le brigand a trouvé la fille morte et conservé le bijou. Donc ce serait vous.

— Oui. C'est la preuve que je suis le sectateur et vous le Roi.

— Mais vous pourriez m'avoir volé cette bague, non ?

— Vous m'embrouillez exprès.

— Vous pouvez faire dire n'importe quoi à ces objets…, rit Tian-lian-sé. Ce pourrait même être une ruse de votre part. Admettons que vous êtes le Roi, mais que vous préféreriez passer à mes yeux pour le chef de secte… La bague, la lame de hallebarde que j'ai aperçue dans vos affaires… Vous avez collectionné ces objets qui appartenaient au brigand pour mieux lui voler son identité...

— Vous vous éloignez du texte... Ça devient trop compliqué.

— D'accord. Restons-en à quelques signes simples.

— Alors, lesquels ?

— Votre nom. Huli Liu, ça désigne la couleur jaune du safran, n'est-ce pas ?

— Mais je me le suis donné moi-même...

— Observons plutôt vos manières et les miennes, quel genre d'hommes nous sommes...

— Tout à fait. Depuis tout à l'heure je vous vois faire. Vous êtes retors – en tout cas compliqué, un peu ironique – et le caractère du Roi à la fin de l'histoire pencherait plutôt de votre côté. Même l'enfant se méfie et vous trouve méchant. Vous avez remarqué ? Il réclame mes bras. Dans la fable, le peuple a justement fui le Roi pour demander de l'aide au brigand. Donc vous me semblez plus proche que moi de ce type d'homme impitoyable, au cœur sec, qu'était devenu le Roi...

— Vous jugez trop. Vous aimez juger les caractères, mais vous le faites un peu trop vite. Je trouve que c'est plus compliqué. » Tian-lian-sé réfléchit. « Moi, je crois que le Roi est resté honnête, dans l'histoire, et qu'il voulait le bien de son peuple même quand il a commencé à le faire souffrir, alors que le brigand a profité de sa réputation de justicier auprès du peuple, alors qu'il n'en était pas un du tout. Je trouve meilleur un homme qui fait le bien malgré lui plutôt qu'un homme qui prétend le faire. Je crois que je suis ce genre d'homme-là. Enfin, tout cela est confus. Et puis c'est difficile à dire, parce que je suis juge et partie. Vous aussi. Qui peut faire confiance à un homme quand il s'agit d'estimer sa propre valeur ? Et celle de son ennemi… ?

— Demandons son avis à l'enfant.

— Vous plaisantez ? Il ne parle même pas…

— Pourtant…

— … il n'y a pas d'enfant dans la fable. Laissez tomber. Ça n'a pas de sens.

— Quand on regarde dehors, la fable a du sens. C'est une bonne explication de ce pays dévasté dans lequel nous sommes, et je trouve que c'est suffisant pour lui accorder de la valeur.

— Non, il y a beaucoup d'autres explications possibles, dit Tian-lian-sé. Peut-être que rien ne s'est passé comme il est écrit. Il n'y a jamais eu de Roi jaune, mais une succession de souverains affaiblis, une dynastie interminable que l'auteur a condensée en un unique personnage, pour parler de plusieurs siècles d'histoire comme si tout se passait au cours d'une seule vie. Et il n'y a pas eu une secte, mais une myriade de petits groupes armés. Enfin, il n'y a pas eu de guerre civile, mais un nombre incalculable d'affrontements, de batailles, de massacres, pour mille raisons, bien trop complexes et que l'auteur a résumées à une femme-renarde et la voix tentatrice d'un démon.

— Alors qui sommes-nous ?

— Ni le Roi ni le brigand. Nous sommes les enfants d'enfants de partisans anonymes de l'un ou l'autre camp. Nous vivons dans un empire appauvri, à une époque décadente qui a perdu le souvenir de l'époque précédente, qui était fastueuse. Ainsi va l'histoire.

— Il y a un défaut à cette explication. Je ne suis

pas n'importe qui, puisqu'il a fallu que je l'oublie : sinon pourquoi avoir consommé de l'herbe noire ?

— Je ne sais pas. Par mélancolie… Pour oublier notre misère… Pour oublier que nous ne sommes rien et que nous n'avions rien à oublier, parce que nous n'avons rien vécu, parce que nous n'avons rien fait… Pour nous raconter des histoires.

— Mais notre amnésie est le signe qu'il y avait bien quelque chose de terrible à oublier.

— Encore une fois : nous n'en savons rien. C'est du passé. »

Ils firent silence. Ils avaient trop parlé.

À cette heure de la nuit, il faisait complètement noir : la lampe de suif s'était éteinte et l'odeur du soir l'emportait sur ce que l'on pouvait encore entendre ou voir.

« Qui que nous soyons, marmonna Huli Liu, agacé par les crampes, nous avons vieilli. »

Ils se saluèrent avec courtoisie. L'enfant dormait déjà à poings fermés : en camouflant ses traits monstrueux, l'obscurité l'avait rendu presque beau. Puisqu'ils étaient soulagés d'avoir à le veiller, Tianlian-sé proposa de s'allonger sur le sol de terre battue et de prendre un peu de repos en dépit de leur sentiment d'échec – proposition que Huli Liu accepta à contrecœur.

Après que les deux ermites eurent quitté leurs vêtements froissés, également nus et maigres, dans l'ombre ils scrutèrent du coin de l'œil les cicatrices de l'autre ; chacun s'allongea dans un coin de la pièce rafraîchie par la nuit.

Perclus de courbatures, Huli Liu repensa à la grotte familière où il vivait à l'abri des vents de l'automne. Comme il regrettait les vertus apaisantes de l'herbe noire… Il détestait le tour qu'avait pris la conversation avec ce vieillard ironique et sans convictions. À présent il aurait voulu s'asseoir pour contempler les saules verts et les pins rouges… Songeant à l'immense mer de brume au-dessus du massif du Sōngshān, Huli Liu se tourna et se retourna sur le sol de terre battue. Il ne parvenait pas à accepter la situation. Par l'esprit il s'employa à percer le brouillard épais de la vallée, de la fable et du passé. Il aurait pu être le Roi Jaune, certes – même s'il aurait préféré être l'autre. Peu importait, à vrai dire. Parvenu au terme d'une vie dont il ne pouvait déterminer ni la teneur exacte ni la valeur, indécis quant à sa propre nature, il se dit qu'il n'avait qu'à décider lui-même qui il était là-dedans, au beau milieu du brouillard. Alors il cessa de réfléchir et laissa monter en lui une idée, une idée claire, séduisante et terrible. En souriant le vieil ermite arrêta de parcourir toutes les possibilités, désorienté, comme dans un ciel qu'aucune constellation n'organise, où toutes les étoiles se valent. Il cessa de vouloir lire les signes qui s'accumulent en nombre infini… De ces indices, dans les histoires du passé, il ne tirerait jamais rien d'arrêté, juste un sentiment désagréable de mouvement englué. En équilibre dans le cosmos, les interprétations contradictoires des hommes prétendaient à une vérité équivalente, de sorte que ni les étoiles ni les esprits éclairés ne pouvaient jamais trancher. Or voilà : il ne fallait pas se rendre lucide, mais plutôt s'aveugler pour agir enfin. Ouvrant grand les yeux dans le noir complet, Huli Liu regarda les ténèbres. Au fond de son cœur il ne retrouva que cette perpétuelle hésitation, la coexistence du faux et du vrai, du mal et du bien, une moitié d'être et une moitié de rien… Ne sachant qui il était vraiment, entraîné par le mouvement cyclique du cosmos, dont il ne pouvait prétendre connaître l'origine, il préféra arrêter la Grande roue et glissa la main sous la table branlante, près de l'endroit où il s'était allongé.

Qu'aurait fait le Roi à sa place ?

Puisqu'il ne saurait jamais qui il était dans l'histoire, autant choisir son rôle.

À demi assis, il fouilla dans sa tunique en boule et sous le *yi* fripé ; quand il eut trouvé ce qu'il cherchait, lentement il se redressa.

Il avisa Tian-lian-sé qui dormait. C'était une masse sombre parmi les autres ombres de la maison de briques et de bois silencieuse – mais peut-être que le vieux aux veines bleues faisait mine de dormir : il était rusé. Après avoir surveillé pendant quelques secondes la respiration régulière du vieil homme, il roula sans un bruit jusqu'à lui et, s'arrêtant contre la paillasse, enjamba son corps recroquevillé – d'une main ferme il lui bloqua la respiration ; il appuya encore un peu plus fort avec le coude et l'avant-bras. Avant que l'autre ait le temps d'ouvrir les yeux et de comprendre ce qui lui arrivait, il brandit la lame rouillée de la hallebarde et lui trancha la jugulaire, la carotide et la trachée. Brusquement il libéra son sang, dispersa son souffle et sa vie. Puis d'un geste d'assassin qui lui parut familier, il ouvrit grand la plaie et accéléra l'hémorragie pour le tuer plus vite. Comme l'eau d'une fontaine, le sang gicla en tous sens. Enfin, une main posée à plat contre la face de Tian-lian-sé, il fit craquer ses cervicales.

Affalé sur la terre battue, l'homme parut gargouiller doucement, le corps encore traversé par quelques convulsions – puis il mourut.

Huli Liu frotta la lame de la hallebarde contre le tissu de son vêtement. Sans faire de bruit, il commença à tirer à travers la pièce le corps raide de Tian-lian-sé pour l'enterrer ou le jeter dans le puits, près de l'ancienne grange à grains…

Il se sentit soulagé par son interprétation de la fable.

À cet instant seulement, en relevant les yeux, il découvrit que l'enfant l'observait : assis sur la paillasse, il avait tout vu. Dans la pénombre, le garçon avait été témoin de l'assassinat et suivait désormais du regard les efforts du meurtrier pour effacer les traces de son crime. Le vieillard voulut parler. Mais que dire ? Alors il se contenta de lui sourire d'un air rassurant : il ne lui restait plus beaucoup de dents, et son sourire avait des trous. À tâtons dans l'obscurité, il vint lui tenir la main pour l'aider à se rendormir et lui promit qu'ils s'en iraient d'ici dès le lendemain. Peut-être remonteraient-ils en haut du Sōngshān mener une vie d'ermite, mais tous les deux cette fois-ci ; ou bien marcheraient-ils jusqu'à la province voisine, afin d'y rencontrer d'autres hommes. Ils changeraient de vie et de nom… Ils verraient bien, ils avaient le temps. Très vite, l'enfant encore tout tremblant ferma les yeux et s'assoupit – ou fit mine de dormir.

Sans tarder, le vieux recommença à transbahuter le cadavre à travers la pièce, quelques heures avant l'aurore. Il passa le seuil de la maison protégée contre les fantômes du passé par les insignes des dieux Shen Tu et Yu Lei. Il sourit. Puisqu'il s'était comporté comme le Roi, c'était qu'il l'était. Ou alors… Mais il secoua la tête. Il inspecta le jardin et chercha le meilleur endroit pour enterrer l'autre.

Piétinant sous la nuit étoilée du début de l'hiver, au moment où la constellation de la Grandeur Authentique de Shen et la constellation du Trou Noir de Yi referment la porte céleste au Vieux Dragon, l'homme qui pendant un temps s'était appelé Huli Liu commença à creuser.

Huitième histoire

CRUCIATUR

Empire romain, 33

1
Jubar lucifer
Avec l'Étoile du matin se réveille le maître

Jubar lucifer, quand apparaît l'astre brillant, sur sa couche il fait encore nuit.

Hier son fils est mort. Ils l'ont tué.

« Maître…, chuchote l'esclave recroquevillé dans un coin de la chambre.

— Tais-toi. »

Lucius a toujours évité le recours aux sirops et aux capsules d'opium contre les douleurs de l'aine, du dos et de l'esprit. Alité il parviendra au terme de la nuit sans s'humilier à en faire usage, et il profitera d'autant mieux des moments de répit. Jadis, le vieux Marius avait refusé d'être opéré d'une jambe, après qu'on lui avait retiré ses varices sur l'autre : soulagé du mollet droit, le philosophe préférait continuer à souffrir du gauche et conserver ainsi l'autre terme de la comparaison, parce qu'un homme qui n'a plus mal nulle part oublie trop vite de quoi il a été délivré.

Gardant en tête cette anecdote, Lucius veille à toujours équilibrer le mal et l'antidote.

Depuis qu'il a quitté la Ville pour cette province orientale, c'est des reins qu'il se sent accablé chaque nuit ; longtemps les rêves lui permettaient de contrebalancer – mais pas aujourd'hui.

Il se demande ce qui pourrait bien compenser dans son esprit la perte de l'enfant.

Pour ne pas se soumettre à sa peine, il pense. C'est une habitude. Après avoir dormi, bien ou mal, il passe toujours les premières heures du jour en philosophe, avant d'endosser sa fonction en société. Aux esclaves – qui sont comme ses doigts –, il est interdit de le manipuler et de l'habiller tant qu'il n'est pas revenu de sa forteresse de pensée. Quand l'ombre chassée du ciel est encore retenue, pour une heure au moins, dans la chambre de dimensions modestes, prise au piège des lourds drapés du rideau, il retrouve brièvement l'intégrité de sa volonté ; concentré en lui-même il ne se confond avec aucun autre et se retire dans sa citadelle intérieure. Là, pénétrant le logement scellé de son corps, au sein de ce vieux logis calfeutré, dans une commode d'ébène imaginaire dont il ouvre un tiroir, au fond d'un petit coffre d'argent, il se représente son âme ; dans l'ombre de son esprit, c'est un feu crépitant qui résiste à toutes les épreuves de la vie.

Sur le flanc, à cause des élancements qui lui tourmentent les reins aussi profondément qu'une herse de bois plantée dans les fosses de ses lombaires, il inspire, expire et se reprend.

Une fois apaisé, il pense au passé.

Lucius laisse les souvenirs l'envahir. D'abord l'enfant…

Puis l'exil : est-ce lui qui a quitté la Ville ou elle qui l'a quitté ? Il a toujours vécu solitaire, mais contraint de prendre une charge à Caesarea, sur ordre impérial, il a reçu comme si c'était un signe du destin ce qu'il aurait pu désirer, si la décision était venue de lui : vivre loin du centre du monde.

Il aurait même espéré, surtout quand il se sentait vieux et las au coucher, rester loin de lui-même ; mais il a appris à se réconcilier avec les braises matinales de sa volonté, à se tenir auprès de sa propre substance comme d'un âtre dont le feu faiblit, rougeoie et s'éteint, sur quoi il souffle et qu'il ranime à chaque aurore, en attendant de refroidir, de mourir et de disparaître un jour ou l'autre.

Déjà l'écrin imaginaire se referme, car Lucius devine le soleil qui perce la barrière du rideau mal tiré hier soir, dans la confusion des événements tragiques, par l'esclave pourtant diligent, venu d'Orient et qui le sert remarquablement. On dit que la domesticité doit être comme la main de son maître. Boiteux, cet Oriental a le corps long, souple, la finesse et la précision de son index, alors que l'autre esclave fainéant qui dort à la porte lui servirait plutôt de pouce grassouillet, assigné aux tâches simples et répétitives. Vitellius lui a maintes fois rappelé de rester sur ses gardes, parce que la main-d'œuvre locale n'est pas fiable ; il la soupçonne même parfois de comploter, sensible aux appels des sectes plus à l'est de la région, pour se retourner un jour avec une lame contre la poitrine de ses maîtres. S'il a de la chance, la maladresse de son esclave fainéant le sauvera, ce jour-là.

Mais à quoi bon, puisqu'il n'a pas pu sauver l'enfant ?

Il n'éprouve pas de chagrin – il n'est pas une femme, pense-t-il – plutôt une certaine lassitude.

Le légat aurait aimé rester couché toute la journée. Et pourtant sa chambre est sans confort.

C'est un carré de pénombre découpé approximativement, qui résiste encore sur ses bords à la lueur du monde, douce et océanique, sous laquelle sans même ouvrir tout à fait les yeux il reconnaît l'amphore remplie de pisse à ses pieds, l'esclave fainéant accroupi à l'autre coin, qui somnole, déglutit et bave au coin des lèvres. Apathique il attend le réveil de son maître, en face du miroir en verre poli des sables ptolémaiens. À cet endroit la mosaïque bleu azur a terni, mal entretenue par l'ancien légat : elle mène aux lares dans le couloir éclairé par deux bougies.

Derrière les rideaux de lin aux broderies d'or écharpées – sans doute par des voleurs et des Juifs lorsque le précédent représentant impérial avait laissé la demeure vide durant plusieurs mois –, Lucius se représente un cercle vibrant de lumière qui commence à faire saillir les objets, leurs formes et leurs couleurs : c'est le jour qui encercle et assaille sa citadelle d'ombre fraîche.

Bien sûr, la fraîcheur ne durera pas. L'Orient sale et chaud l'emporte toujours. Une vague moiteur entame déjà sa sensation d'ordre et de paix, et il commence à suer. Ici, dans les provinces éloignées, on sue : c'est ainsi que l'homme vit ; d'ailleurs, l'enfant allait toujours trempé.

L'enfant... Lucius se rappelle que l'enfant n'était pas vraiment le sien et refoule une vague de tristesse : c'est une âme forte, alors que ce garçon était faible, sans doute destiné à périr tôt. Le légat a rêvé qu'il le revoyait une dernière fois vivant ; il ne se souvient d'aucun autre détail du songe, sinon qu'il y enterrait un homme – peut-être lui-même. Lucius ne croit pas que ce soient les dieux qui nous apportent un message à travers les images du rêve. Que viendrait faire un dieu ici ?

La chambre est pauvre. La couche, le lit incliné

et dans l'ombre la chaise percée : voilà tout. La mosaïque aux finitions grossières entame la plante du pied des esclaves, s'ils ne font pas attention.

À son coucher, de l'eau du puits avait été répandue pour refroidir le sol carrelé.

L'eau… Il tend la main, sur laquelle le fainéant lui verse de quoi humecter ses lèvres sèches. Mal à l'aise, l'esclave essaie de le prévenir de l'urgence. Ils viennent d'apprendre que…

« Tais-toi. »

Lucius refuse le monde, ferme les yeux. Quoique éveillé, il voudrait encore profiter du calme et triche avec le sommeil, comme s'il pouvait s'abandonner. Impossible : son esprit l'emporte.

Qui suis-je ? Dans les livres il a cherché une réponse, en vain : il en écrit donc un, tout du moins il essaie. Peut-être que de vie en vie, il a été différents hommes, mais il lutte pour croire que, par-dessous son corps, demeure la forme miniature, inébranlable, de lui-même ; il est sa volonté.

Ce n'est ni un mot ni un sentiment. C'est un effort. Il *veut* écrire.

Il lutte tout le temps pour se tenir ; à présent il lutte pour se redresser, sur le côté, appuyé sur un coude. Derrière son dos il roule en boule un linge sans ornement… La couche trop dure voilà un instant lui semble à présent trop molle et ses hanches arthrosées s'enfoncent dans le tissu déjà tiédi par la fièvre nocturne. La tranquillité humaine ne peut durer, la vie non plus ; seule la mort demeure, mais ce n'est pas la paix qu'elle apporte : tout ensemble elle signifie la fin de la guerre et de la paix, la fin de la vie et de la mort aussi… Elle anéantit à la fois le silence et la voix.

Dans la maisonnée il entend du bruit ; il pense non seulement au meurtre de l'enfant, mais aux Romains récemment attaqués, les pieds brûlés sur le gril. Il a peur du fanatisme juif. Il n'est pas certain que les siens materont un jour les pauvres, les croyants, la masse folle et furieuse du peuple.

L'enfant est tombé sous leurs coups sur le chemin ombragé des cyprès, au milieu de l'après-midi.

Ne pas y penser : il faut à l'honorable Lucius Helvus Tinniter une heure par jour au cours de laquelle il a le loisir, loin des esclaves et des hommes libres, des beaux jeunes gens, des femmes girondes et des vieillards secs comme des criquets, de la clientèle avide et de la préfecture avare, des Romains, des Juifs, des Gentils, des êtres humains, des bêtes ou des dieux, de retrouver en lui ce qui ne dépend de rien d'autre… C'est l'heure d'écrire.

Grave et digne, il fait signe à l'esclave diligent de l'aider à se relever complètement. Il bascule contre l'Oriental boiteux, sur l'épaule duquel il appuie des deux mains pour s'asseoir sans gémir : il n'a pas le droit de se plaindre devant un être inférieur.

Et cependant qu'il se met debout son regard tombe, surplombant l'autre un genou à terre qui noue le lien en cuir de sa sandale, sur l'apex dégarni du crâne de l'esclave diligent.

Comme lui, il vieillit.

« Maître…

— Ne parle pas ou je te fais fouetter.

— Maître, supplie l'esclave diligent. Il faut…

— Ne me dis pas quoi faire. »

D'humeur sévère, Lucius menace l'esclave de la verge cinglante des Juifs.

Pour lui l'écriture est d'abord une discipline. Il

faut chasser hors des murs de soi-même l'idée de la mort de l'enfant, former des phrases assez aiguës pour pénétrer la muraille de l'esprit et l'expurger, en faire saigner les passions aveuglantes. Il sera lucide sur lui-même, dans le deuil aussi.

Lorsqu'il s'assied à son bureau à la mode césarienne, c'est le pire serviteur de la maison, ce gros esclave insolent de Hierosolyma, qui tient la chaise. Il la tient mal, éloigne le maître de la table carrée puis l'en approche excessivement, au point que le ventre de Lucius, aussi creusé soit-il, ne peut plus aller ni venir lorsqu'il respire, bloqué par le plateau verni du meuble rapporté avec lui sur ce bateau revenant du Latium – un souvenir du domaine d'Apicius, de ces régions troglodytiques aux forêts verdoyantes où il avait séjourné.

Lucius frappe les doigts de l'esclave : toujours leur rappeler de se tenir droit ; c'est épuisant.

Il se replace à la juste distance, descelle, étale et fixe sur le tablier de bois clair son manuscrit où figure la première phrase, *pluribus diebus dolore cruciatur*, minutieusement calligraphiée, du grand traité philosophique consacré à la souffrance, à ses origines, ses causes, ses fins, ses différents modes (comparables aux modes musicaux) et les moyens de la vaincre pour de bon. C'est l'œuvre de sa vie, dont il n'a pour l'heure écrit qu'une dizaine de rouleaux. C'est l'œuvre grâce à laquelle il espère passer à la postérité, en délivrant l'homme noble des douleurs du corps et de l'âme. Sans succès il avait d'abord cherché dans l'enseignement du Lycée, de l'Académie, parmi les sectateurs et les adorateurs d'Epíkouros, les atomistes, ceux du Grand Portique et même les cyniques, la *solution*. À croire qu'il fallait l'inventer. Lucius Helvus Tinniter compte décrire aux hommes forts une méthode afin de délier notre âme du mal et de la joie dont elle est prisonnière. Longtemps il a cherché comment exprimer le principe de cette déliaison. Qu'est-ce qui est absolu ? Ce qui dans l'âme n'appartient qu'à elle-même : là où l'homme découvre qu'*il n'y a que moi en moi.*

Après avoir déroulé le dernier volume, Lucius Helvus Tinniter, deuxième légat du préfet de Caesarea, poursuit le raisonnement de son ouvrage inachevé. Il piétine, car il ne trouve guère de conséquences à en tirer, seulement diverses façons de reformuler cette idée fixe, découverte au plus profond de lui-même. En lui faisant subir de légères variations savantes, de plus en plus contournées et précieuses, il se sent condamné à bégayer cette vérité première qu'il accompagne de vaines scolies et d'excursus auxquels il ne croit plus qu'à moitié. Parfois encore, pourtant, inspiré par la vision d'une sorte de tableau de la vie divine du pur esprit délivré, qu'il restitue aussi fidèlement que possible par des mots, mais qu'il articule en phrases laborieuses pour donner à son lecteur le sentiment progressif de cette substance unique, parfaite, qui est comme *l'âme de l'âme*, il oublie les rhumatismes qui humilient son dos, il perd conscience de cette tenaille de l'âge qui mord et qui croque ses os, broie ses cartilages, déforme sa silhouette jadis altière. Quand il écrit la vérité, il lui semble qu'il se tient de nouveau droit, qu'il triomphe du temps et de la vie mais – parce qu'il se trouve à court d'encre, agacé, il doit encore se tourner vers l'esclave diligent… Trop tard, le style asséché, Lucius suspend sa main au-dessus de ses écritures.

L'esclave ne sait ni lire ni écrire. À ses yeux incultes, à quoi donc peut ressembler la vérité qui sort de ma main d'homme docte et vénérable ? se demande Lucius.

Déroulé sur la table de pin verni depuis la première ligne – *pluribus diebus dolore cruciatur* – le rouleau ne doit pas lui sembler bien différent des autres : quelques manuscrits inachevés et des missives ouvertes à sa droite et à sa gauche, du temps où, participant à la vie impériale, Lucius entretenait avec des correspondants à demi savants une conversation de convention quant aux vertus de la tempérance, Lucius tient encore son style à l'horizontale. Dans l'espoir d'inscrire quelques mots supplémentaires à la suite de sa dernière phrase, il le penche sous le regard curieux de l'esclave diligent qui lui rapporte de l'encre préparée au port de Ptolemais. Lucius s'efforce de repasser de l'élément de la vie à celui de l'écrit comme un animal amphibie qui, après avoir respiré une dernière fois, plonge dans l'eau pour y vivre une seconde existence. Souvent, ainsi que le remarque Horatius, ce qui est vrai dans la vie devient faux dans les mots, et inversement. À noter qu'Horatius lui-même en était le modèle : c'était un crétin dans la vie, mais un génie sur le papier…

Son esprit digresse : Lucius est déconcentré et il soupire. Son œuvre est un échec.

Croyant à une crise de rhumatisme, l'esclave lui tend une capsule d'opium, qu'il repousse.

Fulminant il essaie de rassembler ses pensées, mais comme dans un bouquet de flammes, elles lui échappent et partent en fumée.

« Maître…

— Tais-toi. »

Sachant qu'il lui reste peu de temps avant de devoir jouer son rôle de légat, il consulte fébrilement la doxographie, les citations des textes anciens des Hébreux et des Babyloniens ; il lit quelques fragments de poèmes de ces prêtresses adorant la Lune et autres fadaises, dont la recette de leurs remèdes. Aujourd'hui, ils n'ont plus la moindre valeur, pas plus que les épopées des barbares.

Que cherchaient ces peuples anciens ? La gloire. Mais leurs guerriers se trompaient : il ne reste rien de leurs plus grands triomphes. Lucius Helvus médite : d'abord les hommes ont cru que leur présence leur survivrait, les spectres, les fantômes ; puis leur nom, leur gloire ; et pourtant rien.

Pensons, écrit Lucius Helvus, à la quantité de plaisirs et de peines produite et consommée depuis les temps les plus anciens… Qu'est-il advenu de ce qui a joui et de ce qui a peiné ? Néant. Leur masse s'en est allée dans le vide, dispersée dans les atomes, estimera le disciple de Dêmókritos, ou évanouie dans cette grande pneumatique qui met le monde en branle, jugeront les philosophes du Portique.

Pense à n'importe quel homme d'il y a longtemps, qui a souffert. Tu peux penser à lui, mais tu ne le *connais* pas. Il s'est évanoui – sa souffrance et tout son monde borné par cette souffrance aussi.

Puis, citant le *Critias*, Lucius Helvus Tinniter se demande à voix haute : « Et si le monde avait une mémoire ? » La matière du monde se souvient-elle de nos sensations ? Relisant les philosophes qui donnent raison à Xénocrates au sujet de la nature du démiurge, Lucius commente le texte :

« De deux choses l'une. Ou bien nous admettons

que le monde hors de nous se souvient ; alors ce qui a peiné est encore contenu, avec sa peine, dans l'essence des choses ; ou bien nous reconnaissons que le monde hors de nous est amnésique, instantanément présent puis anéanti ; en ce cas la douleur des êtres du passé, une fois que nous l'avons oubliée, n'existe plus du tout… »

Mais Lucius Helvus s'arrête : vaut-il mieux vivre en espérant que nos souffrances ne seront pas oubliées ? Elles resteront inscrites dans la nature des choses ; en ce cas, jamais la souffrance ne cessera, elle hantera le monde même quand le monde aura disparu. Peut-être serait-il préférable de considérer que nos peines et nos joies, comme toutes choses, passent, et que ce qui passe disparaît tout à fait. Alors, en effet, toute souffrance sera oubliée, il n'en restera rien.

De nouveau il s'interrompt. Le voilà devenu un commentateur stérile de textes des Anciens, lui qui aurait tant voulu accéder à la postérité… L'enfant lui revient à l'esprit – et il l'en chasse.

Dans l'instant qui suit il lui semble se contempler lui-même à des siècles de distance et se lire avec les yeux d'un homme comme lui, mais d'un homme étranger, d'un homme de l'avenir qui, en étudiant son manuscrit ou ce qu'il en restera, cultiverait un vague intérêt pour le passé lointain.

Que penserait-il donc de son raisonnement ? Qu'il est vain ?

Le soleil a envahi la chambre et les rainures des dalles mal ajustées du sol lui apparaissent crûment. Derrière le rideau transpercé par la lumière on entend le chant du rossignol, les appels du maçon et même le silence des esclaves : toute une activité d'arrière-cour. Une crampe lui serre le bras, comme si une main étrangère et invisible le pressait : il relâche le style et soupire, les reins en feu, avec lenteur il déplie ses jambes, grimace et voit que l'esclave le regarde.

« Quoi ? »

Il manque un œil à cet esclave diligent, qui a connu la famine sous Hêrôdês le Grand, la guerre sous Hêrôdês Antipatros – maintenant le pauvre homme boite. Il ne vaut pas cher, l'avait prévenu Marcellus, mais il a bon fond. Et c'est vrai. En lui tendant la main, Lucius l'envie, le jalouse car lui le Romain n'a pas éprouvé la guerre, la torture ni même la faim. « Que les dieux m'épargnent ces cruelles douleurs qu'autrefois ma mère m'annonça... », implore Hómêros. Alors que Lucius pense : Que les dieux m'accordent enfin ces cruelles douleurs annoncées, sinon je ne saurai jamais si je peux leur résister. Je me crois fort et pourtant... Je n'ai jamais vaincu que la fatigue, l'ennui, les varices qui rongent mes jambes, la prostate et l'ulcère qui me ronge l'estomac, la peur de mourir dans mon sommeil, les maux des vieillards, des philosophes et des littérateurs bien éduqués ; tandis que cet esclave, il a eu l'œil arraché, la jambe brisée : lui il sait. Il sait ce qu'il peut.

Moi qui écris sur la douleur, je l'ignore encore. Hélas.

« Maître..., l'interrompt une dernière fois l'esclave diligent.

— Je t'écoute », soupire Lucius.

Ça y est : l'écriture a perdu toute son importance et il est prêt à entendre les nouvelles du jour.

« On a arrêté les coupables : ce sont des Juifs. »

Alors qu'étaient exposées sur la place publique bordée d'oliviers les affaires abandonnées par les assassins de l'enfant, deux Sémites en guenilles avaient tenté cette nuit de les récupérer : des vêtements, des bâtons et une « mule Crève ».

« Une "mule Crève" ?

— Elle n'avance que lorsqu'on lui dit : "Crève", maître.

— Les vêtements étaient vraiment à eux ? » s'interroge Lucius à voix haute, et il fait craquer le bois de chêne de la chaise portable au-dessus du pot de chambre où il escompte se soulager en écoutant les conclusions de l'enquête de cette nuit. Après avoir lancé des pierres à talc à la tête de l'enfant – ainsi que font les fanatiques juifs quand ils attaquent les citoyens romains –, les maraudeurs avaient compris qu'ils l'avaient touché au crâne. Pris de panique, ces lâches avaient fui ; près du puits ils avaient abandonné une mule et des sacs de toile dans lesquels les domestiques avaient trouvé deux *kéthônеths* traditionnels, que les Sémites portent près de la peau.

Et voilà que, moins de deux jours après, les deux imbéciles étaient revenus sur le lieu du crime récupérer le restant de leurs affaires. Après avoir été battus par les villageois acquis aux Romains, ils avaient imploré grâce et avoué le crime.

Lucius doit donc se préparer : pour obéir à la coutume de la région, sur laquelle le droit romain fermait les yeux, ils seront châtiés sans jugement dès aujourd'hui.

Que ces hommes sont faibles, bêtes et méchants... L'enfant a eu la vie ôtée par des êtres à qui même l'intelligence la plus fruste est demeurée étrangère. Quelle injustice, pense Lucius.

« Maître ? »

Lucius croit que la mémoire lui revient : en fait, il a rêvé cette nuit qu'il l'avait lui-même égorgé, peut-être pour lui épargner de mourir d'une main aussi ignare et cruelle, sans motif ni raison.

Il se souvient que lorsqu'il est venu lui porter la nouvelle de sa mort, l'esclave diligent d'Orient pleurait comme une femme. Les yeux de Lucius étaient restés secs, lorsqu'il était sorti sur le vieux perron à la mode hellène, faisant ainsi démonstration de la maîtrise de ses émotions. Non sans mépris, Lucius voyait cet homme sans âge et sans volonté sangloter à l'idée du petit innocent, qui ne respirait plus. À la manière du légionnaire qui attend le choc de l'ennemi, qui en répartit l'impact le long de l'épine en bois du bouclier et sur toute la surface de cuir brut, qui ploie, un genou fléchi, mais qui demeure droit, Lucius avait recherché en lui la rage et la tristesse.

Et il leur avait résisté comme il se doit ; il avait montré quel caractère était le sien.

Ce matin, conscient qu'il devra encore donner le change le temps de la présentation du cadavre, Lucius Helvus se répète en silence quelques sentences qui frappent le marbre intérieur de son crâne : « Ce qui était n'est plus, ce qui n'est plus n'est pas. Ne pleure pas ce qui n'est rien. »

Il se laisse baigner les pieds et attend qu'on lui porte sa toge ; il se lave les mains.

Lucius est prêt. Quittant la salle fraîche et sombre, il sort à la lumière de l'atrium, où la chaleur de l'Orient chasse dans l'ombre la civilisation. Puis, se plaçant au niveau de la bonne femme, de l'esclave, de ces superstitieux qui craignent la « volonté des dieux », Lucius se courbe avec difficulté, porte sa main baguée de cornaline aux lèvres devant l'autel et accomplit son devoir matinal.

Il ne croit pas, mais il pense qu'il faut croire.

Pour Lucius Helvus il est temps de jouer à apparaître dans le monde : dans la répartition des rôles, il est un seigneur, une créature aux exigences supérieures, une voix qui domine, maîtrise et commande. Connaissant avec précision sa place dans le jeu, il joue selon les règles dont personne ne décide, sinon la Providence (aux yeux du peuple : les dieux) ; mais il n'est dupe de rien.

Il regarde droit devant lui. À l'intérieur de la petite chambre claire, crépie de blanc, l'enfant a été allongé sur une table en cèdre. Un drap écru recouvre son corps mais dévoile sa face. Qu'il est laid… L'enfant a toujours été malade – d'une maladie étrangère dont Lucius n'a jamais pu percer l'origine. Il l'avait accompagné dans son exil. Longtemps, Lucius avait souffert d'être un homme nouveau, qui n'avait pas reçu un patronyme noble de sa famille. Lui-même orphelin, il avait donc pris soin de cet orphelin. Aujourd'hui, la Providence le lui a repris. Dans le trépas l'enfant à la peau rendue violette par les coups reçus semble le regarder par-derrière le voile de l'Hadès, les yeux ouverts – certainement pas apaisé, mais apparemment pas violent. Que dire ?

C'est un corps.

Avec la curiosité d'un médecin, il est venu observer de près ce corps au bec-de-lièvre, à qui il rend un dernier hommage, sans la génuflexion qui n'est due qu'aux citoyens.

Le caillassage l'a défiguré et les meurtriers lui ont volé ses sandales. Pour de simples sandales, il a perdu la vie, l'âme et le visage aussi. La Providence, c'est-à-dire le contraire de la volonté, a agi : qui voudrait la mort d'un enfant ? Les dieux idiots du peuple ? Des hommes avides de vengeance ? Non, c'est la Providence qui a agi ainsi sans intention, car elle se situe au-dessus de toutes nos volontés. Bien entendu, il aurait pu en aller autrement si l'enfant auquel il s'était attaché, de santé si fragile, qui parlait à peine mais qu'il aimait voir jouer, n'était pas sorti au soleil – l'enfant aurait pu vivre. Et Lucius se souvient d'avoir consacré tant d'efforts à préserver sa santé, s'être soucié de ses quintes de toux, de sa pâleur trop exposée aux rayons du Soleil. À quoi bon, à présent ?

Il est mort.

Ce n'était jamais qu'un enfant d'esclave, que Lucius avait recueilli et aimé à sa façon. Les pauvres gens renient leurs nouveau-nés encore chauds, tout congestionnés à peine sortis du ventre, qu'ils abandonnent à la porte d'une propriété – et peu avant de partir de la Ville pour cette lointaine province, c'est ainsi que Lucius l'avait recueilli et confié à la nourrice de Phénicie.

Elle sanglote et le pédagogue grec demande au maître un mot de consolation : « Notre tristesse, dit le maître, diminuera de jour en jour. Demain d'autres mourront, puis d'autres encore. La tristesse que nous ressentons aujourd'hui, dans cent ans elle ne sera plus rien. »

La nourrice prie avec une piété qu'il trouve exagérée. Le peu qu'elle reçoit, elle le dépense pour élever un ex-voto. Elle ne sait pas écrire, mais fait rédiger par le pédagogue grec un vœu sur un morceau de papyrus qu'elle dépose sur l'autel du temple d'Isis, à qui elle conte ses petites contrariétés, ses douleurs quotidiennes à la poitrine, les enfants qu'elle n'a pas eus, ceux qu'elle a nourris – et celui qui est mort. Lucius l'observe. La piété des prêtresses l'effraie, la dévotion des femmes humbles lui fait pitié. Il déteste cet amollissement servile des âmes faibles.

Osant à peine le regarder, elle sèche ses larmes ; elle et lui ne se comprendront jamais : ils sont deux moitiés opposées d'humanité. Peut-être qu'à l'avenir les hommes désireux de se croire égaux les uns aux autres se sentiront plus proches de cette nourrice modeste et soumise que du maître volontaire, et ils le jugeront mal. Ils n'auront même plus conscience des efforts nécessaires à un esprit dominateur pour passer toute une vie au-dessus des bêtes humaines.

Peu importe, il aura fait son devoir. Il se redresse et claque des doigts. Parce que l'heure approche, il intime à l'esclave fainéant, qui a peur du cadavre et se tient à distance, près de la porte :

« Prépare-moi. »

2
Mane
En assistant, hélas, au châtiment des hommes

Mane, au beau milieu de la matinée, l'heure est aux obligations.

Il doit assister au châtiment.

Aux yeux du peuple il est sans doute impressionnant. Bien droit sur sa chaise à porteurs en dépit des douleurs qui lui crèvent le dos, Lucius Helvus Tinniter, second légat de Rome dans le port de Ptolemais, a fardé son visage pour y imprimer la grimace du pouvoir. Soigneusement drapé dans sa toge, par-dessus le crâne rougi des porteurs en sueur il toise ce troupeau indiscipliné qui lui doit le respect. Son cortège traverse les rues du port de commerce, qui sentent l'arrivée du poisson dans les filets des pêcheurs, au fond des bacs de bois humide, dans la chaleur qui descend du ciel, et vient avec le désert plonger jusque dans les eaux tièdes du port. Par ici ça empeste le fraîchin. Flanqué de l'escorte d'une cohorte d'auxiliaires locaux, qui parlent à peine le latin, Lucius tend de temps en temps la main, pour saluer quelqu'un parmi la foule : un artisan cordonnier, le prêteur sur gages, un homme du quartier avec qui font affaire les Romains… Il laisse aller l'esclave diligent devant lui, qui donne à ceux qui demandent l'aumône ou l'assistance de l'Empire soit une pièce soit une exhortation polie à venir reformuler leur demande au palais.

Quelquefois cette charge honorifique lui pèse.

Ce matin, Lucius Helvus Tinniter doit se rendre aux sables de Ptolemais afin d'assister en personne à la flagellation des deux vagabonds poussés par la Providence sur cette route bordée de cyprès, un après-midi de printemps… Ils seront punis ici, aux portes du désert.

On n'a pas eu beaucoup de temps pour aménager la place. Se levant de la chaise mobile pour s'asseoir sur une parodie de siège curule impérial, au beau milieu de l'estrade de fortune, en rondins de bois et dont les étendards pendent encore à demi repliés, Lucius Helvus salue les administrateurs mal réveillés ; puis il attend ses pairs en guettant l'arrivée des meurtriers sur le champ de Mars, sous la chaleur qui ondule et le vent qui file droit, d'un œil inquiet, harcelé par la lumière aveuglante que reflètent les sables blancs.

L'administration romaine a son siège à Caesarea ; mais lui, Lucius, réside dans l'ancienne ville phénicienne d'Acco, où d'après la légende Hèraklès a cueilli les herbes qui ont guéri ses blessures. Sa questure est modeste : il représente le préfet romain de Galilaea dans la cité rebaptisée *Colonia Claudia Felix Ptolemais Garmanica Stabilis* – qu'on appelle plus communément « Ptolemais ».

Ici, il y a plus de trente ans, Publius Quinctillius Varus avait massé ses légions pour mater la révolte qui avait éclaté après la mort d'Hêrôdês. Ici cohabitent donc Juifs et Phéniciens, qui ne parlent pas la langue impériale quand ils font commerce ; mais l'éclat de l'Empire brille plus qu'ailleurs dans la colonie, car les fils du pays s'engagent volontiers dans les cohortes plutôt que de partir pêcher.

Les barbares ont été repoussés loin. Longtemps on y a vécu tranquille.

Construite sur le littoral, Ptolemais est une petite cité portuaire dans les ruelles mal dallées de laquelle se croisent les Orientaux et les Romains.

Une ceinture de montagnes l'isole des terres et de la mer : au levant, la chaîne de Galilaea s'élève à soixante stades de distance et domine la plaine, aussi étincelante que l'argent aux premiers rayons du matin ; au midi le mont du Carmel, deux fois plus éloigné de la ville, barre l'horizon du désert ; enfin au septentrion, la montagne qu'on appelle « l'Échelle des Tyriens » sert de troisième mur à cette sorte de scène encaissée.

Par le côté ouvert, le fleuve Belaeos dessine des lacets devant le tombeau de Memmon, avant de conduire les voyageurs jusqu'au grand cirque où s'accomplit un miracle continuel.

C'est une immense dépression en forme de cercle, semblable à quelque amphithéâtre bâti par les Titans et qui rogne les trois montagnes au bord de l'eau. Là-dedans, la silice que drainent les vents incessants produit du verre spontanément, comme dans un chaudron mais sans la moindre action de l'homme. Le sable que le souffle de l'air fait naître, en charriant les grains qui chauffent, s'agglutine et forme une épaisse pâte translucide et brillante. Lucius Helvus pourrait contempler durant des heures le spectacle de ce verre scintillant, qui émerge par sa seule puissance du sol sablonneux : une preuve de la Providence, peut-être.

Bien sûr, les hommes ramassent régulièrement le verre, qu'ils chargent ensuite sur des navires de commerce en direction de Ptolemais. Mais le vent repousse des monceaux de sable brut dans l'énorme chaudron, et là-dedans, sans le moindre ouvrier, la nature reprend son ouvrage. Les hommes de la région parlent des filons vitrifiés comme d'une « mine » ; c'est une commodité de langage, car il n'y a pas de mineurs ici. Sur cette terre qui n'est guère généreuse, ce verre gratuit est un vrai miracle, surtout au vu de la misère qui règne ici depuis le règne d'Hêrôdês.

À la mort du souverain de triste mémoire, Lucius n'était pas encore arrivé à Ptolemais.

Le crime d'un autre, qui lui avait été attribué, lui avait valu la disgrâce impériale et l'avait conduit dans cette province. Sa fortune a fondu depuis lors et il doit se contenter de quelques esclaves bon marché, piochant dans les caisses du prêteur avant de les remettre à la questure. Hélas, les impôts prélevés sur les Juifs et les Gentils rapportent trop peu : il y a tricherie à cause des lois et des traditions sémitiques – sans compter la pauvreté agricole de ce pays.

À la flagellation des meurtriers, Lucius est venu en compagnie du seul esclave auquel il fait confiance, après avoir enfermé l'autre fainéant à double tour dans la maison. L'esclave diligent a installé son maître à l'abri des vents qui charrient le sable et le vitrifient. Selon la coutume c'est dans ce cirque naturel que les coupables seront suppliciés. Lucius aime-t-il ce genre de spectacle ? Prend-il plaisir à voir des hommes mourir sous les coups, achevés par le soleil, au pied du poteau où ils auront été frappés sous les hourras, les cris de joie des habitants des villages environnants, des soldats romains, des ennemis des Juifs et des Juifs eux-mêmes ? Lui-même n'en sait rien.

Sous l'auvent qui recouvre l'estrade des officiels, Lucius se lève et salue ses amis Vitellius et Marcellus, venus par obligation. Ils ont déjà présenté leurs condoléances – mais sans exagération, puisqu'il ne s'agissait jamais que d'un membre de la domesticité, aussi choyé qu'il ait été par son maître ; tout le monde sait que Lucius aimait l'enfant, donc on exprime tout de même sa peine et ses regrets. Vitellius a encore grossi et l'estrade de bois grince sous son poids, quand il s'installe à la droite de Lucius en plaisantant à propos des gladiateurs et des chars de Caesarea : il n'y a pas de jeux du cirque en Galilaea, pas plus qu'en Judea, et il faut se contenter des châtiments corporels et des mises à mort publiques. Ce sont les seuls amusements pour tromper l'ennui, même s'il paraît que, plus au nord, la préfecture organise des combats que les Juifs tolèrent.

Trinquant avec Lucius, Marcellus lève son gobelet : « *Tu Tityre...* » Il cite Virgilius évoquant à demi-mot leurs propriétés perdues, offertes aux glorieux centurions des campagnes lointaines, et il y ajoute une pique à destination de l'Empereur...

« Merci Marcellus. »

Lui refusant la moindre complicité amicale, Lucius ne sourit pas à sa mauvaise plaisanterie.

Il les inquiète. Il sait qu'il passe pour un homme d'esprit rigide. Il sait aussi qu'ils ont compris qu'il les méprise, mais ils sont trop stupides – ou trop intelligents à leur manière – pour le prendre autrement qu'à la légère, comme un trait de caractère presque comique : il se montre taciturne et mauvais compagnon, voilà tout ; pourtant dans ces contrées éloignées de tout, il faut bien faire les uns avec les autres. Aussi désagréable soit-il, un compagnon vaudra toujours mieux que l'absence de compagnie. Presque chaque jour ils se retrouvent pour parler, jouer et plaisanter. Et si Lucius doit procéder à la flagellation des assassins de son fils, ses amis viennent tout naturellement l'assister. Ils croient qu'il leur en sait gré, alors qu'il admet à peine leur existence.

Au fond de son esprit impitoyable, il lui semble qu'ils sont le néant sous l'apparence des hommes, qui a pris un corps et un nom pour donner l'impression aux idiots qu'il y a une société.

Après s'être entretenu avec ce faux ami, Lucius tousse. Il glaviote à terre, aux pieds de l'esclave diligent. Puis il se lève de son siège, à l'ombre sur l'estrade, domine ceux qui se pressent dans la sorte de couloir naturel s'ouvrant sur le cirque rempli de sable que le vent vient frapper, comme le marteau du ciel, pour parsemer d'éclats de verre brut le grand bassin aride. Un peu plus en surplomb, sur un champ délimité par des piquets de fer rouillé, entre les étendards de la légion, une foule de deux cents éleveurs, paysans et artisans de la ville, tête nue sous le soleil du matin, attend que Lucius fasse procéder au châtiment.

Il vérifie que la soldatesque conduit les deux hommes, les mains ligotées dans le dos, le torse nu, le pantalon déchiré et les pieds sans sandales, à travers champ, jusqu'au terrain de sable aplani où deux poteaux de hêtre ont été enfoncés au maillet, voilà moins d'une heure. Soudain la foule se tait et les deux condamnés crient.

Il n'y a pas d'autre bruit que le vent, qui semble vitrifier leurs paroles aussi.

« Qu'est-ce qu'ils disent ? demande Lucius, en se penchant vers Marcellus, qui sait leur langue.

— Ils disent que ce n'est pas eux, je crois.

— "Pas eux" quoi ?

— Eh bien, je suppose qu'ils affirment qu'ils sont innocents.

— Ah. »

D'eux-mêmes les soldats les ont fait taire et leur ont enfoncé un bâillon de tissu blanc sale dans la bouche. On détache leurs mains afin de les lier autour du poteau. Dans une posture ridicule, le premier – qui est gras, lourd, plus âgé, aveugle et qui rougeoie de fureur comme la braise – se tient à demi affalé, embrassant le poteau, son unique soutien. Son pantalon a glissé le long de ses cuisses : pour un esprit vulgaire, il pourrait paraître occupé à se masturber contre le bois, et les gens rient.

Il a l'air désorienté par sa colère, dont il a certainement oublié l'objet. Surtout, il est outré par la perspective de sa mort et gigote comme s'il pouvait encore se débarrasser de la corde épaisse qui le retient à son sort, en plein soleil, sous le vent qui brasse du sable et frappe son dos.

Le second, plus jeune, dont Lucius n'a pas aperçu le visage, s'est chié dessus de peur et traîne de la merde au cul que l'exécuteur n'a pas daigné torcher, ce qui excite aussi les rires du public.

Misère.

« Procédez », ordonne sèchement Lucius, avant de se rasseoir.

★

Durant le châtiment, qui est en fait une exécution cachée, Lucius réfléchit.

C'est une dure épreuve pour le spectateur.

Comment demeurer juste devant un quart d'heure de mise au supplice de deux êtres animés, de la même espèce que lui et contre lesquels, en dépit de leur crime, il ne nourrit aucune haine ?

Ils sont battus à la romaine, pas à la juive, avec un fouet de cuir aux sept pièces métalliques, qui raclent leur chair. Au rythme irrégulier des claquements contre le dos des hommes, vite devenu un labour d'épiderme boueux, dont on sent l'odeur de sang à plus de dix pas de distance, Lucius passe par plusieurs stations de la pensée. D'abord, dégoûté par ces bouffons, il s'en moque. Puis, le temps passant, à cause de leurs cris étouffés sous le bâillon, il se sent encore plus écœuré par la joie mauvaise de la foule, parmi laquelle il reconnaît la nourrice phénicienne déchaînée : par la pensée, il se place alors du côté des victimes ; il s'apitoie presque, éprouve de la sympathie, reconnaît que ce sont des hommes tout autant que lui, de sorte que chaque coup qui cingle leur chair réveille en lui un cœur solidaire, et son potentiel amour pour toute l'humanité ; mais peu de temps après, alors qu'il a peine à voir le gros s'effondrer contre le poteau, à genoux, déculotté et la tête basculée sur le côté, il devine que cette sympathie cache une angoisse plus profonde : il a peur de se trouver à leur place. C'est donc de la faiblesse maquillée en générosité. Redoutant de souffrir comme eux, il voudrait s'assurer que s'il était à la place de ces hommes, et eux à la sienne, ils éprouveraient pour lui de la sympathie aussi. En sympathisant, il espère les forcer dans son esprit à manifester de la miséricorde à son égard le jour où il se trouvera en mauvaise position. Mais pourquoi donc ? Ces hommes ne lui accorderaient jamais leur pitié s'ils étaient sur l'estrade et lui au poteau : ce sont des brutes et ils se réjouiraient de sa torture… Sans doute crieraient-ils au bourreau de frapper plus fort… Et quand bien même l'un de ces hommes ferait preuve d'amitié à son égard, à quoi lui servirait-il, nu sous la verge et implorant leur pitié, d'être livré à un tel spectateur compatissant ? Il faudrait que celui-ci puisse arrêter le supplice – mais il ne le pourrait pas, à moins de s'aliéner la foule ; car c'est toute cette société qui veut qu'ils souffrent, lui ne fait qu'obéir à la coutume.

Donc il ne trouve aucune véritable raison à son élan d'empathie.

Devrait-il profiter de la flagellation, y trouver du plaisir ? Il y a quelque chose d'agréable, c'est vrai, à voir un autre que soi endurer le mal : d'abord c'est rassurant, on mesure la chance qu'on a de ne pas souffrir ; et puis on est comme ces femmes, dans les orgies auxquelles il lui était arrivé de participer à Rome, qui lorsqu'elles enfilent un phallus à la ceinture aiment forcer l'ouverture du con d'une autre femme, lui enfoncer la chose à la manière d'un homme et s'amuser, rire de leur semblable à genoux dans laquelle elles vont et viennent, claquant ses fesses avec cette bestialité des mâles qu'elles ont pourtant elles-mêmes subie ; elles boivent du vin d'une main et hurlent, crient, se mordent la langue de joie, parce qu'elles peuvent enfin foutre une femme comme un homme le ferait. Si tout s'inversait, pense Lucius, tout serait pareil. Placez les bêtes à la place des hommes : elles les chasseront, elles les domestiqueront et elles seront cruelles avec eux. Mettez les femmes où sont les hommes et les esclaves où sont les citoyens, ce sera le même monde.

Et pourtant ces hommes-là... Il revient à eux, tandis que Marcellus bâille, ennuyé par le spectacle auquel il n'assiste que pour la compagnie de ses amis, réduits comme lui au silence le temps du supplice, par respect. Ces hommes-là le feraient souffrir, s'ils se trouvaient assis devant lui ; pourtant c'est lui qui est assis devant eux et c'est eux qui subissent. La vérité, c'est qu'ils seraient aussi cruels que lui ; la réalité, c'est qu'il est cruel, lui, parce que eux n'en ont pas l'occasion.

Quand il compatit c'est sans explication, parce que le sentiment a une logique qui n'est pas celle de la raison : il vit aussi et sa vie tressaille de concert avec la leur, puisqu'il est frère de peau même avec les voleurs. Le corps reconnaît le corps – ce n'est pas une question de pensée. Il n'y a qu'une chair, elle est la même pour tous les hommes, peut-être même les bêtes.

Mais l'âme fait la différence.

Combien de temps reste-t-il ? Ce supplice est interminable.

Les hommes tiennent encore le coup. Est-ce que les exécuteurs ont le poignet assez sec ? La lumière reflétée par les morceaux de verre tout autour du champ de douleur aveugle Lucius, qui ne distingue plus bien le détail des deux condamnés à genoux, la tête baissée, pas encore inconscients, fouettés à tour de rôle par des soldats de la garnison, revêtus de l'armure d'apparat, qui se passent le fouet et commencent à tirer la langue. Parfois l'un d'entre eux frappe à côté et la foule grogne.

Lucius ne croit pas qu'il y ait sous l'enveloppe sensible de ces deux hommes, à plus de dix pas de lui, la même lumière d'intelligence que sous la sienne.

Soudain le bâillon du plus jeune tombe et on entend son cri :

« S'il vous plaît ! »

Après avoir sursauté, c'est Marcellus qui traduit :

« Il te supplie. »

Lucius l'entend crier dans une langue étrangère. Il doit faire confiance à Marcellus, qui traduit systématiquement par « s'il vous plaît » les phrases du condamné, pourtant nombreuses et variées :

« S'il vous plaît, s'il vous plaît. »

Puis un homme de la garnison retrouve dans le sable le bâillon sali et, sans prendre la peine de le frotter, le replace sur la gueule de celui qui crie.

S'il écoutait son sentiment, il lui faudrait sympathiser avec toutes les choses animées du monde ; mais ce n'est pas réalisable. Et si ça l'était, serait-ce même souhaitable ? Étendant les affinités de sa sensation à tout ce qui vit, il tremblerait avec le porc qu'on égorge et qu'on vide de son sang avant de l'embrocher pour le rôtir en cuisine, avec le chien qu'on bat à coups de planche dans l'arrière-cour, avec l'oiseau qu'on chasse, dont on ensanglante le duvet d'une flèche effilée, le chêne que le bûcheron abat à la hache, et même la fleur des prés que l'amoureux arrache à la terre…

Étirant trop sa sympathie, il la sent craquer. C'est comme une peau tannée, tendue, dont l'artisan n'aurait pas bien équilibré la souplesse et la rigidité. Il s'imagine aussi la peau des adolescents trop vite grandis, qui se couvre de vergetures aux hanches et aux cuisses. De même, sa sympathie étendue partout serait parcourue de craquelures et de crevasses. Une générosité universelle qui ne fait pas de différence affaiblit d'autant le sentiment qu'elle l'étend… Et il n'en va pas autrement de l'Empire : à mesure qu'il conquiert le monde, sa force diminue. Si tout le monde devient romain, le Romain deviendra n'importe qui.

Quant à moi, pense Lucius, en aimant les arbres comme les hommes, je finirais par considérer les hommes comme des arbres.

Chacun juge par rapport à lui-même…, poursuit-il en caressant du pouce et de l'index sa barbe taillée ras, mais suis-je donc si égoïste que je veuille me croire généreux avec les autres ?

Il faut bien tracer une limite.

Où passe-t-elle ?

La limite, se dit Lucius, est de convention. Ici et maintenant, disons que la différence passe entre moi et ces hommes : je sais qu'ils ont mal, mais leur mal n'est pas le mien. Je compatis plus à leur malheur qu'à la mort d'un insecte, mais moins qu'à celle d'Akhilléus dans un poème…

Il y a des degrés.

Lucius observe les deux condamnés : eux, ils se trouvent bien bas sur l'échelle, à peine plus haut que le chien, un peu plus bas que les chevaux de son écurie. Sans doute y a-t-il autant de différence entre lui et ces hommes qu'entre lui et les dieux.

Les malheureux grognent ; le fouet siffle encore et des lambeaux de chair y restent accrochés.

Puis il observe ses pairs, assis sur l'estrade de fortune, à l'abri des vents de Ptolemais.

« À ce qu'il paraît, lui glisse Vitellius, ancien prêteur en exil, le préfet de Syrie est très mécontent de la situation ; il reprendra en main la province dans les prochains mois, après avoir réglé l'affaire des pots-de-vin. C'est acté. »

Pour faire passer le temps, il ne peut s'empêcher de bavarder.

Puis il retourne au spectacle des hommes qui se font battre jusqu'à l'os ; après l'os, ce sera l'âme, et ensuite la mort.

L'ancien prêteur se plaint de la chaleur.

Lucius recherche dans les mains douloureuses aux articulations et gonflées par la canicule de Vitellius, comme dans les siennes, la preuve de sa sensibilité – et de sa pitié pour les condamnés. Mais, sans cruauté déplacée, l'ancien prêteur qui réclame un peu plus d'air à son esclave tenant l'éventail, n'éprouve aucune solidarité avec les victimes. À chaque coup qui fend leur corps, il tressaille légèrement : c'est à cause de la surprise causée par le claquement sec du fouet.

Dans la foule on entend un déchaînement à mi-voix de quolibets et de plaisanteries contre les deux étrangers ; mais chez Marcellus et Vitellius, rien.

Marcellus lui rappelle son invitation aux bains, à midi.

Découvrant que les stations de sa pensée le conduisent à tourner en rond, entre sympathie et insensibilité, Lucius tousse, ulcéré. Sans raison, sinon le désir d'interrompre sa pensée, il se lève brusquement et fait signe :

« Arrêtez. »

D'abord, personne ne l'entend, puis l'esclave transmet l'ordre au centurion, qui crie au soldat de baisser le bras.

La foule se tait.

Avec difficulté, Lucius descend de l'estrade, marche à travers champ, protégé des vents par l'esclave qui tend un linge près de son visage. Ses sandales butent contre des monticules de sable chaud et des éclats de verre. Enfin il tourne autour du premier poteau, qui commence à s'affaisser sous le poids de la victime. Il ignore l'aveugle et demande au jeune qui gémit sous le bâillon :

« Parle ma langue. »

Et Lucius indique à un centurion qui a trop chaud sous son casque de lui retirer le bâillon.

« Décris-moi l'enfant que tu as tué à coups de cailloux. »

L'homme gémit en langue étrangère.

« Parle ma langue ou je te redonne moi-même le fouet. »

Le jeune homme cherche ses mots, mais il n'en connaît que quelques-uns en latin :

« Je ne sais pas, je ne sais pas. »

Il fait des fautes.

« Décris-le. Tu as avoué aux soldats. Tu l'as tué, tu l'as vu. C'était mon fils. »

Suspendu par les mains au poteau, le vagabond tremble et geint comme un chien.

« Décris-le-moi comme tu l'as vu ou je fais appliquer une éponge de vinaigre sur tes plaies.

— S'il vous plaît… »

Il parle dans sa langue.

Alors, quoique conscient de son insolence, l'esclave diligent s'avance et propose au maître de traduire : il connaît la langue de ces gens, depuis le temps qu'il vit ici.

Agacé, Lucius devrait le punir, mais soit : il le gifle puis acquiesce.

« Traduis.

— Il dit : mon seigneur…

— Je ne suis ni seigneur ni roi. Demande-lui de décrire l'enfant qu'il a tué.

— Il dit qu'il était beau. »

Vraiment ? Le jeune supplicié s'effondre en sanglots.

« Son visage était beau, dit-il. C'était ton enfant, seigneur, je suis désolé…

— Toi l'aveugle, l'interrompt Lucius en s'adressant à l'autre condamné, décris-moi la voix de l'enfant que tu as tué. Traduis.

— Maître… »

Car l'esclave sait que l'enfant disgracieux au bec-de-lièvre n'avait jamais parlé.

« Tais-toi. »

Le gros aveugle, qui saignait plus fort que l'autre, rugissait, mais sa voix était encore plus faible :

« Maître, je ne peux pas traduire…

— Pourquoi ?

— C'est une insulte. »

Lucius frappe l'esclave du revers de la main, sans lui faire mal, car il l'aime beaucoup :

« Obéis et traduis. »

L'esclave ferme les yeux en répondant très vite :

« Je baise dans ta bouche de pourceau, seigneur, et j'encule le gosse dans sa tombe. »

Lucius gifle de nouveau, sans méchanceté, le traducteur, pour punir sa bouche d'avoir transmis l'insulte, puis il fait signe à celui qui porte le fouet de frapper trois fois, et le gros aveugle supplie :

« Arrête, seigneur.

— Il dit : “Sa voix était douce comme le miel.” Mais il ment, maître…, ajoute l’esclave.

— Est-ce que je me suis enquis de ton avis ? »

L’esclave baisse la tête.

« Es-tu sûr de ce qu’il a dit ?

— Oui, maître. »

Donc ces deux vagabonds n’avaient pas rencontré l’enfant et ils n’étaient pas coupables de son meurtre. Perplexe, Lucius se fait raccompagner par l’esclave à la tribune, puis il lève la main haut, assez haut pour que tout le monde le voie et l’entende ordonner :

« Arrêtez le châtiment. »

Il les gracie.

★

Personne ne comprend sa grâce.

Sur l’estrade branlante, Marcellus et Vitellius s’impatientent, mal à l’aise, et Lucius les invite à regagner la ville : il les rejoindra plus tard aux bains. Ils conseillent à Lucius de ne pas s’aliéner la foule, mais Lucius qui cligne des yeux et dont les oreilles bourdonnent fait signe qu’il n’écoutera pas leurs conseils. Ses amis descendent les marches et quittent le théâtre, dont Lucius a ordonné l’évacuation.

À genoux, la nourrice qui couvrait d’invectives les deux hommes le supplie :

« Il faut qu’ils meurent, seigneur. Pensez au petit. »

Puis elle parle dans une langue étrangère et Lucius claque des doigts afin de la rappeler à l’ordre.

Il sait qu’il a perdu sa maison : tôt ou tard, il sera égorgé dans son sommeil.

Les deux hommes graciés avaient hérité du crime d'autres qu'eux : ils avaient avoué sous la torture, ils n'avaient jamais vu l'enfant, ils ne le connaissaient même pas – on leur avait dérobé leur mule et leurs vêtements. La Providence les avait placés là au lieu des coupables. Ceux qui avaient caillassé l'enfant leur avaient dérobé leur peu de biens, et ces deux imbéciles s'étaient condamnés en venant récupérer leurs vêtements et leur mule. Méritent-ils de mourir pour avoir été victimes d'un sort contraire ? Sans doute ont-ils fait du mal, mais ils n'ont pas tué l'enfant.

Ce qui a eu lieu sur cette place n'avait pas raison d'être.

À l'ombre d'un petit dais que l'esclave diligent a fait installer par les centurions sur le champ presque désert, Lucius s'assoit devant les deux condamnés – ou victimes. Détachés du poteau, ils ont été placés au soleil dans une cage. Il se relève pour les voir de près et les observe avec curiosité. Puis il leur demande : « Est-ce que nous nous connaissons déjà ? » Car le gros aux yeux crevés et le jeune galeux ne lui semblent pas inconnus : tous les miséreux ont tendance à se ressembler, c'est vrai, mais il y a chez ceux-ci quelque chose de plus particulièrement familier.

« Non, seigneur… », murmure le plus jeune.

À bout de souffle, ils ont déjà l'haleine des morts ; ils ont vécu par erreur et ils sont répugnants : la saleté et l'odeur corrompent leurs traits. L'un a le regard vide, l'autre c'est l'orbite des yeux.

« Quel est votre nom ? »

Le jeune aux yeux vert glauque, encroûtés, la bouche de travers, répond :

« Moshe.

— … dit le Chieur, précise le vieux.

— Et toi, le vieil aveugle ? »

Il s'appelle Mort Kefas.

« Est-ce que ce sont des noms juifs ?

— C'est tout ce que nous avons trouvé, traduit l'esclave.

— Pardon ?

— Ce sont les noms que nous avons trouvés.

— Comme vos vêtements, votre mule et vos sandales ? »

Accroupis dans la cage, les deux voleurs ne disent plus rien. Ils n'osent pas encore croire à l'annulation de leur châtiment. Par crainte de relâcher leur résistance, pour ne pas avoir à refaire ensuite l'effort d'encaisser les coups, ils se tiennent constipés de douleur, les muscles des membres tendus sous la peau déchirée ; ils ont peur d'être livrés à un maître pervers et préféreraient une mort franche au jeu d'un homme cruel.

« Est-ce que c'est fini ?

— Quoi ? Traduis ! »

Le gros rougeaud hoquette :

« Les coups ! Est-ce que les coups sont finis ? Pitié… »

Lucius hoche la tête :

« Les coups sont terminés. »

Il entend le jeune, celui qui prétend s'appeler Moshe, pleurer. Il sanglote à la façon de la nourrice de Phénicie. Il s'humilie un peu plus, et Lucius se montre à la fois outré et curieux : est-ce que les femmes sont toutes des hommes brisés ? Est-ce que les hommes faibles ne sont jamais que des hommes forts dont la dignité aurait été vaincue par une sorte de torture ? Lui-même, sous le fouet, s'il apprenait la fin de son supplice, est-ce qu'il se mettrait à pleurer ?

« De l'eau… Seigneur, je vous en supplie », traduit l'esclave.

On dirait que son esclave prend pitié des deux traîne-misère. Le Romain en serait presque jaloux.

Saisi par une envie soudaine de savoir, il demande :

« Est-ce que vous avez mal ? »

Assis dans la merde qui lui a échappé des intestins comme un sac d'ordure crevé, lâché du haut d'une tour, Moshe montre les dents pour signifier qu'il ricanerait, s'il en avait la force : « Nous… »

Le gros Mort Kefas l'interrompt :

« Ce n'est pas nous ! Pas nous !

— Qui êtes-vous ? »

Ils ne répondent pas.

Il répète la question, la fait traduire.

Moshe, cherchant une position dans laquelle son poids ne pèse pas sur ses escarres, répond dans un souffle :

« Je ne sais pas.

— Comment ?

— Je ne sais pas qui nous sommes. Je ne sais plus, j'ai oublié. »

Pour la première fois de la journée, Lucius sourit :

« Ce n'est pas important. Nous nous retrouverons chez moi. J'ai quelque chose à vous demander. »

Étonné, l'esclave traduit et cherche le regard du maître, qui est déjà parti.

3
Meridies
Profite de la joie tant qu'il y en a

Meridies, lorsque le jour est coupé en deux, Lucius s'autorise un plaisir : il va aux bains.

Même s'il ne goûtait guère les huiles parfumées, du temps où il vivait dans la Ville, il apprécie aujourd'hui toutes ces crèmes et ces onguents orientaux qui lui permettent d'entretenir sa peau ridée par les heures et les soucis. Un instant, il repense à la chair en charpie sous les omoplates exposées au soleil des deux misérables qu'il vient de gracier ; il frissonne et se rend à la table de massage.

Là, un Gentil le manipule.

Il se détend.

Du cuir aux muscles, aux tendons, aux os, jusqu'au cœur calcifié de son squelette, Lucius sent les gestes du masseur pénétrer par vagues douces et lentes, puis par cercles concentriques, avant de s'insinuer jusqu'aux portes de son esprit – un peu trop près ; il résiste et se redresse, congédie le masseur puis nu, la chair huilée, luisante, il s'en va en sandalettes plonger dans le premier bain.

Avant de passer au *frigidarium* retrouver ses amis Marcellus et Vitellius, il traverse les vapeurs.

Là, sous la voûte carrelée, il s'assoit.

C'est toujours la même petite communauté d'exilés qui patiente dans une brume de nostalgie. On y parle de la Ville, comme si grâce aux eaux chaudes on pouvait y retourner en pensée.

Il sue, et cette fois c'est une sueur romaine, sans la mollesse orientale qui prévaut dans la région.

Au regain d'énergie qui électrise comme de l'ambre frotté ses organes et ses membres, il frissonne à la façon de ce cheval arabe qu'il possède, malheureusement malade, mais pour profiter de son heure de plaisir il chasse cette pensée et rouvre les yeux tel un homme neuf.

Le voilà prêt pour un coup de froid.

L'eau glacée le délivre de la suée. Dure comme de la roche, cette eau claire a raffermi le lourd drapé de ses chairs. Sans se tendre, il se tient de nouveau droit et le froid saisit sa pensée. Il s'accoude au rebord du bassin aux mosaïques blanches et bleues et il se sent l'âme vive. Lucius oublie qu'il est midi. Il lui semble qu'une belle nuit claire l'a envahi, comme quand il était jeune, et lentement il remue les jambes et les bras, présente le haut de son dos douloureux à l'esclave accroupi au bord de la piscine, qui frotte les peaux mortes, sèche sa nuque et l'enduit d'un onguent à la mode voilà deux ans dans la Ville ; il s'en amuse. Tout arrive ici avec retard, même les crèmes.

Lucius est de meilleure humeur depuis qu'il a conçu le projet de rencontrer ce soir les deux condamnés graciés. Peut-être est-ce une folie ? La mort de l'enfant l'a décidé. Sorti du bain glacé, après être passé par la baignoire sabot, enveloppé dans le linge que lui a apporté un esclave de l'établissement, il se chauffe les mains contre une pierre tiède et marche vers le bain chaud.

Certes, il n'y a ici rien de comparable aux immenses thermes de Scythopolis, aux bassins brûlants de Hammat Gader ou aux beaux établissements de Gerasa ; mais à Ptolemais, de modestes maisons de bains accueillent encore les dignitaires de l'Empire.

Les Juifs étaient toujours réticents à l'idée d'alimenter la chaudière durant leur shabbat, alors ils détournaient le regard devant les statues décoratives des dieux, de marbre et d'or ; pourtant Lucius n'avait jamais entendu un mot d'un Sémite contre les bains : c'était un plaisir toléré.

Il arrivait même que certains d'entre eux, qui traitaient avec l'Empire, y viennent timidement se baigner. Après tout, aucune loi ne les en empêchait. Les rabbins ne condamnaient pas les thermes comme la scène : en Galilea il n'y avait pas le moindre amphithéâtre ; leur haine de l'idolâtrie les privait des mimes, des pantomimes, des chars et des combats de gladiateurs. Comme il s'estime philosophe, Lucius méprise aussi cette débauche populeuse ; mais dans le mépris juif, quelque chose d'un peu trop raide lui fait peur : eux ne se détournent pas du divertissement en suivant leur raison, mais pour répondre au commandement de leur dieu. Et ce dieu-là l'inquiète.

Ceux qui croient à l'absolu…

Lucius se maîtrisait, mais ne se soumettait jamais. Les assoiffés d'absolu étaient tous des soumis.

Parfois la chaleur des eaux parvenait à faire s'évanouir cette inquiétude tenace dans son esprit : abruti par les vapeurs, il baguenaudait alors devant les fontaines nymphéas, les colonnes, les gravures de mauvais goût, les statues, pour revenir près de la source chaude, où les poumons devaient pousser et où l'effort du souffle délivrait le corps de tous ses soucis.

Dans ces moments il cesse d'être romain, il se sent humain.

Mais alors il faut discuter avec ses semblables.

En compagnie de ses amis venus de Caesarea, la conversation l'ennuie toujours un peu : on doit faire semblant de s'intéresser, près du bassin où l'on peut, entièrement nu ou enveloppé dans un linge humide, tremper les mains et les pieds dans l'eau froide que la tuyauterie distribue à travers les murs de l'établissement. Marcellus et Vitellius se sont allongés et pérorent pour le distraire, comme s'ils étaient encore inquiets de son comportement imprévisible du matin.

Peu importe : il se tait, n'écoute rien et se souvient.

À Caesarea, lorsqu'il était arrivé dans cette province perdue en compagnie de l'enfant, il y a déjà plus de vingt calendes de cela, Lucius avait reconnu dans la foule un visage qui lui avait évoqué celui d'une femme jadis aimée dans la Ville ; mais c'était celui d'un homme, et des cicatrices le défiguraient.

Lucius lui-même, qui avait subi une petite vérole, a une mauvaise peau : s'il avait été un homme sans pouvoir, il aurait été jugé d'une grande laideur.

Certes la vérole déforme, elle fait perdre au visage sa figure et l'altère au point de le rendre méconnaissable ; mais les scarifications étranges de ce jeune Juif, elles, le défiguraient sans toucher à son essence. À Lucius il avait semblé que rien n'était plus beau qu'une beauté ruinée dans sa matière, mais préservée dans sa forme. Étrange chose que la beauté. Ce qui est beau est toujours fugitif, parce que l'esprit cherche ce qui est fugace ; de sorte que ce qui demeure beau cesse de l'être.

Ainsi, quand elle avait trop duré, la beauté du jeune Juif avait cessé.

Lucius l'avait payé – ce qui était lâche – pour qu'il s'en aille. Où était-il parti ? Et sa beauté ?

Marcellus s'éponge le front, sous le crâne luisant où ses cheveux forment une couronne, et il rit de lui : Lucius est d'une grande intelligence, mais c'est un bien mauvais poète. Peut-être, reconnaît Lucius, mais Marcellus est pire : il est médiocre en toutes choses. Certes, il sait pasticher ; pour s'amuser il se lance donc, étouffé par la vapeur, dans une ode à « Dido-poilue-des-cuisses » : Vitellius et leurs quelques amis réunis pour l'après-midi gloussent.

Dans les souvenirs où se réfugie Lucius, atterré par leur vulgarité, l'être aimé portait de longs cheveux noir et bleu lâchés, et c'était une femme qui ressemblait à un homme libre, quoiqu'elle ait été esclave. Elle n'avait jamais voulu de lui ; il n'avait pas osé lui en donner l'ordre. La piqûre du souvenir, au lieu de le rendre plus net, l'a rendu imprécis : parfois il rêve d'elle la nuit ; mais alors il lui semble qu'il rêve d'autres vies.

Quand les autres rient de leurs mauvaises pochades obscènes, il sourit à l'idée d'immortalité. Après tout, les hommes d'Orient croient à des vies multiples ; ils pensent que l'âme, comme le professait Platon, voyage d'une vie à la suivante en changeant de corps. Pour Platon, la métempsycose était un châtiment ou une récompense : ainsi l'homme sociable devient fourmi et le solitaire un loup. Mais, en fin de compte, qu'est-ce qui est le plus enviable ? Quoiqu'il soit honnête citoyen, Lucius n'a aucune envie de finir réincarné en insecte.

En sortant de l'eau, Vitellius pose une main amicale sur l'épaule de Lucius :

« Mon ami, tu réfléchis trop. Profite de la joie tant qu'il y en a. »

Il le sait : il a ce défaut d'une intelligence trop rapide. Comme s'il n'était pas assez retenu par la matière des choses, il se livre à un débat intérieur d'idées abstraites jusqu'au point où il se représente la fin : par exemple, quand il pense à Rome florissante, il voit déjà sa ruine ; quand il pense à l'Empire, il s'imagine le chaos qui suivra. Il est d'esprit mélancolique : dans le berceau il aperçoit le tombeau ; sous le bourgeon une fleur fanée et dans le plaisir les regrets.

Même dans la rivière la plus vive, il entrevoit la sécheresse qui viendra tôt ou tard.

Pour une âme comme la sienne tout ce qui vit ressemble à ce qui meurt, tout ce qui existe au néant.

Il sort du bain.

★

En voiture, sur le chemin du retour, il s'entretient avec Vitellius des affaires courantes.

Un semblable : quel ennui ; Lucius aime les hommes différents.

Hélas, tous les Romains se ressemblent.

Ils discutent du premier légat, du médecin et du secrétaire du préfet… (Comme d'habitude, Vitellius déblatère contre eux.) De la politique du Sénat à l'égard des Juifs. De l'Empire et des régions abandonnées.

Leur monde, bientôt, sera fini ; mais l'aveuglement des autres hommes libres l'étonne, l'effraie aussi : il aurait préféré partager avec ses égaux le sentiment de leur défaite inéluctable et prochaine. Or il a l'impression d'être le seul lucide à ce sujet. Partout, il voit monter la haine à leur égard, aux frontières de l'Empire, et la force exagérée, intenable, que Rome déploie, le nombre de troupes auxiliaires supplémentaires, la dureté des représailles... Cette force-là n'est évidemment pas infinie. À mesure que Rome augmente sa puissance, elle augmente sa faiblesse aussi. Ce qui s'oppose à l'Empire est inépuisable, et l'emportera bientôt : la misère, la haine, l'envie, l'espoir de devenir maître à la place des maîtres.

Peut-être adopte-t-il un peu trop le point de vue de l'ennemi, au point de lui donner raison plus souvent qu'à son propre camp. La vérité, c'est qu'il aime l'ennemi.

Comme il est connu pour ce trait de caractère perverti, Vitellius en plaisante :

« Tu serais foutu de baiser ton propre assassin, Lucius. »

Peut-être.

Puis Vitellius plaisante à propos du cul d'un affranchi, qu'il juge trop ou pas assez féminin, selon qu'il marche ou qu'il dort ; seulement quand il se laisse foutre il est parfait, glousse-t-il.

La liberté rend parfois insignifiant, quand elle devient une habitude.

Vitellius est insignifiant. Sans doute a-t-il été trop privilégié. C'est un homme versatile. Après quelques grossièretés, il redevient sérieux comme seuls savent l'être les plaisantins. Bien qu'il n'ait pas la vision d'ensemble grandiose de Lucius, qui se figure déjà la chute de Rome, il dresse un tableau contrasté de la situation locale. Attentif aux détails, il se plaint des troubles récents : par à-coups inquiétants la région échappe au contrôle impérial. Depuis qu'il a été interdit aux non-Juifs, sous peine de mort, de franchir le seuil du parvis des Gentils, les sectes ne craignent plus le pouvoir de Rome... Et puis la construction de l'aqueduc a été une erreur : il a fallu puiser dans le fonds du Temple et le trésor de Krobanas. Désormais tout ce que nous faisons, regrette Vitellius, semble une provocation supplémentaire aux yeux des Juifs. Ils répondent par des émeutes, qui nous contraignent à la répression. Les Juifs sont rancuniers et nous sommes soit trop conciliants soit trop sévères. Outre l'échec de la construction de l'aqueduc, qui les a mobilisés contre nous, nous subissons maintenant la pénurie d'eau et le courroux du gouverneur de Syrie, dont les canaux ont été détournés... Vitellius continue d'énumérer les difficultés, sans en tirer la conséquence : l'Empire tombera.

Bercé par le roulis de la voiture, Lucius s'accoude à la fenêtre, apercevant derrière le rideau la tête rase de l'un des porteurs, sous le soleil de l'après-midi. Il demande des nouvelles de Hierosolyma et des sectes qui depuis le Baptiste annoncent l'avènement du Royaume de leur Dieu sur la Terre ; il connaît les liens de Vitellius avec la garde et les cohortes d'auxiliaires à moitié étrangers qui sont parties servir près de Tiberias, pour réprimer les bandes d'insurgés massées sur les rives orientales du lac, armées de simples bâtons. Il souhaiterait interroger Vitellius sur le détournement de fonds pour ces cohortes, qui servent à la milice personnelle de son ami questeur, lorsque ce dernier s'aventure au sud. Sans le menacer directement, il est du devoir de Lucius de le prévenir de la missive qu'il enverra le mois prochain au préfet, lorsqu'il faudra faire remonter au Sénat les comptes de l'année – qui ne sont pas bons. Il devra le dénoncer...

Mais Vitellius détourne la conversation. Il fait le sourd et se plaint de la religion des Juifs. Le questeur a été choqué par l'histoire de ce soldat romain, sans doute aviné, qui est monté sur le toit durant la fête des Azymes, pour montrer son cul aux fidèles. La regrettable affaire de Béthoron est une conséquence de ce blasphème, parce que les habitants mis dans les chaînes par Cumanus n'ont pas voulu poursuivre ni dénoncer les brigands qui ont tué le Romain : ils sont restés solidaires des Juifs. Lorsque Cumanus les a menacés de représailles, un soldat a jeté leurs Écritures au feu. Non seulement deux d'entre eux se sont laissé rosser à mort sans parler, mais ensuite deux femmes que fréquentait Cumanus ont été égorgées et on a trouvé l'Aigle de la légion brûlé.

« Ils veulent nous le faire payer. Ils veulent... »

On s'approche de sa propriété : Vitellius s'interrompt et fait signe à travers le rideau à l'esclave qui marche à côté de la voiture de dire aux porteurs d'arrêter à l'entrée du chemin des oliviers.

« Ils veulent, conclut-il, notre mort.

— Nous sommes un peuple plus jeune qu'eux », lui rappelle Lucius, avant de descendre du véhicule. « Ils sont vieux. » Pour il ne sait trop quelle raison, il lui semble que c'est la dernière fois qu'il voit Vitellius : au moment de le perdre le voilà pris d'un sentiment inattendu d'amitié.

« Bah, poursuit Vitellius, jeunes ou vieux, ce sont des scélérats.

— Certainement. »

Et Lucius lui pose la main sur l'épaule, au grand étonnement du questeur.

« Ils dupent les gens simples. Leur peuple est malheureux. Des imposteurs et des brigands, c'est ce qu'ils sont : ils promettent Dieu et l'éternité, et puis ils laissent leur population humiliée, ils menacent de mort ceux qui se soumettent à Rome, ils pillent, ils tuent, ils incendient et ensuite ils nous obligent à frapper la populace, qui n'a rien demandé : elle voudrait seulement vivre en paix.

— C'est vrai, mon ami…

— Prends soin de toi, dit Lucius, et il ordonne à son esclave de redémarrer.

— Ils périront par la hache, lui crie Vitellius, puisque tu leur épargnes le fouet. Tu es trop bon !

— N'oublie pas la croix !

— Ah… »

Il n'entend déjà plus sa voix, et laisse retomber le rideau brodé d'or.

★

Passé la bourgade voisine, aux abords de sa demeure Lucius sent la canicule forcer l'entrée de son corps : de nouveau il sue et le bain n'aura servi à rien.

Il maudit l'Orient.

La main de l'esclave diligent ventile au-dessus de son front un filet d'air qui l'amollit.

À l'écart de sa grande propriété, Lucius a hérité

d'écuries onéreuses, auxquelles il doit sa réputation ; il aime les chevaux luxueux.

Mais il est inquiet, car depuis plusieurs semaines, avant l'assassinat de l'enfant déjà, ses deux meilleures montures, Calimorfus et la jument Lucida, deux splendides chevaux arabes, sont tombées malades. Elles grattaient le sol pour s'y allonger, plutôt que de manger ; très vite leur état a empiré et Lucius a compris la gravité de la situation. La mort de l'enfant l'a détourné un temps de ce souci, mais aujourd'hui l'hippiatre opère pour décider après l'auscultation de Calimorfus s'il faudra ou non l'abattre.

Ce vétérinaire venu de Caesarea – qui s'appelle Mulomedicus – est un petit homme dont la face ressemble par quelque mauvaise plaisanterie à l'arrière-train bouffi d'un cheval de trait… Quand il doit s'occuper d'une monture aussi élégante que Calimorfus ou Lucida, il tremble – lui qui a l'habitude de faire saillir et de panser les bêtes d'élevage de la région. Ici, c'est différent : il s'agit d'une race athlétique et intelligente. Quand il pénètre la stalle, les deux pur-sang hennissent et frémissent comme s'ils étaient outrés par la présence de ce modeste vétérinaire.

Le premier est à l'agonie et la seconde s'en approche. Sur ses pattes de jeune fille fière, elle chancelle, alors que Calimorfus, jadis endurant et guerrier, se morfond ventre au sol. Il est épuisé par la colique. Depuis que son masséter s'est tendu, il mâche avec de plus en plus de difficulté. Et puis il a perdu des dents : avec celles qui lui restent, il a commencé à se mordre et à creuser de profonds sillons dans sa propre chair.

La douleur le rend fou, explique Mulomedicus qui, à l'aide des esclaves, maintient le beau cheval blanc. Il n'est pas parvenu à déceler l'origine du mal chez cette bête : elle avait commencé par s'arrêter brusquement dans sa course quand elle entendait un bruit dans les herbes – rien de grave, avait d'abord dit le vétérinaire, pourtant l'animal était vite devenu de plus en plus imprévisible, et finalement dément.

Lucius a déjà deviné l'issue de cette dégénérescence fatale, mais l'hippiatre insiste pour l'opérer.

À l'entrée de la stalle il voit l'appareil venu de Grèce, une machine de bois montée sur quatre piliers, à laquelle Mulomedicus a prévu de le garrotter. De l'autre côté de la palissade clouée, Lucida observe l'air effrayé son compagnon qu'on attache contre sa volonté : de tous ses muscles encore puissants, il proteste.

« Tenez-le, bon sang ! » crie le vétérinaire.

Lucius recule.

C'est un bon maître, lui dit souvent par flatterie l'hippiatre, et c'est vrai qu'il a de la sympathie pour l'animal. La bête se retrouve enfermée dans la machine infernale, où elle ne peut plus se débattre. Le cheval se tord, entaille avec obstination les peaux de son ventre gonflé, de la bave aux dents.

« Tout doux… », supplie Mulomedicus.

Depuis quelques jours, il souffre aussi de digestion difficile, comme son maître. Lucius détourne le regard. Il suit le soleil qui descend vers les heures mélancoliques de la journée. Patiemment, il attend. Assis sur la chaise que l'esclave diligent a apportée, il regarde le médecin préparer le pavot à opium : du latex qui coule de la capsule fendue…

Comprenant que le médecin attend son approbation, Lucius acquiesce. Tout de même, il demande si la morelle noire ou l'hellébore ne seraient pas plus indiqués, mais le vétérinaire admet avec embarras qu'ils en manquent : nous ne sommes pas à la Ville, ici. Lucius le lui accorde. Sachant qu'il n'obtiendra jamais de la jusquiame noire à temps, il autorise Mulomedicus à administrer au cheval une dose de pavot suffisante pour… l'apaiser, prétend-il.

Après lui avoir administré le remède, les assistants et les esclaves désenclavent l'animal hébété, ivre et déséquilibré de la machine aux quatre piliers auxquels ses jambes avaient été garrottées. La bête s'incline doucement vers son lit de paille. Lucius se détourne du triste spectacle : il contemple l'horizon barré par le mont du Carmel.

Il y a encore quelques jours, l'animal lui paraissait si glorieux. Maintenant, accablée par sa folie, la bête s'est écroulée de fatigue. Doucement, on lui a retiré les morailles – l'appareil métallique en forme de compas que Mulomedicus avait tenaillé contre sa lèvre inférieure pour le blesser et détourner son attention, le temps de le piquer. Mais la piqûre n'a pas été nécessaire. Délivré de la machine et des morailles, Calimorfus a complètement cessé de résister. Par trois fois déjà, cette semaine, sa ventrure avait été ouverte, afin de laisser s'écouler la sueur et le sang qui s'accumulaient sous sa peau.

« Il faut le cautériser, la plaie de l'opération de la semaine dernière s'est rouverte, près de la cuisse, prévient l'hippiatre.

— Il est calme, remarque Lucius.

— Peut-être qu'il s'en sortira, murmure Mulomedicus.

— Il est en train de mourir », conclut calmement Lucius, qui sort de l'écurie.

4
Suprema
Celui qui domine souffre aussi

Suprema, à la fin de la journée, il congédie ses esclaves ; sous prétexte de méditer sur la mort de son animal préféré, il est revenu dans les écuries et a convoqué les deux condamnés du matin.

Dans son dos, les domestiques rient du maître : ils disent qu'il a besoin de se faire saillir ce soir.

D'ailleurs sa bouche sent l'ulcère et il est bien connu que les sodomites ont mauvaise haleine, comme les lécheurs de con : voilà ce qu'on raconte. Il a perdu un cheval et maintenant il lui faudrait un autre genre d'étalon… C'est ce que le ferronnier chuchote à la nourrice en riant : le maître a gracié les criminels et les fait venir pour qu'ils le prennent au milieu des foins, ha ha.

« Va-t'en aussi ! » commande-t-il à l'esclave diligent demeuré auprès de lui.

Il sait que celui-ci sera fidèle et qu'il ne médira pas. Par respect pour son maître, il s'interdira même de penser à ce qu'il compte faire avec ces deux vauriens. Ah… S'il savait ce que Lucius désire vraiment, il ne le comprendrait pas. Après avoir eu l'esprit troublé toute la journée, en effet, le légat est prêt : il va leur montrer…

Mort Kefas et Moshe dit le Chieur entrent dans le box où Calimorfus vient de s'éteindre, qu'on a déjà vidé et que son propriétaire inspecte avec nostalgie, profitant une dernière fois de l'odeur musquée de sa bête favorite. En deux jours, la Providence lui a pris son enfant et son cheval : c'est le signe providentiel qu'il doit agir avant de devenir trop vieux et faire la démonstration de sa force d'âme. Il n'a que trop attendu. Afin de communiquer avec les deux pouilleux, il a passé une heure à mémoriser une dizaine de phrases d'hébreu, piochées dans quelques rouleaux de sa bibliothèque. Un moment il a craint de faire preuve d'orgueil, mais son désir est maintenant clair et il estime que l'échec de l'écriture de son livre, *pluribus diebus dolore cruciatur*, ne lui laisse pas d'autre solution.

Ce soir il prouvera sa thèse sur la souffrance.

Et la preuve ce sera lui – lui-même.

Il ne peut plus se contenter d'être protégé par sa noblesse pour justifier qu'il vaut mieux que les misérables : alors que les pauvres cèdent devant la douleur, lui il tiendra. Il leur montrera ce qu'est un esprit fort.

À regret, l'esclave s'est retiré et a fait entrer les deux vagabonds dans la stalle.

Tout sent vaguement mauvais à l'approche de la nuit : l'air de la province de Galilea, les marches du désert mouillées par le souffle du bord de mer qui répand une odeur de moisi.

Lucius Helvus Tinniter salue les deux prisonniers et leur rappelle :

« Vous êtes à moi. »

Ils sont sa propriété, en effet.

D'après le droit coutumier, au moins pour un

temps les hommes graciés appartiennent à celui qui leur a accordé sa grâce. Après les avoir fait conduire en charrette à sa propriété, Lucius Helvus avait ordonné à ses esclaves de les amener au puits, pour les soulager de leur crasse, leur donner un croûton, du vin coupé à l'eau, avant qu'un esclave de Mulomedicus ne désinfecte leurs plaies avec l'alcool destiné aux chevaux. Ils n'ont pas voulu être pansés et bandés, mais ils ont été rhabillés et ils ressemblent désormais à des serviteurs vêtus de mauvais coton, qui attendent sous le porche des écuries.

Le vieux est encore cassé en deux par la punition du jour, tandis que le jeune idiot qui se tient à peu près droit retient d'une main son vêtement, pour l'empêcher de coller aux cloques.

Ils baissent la tête, ils craignent Lucius Helvus Tinniter. C'est bien, pense-t-il.

« Ne craignez rien. »

Confusément, peut-être, ils se souviennent.

Ils se sont déjà rencontrés.

Lucius Helvus Tinniter les amadoue :

« Je vais vous donner de l'argent. »

Lucius tend une bourse aux deux hommes, en main propre. Il veut vérifier qu'ils le respectent encore : il n'a pas rempli la bourse de pièces mais d'éclats de verre brut, afin de la lester ; s'il est toujours un maître à leurs yeux, ils n'oseront pas ouvrir la bourse ; à peine la soupèseront-ils.

Il la lance à leurs pieds, dans la paille désordonnée.

« Nous ne faisons pas ça… »

Lucius comprend ce qu'ils croient, eux aussi : qu'il veut les payer comme un sodomite.

Il s'en amuse, puis se renfrogne ; il a un projet autrement plus noble.

« Je vous demande de me faire ce qui vous a été fait », explique-t-il en s'efforçant de bien prononcer chaque syllabe, en hébreu. « Attachez-moi », précise-t-il. Joignant les gestes à la parole, il extrait de sous une botte de foin, à la lueur de la lampe, un des piliers de cette machine qui a servi à ligoter Calimorfus, afin de servir de poteau. Ce sera un poteau d'exécution : il imite le geste de le planter dans le sol, puis d'y attacher sa propre personne avec de la corde.

Ils protestent et croient encore à une perversion.

Changeant de ton, il leur ordonne :

« Obéissez. Allez, attachez-moi », répète-t-il avec un accent qu'il sait romain.

Ils ne comprennent plus mais pour se soumettre, ils acceptent de le ligoter.

C'est bien, se dit-il.

Lucius Helvus est un vieillard, sa toge tombe et son corps s'affaisse quand on le malmène un peu, cependant le masque du maître tient bien collé à sa face ; il grimace ; le voilà nu dans l'ombre.

« Regardez. Ce matin, vous m'avez supplié, mais je suis capable de faire mieux que vous. »

Or il se tient dans la pénombre et les deux misérables n'y voient pas grand-chose. À un homme honorable il convient de forniquer à la nuit tombée, dans la demi-obscurité : ceux qui couchent l'après-midi, sans leurs vêtements, ne sont que des dépravés ; pour se faire fouetter, c'est pareil. Lucius ne fait pas partie des invertis qui se laisseraient prendre en pleine lumière par des éphèbes. Donc même pour être puni, il attend dans la pudeur de l'ombre. Au loin, un chien aboie trois fois.

La scène de son épreuve est posée.

« Je ne peux pas frapper moi-même, explique-t-il

ensuite, avec difficulté. C'est pour ça que j'ai besoin de vous. Votre main... » Mais il ne peut plus faire de signes et son hébreu est mauvais.

Devant lui, à l'écart d'un flambeau, les deux hommes hésitent ; ils ont peur.

Je suis prêt, se répète Lucius. Je suis prêt.

Il a voulu écrire comment vaincre la souffrance, mais c'était folie. Il espère à présent la dompter en réalité, et prouver qu'il est maître de lui-même comme du monde.

Pourtant la tête lui tourne : à cause de la mort de l'enfant, est-ce qu'une sorte de délire s'empare de lui, comme Héraklès en proie à la fureur d'Hêra ? Pour raffermir sa volonté, il récite :

« *Il n'y a que moi en moi.* »

★

Avant de leur ordonner de l'attacher, il leur a tendu non pas la verge juive mais le fouet qui sied à un honnête citoyen, parce qu'il désire être fouetté noblement.

Il regarde le fouet : des lanières de cuir au bout desquelles ont été accrochés des os brisés de chien et de cheval, des maillons et quelques boules de plomb. La chose est lourde, elle dort encore. Réveillée, elle transformera sa chair en enfer.

« Fouettez. »

Embarrassé, Moshe passe le fouet à Kefas, qui le soupèse.

« Il y a un piège. »

Fatigué, Mort Kefas rote et peine à se relever. Pour l'instant l'aveugle a la flemme de frapper. Dans une langue étrangère au Romain, l'aveugle apostrophe le jeune Moshe :

« Qu'est-ce que tu vois ? C'est un piège, je te dis.
— Je ne crois pas.
— On nous accusera d'avoir frappé un citoyen romain… »

Kefas se méfie. Les Romains sont des vicieux.

Autour d'eux l'écurie est presque vide : la jument se réveille sans son compagnon, à l'autre extrémité de la stalle. Étourdie par la potion de l'hippiatre, Lucida contemple son maître. Une toute petite âme semble briller au fond des globes obscurs de ses beaux yeux glauques, grands ouverts. Doucement, Lucius lui intime de rester calme et pousse du pied un peu de foin pour l'amadouer.

« Mange. »

Puis il se retourne vers les deux idiots :

« Allez, maintenant. »

Moshe hésite. Doit-il obéir au maître si c'est pour lui casser la gueule ?

Il fait cingler le fouet mollement, pendant que le gros aveugle lui demande de lui décrire la situation.

« Il saigne… Un peu. »

Lucius récite à voix haute :

« "La douleur n'est pas un mal…"
— Qu'est-ce qu'il raconte, l'autre enculé ?
— Je ne sais pas.
— Je te dis que c'est un piège. »

Kefas n'est pas tranquille. Dans les écuries désertes, il se tient aux aguets.

Après le troisième coup, Lucius sent monter le désir d'être délivré, il a mal, il regrette de s'être imposé cette épreuve ridicule ; il aimerait pouvoir retourner à sa table d'écriture.

« Détachez-moi. »

Il le dit en hébreu, mais prononce mal les mots.

« Quoi ?

— Tu comprends ce qu'il dit ?

— Je ne sais pas. »

Découragé, Moshe laisse pendre le fouet aux neuf branches.

« Détachez-moi !

— Peut-être qu'il veut que tu frappes plus fort.

— Je ne sais pas. »

Luttant contre sa propre volonté contrariée, le Romain reprend conscience. Sur sa face de vieillard abîmée par un début de douleur se dessine encore le masque de la maîtrise. Il déclare :

« À partir de maintenant, il faut me désobéir.

— Il demande qu'on lui obéisse ?

— Non, je crois qu'il a dit : "désobéir".

— Il veut qu'on lui désobéisse ?

— C'est ça.

— Ce n'est pas bon, pas bon du tout. »

Même Moshe panique : que faire ?

« Détache-le.

— Non ! crie le Romain.

— Il faut le détacher », répète Moshe.

Soudain, peut-être décidé par le cri du Romain, l'esclave diligent surgit de l'ombre des stalles, un couteau de cuisine rouillé à la main, pour défendre son maître. Choqué par le spectacle du légat qu'il avait aperçu nu dans la pénombre, attendant d'être fouetté, il ne s'était pas trop éloigné des écuries.

« Je le savais ! » hurle Kefas.

Mais déjà Moshe, plus agile que l'esclave boiteux, le poignarde à la gorge et au cœur.

« Je l'ai crevé ! Bordel, c'était son esclave… », explique Moshe en rouant de coups de pied le cadavre, qu'il pousse sous la paille, aux pieds de Lucius Helvus.

Le maître n'a pas pu protester : le Chieur vient de lui fourrer du foin dans la gueule.

★

Durant quelques minutes, Kefas craint que l'esclave boiteux n'ait donné l'alerte. Il se dit qu'ils sont tombés dans le panneau, que toute la domesticité et les soldats encercleront bientôt les écuries… Mais rien de tel n'arrive : le soir est silencieux, il vente et il fait frais ; dans le ciel clair les constellations commencent à écrire un message cryptique que seuls les astrologues savent lire. Moshe renifle et écoute. Il prête l'oreille au chien qui semble s'être endormi. Après avoir éteint la torche, il vient rapporter au gros ce qu'il a vu : ça va, tout est tranquille.

Mais lui, il est tout excité par le meurtre qu'il vient de commettre et se met à piailler :

« Je le reconnais ! Je reconnais ce type !

— D'où est-ce que tu le connais ? C'est qui ?

— Je ne sais pas. Je ne sais pas qui c'est, mais c'est lui ! Enculé je t'encule. Je te mets la bite au cul, mon seigneur ! Ha ha, regarde ce con, il ne comprend plus rien à ce que je dis. Quel con.

— Il se demande ce qui se passe ! » rigole le vieil aveugle.

Encore sous le choc de la mort de l'esclave diligent, Lucius ne saisit pas le détail de ce qu'ils racontent, même s'il en devine l'intention.

L'un après l'autre, ils le frappent en riant grassement. Ils parlent de lui pisser dans la bouche. Pieds et poings liés au poteau, Lucius endure l'épreuve.

Hélas, comme il fallait s'y attendre, ces hommes n'ont pas le poignet, la force, la fermeté d'un maître. Ils frappent mal – à côté. C'est ridicule : la tragédie a tourné à la farce, ce qu'on appelle une vulgaire atellane de quartier. Et la mort de l'esclave diligent jette une ombre sordide sur tout le tableau.

Attaché, Lucius attend et reprend son souffle. Ces jean-foutre fouettent vraiment comme des pitres.

Ils parlent et il tend l'oreille.

« Castre-le.

— Quoi ?

— Coupe-lui les couilles, à ce pédé.

— Je ne vois rien, connard.

— Qu'est-ce que vous dites ? »

Au fond de la stalle, dans la paille qui vole, à la faible lueur du flambeau, Mort Kefas passe sa langue contre ses dents noires. Autant qu'il peut, il retient son jeune compagnon qui trépigne. D'abord il décide de couvrir les yeux du Romain avec un bandeau – du tissu déchiré laissé par l'hippiatre : l'homme ne voit plus rien et couine comme une souris.

Dans un état second, Moshe prétend qu'ils torturent un « roi » et qu'ils vengent toute l'humanité.

Mais Kefas refroidit de nouveau ses ardeurs.

L'homme a de l'argent, explique-t-il. Ils n'accéderont pas à sa propriété, pourtant il doit bien posséder des objets de valeur cachés, peut-être quelque part dans le jardin. Il faut le faire parler. Hélas, ils ne connaissent pas sa langue et cet esclave boiteux qui le traduisait, ce connard de Moshe l'a assassiné. Comment faire ?

Moshe le Chieur sautille d'une jambe sur l'autre et pique entre les côtes apparentes du Romain avec la pointe de son couteau : ça l'amuse.

« Tais-toi ! lui intime Mort Kefas. Je réfléchis. »

Vexé, Moshe coupe un lambeau de chair sous le sein.

« Mange ! Mange le chien ! »

Sur la pointe du couteau il tend le bout de peau sanglant sous le nez du gros.

« Arrête. Réfléchis.

— Ah… » Moshe se prend la tête entre les mains. « Je n'arrive pas à réfléchir. Je ne peux pas. »

Il se souvient de la punition de ce matin et des lanières de cuir qui lui ouvraient le dos, quand il était attaché au poteau de bois. Et sans savoir si c'est par rage, par jalousie, par désir de justice ou par simple curiosité, pour voir ce que ça fait, d'un geste d'enfant impulsif, il tord les parties intimes du Romain d'une main et de l'autre commence à les couper.

« Arrête, j'ai dit. »

Trop tard, une couille est sortie.

« Tu veux continuer… »

Il pouffe de rire : la chose pend, ridicule. Kefas ne peut s'empêcher de glousser lui aussi.

« Allez, finis ce que tu as fait, maintenant. C'est trop tard, espèce d'abruti… »

Et il lui file une claque sur l'oreille.

« Aïe ! » se plaint Moshe, à genoux, qui tranche avec le couteau rouillé la peau du vieillard. « Merde, il a le rouston solide. On dirait du saucisson. J'y arrive pas…

— Quoi ? » L'aveugle palpe pour se faire une idée des dégâts. « Putain, t'as fait n'importe quoi.

— Qu'est-ce qu'on fait ? Qu'est-ce qu'on fait ? »

Le Romain ne peut plus parler, il n'entend même plus sa voix intérieure, il essaie de ne pas sombrer au milieu de lui-même dans le néant qu'une lame vient d'ouvrir entre ses jambes.

Il a mal.

Il a tellement mal. Sans prévenir, la douleur est sortie de la peau, comme taillant à la serpe les nerfs et les muscles – et elle revient : cette fois elle vise le cœur.

Plus que l'homme c'est le Romain, et à travers lui l'Empire, qu'ils humilient.

Était-ce de l'orgueil ? Pourquoi a-t-il voulu faire ça ?

Sans doute s'est-il mordu la langue – il bouffe du sang, du foin et de la terre, et il s'étouffe.

Un os a cédé. Mais après l'os, c'est l'âme.

Il se représente la forteresse ; la forteresse devient la Ville, puis l'Empire.

Ouvre les yeux, se dit-il dans la confusion la plus complète.

Difficilement, encombré par les pleurs, il rouvre les paupières et voit la nuit de l'esprit. Lucius Helvus Tinniter… Tu dois te souvenir de qui tu es… Où tu es. Et avec qui.

Il se souvient que c'est le soir et dans l'œil rond de Lucida qui l'observe de loin, il aperçoit sa propre silhouette attachée au poteau d'exécution.

Lucius voudrait hurler : Enlevez-moi ce bâillon ! Je meurs !

Mais Moshe le Chieur ne le regarde même plus, saute à pieds joints et fait voler de la paille sèche. Il se mord la lèvre inférieure, il frappe plus fort, à l'aveuglette. Il s'amuse : « Hou-hou ! »

Et Mort Kefas, amusé, l'encourage et lui dispute le fouet.

Arrêtez !

Il leur ordonne, mais il n'a plus de voix ; il leur commande, mais il n'a plus de main.

Alors la racaille continue, à coups de pied, à coups de pierre, de le frapper.

Comme des gamins qui lancent des bûches dans un brasier afin de faire monter la flamme toujours un peu plus haut en glapissant émerveillés, ils font progresser le mal. Mais c'est innocemment qu'ils le font : Lucius s'est enfermé de lui-même dans la prison de son corps ; ils ne le distinguent plus derrière, ils ne reconnaissent que la façade de son humanité, et encore.

Ils le tabassent.

Sans la moindre méthode, au hasard des coups, ils brisent des parties de lui dont jamais il n'avait pris conscience, même quand il souffrait si cruellement des reins ; ils font claquer des ligaments ignorés et des tendons inconnus...

Il faut qu'il se prépare à la mort.

Toute sa vie il se l'est représentée, à présent la voilà. Il a orienté son existence entière par le désir de tenir ferme aux portes du trépas. Depuis qu'il a compris que sa dernière heure était venue, il enrage de ne pas se trouver en condition de se tenir bien droit.

Sa pensée va encore vite, parce qu'il a pensé toute sa vie, mais elle s'affole. Il s'est cru fort. Peut-être y a-t-il de l'infini en lui – mais il n'est pas cet infini. Il s'y identifie quand il peut et là il ne peut plus.

Qu'est-ce que la souffrance ? *Quid est dolor ?*, demandait le livre – quel livre ? Il aurait pu le conclure par cette phrase : la pensée ne souffre pas ; la vie, si.

Quid est dolor ? Rien à dire. Quant à la décrire... Il délire.

Dans la douleur, il ne vaut pas plus qu'un ver, un lombric. Il se sent comme le ver, d'ailleurs.

Il a l'impression d'avoir perdu l'essentiel de lui-même, hagard il cherche ce qu'il reste.

En pensée Lucius Helvus Tinniter marche à travers des ruines de sa personne et aperçoit au milieu de son corps rompu, parmi les os brisés, les ligaments défaits, les muscles qui se déchirent, les veines ouvertes, les artères qui battent encore, sa forteresse qui est tombée. Par la grande porte défoncée de ses tripes il y pénètre et découvre que les hommes y circulent, vont et viennent sur le seuil, entrent et sortent de cette garnison-là ; il monte les marches et se dirige vers le logement naguère scellé, trouve un mur écroulé, devine sa plèvre qui saigne, entend le tambour de son oreille percée, arpente la Ville mise à sac, enjambe les décombres des côtes fracassées qui lui rentrent dans le poumon et cherche sous la commode éventrée le coffre d'argent, qu'il trouve grand ouvert : tout est répandu, il sent ses intestins, par le trou où ils l'ont castré, descendre et sortir ; il perd conscience, rien n'est fermé, il se cherche, il guette la petite image parfaite de lui en lui, *l'âme* ! mais elle n'y est pas. À l'intérieur de lui-même, il ouvre les yeux et ce qu'il voit c'est le monde, les hommes – le même monde et les mêmes hommes, dedans et dehors.

Quant à l'âme, nulle part.

Il ne se comprend plus.

Instantanément, il disparaît, contenu par rien – et contenant du vide.

« Il est mort, constate Moshe.

— Fous-y donc le feu, à ce crétin. »

5
Media nox
À minuit voici l'homme

Media nox, quand il semble que la nuit s'éloigne du jour plus qu'elle ne s'en rapproche, le vieux Mort Kefas et Moshe dit le Chieur chevauchent dans l'obscurité en direction du lac salé. Aucun village ici : passé les monts d'Orient, la plaine est silencieuse, tout dort et elle s'étale noire sous la lame du ciel étoilé. Même si la végétation est touffue, rien n'y frémit plus. Épuisée, la jument Lucida tend son encolure sous le poids de Mort Kefas, lourd comme un âne mort, et du jeune Chieur, qui ne pèse rien mais effraie l'animal car il remue sans cesse. Soudain elle s'arrête.

« Crève ! lui crie Kefas, mais elle ne reprend pas sa course.

— Bah, ce truc ne marche pas avec les chevaux, explique Moshe. Juste avec les mules.

— Crève ? » tente une dernière fois Kefas, en vain : la bête élégante n'obéit pas à sa grossièreté.

Moshe voulait fuir vers le nord, alors que Kefas visait le sud. Par une sorte de compromis obtenu dans les insultes, ils ont décidé d'aller à l'est, après Hierosolyma, en passant par le lac.

Pressés de s'éloigner de Caesarea, ils ont traversé

la région en quelques heures à peine, mais leur monture est épuisée. La jument, qui n'était pas habituée à ces efforts-là, s'est blessée à une patte dans un trou de sable. Elle renâcle, tend le cou, espère de la pluie, peut-être un orage, mais les vagabonds ne savent pas interpréter son comportement : ils croient qu'elle est vigoureuse et rétive ; elle est à l'agonie. Au milieu de nulle part, Lucida s'est interrompue et maintenant elle se couche, exténuée par la tâche impossible qu'on lui demande d'accomplir. Ils la frappent, la rossent à grands coups de branches épineuses, ramassées dans le maquis recouvert de cendre : « Sale bête ! » À bout de patience ils la traitent comme une ânesse. Rien n'y fait : elle ne peut plus avancer. Elle cesse même de protester et sa belle robe claire, qu'on distingue à peine dans l'obscurité, est agitée par quelques spasmes.

Puis rien.

« Crève.

— Pute de chienne de cheval.

— Frère, arrête de l'insulter, elle est morte.

— Pute quand même. »

Ils donnent quelques coups de pied dans son ventre gonflé, dont les muscles ne vibrent plus sous la peau fine.

« On est dans la merde. »

À pied, mais traînant la jambe, ils marchent de nuit aux limites du territoire que se disputaient les seigneurs que les Romains appelaient « Aristobulus » et « Hyrcanus », naguère, et entre qui Pompeius avait tranché afin de gouverner toute la Palaestīna ; il s'agit de vite fuir du territoire de Caesarea, de s'enfoncer dans les terres séditieuses et d'atteindre la Mésopotamie.

Faiblement apparaît une lumière dans la nuit.

Tiens, ce sont deux Juifs qui reviennent de Jericho sur une mule.

Sans hésiter, les fuyards les attaquent. Les Juifs vêtus d'un *ézor* taché de sang se jettent à genoux, ferment les yeux et prient. Mort Kefas qui serre leur gorge dans la tenaille de ses doigts épais et Moshe, le couteau à la main, sont déconcertés par leur soumission.

« Pour qui priez-vous ? demandent-ils. Pour vous-mêmes ?

— Nous prions pour vous, répondent les Juifs, qui évoquent leur chef, le prophète nazaréen.

— Vos gueules, les morts. »

Moshe les égorge et Kefas les dépouille.

Eux-mêmes ont été souvent détroussés : à leur tour ils volent les vêtements de leurs victimes, puis s'approprient les bâtons des Juifs et tapent du pied dans leur vieille mule.

« Ah, ça c'est un âne ! Un âne comme toi, le Chieur ! » rugit Kefas.

Tous les deux ils crient à la mule :

« Crève ! Crève ! »

Et la bête avance.

« Ha ha ! Victoire. On sait lui parler à celle-là. »

Ils frappent encore l'animal, qui trottine, accélère le pas, essaie de fuir ceux qui le persécutent.

« Espèce de victime ! ricane Mort Kefas. Regarde-moi cette victime ! Et eux, par terre, ce sont des victimes aussi.

— Des victimes ! jubile Moshe, avant de chanter à tue-tête : Victoire ! Victoire, nous voilà ! »

Ils serrent de près un ruisseau qui coule dans l'ombre et croient se diriger vers Tiberias.

De bonne humeur, Mort Kefas et Moshe le Chieur éclatent de rire dès qu'ils s'entendent glousser ; il ne manque qu'à boire pour célébrer leur bonne fortune. Les misérables ont gagné, ils ont tué le roi, ils ont réussi à faire taire le maître, maintenant ils se sentent libres d'aller à travers le monde : ils ont vengé des générations d'humiliés et s'amusent d'y être parvenus par hasard.

Un instant ils s'arrêtent et fument du tabac volé à la sortie des écuries du Romain : du tabac jauni, âcre et poussiéreux, qui a pris le sable, mais qui ouvre les poumons, réchauffe la tête et fait saliver leur bouche sèche ; ils sont heureux.

Il n'y a pas à chercher plus loin où va la vie : c'est assez de se savoir vivant. Chaque souffle arraché à l'air les libère d'un bûcher imaginaire ; leur chair se satisfait de ne plus brûler sous le soleil. Encore endoloris, ils jouissent de l'éloignement des causes de leur douleur et profitent du moment. La région de Galilea est si belle dans la nuit : ce pourrait être la demeure des dieux, s'ils existaient ; on n'y voit rien, mais on a des yeux – et puis on imagine. Comme s'il était ivre, le Chieur a l'idée un peu folle qu'il est devenu une plante qui marche, un arbre voyageur qui erre librement à la surface de ce monde : il sent de la sève qui monte et descend dans son corps, ne réclamant rien de meilleur qu'un peu de terre fraîche, de l'eau et de la lumière.

De temps en temps, il tape le haut de la cuisse du vieux mulet pour exprimer son bonheur, et il hulule, il aboie et répand dans l'obscurité alentour ce plaisir pur, sans une once de pensée.

Kefas est moins expressif. Il a arrêté de parler, même si sa tête résonne encore du fracas des dernières heures ; il se sent violent, mais d'une violence enjouée ; ses couilles lui semblent rugir du plaisir de reposer au chaud dans leurs bourses et le désir de niquer le monde entier le fait bander.

Moshe se soulage près d'un bosquet épineux de myrte. Dans ses intestins les coups et la peur ont fabriqué une bouillie à l'odeur âcre, donc il chie un filet dégoûtant, qui le fait gémir de contentement – il se libère du poids de toute cette merde qui le quitte, se nettoie les fesses avec la robe d'un des Juifs, qu'il a trouvée au fond de la sacoche de coton suspendue au flanc de l'animal.

Les deux brigands mangent la nourriture des Juifs assaisonnée avec le myrte, les œufs salés du mulet et le fruit des vignes, ils rompent le pain sec et une bouchée leur en semble cent, l'eau du fruit devient du vin dans leur bouche assoiffée. En mangeant, ils se racontent de nouveau cette incroyable journée au cours de laquelle ils ont cru mourir pour un crime qu'ils n'avaient pas commis, ont été sauvés par un Romain, ont tué ce fou et se sont libérés de leur éternelle servitude ; ils hument l'air de la nuit avec le hoquet d'un enfant arrivé à la vie. Ils laissent les poils cramoisis se dresser sur leurs bras, ils rotent, se massent le ventre couturé de cicatrices et crient victoire.

Hélas, dans le désert, on entend le moindre bruit de loin.

Et ils ont manifesté un peu trop fort leur joie.

On les a entendus.

★

« Mort !
— Le Chieur ! »

Vite, ils ont éteint leur feu ; mais dans la fumée confuse, les voilà déjà attaqués par des ombres.

L'avant-garde d'une cohorte romaine silencieuse les a pris pour des fanatiques juifs : toute la journée, près du lac, des rafles dans les rangs des baptistes ont eu lieu, mais ni Moshe le Chieur ni Mort Kefas ne le savaient ; ils ont dérobé les vêtements d'anciens disciples de Johannes le baptiste, qui s'en allaient prévenir d'autres de la révolte. De l'autre côté du lac, où des espions à la solde des occupants avaient noté un rassemblement inhabituel de barques, ils attendaient le retour de leur prophète, en vue de ce soulèvement dont on parlait depuis des mois.

L'avant-garde des Romains a arrêté le prophète et les a pourchassés jusque dans le désert.

Sous les ombres de la nuit encore obscurcies par la fumée, frappés par la hampe des lances des soldats qui avaient marché sans un bruit jusqu'à leur foyer, Moshe et Kefas se traînent à genoux et se rendent déjà. Il faut dire qu'ils ont l'habitude (et une certaine science) de l'humiliation. La cohorte les a vite soumis. Quand la flamme d'une torche fend l'obscurité, les vagabonds découvrent une vingtaine de mercenaires dépenaillés portant l'armure – mais sans les jambières qui coûtent trop cher. Un centurion tient l'étendard à bout de bras, obéissant à un grand homme brun de peau, qui se penche et les fait tout de suite taire. Pour les inspecter, il tourne et retourne l'*ézor* tenu par une ceinture à la taille, ce vieil *ézor* taché de sang que les Juifs portent ici pour le deuil et qu'ils appellent un *sak*. Le Chieur et le Mort voudraient dire : Regardez, nous sommes de pauvres Juifs en deuil qui allons dans la nuit… Nous nous dirigeons vers Hierosolyma… Ayez pitié.

« Pourquoi du sang sur leur vêtement ? demande le centurion aux airs de paysan, la main sur le pommeau de son épée. Est-ce que le sang est frais ? » s'interroge-t-il dans une sorte de latin simplifié. Il traduit en hébreu, qu'il parle à la manière des gens d'ici.

Kefas rit. De nouveau le destin ! Moshe et lui ignoraient qu'ils avaient volé les vêtements de criminels : ces deux malheureux Juifs soumis, qu'ils avaient égorgés ? Recherchés ?

Pour détourner leur attention, il fait mine de pleurer et, entre deux sanglots, essaie d'expliquer qu'ils ont perdu un enfant.

« Votre enfant ? Tu te fous de moi. Et lui, c'est qui ? Ta femme ? » demande le centurion en désignant Moshe le maigre, avant de gifler le gros. « Menteur comme un Juif. »

L'air frais et noir souffle sur la torche, qui manque de s'éteindre ; on l'entend se consumer en sifflant à la façon d'un serpent, à mesure que brûle le linge trempé dans l'alcool.

« Réponds ! dit le Romain qui a l'accent d'ici. Est-ce que tu viens de Jericho ? Sur le chemin de Jericho, deux Juifs ont tué un Romain. Est-ce que c'était vous ? » Il dirige le feu vers la tête de Kefas puis de Moshe, particulièrement laids sous la flamme.

« Non ! Nous sommes des vagabonds.

— Pourtant c'est bien la mule des assassins. »

Et le centurion éclaire la bête effrayée, qui braie. On dirait qu'elle les dénonce, cette pute, pense Kefas.

« Ce n’est pas notre mule.

— À qui est-elle, alors ? Je ne vois personne. »

Il fait mine de chercher, la torche à la main, dans le désert.

« Pauvres cons », murmure-t-il.

C’étaient eux. Les vêtements tachés de sang correspondaient à l’indication fournie par la cohorte de Jericho, et les informations transmises étaient plutôt précises : deux Juifs, une mule, l’habit du deuil et des bâtons ; ils avaient trouvé les coupables.

« Criminels.

— Soldats, s’il vous plaît ! tente de négocier Kefas, qui servez-vous ? »

Ils n’étaient pas romains en effet dans cette cohorte, mais comme beaucoup d’autres engagés à Caesarea et Sebesta, ils venaient du pays. Une seule *ala* et cinq cohortes pour toute une province, c’était trop peu ; il fallait des mercenaires locaux aussi.

Le centurion Julius – qui ne s’appelait pas vraiment Julius – appartenait à la cohorte augustéenne. Il était né à Capharnäum, où il avait vécu avec des Gentils, les fils des gens d’Hêrôdês et d’Antipater ; ce jeune aspirant aussi, qui avait été lâchement attaqué sur le chemin de Jericho et dont Julius recherchait depuis des heures les assassins.

« Ce n’est pas nous ! Nous ne l’avons pas tué !

— Par pitié… »

Le père de son père avait servi Antipater. À présent Julius avait soif, faim et sommeil.

À la ville, son père appartenait au conseil des soldats, en compagnie d’autres vétérans retirés du service, qui avaient protégé les intérêts de l’Empire dans les régions de Palaestīna et de Syria : il possédait une villa et un jardin fleuri, ses donations avaient participé à la construction de l'amphithéâtre de la cité. Le vieux avait dédié toute sa vie à la Ville, qu'il n'avait jamais vue ; il ne parlait même pas la langue des Latins, que Julius avait apprise avec un précepteur.

Comme souvent, Julius se demande comment agirait un Romain dans cette situation.

Que faire de ces deux misérables ?

Le gros se débat encore ; découragé, l'autre courbe déjà l'échine.

Personne ne connaissait ces hommes et il fallait en condamner deux : ceux-là feraient bien l'affaire ; c'étaient des vagabonds qui venaient de la région de Ptolemais, comme l'indiquaient les morceaux de verre brut taillés grossièrement qu'il avait trouvés dans les poches de leur vêtement ; ils correspondaient à peu près au signalement des deux fanatiques, ces disciples du Nazaréen qui ne savaient même pas se battre mais qui avaient tout de même tué l'aspirant…

Est-ce que c'est bien eux ? se demande tout de même Julius tandis qu'il les fait ligoter par sa troupe fatiguée, à la lueur d'une seule torche ; il essaie de mieux distinguer le visage des hommes et se répète les termes exacts du signalement donné par Caïus, dans l'après-midi. Il se souvient aussi du jeune aspirant qui allait porter sa première paie à sa mère, dont il avait été l'instructeur : il sait qu'ils lui ont fendu le crâne à coups de bâton, comme font ces révoltés ; il croit savoir qu'ils ont pissé non loin de sa dépouille et qu'ils ont dérobé son argent… Mais cet argent ne se trouve ni dans les sacs qui pendent au flanc de la mule, ni dans les poches retournées de l'*ézor* des deux brigands.

Et si ce n'était pas eux ?

Julius approche la flamme si près de leurs visages qu'il pourrait leur brûler la peau. Il lui semble qu'elle est déjà bien abîmée : par endroits leur chair a été déchirée, et demeure mal cicatrisée.

Ils ressemblent à tous les autres infortunés, selon son opinion ; ces êtres-là sont interchangeables, de génération en génération : la vie et la haine les sculptent d'après le même modèle.

Surtout, il est fatigué.

Dans la langue de sa mère il redemande :

« Est-ce que vous avez tué le jeune aspirant ?

— Ce n'est pas nous ! »

Ils viennent d'ailleurs, ils viennent de loin.

« Où sont les Juifs, alors ? »

Moshe hésite. Durant les interrogatoires, la ruse n'est pas son fort. Réfléchis ! se dit-il. Il cherche en lui un peu de pensée, mais ne sent que la volonté de vivre. Hélas, il est souvent nécessaire de penser pour survivre. À présent, par exemple, il faudrait trouver le moyen de convaincre et de tromper ces soldats. Comment faire ? Vaut-il mieux paraître juif et avoir défié les Romains, ou prétendre être étranger mais reconnaître avoir tué les Juifs ? Il essaie d'envisager les conséquences de l'une et de l'autre possibilité sans y parvenir, harassé par la fatigue, accablé par les trop nombreux passages à tabac ; il aimerait juste qu'on le laisse traverser la nuit sans être encore torturé.

Mais Kefas ? Il a trop protesté, ce con, alors les auxiliaires l'ont frappé et lui ont fait mordre un bout de bois.

« Tais-toi ! ordonnent-ils en lui tordant les deux bras dans le dos. On va te les péter ! » Et ils en remontent un, puis l'autre. Un os craque. Lequel ? Il ne sait plus. Kefas s'ébroue comme un cheval : ils le renvoient par terre, lui plongent la tête dans la cendre du feu éteint mais toujours brûlant, et l'un des aspirants, hilare, s'assoit contre son dos. Le visage de Kefas chauffe et fume.

« Arrêtez ! »

Julius ordonne à ses hommes de se calmer et de lui jeter un seau d'eau à la gueule ; eux aussi se rafraîchissent d'une rasade d'eau vinaigrée. Alourdi par l'armure qu'il doit encore rembourser, cliquetante de cuivre orné, il inspecte une dernière fois le tissu sale, la robe sur laquelle l'un des deux hommes s'est essuyé le cul comme une bête. Est-ce qu'ils sont aussi humains que moi ? Julius se sent encerclé par la nuit ; il brandit la torche, il sait qu'en ville on attend deux hommes et il n'a pas envie de laisser ses soldats s'aventurer plus loin dans cette obscurité, à la recherche de meilleurs coupables.

Il en veut aux deux idiots, il aimerait qu'ils avouent afin d'être certain que ce sont bien eux ; il préférerait rentrer en ville avec le sentiment du devoir accompli, mais il fait sombre et à vrai dire il n'en sait rien : c'est peut-être eux, peut-être pas.

« Dis-moi, demande-t-il au plus jeune. Pourquoi ressemblez-vous aux Juifs que je recherche ?

— Nous avons échangé nos vêtements. Nous ne savions pas qui ils étaient, je le jure. Pitié.

— Où sont les corps que vous avez dépouillés ? »

Pour le forcer à répondre, il le frappe doucement dans le dos, réveillant la blessure du matin. Moshe hurle et l'insulte comme un possédé ; il lui rappelle qu'il n'est qu'un chien aux ordres des Romains. Agacé par l'insolence de cet homme envers qui il était sur le point de se montrer compatissant, Julius le fait allonger, pose le pied contre son torse et le corrige.

Moshe dit le Chieur se recroqueville, mais l'habit des Juifs cède et, à la lumière de la torche, Julius découvre sur son dos la marque fraîche du fouet ; c'est la marque des assassins.

« C'était une erreur !

— Tu n'es pas un innocent : ta blessure le prouve.

— S'il vous plaît.

— De toute manière tu as commis un crime pour lequel tu mérites une peine.

— Quelle peine ? »

Julius ne répond rien et remonte en selle.

« Quelle peine ? hurle Moshe.

— Faites-le taire, bon sang. »

Et Julius donne l'ordre de réveiller le juge, le hiérodule, et d'aller frapper à la porte de la maison du préfet, celle qui est ornée de roses trémières.

« Que quatre soldats conduisent les deux condamnés à Hierosolyma, avant le petit jour. »

★

C'est un cachot voûté, où ils gisent nus. Ils ont caché leur sexe quelques minutes avant de laisser l'ombre chasser leur honte inutile. À force de dissimulation, ils ont oublié de quoi ils sont coupables et de quoi ils sont innocents ; ce qui est certain, c'est qu'ils sont punis.

« Pourquoi ? Pourquoi ? »

Moshe ne geint plus que par des mots, la phrase c'est devenu trop long pour lui.

« Par pitié, tais-toi.

— Hélas ! »

Ils se disputent et ils se battent, mais mollement.

« Salopard. »

Le contact d'un autre corps dans la bagarre les accable, parce qu'on les a trop frappés aujourd'hui, et leurs os, leur peau réclament du calme et de la solitude.

Le Chieur se mouche le sang qui lui coule du nez. Peu à peu il retrouve sa langue :

« Qu'est-ce qu'ils vont nous faire ? Je n'ai pas compris le mot prononcé par le préfet.

— Ils *crucifient*.

— Ça signifie "sur la croix" ?

— C'est ça.

— Pourquoi ? Pourquoi ?

— Ferme-la, ta bouche pue et tes mots aussi.

— Ils clouent ou ils attachent ?

— Tu verras bien.

— Je ne veux pas ! Je ne veux pas mourir comme ça. Où est-ce qu'ils clouent ?

— C'est un mauvais moment à passer.

— Mais il n'y a rien après. Pourquoi ? »

Il se plaint d'une voix aiguë.

« Pourquoi nous ?

— Parle encore une fois et je te tue moi-même.

— Avec quoi ?

— Puisque toi tu vois, dis-moi : qu'est-ce qu'il y a ici, tout autour de nous ? »

Moshe tend le pied, explore la nuit. De la poussière par terre. Il tambourine contre la paroi. Des pierres. C'est solide. Pas de fenêtre.

Il soupire : la vie est finie.

Moshe se tord les doigts, qui lui semblent devenir aussi noueux que de la corde. Oh, les mains lui font mal, il a l'impression que de la pierre lui coule dans les veines et il jurerait que du sable lui sort déjà par les pores de la peau ; il est en train de devenir aussi sec que de la poussière.

Kefas hurle de rage.

« Arrête de gueuler », implore Moshe, mais Kefas ne supporte pas de respirer cet air dont il sera bientôt privé. Tout chancelant, il se lève et prend autant d'élan qu'il le peut dans ce cachot bas de plafond, fonce vers l'avant et, avant même d'avoir pu se relever, se cogne par trois fois contre le mur épais, mal dégrossi, en pierres de taille cimentées. Il crie et le cri dérange Moshe qui se frotte les mains dans la nuit, en imaginant que la nuit pisse de l'eau, dans l'espoir qu'elle le lave de sa douleur :

« Arrête ! »

Durant toute sa vie, Kefas n'a été qu'une masse de graisse et de rage recouverte de chair, une masse lancée par la vie, qui courait vers la mort qu'elle fuyait. Parfois rien ne s'y est opposé, alors il a poursuivi ; parfois un homme s'est interposé, que Kefas a tué ; parfois comme aujourd'hui il a buté contre un mur et il en est devenu fou, avant d'être soumis par l'obstacle. La pierre l'a vaincu.

« Arrête... »

Kefas renifle autour de lui, dans cette cellule où il n'y a rien à décrire.

« Tu as chié !

— J'avais peur. »

Encore une fois – mais sans conviction –, Kefas le frappe, parce qu'il n'a personne d'autre contre qui donner du poing.

« Arrête ! S'il te plaît ! »

Moshe supplie, les bras levés au-dessus de son crâne.

« J'ai mal aux mains. »

Kefas se rassoit et on entend le frottement de sa fesse contre le sol râpeux :

« Ils te perceront les mains, là, entre les muscles de tes doigts… Le clou ira à travers la chair, à cet endroit… »

Avec douceur il tapote au creux de la paume de la main de son compagnon, puis la referme comme un père au chevet de son enfant inquiet au moment de s'endormir.

« Moi, murmure-t-il, je suis gros et lourd, je pèse plus que toi, alors ma main se déchirera. Ils me cloueront dans le bras… Peut-être au niveau du coude. »

Il rote ; l'odeur du rot lui fait se remémorer leur dernier repas, ce qui lui arrache un sourire, puis il dit :

« Dors.

— Je ne peux pas, Mort. Qu'est-ce que nous allons faire de cette nuit ?

— Je ne sais pas. Tu savais parler, avant. Tu m'amusais.

— Je ne me souviens pas. »

À tâtons, Moshe cherche tout autour de ses pieds nus un caillou pour le lancer à travers l'ombre, dans l'espoir d'y toucher quelque chose d'autre. Malheureusement il n'y a rien, à part la poussière sous ses ongles couronnés par le sang, gonflés et fendus par la corne. Il cherche à siffler un air du passé, mais la mélodie lui semble désormais ridicule, et il s'abstient. Il attend, il s'ennuie.

« Mort ?

— Oui.

— Est-ce que tu dors ?

— Non. Il me reste quelques heures à vivre, pourquoi est-ce que je dormirais ?

— Il fait noir.

— Je suis aveugle, je suis toujours dans le noir.

— Tu m'as dit de dormir.

— C'était pour que tu me laisses tranquille.

— Est-ce que tu te souviens de ton nom ?

— Mon nom c'est Kefas, dit le Mort. Tu perds la mémoire ?

— Je veux dire, de ton nom d'avant.

— D'avant quoi ?

— Avant le nom que tu t'es donné toi-même.

— Ah.

— On t'a bien donné un nom.

— Je ne sais pas.

— Et moi ?

— Quoi ?

— Est-ce que tu t'en souviens ?

— Non. L'an passé, sur la route, tu as tué ce Juif qui s'appelait Moshe et tu lui a volé son nom. Avant ça tu te chiais dessus, donc on t'appelait le Chieur. Tu n'as pas d'autre nom.

— Il me semble qu'on devait avoir un nom, quand même.

— Tout le monde n'en a pas.

— … peut-être qu'ils vont nous gracier, comme le Romain hier.

— Non.

— Pourquoi ?

— Parce qu'on n'avait qu'une chance, et c'était celle-là. »

Moshe pleure sa chance perdue, une bonne étoile de gaspillée.

« Putain de chieur…

— Je n'y peux rien. Qu'est-ce que je peux faire ?

— Rien. Tu n'as rien à faire.

— Pourquoi j'ai peur ?

— Tu ne peux pas faire autrement. Tu manges, tu dors, tu chies, tu as peur. Et tu meurs.

— Je suis comme le chien ?

— Tu es comme le chien. »

Et Moshe, qui se balançait d'arrière en avant en se frottant les mains comme si elles étaient recouvertes par la peur, réfléchit. Il essaie.

« Je crois que je sais où nous avons rencontré le Roi.

— Le Romain ? Non, ce n'était pas un roi.

— Celui que nous avons tué… Je crois que si.

— Ah.

— Mais avant ça… Il y a longtemps. Il nous devait quelque chose, mais nous sommes quittes.

— C'est ça.

— Le Romain… Je crois qu'il voulait nous prouver quelque chose. »

Kefas crache.

« Il voulait qu'on lui fasse mal, et il voulait résister. C'était idiot.

— Idiot, oui.

— Il a eu peur, au dernier moment.

— Bien sûr qu'il a eu peur.

— Comme nous ?

— Il faut être idiot pour ne pas avoir peur.

— Je suis idiot, mais j'ai peur quand même. »

★

Du fond du cachot une voix s'élève et les deux hommes serrent le poing, surpris :

« N'ayez crainte.
— Qui es-tu ?
— Quelqu'un qui n'a pas peur. »
Kefas se lève à demi, sous le plafond trop bas de leur geôle.
« Qui ? »
Et dans l'obscurité il menace dans toutes les directions de l'espace.
« Laisse-le, le Mort. Parle, l'étranger. »
Il parle hébreu avec un accent de paysan araméen, et Moshe l'entend sourire.
« Réjouissez-vous.
— On va crever, connard.
— Ils nous crucifient demain.
— Oh... » L'homme respire régulièrement. « Vous aussi.
— Tu es condamné ? Pourquoi ?
— Tu as tué quelqu'un ? demande Moshe.
— Non.
— Tu as déjà tué un homme ?
— Non. »
Mort Kefas ricane :
« Alors c'est con pour toi. Tu ne sais pas de quoi tu parles, mon ami. Tu ne connais pas la mort. »
Du bout de l'orteil, il trace un cercle irrégulier dans la poussière.
« Je sais, dit l'homme timidement.
— Crois-moi, tu devrais en avoir peur.
— Tu as déjà fait souffrir quelqu'un, au moins ? hasarde Moshe.
— Non. Peut-être... Sans le vouloir.
— Nous, dit-il fièrement, nous avons torturé des bêtes, des hommes et des femmes... Beaucoup. Des enfants aussi. Nous savons ce que ça fait. C'est... »

Moshe cherche ses mots. « C'est dur. Ce n'est pas agréable. » Il a l'impression d'expliquer l'évidence à un enfant : « Ça fait mal. La douleur, ça fait mal.

— Je sais. »

Aux yeux de Moshe qui se sont un peu accoutumés à l'obscurité du cachot, il émane de l'homme un léger voile lumineux, comme si la nuit devenait claire longtemps avant le jour, et il cligne des yeux.

« Mes frères… », dit l'homme.

Mais Kefas l'interrompt :

« Ta gueule. Laisse-nous tranquille. Nous n'avons pas besoin d'un prêcheur.

— Laisse-le parler, s'il te plaît… S'il te plaît. »

Le jeune Moshe pleurniche.

« Pourquoi ?

— J'aime bien sa voix. Parle, l'étranger.

— Je n'ai plus peur, mais j'ai eu peur aussi. De quoi est-ce que tu as peur, frère ?

— J'ai peur de la croix. Il paraît que ce n'est pas très long, mais c'est le dernier moment… il faut le passer, et ça va faire mal. J'ai peur d'avoir mal. Je n'ai pas le courage, et… S'il y avait quelque chose d'agréable après, mais il n'y a rien, et… J'ai peur que ça dure, j'ai peur d'avoir la respiration coupée, de sentir une enclume contre mes poumons. J'aimerais être mort. Je ne veux pas attendre. Je ne veux plus vivre maintenant, je veux que ça finisse tout de suite, sans avoir à y penser.

— Tu vis. Tu ne mourras jamais. »

Mort Kefas se moque et rit comme une hyène :

« Les morts ne bougent pas. Moi, en tout cas, je n'en ai jamais vu revenir à la vie.

— À quoi crois-tu ?

— Je ne comprends rien à ce que tu dis.

— Lui, Il croit en toi. Il t'attendra.

— Qui ? Ton dieu ? Ah !

— À quoi est-ce qu'il ressemble, ce dieu ? demande Moshe, intrigué.

— Tu lui ressembles. »

Moshe est flatté.

« Il n'est pas comme les dieux des Grecs et des Romains, alors…

— Ne l'écoute pas. Je suis sûr qu'il va te parler d'une lumière. Parce qu'il y a de la lumière, ici, peut-être ? Moi je ne vois rien, s'agace Mort Kefas.

— Il fait nuit pour nous, il fait nuit pour toi mais pour tous les hommes aussi.

— Je croyais que ton dieu était lumière, ou quelque chose du genre.

— Il est aussi la nuit.

— Alors tout va bien, il est là avec nous, dans la merde ! »

Mort Kefas salue le dieu :

« Bonne nuit mon Dieu !

— Il est toi aussi, tu sais.

— Ha ha, s'amuse Moshe, Kefas est Dieu ! Le Mort, tu es Dieu !

— Non, tu n'es pas Dieu. Lui, il est toi. Il est en toi. Si tu écoutes, tu l'entendras. »

Kefas pète. Il ricane de nouveau :

« Moshe, tu as entendu ? Dieu a parlé. Il était en moi.

— Pardonne-leur, murmure l'homme.

— Quoi ? À qui ?

— À vous.

— Qu'il nous pardonne ? Il n'y a rien à pardonner. Je ne veux pas de son pardon.

— J'en veux bien, moi…

— Ta gueule, Moshe.

— Il te voit, il te connaît. Il te comprend.

— Il te dit ça, grogne Kefas, parce qu'il sent que tu mords à l'hameçon. C'est un prêcheur, il fait ce qu'il sait faire : il prêche. Tu vas crever, donc il te refourgue son dieu.

— Je te le dis à toi aussi.

— Allez, ça va, je me moque de toi, l'ami. Pourquoi est-ce que tu insistes ? Si nous étions dehors, je te rançonnerais. Peut-être que je t'égorgerais. Mais là, maintenant, je ne te veux aucun mal. Tu vas mourir demain, et moi aussi. Alors qu'est-ce que tu me veux ?

— Je veux t'aider.

— Je n'ai pas besoin de ton aide.

— Moi j'ai besoin de la tienne.

— Je ne peux rien pour toi, mon ami. Je n'y vois rien, mais le cachot semble bas, étroit, la porte est fermée, personne ne passe par le soupirail, et ils viendront au matin. C'est tout. Je suis désolé.

— Laisse-moi t'aider.

— Pourquoi ?

— S'il te plaît.

— S'il te plaît, chuchote Moshe, laisse-le t'aider.

— Quoi ? »

Et Kefas éclate de rire.

« Très bien, alors vas-y. Dis-moi.

— Il faut mourir heureux. Réjouis-toi. Regarde…

— Ah ça ! » Kefas manque s'étouffer. « Je me réjouis, je n'ai jamais été aussi heureux. Regarde-nous ! Regarde-nous bien, parce que moi je ne peux pas. Je suis aveugle.

— Je te vois comme tu me vois. Je te vois comme Lui.

— Ah bon. »

Kefas grommelle. L'étranger marque une pause puis dit :

« Je te remercie…

— De quoi ?

— De me laisser te parler.

— Tu es leur roi ?

— Non, je suis l'homme.

— C'est toi, le Nazaréen ?

— Ils m'appellent le Nazaréen.

— Tu as combattu les Romains.

— Je me suis battu.

— Et alors ?

— J'ai perdu.

— Et voilà.

— Mais Il l'a voulu.

— Qui ? Ton dieu ? Il n'a rien voulu du tout. C'est la fin pour toi, et c'est tout. Je suis désolé. S'il existe, alors il t'a abandonné.

— Il ne nous abandonne jamais.

— Il t'a abandonné. »

L'homme se tait.

« J'en ai connu des prophètes, tu sais… »

Et puis Kefas hésite, cherche ses mots :

« Ils meurent… Parfois les gens se rappellent leur nom, des années plus tard. Tu avais beaucoup de partisans, toi ? »

L'homme ne dit rien.

« Tu vois, le Mort, maintenant, à cause de toi, il se tait ! Toi, tu parles tout le temps et je n'aime pas ta voix ! »

Moshe lui file un coup de pied dans le gras du ventre et s'éloigne de lui à quatre pattes.

« Ne l'écoute pas ! Le Nazaréen ? Ne l'écoute pas,

quand il a peur, le gros parle beaucoup. L'homme ? Tu es là ?

— Je vous écoute.

— Où es-tu ?

— Je suis là. »

Toujours à quatre pattes, le Chieur s'approche, puis il s'arrête, il se retient. Il renifle, il attend.

« Tu es bon », lui dit enfin l'étranger.

Moshe est content, mais il préfère se montrer honnête :

« Je n'ai pas été très bon, non.

— C'est juste un pauvre chieur, ne lui fais pas croire n'importe quoi.

— Toi aussi tu es bon.

— Ha ha ! Ça, c'est la meilleure… » Kefas s'esclaffe, remue le cul dans la poussière et hoche la tête comme un bœuf sous le joug. « Et celui qui va te clouer les mains demain matin, il est bon aussi ?

— Oui. Je ne le connais pas encore. J'imagine. Il n'aurait pas créé quelqu'un de mauvais.

— Au début, tout le monde est bon… Mais ensuite c'est une autre histoire. Il faut bien se défendre. Tu me rends triste, tu ne connais rien à la vie. Tu es plus innocent qu'un gosse. À la fin…

— Il n'y a pas de fin…, l'interrompt le prêcheur.

— Il y a une fin ! réplique Kefas agacé. Il y a tout le temps une fin. Tout le temps les choses finissent. Les pierres, les arbres, les hommes, la vie…

— La mort n'est que le début. C'est pour ça que je suis heureux. C'est le début.

— Tu es fou.

— Il n'est pas fou, proteste Moshe.

— Bah, peut-être. Après tout, je n'en sais rien. »

Après un long silence, Moshe demande :

« Le Nazaréen ?

— Oui ?

— Est-ce que tu peux me prendre dans les bras ? »

L'homme ne répond pas.

« S'il te plaît. »

Kefas entend l'homme, au fond du cachot, qui se lève, se déplace le dos courbé et s'assoit près de Moshe. À la lueur de la Lune qui s'insinue par la lucarne minuscule de la cellule, il voit un homme petit, souriant, à la face large et au nez épaté, la barbe rasée, qui porte des traces de coupures, les cheveux courts, épais et frisés ; accroupi, il tient Moshe dans ses bras tel un enfant.

Il tousse, un léger filet de bave lui coule à la commissure des lèvres, comme aux épileptiques, et quand il parle, l'araméen donne parfois à l'hébreu un sens trop simple ou trop compliqué.

Kefas laisse claquer sa langue et se moque d'eux. Il enrage.

« Tu es tout rouge. Tu es en colère, dit le Nazaréen.

— Oui, je suis en colère. Je n'ai qu'une vie, et on me la prend.

— Tu n'es pas propriétaire de ta vie. »

Mort Kefas crache et voudrait protester :

« Laisse-le dire, demande Moshe.

— Qui possède ma vie, alors ?

— Le Seigneur... »

L'homme semble heureux de pouvoir parler, de pouvoir prêcher. Sa voix, rauque et caillouteuse comme le lit d'une rivière asséchée, parce que les pleurs y ont coulé et se sont taris, redevient de l'eau et s'éclaircit dès qu'il se sent écouté.

« Arrête.

— J'aime bien l'écouter, moi. » Et Moshe demande : « Qu'est-ce qu'il y aura, après ?

— Le Royaume. Il durera mille ans. »

Mort Kefas grogne :

« Mille ans… C'est loin… Dans cent ans, dans mille ans, qu'est-ce qui restera de tout ça ? Sous la terre : des vers, de la pourriture… Quelques mots, peut-être. Bah, c'est tout. »

Le Nazaréen le regarde, dans le noir du cachot :

« Dieu t'aime. »

Kefas est surpris.

« Qui ?

— Toi.

— Personne ne m'aime, Nazaréen. »

Il a envie de pleurer.

« On se souviendra de toi.

— Quoi ?

— On se souvient déjà de toi, je me souviens de toi. Il ne t'a pas oublié.

— On m'oubliera. Les gens se souviendront peut-être de toi, parce que tu as combattu. Pas moi. Je n'ai pas envie qu'on se souvienne de moi.

— À quoi ressemblera le Royaume ? relance Moshe.

— Les yeux ne le voient pas.

— Je suis aveugle, rappelle Mort Kefas. Je sais ce que c'est quand on n'y voit rien. »

Il pleure sans un bruit.

« Tu pleures, dit doucement le Nazaréen.

— Non. »

L'homme ne proteste pas. Il attend.

« Et toi, alors, tu souris ?

— Oui.

— Pourquoi ? demande Kefas. Tu te moques de moi ?

— Non. Je souris parce que vous avez compris : vous n'êtes pas seuls.

— Je n'ai rien compris du tout.

— Tu sais qu'en toi il n'y a pas que toi.

— Alors qui ?

— Il y a Lui. »

Le Chieur cherche :

« Il n'y a rien en moi. Je ne trouve pas.

— Mais tu sens que tu n'es pas seul.

— Non, le Mort est là, et toi aussi.

— Où ça ?

— Là, dans la prison.

— Mais à l'intérieur de toi ?

— Je ne sais pas. J'entends ta voix.

— Ce n'est pas la mienne.

— Ah, mon salaud ! » Kefas rit de nouveau. « Tu sais y faire pour nous embrouiller l'esprit. Je crois que j'aurais aimé te voir botter le cul des Romains.

— Aujourd'hui nous avons rencontré un Romain..., commença à raconter Moshe, qui voulait vaincre la souffrance...

— C'était un homme trop compliqué.

— Qu'est-ce que vous lui avez fait ?

— Nous l'avons fait souffrir et nous l'avons tué, répond Kefas.

— On ne l'a pas fait exprès.

— Tu mens, Moshe. Tu voulais le buter ! Tu lui as coupé les couilles ! Et tu étais content.

— Mais non ! proteste le Chieur. C'est pas moi ! Je ne voulais pas.

— Au fait, le Nazaréen, ce Romain qu'on a castré, tu crois qu'il nous aime, lui aussi ? »

Kefas éclate de rire. Il s'amuse de sa propre plaisanterie.

« Oui. Un jour il vous aimera aussi, répond le Nazaréen.

— Ha ha. Tu parles bien, l'ami.

— Je ne plaisante pas.

— Je regrette.

— Quoi ?

— Je regrette de l'avoir tué, dit Moshe.

— Espèce de lâche ! murmure Kefas.

— Non, vraiment. »

Puis il se dresse sur la pointe des pieds, en silence, et cherche d'où provient cette faible lumière bleue, sous le noir de la nuit qui finit.

« Au fond, je regrette aussi, lâche Kefas.

— L'heure approche, c'est l'aurore, prévient Moshe, qui essaie de voir à travers la grille du soupirail, sous le plafond du cachot.

— Je vous aime.

— Ha ha, nous aussi ! Quel est ton nom, l'homme ?

— Yeshu.

— Au moins tu nous auras fait passer un bon moment, conclut le Mort. Je te remercie, Yeshu. »

Neuvième histoire

RĀMA

Empire Gupta, 336

Aśvamedha
ou le Livre du sacrifice

1

Enfin, la bouche parfumée du jour s'ouvrit. À l'aurore, l'esprit du dieu était devenu un grand cheval blanc. Sous les guirlandes d'orchidées qui ornaient le site du sacrifice, l'air sentait bon et fort ; la mort avait emprunté l'odeur de la vie, depuis la fin de la nuit, et on avait renoué avec l'ancienne tradition pour que l'animal périsse au petit matin, sous une rosée fraîche et légère. Avec le plus grand respect, les officiants oignirent son corps d'huile de sésame herborisée, avant de l'attacher, à l'aide de cordages tressés par des femmes, aux lourds montants qui exhalaient le santal. D'abord il se débattit, mais bientôt il accepta son sort avec placidité, et les officiants lui en surent gré ; soulagés que la coutume soit respectée par celui qui allait mourir, ils se préparèrent à célébrer.

Immobilisé sur cette estrade de bois verni, laqué, qui dominait la grand-place de la cité, le cheval huma la poussière en suspension dans la lumière du matin. Ses oreilles incurvées vers l'intérieur en forme de croissant de Lune frémirent. Pour inspecter le sol qui s'était éloigné de lui, il avança la gueule. Il tira contre la bride et les cordes qui le retenaient aux montants ; mais les montants pesaient trop fort : ils pendaient encore aux quatre coins de l'estrade, dans l'attente d'être accrochés à l'attelage des bœufs, placides, qui l'avaient accompagné jusqu'à l'autel.

Il contempla ces bœufs à moitié endormis, puis les hommes réunis par milliers devant lui. Pour l'office principal de l'Aśvamedha, la foule s'était massée des rues poussiéreuses jusqu'au parvis fleuri de la grand-place dans l'espoir d'assister au sacrifice. Derrière les portes des faubourgs de Pataliputra, on ne voyait déjà plus rien : il fallait se fier à la rumeur enthousiaste qui, comme la chaleur du jour, remontait de la scène vers les quartiers populaires des hauteurs. Tout le monde attendait avec impatience le signal d'ouverture des festivités.

De nouveau nerveux, le cheval cligna des yeux, aveuglé par le bleu aigue-marine du ciel. Il respira. Partout à Pataliputra – cet ancien village devenu la capitale royale –, le bois de santal symbole de prospérité se confondait avec la pisse de la vache bien nourrie, la cannelle claire et l'aloé noir, le lotus bon marché, l'essence trafiquée d'orange et le vin aigre des provinces, qui coulait des jarres en même temps que la bière de riz amère, afin de rendre au peuple le sentiment de sa propre importance et de donner aux étrangers en visite l'impression de la puissance du futur empereur Samudragupta, fils de Chandragupta et de la princesse des Lichchhavi. Pour le cheval de ses écuries, Samudragupta était comme un père. En attendant son arrivée, afin de calmer l'animal, le prêtre qui l'avait tenu par le licol depuis la sortie de la stalle lui parlait à voix basse et lui décrivait le spectacle magnifique, la foule d'hommes venus rendre hommage à sa grandeur. Il murmurait à son oreille blanche recourbée en forme de lyre :

« Par les belles allées arborées qui remontent du port, où Gaṅgā, le Gandhaka et le Son se séparent lentement, des marchands de l'Occident, des négociants amis des Arabes et des Nabatéens, des gens venus d'aussi loin que l'archipel de Ferresan, des commerçants de l'île brûlée de Katakekaumenê, des mangeurs de poisson blanc avec les doigts, de riches familles chassées par les pirates de Muziris… Tous sont venus pleins d'espoir assister au couronnement.

« Oui, chuchotait le prêtre, ils sont là pour te voir. Est-ce que tu entends se frôler dans l'attroupement la soie et le lin, l'or, le drap couleur safran et le vêtement teinté à la pâte Pioury, s'entrechoquer le noyau de mangue, l'os de seiche et la carapace de tortue ? Derrière les hautes palissades de bois de Pataliputra, aux fentes étroites d'où les archers tirent leurs flèches quand la guerre éclatera, le petit peuple des champs guette aussi sous le soleil levant le spectacle imminent.

« Ils t'attendent, mon roi.

« Sois heureux, sois fort, sois droit. »

Et le prêtre relâcha le licol. Il flatta les épis sur son dos, qui sont signe de chance pour les hommes, tandis que les autres officiants vérifiaient la solidité des liens. Quant aux conducteurs de char offerts à Samudragupta par les Lichchhavi, ils se chargeaient à présent d'arrimer aux attelages les lourds montants retenant les pattes rétives du cheval.

Il renâcla, ronfla des naseaux et les hommes reculèrent.

« Tout doux… »

Puis il frémit tranquillement, comme après avoir dormi, et ils furent rassurés.

Il était haut, fin, se tenait droit, les reins tendus et le jarret ferme. Depuis toujours il aimait les hommes ; bien qu'encore inquiet, il leur fit confiance et remua les oreilles en demi-lune à la recherche de son père parmi la foule. Il attendait une manifestation du Roi, mais le Roi n'était pas là. Rêvassant, il parcourut les rangs serrés des hommes venus le vénérer une dernière fois. Dans le public, il y avait aussi d'autres animaux.

Devant lui, au pied de l'estrade, s'ouvrait une cour herbeuse où les principaux invités de Samudragupta, les prêtres, les princes, les marchands des terres d'Indra et de l'étranger assisteraient assis au couronnement, entourés de vaches sacrées. À la lumière du matin, qui de bleue était devenue rose, des paons issus des grands jardins de la cité et des faisans domestiques des campagnes s'ébrouaient en liberté. Le cheval regarda les volatiles. En chaleur, le paon mâle poursuivait de son ardeur la femelle, dont le cou délicat perlait déjà de sang, blessée par les coups de bec du mâle. Aveuglé par son propre désir, le paon fit la roue, tourna sur lui-même devant la femelle, victime apeurée et incapable de fuir le viol auquel elle était condamnée par son espèce. S'obstinant à vouloir la monter et la pénétrer par la force, le mâle faisait rire bruyamment les hommes observant avec détachement la nature cruelle, dont ils déduisaient avec ironie, fatalisme ou mélancolie leur propre nature. Devisant sur la violence nécessaire, ils burent du thé refroidi, qui passa de main en main parmi les voyageurs remontant à pas comptés l'allée. Avant de s'asseoir, ils prirent des nouvelles de la préparation du rite, sur le parvis encombré par la foule. Le cheval s'ébroua. Il dévisagea les spectateurs un à un, avec un hochement flegmatique de la tête.

Au premier rang devant l'estrade, un légat d'Occident, qui provenait de l'empire lointain des Romains, pria celui qui lui avait versé de la boisson refroidie dans son bol d'argent de lui décrire la procédure de l'Aśvamedha.

Les oreilles de l'animal se dressèrent. Il entendit monter la rumeur : la Reine approchait.

Voici quelle était la tradition, expliqua l'Indien au légat romain. Un cheval blanc aux yeux bleus en provenance des écuries de la famille royale avait vaqué en liberté dans les champs pendant un an. À plusieurs pas de distance il avait été accompagné par la Reine et des guerriers en armes de Samudragupta. Personne n'avait osé arrêter la course vagabonde du cheval, parce que Samudragupta avait déjà triomphé par la hache et par l'épée de tous les états du Nord. Partout où le cheval était allé sans rencontrer d'opposition, ce serait désormais la propriété de l'empereur. Les premières bornes de l'État impérial avaient été fixées par la vadrouille de l'animal. Aujourd'hui, après un an, le cheval était de retour à la capitale, son point de départ, pour y être remercié. Attaché à des pièces de bois, il attendait que son père, Samudragupta, se manifeste et recueille son sang. Après quoi le Roi serait officiellement couronné empereur, résuma le notable de Pataliputra au Romain.

Le cheval piaffa, mais ses pattes demeurèrent immobiles : le sabot ne décolla pas du sol branlant de l'estrade, alors il remua la crinière, afin de manifester son impatience.

Il voulait en finir, et retourner dans les prés où il pourrait aller en liberté.

Mais les hommes étaient bavards.

Avec un air malicieux, le notable sortit de sa bourse en cuir de chèvre une pièce de monnaie, récemment frappée par les autorités, sur laquelle figurait le profil de Samudragupta :

« Voici le Roi, dit-il à l'étranger assis au premier rang, qui lui avait demandé à quoi ressemblait le souverain. Imaginez-le avec la peau bleue, vêtu de jaune safrané, d'ocre et de marron, cliquetant de bracelets d'or, la barbe finement taillée. C'est ce qu'on dit, du moins, car ici il ne se montre pas souvent à la population », regretta le notable. Il désigna des gens qui n'avaient pas beaucoup de prestige : les échangeurs, les boutiquiers, les prêteurs amassés sous la protection des soldats qui surveillaient les alentours de la place où les brahmanes s'apprêtaient à accomplir le sacrifice. Depuis longtemps ces bourgeois qui travaillaient pour les seigneurs et les prêtres avaient abandonné le labour des champs, les récoltes rébarbatives du blé, du riz et du millet. Désormais ils faisaient cultiver la terre de leurs propriétés par des métayers, avec les bœufs des Lichchhavi. Quant à eux, ils comptaient les recettes au boulier, ils mettaient en contact les acheteurs et les vendeurs sur les marchés. Ils s'étaient enrichis et pourtant ces hommes respectables se sentaient méprisés par les brahmanes et les rois. Après le long effort de la guerre qui avait vidé leurs caisses, ils espéraient que le nouvel empereur Samudragupta leur serait favorable. Pourvu, priaient-ils en célébrant le cheval, que l'empereur honore non seulement les armes et les arts, mais aussi le commerce.

Tous avaient fait le voyage, d'Aksum ou de Méroé à Pataliputra, pour assister à cette cérémonie qui n'avait plus eu lieu depuis des siècles, à cause de plusieurs dynasties de désordre.

Enfin, Samudragupta parut. Il ressemblait à son image sur la pièce de monnaie : il était déjà devenu sa propre effigie. Il salua les hommes et s'inclina devant le cheval, qui hennit.

La liesse souffla aussi fort que le vent, les jours de tempête. Au comble de l'excitation du peuple, quatre prêtres, disposés aux quatre directions de l'espace, sacrifièrent d'une lame assurée quatre chèvres aux cornes déjà coupées. Surpris, le cheval sentit l'odeur du sang, et il s'échauffa.

Alors la foule vrombit, et un essaim d'insectes invisibles sembla émerger de la rumeur tourbillonnante : on n'attendait plus qu'un mot, un ordre de Samudragupta…

Comme s'il était persécuté par une nuée de mouches assoiffées de son sang, le cheval protesta. Il baissa le col, flaira, couina, hennit de nouveau et frappa de la queue peignée et tressée contre ses cuisses bien tendues, dont les muscles frémirent, empêchés par les attaches.

« Procédez ! » dit enfin Samudragupta.

Mon père…, se réjouit le cheval en entendant sa voix, et il baissa la bouche pour mieux la présenter au Roi. Mais l'animal était pris au piège sur l'estrade, d'où les quatre lourds montants métalliques, entraînés par les attelages de bœufs blancs du dieu Nandi, s'éloignèrent. Sans comprendre ni comment ni pourquoi, le cheval se retrouva les fers écartés. Il commença à glisser contre le plancher verni de l'estrade, dont l'appui se dérobait sous ses sabots.

Lentement entraînée par le cortège de bœufs des Lichchhavi, chacune de ses pattes partait à l'horizontale et l'animal fut bientôt forcé de s'allonger.

Il gémit.

Plus personne, parmi les rangs des dignitaires sur le parvis, ne parlait.

L'animal rendu ridicule par son écartèlement s'agitait sur l'estrade, en vain.

Essayant de comprendre ce qui lui arrivait en balançant furieusement la tête de tous les côtés, le cheval retrouva finalement la dignité attendue et toisa l'audience. Dans les rangs des hommes qui assistaient au supplice, il parut chercher quelqu'un du regard. Sous sa frange peignée avec soin, le bel œil rond aux reflets bleus fixa un homme petit et gros, en sueur, un fuyard qui se frayait un passage au milieu de la foule fascinée par le spectacle.

L'homme en fuite se sentit regardé et il lui sembla que le cheval le comprenait. C'était comme si l'animal lui parlait en silence et répétait à l'intérieur de son esprit : « N'aie pas peur. » Puis le fuyard s'éloigna de l'estrade et poursuivit son chemin parmi les hommes recueillis devant le cheval écrasé de force contre le sol. À son tour la Reine monta sur la scène.

L'animal la sentit approcher.

Elle était presque nue.

Mère !

C'était une jeune beauté ambitieuse aux poignets et aux chevilles délicats. Le cuivre de sa peau douce portait la marque blanche des bracelets dont elle venait de se débarrasser. Après avoir dansé derrière lui sur l'estrade, enveloppée dans un long voile bleu clair, elle se colla tout contre lui, chaude et palpitante. Il crut que c'était pour lui prodiguer du réconfort. Il découvrit ses dents, ses gencives roses, et hocha la tête avant de la lui présenter, dans l'espoir qu'elle le sauve de cette situation inextricable. Mais, même lentement, les quatre attelages des bœufs de Nandi avançaient toujours. Avec eux ils emportaient les pattes du cheval, de plus en plus aplati sur le ventre ; il faisait effort dans le sens contraire afin de retenir les liens de cuir qui commençaient à lui arracher les membres. Aide-moi ! hennit-il. Mais la Reine lui flatta les épis dorsaux et se mit à se frotter contre son derrière de façon impudique. Luisante d'huile, elle s'était accroupie, tandis que l'officiant guidait le long pénis recourbé du cheval vers le sexe de la Reine, qui avait écarté les cuisses et ouvert sa vulve avec deux doigts. Le peuple encouragea la femme en chaleur. Par trois fois au moins en agitant le bassin, elle alla et vint dans son dos afin de mimer l'amour qu'elle offrait avec fièvre à la divinité. L'animal semblait à la fois excité et scandalisé. Flanqué sur l'estrade de deux jeunes vaches baignant dans le sang – que le prêtre venait tout juste d'égorger –, le cheval tendait malgré lui sa croupe à la femme nue qui fit mine de jouir, la tête renversée et la chevelure en feu. Il essaya de retenir son être comme les rayons d'une étoile, mais on l'éloignait de lui-même et il perdait le combat. À mesure que les bœufs tiraient sur ses membres, le cheval se sentit devenir une collection d'os désarticulés dans un sac de peau. Aussi résistant soit-il, il céderait bientôt. Plusieurs muscles rompirent – des veines aussi.

Panard des quatre pattes, le cheval ensanglanté gigotait de façon incongrue.

La Reine et ses servantes firent tinter à leurs

chevilles et à leurs poignets des clochettes. Puis elles commencèrent à ficher de longues aiguilles d'argent dans sa chair, afin d'indiquer la découpe aux brahmanes qui seraient chargés d'en débiter la viande.

Avec délicatesse, la Reine nue désignait sur son ventre gonflé comme une outre où il leur faudrait couper. Ensuite elle parcourut du bout des doigts la cuisse de l'animal pour y suivre le fil de la viande. Son jarret gauche était déjà déchiré et il hennit à voix grave.

« Chut…, fit doucement la Reine. Je suis là. »

Alors il entendit sonner à son cou un collier de perles et à ses oreilles des boucles d'ivoire, qui lui évoquèrent les jours heureux où en compagnie de la Reine il avait parcouru les champs, les montagnes, les rivières de l'empire. Dans l'espoir d'une dernière caresse, il allongea le chanfrein. Le tenant bien en main, la Reine se coucha près de lui sous une couverture de laine aux motifs d'infini. Rituellement, elle murmura quelques mots. Le prêtre les répéta, les autres épouses les reprirent et bientôt la foule chanta en chœur :

« *Ambē, ambikē, ambalikē*…

— Qu'est-ce que ça signifie ? » demanda le marchand romain au premier rang, qui regardait le cheval s'éteindre comme un feu dont les braises ont résisté aussi longtemps que possible.

« *Ma mère, ma petite mère, ma chère petite mère*… »

Ils fermèrent tous les yeux. Personne ne vit le brahmane trancher les artères en faisceau de la gorge tendue de l'animal, l'œil bleu grand ouvert. Le cheval sentit se détourner de lui la Reine, à qui les courtisanes venaient d'apporter par pudeur un linge blanc et une couverture. Ma mère ! Pourquoi ?

Puis, noyé dans son propre sang, il mourut.

À cet instant, dans la foule, tous les hommes s'agenouillèrent par respect.

Au premier rang, le voyageur romain se trouva pourtant bousculé par une troupe de miliciens aux ordres d'un riche marchand drapier qui criait :

« Rattrapez-le ! Il s'est échappé ! Il m'a volé ! »

Le marchand parlait du petit homme en sueur qui avait fendu tout à l'heure la foule occupée à assister au sacrifice.

« À genoux ! » répliquèrent les soldats de Samudragupta. C'était la loi. Le drapier et ses hommes protestèrent, mais le moment était au recueillement : il fallait honorer la mort de l'animal et la naissance de l'empereur. À genoux sur le parvis, le riche drapier se désola qu'à cause de cette coutume le fuyard ait eu le temps de monter vers les quartiers populaires, au nord de Pataliputra.

« Tais-toi. »

On baissa la tête, le temps que le cheval soit débité en morceaux à la hache et au couteau. Le sang coulait, rouge et épais, de l'estrade où l'on entendait déjà les brahmanes faire leur office de bouchers.

Le riche drapier n'en pouvait plus d'attendre.

« Qui est-ce que tu poursuis ? demanda enfin quelqu'un dans la foule agenouillée.

— Un eunuque.

— Pourquoi ?

— Il m'a volé !

— Quoi ?

— Lui-même ! Il m'appartient. C'était mon esclave. Il a profité de la cérémonie pour s'enfuir. »

On rit de son infortune, et les soldats le laissèrent passer.

Au respect silencieux pour l'animal succéda une explosion de joie.

Après avoir ployé le genou, la foule s'était relevée, mais avec gaucherie et sans ordre car il y avait longtemps que ce rare sacrifice qui désignait l'empereur n'avait pas été accompli. Personne ne se souvenait de l'ordre exact des opérations, une fois le cheval mort.

Pour mettre fin aux hésitations, les officiants prononcèrent en psalmodiant les mains jointes une prière et supplièrent l'esprit du dieu de les accueillir tous dans sa « bouche parfumée ».

« La bouche ! » réclama le peuple.

C'était le signe du déjeuner. Sur les autels consacrés, les dieux festoieraient des cuisses, du foie, des organes vitaux du grand cheval blanc. Mais les divinités ne mangent jamais ce qu'on leur offre, elles en hument plutôt le fumet. Alors que les hommes, eux, pourraient se repaître à pleines dents de la viande appétissante qui leur serait distribuée par l'empereur en ce jour de fête, de cette viande rouge – comme le lotus *padma* de la victoire – qu'on commençait à faire cuire.

Le long des allées ombragées, qui sentaient encore le santal, on invita les étrangers aussi à se délecter de la chair des milliers de chèvres et de bœufs offerts par Samudragupta, bénis puis abattus par les prêtres un peu partout dans la ville : le grand repas du couronnement allait débuter.

On avait tendu des draps et accroché des couronnes de fleurs en tissu au-dessus des passages où l'on dressait les tables communes. Dans les rues ça sentait le fer du sang qui excite l'estomac et donne du cœur à celui qui va manger : « Il a été sacrifié, le cheval innocent ! » criaient les enfants en riant dans la rue, et pour amuser les adultes ils agitaient des serpentins, des chutes de tissu et des guirlandes tressées de fausses orchidées en chantant à tue-tête le nom de leur souverain.

2

Le petit eunuque cherchait la sortie dans Pataliputra en fête.

Hagard il errait parmi la foule excitée, son sang percutait ses tempes au point de le menacer d'évanouissement, au bord du chemin qui servait de latrines et au milieu duquel coulait la pisse chaude, légère et piquante des hommes, comme toujours les jours où l'on buvait de la bière de riz fermenté. Par quel miracle avait-il échappé à la peine et au supplice ? Il n'en savait rien. À peine se souvenait-il d'être parvenu à fuir après que le cheval l'avait regardé les yeux dans les yeux. Victime du sort, seul à pleurer le jour où tout le monde devait rire, il s'employait depuis une demi-heure à semer son maître drapier d'Ithiyōpiyā, qui cherchait à le punir. Déjà battu hier au soir à coups de verge dans les écuries, il avait profité de la cohue en ce jour d'Aśvamedha pour lui fausser compagnie. C'était vrai : il avait mal agi ; il avait défié les dieux par orgueil en n'obéissant pas, mais il ne voulait plus souffrir et refusait de se soumettre à ce nouveau châtiment. Entendant la cohorte à sa poursuite crier à deux rues à peine de la sente où il se trouvait égaré, il appela au secours en sanskrit.

« S'il vous plaît ! S'il vous plaît ! »

Dans les ruelles au parfum de viande grillée qui

menaient au quartier des indigents, il claudiquait au milieu des pauvres organisés en confréries et des marchands de deuxième classe. Le sang coula de ses lèvres épaisses et féminines. Il avait les poignets dodus et les chevilles enflées.

« Aidez-moi. » Personne ne répondit. « Grâce. » Il supplia encore les badauds.

Les fils d'Indra et les étrangers qui attendaient pour manger le toisèrent et le laissèrent passer avec circonspection, comme s'il était un mendiant porteur de poux et qui transmet le mauvais sort, évitant tout contact avec lui.

Mais il était à bout de souffle et ses poursuivants le rattrapèrent bientôt. Le maître drapier portait à la main un terrible fouet de métal.

« Arrêtez-le, que je le rosse sur place ! »

Incapable de reprendre la fuite, l'eunuque épuisé cligna des yeux. Sur une place où l'on s'apprêtait à festoyer, il tomba à genoux au pied des poutrelles, près des poteaux sacrificiels du quartier où une vache sacrée s'était endormie. Le maître était décidé à le corriger ici même. Mais, au moment où le fil métallique aurait dû cingler sa peau, le silence se fit et une file d'hommes encapuchonnés au pas traînant, qui allait dans un petit nuage de poussière ocre, s'interposa. Ils formèrent une ligne irrégulière qui protégea l'eunuque du maître drapier et de ses hommes. La vache allongée en travers huma l'odeur louche des inconnus, avant de meugler et de s'en détourner, se relevant et reprenant sa marche chaloupée. Les gardes armés de gourdins hésitèrent, voulurent franchir le rideau des moines encapuchonnés, pourtant leur pas demeura suspendu dans la poussière et ils attendirent. Ils flairaient dans l'air les remugles de quelque chose de démoniaque ou de sacré, et firent signe à leur employeur qu'il ne serait pas bon d'insister.

C'était une bande de moines bizarres, peut-être une colonne de voleurs déguisés qui s'était faufilée dans les ruelles de la cité rendues confuses par l'attroupement, en ce jour d'Aśvamedha. Mais en lieu et place de la traditionnelle corde des moines en travers d'épaule, ils portaient une robe *lehnga* sous une capuche d'initié tressée en fibres de chanvre. Si la *lehnga* évoquait les robes de mariée des femmes de bonne naissance, la pèlerine et le capuchon semblaient mal tissés, et dénués du moindre ornement ; étaient-ils misérables ou aisés ? Impossible à déterminer.

Tous les gens du quartier s'écartaient sur leur passage. Les moines allaient vite et en silence ; certains étaient tout petits, on aurait dit des enfants ou des nains.

« Maître… », voulut conseiller avec crainte un officier, arrêté sous une arche, à quelques pas des inconnus aux effluves de plus en plus forts et qui inquiétaient les gardes en armes.

« À qui sont ces hommes ? interrogea le maître drapier.

— À la princesse.

— Quelle princesse ? »

Une figure légère se détacha de la troupe, noble, féminine et voilée, et vint au-devant de l'eunuque agenouillé sur la terre battue. Le malheureux implorait :

« S'il vous plaît…

— Est-ce que tu m'aimeras ?

— Pardon ? »

Il était trop affolé pour se montrer étonné. Est-ce qu'il devenait fou ?

La princesse voilée dit :

« Embrasse-moi, et je te rendrai ta liberté. »

Sous le tissu bleu de paon se laissait deviner une silhouette articulée de danseuse précieuse, toujours sur le point de s'échapper. On aurait dit que ses chevilles et ses poignets étaient les uniques points fixes de son corps, autour desquels les bras et les jambes tournoyaient en permanence. Aucun bijou ne tintait à ses articulations – comme les chaînes qui manquent aux membres de l'esclave émancipé. Elle allait en silence sous un voile bleu aux reflets indigo, repoussant par une force invisible les curieux, les enfants que les parents abritaient sous les porches, les éloignant de la scène dont le drapier interloqué ne percevait ni le danger ni le caractère sacré, jusqu'à ce que la danseuse voilée relevât sa *lehnga*. Alors elle montra qu'elle était blessée, près de ses côtes apparentes : une vilaine coupure ou une brûlure sous l'ombre de son sein léger et nacré dont on apercevait l'aréole bistre.

« Embrasse ma blessure et suce mon sang, dit la femme voilée avec un ton de prêtresse, ensuite ils n'oseront plus te toucher. Je suis sacrée. »

Mais elle sentait mauvais.

Penché devant son nombril de danseuse, l'eunuque pensa d'abord qu'il émanait de cette beauté une sorte de relent putride de cadavre. Puis il devina confusément dans son odeur morbide tout un bouquet de senteurs contrastées : la douceur et l'âcreté, le lait de la nourrice et l'amertume de la sueur du vieillard, la lymphe et le sang. Elle ne fleurait pas l'encens ou le santal des gens bien élevés, mais évoquait plutôt ces bois sauvages qui exhalent à la fois le frais et le pourri, à la saison des pluies. Peu à peu elle suscita en lui l'image de la terre molle, l'argile mouillée, l'humus, le bois brûlé et la clarté de l'eau des torrents, la pisse aussi, la merde, la salive en même temps que la rosée sur des pétales de fleur. Et dans l'odeur de mort il sentit un parfum d'enfant, dans l'enfant celui de la viande, dans la viande le goût du ver et dans le ver il reconnut le sentiment de la vie. Comme s'il avait été ensorcelé, l'eunuque, visualisant le cycle entier qui tournait dans son esprit, crut découvrir dans ces effluves une promesse d'infini.

« Lèche-moi, maintenant. Si tu me touches, ils te laisseront tranquille.

— Non ! »

Le maître drapier fit cingler son fouet d'indignation.

L'eunuque se sentit idiot. Pourquoi fourrer sa langue dans la plaie de cette femme un peu sorcière, dont il ne savait rien ? Mais pourquoi pas ?

Retenant sa respiration, il s'avança. À la distance d'à peine un doigt du sein de la jeune femme, il aperçut sa peau brune et délicate qui, en un endroit précis, près des côtes apparentes, était tendue. De près il vit la blessure ouverte : une lésion papuleuse qui lui courait jusque derrière le dos, comme une lézarde dans un mur. Tout autour c'était jeune et vif. Sans doute avait-elle été brûlée, et mal soignée. Aux alentours de la plaie, une légère dermite avait dépigmenté et blanchi la chair brune de la jeune femme, dont il n'avait toujours pas aperçu la figure, mais qui ne pouvait être que d'une rare beauté. Reprenant son souffle et humant l'odeur de soufre sur sa chair, il posa ses lèvres contre la blessure, sous la poitrine de la dame. Il suffit, se dit l'eunuque, de penser que tu embrasses sa bouche.

Au fond de la plaie, il eut l'impression de boire à une source d'eau fraîche.

Parmi les mucosités, il sentit une douce amertume, qui lui évoqua le souvenir de l'huître ; il y avait dans cette femme un arôme de mers lointaines. Appuyant avec délicatesse sur son crâne, elle l'encouragea et lui dit : « Lèche encore ma plaie. » Il en était tout étourdi. Ce spectacle impudique avait dégoûté les hommes en armes et laissé le maître drapier interdit. « Merci », baragouina l'eunuque quand il eut cessé de lui lécher la plaie, cherchant du regard le visage de la princesse. Sous le capuchon, il ne vit rien, sinon l'arête d'un nez tranchant.

Son ancien maître d'Ithiyōpiyā roula le fouet et garda la main contre le pommeau d'or. Il s'énerva :

« Imbéciles ! Qu'est-ce que c'est que cette farce ? Une façon de vous moquer de moi ? »

De rage d'avoir été ridiculisé en public, il voulut lever la main sur son ancien eunuque. Mais avec fermeté les indigents amassés sur la place l'arrêtèrent et lui chuchotèrent à l'oreille un mot qui le convainquit de ne plus le toucher.

« Folle ! Espèce de folle ! Et toi… »

Il voulut prévenir son ancien esclave :

« Est-ce que tu sais seulement… Est-ce que tu sais ce que tu es devenu ? »

Le drapier cracha, toisa les malheureux, pria pour eux et tourna les talons.

Quant à l'eunuque, il fut pris de l'envie soudaine de vomir, près des poteaux où l'on attachait traditionnellement les chèvres et les taureaux. Il se sentait soulagé et pourtant ce soulagement l'assomma. Il n'avait même pas dit adieu à son ancien maître, ce méchant homme qui l'avait fait castrer. Étourdi par sa soudaine liberté, il perdit conscience.

Quand il se réveilla, on le transportait à l'écart de la foule vers une rangée de chevaux et de mulets qui attendaient tranquillement à l'ombre qu'on les selle.

Au soleil vif de midi, les chômeurs avaient investi les rues des quartiers populaires, de retour du sacrifice dont ils n'avaient presque rien vu, mais dont tous parlaient avec passion, et le quartier, près des portes septentrionales de Pataliputra, grouillait d'agitation sympathique.

Les encapuchonnés en profitèrent pour s'en aller et attachèrent l'eunuque encore engourdi en travers du dos d'une mule, pour l'emporter avec eux. Ils s'éloignèrent des faubourgs sans un mot.

Alentour, la foule célébrait encore l'Aśvamedha : le sang avait coulé dans la poussière pour rendre la ville heureuse et fertile dans les années à venir. Le brouhaha s'était répandu jusqu'aux limites de la cité. Partout, pour un jour, les pauvres se trouvaient invités à la table d'honneur et mangeaient de la bonne viande. Une fois le cheval blanc et les vaches consacrés aux dieux, des milliers de carcasses de bœufs découpées et cuites sur des foyers le long des rues rappelaient au peuple la générosité de Samudragupta. De la fumée blanche et grise couronnait les toits, et l'odeur de viande cuite s'échappait des murailles. À la porte nord de la ville, un mendiant avait arraché près du sabot d'une vache un peu de viande musculeuse, goûteuse et persillée qu'il mâcha avec délectation. Il était ravi. Il rongea l'os et sourit en suivant du regard la colonne des moines qui sortait de la capitale par un chemin fleuri ; dans sa gamelle, la femme voilée qui menait le cortège lui avait jeté une pièce à l'effigie de Samudragupta.

En agitant son bout de viande, il lui cria :

« Vive l'empereur ! »

Ayodhyā
ou le Livre de l'espérance

Suivant les inconnus jusqu'à leur sanctuaire d'Ayodhyā, l'eunuque découvre leur véritable nature. Il fait la connaissance des quatre Śeṣa, du Général et de la princesse.

Il hésite, rejoint leur cortège et part à l'aventure.

1

Après deux journées de voyage à dos de mulet aux oreilles tendues, à l'affût des oiseaux et des lièvres dans les bosquets qui bordaient la route sacrée, sous une pluie de pollens blancs, la troupe dépenaillée des moines au capuchon entra dans Ayodhyā. Les encapuchonnés n'avaient pas adressé la parole à l'eunuque. Tout lui semblait si mystérieux. À l'ombre des murs qui sentaient la poussière, ses compagnons ignorèrent les môles et les mamelons des *stûpas* vénérés par les disciples du Bouddha. Ils franchirent une porte en terre cuite en forme de tigre puis une autre qui figurait un éléphant. Par-dessus les sculptures on apercevait le ciel bleu clair, profond comme un lac de printemps. En file, ils montèrent sur la colline royale où trônait un grand palais troglodytique. Taillé d'un seul tenant dans la roche comme une grotte d'ascète, mais aux dimensions d'un village entier, le hall de granit rose au plafond bas, barré d'une ligne qui soutenait un simple balcon et des fenêtres grossièrement rectangulaires, ouvrait sur un temple ombrageux, frais, aéré sans être venteux, obscur quoique illuminé de chandeliers. Par des corridors emplis d'écho, son antichambre permettait d'accéder à de nombreuses chambres monacales, disposées tout autour de la cour centrale du sanctuaire voûté.

« Où sommes-nous ?

— Chez nous. »

Après avoir mis pied à terre, raccompagnant les mules et les chevaux dans les écuries taillées à même la pierre, les sortes de moines retrouvèrent des camarades et tombèrent la capuche qui les dissimulaient au regard des hommes.

L'eunuque comprit pourquoi : ils étaient monstrueux.

Affolé, l'ancien esclave se trouva soudain perdu au milieu d'êtres défigurés. À chacun il manquait un œil, une oreille, la bouche ou même tout le faciès. Comme des démons ces êtres monstrueux vivaient sous terre. Dans la roche creusée, plusieurs dizaines d'entre eux, mis au ban de la cité, s'étaient construit leur propre ville. Quatre de ces monstres, qui atteignaient à peine la taille d'un enfant et étaient particulièrement repoussants, vinrent le chercher. Ils le tirèrent par la manche et, sans qu'il comprît pourquoi, le soumirent à une épreuve, au cours de laquelle il fallait qu'il jette de son sang dans un bassinet, que l'un des monstres fit tourner et qui prit une teinte vermillon, déclenchant les applaudissements de ceux qui disposaient encore de membres à frapper ensemble.

On le félicita. Mais pourquoi ?

Suivant les quatre nains abominables pour se reposer du voyage, il escalada les marches d'un escalier qui conduisait au balcon du sanctuaire troglodytique. Autour de la porte du tigre, il contempla l'activité lente, provinciale et studieuse de la cité d'Ayodhyā. Dans son dos, les êtres difformes grignotaient du pain cuit rance au beurre clarifié, qui sentait la graine de cumin.

Aussi repoussants soient-ils, ils paraissaient paisibles et joyeux.

« Excusez-moi, mais qui êtes-vous… ?

— Nous sommes Śeṣa.

— Est-ce que vous portez tous les quatre le même nom ? Śeṣa, comme le dieu vert ?

— Moi c'est Moitié de Śeṣa…

— Et moi un Quart…

— Je suis le Petit bout…

— Moi, dit timidement le dernier, qui était le plus laid, je suis le Bout qui reste.

— Notre âme a été divisée à la naissance. Au moment de descendre, pendant que le dieu faisait l'amour avec ma mère, il pensait à une autre femme…

— Et cette femme c'était ma mère ! coupa Quart de Śeṣa en zézayant. La semence s'est éparpillée. Ma mère se souvenait de son premier amoureux, qui était Śeṣa, même si elle était en train d'embrasser un autre. C'est pour ça que je suis né avec la moitié de la moitié de son âme.

— Et celui avec qui elle était au lit, c'était mon

père, précisa Petit bout de Śeṣa, ajoutant à la confusion de l'eunuque. Il trompait sa femme. Il a ramassé un peu de semence au passage, et quand il est retourné faire l'amour avec ma mère, j'ai reçu la moitié du quart de son âme.

— Qu'est-ce que c'est que cette histoire ? Vous racontez n'importe quoi. Et toi ?

— Moi, dit Dernier bout de Śeṣa en baissant ce qui lui servait de tête, j'ai hérité de ce qui restait.

— Vous pensez que vous partagez une âme à plusieurs ?

— Oui. »

L'eunuque s'éloigna.

Seul au balcon de granit rose, au soleil de l'après-midi enfumé par les cendres charriées depuis les grands autels, il essaya de deviner la situation du long bâtiment incrusté comme un bijou dans l'oreille de la colline, où résidaient les monstres. Y menait un long chemin de pénitence escarpé où des paysans attendaient un brahmane, près de la porte de l'éléphant. Clignant des yeux à cause de la cendre et la fumée, l'eunuque remarqua, en contrebas, un lion sculpté qui gardait les murs. À sa crinière de granit massif gris rosé, il reconnut la signature de Samudragupta et devina que l'empereur lui-même avait fait creuser le sanctuaire familial où il se trouvait. Passant le dos de la main contre le *chunar* pierre de sable, qui était précieux, l'eunuque se demanda qui parmi les monstres provenait en droite lignée de la famille du souverain. Puis il passa dans l'ombre. À l'étage du sanctuaire, il suivit la colonnade où couraient des peintures murales des *Jātakas*, d'innombrables vies antérieures où figuraient carpes, buffles d'eau, singes à queue, éléphants noirs et blancs, personnages des fables du chacal Karataka, des hommes de couleur bleue, rouge, verte ou jaune qui d'enfants dans une image devenaient au tableau suivant des vieillards, puis de nouveau des jeunes gens, de sorte qu'une femme levait un bras qu'un homme baissait à des siècles de distance, marchant ou courant à travers des millénaires, un jour vengeurs et le lendemain miséricordieux, apparaissant tous aveugles ou tâtonnant le long de la route interminable de la vie où ils se chamaillaient, s'empoisonnaient, s'égorgeaient, ressuscitaient, périssaient encore, alternativement masculins et féminins, ou ni l'un ni l'autre, humains et animaux, divins et démoniaques, vivants, morts et vivants de nouveau... Curieux, l'eunuque suivit la succession des fresques et découvrit un roi à la peau jaune devenu ascète dans la forêt, qui se métamorphosait en scribe. Mais avant de pouvoir lire la suite des métempsycoses, il fut interrompu par l'apparition de la princesse.

Elle discutait à voix basse du courroux de l'empereur Samudragupta et d'un long pèlerinage vers le Nord en compagnie d'un homme aussi fruste qu'elle était délicate. Effrayé, l'eunuque recula : on aurait dit que les dieux avaient inversé sur la face du géant sa barbe et ses cheveux ! La touffe hirsute qui lui poussait sur le crâne ressemblait aux poils hérissés des ermites ; ses joues, sa bouche, son menton étaient envahis par une chevelure épaisse, noire et mal peignée ; même ses yeux semblaient retournés et sa bouche, au lieu de remonter à la commissure des lèvres, s'affaissait dans un rictus de démon cul par-dessus tête. Comme s'il surgissait de la fresque elle-même, cette sorte de géant démoniaque saisit l'eunuque à la gorge :

« Un espion ! »

Il se tourna vers la princesse :

« Je vous avais prévenue que Samudragupta nous enverrait ses hommes ! »

Et il commença à le frapper.

« Arrêtez, Général, vous lui faites mal ! »

Le géant laissa choir sur les dalles l'eunuque, auprès duquel la princesse s'accroupit :

« Est-ce que tu nous écoutais ? »

Le malheureux toussa :

« Non, princesse. Je me promenais. Mais, s'il vous plaît, pouvez-vous me dire ce que je fais ici ?

— Regarde. »

Sans prévenir, la princesse fit tomber son voile et sa beauté emporta tout autour d'elle l'obscurité, comme la lumière du petit matin ; elle lui remontra sa plaie comme s'il devait s'incliner devant elle.

« J'ai déjà vu votre blessure, bégaya l'eunuque. Est-ce que vous êtes ma nouvelle maîtresse ?

— Je te la fais bien voir pour que tu comprennes que tu n'as plus aucun maître. Tu es libre. »

Et la princesse ôta ses gants en s'aidant de la bouche, accrochant le cuir entre ses dents. Il ouvrit grand les yeux d'étonnement. Elle n'avait pas de doigts, un moignon seulement. Est-ce qu'elle les avait perdus dans l'incendie qui lui avait aussi brûlé le flanc ? À côté d'elle, le Général recueillit, avec le peu de galanterie dont il pouvait faire preuve, la cape qui glissait de son épaule, et elle le remercia. En levant ses deux bras amputés, comme pour faire preuve de sa bonne foi, elle sourit :

« On m'appelle princesse, mais regarde mes mains… Elles ne sont plus rien, murmura-t-elle.

Alors elles ne commanderont jamais personne. Jamais. »

Puis elle libéra ses lourds cheveux couleur corbeau :

« Je suis l'Éclatante de bleu, huitième incarnation et demie de Viṣṇu. »

Sous la cape, elle portait un sari cyan clair en travers de la poitrine, et une fleur de lotus *padma* piquée dans les cheveux. Refusant l'aide du Général, du bout de ses lèvres agiles, elle tortilla un bandage de chanvre tressé autour de ses moignons, à présent que les gants ne les protégeaient plus. Sa poitrine respirait librement, son nombril frémit et les proportions régulières de son corps contrastaient avec les mains manquantes et la brûlure près des côtes.

En la contemplant, on ne pouvait manquer d'être troublé par la délicatesse de sa beauté, qui se communiquait à ses cicatrices et ses plaies. L'eunuque perdit ses mots. Au sommet de sa silhouette de danseuse trônait son visage au sourire sincère, exprimant une grande bonté.

« Qu'est-ce que tu as besoin de savoir d'autre ? »

Sans maquillage, ses sourcils épais se joignaient là où elle aurait dû porter le troisième œil. Elle dévisagea l'eunuque qui se sentit gras et laid ; il bafouilla :

« Qu'est-ce que je peux faire pour vous ? »

La princesse hocha la tête, s'approcha de l'eunuque, renifla son haleine et claqua de la langue avant de dire au Général :

« Ce n'est pas lui. Il n'est pas *bleu*. Il est… »

Et elle revint humer la bouche ouverte de l'eunuque, d'où sortait une odeur tenace d'ulcère.

« Il sent le *jaune* », dit la princesse.

Elle sourit de nouveau :

« Jaune… Cette couleur te va bien. Tu nous manquais, l’homme jaune. Nous t’attendions. »

Elle avait l’air irrésistiblement folle.

Quand elle souriait, une grande bouche ourlée dessinait de profil la naissance d’une vague. Tout son visage mat semblait peint sur de la céramique blanche et fragile. Digne mais impudique, son regard paraissait dire : j’aime tout. Je n’aime personne. Non, plutôt : je ne préfère rien à rien. Jouant avec la démence comme une enfant, la tête de la princesse, comme la Lune au fil des soirs, passait du cercle au croissant, quand elle reflétait la lumière, couronnée par l’obscurité de ses longs cheveux noirs qu’elle n’attachait jamais, à la façon des femmes de mauvaise vie, et qui faisaient cascader la nuit tout autour de sa tête.

« Viens. »

Elle descendit au rez-de-chaussée du temple encalminé dans l’obscurité.

La princesse avait l’âge d’être fille et l’âge d’être mère aussi. Pourtant elle avait l’air de vouloir se comporter comme un homme, et c’est jambes écartées à la façon des garçons qu’elle s’assit au beau milieu de la compagnie, en déglutissant le contenu d’une large louche d’eau, qui lui avait été tendue par l’un des quatre petits monstres qui la servaient. Après s’être séché les lèvres humides du revers de l’avant-bras, elle rota, puis elle sourit et présenta à l’eunuque sa troupe :

« Je crois que tu as déjà rencontré quelques-uns de mes fidèles : Moitié de Śeṣa, Quart de Śeṣa, Petit bout de Śeṣa et Dernier bout de Śeṣa, le petit rien du tout », dont elle caressa le semblant de tête. « À eux quatre ils jouent le rôle du dieu vert de la vie.

« Quant au Général… Ce gros rougeaud…, plaisanta la princesse en désignant le colosse barbu, disons que c'est Śiva, le grand destructeur. »

Le Général grogna.

« Et toi, mon ami ? Tu n'as pas encore de nom.

— Je te remercie de m'avoir sauvé, mais je ne compte pas rester ici très longtemps.

— Oh… »

Elle eut l'air triste.

« Tu n'as pas compris…

— Quoi ? Parle franchement. Tu passes ton temps à m'embrouiller l'esprit avec des allusions poétiques mêlées à la vérité. Rien n'est clair, je me cogne contre tes mots et je perds patience…

— Ça me rappelle une histoire, dit la princesse…

— Oh oui, une histoire ! s'enthousiasma un bout informe de Śeṣa.

— Quelle histoire, princesse ? demanda Moitié de Śeṣa qui avait une face éléphantine, en s'asseyant sur les dalles avec une souplesse étonnante.

— Eh bien, mes Śeṣa, c'est… » et elle marqua une pause… « *notre* histoire ».

Les Śeṣa applaudirent.

« Ha ha, ces petits connards adorent les histoires, rugit le Général à la barbe hirsute.

— Et vous, Général ?

— Ce sont des histoires, rien de plus. »

L'eunuque lui jeta un regard : l'homme avait l'esprit complètement dérangé mais le visage intact, alors qu'un Śeṣa accroupi derrière lui avait perdu la moitié au moins de sa face. S'il avait été aussi monstrueux depuis la naissance, ce petit homme difforme n'aurait jamais survécu, abandonné par ses parents dans la forêt, peut-être élevé par les hippopotames, mais incapable d'apprendre à parler. Avait-il encore une bouche ? Un trou, oui... Des dents aussi. Mais il faut des lèvres pour mériter le nom de « bouche ». Ici, réalisa l'eunuque en dévisageant les décapuchonnés assemblés en demi-cercle autour de la princesse, tout le monde est déformé : à chacun il manque un morceau. Je n'ai pas de couilles, c'est vrai, mais du moins ai-je forme humaine.

Il frissonna.

« Dans le ciel, un jour, commença la princesse, les dieux discutaient. Or les dieux étaient nombreux. Ils étaient si nombreux qu'ils ne pouvaient même pas se compter les uns les autres. Déjà, chacun était plusieurs... Et chacun de ces plusieurs avait de multiples têtes, douze bras, douze jambes et six sexes masculins, six sexes féminins, de sorte qu'ils se bousculaient tout le temps dans l'obscurité. Aranyani regrettait les grandes forêts. Elle faisait l'éloge des lieux calmes et isolés. Elle se plaignait parce qu'au ciel les dieux vivaient trop serrés les uns contre les autres. Quant à Anumati, elle évoquait en soupirant la Lune blanche de l'oubli : la paix qui y régnait, le silence aussi. Il n'y avait personne là-bas. C'était agréable et spacieux. D'autres divinités moins importantes intervinrent et se lamentèrent aussi : l'espace céleste était trop plein.

« Leur plainte parvint aux oreilles de Brahmā, et Brahmā en référa à Indra et Viṣṇu, qui alertèrent Dyaus, c'est-à-dire le ciel : il fallait à tout prix que les dieux obtiennent un peu plus de place. Or la voûte infinie au-dessus d'eux était froide, et ce qui devait arriver arriva : ils s'enrhumèrent. Le ciel était spacieux, mais ouvert à tous les courants d'air. Ce n'étaient plus que reniflements parmi les divinités.

Agni, le dieu du feu, se sacrifia et se consuma afin de réchauffer les lieux. Mais les dieux trouvèrent que le ciel manquait désormais d'air. Alors ils firent venir Vāyu, le vent, qui souffla et de nouveau, patatras, ils prirent tous froid. Ils éternuaient sans cesse, causant de terribles tremblements de terre qui empêchaient Brahmā de trouver le sommeil. Il avait créé le monde et maintenant il était fatigué. C'est pourquoi les dieux prièrent Sūrya, le Soleil, de briller et de réchauffer leurs membres engourdis, pour ne plus prendre froid et laisser Brahmā en paix. Quand ils furent aveuglés par son éclat excessif, ils firent appel à Soma, la Lune, dans l'espoir qu'elle luise moins fort que le Soleil. Mais elle éclairait si peu qu'ils n'y voyaient plus rien. Au bout du compte, Pṛthvī, c'est-à-dire la Terre, fut placée au milieu du ciel, pour que le Soleil et la Lune alternent. Quand on désirait un peu d'ombre, il suffisait de lever le bras et d'échanger le Soleil qui réchauffe contre la Lune qui rafraîchit. Le jour ou la nuit, les dieux avaient le choix. Êtes-vous satisfaits, cette fois ? s'exclama Brahmā dont la patience avait été mise à rude épreuve. Oui ! dirent-ils.

— Ah…, chuchotèrent les Śeṣa, rassurés comme des enfants.

— Pourtant, reprit la princesse, quelques jours plus tard les dieux gémirent : ils étaient de nouveau mécontents… Nous avons neuf têtes, mais il n'y a qu'un seul Soleil et une seule Lune. C'est trop peu ! Une tête fait de l'ombre aux huit autres. Et quand le vent souffle, la première attire à elle toute la fraîcheur, qui ne parvient jamais jusqu'aux têtes restantes. Nos têtes entrent en conflit : chaque dieu lutte contre lui-même. Quand nous voulons prendre dans une main le Soleil et dans l'autre la Lune, pour les déplacer, expliqua Anumati, nos mains en trop ne savent plus quoi faire, elles s'emmêlent... Le paradis est mal fait.

« Viṣṇu trouva que les divinités bénies se comportaient comme des enfants gâtés. Alors...

— Mais Viṣṇu, c'est toi ! crièrent les Śeṣa à la princesse.

— C'est vrai ! Il est tout le temps moi, mais moi je ne suis pas toujours lui. À l'époque, je n'étais pas encore née. Dites donc, vous me croyez vraiment si vieille que ça, tout de même ? »

Ils baissèrent la tête, embarrassés.

Et elle éclata de rire en basculant le cou vers l'arrière avec grâce.

« Donc Viṣṇu appela la mère des dieux, qui prit la forme de Kāli la noire. Et Viṣṇu demanda à Kāli la rôdeuse de répondre aux demandes des divinités à sa place, puisque lui ne pouvait pas faire mieux. Au lieu de multiplier le Soleil du matin et la Lune du soir, au lieu d'ajouter le vent au vent et de diviser le ciel en portions égales, Kāli pissa entre ses mains. Elle recueillit le jus amer et l'avala. Puis elle attendit que l'envie d'uriner lui revienne et dix fois, cent fois, mille fois, elle pissa ce qu'elle buvait, elle but ce qu'elle pissait. Chaque fois le liquide devenait un peu plus noir et plus amer, tant et si bien qu'à la fin, c'est la *lèpre* qu'elle obtint. »

Les Śeṣa éclatèrent de rire.

Tendant la nuque comme la biche, la princesse regarda l'eunuque comme pour s'excuser par avance, au moment de le lui révéler, du don qu'elle lui avait fait. Du coin de l'œil, la princesse surveillait la réaction de l'eunuque.

Il se leva, chancelant et incrédule :

« La lèpre ! Vous… Vous êtes tous des lépreux. Et moi, j'ai léché ta plaie.

— Oui. »

Puis elle reprit le récit.

« Aux dieux qui se plaignaient, Kāli la noire donna la sainte lèpre à boire : buvez ! dit-elle. Alors les dieux perdirent leurs têtes, les unes après les autres, leurs bras et leurs jambes, leurs sexes aussi, qui tombèrent. À la fin, il ne resta à chacun qu'une seule tête, qui ne faisait pas d'ombre aux autres, une main pour attraper le Soleil et une autre pour prendre la Lune. Enfin, ils gardèrent un seul sexe pour n'honorer qu'un partenaire à la fois.

« Les dieux se lamentèrent de tout ce qu'ils avaient perdu, mais Brahmā, trop occupé par les êtres qui n'avaient encore rien obtenu, refusa d'entendre les récriminations des dieux.

« Leurs têtes, leurs bras, les jambes et leurs sexes tombèrent en pluie fine sur la Terre. Les habitants de la Terre les ramassèrent. En ce temps-là, ils étaient tous semblables aux serpents…

— Ah !

— Et les serpents reçurent chacun une tête, mais aussi des jambes, des bras, se redressèrent et travaillèrent. Plus tard ils se choisirent un sexe, se reproduisirent et dominèrent la Terre : ils étaient devenus humains. »

L'histoire était terminée, mais l'eunuque était parti avant la fin, tremblant de colère.

2

Près du portique monolithique du temple, sous une nuée de pollens de printemps, il pleurait.

Il éternua, sécha ses larmes puis commença à se gratter, démangé et dégoûté par avance par sa propre peau, cette chair bientôt corrompue qu'il avait l'impression de voir peler. Un lépreux ! Le mal le transformerait en souche d'arbre mort. Il savait qu'il n'y avait pas de guérison à espérer. Ce qui l'attendait, c'était une lente agonie et son corps qui se refermerait sur lui-même comme un tombeau.

La princesse s'approcha et ploya le genou pour s'accroupir près de lui.

« Tu m'en veux. Tu es jaune de colère comme le feu entre les mains d'Agni... Ah, j'ai trouvé de qui tu tiens : Agni, c'est lui le dieu jaune ! Disons que tu joueras son rôle parmi nous. Est-ce que tu serais d'accord ? »

Et la princesse voulut prendre l'eunuque dans ses bras, mais il la repoussa.

« La lèpre ! Pourquoi me faire ça ?

— Tu vas comprendre, dit la princesse. C'est l'heure de ce que nous appelons une "conversion". »

Quelqu'un cria sur le chemin de dalles qui montait de la porte de l'éléphant vers la cour des quarante piliers, à l'entrée où veillait le lion de granit rose. La princesse descendit et il la suivit.

Des hommes attendaient, attroupés au soleil.

« Je suis la princesse », dit-elle comme si elle récitait un poème, mais pas à la manière pompeuse des brāhmanes qui connaissent par cœur les Araṇyaka et les Upaniṣad. Sur un ton toujours enjoué, elle poursuivit :

« Je suis la princesse à la large poitrine et au front

doré ; je suis le fleuve qui cherche la mer, et je suis la mer qui l'attend ; je vais vers la bouche de Brahmā, d'où le monde est sorti… »

Qu'est-ce qu'elle raconte ? se demanda l'eunuque, accablé par ce fatras d'idioties.

Devant elle se tenait un mendiant.

Près de la porte du tigre, il avait dérobé un bijou à l'épouse de son patron, qui réclamait réparation. Mais le voleur avait déjà vendu l'objet du larcin. Le patron l'avait donc poursuivi pour lui réclamer en échange trois années de travail sans salaire. Et le pauvre hère était monté par le chemin qui grimpait des jardins à la léproserie impériale en implorant leur secours.

« Je te le donnerai tout cela, et mieux encore », répondit doucement la princesse qu'entouraient peu à peu les autres lépreux encapuchonnés.

Mais le mendiant hésitait.

Contrairement à l'eunuque, il savait ce qui l'attendait. Entre la lèpre et le travail forcé, il avait un peu de peine à choisir : c'était bien compréhensible. L'eunuque s'aperçut que, dans la cité, les méthodes de la princesse des lépreux étaient bien connues. Sa cérémonie incongrue, par laquelle elle prétendait convertir les miséreux au mal qui l'écartait de la société, amusait beaucoup les gens.

« Tu as peur de la lèpre, mon ami ? Est-ce que c'est pire que ta condition ? Quand ils te touchent, c'est pour te battre. Mais est-ce que tu as déjà vu ton patron lever la main sur nous ? »

Effrayé, le miséreux observait les visages des lépreux sous le capuchon trop vite enfilé et mal ajusté. Les hommes du patron chuchotaient à propos de ces démons protégés par Samudragupta.

Et la princesse vit le mendiant reculer, courber l'échine et se rapprocher du maître pour se soumettre à lui de nouveau : il préférait s'humilier mais garder son corps intact.

« C'est bien », dit le maître.

Alors seulement l'eunuque comprit la ruse de la princesse qui se détourna de ce miséreux perdu pour sa cause et avisa l'épouse du patron.

« Toi, la femme, dit-elle à l'épouse timide du bourgeois, tu es bien belle. » Tout en rejetant sa propre chevelure vers l'arrière, elle leva le menton et se donna l'air plus masculin. Au lieu de faire la louange des chevilles et des poignets de la femme, qui étaient disgracieux, elle parla de sa bouche et de ses seins. Depuis longtemps il n'avait été fait de compliment à cette dame, donc celle-ci baissa la tête, les joues roses.

« Relève ta tête, beauté. Une seule pièce d'étoffe enveloppée te siérait mieux que ces sortes de sacs de grains dont t'habille ton mari. Est-ce qu'il complimente parfois ton fessier ? »

L'épouse rougit, car toute sa vie elle avait eu honte de son postérieur qu'elle portait aux yeux des hommes, et du sien en particulier, comme un fardeau.

« Il est beau. Il est très beau. »

La princesse regarda longuement son cul.

« Toi, ferme les yeux et reste ici, ordonna le patron à son épouse. Et toi, le brahmane, dis quelque chose ! Voilà qu'elle s'attaque à ma femme, maintenant.

— Quand il couche avec toi, il te fait mal, n'est-ce pas ?

— Je…

— Ne lui réponds pas ! » dit le mari.

Mais la princesse lépreuse défit le voile de chanvre bleu. Elle fit voir son sein à l'épouse, et la plaie par en dessous. La femme, qui s'appelait Mithra, frémit. Puis la princesse écarta les lèvres et souffla pour que son haleine se répande alentour.

« Qu'est-ce que tu sens quand je parle ?

— Je sens ta bouche, princesse.

— Et que sent ma bouche ?

— Elle sent...

— Dis-le.

— Elle sent la lèpre. »

La princesse se tourna vers les soldats en armes. Rouvrant la bouche, elle joua à Kāli la noire quand elle découvre ses dents de nacre. À elle seule, elle fit reculer le bataillon avec autant de force qu'un lion qui rugit. S'il venait à l'un des hommes la mauvaise idée de s'approcher, elle bâillait, elle postillonnait et les soldats battaient en retraite, effrayés par les récits populaires à propos de l'haleine des lépreux.

« Princesse...

— Oui ? dit-elle toujours aussi soucieuse d'écouter.

— Ce n'est pas la lèpre, ce n'est pas vrai.

— Qu'est-ce que c'est ?

— Je sens la vie dans ta bouche. Je sens de la bonté.

— Faites-la taire, enfin ! » s'exclama le mari.

Les gardes hésitèrent.

Mais déjà la femme mal mariée approchait, et l'eunuque conçut une certaine admiration pour la princesse. Elle était bonne stratège. Elle savait séduire les gens – certains d'entre eux, du moins.

« Embrasse-moi... », dit-elle.

L'eunuque revoyait en pensée sa propre conversion et il sourit.

La princesse susurra à la femme agenouillée :

« Lèche ma blessure. Viens, ma belle, dit-elle.

— C'est contre la nature ! » protesta son époux, qui voulut intervenir, mais fut retenu par ses propres hommes.

La princesse souleva mieux le voile et écarta en plissant sa peau les deux rives de l'entaille.

« Non, gémit le maître, ne fais pas ça ! Tu vas finir comme eux.

— Les lépreux ! Les lépreux ! » piaillaient ses associés et les soldats, qui sautaient tels des cabris tout en se gardant de les approcher, brandissant des bâtons noueux, des gourdins et des massues, mais en vain.

« Tout doux », dit la princesse à la femme qui la suçait maintenant avec avidité.

Le soleil rose fleurit au-dessus de la léproserie et les gardes s'éloignèrent, non sans adresser une dernière menace à la prêtresse des lépreux, la fille du frère du roi, sur qui ils ne pouvaient pas directement lever la main.

Les quatre Śeṣa accompagnèrent Mithra vers le sanctuaire.

À l'instant même où il semblait avoir abandonné la partie, le mari outragé se retourna, ramassa un caillou et le lança au visage de la princesse. L'eunuque se précipita auprès d'elle.

« Tout va bien, je n'ai rien.

— Princesse, dit l'eunuque, est-ce que tu saignes ? »

Il déchira un pan de son vêtement pour l'éponger.

« Vraiment ? Je ne sens rien, sourit-elle.

— C'est la lèpre. Vous perdez déjà le sens du toucher.

— Oui. Mais j'ai encore un excellent odorat. »

Le front ridé par le doute, l'eunuque Agni renifla et demanda :

« Dis-moi, qu'est-ce que tu sens dans la cour de ton propre palais ?

— Une odeur de lotus : le *padmagandha*.

— Non, c'est l'*utpalagandha*.

— Je ne te crois pas.

— Et là-bas, à la porte ?

— Toujours le lotus doux, frais, aquatique et vert. Le noble *padma* et les grands lacs du printemps, en montagne. C'est l'odeur de la liberté. »

Il garda le silence.

« Tu ne réponds rien ? Ce n'est pas ça ?

— Princesse… La porte sent la pisse aigre et acide de l'homme aviné. Les soldats viennent d'uriner aux quatre coins de la cour pour se venger de vous, juste après la conversion de Mithra.

— Vraiment ? Peut-être que je confonds. »

En plaisantant, elle ajouta :

« Je crois que je vais avoir besoin de toi… »

Et de l'extrémité du moignon elle lui caressa la joue.

« Princesse, réponds franchement, est-ce que je cesserai bientôt de sentir, moi aussi ? »

Elle soupira :

« Sans doute.

— Pardonne-moi, mais je ne vois rien de désirable dans ton état. Je n'ai pas envie de devenir comme toi.

— Je ne souffre pas.

— Tu ne sens rien.

— Je sens encore.

— Tu sens mal.

— Je sens à ma manière.

— À ton nez la charogne putride de la hyène équivaut au bois de santal.

— Et alors ? Peut-être que l'urine est pour moi du lotus et de l'aloé, l'excrément du miel, la pourriture une guirlande de fleurs, et la charogne du santal précieux… Où est le mal ? Est-ce que ce n'est pas une bénédiction de sentir le monde autrement qu'il est vraiment ?

— Princesse…

— Dis ce que tu penses de moi.

— Tu es très exaltée. Tu fais partie des enthousiastes…

— Ah ! Et toi non… ? Alors quelle chance de nous être rencontrés. Nous sommes différents. Peut-être que nous nous cherchions depuis longtemps. »

3

Le Général était un homme violent de loin, intéressant si on faisait un pas dans sa direction, et de nouveau dur et méchant quand on le fréquentait d'un peu trop près. Prenant donc ses précautions pour s'entretenir avec lui, l'eunuque apprit à connaître le seul membre de la troupe de lépreux qui ne parlât pas par contes et légendes, par apologues, par sutras ou par mantras… Quand on la lui demandait, il disait la vérité des faits – en tout cas, ce qu'il en connaissait. De sa bouche, l'eunuque apprit donc que la princesse était issue par son grand-père de la dynastie des Lichchhavi, et que son père était le frère aîné, décédé, de Samudragupta. Pour des raisons de querelle dynastique et une obscure histoire d'empoisonnement, la princesse n'était plus la bienvenue à la cour, mais demeurait protégée par son rang : les gens de Patali et d'Ayodhyā ne pouvaient pas lever la main sur elle ni même la toucher. Enfin l'eunuque comprit que la princesse, depuis quelques années, assemblait auprès d'elle une troupe de rebuts de la société.

Elle voulait constituer une communauté libre de lépreux.

« Mes amis, nous allons partir. »

Ce matin-là, elle commença à prêcher pour leur départ et un murmure parcourut l'assistance.

Entre ses jambes écartées, la princesse impudique caressait la chevelure libre de Mithra, la femme du marchand récemment convertie, qui manifestait son plaisir les yeux mi-clos.

« Eh toi, l'homme jaune ! dit-elle à l'eunuque interloqué. Assieds-toi auprès de nous… »

À son tour il sentit sa main qui n'avait plus de doigts, cette main comme adoucie à la pierre ponce, plus délicate que la fleur, qui passa doucement contre son crâne sec, et il ferma les yeux.

« Les esclaves et les castrés comme toi, les femmes qui obéissent à leurs maris comme Mithra, les femmes qui voudraient être des hommes et les hommes qui aimeraient être des femmes, tous… Tous sont impuissants. Eh bien, nous les contaminerons pour les sauver. Nous leur proposerons le seul marché qui vaille : abandonne le corps qu'on t'a donné, et rejoins-nous. Sois libre. La lèpre vaut mieux que la corvée, l'obéissance, la peur et la soumission. Personne ne veut toucher un lépreux. La lèpre n'est pas la prison, mon ami, c'est l'air libre. À portée de main, dehors ! Ce n'est pas le problème, mais la solution. Nous vivrons hors de la société, dans notre propre royaume.

« Le Royaume... »

Elle sourit.

« Et puis... Est-ce que le bonheur n'est pas plus facile qu'on ne croit ? »

Elle ferma les yeux et contempla intérieurement un avenir joyeux.

Comme toujours lorsqu'il était question de la joie ou de la liberté, le Général gardait le silence : c'était comme s'il était fait mention d'une espèce étrangère et farouche, qu'il respectait de loin ; il admirait, l'eunuque le comprit peu à peu, la pureté que la princesse rendait aux grands mots corrompus par le temps, par les rois et par les savants, par tous ceux qui en avaient fait usage pour eux-mêmes ou contre les autres, alors que la princesse les énonçait pour nous seulement, pour les pauvres, les monstrueux, les amputés. C'était parfois idiot, mais au moins ça nous était destiné.

Ces grands mots de « joie » ou de « liberté », le Général ne comprenait pas vraiment leur sens. Peut-être qu'il les observait comme on regarde souffler le vent : quelque chose qui n'a pas de consistance, mais qui peut arracher les arbres, emporter les animaux, arrêter une armée, qui peut même, si l'on se montre patient, s'insinuer dans l'esprit des hommes.

Les mots, les jolis mots de la princesse étaient absolument vains à son oreille, mais il savait que parmi les hommes ils souffleraient fort : ils mettraient leurs âmes en mouvement. Le Général ne croyait qu'à ce qu'il voyait. Pas plus que l'âme, le vent ne se laisse voir, mais ses effets, oui.

Alors le Général écoutait patiemment le vent des grandes idées sortir d'entre les lèvres de la princesse.

« Nous savons nous soigner, poursuivit-elle, il n'y a pas besoin de nous guérir. Pourquoi guérir ? La santé est une malédiction. C'est la maladie qui nous émancipe.

« Mes sœurs, mes frères, nous ne pouvons pas attendre enfermés dans ce tombeau… »

Et elle désigna du menton la salle vide du temple troglodytique. Certains murmurèrent.

« Qui veut venir ? Il faut proposer aux serfs, aux inféodés, aux indigents, aux mendiants, aux paysans sans terre, aux femmes battues, aux enfants abandonnés, le don de la lèpre. Tout au nord, il existe des lieux où personne ne va. C'est comme une grande bouche parfumée qui lèche les plaies et éteint toute douleur : en recueillant les moins que rien, nous partirons en pèlerinage et Samudragupta ne nous rattrapera jamais. »

C'était destiné à échouer : bien sûr qu'elle avait tort.

Mais, parce qu'il lui sembla qu'il avait trop longtemps cherché à avoir raison, l'eunuque fut de ceux, une poignée, qui se levèrent pour se ranger derrière la princesse, quand elle annonça que leur caravane s'ébranlerait dès le lendemain ; le départ était précipité, et pourtant il suivit.

Chargé de rassembler leur trésor, l'eunuque compta cent pièces d'argent et les déposa dans une bourse de cuir qu'il porterait à la ceinture tout au long du voyage jusqu'à la « bouche du monde ».

Peu à peu il devina que derrière chaque geste spontané de la princesse, il y avait une raison cachée : un empêchement, une interdiction ou une menace, qu'elle avait l'élégance de transformer en liberté. Et il y avait bien une explication à leur brusque départ… Suite aux multiples scandales provoqués auprès des seigneurs et des marchands comme le mari de Mithra, Samudragupta avait ordonné à sa nièce de quitter la ville : il fallait qu'elle parte en ermitage, qu'elle renonce à sa demeure et aux biens matériels, pour rejoindre les forêts, comme dans l'épopée du *Rāmāyana*.

Elle était punie et c'était en réalité un exode forcé. Mais peu importe : ils partiraient.

Ils se saoulèrent.

« Est-ce que tu as entendu parler, lui demanda la princesse qui avait bu du nectar de mauvaise qualité, d'un homme qui était Viṣṇu et qui serait mort sur la croix, comme le cheval écartelé pendant l'Aśvamedha ?

— Je ne sais pas.

— Il paraît que cet homme, le fils des dieux, s'appelait Yeshu. Il habitait en Occident.

— Peut-être. Le monde est plus grand qu'on ne croit.

— Je crois que cet homme procédait de Viṣṇu, tout comme moi. Je suis peut-être déjà morte sur la croix. Peut-être que j'étais lui, et maintenant il est moi… »

La princesse était ivre, et sa beauté flottait. Elle retint quelques rots, puis se blottit entre ses bras :

« Les mains me manquent… Tes mains, s'il te plaît… », lui chuchota-t-elle.

Et durant quelques minutes, elle fit mine de les lui emprunter.

« Ce sont de belles mains, elles sont grasses et grosses, mais douces aussi. J'aime tes doigts. »

L'eunuque ne savait pas quoi dire.

« Je te les donne, si tu veux.

— Oui, merci. » Et elle referma les yeux.

Puis les Śeṣa chantèrent, la firent danser et l'arrachèrent aux bras de l'eunuque.

Quand ils s'effondrèrent de sommeil, il ne s'en alla pas, comme à son habitude, étaler sa couverture à l'écart des lépreux. Non, il s'affala auprès d'eux. Tout autour flottaient les pollens blancs du printemps. Étourdi par l'alcool, il cessa de rentrer le ventre et de retenir sa respiration. L'odeur forte et moirée de leur infection l'envahit, et tout s'inversa. Baignant dans le fumet de ses compagnons malades, il sentit sa propre peau par avance pourrissante. Alors il entra dans la lèpre, comme un homme qui a longtemps hésité à pénétrer l'eau froide et qui s'y abandonne enfin, avec joie. Dans les cicatrices purulentes des corps tout autour de lui il sentit la promesse du printemps, dans l'odeur fétide des lépreux le sentiment d'une terre fertile, dans la chair gâtée il trouva une certaine paix de l'esprit ; et dans la maladie, la vie.

Himalaya
ou le Livre de l'errance

Les lépreux errent vers le nord, en quête de la bouche de Brahmā promise par la princesse, censée délivrer les âmes de leurs corps ; ils endurent le froid, escaladent la montagne, rencontrent un imposteur, des serpents noirs et perdent un être aimé.

1

« Brahmā ouvre la bouche au nord des montagnes de l'Himalaya, et c'est là que nous trouverons le paradis », avait annoncé la princesse, quand leur petit cortège s'était ébranlé.

L'eunuque l'écoutait raconter ses histoires et il se souvint de ses réticences à l'égard du Veda et des êtres trop inspirés, quand il était encore esclave et croyait à l'enseignement de la « Vacuité ».

La princesse parlait à ses compagnons adultes comme dans une fable pour enfant. Un jour peut-être deviendrait-elle fabuleuse elle aussi, personnage de légende comme les Rishi, et ce qui prêtait à sourire sur le moment paraîtrait profond, voire prophétique aux hommes de l'avenir. Il y a des individus qui dès aujourd'hui s'adressent à demain : dans l'instant présent, ils sont ridicules ; ils le resteront peut-être à tout jamais, mais qui sait ? Si l'avenir leur donne raison, toutes leurs affabulations, qui n'étaient fondées sur rien sinon une vague intuition, les feront passer pour des sages qui savaient tout par avance.

Moi, se dit l'eunuque, je ne saurais pas prendre ce ton exalté de la révélation. Et il réfléchit : pourquoi ? Est-ce que je suis plus courageux ou plus lâche que les bonimenteurs des Veda ? Je crois que je n'oserais pas prendre le risque de me montrer ridicule. C'est, pensa-t-il, comme un cap à l'horizon pour un navire qui fait voile de port en port : le « cap du ridicule », certains le franchissent et naviguent par la suite bien au-delà, où le regard ne porte pas, certains cabotent et commercent toute leur vie sans oser frayer de l'autre côté, où la plupart périssent oubliés par la postérité. Les hommes sensibles à la vacuité de tout, dont je fais partie, connaissent bien cette vanité des entreprises humaines, donc ils se gardent de toute grande déclaration sur la vérité et ils ne se lancent pas dans des aventures *de l'autre côté*. Qui en revient ? Très peu, presque personne : chaque siècle, une poignée de rois, quelques poètes, philosophes et prêtres dont on se souviendra plus tard, et encore. Les héros, les dieux dont les noms se transmettent de siècle en siècle. Le reste des grandes tentatives pour établir la vérité est oublié, ou ridiculisé par l'avenir. Qui peut se prétendre élu, et croire appartenir à ceux qui auront eu raison ? Je ne crois pas possible d'en faire partie, se dit l'eunuque. Mais la princesse ? Son idée de nous conduire par la maladie vers la « bouche du monde », où nous serons enfin libres et égaux, n'est sans doute qu'une bouffonnerie. Émanciper les hommes par la lèpre apparaîtra absurde à quiconque réfléchit plus d'une minute : nous nous affaiblirons, nous mourrons, nous serons inutiles à nos exploiteurs, mais ils continueront de s'enrichir sans nous et ils en opprimeront d'autres. Je suis devenu lépreux malgré moi, et je ne lui en veux pas de m'avoir converti à cette folie ; mais je ne crois pas à son idée. Pourtant je la suis, parce qu'elle y croit vraiment. Quand on n'a pas d'idée, que faire sinon suivre la croyance de quelqu'un qui nous plaît ? J'irai jusqu'au cap du ridicule avec elle, et j'en profiterai pour voir ce qu'il y a de l'autre côté. Je crois qu'il n'y a rien : la mort, l'oubli... Et si en fait on y trouve la justice et la vérité, comme elle le pense sincèrement, j'y aurai participé un peu en partant les chercher en sa compagnie.

Nous verrons bien.

Dodelinant sur sa monture alors qu'il réfléchissait à l'enseignement de la « Vacuité », dont il avait appris les rudiments plus jeune, l'eunuque jeta un œil vers Ayodhyā et les villes impériales : qu'est-ce que je laisse derrière moi, après tout ? Je suis un sage raté, trop vite vieilli, timide, maladroit et blasé. Je n'ai l'amour de personne et la connaissance m'a fait cocu : elle m'a trompé avec des hommes plus puissants que moi, comme le marchand et le roi.

Allons !

Sur les contreforts encore herbeux de l'Himalaya, à dos de cheval, puis de mulet et enfin, parce que même les mules peinaient, à pied, ils franchirent les plateaux et traversèrent de grands bois d'arbres *sâla*, qui demeurent plantés droit à mesure que le sol penche. Ces arbres ne fléchissent ni ne se tordent jamais. Dressés pour atteindre la lumière du jour, ils poussent en rang et semblent veiller sur les voyageurs. Leur ombre est douce et délicate, alors que la montagne est rude et rêche.

C'était pour les Śeṣa un terrain de jeu merveilleux. Ils se révélèrent très drôles et avaient un talent naturel pour l'imitation. Farceurs, en particulier à l'égard du Général, ils contrefaisaient des voix de femmes tentatrices aux abords des villages, qui entraînaient le Général dans des malentendus houleux avec la population locale. Un jour ils firent aussi paître une vache près de l'endroit où il dormait, au pied des grands arbres droits. On entendit le Général hurler à l'eunuque :

« Sans-couilles ! Viens m'aider ! Pendant que je faisais un somme à l'ombre, un monstre est venu me bouffer le gazon herbeux sur la gueule. Maintenant j'ai la barbe coincée entre ses dents ! »

Il fallut le raser. La tête semblable à un scrotum épilé, il fit rire la compagnie durant des semaines. Longtemps après, les Śeṣa imitaient encore le mugissement du « monstre » dans son dos.

« Je vous entends ! »

Comme ils étaient très joueurs, les Śeṣa pariaient souvent. Lorsqu'ils perdaient, leur gage consistait à partir en éclaireur pour tromper les villageois à l'orée de la forêt en imitant un animal, ouvrir la voie et s'assurer de l'absence de soldats qui auraient cherché à les reconduire dans une léproserie. À cette mission ils ajoutaient souvent le plaisir de chaparder dans les granges, les étables, de quoi boire et manger pour toute la compagnie. Si les villageois les surprenaient, la lèpre suffisait à les faire reculer.

Mais le Général commençait à craindre les représailles des paysans qui, à mesure qu'on s'élevait loin de la civilisation, éprouvaient de moins en moins la terreur sacrée des lépreux.

Il disait :

« Nous aurons des ennemis. »

C'était leur débat favori : la princesse considérait qu'ils n'étaient pas en guerre et que les hommes ne s'affrontaient que parce qu'ils se méfiaient les uns des autres.

« Général, vous avez des ennemis parce que vous pensez en avoir.

— Oh non, protestaient les Śeṣa qui n'aimaient pas réfléchir, c'est reparti… »

Alors sur les pentes rocailleuses, l'eunuque s'arrêtait un court moment et laissait les autres s'éloigner. Il guettait un col, une passe étroite dans la forêt des *sâlas* – comme un cou délicat sous une chevelure abondante. Marcheur lent mais endurant, qui perdait du poids d'étape en étape, il vivait d'eau claire, de beurre cuit, de la rapine des Śeṣa, des poissons à chair blanche des torrents, rôtis après avoir été embrochés sur le feu du soir. Laissant la princesse prêcher à ses fidèles la confiance en l'être humain, il rêvassait en voyant de loin sa silhouette bleue aller sur le chemin.

Même si sa démarche n'avait rien de nerveux, elle semblait insaisissable. Dès qu'on croyait avoir fixé son image, elle feintait, esquivait et se riait de votre regard, qui l'avait manquée. Si vous preniez une attitude trop assurée, elle vous désarçonnait dans l'instant qui suivait… Mais si vous paraissiez triste et défait, tout de suite elle revenait vers vous. Assombri ? Elle vous éclairait. Au moment même où vous ne vous sentiez plus exister, elle vous accordait cette sorte d'attention inattendue qui vous faisait de nouveau vous sentir important – mais alors elle en profitait pour vous taquiner de nouveau et affaiblir un tantinet votre façon de vous croire établi et reconnu. Elle ressemblait à un animal fabuleux que vous chassez ou qui vous chasse – vous n'en savez rien –, une bête furtive que vous perdez de vue derrière la colline et que vous retrouvez dans votre dos en creux de vallée. Une fois qu'elle vous a épuisé, quand vous vous trouvez sur le point de renoncer à suivre ses pas, elle ralentit, elle vous autorise à l'approcher, parfois même à la toucher, elle vous assure qu'elle n'est pas une illusion, un mirage, mais un être de chair… Elle vous baise le front et repart vers l'horizon. Vous ne pouvez pas faire autrement que de vous remettre sur pied pour l'accompagner, la laisser filer loin devant, afin de mieux courir après. Vous lui en voulez, bien sûr : elle le devine, elle le sait. Alors elle s'assoit sur un rocher au bord du chemin, au soir venu. Farfouillant au cœur de votre bouderie, elle sait toujours retrouver l'amour sous le ressentiment. Sous votre regard courroucé, elle trouve la raison pour laquelle vous êtes en colère contre elle – c'est parce que vous l'aimez. Et vous l'aimez parce qu'elle va toujours devant.

On croyait la connaître, et puis elle changeait du tout au tout – et à ce jeu, elle était imbattable.

Quand les Śeṣa ne voulaient plus marcher, par exemple, la princesse leur racontait une histoire. Durant tout un mois, pour leur faire oublier le chemin de plus en plus pentu, elle improvisa un récit improbable à partir des aventures bien connues de Rāma. Et bientôt elle y crut…

« Rāma, c'est moi, avait-elle décidé.

— Mais Rāma, interrompit l'eunuque, c'est un homme…

— Oui, et alors ?

— Tu es une femme, princesse. »

Elle éclata de rire, écarta les cuisses :

« Et puis quoi ? Ma bite, oh, elle a dû tomber entre-temps. C'est la faute de la lèpre ! »

Puis elle reprit son sérieux :

« Au dernier moment, Viṣṇu a compris que la femme était plus intelligente que l'homme. Réalisant qu'un homme ne pourrait vaincre Rāvana, le démon qui ravage le monde, il imagina aussi que l'orgueil des hommes était trop grand pour accepter d'être sauvés par une femme. Alors le héros naquit sous la forme trompeuse d'un petit garçon, avec des couilles et un gland. Il fut éduqué comme tel, mais à l'adolescence il redevint une femme – qui apprit à dissimuler son apparence.

« Moi. »

Les quatre Śeṣa applaudirent et le Général se toucha les parties :

« Je vérifie que mes couilles à moi sont bien là, et j'en remercie Kṛṣṇa !

— Est-ce que je peux reprendre mon histoire, s'il vous plaît ? »

Il arrivait que la princesse s'agace si l'on s'interrogeait un peu trop sur son récent changement d'identité. Depuis qu'elle avait choisi d'être Rāma, elle attendait qu'on la considère comme tel. C'était un héros juste et droit. Le front large et doré, il tirait à l'arc (du temps où il avait des mains). Il voyait loin et veillait sur les siens. Dans l'esprit de la princesse – de Rāma –, les Śeṣa jouaient le rôle du fidèle Lakṣmana de la légende, mais divisé en quatre. Ou bien c'était le Général…

« Maintenant, expliquait Rāma qui s'était prise au jeu de sa propre histoire, je dois trouver mon aimée. Dans l'histoire ma promise c'est Sītā, la fille de la terre. Mais qui sera ma Sītā ?

— Tout le monde ici connaît l'histoire de Rāma, tempéra l'eunuque. Libre à toi de l'interpréter à ta manière. Mais je doute que tu trouves ta Sītā en ce monde. Tu gardes l'apparence d'une dame. Et puis, princesse…

— Appelle-moi Rāma.

— Rāma, je me fais du souci.

— Pourquoi ?

— La montagne, les serpents, le froid. Nous aurons faim. Nous serons malades. »

Elle s'assit sur un tronc d'arbre en travers du chemin, replia l'ourlet de sa robe et sourit :

« Tu n'es pas comme ceux à qui je raconte des histoires. Toi, tu sais.

— Je… », il chercha l'expression la plus juste : « Je crois que ta voie est juste à sa façon, mais que tu vas trop vite. Rāma, le monde est lent.

— Certainement. »

Elle acquiesça, fronça ses sourcils épais.

« Tu me diras si je suis trop imprudente ?

— Oui. Je ne sais rien faire d'autre. Moi je suis un pisse-froid.

— Pourquoi ?

— J'ai envie de croire comme toi, mais.. Je me représente par avance la fin…

— La fin de quoi ?

— La fin du monde. Lorsque le souffle de Brahmā reviendra au fond de sa bouche. J'ai le sentiment que… Même lorsque tout retournera en Brahmā, même quand le monde sera achevé et parfait… quand la totalité retournera au néant, je ne crois pas que justice sera rendue.

— Bah, je crois que tu réfléchis trop. Arrête de penser et viens cueillir des herbes avec moi. Nous en aurons besoin. »

Quand la lèpre de leurs compagnons devenait douloureuse, la princesse récoltait toutes sortes de remèdes traditionnels. Contre les fièvres violentes, elle faisait bouillir des racines.

« D'où te vient ce savoir, Rāma ? demanda l'eunuque en glanant dans les près.

— Je m'en souviens, c'est tout. Peut-être d'une autre vie. »

Il avait pris l'habitude de l'appeler Rāma, d'abord par plaisanterie, puis sans y penser.

« Sens-moi ça ! Le *kushta* évoque la bonne odeur de chèvre. Il faut la marier, ajouta Rāma, avec de la résine de *guggulu*. Ça nous sera d'un grand secours si nous sommes empoisonnés. »

Puis elle ne put s'empêcher de raconter :

« Tu sais, les anciens ermites connaissaient déjà cette recette. C'est un remède qu'on trouve à la source du troisième paradis, où les divinités siègent sous l'arbre *aśvattha*. Là-bas, d'immenses bateaux d'or aux voiles étincelantes nous attendent. Ils naviguent sur les nuages, par-dessus les nids d'aigles géants, au sommet de l'Himalaya. Ah, j'ai hâte de voir ça.

— Vraiment ? »

Et elle éclata de rire.

2

Leur chemin traversait les États népalais avant de se perdre vers les sommets. À Mathura, la fraternité rencontra un accueil enthousiaste. Dans les régions d'Arjun-Ayanas, où les conquêtes impitoyables de Samudragupta avaient laissé du ressentiment et de la peur, les lépreux découvrirent de nouveaux camarades : les tribus réprimées par l'empereur. Elles étaient tentées par cette maladie taboue qui les arracherait peut-être à la soumission. Leur terre était pauvre. Ils vivaient en minorité et les plus jeunes, désespérés, rejoignirent la croisade des lépreux.

À dire vrai, cela déplut à l'eunuque, car leur caravane familiale s'agrandit trop vite. Certains chassaient, d'autres vagabondaient dans le plus grand désordre, sans obéir au Général. Désormais ils allaient par centaines et il n'était pas rare qu'un homme ne reconnût pas ses compagnons de bivouac à la nuit venue : leurs effectifs variaient tant que même l'eunuque, la princesse et le Général se trouvèrent bientôt dans l'incapacité d'en tenir le compte exact.

Parvenus dans l'ancienne capitale du Népal, ils décidèrent de se diviser en groupes, au risque de perdre le contrôle d'une partie de la troupe, désormais dominée par les Népalais. À leur tête se trouvait un ascète, apparemment lépreux, qui se prétendait charmeur de serpents et magicien. Après un discours maladroit de la princesse, qui peinait à se faire comprendre dans un sanskrit trop savant pour le peuple, le charmeur de serpents se fit applaudir et proposa d'accomplir un tour de magie. Pendant ce temps, l'eunuque et le Général firent le tour de la foule, ils tendirent aux gens une corbeille d'osier dans laquelle ceux qui souhaitaient rejoindre le groupe de Rāma pourraient déposer leur obole.

Mais presque personne ne donna.

Dans leur bourse en cuir, il ne leur restait qu'une petite dizaine de pièces d'argent.

« Regardez ! s'écria un Śeṣa en désignant le magicien. Il sait faire apparaître des choses !

— Rāma est déjà repartie. Allons-nous-en…, répondit l'eunuque.

— Oh, s'il te plaît ! imploraient les Śeṣa.

— Ce n'est qu'un escroc qui gagne sa vie en épatant les idiots.

— Allez… »

Le magicien ravit les Śeṣa et tous les autres réfugiés. Sans un mot, il disposa une graine minuscule, qu'il montra à toute l'assistance, dans un pot de terre et en quelques secondes à peine un petit manguier en poussa comme par miracle.

Enthousiastes, les spectateurs l'applaudirent. Ils préféraient le tour de magie au long prêche compliqué de Rāma.

L'eunuque connaissait déjà l'astuce : les feuilles et les branches avaient été pliées avec soin dans une graine toute sèche. Or les branches du manguier sont assez souples pour ne pas rompre ; elles peuvent se déployer librement, sans laisser la moindre trace du pliage initial.

Très vite, l'eunuque comprit ce que le magicien proposait aux hommes désœuvrés : non pas leur inoculer la lèpre, comme Rāma, mais leur apprendre à l'imiter. Lui-même savait prendre l'apparence d'un phtisique. C'était d'ailleurs ce que faisaient beaucoup de mendiants dans les rues, afin de s'attirer la sympathie du chaland. En quelques gestes, le charmeur de serpents donna une leçon de maquillage aux Népalais, qui se laissèrent séduire. Ils aimaient mieux feindre la lèpre avec du noir de charbon que d'être vraiment malades.

« Venez, dit l'eunuque aux Śeṣa.

— Chut ! » protestèrent-ils.

Toujours aussi mutique, le charmeur de serpents présenta à l'assistance un second tour de magie : il versa du sable dans un seau d'eau, puis le reversa au creux de sa paume ; il fit le tour de l'audience pour qu'elle s'assure que le sable n'était pas mouillé. Les Śeṣa demeurèrent incrédules :

« Comment est-ce qu'il a fait ça ?

— C'est simple...

— Tais-toi ! Laisse-nous voir. Il le refait. »

L'eunuque préféra s'en aller et rejoignit le Général sur un parapet à l'écart de la foule.

« Dis-moi comment il fait, demanda le géant énervé. Pourquoi est-ce que le sable versé dans l'eau n'en ressort pas mouillé ? Est-ce qu'il est plus puissant qu'elle ?

— Non, c'est facile. Il n'y a pas de mystère : le sable a été frit avec du lard. La graisse enveloppe les grains du sable d'une fine pellicule qui les rend imperméables. Comme ça, l'eau glisse sur eux et ils demeurent secs, en tout cas si on ne les y laisse pas tremper trop longtemps. Ce qu'il fait, tous les charlatans savent le faire. Il le fait bien, mais rien de comparable avec elle.

— Pourquoi est-ce qu'ils ne la suivent pas, alors ?

— Ils préfèrent le *truc*. Le truc marche maintenant. Demain, il ne vaudra plus rien. Après-demain, c'est à peine si l'on s'en souviendra. Mais tant pis.

— Et elle ?

— Elle, ce n'est pas de la magie. C'est autre chose.

— Mais la magie marche.

— C'est un mensonge. Ça ne dure que le temps de l'ignorance.

— Donc il n'y a pas vraiment de magie ?

— Juste le temps de l'ignorance. »

Le Général lui opposa :

« J'ai vu dans le monde des choses inexplicables. Est-ce qu'elles s'expliqueront toutes un jour ?

— Sans doute.

— Mais pourquoi ? ! »

Et pris d'une colère aussi inattendue que violente, le Général fendit d'un coup de poing la corbeille de Rāma, d'où s'écoula le peu de monnaie récoltée, quelques piécettes arborant le profil de Samudragupta, qui roulèrent dans la poussière, tandis que le Général hurlait :

« Pourquoi est-ce que je n'ai pas le droit de savoir maintenant ? De quoi seront faits les hommes de demain ? Ce seront plus ou moins les mêmes connards que nous, non ? Et pourtant eux, ils sauront ! Et pas moi ! »

Il se couvrit les yeux avec les mains :

« Je suis condamné à vivre comme un aveugle aujourd'hui, alors que les hommes de demain sauront tout mieux que moi. Mais c'est pour ça que je suis cette femme comme un chien : parce qu'elle voit au-delà... Elle sait vraiment. Elle ne fait pas semblant. Elle voit la fin de l'histoire. »

Puis il se rassit, silencieux.

3

De toute sa colère, le Général aimait la princesse Rāma.

On n'aurait pas imaginé qu'il soit capable d'amour, ce géant dont le caractère inversait les traits du visage, comme si sa tête avait été retournée par Brahmā dans un mouvement d'humeur : même ses narines donnaient l'impression de souffler par le haut. De tous, il était celui que la lèpre avait le plus épargné. Il ressemblait à un démon, certes, mais il y avait toujours ressemblé.

C'était un ancien tueur, un assassin que la princesse avait sauvé. La reconnaissance qu'il éprouvait à l'égard de cette femme le faisait parfois pleurer de rage, la nuit, car elle était inaccessible. Le Général pensait que rien n'était plus bas que notre monde – un véritable puits de merde – et que rien ne s'élevait plus haut que Rāma. Il y avait peu de bien dans cet homme, et personne n'en avait jamais trouvé. Pourtant la princesse en avait découvert un filon, et toute la haine féroce de cet être, à ses yeux seulement, s'était mise à briller d'une mince pellicule dorée d'amour.

Cependant le Général était lucide. Il connaissait la fragilité de la princesse, qui était une rêveuse. Elle avait grandi dans la soie, le jasmin, les essences précieuses qui avaient toutes également au nez du Général l'odeur du vice. Elle était naïve ; elle se faisait des idées et il fallait la protéger.

Donc il la protégeait. Dans cette vie-ci, il avait trouvé à quoi s'employer.

Souvent il l'entraînait à part des autres et lui donnait un conseil, mais Rāma répétait :

« Je n'ai pas besoin de ta protection, tu es libre et je le suis aussi. Tu es mon ami. »

Et le Général aimait qu'elle ne lui tienne jamais la main, comme elle le faisait avec les autres. Il aimait qu'elle ne le prenne pas par l'épaule en souriant. Il aimait qu'elle ne rie pas à ses plaisanteries vulgaires. Il aimait qu'elle demeure étrangère à tout ce qu'il méprisait en lui-même. Jamais il n'avait baisé avec elle, contrairement à beaucoup d'autres, et il aimait ne pas l'avoir baisée. Il aimait ne pas penser à la possibilité de faire l'amour avec elle. Naturellement il lui en voulait aussi, parfois, et il aimait lui en vouloir. Dans son sommeil, parfois, il la traitait de tous les noms, et il en était satisfait. Il trouvait que tous les noms, bons ou mauvais, lui convenaient, alors que les désignations attachées à tous les autres êtres du monde lui semblaient inadéquates.

Lui-même, par exemple, n'était pas vraiment général.

« Général ! cria l'eunuque au loin.

— Quoi ?

— Un serpent ! »

C'était mauvais signe. Le Général pressa le pas. À travers les éboulis, il rejoignit l'eunuque et la pauvre Mithra, cette femme des villes qui commençait à regretter d'avoir abandonné son méchant mari, qui pleurait souvent le soir et qui avait particulièrement peur des reptiles.

Tremblant devant une couleuvre enroulée à ses pieds, Mithra tenait à la main un bloc de granit.

« Non ! » hurla le Général.

Mais Mithra lâcha le caillou, éclatant la tête du serpent.

« Non… », répéta le Général, plus doucement cette fois.

Avec retard, Rāma les rejoignit à bout de souffle et constata cette mort de mauvais augure.

Pourtant l'endroit semblait paradisiaque.

Lentement ils laissèrent la lumière descendre du ciel au soir, allongés au bord d'un lac de montagne. Avant que la nuit ne les enveloppe, chacun chercha un abri dans des alvéoles rocheuses.

Rāma s'accouda près de l'eunuque, à l'écart de Mithra qui s'était endormie :

« À quoi est-ce que tu penses ?

— À rien. Et toi ?

— Au sexe.

— Je n'en ai pas.

— Montre-le-moi.

— Non ! »

Il avait honte.

« Je ne veux pas te faire honte. Est-ce que tu me crois bon ?

— Oui. Je te crois bonne.

— Alors je ne peux pas te faire honte.

— Si je commets une mauvaise action ?

— Je serais triste.

— Si je suis… laid. Et je suis laid », dit l'eunuque.

Rāma rit :

« Est-ce que tu m'as vue ? »

L'eunuque rougit. Elle leva haut les mains, qui n'en étaient plus tout à fait.

« Regarde-moi… »

Sous les bandages, l'eunuque devina sa peau douce comme du lait, attaquée par la maladie.

« Maintenant fais-moi voir. »

L'eunuque se leva, écarta les jambes, dénoua le

fil et défit lentement le tissu sale, puis il écarta les linges : son pubis était enflé. Le monticule rosâtre était troué et un petit bâton creux de bois, aussi fin qu'une paille ou un roseau, lui avait été enfilé dans l'orifice.

« Mon pauvre, les hommes t'ont fait du mal.

— C'est par là que j'urine.

— Tout a été cautérisé ?

— Bien sûr ! Je serais mort, sinon, à cause de l'infection. La fièvre a duré des jours. J'avais six ans.

— Laisse-moi toucher. »

Très douce ou très doux – il ne savait plus –, Rāma caressa entre ses cuisses l'endroit où les jambes grassouillettes de l'eunuque se frottaient sans cesse au cours de leur marche. Parfois le haut de l'intérieur de ses cuisses saignait légèrement et s'encroûtait. Au soir venu, il devait l'aérer loin du regard des autres et l'humecter d'un filet d'eau fraîche. À cet endroit qui s'enflammait souvent, Rāma passa son moignon. Puis Rāma commença à embrasser le souvenir de son sexe. Doucement elle retira le bâtonnet de bois fin. Soutenant de la paume sa bourse atrophiée, rentrée aux trois quarts dans le scrotum qui pendait, Rāma lécha l'orifice de l'eunuque, et lui fit retrouver un sentiment de joie.

Debout, jambes écartées, l'eunuque essoufflé, secoué par les spasmes, jouit et serra le visage de Rāma contre son trou gorgé de sang. Sous la lèpre qui progressait, ses nerfs vibrèrent puis s'apaisèrent, et lui aussi.

4

Il était inconscient d'avoir dormi quand il sursauta. Le ciel, les étoiles et la Lune étaient couverts.

Partout, des serpents.

Peut-être attroupés par la mort de l'un des leurs, ils s'étaient glissés dans les alvéoles rocheuses. Il est bien connu qu'une unique couleuvre en attire d'autres, que les couleuvres regroupées attirent les vipères, les vipères les cobras et les cobras les Nāgas : les lépreux découvrirent qu'ils avaient fait halte dans un nid de Nāgas noirs. Plusieurs de leurs compagnons inexpérimentés avaient déjà été mordus, et ils n'avaient même pas senti la blessure. Certains avaient trépassé dans leur sommeil.

Si seulement le charmeur de serpents népalais était avec nous…, se lamentèrent les Śeṣa. Mais les lépreux n'y connaissaient rien. En cherchant à échapper au danger, ils excitaient les serpents et provoquaient la morsure dont ils désiraient se préserver. Ainsi Mithra avait été mordue au mollet justement parce qu'elle chassait du pied un Nāga.

« Il faut monter à l'abri », ordonna le Général.

Mais, en escaladant, les lépreux peinaient à agripper les fentes dans la roche : leurs phalanges amollies par la maladie restaient même parfois coincées entre deux rochers.

« Venez ! » dit Rāma.

Sur une corniche il fit brûler de l'encens et audessus d'eux parut voler un grand aigle.

Est-ce que c'était le légendaire Garuda ? Dans l'étourdissement de son réveil brutal, et à cause du caractère irréel de la situation, l'eunuque n'aurait plus su distinguer ce qui relevait de la vérité ou de la fable. Il lui sembla que l'oiseau prenait les serpents entre ses serres. Puis Rāma porta Mithra, étourdie, près d'un arbre cendré, en contrebas, et fit bouillir une potion à base de racines de *kushta*.

Mais la fièvre du venin ne retomba pas.

Toute une journée, on attendit. Les Śeṣa sanglotaient.

Alors Rāma reprit son histoire.

« En ce temps-là, dit-elle, les dieux ne savaient pas souffrir. Kāli avait erré longtemps. Son heure était venue et elle décida de se venger des dieux qui lui avaient coupé la tête, en insinuant d'une voix amère : là-dessous sur Terre, les hommes ont quelque chose que vous ne connaissez pas. Ils *souffrent*. Les dieux ignoraient le sens de ce mot-là. "Souffrir" ? Qu'est-ce que cela veut dire ? Tous les dieux partirent visiter les jumeaux Ashvins, qui étaient très savants. Ils leur demandèrent : "Qu'est-ce que souffrir ?

« — Nous n'en savons rien."

« La plupart des dieux haussèrent les épaules et n'y pensèrent plus. Mais Viṣṇu s'en retourna à son temple inquiet et il interrogea Brahmā : "Père, qu'est-ce que le contraire de sentir ?

« — L'absence de sensation.

« — Ne pas sentir, est-ce cela, souffrir ?

« — Non, dit Brahmā.

« — Mais alors, qu'est-ce que souffrir ?"

« En l'absence de réponse de la part du père des dieux, Viṣṇu, moitié homme et moitié lion, descendit sur la terre et interrogea les hommes. Il aurait voulu souffrir avec eux. Mais… »

Fatiguée et inquiète, Rāma s'interrompit.

« S'il te plaît ! réclamèrent les Śeṣa. Tu ne peux pas arrêter l'histoire comme ça.

— Je suis lasse. La nuit tombe. Mithra est en train de mourir et je ne sais pas comment la guérir.

— S'il te plaît… »

Elle attendit, puis reprit le récit :

« Les hommes lui dirent : "Tu ne peux pas souffrir, nous sommes désolés. Tu n'es pas un homme."

« Alors Viṣṇu s'incarna.

« "Mais, lui dirent les hommes, tu vois bien que tu peux être tout et n'importe quoi. Tu es un dieu, tu peux devenir ce que tu veux. Nous, nous ne le pouvons pas. C'est pour ça que nous souffrons.

« — En ce cas, comment devenir aussi impuissant que vous ?

« — Rends-nous plutôt aussi puissants que toi : ce sera mieux."

« Or Brahmā avait interdit qu'on touche à l'ordre des choses. Donc Viṣṇu y renonça et se réfugia dans une grotte, où il médita longtemps. Il était si tourmenté à l'idée de ne jamais pouvoir éprouver la moindre douleur qu'il en perdit le sommeil. Un beau jour, il se réincarna en Rāma et ce jour-là, Sītā s'approcha de lui. "Mon amour…, dit Sītā.

« — Oui ? murmura-t-il.

« — Mon amour, tu souffres…" Et il fut heureux. Il crut y être enfin parvenu. Il partit voir les hommes et leur dit : "Maintenant je souffre comme vous !"

« Mais les hommes se montrèrent mécontents qu'il leur ait volé leur seul et unique bien. Alors ils le clouèrent contre un arbre cendré. "Imposteur ! dirent-ils.

« — Je souffre, suppliait Viṣṇu, s'il vous plaît…" Et les hommes voyaient bien qu'au fond ce n'était pas vrai, car Viṣṇu aurait pu naître, mourir et renaître à volonté. Ils enrageaient d'autant plus.

— Et alors ?

— Alors ils s'en allèrent trouver Sītā et lui firent boire le venin d'un serpent noir. Ils la rendirent malade, puis l'allongèrent devant Viṣṇu, c'est-à-dire Rāma. Au pied de l'arbre cendré, Rāma vit mourir la femme qu'il aimait sans rien pouvoir faire, absolument impuissant. »

Tout le monde se tut.

« Et c'est ainsi que Viṣṇu apprit à souffrir. »

Le temps que la princesse achève son histoire, Mithra était morte. Selon la coutume, Rāma brûla le corps afin de ne pas l'abandonner aux oiseaux. Consciente d'avoir échoué, elle regarda tristement la fumée monter vers les neiges éternelles et le ciel, qui aspirait les cendres de la jeune femme qu'elle n'avait pas su protéger. Puis, en silence, la troupe reprit sa route à la queue leu leu.

« Je me suis trompée. La bouche du monde n'est pas là-haut, finit par déclarer Rāma, pensive. Au nord, il n'y a pas le paradis : seulement la mort. Allons plutôt vers l'endroit où se lève le soleil.

— Où ça ?

— Là où coule le fleuve Gaṅgā. »

Et elle trouva une autre histoire à leur raconter.

Gaṅgā
ou le Livre du fleuve

En se dirigeant vers l'est, les lépreux suivent le cours du grand fleuve, traversent les terres des Lichchhavi, alliés de l'empereur Samudragupta. On apprend le passé de la princesse, elle trouve l'amour, elle se marie et tout brûle.

1

« Est-ce que vous connaissez la légende de Gaṅgā ?

— Non.

— Gaṅgā, fille de Brahmā, était une enfant émotive. Dès son plus jeune âge, aux premiers jours de l'éternité, elle pleurait : de joie excessive, de tristesse, de surprise ou sans la moindre raison, ses yeux s'humectaient et il en coulait de l'eau, de l'eau de pluie, de l'eau claire, vive, scintillante comme l'eau des rivières argentées. Mais un matin, Brahmā, occupé à créer le monde et ne prêtant pas assez attention à sa petite fille, la perdit de vue. Par inadvertance, elle tomba sur la terre sèche et désertique qui venait d'apparaître, habitée seulement par les serpents. Elle crut que son père l'avait abandonnée et pleura sans discontinuer, jusqu'à ce que ses sanglots forment une mer, et la mer un océan. Au soir, Brahmā retrouva sa petite fille noyée dans ses propres larmes. Inanimée, elle flottait à la surface des eaux. Parce qu'ils étaient condamnés à vivre dans cette mer, les serpents développèrent des branchies afin de respirer, ils se laissèrent pousser des nageoires dorsales et ventrales, et bientôt ils devinrent des poissons qui peuplèrent tout l'océan.

« Quant à Brahmā qui, sans le vouloir, avait laissé mourir sa petite fille, il décida, après lui avoir accordé une seconde existence, de ne plus jamais la perdre de vue. Il l'assit à sa droite, au plus haut des cieux. Gaṅgā était si heureuse de demeurer auprès de son père adoré que ses larmes séchèrent bientôt. Elle grandit et devint une belle jeune fille aux yeux dorés. En ce temps-là, le ciel était si haut qu'il frôlait le soleil. Comme dans ces palais où le plafond tombe trop bas, il fallait s'incliner pour marcher à l'empyrée et le soleil brillait tellement fort que le paradis semblait désertique et brûlant. Après mille ans, le ciel était devenu trop chaud. Parmi les astres régnait une canicule permanente ; dans les profondeurs des enfers, au contraire, il faisait bon. Bientôt les démons se mirent à confondre le ciel et l'enfer. Tous les démons, qu'on appelle les Rāvanas, vinrent peupler le paradis trop chaud comme si c'était devenu leur royaume, tandis que les dieux, trompés eux aussi à cause de la température, s'établirent par erreur en enfer.

« Brahmā était très préoccupé, car le monde était sens dessus dessous : le haut en bas, le bas en haut. Le bon avait pris la place du mauvais, et inversement. Ce n'était pas acceptable. Aussi le dieu commit-il le pire péché pour un père : sciemment, il accusa sa fille chérie et il la fit pleurer. Pourquoi ? Tout simplement parce qu'il voulait rafraîchir le ciel grâce aux larmes de sa fille. Donc il l'accusa d'être responsable du désordre, d'avoir renversé le cours des choses et désobéi à son père. Bien sûr, c'était faux : ce n'était pas du tout de sa faute. La jeune Gaṅgā, qui était si sensible, fondit en larmes après avoir entendu Brahmā la réprimander. Il lui avait tourné le dos, il était descendu de la demeure des dieux et l'avait laissée seule tout en haut. Elle pleura tellement qu'il se forma dans le ciel une flaque, puis un étang, enfin une mer entière. L'air devint de l'eau irisée. Quant au Soleil, complètement noyé, il manqua de s'éteindre pour de bon et dut s'enfuir au moins la moitié de la journée. Ce fut la naissance de la nuit. Les cieux rougeoyants refroidirent peu à peu : le paradis redevint frais, presque trop. Aussi les démons frileux le délaissèrent-ils ; quant aux dieux, ils y reprirent la place qui leur revenait.

« "C'est bon, dit Brahmā à son enfant adorée, tu peux t'arrêter de pleurer, à présent. Je suis désolé." Il expliqua à sa fille comment et pourquoi il l'avait injustement blâmée. Hélas, Gaṅgā était si blessée par sa fausse accusation qu'elle ne parvenait pas à s'arrêter : elle n'entendait plus rien, devenue aveugle et sourde de chagrin. Nuit et jour elle pleurait. Parmi les dieux, on commença à écoper tant bien que mal l'inondation qui menaçait le ciel.

« "S'il te plaît, Gaṅgā…, supplia Viṣṇu.

« — Je t'en prie…, dit aussi Kṛṣṇa. Arrête. Notre père à tous t'aime et te demande pardon."

« Mais rien n'y fit.

« Comme on pouvait le prévoir, le ciel commença à déborder. De la demeure des dieux tombèrent quelques gouttelettes, puis un torrent, et enfin une rivière.

« Or un géant passait par là. Il allait au pied de l'Himalaya, du temps où les mers s'étaient retirées de la terre et avaient laissé affleurer le continent indien. C'était un gentil soudard, un bon vivant, comme sont tous les Bengalis. Assoiffé après avoir dormi des siècles, il ouvrit la bouche.

« Il but.

« Mais le géant but si longtemps qu'il engloutit Gaṅgā, que la tristesse avait liquéfiée et qui était passée dans ses larmes. Alors Gaṅgā se tarit. Son père la chercha partout dans le ciel que les pleurs de sa fille avaient changé en paradis, ni trop chaud ni trop froid. Elle n'était plus là. Fou d'inquiétude, le père des dieux envoya Viṣṇu la chercher sur Terre. Viṣṇu y rencontra le géant au ventre gonflé, qui s'était assis contre les pentes de l'Himalaya afin de digérer tranquillement Gaṅgā.

« L'eau pesait lourd au fond de son ventre.

« Entre les jambes du géant une poche de peau s'était formée, longue et molle, que Viṣṇu mit du temps à identifier : c'était le sexe du colosse. Et ce sexe qui venait d'apparaître était plein d'eau, c'est-à-dire de Gaṅgā. Le géant était indisposé, car il ne trouvait pas par où uriner. Viṣṇu, qui trouve une solution à tous les problèmes, tailla un arbre. Il sculpta un long pin en forme d'aiguille afin de percer la pointe du membre viril par où Gaṅgā s'écoula enfin, vive et tourbillonnante.

« Là, au bord de la terre d'Indra, Gaṅgā fila

pour la première fois, claire et pure. Gaṅgā fila en trombe, tête la première, jusqu'à la mer, où elle chuta dans un grand trou. Elle commença même à goutter depuis le plafond des enfers. Attention ! pensa Viṣṇu, qui ne voulait pas que la fille de Brahmā se retrouve emprisonnée chez les démons. Il faut à tout prix l'empêcher de tomber dans les profondeurs. Mais comment faire ?

« Viṣṇu demanda au géant fatigué de s'allonger.

« Ses genoux repliés formèrent les contreforts du Népal. De la source de son sexe continuait de s'écouler Gaṅgā, qui sinuait tout le long de son corps immense. Elle caressait agréablement son torse et son cou, jusqu'à la tête, qu'il posa contre l'oreiller des marais boueux du Bengale. Pour empêcher Gaṅgā de finir sa course aux enfers, sur les conseils de Viṣṇu, le géant ouvrit grand la bouche : ce que nous appelons le delta du Bengale se forma alors. Gaṅgā allait du phallus percé du géant, qui se trouve au nord de l'Inde, dans les montagnes, jusqu'à sa bouche, qui se situe à l'est. Ainsi le géant est-il à la fois sa source et son embouchure. Sans cesse le fleuve passe et repasse de l'un à l'autre. Le géant digère sa bien-aimée et puis l'évacue au delta avant de la boire de nouveau à sa source. Il n'a jamais soif. Il se repose et rend Gaṅgā heureuse, qui aime le géant indien plus que tout et qui circulera ainsi jusqu'à la fin des temps. En chatouillant son ventre fertile, elle coule, elle file parmi les forêts sur son torse, s'engouffre dans sa bouche marécageuse, avant de se laisser embrasser quand elle menace de tomber.

« Gaṅgā l'amoureuse est devenue une rivière de larmes joyeuses qui nourrit les hommes, qu'elle bénit et qui la célèbrent. Le ciel est encore frais de son souvenir, mais la Terre est son véritable royaume. Bien sûr, mêlée au géant sauvage, elle a perdu un peu de sa clarté : de fille elle est devenue femme, elle a pris la couleur ocre de la boue, mais elle a enfanté cent rivières et mille torrents.

— Voilà qui est joli, dit l'eunuque. Je n'avais jamais entendu cette version. Je croyais que Gaṅgā s'était prise dans les cheveux de Viṣṇu, avant de s'écouler sur la terre...

— Ah... C'est la version officielle : celle des brahmanes.

— Ton père était un cousin des Lichchhavi, n'est-ce pas ? Leur tribu demeure non loin d'ici. »

À la tête d'à peine dix lépreux, ils marchaient en effet en direction de la ville de Bihar.

« Tu as entendu l'histoire..., répondit Rāma.

— Quelle histoire ?

— Celle de Brahmā et de Gaṅgā. Mon père était comme ça ; il aimait me faire pleurer. Il est mort, à présent, et nous ferions mieux d'éviter la ville des Lichchhavi. »

L'eunuque se tut.

Sur le bord des chemins longeant Gaṅgā, ils avançaient lentement et beaucoup toussaient.

« J'ai des doutes... », lui avoua enfin Rāma au début de la saison des pluies. L'enthousiasme de la descente de l'Himalaya était retombé. Péniblement, ils avançaient dans la plaine.

« De quoi est-ce que tu doutes ?

— Je doute de tout, je doute de moi. Peut-être Viṣṇu m'a-t-il abandonnée. Regarde-moi... J'étais une princesse, je suis devenue miséreuse. »

Elle avait maigri. Elle gardait de la noblesse dans

le creux de ses reins, mais ses joues s'étaient creusées à cause de la faim.

« Est-ce que tu me fais encore confiance ?

— Je n'en sais rien. Je suis toujours honnête avec toi, Rāma : je ne sais pas où l'on va. »

Après les neiges, la terre devenait de la boue, des champs à perte de vue et le théâtre des pluies. Il pleuvait. Tout pleuvait. Encapuchonnés, les lépreux peinaient à protéger leurs chairs de l'humidité, des vers nichaient dans les plaies et il fallait les chasser avec du vinaigre. En dépit du soin avec lequel on lavait et raclait les blessures, quelques-uns moururent. Rien n'était plus sec, ni le bois ni la peau.

Chassés par la peur de pourrir sur pied, ils se résolurent à entrer dans Bihar, capitale vassale de Samudragupta, et Rāma dit :

« Assez ! Je ne peux pas me morfondre tout le temps… Nous n'arriverons jamais à l'embouchure du fleuve, si ça continue comme ça. Il me faut une compagne ou un compagnon. Seule je deviens triste. Il me manque ma Sītā, comme dans la légende… »

Mais pour trouver une femme, il faut de l'argent.

Sous un tissu tendu, à l'abri de la pluie, le Général des Morts et l'eunuque rouvrirent la bourse de cuir et firent le compte de leur trésor de guerre : il n'y avait presque plus rien.

Traînant dans Bihar en haillons, ils cherchèrent le moyen de gagner quelques pièces. Installés dans un campement de misérables près du lac où l'on jetait les ordures du palais, ils apprirent que le fils héritier des Lichchhavi, petit-neveu éloigné de la princesse, était gravement malade, mordu par un serpent et atteint de fièvres que personne ne parvenait à vaincre. Le roi son père avait promis une récompense à qui rendrait à son fils la santé : tout ce qu'on lui demanderait, il l'offrirait.

« Princesse ! C'est l'occasion. Nous avons besoin de cet argent. »

Elle répondit qu'elle n'était plus depuis longtemps, hélas, la bienvenue au palais des Lichchhavi.

« Pourquoi ?

— Je n'ai pas toujours été la personne que tu connais. Plus jeune, il y a longtemps, j'ai empoisonné quelqu'un que j'aimais, j'ai été punie et bannie de la famille. »

Mais ils insistèrent et se présentèrent tous à la garde du palais.

En compagnie des autres lépreux, auxquels on prêta des vêtements, elle fut présentée à vingt pas de distance au roi, qui d'abord ne la reconnut pas.

Après une courte hésitation, la princesse fit tomber la capuche et lui annonça son nom complet. Parmi la cour, on murmura. Elle était encore connue, son souvenir s'était estompé mais il restait marqué du sceau de l'infamie. Assise sagement près du roi, la petite princesse des Lichchhavi avait d'abord blêmi, puis ses joues étaient devenues roses : elle était tout enthousiaste à l'idée de faire la connaissance de cette tante éloignée et célèbre, dont elle était certaine que seule la calomnie des hommes lui avait valu pareille réputation. Elle encouragea son père à l'écouter et à ne pas la refouler aux portes de la ville. Humblement, Rāma fléchit le genou devant son parent méfiant :

« J'ai changé. »

Le roi demeura silencieux.

« J'essaie de faire le bien. Je soigne les hommes à présent. Je les aide. »

Il grogna :

« Tu les empoisonnais !

— Je ne suis plus celle que tu as connue.

— Prouve-le-moi. »

Alors s'avança la jeune et belle princesse des Lichchhavi, dont la coiffure dessinait une couronne indisciplinée. Tout excitée de rencontrer enfin sa lointaine parente, elle saisit la main de son père et le supplia de sauver son petit frère endormi et malade, qui attendait depuis des semaines, à cause de médecins ayurvédiques incapables de le soigner : il fallait la laisser essayer.

« Il est malade, vraiment ? fit mine d'ignorer Rāma à propos de son neveu.

— Ne t'en mêle pas ! »

Mais la princesse des Lichchhavi insista : elle avait de l'audace. Avec une certaine curiosité, Rāma l'observait et elle crut se revoir, lorsqu'elle était aussi jeune. Elle en fut émue. Le Général, qui assistait à la scène dans la salle des audiences, chuchota à l'oreille de l'eunuque :

« Nous voilà dans la merde. Je crois que Rāma est amoureuse. »

L'eunuque sourit, haussa les épaules et regarda s'agiter la petite princesse aux bracelets tintinnabulants, délicate et exubérante à la fois : elle pressait contre son cœur la main de son père.

Finalement le roi des Lichchhavi accepta de mauvaise grâce de céder à sa fille chérie.

Trois médecins ayurvédiques méfiants conduisirent Rāma, qui avait versé au creux de sa main des racines de kushta et du takman bouilli, à l'étage où attendait le prince héritier en état de catatonie.

« Souhaitez-moi bonne chance ! » lança Rāma à ses amis.

Les heures passèrent et l'eunuque qui attendait en compagnie des autres assis sur un banc commença à s'inquiéter : Rāma ne connaissait pas le contrepoison, et après avoir échoué à ramener à la vie Mithra, il n'y avait pas de raison qu'elle parvienne à réanimer le prince héritier.

Mais on entendit du bruit : les serviteurs s'agitaient parce que l'enfant s'était réveillé.

Lentement, il reprenait des couleurs.

« Nous voilà riches ! » se réjouit l'eunuque.

Rāma apparut, rayonnante. De nouveau elle était en proie à l'exaltation.

Au roi fou de joie d'avoir retrouvé son fils, après avoir accompli la révérence réglementaire devant sa cour, Rāma demanda :

« Mon noble parent, m'accorderas-tu ce que je veux ?

— Demande et tu l'obtiendras.

— Tu en fais le serment ?

— Je le jure et je ne me dédirai pas.

— Très bien. Alors je demande la main de ta fille. »

2

Au mariage scandaleux de Rāma et de Sītā, organisé à la hâte et en secret, seuls assistèrent les lépreux. Dans la grande salle abandonnée par la famille, ils mangèrent du veau, ils burent de l'alcool à la rose et Rāma sut charmer la jeune fille qu'elle appelait désormais « Sītā ».

« Demain nous repartirons avec toi vers la bouche de Brahmā ! » claironna-t-elle.

Après le repas, Rāma porta son épouse jusqu'à sa chambre, que les servantes et les domestiques, choqués par cette alliance contre nature, avaient désertée aussi. Cette aile du palais Lichchhavi était silencieuse. Les cris des lépreux y résonnaient aussi fort que ceux des singes dans l'orangerie du roi, qui méditait à propos du fils qu'il avait gagné et de la fille qu'il avait perdue. À la cour, on cherchait déjà à annuler ce mariage et à chasser les intrus.

Quelques-uns des lépreux crurent que Rāma, après avoir raccompagné la mariée jusqu'à son lit, dans une chambre qui fit leur admiration (même le pot de chambre était en or, remarqua le plus petit des Śeṣa, qui le porta à la façon d'un casque), refermerait la porte d'acajou aux moulures en motifs de lotus épanouis, pour rejoindre sa troupe. Mais Rāma fit sortir les Śeṣa, le Général, l'eunuque et leurs compagnons.

Puis elle leur souhaita bonne nuit.

« Rāma, reste avec nous ! » implora le Général. La tête basse, il partit en titubant à travers le vaste couloir éclairé par des centaines de flambeaux. Dehors, il s'effondra sur le seuil de l'aile du palais réservée à la princesse des Lichchhavi. Sous les étoiles, noyant son dépit dans le sommeil, il ronfla à l'entrée du bâtiment. De loin il était observé par les soldats en armure du roi, qui attendaient un ordre qui ne vint jamais : leur souverain était prisonnier du serment fait à sa folle de nièce.

Devant la chambre matrimoniale, l'eunuque voulut chasser les Śeṣa. Mais quand ils commencèrent à épier par le trou de souris dans l'embrasure qui avait été raboté, sans doute par les précédents serviteurs avides de voir la princesse se dénuder, l'eunuque s'accroupit à son tour. Il colla son oreille contre le bois, puis poussa du coude un Śeṣa.

Il écouta et il regarda.

Rāma parlait à sa promise, bien moins farouche qu'elle ne l'aurait cru. D'elles deux, on n'apercevait que les pieds. Il y avait ceux de Rāma, rendus gris par la poussière des chemins, aux doigts recourbés et atrophiés par le froid, la fatigue et l'humidité ; et il y avait ceux, cuivrés, lisses et parfaits, de Sītā. Elle se dressait sur leur pointe – pour quoi faire ?

« Est-ce qu'elle l'embrasse ? »

Les Śeṣa voulaient savoir et chuchotaient :

« Est-ce qu'elle est à poil ?

— Elle lui a mis un doigt ?

— Où ça ? Où ça ?

— Taisez-vous, chuchota l'eunuque.

— Laisse-nous voir… »

Allongée entièrement nue sur le lit, les bras en croix, Sītā soupirait :

« Ce n'était pas la nuit de noces dont j'avais rêvé. »

Assise auprès d'elle, Rāma avait posé sa main contre l'une de ses cuisses, pour la réconforter :

« Je sais. »

« Alors ? firent les Śeṣa.

— Chut. Il ne se passe rien. Elles parlent. »

Boudeuse, Sītā fermait les yeux :

« Je rêve d'une bonne bite. »

« Quoi ? Qu'est-ce qu'elle a dit ?

— Rien.

— Elle a dit : bite ! J'ai entendu "bite". Tu es sûr que c'est Sītā ? Elle a le droit de dire des mots vulgaires ?

— Silence. Elles vont nous entendre. »

Ils se turent.

« Je vais te raconter une histoire.

— Encore… Bonimenteur ! Charlatan ! Séducteur ! Tu m'as séduite, oui ou non ? »

Redressée sur son séant, les seins pleins, brune comme la fille de la terre qu'elle était, les cheveux abondants comme les céréales d'été, les lèvres rouges, Sītā s'assit, une jambe provocante en travers des cuisses de Rāma, et prit son bras de force :

« Tu n'as pas de bite, tu n'as pas de doigts… Voyons au moins ce que tu peux faire avec ça. Et ferme la bouche. J'en ai assez de tes histoires. Garde-les pour les autres. Moi, je veux que tu me fasses jouir.

— Je suis désolée…, murmura Rāma.

— Est-ce que tu préfères que je renfile ça ? » demanda Sītā, en remuant sa robe teintée de safran.

Elle tourna le dos à l'eunuque qui espionnait la scène et écartait tant bien que mal les Śeṣa qui voulaient voir aussi. Le dos de Rāma était nu. En pantalons d'homme, elle s'était agenouillée au pied du lit sur lequel, dressée sur ses genoux, Sītā la dominait.

« Je suis la fille de la terre. Je suis fille de propriétaire, je possède tout le pays. J'ai des centaines d'esclaves. Mille hommes mourraient pour voir ce que tu vois ce soir. Regarde mes seins. Contemple mes reins. Et si j'ouvre mon cul, regarde bien dedans. Parce qu'il vaut cher. »

Dévêtue de l'*uttaya* qu'elle portait jusque-là en travers d'une épaule pour cacher ses mamelons, la jeune Sītā devint encore plus provocante. Elle poussa son ventre vers l'avant et le fit rebondir exprès pour présenter à Rāma sa chatte, avant de lui enfoncer le visage dedans.

« Sens. Sens-la. Qu'est-ce que ça sent ? Le miel ? Le santal ? »

Rāma étouffait :

« Je...

— Ne réponds pas. Eh bien ça sent la chatte ! »

Orgueilleuse, Sītā posa les deux mains aux bagues d'argent mirobolantes sur l'arrière du crâne de Rāma et fit mine de la faire pénétrer tout entière en elle.

« Viens, viens en moi...

— Ils vont nous entendre...

— Je me fous qu'ils m'entendent avoir le plaisir qu'un mari doit à la femme ! Qu'ils me voient, s'il le faut. Lèche-moi, ou alors j'ouvre la porte de ma chambre et je crie jusqu'à ce que dix hommes montent pour venir me prendre jusqu'à l'heure où perle la rosée. Est-ce que c'est ce que tu veux ? J'appellerai le petit soldat, celui qui se touche en pensant à moi et qui laisse des traces de semence dans le jardinet, au pied de mon balcon... Je pourrais le dénoncer : il aurait la tête coupée pour ça, mais je peux le faire venir d'abord, si c'est ce que tu souhaites... J'appellerai un vieillard, peut-être qu'il bandera mieux que toi. Je demanderai à mes frères de rameuter leurs amis, aussi. Est-ce ton désir ? Non. Alors fais-moi plaisir. »

Penchée vers l'arrière, Sītā la fougueuse ouvrit ses cuisses en fourche et tenailla Rāma, jusqu'à la conduire sur la couche brodée et la laisser basculer contre elle. Ses boucles d'oreilles tintèrent.

« Merde », jura l'eunuque. Il ne voyait plus rien.

« Oh non... »

Ils entendirent parler d'un citron. Ils écoutèrent

Rāma vanter la douceur de sa peau et l'eunuque crut comprendre que Rāma se frottait avec des zestes de gingembre et de citron, qui font grandir la verge – le clitoris aussi.

« Ah, maintenant il est presque aussi gros qu'un phallus ! s'amusa Sītā.

— Mon con a enflé comme une verge. Est-ce que tu me sens ?

— Oui !

— Tu es pleine de graines. Tu es pleine de jus ! Tu es douce et amère à la fois…

— Cesse de parler. Baise.

— Je te baise.

— Baise-moi.

— Je t'aime.

— Fourre ton con dans le mien.

— Comment… ?

— Comme ça. C'est bon. J'arrête la conversation.

— Je…

— Silence. Viens dans ma bouche…

— Laquelle ? »

Elle rit.

« Celle que tu veux. »

Aux chevilles, aux poignets, ses bijoux à clochette tintinnabulèrent. Le rythme du va-et-vient devint plus vif. Ahanant à cheval sur le visage de Rāma qu'elle rougissait à force de le frotter, puis qu'elle rafraîchit en le mouillant avec ses lèvres qu'elle étalait par cercles contre la bouche et les joues de Rāma :

« Tu veux sentir mon cul aussi ? Tu veux sentir la merde fraîche et le poisson ?

— Tu…

— Ne dis rien. Je crois que je vais te pisser dessus de joie. Oh, tu baises bien ! Jusqu'au fond. »

Elle recommença à cavaler, une barre ridée lui traversa le front et elle s'illumina.

« Ta petite tête de lépreux, lisse comme un galet qui luit au soleil… Ce galet contre lequel j'aimais me frotter enfant… » Ses joues rosirent. « Est-ce que je peux te confier mon plaisir, Rāma ? Je te le donne. S'il te plaît… Continue. Est-ce que… ? Maintenant ?

— Oui, mon amour.

— Plus fort, je ne t'entends pas. Maintenant… !

— Oui…

— Je veux ta gueule engloutie dans le torrent. Encore. Encore !

— Je…

— Je jouis », dit Sītā.

3

La tribu alliée des Lichchhavi, dont provenait Sītā, voulut se venger de pareille infamie.

Quand les lépreux reprirent la route, les amoureux déçus, les beaux-frères trompés par Rāma et d'autres qui espéraient laver l'honneur du roi les prirent en chasse dès le lendemain.

« Ce sont des démons, expliquaient-ils aux villageois. Où vont-ils ?

— Vers l'est », leur répondait-on.

Dans les grandes exploitations bengalis, les lépreux avaient commencé à lever une petite armée de bouviers, de bergers, de paysans et d'artisans en colère depuis que les brahmanes soi-disant ascétiques étaient devenus propriétaires de biens, accumulant leurs réserves de céréales pour l'hiver sur le dos accablé du semeur et du faucheur. Sans espoir, les malheureux paysans se détournaient des brahmanes corrompus et des Lichchhavi.

Certains suivirent donc les lépreux.

Derrière eux, la famille outragée s'allia avec les brahmanes dépossédés et chercha à les attaquer.

Rāma disait :

« Je ne veux pas la guerre. »

Le Général, lui, était inquiet. À l'eunuque, il confia :

« Tôt ou tard ces salauds voudront nous tuer. Mais personne ne peut nous toucher. Ici, chez les Lichchhavi, nous sommes complètement tabous. Ces têtes de con nous suivent depuis un cycle de Lune et réfléchissent à un moyen de nous buter en respectant leurs règles : non seulement ils ne doivent pas nous toucher, mais ils ne peuvent pas toucher ce qui nous touchera. C'est compliqué. J'espère qu'ils n'ont pas déjà un plan en tête… »

L'eunuque fit remarquer :

« Ils pourraient nous faire rouler dans le fleuve Gaṅgā et nous noyer sans même poser la main sur nous.

— Comment nous y pousser sans contact avec nous ? Mais tu as raison : restons loin de l'eau. »

Pour une raison qu'il ne pouvait s'expliquer – peut-être le traumatisme d'une vie antérieure –, il éprouvait une peur panique de la noyade. Il trouva donc un prétexte fallacieux auprès de Rāma pour conduire la troupe de centaines de lépreux vers des bois secs et tous se rendirent sur une colline riche en plantes médicinales, où Rāma, pour calmer le géant, proposa :

« Faisons un peu de fumée. »

De temps en temps, grâce à l'encens, le Général

trouvait le repos. Affalé dans les fougères du soir, il rêvait de ses autres vies sous les fumerolles, l'air ébahi :

« Je me souviens d'une perle. Peut-être un simple caillou... Mais je me souviens de son goût. »

S'abandonnant aussi aux vapeurs de l'encens qui flattaient la peau de sa femme lovée contre lui, Rāma cauchemarda. Devenu un homme, il se vit traîner derrière lui tous les morts. Il avait ressuscité les hommes. Il rendait la justice aux oubliés. Dans les rues des grandes villes bengalies, il relevait les cadavres. Puis il contempla la mort, aussi noire que la bouche à lèpre de Kāli.

Il voulut se justifier :

« J'ai ressuscité les hommes, parce que la mort était injuste.

— Ha ha ha ! s'amusa Kāli, regarde-les de plus près. »

En observant tout autour de lui, Rāma vit que les ressuscités brûlaient au soleil. Il les avait sauvés de la nuit éternelle et du sommeil pour mieux les réduire en cendres.

Les vapeurs d'encens commençaient à l'étouffer et il paniqua.

Parce qu'il sentait à son tour le roussi, le Général s'accouda et se frotta les yeux : il faisait jour en pleine nuit. Partout : un incendie. Les alliés des Lichchhavi avaient amassé du petit bois auquel ils avaient mis le feu, tout autour d'eux. Le feu qui les consumerait n'avait jamais été touché par les assassins : la règle ancestrale serait donc respectée.

Ils allaient rôtir en toute légalité.

« Au feu ! » hurla le Général, si fort qu'il réveilla

au-delà du cercle enflammé quelques habitants des villages voisins, sur les autres collines, qui vinrent assister de loin au bûcher des lépreux.

« Aidez-nous ! » implora Rāma – mais ils ne bougèrent pas.

« Par ici ! ordonna le Général aux lépreux. Courez jusqu'au fleuve ! »

Il essayait de surmonter sa propre peur de l'eau, lui qui ne savait pas nager.

« Courez, sinon vous mourrez. »

Sans plus attendre, il balança Rāma en travers de son épaule, en dépit de ses protestations. Il prit de l'élan, marcha d'abord, accéléra puis courut nu et pénétra dans le cercle de feu en hurlant. Ensuite les Śeṣa crièrent aussi et franchirent les flammes : peut-être la lèpre rongeait-elle leur épiderme depuis si longtemps déjà qu'ils sentaient à peine la morsure du feu. Sur la tête du Général, les cheveux partirent en fumée sans même qu'il s'en aperçoive. Son visage ressemblait à une nuit d'orage lorsqu'il émergea enfin du brasier. Auréolé par le brasier, il s'agitait comme un démon en bas de la colline de bois sec, près du fleuve. Sans s'arrêter il courut – comme si ses jambes étaient devenues des pattes et ses pattes des roues. De manière burlesque il dévala la pente jusqu'au rivage, la princesse toujours en travers de son dos. Pour la sauver de la brûlure, il avait enfourné la longue chevelure noir corbeau de Rāma, enroulée en nœuds, tout au fond de sa gorge. Cramoisi, il s'enfonça dans les rivages marécageux de Gaṅgā, dont un filet de fumée s'échappa. Lorsqu'il sortit enfin des flots, il tenait entre les bras Rāma évanouie. Il toussa, recracha la chevelure de Rāma et montra le poing aux villageois qui les observaient encore d'en haut.

Incapable de nager, il demeura à l'endroit où il avait pied et y pataugea un instant. Après avoir pris soin de Rāma, l'avoir recouverte d'écorces et de glaise fraîche pour calmer ses blessures, il partit à la recherche des autres rescapés.

Les cadavres de presque tous les lépreux qui les avaient rejoints jonchaient les pentes de la colline. En fonction de leur endurance aux brûlures, ils avaient pu courir plus ou moins loin. Mais la douleur, trop vive, les avait presque tous ralentis – et ils étaient morts, brûlés en chemin.

« Hum ! grogna le Général. Voyons ce qu'il nous reste. »

D'abord il trouva Sītā.

Le Général l'extirpa de l'eau. Il la fit asseoir dans le fleuve sacré, afin d'éteindre le feu sur ses cuisses, ses mollets et ses pieds, méchamment atteints.

« Ohé ! cria-t-il en pataugeant dans l'eau, qui d'autre ?

— Moi je vis, dit un Śeṣa.

— Moi aussi.

— Un petit peu.

— Pas beaucoup… »

Le Général les sortit un par un de l'eau du fleuve Gaṅgā.

Puis ce fut le silence.

« Personne ? »

Enfin on entendit balbutier :

« Pitié… »

L'eunuque : un charbon ardent, avec des cloques.

« Tu sens quelque chose ? demanda le Général.

— J'ai mal.

— C'est bien, continue comme ça. »

Et il l'assomma. Il le cala au creux de l'une de

ses épaules afin de l'emporter sur les berges. En travers de l'autre épaule le géant tenait Sītā. Avec précaution, il avança dans la vase et, sans cesser de se plaindre de tous ces emmerdements, il remonta ainsi le cours du fleuve, les pieds nus, pour rejoindre les rares survivants.

« Rāma, viens que je te ramène ta femme ! aboya le Général. Il en reste une moitié : c'est déjà ça. Allez, j'ai besoin de toi ! Soigne le castré avec tes plantes. Il a la gueule d'un mort, mais il vit encore. »

Lankā
ou le Livre des illusions

Tant bien que mal, les survivants descendent vers le sud, en direction de la cité imaginaire de Lankā, s'enfoncent dans la forêt et le désespoir.

De nouveau ils perdent un être aimé – et qu'est-ce qu'ils y ont gagné ?

1

Sous sa robe et son haut de sari volés à des paysans des Ghāts, Sītā n'avait plus en guise de jambes que deux moignons de cuisses, qu'il avait fallu cautériser dans l'urgence.

Les survivants la portaient sur un brancard de fortune.

Peu à peu, la chevelure en désordre, les poils et les ongles des lépreux avaient repoussé. En dépit des brûlures et du cramoisi, chacun avait retrouvé une apparence à peu près conforme à sa difformité antérieure. Certes, dans la chair de l'ancien eunuque le feu avait fait plus de ravages encore que chez ses compagnons : presque toutes ses terminaisons nerveuses semblaient avoir été coupées. Il n'avait plus la sensation de grand-chose, et pourtant il avait fini par pouvoir de nouveau se mettre debout, retrouver le sens de l'équilibre et marcher au côté des autres. Comme eux, il se couvrit bientôt d'un long voile tressé, afin de ne pas terrifier les paysans, les glaneurs et les vagabonds à l'orée des grandes forêts du sud. Les rescapés de l'incendie faisaient peur aux brigands superstitieux, s'attirant tout de même la sympathie de quelques paysans, qui leur laissaient sur le seuil de leur demeure de quoi manger et de quoi boire.

Ainsi grimés en démons, ils passèrent des cultures du nord à la sauvagerie de Lankā.

Le Brûlé – puisqu'on appelait désormais ainsi l'eunuque – avait cessé de se poser la question du sens de leur expédition. Peu importait, tant qu'il était en vie. Il réfléchissait avec plus de difficulté qu'auparavant, mais il était aussi devenu plus résistant. Au cours de sa convalescence, soigné par les remèdes de la princesse, il avait été veillé par Sītā dont il était devenu le confident et qu'il lui arrivait à présent de porter sur ses épaules. Ainsi profitait-il du charme de la jeune fille bavarde, sur les chemins buissonneux du Sud.

Sītā avait encore mal, mais Rāma connaissait des onguents capables d'apaiser la fièvre, de combattre la gangrène blanche et mousseuse qui pousse parfois sur les cicatrices. Au besoin, elle se servait d'aiguilles de pin pour anesthésier ses compagnons.

« Tu peux remercier la lèpre, dit-elle au Brûlé, sans elle tu ne supporterais pas la douleur.

— Je sens encore un peu. » Le Brûlé ferma les yeux. « Je me souviens de ce que ça faisait, en tout cas. »

Ils avaient marché en direction de Nandavhardana, et cessèrent bientôt de reconnaître le nom des villes ; ce n'était plus l'empire, mais un territoire à peine mentionné dans les Veda.

Progressivement, ils pénétrèrent dans la brume des bois humides.

Le Brûlé devina des odeurs changeantes : l'écorce, le miel, le lotus laissèrent place à une tiédeur à laquelle il n'était pas habitué. Après les clairières et les lacs aux bananiers florissants, tout respira le Sud, c'est-à-dire le pourri, l'animal mort, la merde fumeuse, l'essence d'aloé, les vers… C'était comme s'ils entraient dans l'estomac de Brahmā.

« Peut-être que la bouche que nous cherchions depuis le début, c'était en fait son cul… », s'amusa Rāma. Elle avait perdu quelques dents dans l'histoire, mais son charme résistait toujours.

« Je me demande, demanda-t-elle à Sītā, quelle sera la dernière odeur avant la fin du monde. Pas le santal… Non, je sais, ce sera la terre trempée ! Au pied des arbres, le parfum de *bhūmigandha*… La terre mouillée a la meilleure de toutes les odeurs.

— Ah ? dit Sītā, renfrognée.

— L'Atharvaveda le dit, confirma le Brûlé, c'est vrai.

— La femme enceinte sent l'argile », ajouta Rāma.

Sītā savait combien Rāma avait envie d'enfanter, et elle en était parfois désolée. Non seulement Rāma n'était pas pourvue d'un membre viril pour la fertiliser, mais il était probable que dans l'incendie Sītā ait perdu en même temps que ses jambes sa capacité à procréer. En dépit des soins, depuis des mois elle avait souvent mal au bas du ventre.

Elle en ressentait une sorte d'humiliation.

« Rāma, hurla-t-elle ce jour-là, lâche-moi !

— Pourquoi ?

— Tu pues de la gueule, bon sang ! Tu sens le chien. Lave-toi. »

Et après l'avoir fait déposer dans l'ornière, Rāma se tint à quelques pas de Sītā, qui l'insulta :

« Pauvre lépreuse ! Regarde-toi. »

Au creux de ses mains sèches, elle enfouit son visage.

« Tu ne peux pas baiser… Moi je ne peux même plus marcher… »

Elle pleurait.

« Je suis si laide. Le monde est laid aussi… »

Elle désigna d'un doigt méprisant la forêt vert glauque.

Au sud du monde c'était le domaine où la verdure de la forêt profonde remplace le ciel et bannit l'horizon, pour mieux cacher certains ermites, vêtus seulement de l'écorce des arbres. D'après la tradition, c'était surtout le domaine des démons.

« Mais qu'est-ce que les démons ? voulut demander doucement Rāma, pour distraire sa compagne. Nous-mêmes, pour les autres hommes, nous en sommes…

— Arrête de me faire la leçon ! Rien à foutre des démons. Je veux voir des hommes, des femmes comme moi. Je veux vivre. Je vais mourir ici et pourrir de la lèpre à cause de toi… » Elle enfouit sa tête entre ses mains. « J'ai peur…, sanglota Sītā. Je vais crever loin de chez moi, loin des miens, et mon ombre n'aura même plus de pieds pour pouvoir rentrer.

— Je te porterai, ma douce.

— Rāma, tu as bon cœur, mais tu penses comme un enfant. »

Et Rāma se tut.

Comprenant que Sītā avait besoin de solitude, le Général réfléchit et trouva ce qu'il lui fallait :

« Arrêtons-nous la moitié d'une journée, proposa-t-il. D'après ce que je vois, il y a non loin d'ici une clairière où il fera bon se reposer. De notre côté, nous discuterons des démons, du nombre de leurs têtes, de leurs bras, de leurs couleurs, de leur taille et de leur force. Ce sont des discussions qui conviennent aux hommes. Quant à dame Sītā, que ces choses n'intéressent pas, si elle le désire elle peut descendre à la rivière se laver et faire ce que doivent faire les femmes coquettes. »

Le Général faisait ainsi d'une pierre deux coups : il tranquillisait la compagne de Rāma et demeurait à distance de cette eau qu'il craignait tant.

« Mais si tu veux te baigner, Sītā..., ajouta-t-il, prends cette barque abandonnée par d'anciens pêcheurs. Va où l'eau se trouve suffisamment éloignée des arbres, là où aucune bête ne pourrait t'atteindre. Est-ce que tu as compris ?

— Oui, oui.

— Nous t'attendrons ici, où les arbres sont plus rares. Petit bout de Śeṣa t'accompagnera sur la barque. Il te mettra à l'eau. Pour nager, tu n'auras besoin que de tes bras. Et lorsque tu voudras revenir à bord, il te suffira de tirer sur cette vieille corde qui pend hors de l'embarcation, et que je vais attacher à ton poignet. »

Avant de partir, enchantée par l'idée du Général, Sītā embrassa le creux de la paume de sa main et la tendit vers le front de Rāma, qui referma les yeux.

« Pardonne ma colère, murmura Sītā, tu sais qu'elle n'est pas dirigée contre toi.

— Allez, les amoureux ! interrompit le Général. Va te baigner. »

Accompagnée par le plus petit des Śeṣa, elle partit.

Depuis trop longtemps sa volupté n'avait pu s'exprimer. Depuis l'incendie, souvent elle pleurait d'avoir perdu une moitié de son corps de jeune femme. Souvent elle se souvenait de l'époque où elle pouvait danser… Ses jambes et ses pieds légers lui manquaient. Heureuse d'avoir rejoint l'aventure des lépreux, elle n'exprimait pourtant jamais de regret – jusqu'à aujourd'hui. De jour en jour, cette nostalgie refoulée avait fini par lui ternir l'éclat des yeux. Donc elle fut soulagée de se dépouiller de ses frusques pour retrouver près des eaux le sentiment des grands étangs des Lichchhavi, du temps où elle était jeune fille.

Au bord de la rivière, Sītā s'égaya.

« Maintenant, dit-elle au Śeṣa, laisse-moi nager seule.

— Le Général m'a dit de rester auprès de toi. Tu pourrais te noyer.

— Penses-tu ! Le Général est jaloux. Pfff…, soupira-t-elle, en laissant éclater quelques bulles à la surface de l'eau. Je me demande même s'il a une bite, ce vieux schnock. Est-ce que tu l'as vue ? »

Elle rit.

À la surface de la rivière elle flottait à présent entre les lentilles d'eau. Amputée, elle tenait à la seule force de ses bras fins mais musclés, qu'encerclait un bracelet d'or. Un jour elle espérait pouvoir marcher sur les mains, ainsi que font les unijambistes dans les rues de Pataliputra ou les singes le long des branches.

Le corps de Sītā, qu'on devinait sous l'eau, était

encore très beau. Petit bout de Śeṣa eut une érection dès qu'il aperçut les seins aux tétons violets, le ventre ferme et rond de sa maîtresse. En riant, elle releva ses cheveux trempés. Bien qu'il ne s'agisse jamais que d'un Śeṣa, elle demeurait sensible à l'effet qu'elle pouvait produire sur un homme. Faisant mine de le gronder, elle l'aspergea d'eau de la rivière.

« Petit pervers ! »

Le Śeṣa grogna comme un chien battu.

« Va faire ton lubrique ailleurs. Allez, si tu as besoin de te branler, fais-le en vitesse derrière un arbre… »

Et Sītā défit le nœud de la corde à son poignet, qui la reliait à la barque. D'un geste fier, elle repoussa l'embarcation. « Sītā… ! » supplia le Śeṣa. Mais elle ne l'écouta pas et il partit se soulager.

Enfin seule, Sītā rejoignit un cirque d'eau vive pour se laver les cheveux sous la cascade. Elle explora le bassin scintillant comme de l'argent, sentit sa chevelure refleurir sur son crâne. Elle se laissa aller sur le dos les yeux mi-clos, oubliant la lèpre et le feu.

Sans parvenir à identifier son origine, elle entendit alors une voix murmurer son nom :

« Il y a quelqu'un ? »

Les cheveux trempés, Sītā se redressa à l'approche des rives marécageuses. Elle fit l'effort de pousser sur ses bras. Du même coup, elle exposa hors de l'eau sa poitrine aux tétons durs et noirs. Seul un foulard d'azur, offert par Rāma, pendait au *kayura* d'or de son bras.

« Qui va là ? »

Personne ne répondit.

Le Sud sauvage commençait derrière le premier rideau de cette sylve. Parmi les palmes grasses, au-dessus de la mangrove, elle entendit de nouveau la voix familière qui chuchotait :

« Sītā !

— Oui ? »

On aurait dit la voix étouffée de son bien-aimé.

Elle rit :

« Śeṣa, c'est toi ! Arrête d'imiter mon mari. »

Amusée, elle envoya une giclée d'eau en direction des arbres.

« Sītā ! dit de nouveau la voix.

— Quoi ?

— Sītā…

— Est-ce que c'est toi ?

— Sītā.

— Mon aimé ?

— Sītā.

— Tu es perdu dans la forêt ?

— Sītā !

— Est-ce que tu veux que je vienne ?

— Sītā ! Sītā !

— Assez ! »

Et elle nagea jusqu'à la rive opposée pour punir le Śeṣa. Elle était bien décidée à le débusquer dans le labyrinthe de la mangrove.

« Tu vas voir tes fesses… »

Après avoir noué son foulard d'azur à une branche à mi-hauteur, serrant fort entre ses mains baguées les pieds des arbres *garjan*, qui poussaient en forme d'araignée, Sītā fit l'effort de ramper sur la terre ferme. Elle fit saillir sa poitrine, ses hanches et son cul au-dessus de la rivière. Puis elle s'engagea dans la jungle à la seule force de ses bras, en fulminant :

« Je vais t'apprendre la vie. Je n'ai plus de pied à te foutre au cul, mais j'ai encore des mains. »

2

« Et tu dis que tu as entendu une voix ?

— Oui ! » Le Śeṣa baissa la tête, honteux.

« Cette voix, c'était la mienne ?

— Oui…

— Pourtant j'étais ici.

— Oui.

— Et Sītā n'est plus là.

— Non ! »

Comme sous la torture, le Śeṣa pleurait.

« Pardon. »

Mais le Général aurait voulu le rouer de coups de pied :

« Qu'est-ce que je t'avais dit ? Reste avec elle ! Je vais te tuer et chier sur ta tombe.

— Arrête, Général ! »

Rāma réfléchissait.

« Il existe des singes dans le Sud, à l'abri des forêts pluviales qui longent le plateau, qui imitent à la perfection la langue humaine, expliqua l'eunuque. On les nomme les ouandérous.

— Ils parlent l'humain ?

— Ils parlent comme l'homme. On dit qu'ils ont des cheveux et une barbe, avec une queue de lion.

— Et ?

— Ils ont imité ta voix, princesse. Sītā se sera laissé abuser.

— Mais comment connaissaient-ils son nom ? »

Inquiète, Rāma avait écouté le récit du petit Śeṣa

affolé qui, de retour avec la barque de bois clair, disait avoir perdu de vue Sītā. En vain, le petit homme avait exploré la cascade, le bassin d'eau argentée, et sondé le rivage boueux. Après avoir cru qu'elle s'était noyée, il avait découvert accroché aux branches ce tissu azur qu'elle nouait d'habitude à son bracelet de bras.

Ils partirent donc à sa recherche.

Pour les singes à queue de lion, il est facile de sauter de branche en branche. Pour un homme qui avance à pied, c'est plus difficile. Le Général ouvrit la voie à la machette dans l'imbroglio de racines torves, d'arbres de travers et d'herbes folles.

Accroupi, il reconnut quelques traces de pas.

Des singes ou des hommes ?

Ils suivirent cette piste jusqu'au plateau.

« Nous arrivons dans les zones du palud, remarqua le Brûlé. Prenez garde aux moustiques et au béribéri qui rend idiot. »

Errant dans les marais, ils avançaient trop lentement et perdaient l'espoir de la retrouver.

Bientôt ils entrèrent dans un royaume qui d'après la légende abritait la citadelle de Lankā et où vivait le roi des singes, dont Rāma avait tant aimé entendre les exploits quand elle était enfant. Sous les arbres aux branchages favorables aux singes aux bras les plus longs, Rāma commença à délirer et affirma qu'il leur faudrait trouver le secrétaire des singes de la fable, le célèbre Hanumān.

« Hanumān est un personnage de roman. Il faudrait plutôt rebrousser chemin…

— Chut. Écoute ça. »

Quelques minutes plus tard, ils firent la rencontre d'un ermite qui se promenait en compagnie de ses deux fils échevelés, visiblement atteints par le béribéri, et d'un couple de ouandérous qu'il tenait en laisse. C'était un être à la mine d'imbécile. Il ne portait pas de carquois en travers de la poitrine, comme les guerriers de la région, seulement un bâton au poing. Il avait le lobe des oreilles pendant, écarté par des boucles de fer rouillé. Dans son nez brillait un anneau et sur son visage de la peinture cachait à peine les ravages de la gale. Quand Rāma le vit, elle crut le reconnaître et l'appela du nom d'« Hanumān ».

« Princesse…, répéta le Brûlé, Hanumān n'existe pas pour de vrai. »

Mais elle s'était persuadée pour de bon qu'ils approchaient de la cité dont il était le souverain.

Le pauvre homme, qui les comprenait à peine, était un pouilleux qui parut bien flatté qu'on l'appelle « Hanumān, fils du vent ».

« C'est vrai… Je suis une sorte de roi des singes. Ici, leur expliqua-t-il en les guidant jusqu'à son ermitage avec ses deux fils qui restaient muets, les singes ont toujours vécu avec les hommes. Ils partagent la même langue. Mais depuis que descendirent du nord les troupes du nouvel empereur, les ouandérous reculent devant des paysans ambitieux qui cultivent le thé, le teck et le café. Ils sont de plus en plus violents, même les gibbons. On leur a volé leur territoire. Les ouandérous ont été chassés et ils deviennent complètement fous. Peut-être sont-ils victimes d'un sortilège conçu par les démons Rāvanas. Moi je les chasse… Et voici mes deux meilleurs serviteurs. »

Il désigna les deux malheureux ouandérous attachés à une laisse de liane épaisse, qui ne dirent rien.

« Je leur mets un bâillon, aussi. Les autres, je les garde en cage.

— Où ça ?

— Dans l'ancienne orangerie du palais… »

Il désigna des ruines, à quelques minutes de marche à peine de l'ermitage.

« Ce sont sans doute ces singes ensorcelés qui ont enlevé votre dame… Comment s'appelle-t-elle ?

— Sītā.

— Ah, ta femme aussi ! Incroyable. C'est le nom de mon épouse. »

Et il appela : « Sītā ! », ce qui serra un peu plus le cœur de Rāma.

Sur le seuil de l'ermitage délabré où ils venaient d'arriver, un triste tas de planches mal débitées, apparut une dame édentée, aussi large que haute. Elle dit :

« Je suis Chītā. »

Sa langue chuintait.

Le Général et les Śeṣa soupirèrent.

En guise de cité légendaire, au beau milieu de la forêt ils avaient trouvé un taudis. Et le roi des singes était un idiot congénital qui chassait les animaux sauvages, les maltraitait et les parquait ensuite derrière des grilles dans les ruines d'un palais déserté depuis longtemps par un royaume effondré, à cause de l'avancée des cultivateurs de Samudragupta, colonisant la forêt du Sud.

Voilà la vérité.

Mais Hanumān, qui portait une fausse queue de singe collé aux fesses, expliqua :

« Nous régnons sur les singes depuis des décennies. Votre femme… »

Et il grimaça :

« Je crois que je comprends ce qui s'est passé.

— Quoi ?

— Depuis des années, les ouandérous m'en veulent et cherchent à capturer Sītā : ils savent même prononcer son nom. Ils guettent les moindres points d'eau où elle pourrait aller se baigner. C'est pour ça que j'interdis à ma femme, mes filles et mes fils de se laver. Trop dangereux. Les singes furieux auront confondu ta fausse Sītā avec ma vraie. Sans vouloir t'offenser, dit Hanumān à Rāma, c'est une chance qu'ils se soient emparés de l'autre. »

Il ajouta que les singes enragés par l'avancée des hommes emmenaient leurs victimes dans des grottes où il était impossible de les retrouver. Là-bas, des hommes et des femmes vivaient comme les sauvages d'il y a longtemps.

« Votre femme restera avec eux. Ce n'est pas si mal pour elle. »

Au soir, ils contemplèrent sur la haute futaie les silhouettes noires, grises, blanches des ouandérous qui se balançaient d'arrière en avant. La tête haute, certains singes les narguaient. Accroupis un peu partout sur l'horizon, ces milliers de ouandérous veillaient sur leur forêt. Quelques gibbons commencèrent à chanter.

Rāma crut reconnaître la voix de Sītā et se boucha les oreilles.

Avant d'aller se coucher, elle annonça aux autres qu'ils ne quitteraient pas l'ermitage tant que la jeune femme ne serait pas revenue.

« Rāma… », voulut la raisonner le Brûlé. Mais la princesse ne voulait rien entendre.

Ils prirent donc leurs quartiers entre l'ermitage délabré et l'ancien palais en ruine, dans un corps de ferme à l'abandon, envahi par les lianes et les ronces fleuries.

« Elle reviendra », répétait chaque soir Rāma, en entendant chanter les gibbons.

Hélas, ils ne pouvaient tout de même pas l'attendre ici durant des années, dans cet endroit délabré et malsain où progressait la maladie du béribéri, dont les deux fils idiots d'Hanumān paraissaient sérieusement atteints.

Chaque matin, le Brûlé se rendait donc à l'ancienne orangerie, pour observer les singes capturés par l'ermite un peu simplet : des singes d'Arunachal à la queue courte, des singes aux poils érectiles, de jeunes langurs des plantations de thé, des amateurs de cardamome, des singes de nuit aux grands yeux... Il y en avait de toutes sortes. Patiemment, le Brûlé étudia leur comportement, s'intéressa plus particulièrement aux gibbons et entreprit de domestiquer l'un d'entre eux, à l'insu d'Hanumān, qui les chassait et les maintenait ensuite en captivité dans ces cages rouillées, sous prétexte de les désensorceler des démons du Nord... En fait, il les laissait mourir de faim.

De son côté, le Général avait entrepris de longues marches de reconnaissance à la lisière des bois sauvages et entendit un jour parler de voyageurs en provenance de la lointaine patrie des pirates, dans la baie occidentale de Muziris. Il les fit venir à l'ermitage, afin d'égayer un peu leur quotidien. De leur bouche, avec effarement il apprit que les lépreux étaient devenus les héros de contes populaires. Les voyageurs n'en revenaient pas de les rencontrer en chair et en os. (Mais ils trouvèrent que Rāma était moins jolie que dans les récits et le Général un peu moins fort.)

Rāma n'avait jamais été très sensible à la flatterie, pourtant elle parut touchée d'être devenue un personnage de récit. On lui expliqua qu'un peu plus à l'ouest, des troupes entières de jeunes gens s'étaient formées contre les hommes de Samudragupta, qui prônaient la lèpre pour rester indépendants.

Rāma réfléchit et remercia les voyageurs de l'ouest, qui leur proposaient de les accompagner vers Muziris : elle ne voulait pas partir de l'ermitage tant que Sītā ne serait pas de retour ; elle prétendit même discuter avec Hanumān d'un plan délirant pour aller la chercher dans la mythique forteresse de Lankā.

Il fallait faire quelque chose.

Rongé par l'inaction, le Général était désespéré : ils étaient coincés dans ce trou. Même les Śeṣa s'ennuyaient. Mais le Brûlé leur demanda de rester patients.

Une nuit, il revint de l'orangerie avec le ventre rond sous sa tunique en haillons.

Et il dit simplement :

« Regardez ce que j'ai trouvé. »

De sous son vêtement, il fit sortir le petit singe qu'il avait apprivoisé depuis des semaines. C'était un gibbon du Nord au pelage ras. Il s'agissait d'une femelle solitaire, aux manières douces et assurées à la fois, qui vint tout de suite se percher sur l'épaule de Rāma. Bien dressée par le Brûlé, elle déposa un léger baiser dans la paume de sa main avant de la tendre en direction du front de Rāma.

Et les Śeṣa s'écrièrent :

« Tu as vu comme elle l'embrasse ? Est-ce que… ? »

Émue, Rāma sourit pour la première fois depuis longtemps.

« Je crois que nous avons bien fait d'attendre.

— Pardon..., pleura le petit Śeṣa, avant de demander à Rāma la permission de l'embrasser.

— Bien sûr. »

Même le Général s'y laissa prendre. Il tapota contre ses cuisses pour attirer l'animal, après s'être dégagé de la table où il avait pris l'habitude de tromper l'ennui en jouant aux dés. Il avait perdu du poids et il sentait mauvais, mais il était heureux de la retrouver.

Le singe cacha ses yeux derrière ses mains fines, féminines et griffues. Elle ne voulait pas des caresses du Général et lui fit la grimace.

Pas de doute : c'était bien Sītā.

Rāma affirma qu'elle était de retour parmi eux, donc ils décidèrent de faire semblant d'y croire.

Et ils rirent tous de bon cœur.

Barbaricum
ou le Livre de la défaite

Le temps a passé, ils ont vieilli et la troupe des lépreux se dirige vers l'ouest. Confrontée à sa propre légende, elle déçoit les gens.

Les lépreux se souviennent des odeurs du passé.

1

Plus ils remontaient la côte occidentale, plus ils entendaient parler d'eux et plus ce qu'on en disait s'éloignait de ce qu'ils étaient vraiment.

La princesse portait le singe qu'elle prenait pour Sītā au creux de ses bras. En charrette, ils avaient rallié la baie des pirates, près de Muziris. Accueillis et fêtés par des bandes de lépreux qui campaient sur les hauteurs de la large baie exposée aux vents, les compagnons de Rāma proposèrent d'après une idée du Brûlé un spectacle au sujet de leur périple.

Le Général n'aimait pas se ridiculiser en public. Il n'appréciait pas de venir gesticuler chaque soir pour montrer aux hommes de l'Ouest dans quelles circonstances tragiques il avait sauvé Rāma des flammes, en plongeant dans les eaux de Gaṅgā ;

mais il jouait le jeu. Du moment où les gens commencèrent à payer pour les entendre et pour les voir sous une tente de coton qui les protégeait des vents marins, le Général se montra beaucoup plus enthousiaste. Dans chaque ville, ils gagnaient au moins l'équivalent d'une pièce d'argent que le Brûlé glissait dans sa bourse de cuir.

Les ports de l'Ouest, qui échappaient parfois au contrôle de l'empereur, étaient devenus de véritables coupe-gorge où se rencontraient Indiens, Arabes, Nabatéens, résidents de l'île blanche et de l'île brûlée, brigands sans nation, marchands grecs, romains, égyptiens, esclaves et hommes libres d'Ithiyōpiyā, d'Aksum et de Méroé. Au port, on troquait le métal, le verre, le tissu tressé, on échangeait médicaments, épices et poisons, mais c'était partout et toujours le même marché : les hommes donnaient ce qu'ils avaient et cherchaient à obtenir ce qui leur manquait.

Là, au contact de tous les peuples d'Occident et même des Han dont les navires contournaient Lankā, on n'appréciait guère le pouvoir de plus en plus pressant de Samudragupta. L'empereur de Pataliputra était haï par la piraterie, mais aussi par les chômeurs qui attendaient sur les quais. Assis, allongés ou adossés aux murs de brique et de pisé des cités portuaires, ils voyaient aller et venir les navires de l'étranger. À l'occasion ils trafiquaient du cuivre, de l'os, de l'or, servaient à manger et à boire, se prostituaient. Mais à la sortie des villes, les troupes aux armures argentées de Samudragupta imposaient encore l'octroi. Bientôt, pour échapper à l'impôt, inspirée par l'exemple des lépreux du Nord dont on chantait les légendes, et à propos desquels les marchands ambulants colportaient les rumeurs les plus folles et les plus drôles, la jeunesse occidentale répandit la mode de la lèpre. Afin de passer les contrôles sans être fouillé, on suçait la plaie purulente d'un lépreux. Pour profiter de l'aumône sans devoir donner sa propre dîme, on se laissait contaminer. Les jeunes désœuvrés vivaient en communauté, au sein des zones dangereuses des ports où l'armée ne s'aventurait jamais, de peur de respirer les miasmes lépromateux, où l'on couchait les uns avec les autres. C'était une nouvelle épidémie qui inquiétait les consuls et les légats de Samudragupta.

Au sortir de Muziris, Rāma et les siens, qui revenaient récupérer les lauriers que la rumeur populaire avait tressés en leur absence, découvrirent les banlieues des grandes villes en bord de mer. Des réfugiés y survivaient entre quelques planches vermoulues, dans la vase et devant l'océan plat, bleu-gris, sur la rive trempée et couverte d'immondices, de déchets. Ici les gens souffraient tous du bériberi. Le mal refluait des marais intérieurs du Sud. Comme les fils du roi galeux, les malades chômaient. Quand ils avaient encore leurs dents, ils répétaient : « *bériberi* », c'est-à-dire « je ne peux pas, je ne peux pas ». Progressivement incapables de marcher par eux-mêmes, ils allaient à l'aide de béquilles. Selon l'opinion du Brûlé, il était possible que la maladie soit due à une carence dans leur nourriture uniquement constituée de riz et de poisson blanc. Les déshérités de ces endroits avaient oublié leurs habitudes alimentaires et l'enrichissement du pays les avait paradoxalement appauvris. En cessant de dépendre de la cueillette et de la chasse, pour profiter des produits de la culture forcenée des rizières, ils n'étaient plus menacés par la famine. Leur régime avait gagné en quantité, mais perdu en variété et ils s'étaient affaiblis. Pour prix de la satiété, ils avaient tous été atteints par cette maladie.

Aux victimes du béribéri, les plus fanatiques promettaient la lèpre pour mieux les arracher à l'emprise des riches cultivateurs de riz et des soldats de Samudragupta. Mais pourquoi, demanda Rāma, donner la lèpre à ceux qui ont déjà le béribéri ? C'était de la pure cruauté. Surtout, elle remarqua que les conversions n'étaient plus fidèles à l'idée qu'elle s'en faisait. Par bandes, les jeunes lépreux investissaient des villages entiers et, parfois avec le consentement des populations, parfois par contrainte, ils enrôlaient les malheureux.

Cela déplut à Rāma, qui le dénonça dans ses discours et ses spectacles du soir. Ce fut le début d'incessantes querelles avec les plus jeunes des lépreux fanatiques.

Lorsqu'ils parvinrent à Barbaricum, le Brûlé comprit que Rāma avait perdu toute autorité.

Sept branches du fleuve doré s'écoulaient dans la mer de l'ouest : la région était plate et marécageuse, peuplée de hérons huppés garde-bœufs, qui accompagnaient en trépignant sur une patte les troupeaux de bestiaux et se nourrissaient de leurs parasites. Çà et là, des passereaux chantaient encore mais le bruit des hommes et de leur industrie avait envahi la région. À l'embouchure centrale s'était établi un port qui tirait son appellation des marchands de l'Ouest : on l'appelait du nom que lui avaient donné les Romains, « Barbaricum ». Sur ses bancs sablonneux, les navires parvenus au terme de leur périple en mer d'Érythrée, chargés de topaze, de corail, de résines aromatiques et de lin, débarquaient des caisses, des jarres, des amphores scellées sur les quais branlants, envahis par une écume brunâtre. D'autres bateaux étaient remorqués le long du fleuve vers l'ancienne ville des Scythes, plus en amont, avec laquelle l'empereur avait contracté une alliance. Là-bas les Indiens exportaient de la racine de kostus, du parfum de nard dans des flacons ambrés, du lapis-lazuli, du coton, de l'indigo et surtout de la soie. Samudragupta prélevait un impôt sur tout ce qui était vendu en ville.

Mais ici, au port de Barbaricum, dont l'horizon semblait englouti sous un long tumulus gris servant de digue, les rues appartenaient à la confrérie des lépreux, qui faisait la loi.

Quand la troupe entra dans le quartier qui longeait le bassin où les navires jetaient l'ancre dans l'attente d'être déchargés, elle fut abordée par une bande de gamins surexcités qui la menacèrent.

Rāma voulut parler, mais les gosses la firent taire.

Au port, la lèpre avait valeur monétaire : les pauvres payaient pour être contaminés ; les riches pour en être préservés. C'était l'économie de Barbaricum. Tous les marchands étrangers qui accostaient à Barbaricum acceptaient de donner un petit pécule à la « confrérie » contre sa protection, tandis que les paysans désœuvrés qui affluaient sur les quais travaillaient pour cette confrérie en échange de la maladie qui les préservait de l'empereur et de la conscription forcée.

À Barbaricum, on n'avait pas entendu parler de la princesse Rāma, du Général, des Śeṣa et de l'eunuque brûlé. Les lépreux de la confrérie n'aimaient pas les histoires. Ils fréquentaient des commerçants de toutes les nations : le panthéon de leurs dieux, c'était le chaos. Ils s'étaient fabriqué leurs propres idoles, et personne ne prit au sérieux leur récit inspiré par les mythes anciens. Ils en rirent.

On exigea de la troupe qu'elle paie son droit d'entrée au port. Vexée, Rāma voulut les impressionner en ouvrant la bouche, pour les faire reculer. Mais personne ne craignait l'haleine des lépreux parmi eux. Rāma se trouva rouée de coups et quand le Général se précipita pour la défendre, il ne fit peur à personne ; il avait peut-être vieilli, lui aussi. Une dizaine de gamins à qui la lèpre avait fermé un œil l'acculèrent contre un mur de pierres, lui attaquèrent la gueule à coups de poing renforcés par des tiges de métal cabossées qu'ils glissaient entre leurs doigts, pour faire plus mal, avant de le laisser sur le sol, couvert de débris de résine.

Il se releva avec peine.

La troupe de la princesse dut quitter les rues malfamées autour du bassin de Barbaricum pour rejoindre le môle et la digue en travers de la mer grise, où les plus pauvres, atteints par le béribéri mais qui n'avaient pas assez pour se payer la lèpre, attendaient en ramassant des coquillages, des ordures, de la résine sur les pierres de la jetée ; certains pêchaient des crevettes, devenues rares.

L'estuaire de l'ouest puait, mais la princesse, le Général, le Brûlé, les Śeṣa et le singe qui jouait le rôle de Sītā ne sentaient plus rien.

2

Le Brûlé refit le compte de leur richesse.

Dans la bourse en cuir qu'il portait nouée entre

les jambes, à la place de ses testicules manquants, il y avait encore neuf pièces d'argent à l'effigie de Samudragupta, qui leur permettraient d'embarquer sur un bateau à la cale profonde. Grâce à leur spectacle, ils avaient gagné assez pour se payer le voyage pour l'Ouest, qui coûterait une pièce d'argent par personne. Puisque chaque Śeṣa serait tenu pour un individu, même s'il n'en valait qu'un quart ou une moitié, ils étaient huit en tout et il leur resterait donc une pièce à dépenser, pour boire et pour manger.

« L'Ouest se trouve là-bas », dit le Brûlé en lançant un caillou dans la mer charriant les déchets.

Ils admirèrent le paysage sombre de la ville industrieuse où ils n'avaient pas leur place. Comme jadis, ils burent de la bière de riz, la boisson favorite d'Indra qu'ils avaient achetée à un marchand ambulant, et évoquèrent les odeurs de leur jeunesse.

« Je crois que je me souviens, dit le Brûlé, quand j'étais au service du maître drapier et que je travaillais dans les comptoirs plus au nord… Je me souviens du santal coupé avec de la cendre et des parfums de roses écrasées, que les marchands laissaient macérer trop longtemps.

— Est-ce que ça puait comme la chatte d'une fille de mauvaise vie ? demanda le Général.

— Il n'y a pas de mauvaise vie pour les filles, corrigea Rāma.

— Sauf votre respect, princesse, je connais les femmes aussi bien que vous, et vous êtes une foutue exception. Quand il y a des hommes, les femmes font les salopes et elles aiment les saloperies. C'est comme ça. Je connais les endroits interlopes, dit le Général, j'y ai vécu, j'ai été dans des ports, j'ai navigué… (On savait que le Général prétendait avoir tout vécu et tout fait.) Les femmes d'Occident servent de putes dans les ports. Et de toute façon, je n'aime pas l'Ouest. La mort viendra par l'Ouest. Les gens de l'Ouest, cracha-t-il, sentent l'aigreur et l'acidité. Ils sont soit trop noirs soit trop blancs. Ils ne sont pas comme nous, et puis ils ont des dieux bizarres.

— Tu simplifies tout.

— Le monde est simple, princesse. Et c'est partout pareil. Les femmes sont exaltées. Les hommes ne pensent qu'à la queue qu'ils ont entre les jambes. Les femmes crient. Les hommes n'aiment pas parler, le sang leur plaît, ils aiment tuer. Les esclaves sont fainéants. Les riches sont faibles. »

Rāma prit un air accablé : par où commencer ? Quand il fallait parler du monde avec le Général, il lui semblait se trouver devant une paroi lisse, sans le moindre appui : tout y était également faux.

« Général, dit-elle enfin, savez-vous pourquoi vous portez votre nom ?

— Non.

— Parce que vous faites trop de généralités. »

Il resta coi un moment, puis éclata d'un rire tonitruant :

« Bien joué… C'est bien trouvé ! Ha ha, c'est vrai ! »

Puis il grimaça :

« Mais pas toujours. »

Après un long silence, il renifla :

« Qu'est-ce que ça me manque, de *sentir*… Le monde a changé.

— Vous vous rappelez les bonnes odeurs de chez nous ?

— La fleur de mangue au printemps…

— … le lotus doux ! Le *padma* rouge.

— La terre qu'on fouille.

— Le miel ?

— Le lait, aussi.

— Les vaches, leur pisse, leur merde.

— Et le beurre clarifié.

— La charogne.

— Le vieux pet ! »

Ils rirent.

C'était loin.

« Tout ce qui est doux et tout ce qui est dur, tout ce qui est pur ou impur, tout ce qui est animal, humain et divin… Au fond, tout sent bon dès qu'on s'en souvient.

— Le santal *sātana*, qui est vert…

— Non ! Il est rouge, voyons !

— Ah ?

— C'est le santal tête de bœuf qui prend la couleur du cuivre sombre. Il s'en échappe cette sorte de fumet de poisson. Un peu comme ici, à mon avis.

— Tu es sûr ?

— Le santal vert, c'est le *haricandana*. Il a la couleur d'une plume de perroquet et il sent la mangue fraîche.

— Mais oui, bon sang ! Je me rappelle !

— Moi, mon santal préféré était le rouge : le *grāmeruka* que portaient les grosses femmes dans les bordels. Elles s'en enduisaient entre les replis graisseux de leur ventre, juste au-dessus de la chatte, et ensuite ça fleurait la pisse de chèvre dans tout le bordel. Brahmā, pardonne-moi, mais j'adorais ça ! On n'en sent plus, des comme ça. Aujourd'hui, les putes, elles s'aspergent de quoi ? De jasmin. On dirait des gamines qui vont au lavoir. Bah.

— Dommage... », Rāma secoua la tête : « De toute façon je ne sens rien. Je me souviens juste... Je me souviens du citron dont je me parfumais pour Sītā. » Et Rāma caressa la nuque du gibbon, accroupi entre ses cuisses, qui commença à chanter. « Ah, tu vois, Sītā ! Toi aussi, tu te souviens. »

Le singe Sītā se blottit contre la princesse. Doucement, pendant que les Śeṣa lançaient à l'aveuglette des galets dans la mer brassant des rebuts de résine que la marée remontait jusqu'à leurs pieds, ils regardèrent le noir de l'océan, dos aux lumières de Barbaricum.

Peut-être était-ce la bouche de Brahmā.

3

Contre la moitié d'une pièce d'argent à l'effigie impériale, le lendemain matin, ils payèrent leur droit d'entrer dans le quartier des quais de Barbaricum. Ils demandèrent une audience au chef de la confrérie, afin d'obtenir leurs places sur un navire à destination de l'Occident, et suivirent dans les ruelles un lépreux chrétien converti.

Sur le marché, tout s'échangeait. On perdait son ancienne foi et on en gagnait une nouvelle. Il n'était pas rare de croiser un Ithiyōpiyen qui avait embrassé la religion des Nabatéens ou, comme ce membre de la confrérie, un homme de l'île brûlée devenu un fidèle de Yeshua.

« Tu crois au dieu mort sur la croix ?

— Oui, dit-il simplement en montant les escaliers qui conduisaient au siège de la confrérie.

— Tu es lépreux aussi ?

— Oui.

— Est-ce que ce Yeshua, c'était Viṣṇu ? »

Il ne comprenait pas la question.

« C'était Dieu et il est mort pour nos péchés.

— Qu'est-ce que c'est qu'un péché ? »

Mais il les fit entrer dans le salon du marchand qui dirigeait la confrérie des lépreux de Barbaricum.

Alors le Brûlé reconnut le maître drapier qu'il avait laissé à Pataliputra.

« Eh bien, dit le drapier surpris. Comme nous nous retrouvons… C'était il y a longtemps. »

Affligée par ce mauvais coup du sort, Rāma baissa la tête et s'excusa d'avoir converti l'eunuque.

« Tu t'excuses ? » Il rit. S'adressant aux autres marchands, qui portaient la pèlerine de la confrérie, il raconta son histoire : comment une nièce de l'empereur, qui avait embrassé la cause des lépreux, lui avait volé son eunuque à Pataliputra. De retour sur la côte, le maître drapier avait pourtant fait fortune en employant des lépreux et il s'était lui-même converti, parce que la lèpre permettait d'échapper aux impôts des brahmanes et des fonctionnaires de Samudragupta.

« Tu vois, dit le drapier, je t'ai déjà pardonné. En un sens, tu m'as inspiré. »

Encore une fois, Rāma s'inclina.

« Mais, ajouta le drapier, les dettes ne font pas les bons amis. Tu me dois quelque chose.

— Quoi, mon seigneur ? »

Il éclata de rire.

« Je ne suis pas ton seigneur. Nous sommes frères dans la lèpre, n'est-ce pas ?

— Qu'est-ce que je te dois ? »

Et le marchand, tranquillement, indiqua l'ancien eunuque du doigt :

« Lui. »

Tout se payait. Le Brûlé n'avait échappé à son maître que pour mieux lui revenir un jour, dans cette vie ou dans une autre : il n'y avait pas de liberté, c'était une folie de s'être cru émancipé.

« Je ne peux pas te le donner, répondit Rāma, il ne m'appartient pas.

— Très bien. S'il ne t'appartient pas, je le prends. »

Rāma voulut protester, mais elle n'intimidait plus personne.

« Amenez-le-moi. »

Lorsque les lépreux du maître de la confrérie arrachèrent au Brûlé sa tunique, ils découvrirent en grimaçant qu'il n'avait plus de gueule et qu'il avait noirci.

Inquiet, le maître fronça les sourcils :

« Est-ce que c'est la lèpre qui t'a fait ça ?

— Non, maître, répondit l'eunuque. J'ai été brûlé.

— Est-ce que tu souffres ?

— Non.

— La lèpre t'a protégé.

— Oui.

— Que Dieu ait pitié de toi. »

Et d'autres marchands se signèrent. En l'air ils dessinèrent une croix devant leur visage. Rāma s'était avancée vers eux :

« Si l'eunuque t'appartient, je peux te le racheter. »

Il hésita : c'est vrai que l'eunuque ne ressemblait plus à rien ; il n'en tirerait pas grand-chose.

« Combien ? »

Et Rāma dit :

« Huit pièces.

— Quelles pièces ?
— Celles à l'effigie de Samudragupta. »

4

« Nous n'avons plus d'argent. »

Et leur spectacle n'intéressait plus personne.

Devant eux, à quelque distance du port, la petite île de Barbaricum baignait dans une vapeur moite. C'était l'île des pirates, qui attaquaient les navires dans le détroit.

Le Brûlé se taisait. Il se sentait redevable, honteux et misérable. Auprès du maître drapier il avait été échangé contre tout l'argent qu'il leur restait : de ce fait, il les condamnait à rester ici, sur les quais pollués de Barbaricum. Rāma calcula qu'il leur faudrait plus d'une année de travail au service de la confrérie avant d'amasser de quoi payer une place à bord d'un navire de commerce.

Tout autour, Samudragupta avançait et la région finirait par revenir à l'empereur. Déjà, plus au nord, la soldatesque s'amassait par garnisons entières, pressée de reprendre la main sur le comptoir de Barbaricum et d'en chasser les pirates, qui gênaient les échanges marchands avec l'Occident. Parmi les déshérités sur la jetée, on murmurait que Samudragupta ouvrirait de grandes léproseries pour discipliner les lépreux, les soigner et briser leur confrérie. L'âge d'or de la lèpre touchait à sa fin, dans les quelques États lointains qui résistaient encore à Samudragupta.

« Que faire ?
— Au moins, nous sommes ensemble.

— Nous recommencerons, dit Rāma avec douceur, dans une autre vie.

— Nous vieillissons », admit le Général.

Et les Śeṣa ne purent s'empêcher de pleurer.

« Il nous faudrait trouver un lieu où nous retirer, au moins, en attendant.

— Mais comment ? »

Pour trouver de quoi manger, ils suivirent la trace des hérons garde-bœufs qui picoraient des miettes et des graines de lin le long du chemin, à la sortie de Barbaricum. Dans la chaleur de l'arrière-pays, les oiseaux voletaient au-dessus des rizières asséchées.

On entendit un cri.

Des Andhréens et des soldats de Samudragupta avaient arrêté un jeune maraudeur et le frappaient. Au bord d'une mare, ils avaient posé leurs armes pour prendre le temps de ficher une correction au jeune garçon, qui était descendu dans la rizière voler quelques plants à mâcher.

Il faisait grand soleil : l'eau des récoltes s'évaporait dans l'air chaud. Le torse nu, les soldats s'amusaient à rosser le jeune homme. Ce n'était pas un lépreux, et ils n'avaient plus très souvent l'occasion de corriger des misérables, puisque la plupart s'étaient protégés grâce à la maladie.

Aussi profitaient-ils de l'occasion.

Le jeune homme qui avait la peau bronzée des Arabes demandait pitié.

« Arrêtez ! » dit Rāma, par-dessus le fossé où les hommes le fouettaient avec des joncs cinglants.

« Rāma... », murmura l'eunuque, qui craignait qu'ils se trouvent encore embarqués dans une querelle qui ne les concernait pas.

« J'ai dit : arrêtez.

— Tu es qui ?

— Je suis Rāma, huitième incarnation et demie de Viṣṇu. Je suis l'Éclatante de bleu. »

Ils éclatèrent de rire.

« C'est l'autre tarée dont on parle au port.

— Ils ne sont pas dangereux.

— Méfie-toi quand même. »

Elle s'avança, cracha dans leur direction et les soldats vinrent récupérer leurs armes à la hâte.

« N'approche pas, vieille folle. Bientôt on vous enfermera tous. »

Pendant ce temps, l'eunuque releva le jeune homme bronzé et l'aida à marcher jusqu'à la route.

Il était d'origine nabatéenne, mais il parlait leur langue. Il était intelligent, généreux, volubile, et très vite Rāma s'intéressa à lui. Le singe protesta et commença, tout le long du chemin qui les ramenait vers Barbaricum, à attaquer le Nabatéen pour lui arracher quelques touffes de cheveux.

« Pardonne Sītā, dit Rāma, elle est jalouse.

— Ah ? » Et le Nabatéen regarda le singe : « Sītā ? Comme dans la légende ?

— C'est Sītā en personne. »

Il acquiesça, comme un homme intelligent acquiesce à la folie douce d'un ami :

« Très bien. »

Sur la route, Rāma proposa la lèpre au Nabatéen, pour le libérer de la peur des soldats.

« Non, merci. » Et il sourit. « Je n'en ai pas besoin. »

Très vite, le Brûlé comprit que le jeune Nabatéen jouerait auprès de Rāma le rôle qu'il avait lui-même rempli depuis Pataliputra : il fut jaloux. Parce que le jeune homme avait voyagé, il connaissait bien des choses, il était raisonnable, mesuré, voire sceptique. Mais Rāma avait vieilli – et lui était un tout jeune homme.

Avec agacement, l'eunuque regarda Rāma minauder : elle souleva même le voile bleu au-dessus de sa plaie, sous son sein, afin de lui proposer de nouveau de la lécher.

Il répéta qu'il n'était pas intéressé.

C'était un garçon vif et débrouillard, qui proposa de pêcher de grosses crevettes au milieu des déchets, grâce à une épuisette de son invention. Auprès d'un colporteur il les échangea contre une jarre de résine pour le parfum, qu'il savait préparer – contre quoi il obtint à un comptoir du riz et de la bière pour tout le monde. Rāma le regarda faire. Il avait du bagout, le sens des réalités, pouvait parler jusqu'à la nuit tombée, mais aussi écouter. Tout de suite, il comprit la situation.

« Vous voulez aller vers l'ouest et vous n'avez personne pour vous y conduire. Moi je peux. »

Rāma entreprit de le séduire, évoqua ses aventures avec des femmes, qui excitent souvent l'imagination des hommes, lui raconta sa nuit brûlante en compagnie de Sītā, la fille de la terre, et lui parla de l'art amoureux de Viṣṇu.

Mais le garçon, quand il entendait le nom d'un dieu du panthéon d'ici, répondait poliment qu'il y avait autant de dieux que de peuples ; il les respectait tous, il n'en adorait aucun.

Furieuse de sa résistance, Rāma insista. Elle réaffirma que la lèpre libérerait tous les hommes.

Pourtant le garçon, qui avait cohabité dans le golfe et le détroit avec toutes sortes d'Arabes, d'adorateurs de Yeshua, de Juifs, de Tyriens, de sectateurs de Sri, de Kāli, de Brahmā ou de Viṣṇu, ne se laissa pas convaincre. Il lui fit même une objection de bon sens qui laissa Rāma muette : la lèpre est une maladie des pauvres gens, expliqua-t-il. En effet, les pauvres doivent l'hospitalité et ils mangent avec les doigts. Ils n'ont qu'un lit et un seul drap. Quand leur hôte mange, ils dînent avec lui. Ils dorment en sa compagnie, et même parfois avec les animaux. Par générosité, ils ne font aucune différence entre eux et leur hôte, ils n'ont pas de chambre à part, ni de salle d'eau… Or la lèpre s'attrape justement par le contact : par la salive, la sueur et le sang. Les linges, la natte, l'oreiller : tout la transmet. Donc si vous êtes pauvre, l'hospitalité vous tuera.

Rāma demeurait silencieuse. Sur la jetée, les plus misérables s'étaient allongés, en attendant la nuit. La brume de chaleur et de saleté qui enveloppait Barbaricum s'était peu à peu levée.

« Mais les riches ?

— Eh bien… », le jeune Nabatéen parlait toutes les langues avec aisance et quand il revenait à la leur, il prenait un léger accent occidental qui le rendait à la fois rustre et précieux. « Les riches habitent de grandes propriétés. Quand ils reçoivent un invité, si c'est un lépreux qui s'ignore, ils le feront manger de l'autre côté de la table, dans de la vaisselle qu'ils donneront à laver, ils lui tendront le crachoir, ils le feront pisser loin de là où ils dorment, il s'allongera dans un lit réservé aux invités, ils donneront son drap à laver… Donc il n'y aura presque pas de lèpre chez les princes et les marchands. Mais vous, les lépreux pauvres, vous vous couperez du monde. La lèpre se diffusera avec la pauvreté et elle augmentera encore la misère. Les riches pourront vous dire merci de les débarrasser des miséreux, qui deviendraient sinon beaucoup trop nombreux.

« Au fond, vous faites le sale boulot à leur place. »

Il termina son bol de riz, sans prendre conscience qu'il venait d'anéantir la grande idée de Rāma.

Il but, et la mauvaise bière qui piquait finit de fermenter dans son estomac comme dans un alambic, il rota et s'excusa. Il avait des manières franches de marin. Quoiqu'il soit encore très jeune, il avait vu mille hommes, mille façons de vivre, et s'était fabriqué la sienne, qui consistait à naviguer entre toutes les autres.

« Est-ce qu'il y a encore dans ce monde des hommes heureux ? demanda Rāma, désorientée.

— Oui. » Le garçon réfléchit. « Là où habitent les hommes noirs. Il paraît qu'ils vivent dans la sauvagerie et qu'ils ne souffrent ni de la richesse ni de la pauvreté. On dit que c'est le paradis.

— Est-ce que c'est loin ?

— Le monde est vaste, madame !

— Emmène-nous.

— J'irai avec vous, si vous me donnez à boire et à manger. J'aime voyager.

— Mais nous n'avons plus un sou… »

Il sourit.

« J'ai une idée pour vous trouver un navire.

— Où ça ?

— Là-bas. »

À la tombée de la nuit, il désigna l'île au milieu de l'estuaire de Barbaricum.

« Chez les pirates ? »

Il leur expliqua son idée : à contrecœur ils acceptèrent. En attendant le matin, Rāma voulut lui proposer de partager sa couche, mais elle se sentit trop âgée et eut peur d'essuyer un refus.

Donc le jeune Nabatéen alla aux putes, ainsi qu'il faut toujours faire, précisa-t-il, avant d'embarquer pour une longue traversée.

Ithiyōpiyā
ou le Livre de l'exil

À bord d'un navire qui vogue vers l'occident, les lépreux découvrent l'étendue du monde, des gens et des cultes différents.

Parvenus sur les rivages d'un autre continent, ils survivent, ils se vendent, ils sont vendus.

Ils y perdent une âme, ou presque.

1

Ils naviguaient vers le pays qu'on désignait sous le nom d'Aithiops parmi les marchands grecs. Le Nabatéen l'appelait Habatha au visage brûlé, parce qu'il y faisait très chaud, et les Indiens Ithiyōpiyā. Pour l'heure, il faisait mauvais temps et ils ne voyaient plus le soleil.

D'abord le Général fulmina enfermé dans sa cabine. Sa peur panique de l'eau était si forte qu'il refusait d'aller regarder la mer sur laquelle ils voguaient.

Mais le Général n'avait pas le choix : avec les autres il s'était engagé à servir sur un navire de pirates de Muziris. À bord du grand bateau qui sert habituellement à conduire les chevaux, les lépreux étaient nourris et se partageaient près de la poupe une cabine étriquée, où des draps avaient été tendus, non pour leur confort, mais afin de les isoler de l'équipage. Confinés dans la cabine, ils attendaient l'apparition d'un bateau de commerce à l'horizon ; lorsque le bateau de pirates l'abordait, la porte de la cabine s'ouvrait et on leur demandait d'apparaître. Rongés par la lèpre, ils faisaient peur aux marchands d'Aksum ou de Méroé, et les pirates n'avaient même pas besoin de combattre pour rançonner le bateau de commerce.

« Ils se servent de nous comme de monstres… »

Voilà quelle était la triste idée du Nabatéen. Assise par terre, sur un drap blanc sali, Rāma soupirait. Il y avait du roulis. Le Nabatéen leur avait promis le transport, pas le confort ni la dignité. Le jeune homme servait sur le pont, en compagnie des pirates, pendant qu'eux attendaient à fond de cale leur pitance. Et si la vigie du quatre-mâts apercevait un navire à attaquer, on les sifflait.

Le Général détestait devoir sortir, en plein jour et en pleine mer, pour se dandiner à bonne distance des pirates méfiants sur le pont. Il s'agissait de se trimballer à moitié nu pour bien exposer leurs plaies, de franchir la planche posée en travers du bordage et de monter sur le navire ennemi. Pas besoin de grimacer. Le plus souvent, les marins étrangers, qui hurlaient dans une langue inconnue, accueillaient les hommes déformés par la maladie en s'agenouillant. Trempés par le crachin, les lépreux revenaient honteux de toute cette superstition. Certes, les marins étrangers avaient raison de craindre leur contact, mais ils avaient tort de les investir de cette sorte de diablerie dont le nom changeait avec chaque religion et qui semblait pourtant la mieux partagée entre les hommes : la haine de leur difformité. Les Chrétiens imploraient la pitié du Seigneur, se signaient et recommandaient leur âme à Yeshua mort sur la croix, les Arabes récitaient les mille noms de leurs dieux, ils demandaient pardon, les Romains juraient et appelaient le médecin, les Ithiyōpiyens avaient leurs propres démons… Mais, au fond, ils faisaient tous de même : ils les haïssaient.

Et quand les lépreux retournaient dans le quatre-mâts, il leur fallait de nouveau se cloîtrer.

Les Śeṣa dépérirent.

Victime du mal de mer, des vents contraires loin de sa patrie, c'est Moitié de Śeṣa qui mourut le premier, comme s'il avait échappé à la vigilance de sa divinité protectrice. Il faut dire que la lèpre avait considérablement entamé son humeur. Depuis quelque temps, on ne l'entendait plus rire ni chanter. Il avait d'abord perdu l'usage de ses oreilles, puis de ses yeux. Amaigri, il n'avait pas quitté la cabine en cèdre durant les dernières attaques. Un matin, par un temps silencieux qui annonçait la tempête, alors que le bâtiment tanguait, il roula au sol et l'un de ses frères qui s'inquiétait qu'il aille et vienne au gré de la houle, tâcha de le réveiller – sans succès.

« Rāma ! »

C'est elle qui annonça :

« Il est mort. »

Tous pleurèrent. Il leur sembla que le petit avait traversé avec le navire une frontière invisible loin de leur pays, perdant peu à peu la vie parce qu'il s'éloignait de sa terre natale.

« Son âme est passée en vous, désormais. »

Le Général grogna :

« Est-ce qu'il faudra diviser sa moitié par trois ?

— Oui, acquiesça Rāma. Toi, Quart de Śeṣa, tu disposes d'un quart plus un tiers de la moitié.

— Combien ça fait ? s'enquit fébrilement le Quart de Śeṣa.

— Eh bien… Il faudra demander la proportion exacte au Nabatéen. Il sait mieux calculer. »

Comme les Śeṣa malades étaient troublés de ne plus savoir quelle proportion d'âme ils avaient, il fallut que le Brûlé tranche :

« Toi, le Quart, tu seras désormais la Moitié. Bout de Śeṣa, le Quart. Quant au Dernier petit bout… »

Les petits lépreux étaient en proie à la confusion.

« C'est toi le Quart ?

— Non, c'est toi.

— Plus maintenant, je crois.

— Arrêtez. »

Et Rāma enveloppa dans un drap crotté l'ancienne Moitié. Tendrement, elle la prit dans les bras et demanda au Général de frapper contre la porte de la cabine fermée à double tour :

« S'il vous plaît ! Laissez-nous sortir. »

Enfin, après un long moment d'attente, c'est le Nabatéen qui vint s'enquérir de ce qui se passait.

« L'un d'entre nous est mort. »

Sans tarder, il fit ouvrir la porte de leur cellule. Sous la tempête qui se préparait au large du pays des Arabes, les lépreux sortirent encapuchonnés et le Nabatéen les conduisit à la proue.

Encore une fois, Rāma chercha la bouche de Brahmā, afin de lui confier son compagnon. « Ô, père des dieux, où es-tu ? » Mais l'horizon était barré par les nuages lourds et noirs, et l'océan ne ressemblait pas à la bouche attendue. Elle douta de ses dieux. « Brahmā…, supplia doucement la princesse, ouvre la bouche… S'il te plaît. »

La mer s'ouvrit comme l'oubli. Dans les flots noirs, la princesse jeta son ami, le petit Śeṣa, qui disparut dans l'océan agité et froid.

Un instant plus tard, c'était comme s'il n'avait jamais existé.

Alors elle pria le Nabatéen de leur montrer où exactement ils se trouvaient dans cet univers.

2

L'homme n'avait pas peur des lépreux, du moment qu'il se lavait les mains et qu'il maintenait entre eux et lui une distance permettant d'éviter les postillons, la sueur, la crasse au creux des doigts, à cause de quoi les germes se transmettent. Aussi le Nabatéen s'assit-il en s'enveloppant les jambes dans un drap au milieu de la cale du navire, où les lépreux se trouvaient consignés.

« Qu'est-ce que vous voulez savoir ? »

Il déplia un long papyrus, recouvert de noms, de signes et de figures.

« Montre-nous le voyage que nous avons fait, demanda Rāma.

— Nous venons tous ensemble de Barbaricum. Entre Barbaricum et Barbariké, leur enseigna le Nabatéen, il faut faire voile par l'île de Suqutra ou s'arrêter à Syagar. Nous nous en rapprochons. Les pirates résident au sud de Muziris, dans le port où se dresse un temple de l'empereur Augustus.

— Ton empereur ? demanda le Brûlé.

— Celui de mon maître.

— D'où viens-tu ?

— Mon ancien maître, Meropius, était un philosophe tyrien qui voulait connaître le pays des Indiens. Sur les traces de Metrodorus, qui a parcouru votre royaume, il a emmené avec lui deux jeunes esclaves éduqués dans sa maison, dont moi, parce que nous parlions le grec et le latin. Sans encombre, nous sommes allés jusqu'au port d'Adulis, où il escomptait faire des réserves de nourriture, alors que le traité qui liait les Romains et les Indiens venait tout juste d'être rompu. Il a été torturé et tué par les Indiens sous mes yeux. Par compassion, ils m'ont épargné, avant de m'envoyer en esclavage auprès du roi des Indes, où j'ai appris votre langue.

— Tu parles du roi des Indes ? Mais ce n'est pas l'Inde que tu décris, c'est l'Occident…

— Pour eux, c'est déjà l'Inde.

— Nous venons de l'Inde. Nous en venons par l'Orient.

— … mais c'est l'Inde pour ceux qui viennent par l'autre côté.

— Les choses n'ont pas le même nom chez nous et chez eux, soupira le Brûlé. Il faudrait traduire.

— Je peux le faire. Je connais presque toutes les langues. J'ai suivi les Ptolémaïens qui souhaitaient chasser l'éléphant près de Bab al-Mandab. Ensuite j'ai combattu avec les Ptolémaïens contre les naufrageurs, les Arabes et les Nabatéens qui attaquent sur des radeaux les naufragés le long de la côte de l'île brûlée de Katakekaumenê. Jadis les Arabes vivaient en paix ; les mangeurs de poisson avec les doigts aussi. Mais les navires chargés de carapaces de tortue, de défenses d'éléphant, d'épices précieuses, d'encens et de santal… Tout ça leur passait sous le nez. Et c'était une tentation trop forte. Ils ont été alléchés par l'or et l'argent, et ça les a transformés en naufrageurs. Maintenant, la côte est dangereuse.

— Tu as été le long de ce pays. Est-ce que tu peux nous en dessiner la carte ? demanda le Brûlé.

— Oui, je peux essayer. Mais ce ne sera pas très précis.

— Nous cherchons la bouche, précisa Rāma. Est-ce que tu en as entendu parler ?

— La “bouche” ? » Le jeune homme grimaça. « Non, je ne vois pas. À moins que… J'ai entendu dire que les hommes noirs appelaient “bouche du monde” un grand lac.

— Où ça ? Dessine. »

Avec une adresse étonnante, le Nabatéen traça en tenant son style à la façon du couteau. Sur le dos du papyrus, il esquissa la carte du grand marché d'ivoire, d'arômes, de verre précieux, de myrte, de la Mare Rubrum, qui commence à Klysma, et de la Mare Indicum, d'Alexandrie à la ville de Syene. Il dessina ensuite le fleuve sacré Nilum. Il indiqua les frontières d'Ithiyōpiyā et du royaume de Méroé, avant de faire saillir la corne ou le nez du continent, évoquant les parfums de l'immense océan… Passant avec dextérité du grec au sanskrit, du latin à l'arabe, il disposa les villes de Myos Hormos à Barbaricum, d'où ils étaient partis sur le bateau de pirates. Au sud des terres d'Aphrīkā, il longea la rive du doigt. Plus à l'est, il nota par autant de flèches les cinq vents de mansuétude qui soufflent en direction de Lankā. À partir de ses souvenirs de traversée, il cerna avec application les hauts-fonds de Byzantion, Toparon et Tyrannosboas. Peu à peu, incrédule, Rāma vit émerger la figure de son pays. Elle contemplait la forme de son continent jusqu'aux îles Sêsekreinenai, embrassant d'un seul coup d'œil la péninsule et l'île blanche.

« Voilà. »

Pour finir, le Romain traça sur la corne d'Aphrīkā, dans le royaume d'Aksum, une croix, parce que les hommes de là-bas étaient dorénavant chrétiens.

Rāma demanda : « Est-ce qu'ils croient à Yishnu ? Nous en avons déjà rencontré à Barbaricum.

— Yeshua, je crois. Oui, madame. Maintenant, voyez au milieu du continent d'Aphrīkā... » Et il dessina un grand lac rond. « C'est ce que certains appellent la "bouche du monde".

— Je ne comprends pas. D'où est-ce que je dois regarder ce pays ? C'est tout plat.

— C'est vu du ciel... Imaginez donc que vous êtes un oiseau.

— Ah. L'aigle de Gavana ?

— Peu importe, ce sont des légendes. L'important, c'est que vous vous trouviez tout en haut par la pensée. Et qu'est-ce que vous voyez ?

— Ce que voient les dieux ?

— Si vous voulez. Je pense que les dieux ont autre chose à faire. Alors regardez...

— Je regarde. Je vois la "bouche du monde". Mais moi... ? »

Alors le Nabatéen dessina un point au milieu de la mer, loin du lac, qui représentait leur bateau à l'approche du royaume d'Ithiyōpiyā.

« Vous êtes ici. »

Rāma se pencha :

« Je suis un point ?

— Oui, et tout ça, c'est le monde autour de vous. »

Par-dessus le papyrus gribouillé de signes, il agita la main de-ci de-là.

3

Quand ils débarquèrent à Aksum, la capitale d'Ithiyōpiyā, les lépreux furent vite perdus. Dès la jetée, un chrétien les héla et les aborda :

« Pourquoi est-ce que vous ne portez pas la clochette ?

— Qu'est-ce qu'il dit ? »

Le Nabatéen traduisit sommairement. Lorsqu'ils arrivèrent en ville, il arrêta : c'était trop bruyant. Les lépreux ne parlaient la langue de personne et dépendaient tout le temps du jeune homme, qui leur fit traverser la capitale du royaume de l'ancien roi Zoskales, assassiné. Le Nabatéen leur résuma en quelques mots l'histoire du vieux royaume de D'mt. Ils iraient plus tard aux ruines de Mazaber, l'ancienne capitale construite par Mityopis, fils de Cush. Près des anciennes mines de sel, ils chercheraient ensuite une caravane qui les conduirait à l'ouest du monde connu, vers ce que les hommes noirs appelaient la « bouche du monde ». Pour l'heure, les lépreux traversaient tels des fantômes encapuchonnés une grande ville soumise à d'autres dieux que les leurs.

Devant un vieil homme qui priait, à demi nu, au coin d'une rue, Rāma demanda au jeune Nabatéen de traduire ses questions et les réponses du vieil ermite :

« Qui est-ce que tu pries ?
— Il prie le Seigneur.
— Quel seigneur ?
— Il prie Dieu.
— Lequel ?
— Il dit qu'il n'y a qu'un dieu.
— Est-ce Viṣṇu ? Celui qui est mort sur la croix ? De quelle couleur était le dieu ?
— Il ne comprendra pas ta question.
— Pose-la, s'il te plaît. »
Pour toute réponse, le vieil homme ridé aux yeux exorbités lui tendit un peu de pain sec.
« C'est son hostie.
— Qu'est-ce que c'est ?
— Le corps de son seigneur. »
Et le vieil homme glissa l'hostie sous sa langue.
« Tu manges ton seigneur ? »
Il répéta :
« Yeessus, Yeessus.
— Est-ce que c'est Yeshua ?
— Oui.
— Il est mort sur la croix ? »
Le vieil homme opina.
Doucement, Rāma leva les mains et voulut les approcher du vieux :
« J'ai été ton seigneur, vieil homme. C'était moi. »
Alors le vieux révulsé se rétracta et il hurla.
« Attention, prévint le Nabatéen. N'approchez pas.
— Quoi ?
— Ils n'aiment pas les lépreux. Ils pensent que vous avez péché.
— Je peux le libérer de ses souffrances…
— N'essaie pas.
— Il souffre.

— Il veut souffrir. Laisse-le. »

Et le vieil homme tordu rampait au coin de la rue. D'autres chrétiens approchèrent, pour le relever et l'aider. En langue étrangère, ils s'en prirent à Rāma et à ses compagnons.

« Qu'est-ce qu'ils disent ?

— Mieux vaut partir maintenant. »

Les chrétiens leur jetèrent des pierres.

Dans la cité, expliqua le Nabatéen en les conduisant par les sentes tortueuses d'Aksum, tous les lépreux portent des clochettes autour du cou.

« Pourquoi ?

— Pour annoncer qu'ils sont là, pour que les hommes comprennent qu'il vaut mieux s'écarter.

— Nous n'allons pas porter des clochettes comme les vaches ! protesta le Général.

— Donc il serait préférable de sortir de la ville. »

Aux portes de la cité, ils passèrent près de la résidence du roi Ezana, récemment converti au culte des chrétiens. Rāma étonnée approcha d'une grande croix de pierre, dressée devant l'autel sacrificiel, orné d'une stèle blanche particulièrement haute et recouverte d'écritures.

« Est-ce ici que Yishnu est mort ?

— Ce n'est pas Yishnu. Dans cette région, ils disent aussi Yeshua. Et leur dieu s'appelle Yahvé, je crois. Mais il n'est pas mort sur cette croix-là. »

Il y avait des croix partout, même sur l'argent. Sur une pièce de monnaie, le Nabatéen en désigna une, gravée.

Puis ils sortirent de la cité. Hors des murs, le désert et la côte aride ensablaient le pays. Des ânes et des moutons paissaient. Sous les palmes, les terres fertiles produisaient des dattes, qu'ils ramassèrent.

« Où veux-tu aller ? demanda le Brûlé au Nabatéen, en dévorant avidement le fruit moelleux.

— Je ne sais pas. J'ai besoin d'argent. » Au creux de sa main, il agita la pièce gravée d'une croix. « Je retournerai à Adulis, le port où l'on trouve de tout. C'est magnifique. Il y a même des lions, qu'on embarque sur des navires pour les apporter à des souverains qui se trouvent à l'autre bout du monde. Le marché d'or, d'ivoire et d'esclaves est sans pareil. J'aimerais m'acheter un esclave.

— Tu penses qu'il est juste de réduire des hommes en esclavage ?

— Je ne suis pas chrétien. »

Le pays était plat, morne et brûlant. Après avoir été refoulés de la propriété aux dattiers, ils mendièrent quelques jours aux portes de l'oasis, sur le chemin d'Adulis, et se baignèrent dans les sources chaudes qui sentaient le soufre. Ils crevaient de faim.

Finalement, un matin, sur un coup de tête, le Général qui ne croyait plus à grand-chose décida d'estourbir Sītā et de la faire cuire. Il voulait de la viande. Au portail de l'oasis, un marchand richement drapé dans du lin, une croix d'or au cou, s'était arrêté et avait commencé à converser dans une langue étrangère avec le Nabatéen. Incapable de suivre la conversation, le Brûlé choisit de partir à la recherche du Général, qui avait disparu depuis l'aube. Quand le Brûlé le découvrit, à l'ombre des murailles de l'oasis, il était trop tard : le petit singe Sītā gisait inanimé et le Général s'efforçait de le dépecer en jurant, avant de l'embrocher et de le rôtir.

« Général… Qu'est-ce que vous avez fait ?

— Tu le vois bien.

— Vous avez tué Sītā…

— Ah, grogna le Général, tu ne vas pas me dire que tu as jamais cru que ce singe, c'était Sītā. La vraie Sītā est morte, et voilà tout.

— Mais Rāma pense que c'est Sītā. Elle dansait et elle chantait comme elle.

— Les singes imitent les hommes.

— Les Śeṣa les imitent aussi.

— Très bien. Ce sont des singes, alors.

— Tu ne les mangerais pas.

— Il faudrait que j'aie sacrément faim, ha ha ha ! »

Et le Général s'employa à arracher la peau du dos du singe, rose et fraîche.

« Aide-moi. »

Le Brûlé était triste, mais il était aussi affamé.

« Qu'est-ce qu'on lui dira ?

— À Rāma ? Bah. Elle trouvera une autre lubie.

— Nous avons trouvé de la viande ! » s'écrièrent-ils tous deux en revenant au portail de l'oasis. Et ils brandirent les morceaux de chair du singe découpés et rôtis.

Rāma était heureuse : à manger, enfin !

Ils s'assirent en cercle et partagèrent le repas chaud.

« Attendez, dit-elle, je vais laisser la moitié de ma part à Sītā. Où est-ce qu'elle est passée ? »

Le Général qui avait attaqué une cuisse grommela :

« Toujours aimé se baigner… Dans les sources chaudes… ?

— Tu as sans doute raison. »

Rāma mangea.

« Quel est cet animal, déjà ?

— Hmm. Une sorte de chien, je crois, qui erre dans le désert. »

Le Nabatéen s'essuya les lèvres grasses d'un revers de main et remarqua :

« Il n'y a pas de chien ici.

— Une sorte de chien, j'ai dit.

— Ce n'est pas bon, dit la nouvelle Moitié de Śeṣa. Je n'aime pas. »

Et il ne mangea rien.

« Il faut te nourrir, l'encouragea Rāma, tu es trop maigre. »

Depuis la perte de leur frère, les Śeṣa se laissaient aller. On les entendait à peine.

« Je n'ai pas envie.

— Mange. »

Puis les lépreux firent la sieste et, après avoir roté, le Nabatéen proposa :

« Dans cette oasis, il y a un marchand chrétien, fils d'un ancien serviteur de Zoskales, qui a proposé de me mettre en contact avec une caravane d'Aksum. Elle part explorer le territoire des hommes noirs, à l'ouest. Qu'en pensez-vous ?

— Tu voulais passer d'abord par le marché d'Adulis, non ? Pour acheter un esclave ?

— J'irai.

— Ne nous laisse pas seuls. Sans toi, nous ne comprenons rien à ce que disent les gens du pays.

— Je vais voir avec lui. La caravane part des mines de sel, sur la route qui mène d'Aksum aux ruines de Mazaber, à deux heures de marche d'ici.

— Nous t'attendrons pour partir.

— Mieux vaudrait m'attendre là-bas. J'arriverai avec le marchand.

— Pourquoi ? »

Le Nabatéen chercha une réponse.

« Tu sembles embarrassé.

— Pas du tout.

— Dis-moi.

— Il paraît… » Il hésita. « Mais c'est une superstition. Les gens d'ici croient que le sel protège de la lèpre. Ce serait bien de vous en recouvrir. Allez à la mine de sel et roulez-vous dedans. »

Rāma se tut.

« Très bien, répondit le Brûlé. S'il faut nous couvrir de merde ou de sel, peu importe. »

Il se sentait coupable d'avoir mangé Sītā et espérait partir d'ici le plus vite possible.

« Mais Sītā ?

— Elle nous rejoindra.

— C'est trop loin. »

Rāma était indécise, alors le Général et le Brûlé décidèrent à sa place. Le ventre lourd, ils marchèrent sous le soleil de midi. Plusieurs fois, ils s'arrêtèrent pour chier en implorant pardon.

« La viande n'était pas bonne », se plaignit Rāma.

Tourmentés par leur estomac et étourdis par la chaleur, ils finirent par rejoindre les mines de sel d'Aksum. C'était une vaste carrière à ciel ouvert qui leur rappela le temple troglodytique de leur lointain pays. À l'ombre ils se déshabillèrent et, sans le sentir pénétrer dans leurs plaies, ils se vautrèrent dans le sel. Blêmes comme des spectres, ils attendirent ensuite le retour du Nabatéen.

Au soleil, ils auraient cuit comme de la viande au four. Alors, recroquevillés dans un recoin ombreux de la mine abandonnée, ils patientèrent jusqu'à la nuit tombée.

Quand il fit sombre et frais, une troupe de gens en armes s'approcha des mines et les héla par en haut, à la lumière de torches qui faisaient scintiller les gemmes de sel comme des pierres précieuses. C'était le jeune Nabatéen, juché sur un chameau, en compagnie d'une vingtaine d'hommes d'Aksum et de Méroé, d'anciens soldats du roi Ezana, qui portaient autour du visage un foulard rouge, et parlaient une étrange langue chuintante.

« Qu'est-ce qu'ils disent ?

— Je suis désolé, dit le Nabatéen.

— Pourquoi est-ce que tu dis cela ? »

Puis les lépreux entendirent au-dessus d'eux les hommes qui négociaient. Ils échangèrent quelques pièces d'argent gravées de la croix.

Le Général comprit le premier :

« Il nous a trahis ! »

Plusieurs hommes armés de fourches commencèrent à descendre dans la mine de sel gemme.

« Il a raison, admit le Brûlé, qui s'en voulut d'avoir été si naïf. Il nous a vendus. »

Les hommes au visage voilé, qui tenaient leurs torches à bout de bras et s'adressaient à eux sans qu'ils puissent les comprendre, les avaient encerclés. Comme s'ils étaient du bétail, à l'aide de leurs fourches, ils les poussaient désormais, nus et recouverts de sel, hors de la grotte.

Le sel les avait engourdis et protégeait peut-être les soldats de leurs effluves malsains.

« Qu'est-ce qui se passe ? » demanda enfin Rāma. Tout autour, les cristaux formaient une nuée étincelante, à la lueur de la Lune et des torches huileuses des marchands. La lumière qui semblait provenir de partout à la fois baignait les lieux du halo fiévreux des cauchemars.

« J'ai besoin d'argent pour rejoindre Adulis, avoua le Nabatéen. Nous avons conclu un marché.

— Salopard ! » hurla le Général, qui voulut s'échapper. Mais les Aksumites le piquèrent, comme on le fait à une chèvre qui s'écarte trop du troupeau. Ils n'avaient pas peur, même s'ils gardaient leurs distances. Le sel les protégeait encore de leurs miasmes.

« Ces hommes veulent des monstres comme vous pour se prémunir des attaques des sauvages. Ils partent faire la guerre aux hommes noirs de l'Ouest : ils ont besoin d'or, d'argent, de cuivre et d'étain. Grâce à eux, vous irez le plus loin possible dans la forêt, jusqu'à ce grand lac que les Noirs appellent la bouche du monde. J'espère que vous y trouverez ce que vous cherchez.

— Enfoiré !

— Quant à moi..., poursuivit le Nabatéen qui ne ressentait aucune honte à les avoir vendus, j'ai aussi besoin d'un lépreux pour conjurer le mauvais sort et repousser tous les superstitieux qui rôderont, quand j'aurai dépassé Adulis. » Il se pencha dans la pénombre. « Toi, tu es trop brûlé. Toi, tu cries tout le temps. Mais toi...

— Qui ça ? »

Il désignait un Śeṣa.

« Viens par là. Tu m'accompagneras dans mon voyage.

— Non, s'il te plaît, supplia Rāma. Ne nous sépare pas ! Nous devons rester tous ensemble.

— Pourquoi ? demanda le Nabatéen, qui était sincèrement curieux.

— Parce que nous sommes liés à travers les vies.

— Ah ! » Il opina. « C'est ta croyance. Je la respecte. Mais je pense que rien n'est lié et je dois me rendre là-bas, où les hommes de la côte craignent les démons. Et ce petit homme me servira.

— S'il te plaît…

— Pourquoi est-ce que tu me supplies ? Arrête. C'est comme ça : on se rencontre, on se sépare. Chacun poursuit son but. Avance ! » ordonna-t-il au Śeṣa, avant d'expliquer dans sa langue chuintante à un Méroéen lequel des petits monstres il s'était réservé pour son service personnel.

Au cou du petit Śeṣa, incapable de comprendre ce qu'il lui arrivait, il attacha une corde au bout de laquelle pendait une clochette. Puis, le tenant en laisse, il le fit s'éloigner de la mine.

« Petit bout ! » crièrent ses deux frères.

Ils pleuraient, sans parvenir à s'arrêter, en dépit des piques et des fourches.

Ils sanglotaient encore quand la caravane des hommes de Méroé quitta les ruines de Mazaber pour partir explorer les forêts et les lacs d'Aphrīkā.

Aphrīkā
ou le Livre de la vie heureuse

Râma a trouvé le Paradis, le Général et le Brûlé l'ont suivie. Paisiblement, ils vivent au bord d'un grand lac où les hommes auraient pu être heureux.
Ils se disent au revoir.

1

Entre des rangées d'obélisques, la caravane quitta le royaume aksumite.

Enchaînés par des cordes épaisses auxquelles étaient suspendues les clochettes qui tintaient sans cesse, Rāma, le Général, le Brûlé et les deux Śeṣa restants avançaient à la manière habituelle des esclaves qui suivent leur maître. Il leur paraissait avoir régressé dans le temps et être revenus à une étape antérieure de l'histoire des hommes. Ils n'étaient pas maltraités par leurs propriétaires, des marchands et des soldats d'Aksum qui n'avaient pas fait allégeance à la croix du Christ et portaient par-dessus leur corps bronzé et leurs cheveux crépus d'amples robes teintes en rouge. Il semblait au Brûlé qu'il s'agissait de renégats ou d'officiers déchus du roi Ezana, dont le Nabatéen leur avait conté l'histoire : parfois, le Brûlé entendait dans la bouche des hommes à cheval et à chameau le nom romain de « Frumentius », un affranchi qui avait converti le souverain d'Aksum à la nouvelle religion. C'était lui leur ennemi ; pour le combattre il leur fallait forger des armes.

Les Aksumites avaient décidé de se servir des lépreux comme d'un bouclier face aux sauvages de l'Ouest, mais ils n'étaient pas très cruels. Ils donnaient à boire à leurs hommes, à manger une fois par jour, au coucher du soleil, et ils ne les frappaient que s'il était nécessaire de les faire marcher droit. Lorsque les Śeṣa s'écartaient de la route, les hommes en rouge les fouettaient à l'aide de brides de cuir cloutées de fer. Les deux Śeṣa restants étaient à bout de forces. Rāma, le Général et le Brûlé n'avaient guère l'occasion de se plaindre de leur sort, et de l'infortune générale du monde, tant ils se faisaient de souci pour leurs petits compagnons.

Rāma n'avait plus d'herbes et de racines de l'Himalaya à faire bouillir, pour les soulager. Elle aurait aimé leur parler, mais les hommes d'Aksum leur imposaient le silence dans les dunes. Ils semblaient craindre des tribus sauvages, à l'approche des régions où ils s'enfonçaient avec l'espoir de leur arracher de l'or, de l'argent, du cuivre et de l'étain. D'après le Brûlé, c'était aussi pour faire frapper de la monnaie, car ils manquaient d'argent pour lever des troupes contre le converti : c'était sans doute pour cette raison que les Aksumites rebelles marchaient vers l'ouest.

Derrière une longue bande désertique, ils traversèrent la savane. Le bruit des clochettes les rendait fous.

Les Śeṣa étaient méconnaissables : on ne pouvait plus les distinguer. L'un des deux mourut dans la savane, entre quelques bosquets épineux, et il fallut que les autres compagnons le traînent jusqu'à la fin du jour dans la poussière, car les Aksumites avaient refusé de s'arrêter pour le retirer de la cordée. Après avoir été rappelés à l'ordre ils le veillèrent en silence. Peu avant le crépuscule la caravane atteignit enfin une source, où les montures purent se désaltérer. On délivra un instant les lépreux de leur cordée et on détacha de leur cou les clochettes, qui résonnaient encore dans leur esprit la nuit, puis les Aksumites parlèrent aux lépreux et Rāma dit :

« Peut-être qu'ils nous demandent si nous avons un rite, pour brûler sa dépouille ? »

Ils ne se comprenaient pas.

« Peut-être qu'ils nous insultent, surtout… », maugréa le Général. Il avait tellement maigri qu'il était devenu fin comme une femme. Sur son torse les poils avaient poussé, mais sur sa tête les cheveux étaient tombés.

À la fin de la courte pause, ils durent laisser les Aksumites porter le corps du Śeṣa dans un trou dont ils n'eurent pas le droit de s'approcher.

« Maintenant tu es Śeṣa tout entier », dit Rāma au Petit bout qui restait.

Mais son tour vint rapidement : il périt quand, après avoir longé de hauts plateaux et traversé un fleuve, ils passèrent par une gorge étroite et venteuse. Au sortir de la passe, lorsqu'ils pénétrèrent dans un pays dominé par un haut cratère, le Śeṣa vacilla. Le Général et le Brûlé qui se trouvaient devant et derrière lui dans la cordée durent le soutenir en tirant sur la corde. Après quelques heures, quand ils firent vibrer la corde, il ne bougeait plus du tout.

« Il est mort ! »

Peut-être parce qu'ils avaient hurlé et attiré l'attention, ils furent attaqués peu de temps après par plusieurs groupes de guerriers noirs, qui portaient des couronnes de plumes et des bracelets de fer. Ils maniaient la lance et la masse en poussant un cri qui rappelait celui du loup d'Abyssinie. Débordés, les Aksumites crurent faire peur aux hommes noirs en exposant les lépreux en première ligne. Mais les sauvages qui venaient de derrière l'énorme cratère ignorèrent les lépreux et luttèrent avec les soldats, qui battirent bientôt en retraite. Les hommes noirs hurlèrent de joie et célébrèrent la victoire en dansant. En guise de trophée, ils capturèrent aussi les lépreux, qui marchaient au rythme de leurs nouveaux maîtres, ne sachant plus dans quelle langue humaine supplier leurs propriétaires.

Ils obéirent, du moins quand ils comprenaient les ordres qui leur étaient donnés.

Au soir, dans un camp de fortune établi au pied du cratère, ils purent faire la preuve que leur compagnon était décédé et eurent le droit de le détacher de la cordée. Le lépreux fut réduit en cendres sur un lit de roseaux. Rāma, le Général et le Brûlé n'eurent pas le temps de déplorer sa perte : dès l'aurore, ils avaient été échangés contre des armes de fer à une autre tribu.

Ainsi, devenus une monnaie d'échange, ils furent vendus et achetés durant des semaines.

2

Enfin ils parvinrent aux abords d'une mer intérieure ou d'un grand lac.

Après être passés de main en main, ils devinrent la propriété d'un peuple à la peau qui leur parut encore plus sombre, dont le chef ou le roi, ils ne le savaient pas, se tenait très droit. Il était nu à l'exception d'un pagne finement tressé, orné de décorations métalliques forgées où figuraient une inscription en forme de serpent et des bouquets de plumes qui ressemblaient à celles du paon. Dans ses pas marchaient des hommes et des femmes aux seins lourds, qui transportaient des jarres d'argile cuite. Sur son visage avait été peint avec le plus grand soin un disque d'indigo, qui évoquait une bouche céleste. Il était très beau.

En deux journées de marche, il conduisit les lépreux, auxquels il ne cessait de parler sans que ceux-ci n'y comprennent quoi que ce soit, à plusieurs villages aux huttes coniques, du côté occidental du lac. À l'horizon il désigna des antilopes couronnées et il sourit.

Il ne fit pas rompre tout de suite leurs liens, mais leur prodigua des soins. Il ne semblait pas le moins du monde effarouché par la lèpre. Ses yeux profonds avaient été noircis par du khôl semblable à l'encens de leur pays natal, peut-être pour protéger ses yeux du soleil et retenir les poussières du sol en terre battue.

Au bord du lac, avant la forêt qui commençait un peu plus loin, il y avait une région plate. Elle était marécageuse par endroits et se résorbait de temps en temps dans de vastes pelouses parcourues par des chemins de terre entre les huttes. Ces chemins conduisaient sur la rive à un groupe de constructions en faisceaux de roseaux posées sur des pilotis. En face, au milieu des eaux bleues, on apercevait l'île mystérieuse.

Il parut à la princesse que l'homme s'appelait NZita, mais ni le Général ni le Brûlé n'avaient entendu ce nom dans la bouche de leur nouveau maître, qui s'adressait presque toujours à Rāma.

Quand ils s'installèrent, il décida enfin de les libérer de leurs liens. Abasourdis par le long trajet jusqu'à cette terre inconnue, les lépreux errèrent quelques heures dans le village, où ils furent l'objet d'une vive curiosité de la part des femmes. Elles demeuraient dans les huttes, d'un côté de la sente principale de terre battue, à proximité des bois où des arbustes à caoutchouc, des arbustes à baies rouges et roses ornaient la lisière du village. Ils comprirent vite qu'ils n'avaient pas intérêt à franchir cette frontière. Sous le soleil éclatant, le Brûlé et le Général s'assirent puis s'allongèrent. Les enfants en provenance des cabanes d'un côté de la sente de terre battue s'attroupèrent, les encerclèrent pour mieux les voir et les toucher ; ils se laissèrent faire.

À demi endormi, le Général remarqua que de la fumée s'élevait lentement des cabanes.

« Ils font un feu.

— C'est une forge », murmura le Brûlé.

Après quelques jours, ils apprirent à connaître l'organisation de ce royaume qui forgeait en effet le métal, l'échangeait contre des esclaves aux villes de l'autre côté du lac. Ils travaillaient le fer, mais aussi les fleurs, dont ils extrayaient du pigment indigo et le bois fin qu'ils tressaient pour construire leurs huttes : elles ressemblaient à d'étranges capuchons d'hommes enterrés. Ils élevaient des chèvres, faisaient de la poterie et cultivaient du sorgho. Les femmes allaient nues, les hommes aussi. Seuls NZita et quelques vieux chamanes qui habitaient sur les pilotis au bord du lac arboraient un pagne. Bientôt les lépreux abandonnèrent aussi leurs vêtements.

Ils apprirent à s'incliner devant les trois arbres sacrés du village et à prononcer des paroles rituelles dont ils ne comprenaient pas le sens. Le temps qu'ils retrouvent leurs forces, on les nourrit et on leur donna à boire. Un soir, Rāma s'exclama devant le lac bleu :

« Nous sommes au paradis ! »

Ni le Général ni le Brûlé n'acquiescèrent.

« Nous n'y sommes pas tous.

— Pourquoi ? demanda la princesse.

— Tu l'as déjà oublié ? Nos amis sont morts.

— Ah. »

Elle sourit.

« Ils reviendront, dans une autre vie. »

Et comme passait aux lisières de la forêt une girafe encore jeune, au long cou tendu vers les branches les plus vertes des grands arbres, elle dit :

« Tiens, cet étrange animal, c'est peut-être déjà eux. Qui sait ? »

3

Parfois ils avaient le sentiment d'être revenus au commencement du monde, comme s'ils avaient remonté le cours de la Terre jusqu'au premier souffle de Brahmā.

Au moindre craquement de la terre, le lac et la forêt se réveillaient, peuplés d'oiseaux multicolores dont le Brûlé apprenait patiemment à connaître le plumage, le chant et le comportement. Dans les sables, entre les touffes d'herbe, les vers abondaient que les enfants asticotaient et qu'ils mangeaient parfois en s'esclaffant. Le temps passait à la fois très vite et très lentement, malgré la régularité des activités, des jours et des saisons. La pluie fréquente et soudaine, lourde et légère à la fois, était toujours signe qu'il se passerait bientôt quelque chose.

La première, Rāma fut arrachée à leur oisiveté et conduite auprès de NZita dans la demeure sur pilotis des vieux et des chamanes, où elle apprit la langue des gens du pays. Puis le Général fut apporté aux hommes qui travaillaient dans les cabanes où l'on forgeait le fer. Quant au Brûlé, il se trouva entraîné avec les jeunes femmes aux seins nus, qui cueillaient à la lisière de la forêt où l'on n'avait pas le droit de pénétrer.

Les aigrettes et les cormorans vivaient en compagnie des hommes sur de grandes pelouses où les jeunes enfants vaquaient toute la journée.

Il faisait presque toujours beau et bleu.

Après lui avoir appris leur langue, NZita prit la princesse par le bras et lui fit comprendre que le feu était tabou dehors et qu'il servait exclusivement à la forge. Sa première épouse était morte dans les flammes. La princesse se douta qu'elle représentait, à cause de son visage déformé de lépreuse, le souvenir de cette femme brûlée. Et NZita l'emmena en compagnie des chamanes sur l'une des barques amarrées près de la demeure sur pilotis, afin de lui faire visiter l'île sacrée, qu'il appela pour la première fois « la Bouche ».

« Quelle bouche ?

— La Bouche du monde, d'où le monde est sorti et où il retournera. »

Tout autour des barques, la princesse observa les pêcheurs, qui remontaient dans des filets de corde tressée des poissons encore frétillants. Les femmes faisaient cuire le poisson, dont les hommes ne devaient jamais toucher l'intérieur. Mais parmi les femmes il y avait des hommes, et la princesse remarqua que certains hommes étaient mariés avec d'autres hommes. Quelques femmes plus âgées avaient aussi pour épouses des jeunes filles. Les filles encore plus jeunes, avant l'âge d'être mariées, qui riaient tout le temps quand le Général et le Brûlé traversaient nus la pelouse, se cachaient les dents éclatantes de blanc en plaisantant à mi-voix. Elles appréciaient le Général, qui fut bientôt invité dans leur hutte, après quoi il se vanta auprès du Brûlé de coucher chaque soir avec une indigène différente.

Puis il retourna travailler à la forge et le Brûlé attendit la princesse.

En revenant de l'île, Rāma avait changé.

Elle n'était plus esclave. Elle vivait dans la demeure royale, clôturée de roseaux, sur pilotis. D'abord le Brûlé trouva que c'était un tout petit palais, par comparaison avec ceux de Samudragupta ou des Lichchhavi. Ici rien n'était construit en pierre, rien n'était gravé dans la roche, rien ne semblait pouvoir résister au temps. Puis, les jours passant, il jugea ces abris mieux conçus. Les maisons de compost, de boue, de terre et de branchages, sous un toit de chaume de roseaux finement tressés, résistaient à la pluie, ne donnaient jamais ni trop chaud ni trop froid, et n'étaient pas trop grandes, pas trop petites. N'importe quel homme pouvait en construire un. Après quelques mois il s'effondrait, se décomposait et on bâtissait un autre un peu plus loin.

Au Général, la chose n'apparaissait pas sous le même jour : il avait écumé les huttes des jeunes nubiles et il y avait vu, disait-il, la même merde que partout ailleurs :

« Les hommes veulent faire la guerre et baiser. Les filles ont envie qu'on les fasse jouir. Après elles croient qu'elles sont amoureuses, elles chialent quand elles comprennent qu'elles ont été trompées, donc elles veulent se venger, alors elles font de la magie avec des fleurs et des poisons.

— Je ne vois pas les choses comme toi.

— Toi, tu es castré, rappela le Général.

— C'est vrai. »

Pourtant le Brûlé aimait la compagnie des jeunes filles avec qui il apprenait à cueillir les bouquets. Les filles rieuses l'avaient rebaptisé « Fleur brûlée ». Au-delà des champs d'éleusine et de millet, des enclos de chèvres, à la limite du monde connu où les premiers arbres dressaient un rideau, Fleur brûlée apprit la différence entre les roseaux dont les faisceaux permettaient de tresser les toits résistants à la pluie et le papyrus, reconnaissable à son ombelle de feuilles disposées en étoile et qui servait aux palissades. Il apprit aussi à juger de la qualité du bois de bananier. Et puis il commença à recueillir le latex liquide, utilisé par les hommes de NZita pour empoisonner leurs lances et leurs flèches, quand ils combattaient ceux que les filles appelaient les « autres ». Fleur brûlée devint vite expert dans la cueillette de ce caoutchouc dangereux.

Au retour de la cueillette, il se chargeait de feuilles d'indigotier, pour en extraire le colorant.

Ici tout ce qui était beau était bleu.

Mais dès qu'il cherchait à avancer un peu plus profond dans les bois, pour cueillir d'autres pousses, les filles criaient et le rattrapaient, avant de le secouer par les épaules. Elles le considéraient désormais comme l'une des leurs et lui apprirent à craindre les « autres ».

« Pourquoi ne faut-il pas aller là-bas ?

— Ils ont chassé un autre peuple dans la forêt, un peuple de sauvages », dit le Général.

À l'heure où se rencontraient les hommes et les femmes, ils mangeaient tous les deux. Le Général disposait d'un peu de temps avant d'aller honorer l'une des compagnes de Fleur brûlée. Il s'amusait le temps que la princesse recouvre ses esprits et qu'ils s'en aillent d'ici.

« Pourquoi ? demanda Fleur brûlée. Elle croit que c'est le paradis et elle voudra finir sa vie ici.

— Conneries ! répondit le Général.

— Je ne sais pas. »

Près du rivage, NZita discutait avec Rāma.

4

Ils se marièrent dans la forêt.

À compter de ce jour, elle s'appela Rhaxma, c'est-à-dire « la douce » dans la langue de NZita. Elle était devenue l'homonyme de la morte, dont elle reçut nue dans la forêt d'arbres secs les cendres au fond d'un pot. Rhaxma rejoignit les cinq autres épouses de NZita, qui pour certaines l'adoraient, pour d'autres la jalousaient. Alors elle s'éloigna un peu plus du Général et de Fleur brûlée.

Ils trouvaient que la maladie avait progressé sur le visage de l'ancienne princesse.

Mais la lèpre ne dégoûtait pas NZita qui, au terme de la cérémonie de mariage, lui fit peindre avec de l'ocre, du jus de sycomore et de la résine un masque magnifique. Sur le front, elle portait une grille bleu indigo, des cercles blancs de craie et des croissants de lune noirs tracés au charbon de bois. Parmi ses cheveux, qu'elle perdait, il fit aussi couler du miel.

Elle honora le dieu de ces lieux, le lac, et invoqua les ancêtres des hommes.

En dépit de son âge, elle espérait avoir un enfant de NZita.

Elle avait changé. Quand elle ne portait pas son maquillage indigo, elle commençait à ressembler à une vieille femme.

« Je veux me reposer. »

La vie passa, douce et régulière. Le soleil et la pluie donnaient son rythme au monde. De temps en temps, NZita achetait de l'autre côté du lac des esclaves, de la main-d'œuvre. Beaucoup de jeunes gens, qui s'ennuyaient, quittaient le royaume : ils allaient à la conquête des terres du sud, où ils s'installaient avec des étrangères.

À l'abri de la pluie, le Général et Fleur brûlée discutaient sous l'auvent d'une hutte :

« Je ne la reconnais plus. Elle a été ensorcelée par ce salaud. »

5

NZita était un bon roi.

Afin d'encourager le Général, Rhaxma obtint qu'il devînt le forgeron royal, qui avait pour charge de fabriquer l'armement personnel des guerriers de NZita, les haches, les pointes de lance et les masses qui serviraient à châtier les « autres » dans la forêt, lors de leur prochaine expédition. Et le Général fut aussi chargé de la formation des jeunes soldats.

Il sembla à Rhaxma que le Général était fier de cette responsabilité. Il avait enfin trouvé sa place, avant de devenir un vieil homme, dans ce royaume où leur long périple les avait menés.

Quant à Fleur brûlée, après avoir appris à connaître les plantes, les graines et les racines des lisières de la forêt, il fut envoyé aux cuisines du roi NZita. Des hyacinthes des eaux, des fleurs jaunes et mauves, des fleurs en forme de trompe, qu'il faut bien distinguer du poison de cette plante fatale aux inflorescences splendides, il tirait les épices qui relevaient les mets du Roi.

Évidemment, le royaume n'était pas tout à fait équitable pour tous ; il y avait des hiérarchies. Mais la société du lac était aux yeux de Rhaxma la plus juste qu'ils aient connue.

Elle était presque satisfaite.

Et puis, un beau jour, le Général disparut des forges.

6

Avec des armes, il s'était enfoncé seul dans la forêt. Pourquoi ?

Sans pouvoir lui expliquer le coup de folie de leur ami, Fleur brûlée restait désormais seul avec Rhaxma, qu'il voyait de moins en moins. Quelques semaines passèrent. Le soir où il aperçut le signal dont ils avaient convenu tous les deux, il fit ce qui était prévu : sans rien dire à la princesse, il servit sa nourriture à NZita, qui le remercia et reprit la discussion, accroupi dans la demeure sur pilotis au bord du lac, en compagnie des chamanes.

Fleur brûlée attendit.

Là-bas, dans la forêt profonde, d'autres femmes aperçurent le feu – mais personne ne s'en inquiéta, car les « autres » provoquaient parfois des incendies, qui étaient vite circonscrits.

Fleur brûlée patienta.

Après quelques minutes, le roi NZita fut pris de spasmes et il vomit. À son chevet, Rhaxma fit humecter des tissus dans l'eau claire et demanda à Fleur brûlée de lui apporter des graines torréfiées ; Fleur brûlée alla en chercher. Mais c'était peine perdue. La fièvre augmentait et le roi délirait. Parmi ses proches épouses, on commença à chuchoter contre Rhaxma et on soupçonna le poison que Fleur brûlée était chargé de cueillir.

« L'eunuque ! s'écria la princesse, qui ne l'avait plus appelé par ce nom depuis longtemps, qu'est-ce que tu as fait ? » Peu après la princesse et lui étaient aux arrêts, parqués dans l'enclos aux faisceaux serrés de roseaux. Par les fentes étroites sous la palissade de leur cellule, la princesse à genoux tenta de voir ce qui se passait :

« Il y a le feu ! » s'exclama-t-elle.

Mais l'eunuque ne dit rien.

Elle pleura.

Dehors, l'incendie avait surpris les hommes et les femmes distraits par l'agonie du roi. De part et d'autre de la sente de terre cendrée les huttes brûlaient déjà. Très vite, ceux qui s'efforçaient de contenir les flammes furent attaqués par les « autres », qui sortirent de la forêt en piétinant les plants de sorgho. Au bout de leurs lances, il y avait des pointes de fer forgé.

L'eunuque lui avoua :

« Le Général est parti dans la forêt et a armé les sauvages. Il viendra nous libérer. »

Elle essaya de crier au secours, mais on ne l'entendait pas. Dehors, à la lueur de la Lune, les « autres » assassinaient les hommes du royaume.

La princesse s'accroupit.

« Pourquoi ?

— Nous reprendrons la route. Nous irons un peu plus loin vers l'ouest, comme tu le souhaitais. D'ici quelques années, les hommes de ce royaume seraient devenus comme les autres. Ils ont conquis des terres au sud et les hommes d'Aksum descendent du nord. Ils marchandent déjà avec eux. Ils ont un roi. Dans deux générations, ce sera l'équivalent de Samudragupta.

— Nous sommes trop vieux.

— Nous irons aussi loin que nous pourrons.

— Je n'ai plus la force..., protesta la princesse.

— Nous t'aiderons. »

Et l'eunuque se redressa : à travers la palissade de roseaux, derrière laquelle on entendait les bruits du massacre, il appela le Général.

« Il devait venir nous chercher. »

Patiemment, l'eunuque essaya d'entamer les roseaux du bout des doigts. Il y perdit l'un de ses derniers ongles ; une de ses dents était aussi tombée et, à l'aide de cette incisive, il trancha la corde qui retenait les roseaux. Petit à petit, il ménagea dans le mur une fente par laquelle il put faire passer sa main dehors, dans la nuit, au-dessus du lac. Il faufila sa tête et observa le village détruit : les forges avaient brûlé ; les cadavres étaient déjà nombreux.

Pourtant l'eunuque ne vit aucune trace du Général.

Au prix d'un long effort, il parvint à faire sortir la princesse, qui découvrit son paradis anéanti. Les « autres », qu'on devinait dans l'ombre plutôt qu'on ne les voyait, étaient plus petits que les hommes de NZita. Ils portaient un cache-sexe, des osselets blancs en travers des narines, avaient les cheveux courts, légèrement brûlés et manifestaient bruyamment leur joie d'avoir massacré leurs ennemis.

« Fuyez ! »

Quand l'eunuque et la princesse, en équilibre au bord de la plateforme de roseaux sur pilotis, se retournèrent, ils aperçurent enfin le Général. Le vieil homme surnageait à peine, la tête hirsute au-dessus des eaux noires du lac.

« Général ! »

Il ne savait pas nager.

Il avait tenté d'échapper aux hommes sauvages qu'il avait pourtant conduits jusqu'ici. Acculé au bord du lac, il avait été contraint de descendre dans les eaux froides qu'il avait redoutées toute sa vie.

« Général, vous allez vous noyer ! »

Mais il commençait déjà à sombrer. L'eunuque

voulut plonger pour le rejoindre ; hélas, il était trop loin et la princesse le retint :

« Laisse-le. »

Perdant pied, le Général s'était tourné pour faire face au petit royaume en flammes, et il profitait du spectacle. « Bien joué ! beuglait-il, tout en s'efforçant de rester à flot. Bien joué ! » Il était satisfait : il avait tout détruit.

« Princesse ! » cria-t-il une dernière fois.

Elle n'eut pas le courage de rester silencieuse, et répondit au responsable de ce désastre :

« Quoi, Général ?

— Princesse ! » Il riait. « Pas vrai que c'est bien joué ? »

Et elle hocha la tête.

« Je reviendrai ! »

Déjà les pilotis, attaqués par le feu au bord du lac, commençaient à céder et le Général eut tout juste le temps de hurler :

« Sans-couilles ! Protège-la ! »

L'eunuque prit la princesse par les épaules et l'entraîna le long du quai qui s'enfonçait dans le lac.

Ils lui avaient tourné le dos et regagnaient le village – ou ce qu'il en restait. Hélas, ils n'entendirent pas les dernières phrases du Général, qui avait voulu les prévenir.

C'était trop tard.

7

À peine le pied posé sur le rivage, ils avaient été faits prisonniers par les « autres ».

Ce n'étaient pas des hommes mauvais, mais une

fois de plus, ils ne se comprenaient pas. Lorsque la princesse parlait dans la langue de NZita, ils n'y entendaient rien et leur propre langue était très différente et compliquée, chargée de longues voyelles que quelques drôles de consonnes articulaient – ce qui rendait difficile la reconnaissance des noms ou tout simplement des mots, quand comme la princesse on était habitué aux langues déliées de l'Est et du Nord.

Alors que les hommes et les femmes noirs du bord du lac furent impitoyablement exécutés, il ne fut pas fait le moindre mal aux deux lépreux étrangers. Au bout d'une heure à peine, ils furent conduits dans une cage aux lourds montants de bois, depuis laquelle ils purent découvrir, au soleil levant, la désolation qui régnait alentour. De l'ancienne cité lacustre on ne reconnaissait plus rien : en lieu et place des habitations ne subsistait que de petits tas de cendres ; çà et là quelques lames de fer traînaient encore par terre, le long du chemin de terre ; il y avait des chiens errants sur la prairie ; les chèvres s'étaient enfuies, les enclos avaient été brisés et les cultures piétinées.

Au loin, sur la rive du lac, la princesse crut distinguer le corps démembré de son époux, NZita.

Dans la bouche de Brahmā

Avant la fin du jour, ils furent emmenés au cœur de la forêt.

À plusieurs jours de marche du lac, les hommes habitaient de petits villages qui se confondaient presque avec les bois, entre les troncs et parmi les lianes. Ils avaient de nombreux enfants, qui manifestèrent leur joie à leur arrivée et observèrent avec fascination la princesse à la peau grise, assise au fond de la cage, où elle dormait la tête contre l'épaule de l'homme brûlé. On les installa bientôt sur un terre-plein, dans une sorte de clairière où les femmes préparaient une fête. Tout le monde était heureux et quand ils riaient, les hommes renversaient la tête vers l'arrière en fermant les yeux. Les jeunes enfants grimpaient sur leur dos, quand ils ne restaient pas accrochés sur les épaules de leur mère qui transportaient de larges poteries, plus grossières que celles des hommes du lac et ne comportant aucun ornement, sur des feux alimentés par du petit bois ramassé par les adolescents. Ils avaient déjà débité de la viande des animaux de la forêt, qui pendait à des crochets fichés dans le tronc des arbres. L'air exhalait un parfum que l'eunuque ne parvenait pas à identifier, parce qu'il n'avait plus de nez, tombé à cause de la lèpre.

Au centre des attentions, l'eunuque et la princesse essayaient de comprendre où on les avait emmenés. Ils contemplèrent les hommes qui venaient les saluer par dizaines, et à leur tour ils les saluèrent. Sortis des tas de branches sous lesquelles ils dormaient, les hommes revenus de la chasse, les hommes victorieux à la guerre s'étaient massés et se parlaient entre eux, comme s'ils racontaient à ceux assis plus loin ce qu'ils avaient vu au bord du lac.

Paisible, l'eunuque cligna des yeux, aveuglé par la fumée qui montait des marmites de terre cuite où, dans de l'eau et de l'huile, les femmes avaient jeté des morceaux de viande qui avaient commencé à bouillir. Elles remuaient sur le feu la nourriture en psalmodiant. De temps en temps leur chant s'élevait, se communiquait des femmes aux hommes ; alors les oiseaux à houppette se taisaient et la forêt devenait mélodieuse. Réveillée par le chant, la princesse respira et ouvrit les yeux.

« Qu'est-ce qu'il y a ?

— Ils chantent. »

Au-dessus d'eux, les enfants décorèrent la cage de fleurs blanches, avant d'en offrir une, timidement, à la princesse, qui remercia le plus grand d'entre eux. Elle voulut l'embrasser, mais il s'enfuit et partit se réfugier derrière sa mère, près de la marmite. La femme éclata de rire, frotta le sommet du crâne du gosse et le rassura, tandis que la princesse piquait la fleur blanche, aux pétales en étoile, derrière son oreille ; elle n'avait plus de cheveux depuis longtemps, mais elle était toujours coquette.

« Tu es très belle, lui dit l'eunuque.

— Merci. »

Ils mangeaient convenablement : les enfants leur apportaient du bouillon à boire, un bouillon gras qui leur purgea l'estomac et les nourrit pour une journée ; cette soupe n'avait pas mauvais goût.

Puis les hommes commencèrent à célébrer. L'un d'entre eux s'approcha de la cage et murmura à l'oreille de l'eunuque et de la princesse une formule mystérieuse, qui mit les autres en transe ; ils applaudirent, brandirent leurs armes : des couteaux de silex aiguisés, des bâtons sculptés... Peut-être attendaient-ils quelqu'un.

« Eux aussi ont un roi, remarqua l'eunuque.

— Peut-être. »

Réveillée, la princesse s'était accroupie et, les moignons posés contre un lourd montant de la cage, avait approché son visage du dehors, pour mieux observer les hommes.

« Je les aime bien », dit-elle.

Il sourit.

Ce serait une belle fête. Sur le terre-plein où la cage était posée, des oiseaux multicolores dansaient et pépiaient, pourchassés parfois par des enfants, qui tendaient à leur père une plume arrachée à l'oiseau. Des sortes de cochons domestiques cherchaient de quoi manger dans le sol, sous la mousse au pied des grands arbres.

Longtemps l'eunuque eut des difficultés à interpréter le sens des gestes des hommes assemblés à leur droite : sur un feu nourri ils préparaient une marmite de terre cuite plus grande et plus profonde que les autres, qu'ils étaient quatre au moins à porter, avec beaucoup de soin, pour ne pas la laisser basculer dans le feu. Et ils parlementaient.

Peu à peu, il comprit.

La princesse avait compris bien avant lui.

Blême, il se tourna vers elle et chercha avec les mains à lui agripper le cou, le visage, pour la protéger et lui interdire de voir.

« C'est bon, dit-elle en se dégageant de son emprise paniquée, je n'ai pas peur. »

Il commença à pleurer, à implorer pardon. Il revoyait toute leur vie, jusqu'à maintenant, et la logique de l'ensemble, la logique nécessaire et cruelle qui s'imposait maintenant avec clarté à sa pensée lui fit si mal qu'il hoqueta, désespéré, jusqu'à ce que des hommes, sans chercher à lui faire mal, le réduisent au silence à coups de bâton.

« Calme-toi. »

Il reprit sa respiration. Recroquevillé et serrant fort entre les bras ses propres genoux, il découvrait désormais d'un œil différent le spectacle qui les attendait ; c'était une horreur qui s'annonçait depuis longtemps et qu'il n'avait pas vue venir.

« Ils vont nous manger.

— Non, dit doucement la princesse, qui cherchait à le rassurer en lui caressant comme naguère les tempes, les joues, le front. Toi, ils ne te mangeront pas.

— Pourquoi ?

— Parce que tu es déjà trop cuit… Tu es tout brûlé ! »

Et, amusée par sa propre plaisanterie, elle rit.

« Et toi ? »

Elle ne dit rien.

« Princesse ! Et toi ? »

Ils avaient préparé le repas. Tout le monde attendit. On s'impatientait. Les hommes et les femmes imposèrent le silence aux enfants.

« Ils ne te mangeront pas, essaya de se convaincre l'eunuque. Ils ne mangeront pas une lépreuse. Tu es…

— Tu trouves que je suis monstrueuse ? »

Elle sourit.

« Je ne suis pas assez bonne, peut-être ? »

Il bafouilla.

« Tu as la lèpre…

— Oui. Ils vont me célébrer, ils vont m'honorer.

— Princesse…

— Écoute. Ils me mangeront et je passerai en eux. »

En parlant elle lui jeta de nouveau ce regard illuminé qui faisait d'elle une éternelle enthousiaste.

« Nous sommes trop faibles. Je me suis beaucoup trompée. Il nous faut plus de temps. Plus que des années, il nous faudra des siècles.

« Ils digéreront notre lèpre. Ils la transmettront peut-être à leurs fils, à leurs filles, aux enfants de leurs enfants. Ils ont raison de nous manger. C'est comme ça que l'homme change. La maladie s'infiltrera dans leur estomac, dans leur foie, dans leur cœur, dans leur corps tout entier. Ils feront l'amour, ils auront une descendance.

« La lèpre progressera, mais ce ne sera plus la nôtre.

— Princesse…

— L'homme évolue, il ne reste pas toujours le même. Un jour l'homme aura la lèpre en lui, et ce sera une bonne lèpre, une lèpre adaptée. Alors il cessera de souffrir. »

Enfiévrée, elle prédit l'avenir et lui décrivit l'humanité future :

« Les dieux naîtront après nous. Ce seront des êtres qui changent de sexe, qui vivent longtemps, très longtemps, qui choisissent leur mort et ne la subissent pas, qui communiquent à travers le vent, par le verre, par le fer… Ils communiquent tout le temps. Ils sont propres et ne souffrent jamais. Ils sont grands, habitent des villes immenses au bord des eaux, vont dans des véhicules qui avancent tout seuls. Ils ont mêlé leur chair au fer, au métal. Ils savent lire jusque dans le cerveau : ils savent tout de l'intérieur, ils connaissent le corps de l'homme comme ils connaissent les étoiles. Est-ce qu'ils sont heureux ? Oui, je crois. »

La tête lui tournait. À son tour elle psalmodia, accrochée aux barreaux de la cage, et l'eunuque essaya de lui recouvrir le corps avec un pagne, parce qu'il lui semblait qu'elle avait pris froid.

« Je vais aller dans la bouche de Brahmā », dit-elle.

Déjà les hommes de la forêt dénouaient les cordes qui scellaient la porte de la cage en bois. Sans violence ils invitèrent la princesse à en sortir, avant de la tirer et de la pousser, avec précaution, sur le terre-plein. Elle était si ankylosée par l'attente qu'elle ne tenait plus debout. Elle chancelait. Ils la débarrassèrent du pagne.

« Princesse ! »

Il ne savait plus quoi dire, derrière les barreaux. Il lui dit qu'il l'aimait.

« Je sais. »

Complètement nue, malade, incapable de rester droite au terme de son long voyage, et toussant à cause de la fumée, la princesse avança vers le bûcher.

« Nous nous retrouverons. »

Sans qu'il ait le temps de la prévenir du coup qui partait, elle fut assommée par la masse d'un homme, qui semblait le chef. L'eunuque ne savait pas si elle était encore vivante quand ils la suspendirent par les pieds au crochet enfoncé dans le tronc de l'arbre sacré.

Il continuait à lui parler, il l'encourageait, lui disait de tenir bon.

Les gestes des hommes étaient lents et précis. Sans discuter, ils enfilèrent un bâton dans l'anus de la princesse, afin de ne pas laisser de merde s'écouler, et quand ils l'ouvrirent en deux, ils firent passer sous elle un pot pour ne pas perdre ses tripes et en recueillir le sang précieux, épais, vermillon, qui s'en échappait par flots continus.

« Princesse ! »

Il pleurait.

Est-ce qu'elle était encore consciente ? Ils tranchèrent d'abord les bras, en cherchant l'articulation, après avoir fait craquer les cartilages, puis ils arrachèrent les jambes et de petits groupes se scindèrent afin de préparer chaque membre indépendamment, pendant que celui qui paraissait diriger les opérations cherchait sous la cage thoracique les organes vitaux ; le cœur battait encore, mais irrégulièrement, quand, toujours lié par des artères et des veines, ils le sortirent de son enveloppe sanglante. En souriant le chef le brandit au-dessus de sa tête et s'aspergea du sang de la princesse comme d'une éponge plongée dans l'eau pure, avant de le jeter dans une petite marmite d'huile bouillante où une femme le fit revenir sur un côté puis sur l'autre ; il prit une couleur grisâtre, comparable à la chair de la tortue ou du cerf.

« Princesse… »

L'eunuque ne cessait de discuter avec elle,

pendant que les hommes s'arrachaient de minuscules portions de son cœur palpitant dont l'essentiel fut réservé à ceux qui avaient vaincu au bord du lac : ils en picorèrent chacun une bouchée. Puis ils terminèrent le travail d'équarrissage et de dépiautage. La tête pendait au bout du cou, démantibulée, mais l'eunuque pouvait encore deviner les yeux bleus de la princesse des lépreux, de cette femme qui avait voulu sauver les hommes, de l'amour de sa vie – qui avait la bouche ouverte. Elle avait gardé l'air doux, mais étrangement arrêtée dans un mouvement inachevé, et peut-être déçue.

« Ne sois pas déçue, lui dit l'eunuque, accroupi dans la cage. Tu reviendras. Je te le promets. Et nous aussi. »

Au beau milieu des huttes tressées où des chiens jouaient avec les oiseaux et les enfants excités par la cérémonie, les hommes et les femmes se disposèrent en cercle pour attendre la viande qui cuisait. Du corps de la princesse, il restait une partie du squelette grand ouvert, moins la tête, qui avait été fendue et dont on avait retiré le cerveau, pour le donner aux plus petits, aux fils du chef. Le crâne avait déjà roulé dans la mousse. On ne reconnaissait plus que le torse, dont les poumons avaient été vidés par le dos.

Pour la blanchir, on avait gratté la peau.

L'eunuque vit des enfants à la bouche teintée par le sang, qui criaient et s'amusaient, s'approcher de lui avec de la viande encore sur les lèvres. Ils restaient un instant immobiles devant lui, le ventre tendu vers l'avant ; puis ils passaient leur chemin.

Sur le terre-plein, on donnait aux plus vieux et aux impotents le bout des doigts de pied brisés, la graisse autour de certains morceaux du corps que l'eunuque ne distinguait plus tout à fait. Échangeant avec une politesse malicieuse des colliers de fleurs et des bracelets de cuir, les femmes se peignaient le visage tout en dégustant les organes génitaux de la princesse et le gras de ses cuisses. La langue était allée aux jeunes gens ambitieux. Après le cœur, les guerriers avaient dévoré le foie. Le banquet dura encore un peu. On déchirait les chairs qui restaient. Ils profitaient de l'odeur, décollaient la peau, les tendons résistants, les nerfs filandreux et les muscles qui adhéraient aux os. À l'aide d'un long couteau en silex, un homme divisait à l'intention des siens les parties de la partie dont il avait hérité. Un enfant, là-bas, avait chipé un petit morceau de pied à des vieillards courroucés. Il en retira l'ongle noirci, croqua dans la viande puis la mastiqua avec joie, le regard dans le vide, et une femme qui lavait les pots passa, lui fila une claque derrière la tête. Il grogna, mais rongea tout de même l'os.

Ils chantèrent encore, certains s'assoupirent : l'excitation était passée.

Maintenant ils digéraient.

Peu à peu, le silence des hommes gagna la forêt. Les oiseaux se firent entendre. Lentement le feu s'éteignit. Les enfants faisaient la sieste. Il était tard. À la fin de la journée, un enfant de la forêt vint à proximité de la cage, sur le terre-plein où tout le monde reposait en désordre, à demi assoupi. Après l'avoir observé avec attention, il ouvrit la cage et repartit en courant.

La lumière du soleil perçait de plus en plus difficilement les feuillages épais. Les autres hommes ne s'intéressaient plus à lui et l'eunuque put sortir de la cage en boitant. Il fit quelques pas, tâcha de se redresser.

Il n'avait nulle part où aller.

Par terre il chercha quelques restes de la princesse, mais n'en trouva pas. Dans ce monde-ci, elle avait disparu. Un jour, peut-être, quelqu'un comme lui retrouverait quelqu'un comme elle. Peut-être que l'un de leurs anciens compagnons s'était déjà mis à sa recherche, sur un autre continent – ou bien ce n'était qu'une idée qu'il se faisait sous le coup du chagrin : en réalité, ils étaient tous morts pour toujours, à part lui. Lentement, il traversa le village des hommes de la forêt, endormis ; il hésita à partir. Mais il s'accroupit. Il faisait bon.

C'était bientôt la nuit.

Dixième histoire

SŌSHI-KA

Royaume de Wa, 587

JE RETOURNE LÀ D'OÙ JE VIENS

Au treizième jour du troisième mois de la deuxième année après le décès de Bidatsu Tenno, un beau et grand bâtiment inhabituel revient de Koguryō vers le royaume de Wa. Bien qu'arborant les couleurs des navires de l'étranger, le bateau a été construit dans l'archipel où il s'en retourne afin de conduire l'héritier du clan Soga auprès de l'empereur : il a effectué un long séjour chez les barbares de l'autre côté des mers. Le bâtiment ressemble, mais en beaucoup plus grand, à ces fines figures d'argile posées sur un piédestal cylindrique qui font le bonheur des enfants : de loin, c'est un arc renversé dont la proue et la poupe émergent comme des cornes. Au creux du pont, parmi une profusion d'étendards du clan Soga, qui s'est soumis à la nouvelle religion du Bouddha, claquent des voiles carrées recherchant le vent avec autant d'empressement qu'un chien en quête de viande.

« Est-ce que tu veux manger ? » demande un mercenaire à la jeune fille pâle qui s'est accoudée seule au bastingage. Il s'approche d'elle, à l'abri des alizés qui fouettent le ciel, et lui tend un bol d'émail dont le ragoût a déjà été à demi consommé.

« C'est tout ce qu'il reste. »

Elle a peu d'appétit.

« Manger de la viande, explique-t-elle au soldat, c'est comme manger l'un des siens. On ne sait jamais exactement sous quelle forme un homme revient de la mort. Peut-être que c'est la chair de ton ancien compagnon décédé que tu mâches, de ton père ou de ta mère...

— Ha ha... Peu importe, comme tout le reste elle ressortira par-derrière et finira sous la terre ! » rit le soldat.

Puis il retrouve le sens des convenances :

« Pardonne-moi, ma dame. »

Le jeune mercenaire se courbe en grimaçant à cause des crampes, qu'il doit à la promiscuité forcée avec le reste de la troupe tout au long du voyage ; il fait pénitence, s'accroupit en tâchant de soulager ses reins contre le bordage crénelé, pour déguster la sauce de son ragoût et renifle bruyamment, en retenant du bout du pied son casque de fer renversé en forme de soupière qui s'agite sur le plancher, à cause des vagues.

« Tu es la "fille verte" ?

— Qui ?

— C'est comme ça que les autres soldats t'appellent. »

Encore au début de son noviciat, la fille aux cheveux coiffés en queue de cheval et à la peau très délicate rougit. Comme si elle était gênée par le regard insistant du garçon, elle se racle la gorge et lisse les plis de sa tunique aux fils cuivrés.

« Tu es jolie. Lorsque tu pries, tu dois détourner l'attention des moines... »

Elle n'a pas treize ans.

« Là d'où je viens, il n'y a pas d'hommes religieux, à part le père Soga. Donc je ne sais pas, seigneur soldat.

— Ah ! "Soldat" seulement, pas "seigneur". Les mots ne vont pas ensemble, c'est comme "dame" et "putain". Enfin, pardonne-moi de dire ça. »

Il rougit aussi, car il n'a que quelques années de plus qu'elle : il fait seulement semblant d'être vieux.

« Montre-moi comment tu pries, je suis curieux de ton dieu. Tu pratiques l'illumination du *bodhisattva*, comme le maître des Soga ? Que dit ton dieu ? »

Avec emphase et pleine d'espoir, elle déclare :

« Mon dieu dit que tout revient ! Rien n'est oublié. Ce qui meurt renaît toujours.

— Bien. » Il hoche la tête. « Comme nous, qui retournons au pays. Et c'est tout ? Ton dieu ne dit pas plus que ça ? »

Sōshi-ka, la plus jeune des sœurs moniales exilées dans la péninsule pour y suivre l'enseignement doctrinal, était rêveuse et n'avait jamais manifesté le moindre goût pour la pensée abstraite : de la parole de quelqu'un, elle retenait seulement les inflexions de la voix, d'un commandement le geste et d'une doctrine le corps de celui qui la présente. Des leçons quotidiennes à propos du Bouddha bleu de Paekche, elle n'avait donc conservé qu'un fort sentiment de nouveauté et d'enthousiasme. Mais elle peinait à en expliquer le contenu.

« Eh bien ! s'exclame le soldat qui rote afin de célébrer la fin du repas. Tu n'es pas très douée pour le prêche… J'espère qu'ils ne t'envoient pas ici pour convertir notre île ! »

De nouveau il rit et son rire s'envole au-dessus du navire.

Cette fois la fille a compris qu'il ne cherche pas à la blesser et elle plaisante aussi : sa voix se confond avec celle de l'homme, le bruit de leur conversation devient comme la mer, mêlée, qui va et vient par gros temps.

Curieux de la « fille verte », le garçon la scrute d'un peu plus près. Décoiffée par les alizés, sous les haubans aux insignes en forme de cercle brisé du clan Soga, elle laisse se poser sur le dos de sa main un papillon tête de mort. Si loin du rivage, c'est étonnant d'en voir un. Mais elle lui explique qu'elle attire les insectes et tous les petits animaux : souvent ils se réfugient près d'elle, comme si elle incarnait une sorte de souveraine des formes de vie inférieures, élue par les lucioles, les moustiques des marécages, les vers des sables dorés… Quand elle suivait son enseignement bouddhiste en exil, elle aimait les arroser d'eau claire, entre les ajoncs ; elle aimait les voir frémir, vibrer, vivre.

Tout ce qui vit n'aime pas la vie. Elle, oui.

Orpheline, elle n'a pas trop souffert du décès prématuré de ses parents pauvres, qu'elle n'a pas connus. Soga l'a presque adoptée, et elle lui en sait gré. À la cour en exil de Koguryō elle était devenue une fille de cour espiègle, qui amusait les servants à la fine moustache et à la barbiche sur laquelle enfant elle avait pris l'habitude de tirer avec malice, en dépit des protestations de ses sœurs plus âgées. Là-bas, sur le continent où Soga l'avait conduite afin qu'elle suive l'enseignement de la Voie, sous le règne de P'yongwon Wang, elle avait trouvé une forme de bonheur dans la communauté spirituelle de ses sœurs. Sōshi-ka s'était épanouie avec elles. Selon le temps qu'il faisait au monastère et sur les routes du pays qu'elles sillonnaient, elle sentait la vie varier en elle. Son cœur palpitant semblait suivre le modèle de l'air, du flot de la rivière ou de l'eau stagnante des étangs : lorsqu'il commençait à faire chaud elle se sentait fiévreuse, immobile, presque marécageuse, mais dès que le vent se levait, elle retrouvait toute sa vivacité. En hiver sa peau très fine laissait transparaître le mélange des trois couleurs qui ornent les belles jarres de *sancai* : le jaune de l'oxyde de fer, le vert du cuivre et le violet du manganèse ; mais la plupart du temps, le vert l'emportait. Pour cette raison, ses sœurs la comparaient à une jeune pousse effrontée du printemps.

« Quel est ton vrai nom ?

— Sōshi-ka.

— D'où est-ce que tu viens ?

— De cette île, comme toi. Et j'y retourne. »

BEC-DE-LIÈVRE

Accoudé au bordage sous la promesse d'orage, le jeune mercenaire ne porte pas d'armure, d'arc ni de sabre courbe ; à la main droite il tient seulement une lance au bois lourd. Comme pour deviner l'avenir, il respire l'air iodé, annonciateur de pluie, mais dénué de tout signe favorable ou défavorable, et se retourne vers elle.

« Si tu te déguisais, tu pourrais passer pour un garçon.

— Quand j'étais plus jeune…, lui répond Sōshi-ka, mes cheveux ne poussaient pas. Et puis une chevelure de femme m'est tombée du ciel ! Mais je peux toujours parler comme un homme. »

Sōshi-ka sait emprunter les manières de n'importe qui. À son compagnon de traversée, elle propose une imitation espiègle de leur maître Soga, dont le front pèse contre les sourcils comme un fagot de bois mort sur le dos d'un malheureux. Bientôt elle contrefait cette façon fébrile qu'il a de se saisir de son éventail de commandant, en adoptant une attitude outrée. Et avec une grosse voix elle rouspète :

« Soldat ! Est-ce que vous faites la cour à cette dame ? »

Le jeune mercenaire éclate de rire. Bien sûr, le garçon aux ordres de Soga a une sorte de bec-de-lièvre qui pourrait le rendre monstrueux, mais il n'y prête pas d'importance – et Sōshi-ka non plus. Ses dents sont gâtées… Tout de même, il a un sourire charmant. Ses cheveux gras négligés ont été relevés, attachés à la hâte au sommet de son crâne, qu'il baisse pour fouiller dans la poche de cuir retourné qu'il porte toujours à la taille, près du sabre mal emmanché de la piétaille. Il n'est ni archer ni cavalier. Il n'est pas grand-chose.

« Regarde. »

Il lui tend une bague qu'il gardait au fond de la poche. La fille est vraiment jolie et, comme à tout ce qui est beau, il a envie de lui faire un cadeau. Voilà un an, le jeune soldat payé par les Soga était parti avec sa garnison en expédition vers l'ouest, où l'on vendait sur le marché les affaires des morts. C'est là qu'il avait volé ce bijou.

« Cette bague est très vieille, dit Bec-de-lièvre. Regarde le métal frappé et tordu. On pourrait croire que c'est fait d'une seule pièce, mais je l'ai bien observé : ce sont deux anneaux d'or et d'argent enchâssés. Avec le temps, à cause de la rouille, ils se sont collés. »

Sur la pointe de ses chaussons de soie, Sōshi-ka se dresse et observe le bijou : il lui semble qu'il représente le grand cercle de la vie qui court du début jusqu'à la fin des temps, et cette image lui évoque de nouveau l'enseignement révolutionnaire du Bouddha. Tout excitée, elle resserre sa queue-de-cheval et fronce les sourcils.

« Ne le fronce pas trop, ton front est beau quand il est lisse. Il reflète l'absence de souci.

— Hum ! Tu peux parler, toi. Tu es bien laid. »

Déjà elle regrette cette pique, mais le mercenaire ne semble pas vexé. Du bout de ses doigts graisseux, il essaie de refermer sa bouche déformée, puis il hausse les épaules et fait signe que c'est peine perdue :

« C'est comme ça. Moi je n'ai pas été gâté par les divinités, mais toi oui. Profites-en.

— Pardonne-moi… »

Elle s'incline.

— Arrête. Je ne suis pas un prince de la cour. Tu n'as pas le droit d'être mon obligée. »

Sans savoir pourquoi, elle l'embrasse sur la joue.

Le soldat est confus, il bégaie et lui tend le bijou :

« Tiens, prends-le.

— Non, c'est à toi.

— Prends, je te dis… »

Et avec une certaine brusquerie Bec-de-lièvre plaque son offrande contre le ventre de la jeune fille.

« Disons plutôt que c'est pour nous deux, propose-t-elle.

— Pourquoi ? Soit c'est à moi, soit c'est à toi.

— Mais il y a deux anneaux. Peut-être que nous sommes liés. »

Il rit :

« Ah, ça c'est bien les bonnes femmes ! Rien n'est lié. Enfin… »

Après avoir réfléchi, il essaie de lui livrer le fond de sa pensée :

« Tout est lié, rien n'est lié. Je n'en sais rien. En tout cas, toi et moi pas plus que n'importe quoi. »

Sōshi-ka est déçue et se penche par-dessus le bordage pour observer les flots bouillonnants à l'approche de l'île.

« Tout passe comme l'eau qui file par-dessous nous, sourit Bec-de-lièvre.

— Mais ce sont des tourbillons. Ils vont en rond, comme la vie : c'est ce qu'enseigne le Bouddha.

— Oh, ton dieu dit ça. Tu vas prêcher pour lui à Wa, pour le compte de Soga ?

— Ce n'est pas un dieu. Et nous, pour dire l'île de Wa, nous disons Nihon.

— C'est la même chose. Seulement il y a une ancienne et une nouvelle façon de le dire. C'est pour ça que vous vous faites la guerre.

— Nous ne voulons pas la guerre. Mon père Soga cherche à faire la paix.

— Ha ha ! C'est ça. Tu verras.

— Tu vois l'avenir ? Tu vois la guerre ? »

Le ciel gorgé de pluie avortée s'assombrit.

« Je ne vois rien du tout. Je ne suis pas savant. Nous arrivons bientôt et tu vas débarquer avec ceux qui savent. Lorsque nous nous reverrons, peut-être que tu m'expliqueras la vérité… Si tu l'as apprise.

— Je te le promets. »

Bec-de-lièvre crache dans l'eau agitée. Puis il

désigne la terre, masse brumeuse qui rend l'horizon ventripotent comme une femme enceinte.

« Regarde ! »

À bâbord apparaissent déjà des navires de bois légers, de modestes *hako-gata* taillés à même le tronc du pin des plaines du Kantō, où est née Sōshi-ka. Paysans, marins et soldats affluent à la rencontre de l'embarcation du clan Soga, qui revient de la péninsule porter la bonne nouvelle du Bouddha, et au loin Sōshi-ka essaie de deviner quelque chose de familier. Mais tout lui semble étranger.

« Je suis née là-bas, et ça ne me dit rien. Toi, par contre, tu me rappelles quelqu'un. »

En se retournant vers Bec-de-lièvre, Sōshi-ka ajoute :

« Je crois que je t'ai déjà rencontré dans une vie antérieure.

— Peut-être même que nous étions mari et femme ! rit l'homme. Qui sait ? »

Elle sourit :

« Peut-être. »

LES FOUGÈRES AU BORD DU CHEMIN

Contrairement aux puissantes forteresses du district de Bukhansanju et de Jangana qu'elle a entraperçues lors de son éducation sur le continent de Koguryō, le château du clan Mononobe, vers lequel ils font route, n'est pas ceinturé par de hauts remparts de pierre surmontés de constructions de bois, puis d'un toit de tuiles rouges ; non, il s'agit d'une résidence moins élégante et plus ancienne, dont les palissades ont été renforcées par du pisé, de la terre compactée comme si elle avait été cuite, et l'ensemble de la citadelle, lourde, basse, brune et fondue dans le sol, évoque un repli graisseux du paysage boisé : on dirait qu'on s'avance vers le mamelon d'un vieux géant.

Parmi les moniales bouddhistes venues du continent témoigner de la nouvelle religion, seule Sōshi-ka accompagne le cortège des Soga. Il y a quelques semaines, sa séparation d'avec ses sœurs bien-aimées a été l'épisode le plus dramatique de sa courte vie de jeune fille. Depuis qu'elle leur a été arrachée pour revenir dans le royaume qu'on appelle de Wa ou de Nihon, elle erre comme une somnambule dans le pays de ses ancêtres, mais où elle n'a presque pas vécu et dont elle ne connaît pas les coutumes, en suivant à distance respectueuse des hommes en armes, des cavaliers, des archers inquiets, toujours aux aguets d'une attaque, et enfin Soga no Umako : le chef de clan parade en kimono aux brocarts de soie brillante et ne lui adresse plus le moindre regard.

Relevant les pans de sa longue robe vert glauque pour trottiner sur ses jambes trop courtes, elle essaie de deviner par-dessus l'épaule de fer des guerriers où va leur cortège. Ce ne sont qu'épaisses cuirasses, plaques métalliques couturées, lamelles articulées, casques effrayants dont la visière brise le regard, sabres, lances, étendards, cuivre frappé, cordages et des chevaux qui avancent la bave au mors. Tant bien que mal, elle se contorsionne pour suivre par en dessous le chemin caillouteux qui s'enfonce dans l'intérieur du pays, mais entre les jambières, au rythme du cliquetis mécanique des armées, elle ne voit rien d'autre que quelques vipères et la fougère au bord du chemin… Elle sent contre sa peau la lame sévère du froid, frissonne et cherche en vain à protéger son cou du vent : sa robe de cérémonie arbore un col ras.

Bientôt, les hommes de Soga no Umako passent de hautes portes en bois, consacrées aux esprits des eaux, des pierres et des forêts. Inquiets de pénétrer dans cette citadelle hostile, les gens de Soga murmurent et, après d'interminables négociations, la troupe est désarmée : leurs hôtes s'accroupissent en ligne, les mains grandes ouvertes, afin de laisser passer les Soga jusqu'à la demeure des Mononobe.

Le ministre de l'empereur siège dans la grande cour du château, qui a été couverte de draps et de tentures aux armoiries de son clan chasseur de daims.

Converti à une nouvelle foi, l'héritier des Soga doit s'entretenir avec le ministre Mononobe no Yugehi no Moriya no Ōmuraji. Assis en tailleur au centre de la cour, le chef du clan traditionaliste attend la délégation de son vieil ennemi. Même si elle n'en connaît pas la raison, on a expliqué à Sōshi-ka qu'ils s'opposaient depuis plusieurs générations. Le long des palissades, les partisans des Mononobe guettent les arrivants, accueillis par des domestiques, qui leur servent le thé et invoquent les esprits ancestraux de la région. Les fidèles de Soga regardent sans mot dire : ces croyances-là ont aussi été les leurs, mais ils ont désormais embrassé une autre vérité. Ils ne l'affirment pas encore en public et les rites se déroulent donc comme autrefois, à la manière des anciens, dans le respect de la tradition à laquelle l'empereur est attaché.

Les titres des Mononobe sont proclamés et le

nom de leur ancêtre Nigihayahi no Mikoto célébré : il descend des dieux venus sur la Terre avant la fondation du royaume par Jimmu Tennō, « et tout ce qui s'ensuit ». Durant tout le temps que dure l'exposition fastidieuse des titres honorifiques, Sōshi-ka accroupie en position déférente ne peut retenir sa curiosité et s'autorise un coup d'œil rapide en direction de la rangée des hommes sévères, l'éventail à la main, qui se toisent et attendent qu'on présente leurs noms et leurs armoiries. Elle les observe sans amour ni haine : les mâles de l'espèce humaine aiment l'honneur, ils s'enorgueillissent de leur lignée, ils exhibent pour tout espoir d'éternité les images et les mots qui les désignent. Détaillant du coin de l'œil les visages concentrés et cramoisis, presque sur le point d'exploser dans l'attente d'être mentionnés, les rides au coin des yeux par lesquelles semblent s'étirer leurs têtes burinées, coiffées, ornées, parfois tatouées, elle se rend soudain compte qu'elle a oublié où était son camp : elle devient incapable de distinguer les deux partis. Où se trouve Soga, semblable à tous les autres, une fois grimé sous son casque de parade ? Et si c'était plutôt Mononobe ? Silencieusement les deux rangs se font face. De part et d'autre de la cour, ils se défient déjà par le regard et paraissent lutter immobiles. Pour quoi ? Ils auraient pu se battre pour l'amour des femmes, mais ici il n'y a pas de femmes pour assister à leur rencontre. Immédiatement Sōshi-ka s'amuse de son omission : il y en a une au moins, et c'est elle. Est-ce qu'ils s'affrontent pour l'impressionner, elle ? Elle se retient de rire à cette idée farfelue.

En silence, Sōshi-ka prie pour son maître et père, même si elle n'est plus tout à fait capable de le reconnaître et de le différencier de son ennemi juré. Puis, contrainte à baisser le regard parce qu'elle sent qu'on la surveille, elle fixe des yeux entre ses genoux un caillou blanc de forme inégale qui pourrait être le fossile d'un minuscule animal du lointain passé, et qu'une fourmi essaie péniblement de déplacer ; le caillou frémit, tremble, mais il est trop lourd et la fourmi essaie encore. Sōshi-ka aimerait pouvoir l'aider, hélas elle doit garder les mains jointes et assister impuissante aux échecs successifs de l'insecte.

À mesure que les officiels de chaque délégation font assaut de politesse, elle perd toute notion du temps. Peut-être que le sang lui monte à la tête, ou bien il n'y descend plus, parce qu'elle demeure tête baissée en signe de soumission depuis une heure, peut-être deux, elle n'en sait rien et, enivrée, abasourdie aussi, voyant les dimensions de l'univers se réduire à celles de la forteresse, de la cour, et celles de la cour à son champ de vision, elle contemple la scène du monde limitée à une simple portion de pavage, dans la faille duquel la pierre blanche a roulé, et que la fourmi, qui lui semble prendre maintenant une taille démesurée, aussi grande qu'un homme debout, dressée sur ses pattes arrière, s'efforce de faire basculer.

« Essaie encore…, murmure Sōshi-ka.

— Quoi ? »

Le dignitaire à côté d'elle, officier du culte auprès de Soga, l'a entendue et la réprimande.

Elle s'excuse, se tait, attend.

Que disent les hommes ?

Elle devine qu'ici on accuse Soga d'être sous la coupe des moines qui ont accompli le long voyage vers l'ouest : Jimyeong et Wongwang. On connaît ses liens avec les diplomates du continent : aux yeux de Mononobe, Soga n'est rien de plus qu'un traître à la patrie qui a pris langue avec les Shen et les Sui. Derrière sa conversion se cachent les intérêts marchands et une flotte étrangère qui voudrait faire de l'archipel son vassal ; Mononobe ne peut se résoudre à l'accepter.

De moins en moins capable de se concentrer sur la litanie de reproches voilés que s'échangent les deux camps dans la cour du palais, alors que le froid s'est durci et que la lumière a baissé, Sōshi-ka entend encore quelques bribes de conversation faussement courtoise, le froissement des tissus de ceux qui se relèvent, de ceux qui se rassoient, des aides de camp, des ministres aux insignes gravés, des ambassadeurs qui s'offrent de nouveau des présents, font valoir des titres, puis se taisent.

Pour l'instant il est impossible de déterminer qui aura le dessus. Dans la bouche d'un dignitaire local il est question du fameux *stûpa* élevé sur la colline de Ono. C'était une provocation : un mémorial bouddhiste en terre de Wa. La discussion s'anime et Sōshi-ka en perd tout à fait le fil. Toujours penchée par pudeur, elle contemple le caillou blanc devant ses genoux. Elle sourit et pense qu'il s'agit peut-être du plus beau monument dressé à la gloire du Bouddha. Elle voudrait le dire à la fourmi et la féliciter, mais l'insecte est parti. Où est-il passé ? En le cherchant, la jeune fille relève les yeux.

À la gauche de celui qui semble être Mononobe,

un secrétaire qui tient à bout de bras l'étendard de son clan relate froidement l'incident de Ono du point de vue de son maître. Soga no Umako a fait ériger le *stûpa* rituel au nord de la colline de Ono, afin de déposer une relique au sommet de la colonne. Par fidélité au droit coutumier, Mononobe no Yugehi no Moriya no Ōmuraji a fait brûler le *stûpa*, avant de jeter l'idole dans le canal de Naniwa.

De nouveau Sōshi-ka croit entrevoir le fond de la querelle et fait l'effort de suivre le débat.

Un porte-parole de Soga se lève et, après les circonlocutions de circonstance, il explique que les habitants de la région, suite à l'incendie et à la destruction du temple du Bouddha, se sont lamentés : « c'est comme si notre propre corps brûlait, recevait des coups et en était brisé ». Par souci de la Voie et du bien-être du peuple, Soga no Umako a donc résisté à la tradition inique et a voulu restaurer le mémorial.

« Baisse la tête ! »

D'un coup d'éventail multicolore, un homme la soufflette et lui indique le sol, que Sōshi-ka retrouve vite : pavé, gris, dur et froid. Elle sourit : la fourmi est revenue et a de nouveau entrepris d'escalader le bloc de craie.

Encouragé en silence par la jeune fille, l'insecte recherche les anfractuosités de ce qui doit représenter à ses yeux un obstacle colossal, même si ce n'est qu'un petit galet pour Sōshi-ka, tandis que les hommes entreprennent de régler le différend d'interprétation qui oppose les Soga et les Mononobe. Régulièrement l'assistance manifeste son désaccord voire sa réprobation par des chuchotements qui vont contre le protocole. Bientôt ce n'est plus seulement sur des idées qu'ils ne s'entendent pas, mais à propos des faits eux-mêmes.

Un cri retentit parmi l'assemblée. La cour de Mononobe semble scandalisée qu'ait été mentionné par un porte-parole des Soga le nom tabou d'un ancien officier. C'était le commandant des gardes de la tombe temporaire qui avait empêché le Prince Anahobe de prendre par la force l'impératrice Kashikiyahime. Elle portait le deuil de son époux sur la tombe de l'empereur Bidatsu. Après l'incident, d'après ce que Sōshi-ka avait compris de toute cette histoire compliquée, Anahobe avait réclamé la vie de l'officier qui avait protégé la veuve. Il avait voulu punir ses enfants aussi. Mononobe no Moriya avait obtempéré et les avait exécutés de ses propres mains, alors que Soga no Umako avait tâché de l'en empêcher…

Les hommes parlent maintenant en termes très allusifs et équivoques de cet événement sordide de l'an passé. Politesses et citations littéraires escamotent encore le cœur du sujet, auquel Sōshi-ka ne saisit plus rien, sinon que ces hommes veulent se battre et qu'ils vont se battre.

Ils vont s'entre-tuer. Voilà la vérité.

Elle soupire.

Au sommet du caillou blanc, la fourmi rouge tourne en rond ; elle ne sait quoi faire pour l'aider.

Soudain, comme transpercée par la lumière au milieu de l'obscurité qui lui était devenue familière, elle entend prononcer son propre nom.

« Sōshi-ka. »

C'est la voix de son maître et père, Soga.

Paralysée, Sōshi-ka tente de se concentrer sur

l'insecte qui s'est lui aussi figé sur le minuscule rocher.

« Sōshi-ka ! »

L'homme qui l'avait frappée avec son éventail multicolore la remue par l'épaule pour l'obliger à redresser la tête et à se relever. Ankylosée, elle essaie de déplier sa jambe, mais sans succès : devant l'assemblée entière, le parterre des hommes qui l'observent en silence, elle chancelle, essaie d'esquisser la révérence qui convient et se rattrape, une main au sol.

Puis, lentement, son attention se déporte sur un individu en particulier, vers qui les yeux des autres hommes sont fixés : ils le regardent tous, mais lui seul la contemple. Juste à la gauche de Mononobe, ce vieux guerrier qui avait servi le Prince Anahobe dévisage Sōshi-ka comme le loup sa proie. Il a l'air encore plus âgé qu'il ne l'est sans doute, il est gras et, quand il grimace, il exhibe des dents jaunes. Sa face est couverte par le tatoutage d'un dragon qui ouvre sa gueule juste au-dessus de son nez.

Cet homme à l'air mauvais chuchote à l'oreille de son chef de clan.

Après quoi Mononobe no Yugehi no Moriya no Ōmuraji demande à Soga, son ennemi :

« Donne ta fille en mariage à mon vieux maître d'armes. »

Sōshi-ka frissonne et contre toutes les convenances elle interpelle Soga :

« Père ! »

Mais l'homme à l'éventail la fait rasseoir de force. De l'autre côté de la rangée des hommes assis devant elle, la jeune fille devine encore les pupilles noires de l'horrible maître d'armes de Mononobe, auquel les Soga paraissent devoir réparation, après les accusations portées contre le Prince Anahobe. À la façon du chasseur qui a lancé une première fois son harpon dans la chair de sa proie, il la suit des yeux dans l'attente du coup de grâce. Elle frissonne, referme les paupières et attend la réponse de son père adoptif. Sans tarder, le noble ministre de Bouddha répond d'une voix assurée à son adversaire :

« C'est d'accord. »

Il lui cède celle que tout le monde considère comme sa fille et le mariage scellera la réconciliation provisoire des deux clans. Dans la foulée, se séparant à une vitesse aussi exagérée que la lenteur avec laquelle ils s'étaient rencontrés, les Soga et les Mononobe se saluent et se tournent le dos.

Accroupie, Sōshi-ka sent tout le long de ses jambes des crampes qui l'empêchent de bouger et, prisonnière de son accroupissement, elle demeure prostrée sur le pavé en posture de suppliante.

« S'il vous plaît… »

Lorsqu'elle ouvre les yeux, personne ne l'écoute : ils quittent tous la grande cour accompagnés par le frémissement d'oiseaux huppés qui, à tire-d'aile, fuient la forêt pour migrer vers les lacs.

Dans la précipitation, incrédule, Sōshi-ka voudrait se relever mais cette fois sa sandale s'est prise entre deux pavés et quand elle la ramasse, elle s'aperçoit qu'elle vient sans le vouloir d'écraser la fourmi sous le bloc de craie qui a roulé. C'est un grand malheur. Elle voudrait s'accroupir pour demander pardon au petit animal, mais elle n'en a pas le temps. Déjà un homme de Mononobe la tire par la manche, lui fait remettre de l'ordre dans sa robe, et elle cherche Soga pour lui dire au revoir : il n'est plus là.

Au-dessus des murs, la montagne, rude, paraît avoir été taillée au marteau.

CITADELLE D'HIVER

Le froid est clair et tout s'y dessine avec plus de netteté. En même temps que ses couleurs, la campagne du pays de Wa a perdu sa profondeur : c'est un vaste vide blanc, où disparaissent les silhouettes de quelques arbustes, dont l'œil de Sōshi-ka ne parvient jamais à voir la forme entière, effilochée dans la brume qui s'élève du sol. Seule la pointe des grands pins semble tracée au noir, fine et sèche : leurs branches nues forment des labyrinthes où le regard se perd, d'embranchement en embranchement : peut-être que les corbeaux, eux, s'y retrouvent.

Sōshi-ka prie et s'efforce de réciter le mantra de ses sœurs. Elle a oublié le petit baluchon où on avait plié en quatre sa robe de soie : par négligence, elle l'a laissée avec le cortège des Soga, qui sont vite repartis loin de ces terres ennemies. À la ceinture, discrètement cachée sous un repli du tissu qui bouffe, elle conserve tout de même la bague du soldat rencontré sur le navire. Durant le pénible voyage vers l'intérieur des terres, jamais le maître d'armes qui sera bientôt son époux ne s'incline pour lui sourire ou lui parler. Avant de mettre le pied à l'étrier, pendant que s'ébranle leur convoi à travers les montagnes boisées, il se contente de lui demander :

« Est-ce que tu sais monter ? »

Non, et il faut l'attacher, comme s'il s'agissait d'un ballot d'herbes sèches, par les chevilles et par les poignets, en travers d'un mulet. Une vieille servante lui glisse avant le départ :

« Sois brave. »

Après une semaine de convoi désagréable et silencieux, ils parviennent à une nouvelle forteresse d'hiver, de taille plus modeste que la précédente, aux marches hautes et qui abrite un village de huttes de paille auprès desquelles campent des samouraïs qui n'ont plus de quoi payer leur équipement : ils sentent fort, il leur manque des dents et leur sourire est agressif malgré eux ; ils sont sans doute excités de voir une belle jeune femme arriver.

Au centre de la forteresse se dresse une tour carrée, au pied de laquelle une cantine et des cuisines, dans un seul bâtiment en terre divisé en pièces rectangulaires, servent de maison aux femmes qui couchent dans le fond. Avant de repartir sillonner ses terres, le maître d'armes, qui ne lui a toujours pas adressé la parole, la conduit dans cette demeure, où son beau-frère – c'est-à-dire le frère de son épouse décédée en couches – l'accueille : il a le nez crochu et brisé, mais semble inoffensif.

La nuit est courte et elle dort profondément, épuisée et seule : le maître n'est pas là.

Étourdie par les incessants changements de sa situation, Sōshi-ka voudrait se promener seule à l'écart de la forteresse au petit matin, comme elle en avait l'habitude sur le continent, mais quelqu'un la siffle et deux paysans la rattrapent : le beau-frère, qui parle avec un accent local auquel elle ne comprend rien, lui explique sans doute qu'elle n'a pas le droit de sortir en balade. Comme elle essaie de faire entendre qu'elle doit se laver, après sept jours de voyage, il part chercher près des forges une laisse de cuir qu'il attache autour de son cou, avant de la conduire à un ruisseau en contrebas du château. Là, il la surveille tandis qu'elle se débarbouille le visage et se lave les cheveux, incapable de reconnaître son propre reflet dans l'eau glacée.

Tremblante de froid sur le chemin du retour et toujours tenue en laisse, avec les cheveux trempés qui gouttent contre ses épaules, elle remonte en tunique de coton léger les hautes marches taillées dans le granit au-dessus du sol sablonneux de la forêt, jusqu'à la forteresse où les hommes qui se curent les dents l'observent. À même la terre, une fille des cuisines a jeté une peau de renard fraîchement dépecé, dont le maître d'armes lui a fait cadeau avant de s'en aller en mission, car dans le pays la température est beaucoup plus basse qu'à la capitale. Le renard qui pue la mort lui couvre le col et lui servira d'oreiller. Après avoir laissé à sécher sa robe de moniale, dans la pénombre de l'arrière-cuisine, où elle partage sa couche avec les femmes et les filles, Sōshi-ka enfile un kimono de coton déchiré aux manches : avant de mourir, la précédente épouse l'a porté. Elle se sent maigre et laide dans la peau d'une dame d'une grande beauté dont elle aurait usurpé la place.

Le pays est sévère.

Le long des contreforts de pierre qui renforcent les palissades de bois et les murs de terre, les forges du maître d'armes des Mononobe réchauffent un peu l'endroit : c'est un petit nid de braise dans l'hiver qui a envahi la région. Çà et là des fagots, des tas de bois glanés par les paysans alentour qui viennent servir le maître sont ensuite rompus par les femmes, qui ne portent pas de kimono comme Sōshi-ka : en continu elles alimentent le feu des cuisines au sol tapissé par la paille. Pendant ce temps, les samouraïs attendent, désœuvrés.

Personne ne lui parle et elle ne comprend toujours pas ce qu'ils disent quand ils discutent entre eux. Assise près de la porte des cuisines, sur un rondin râpeux, Sōshi-ka s'ennuie et observe l'activité dans la forge des Mononobe. Son nouveau kimono tient en deux pièces : le haut ouvre légèrement sur sa poitrine chétive, mal couverte par la peau du renard, et elle a encore froid ; les manches sont trop courtes, mal ajustées. Par-dessous, une jupe plissée lui tombe sur les pieds. Elle a gardé ses chaussons de soie, qui ne sont pas du tout adaptés au pays et que la boue a maculés : ils lui pèsent autant que des sabots de bois.

De temps en temps, elle croit entendre dans leur dialecte le mot « putain », que le soldat au bec-de-lièvre avait déjà prononcé sur le navire qui la conduisait sur l'île ; mais elle n'arrive pas à lire avec certitude sur les lèvres des hommes qui flânent dans la cour du château : ils se mouchent entre les doigts, ils n'ont pas beaucoup plus chaud qu'elle, à moins d'aller se risquer dans les forges, et la plupart, courbés comme des animaux craintifs, révèlent quand ils tournent leur face dans sa direction une plaie ou une brûlure. Par pitié pour eux, pense-t-elle – mais c'est sans doute par apitoiement sur elle-même –, elle pleure et une femme vient la réprimander, sans qu'elle saisisse tout à fait les termes de son reproche.

Peu à peu elle apprend leur langue, pourtant ces hommes restent un mystère.

Parfois il lui semble que leur humanité commune

est trop faible pour tenir ensemble toutes leurs différences ; parfois elle prend espoir, elle se sent comme eux et elle les sent comme elle, et elle enrage d'autant plus de ces apparences qui les séparent. Au troisième jour de son séjour, elle obtient du beau-frère au nez crochu qu'il la conduise en laisse de l'autre côté du torrent, là où la rivière serpente jusqu'en bas des collines pelées. On y trouve des galets, du sable et des vers translucides sur lesquels elle prend plaisir à verser un filet d'eau claire. Entre les ajoncs surgit une hirondelle à la tête noire qui picore, becquette les insectes, au grand plaisir du beau-frère : il s'en amuse, tape contre l'épaule de Sōshi-ka et lui montre l'oiseau qui tue les vers et s'en nourrit. Sōshi-ka sourit aussi. Un bref instant, ils se comprennent.

Le soleil a percé le ciel blanc. Elle obtient du beau-frère qu'il desserre l'attache en cuir à son cou, qui lui laisse une marque rouge.

Elle respire.

Chaque fois qu'elle retrouve un peu de paix, Sōshi-ka cherche le souvenir des préceptes et des règles de son enseignement. Elle tâche de se souvenir de sa famille d'appartenance et rêve, imagine ou se remémore les aventures du temps où elle vivait avec ses sœurs sur le continent. Sōshi-ka a entendu parler des interdits qui pèsent ici sur les bouddhistes et elle sait qu'elle n'obtiendra jamais le droit d'être ordonnée ; sa vocation est finie.

Déjà la mémoire des siens faiblit. Exposé à la lumière du présent, sans disparaître le passé perd de sa consistance, la netteté de ses formes et le contraste général des scènes. Tout apparaît bientôt à Sōshi-ka à la lueur blanche du *maintenant* : dans ces instants de lucidité cruelle, il lui semble qu'il n'y a que ce qu'il y a, que tout n'existe qu'ici et aujourd'hui et que rien ne reviendra jamais. La survie de ce qui a disparu ne tient qu'à elle, mais elle ne se sent pas assez forte pour la soutenir. Comme quand elle soigne un oiseau, elle tente de prendre soin de ses souvenirs : ils boitillent, ils sont vivants et fragiles ; du moment où je cesserai de les nourrir, se dit-elle, ils mourront.

L'hiver soumet complètement le pays, qui de gris devient blanc.

Le soir venu, sur le lit recouvert de paille, elle a très froid aux pieds. Par respect ou par peur, les autres femmes sont parties dormir dans la seconde pièce de l'arrière-cuisine. Quand il fait nuit, le beau-frère vient se branler au pied de sa couche : il ahane, astique vite et fort son sexe qu'elle ne voit pas ; mais elle se doute qu'en ouvrant les yeux elle découvrira sa tête lubrique. Accroupi comme un chien près du lit, il serre les dents, il jure, il râle, il bave et finalement il laisse du sperme sur les montants en bois, qu'elle doit nettoyer avant le lever du soleil, de crainte que les autres femmes ne le voient. Sur le chiffon avec lequel elle frotte, elle sent son odeur âcre et goûte du bout de la langue la semence, qui lui semble presque féminine, blanchâtre et sucrée.

Au troisième soir, le maître d'armes rentre de sa tournée et le beau-frère cesse de l'importuner.

Le vieil homme à la gueule de dragon tatouée installe sa femme dans ses appartements de la tour, afin de la protéger de la piétaille, des valets et de la jalousie du reste du village ; il fait chauffer le poêle, laisse poser par les femmes des cuisines, elles aussi envieuses, des peaux de loup sur la paille du lit, et creuser dans la pierre, à défaut de commodes impériales, des niches profondes pour les bijoux et les vêtements, mais qui demeureront vides, puisque Sōshi-ka n'a pas de dot.

Ensuite il s'en va de nouveau.

Au moins, Sōshi-ka dispose d'une chambre où retrouver l'intimité de ses rêves, que la trop grande promiscuité dans les baraques des cuisines lui avait fait perdre ; dans les moments de silence et d'ennui, elle se souvient du passé. Elle retrouve un peu de foi dans l'enseignement qui lui a été prodigué : telle une flamme nourrie par du bois sec, l'illumination redevient vive dans son esprit, comme si la vérité se nourrissait du temps libre.

Libre, elle cesse de l'être à chaque retour du maître, en fin de semaine. Quand il est annoncé, elle se nettoie vite la peau à l'éponge, se soigne le teint, étale une couche de la poudre blanche que la mère du maître, qu'il a fait revenir de la capitale, lui a offerte en cadeau de bienvenue, mais qui lui donne l'apparence des cadavres, et enfile le kimono reprisé de la première épouse du maître, dont elle a appris qu'en mourant elle avait emporté l'enfant dans la tombe et laissé le maitre d'armes des Mononobe sans descendance. De cette ancienne épouse on ne dit jamais rien. Sōshi-ka ne peut que deviner sa taille et la forme de sa poitrine quand elle se sent flotter dans l'ample vêtement de la morte.

Au soir elle s'agenouille près du feu du poêle à charbon et referme l'éventail de la famille près de son poignet, afin d'attendre son époux dans la position convenable.

D'un geste, l'homme lui fait signe de mettre fin au rituel. Elle le remercie. L'armure *tankō* est lourde.

Sans l'aide d'un autre homme, un jeune apprenti samouraï pâle et mal nourri, le maître d'armes ne peut s'en défaire : c'est une carcasse de bois laqué, rouge-brun, dont les lamelles métalliques sont liées par du cuir effiloché ; charge à Sōshi-ka d'en vérifier la résistance, avant de commander à une fileuse de nouveaux nœuds de cuir.

Tout en racontant sa journée, le maître laisse son apprenti samouraï au teint blafard le soulager de ce poids, puis il le congédie, agacé. Une fois seul avec elle, le maître aimerait pouvoir se confier : il voudrait trouver chez son épouse une oreille compréhensive, consciente de la guerre qui déchire les hommes, des faibles dont il est entouré et des forts qui le guettent, de loin, tels des loups gris prêts à lui sauter à la gorge ; le monde des hommes est dur, sans pitié, mais la fille n'en sait rien. Elle n'est d'aucun secours pour son mari.

Pour le réconforter, elle lui répète comme une idiote des paroles toutes faites qui proviennent de son enseignement bouddhiste, elle parle du *dharma*, elle demande de tout pardonner, elle évoque vaguement « le flux infini de la vie ». Et lui, ulcéré, tâche de lui rendre compte des affrontements entre les différents camps, de la confiance trahie, des erreurs de stratégie de sa hiérarchie. Elle répond par de la pitié distribuée à tout le monde. Il insiste : Mononobe s'aveugle, sa haine ne lui permet pas de voir le progrès des Soga auprès des clans de second rang, à la cour de l'empereur.

Elle prie pour les Soga et pour les Mononobe également.

« Tu ne comprends rien ! C'est soit nous soit eux. S'ils gagnent, nous sortirons de la mémoire des hommes. Si nous l'emportons, c'est nous qui les rayerons de l'histoire.

— Mais… Il y a de la place pour les deux. Et puis peut-être que Soga a jadis été un Mononobe, et Mononobe un Soga.

— Quelle sotte. Tu raisonnes comme une enfant. »

Puis il grommelle :

« Qu'est-ce que je vais faire de toi ? »

En défaisant les bandes de tissu nouées, elle découvre que le maître a un sexe gris et petit ; il n'est pas agressif, pourtant elle a peur.

« Ne t'inquiète pas, répond-il, je ne te violerai pas. Je ne touche jamais aux étrangères. » Il avale le thé amer du soir. « Je veux seulement que tu admettes, lui explique-t-il. C'est important. C'est important pour toi. »

Elle ne dit rien.

« Quoi ? Tu préfères que je t'honore ? »

Elle ne dit rien.

« De toute manière je n'en ai pas envie. »

Puis il soupire :

« La journée a été dure. »

Elle acquiesce.

« Pour toi aussi ? »

Il rit, redevient sérieux :

« Admets.

— Quoi ?

— Avoue, reconnais. »

Elle ne sait pas de quoi il parle.

« Ton dieu n'existe pas. En tout cas pas ici. Il ne viendra pas te sauver, tu sais.

— Je n'ai pas de dieu… »

Il la frappe, mais sans la blesser, comme pour la soulager d'un mauvais rêve passager.

« Tu avais un dieu là-bas. Le nouveau dieu de Soga. Le Bouddha.

— Non… Ce n'est pas un dieu.

— Ne me dis pas non. »

Cette fois-ci, il la frappe pour la sortir du sommeil.

« Mets-toi à genoux. Voilà. »

Le vieux maître se tient nu devant elle, les jambes écartées, le ventre large et la bite pendante.

« Tu connais les croyances de ton pays, n'est-ce pas ?

— Oui, répond-elle timidement.

— Regarde-moi par en dessous.

— Oui.

— Ne dis pas oui. »

Elle reste silencieuse.

Petit à petit, tout autour de la bite fripée du maître, elle observe de plus près la profusion de ses tatouages tribaux, qui évoquent l'histoire du pays. Partout sur sa peau est dessiné le récit des origines, de la lignée impériale, des combats, des défaites et des victoires, du Nom de son clan… Elle lit l'unité qui est devenue deux, le serpent tranché, le premier esprit, les jumeaux, le Soleil et la Lune, puis la procession des dieux et des hommes : le monde tel qu'il a été et tel qu'il sera toujours d'après les croyances du peuple de Nihon.

« Regarde mieux. »

Elle fronce les sourcils et essaie de lire sur son sexe, son ventre, puis son torse, son cou où s'enroule le dragon et enfin sa tête sur laquelle s'ouvre la gueule de l'esprit ancestral. Elle fait le tour de sa poitrine scarifiée, où l'avenir s'enroule dans le passé : il n'y a rien d'autre, le temps entoure l'homme, explique-t-il.

Maintenant, le tatouage terrifiant qui faisait ressembler le maître à un sauvage prend le sens d'une histoire très raffinée, dont elle ne saisit pas très bien le détail, mais dont elle comprend l'idée générale : ça a toujours été ainsi, et ça ne sera jamais autrement. Avec toute la patience dont il est capable, il lui explique qu'à Wa les hommes n'écrivent pas sur le papier, ainsi que font les Han. Pour se souvenir de leurs traditions, ils tracent la vérité à même leur chair, de père en fils :

« Et toi, tu me donneras un fils, peut-être plusieurs.

— Oui. »

Il la gifle.

« Ne dis pas oui sans le penser. Essaie de comprendre ce que je te dis. »

Il s'agace.

« Tu ne comprends pas, je le sens. Tu résistes. »

Sōshi-ka cligne des yeux désespérément, ne sachant plus si elle doit parler ou se taire.

Lui s'est assis, épuisé. Il respire fort, comme s'il était en colère, alors qu'il voulait trouver la paix du soir.

« C'est simple : il y a des esprits de ce lieu. Ailleurs, il y a d'autres esprits ; mais je suis né ici, et désormais tu vis aussi dans cet endroit. Comme moi, tu dois te soumettre aux esprits de mon père, et du père de mon père. »

Elle fait signe qu'elle a compris.

« Soga aimerait accueillir ton dieu par-delà les mers. Est-ce que tu veux qu'il fasse mourir nos esprits ? Est-ce que tu veux qu'on les oublie ? »

Échauffée, les joues rosissantes, elle relève la tête avec toute la conscience de son insolence et lui explique :

« Ils ne sont pas perdus ! C'est comme le dessin sur votre torse, seigneur. Ils reviendront ! Tout reviendra... Votre père était un homme de bien, j'en suis certaine... Donc aujourd'hui il doit être un de ces nobles animaux qui vont dans la forêt, peut-être un cerf... »

Il la gifle violemment, du revers de la main. Cette fois-ci c'est pour lui faire mal. À coups de poing il lui ordonne de pleurer.

« C'est assez. »

Avant de prendre plaisir à cette punition, il s'arrête.

« Va te coucher. »

Un œil mi-clos, en pleurs, elle s'allonge sur le flanc, dos à lui, et elle tremble. Elle n'a pas peur de lui, mais elle a honte qu'il l'ait châtiée, après avoir cru qu'elle pourrait s'exprimer librement en sa présence. Au fond de la chambrée silencieuse, sur la paille étalée à même le sol, elle gît et entend son âme sonner dans le vide, sans le moindre écho : ici il n'y a personne pour moi, pense-t-elle.

« Ferme les yeux, murmure-t-il, adouci. Je suis ton mari. »

Puis il souffle comme un bœuf des rizières, il s'assied nu près du feu, il grommelle et il s'endort, puissante masse de graisse posée sur un siège à trépied. Elle l'écoute s'assoupir : on dirait qu'en dormant cet homme devient presque bon. Elle n'ose pas ouvrir les yeux, pourtant, et tend l'oreille jusqu'à percevoir son ronflement, dans le rythme régulier duquel elle croit deviner un époux compréhensif, un homme bourru et blessé, qu'elle saura peut-être soigner – aujourd'hui ou au cours de la vie qui suivra.

La nuit passe.

Puisqu'elle ne parvient pas à dormir elle regarde la bague donnée par le soldat, sur le bateau.

L'or et l'argent s'y entremêlent comme deux serpents et en les suivant du regard elle a le sentiment d'être entraînée à son tour dans le grand cycle du temps.

Ce bijou est l'une des rares preuves auxquelles Sōshi-ka ait encore accès attestant de l'existence d'un monde au-delà du domaine forestier. Elle fait tourner le bijou entre son pouce et son index, et rêve des siècles précédents. Parfois, la main d'une grande et belle femme d'antan lui apparaît en songe, semblable à celle d'un spectre, qui s'ajuste exactement à l'anneau ; alors Sōshi-ka se réveille en sursaut… La chambre redevient silencieuse, aussi bien que la forêt, l'hiver – peut-être la terre entière.

Les jours où le maître est parti, Sōshi-ka apprend à être femme. Elle fait usage de son temps libre pour se coiffer : deux longs bandeaux noirs de part et d'autre de la raie tracée au milieu de son crâne. Au cours de la journée, Sōshi-ka a moins d'occasions de prendre soin d'elle-même, parce qu'elle doit apparaître dans la cour du château, sourire et se courber sans cesse. À la nuit tombée, fatiguée et soulagée à la fois, elle ne ressent que du vide et le temps qui passe. Et puis elle imagine que son image sert aux désirs et aux rêves de la plupart des hommes du château. Non, elle le *sait*. Ils se masturbent en se représentant cette fille aux cheveux brossés, droite et digne, pendant qu'elle attend seule au fond de son lit que ses images fantasmées, qui appartiennent aux hommes pour quelques heures, lui reviennent dans la nuit, qu'elles se réunifient dans son corps et lui permettent enfin de s'endormir.

Elle soupire.

Vue de près, la bague n'a pas la régularité parfaite du cercle. Le diamètre intérieur de l'anneau n'est pas partout le même, l'or est tordu et l'argent cabossé. En réalité, trouve Sōshi-ka, c'est la bague qui est parfaite – le cercle des savants n'en est qu'une imitation ratée : par exemple, le cercle ne brille pas ; aucune main ne l'a jamais porté au doigt ; le cercle n'a le souvenir de rien ; le cercle n'a marié personne ; le cercle n'a pas d'histoire ; le cercle n'a jamais commencé et il n'a jamais fini. Comme la vérité, le cercle n'existe pas vraiment.

Au contraire, la bague est chargée d'une histoire qui attire Sōshi-ka : elle la tourne, la retourne jusqu'au vertige, en se figurant les vies antérieures de toutes les femmes qui l'ont portée, sur des continents loin d'ici, qui vivaient d'autres vies et parlaient d'autres langues ; mais elle pense aussi aux vies de celles qui la trouveront, à l'avenir, et qui rêveront à leur tour de Sōshi-ka sans même la connaître. Dans la chambre, Sōshi-ka, attendant l'heure où les fantasmes d'elle-même qui excitent tant l'imagination des hommes lui reviendront enfin, se dit : quelle malédiction d'être née femme… Elle aurait pu vivre comme son père, comme le maître, eût-elle seulement reçu entre les jambes une queue pour ensemencer les autres femmes plutôt que ce petit trou ridicule qu'ils espèrent tous remplir.

Un matin, elle descend en cuisine vêtue et coiffée en dame, afin de demander timidement aux servantes du vinaigre de riz pour nettoyer le bijou.

Midori, la cuisinière malingre qui n'ose pas lui rendre son regard, lui tend un gobelet d'étain rempli de vinaigre, puis attend qu'elle la délivre de son obligation, sans échanger un mot avec elle ; aussi Sōshi-ka finit-elle par la laisser vaquer à ses occupations.

Après ses visites de courtoisie à sa belle-mère et les libations offertes aux kamis de la forêt, elle revient dans sa chambre pour frotter à l'aide d'une pièce de tissu trempé dans le vinaigre les deux anneaux enchâssés – et elle pense au soldat avec un bec-de-lièvre. Enjouée, elle se dit que le destin l'a liée à cet homme. Et l'image spirituelle de ce lien, c'est ce bijou dont le métal brille. L'or et l'argent luisent de nouveau, à mesure que Sōshi-ka les lustre : il lui semble faire revenir à la vie les générations de femmes et d'hommes dont le doigt a porté les anneaux. Avec délicatesse, elle parvient à désolidariser les deux parties. Sōshi-ka s'identifie à la partie argentée et prie pour le soldat que son imagination recouvre d'une belle armure dorée. Pourvu qu'il survive à cette guerre. Au soleil couchant, elle s'accoude à la meurtrière de la citadelle et laisse étinceler le bijou, comme une captive qui enverrait un message de détresse.

Attiré par la lueur à la fenêtre, un oiseau agite avec difficulté ses ailes dans le ciel du soir. Il se pose sur le rebord, près de Sōshi-ka, qui cesse de jouer avec la bague et tend la main vers lui.

« L'oiseau ? »

C'est une hirondelle des rivages, qu'elle reconnaît au beau jambage noir de sa queue. Elle est blessée.

« Pauvre bête… »

Doucement, Sōshi-ka la recueille au creux des

mains, nettoie son plumage du sable dont l'odeur lui rappelle les plages du pays où elle a grandi. Sous sa queue raccourcie, en fouillant vers sa gorge et son ventre blancs, elle trouve quelques traces de sang séché. À la base de l'aile gauche, elle palpe la chair entaillée, sans doute mordue par un serpent, et comprend que l'aile ne tient plus qu'à un fil. Après avoir rassuré l'oiseau, elle lui aménage une litière de coton et de soie, étaie avec de la paille et bande son aile avec du lin. Elle la cache derrière sa boîte à bijoux, dans une niche taillée à même la pierre. Heureusement, l'hirondelle est muette. Dans la cour du château, à l'étonnement des filles de cuisine, Sōshi-ka descend chercher un ver de vase, près de l'étang qui empuantit la base des fortifications, où les hommes vont pisser. Elle remonte donner le ver à becqueter à l'oiseau.

Puis elle se couche.

Je suis si seule, pense Sōshi-ka.

Peu de temps après du sang lui coule du ventre entre les cuisses. Exténuée, elle peine à se lever, paniquée à l'idée d'avoir sali les draps avant l'arrivée du maître ; elle se tient au mur de pierre, passe la porte, cherche le pot de chambre et lutte contre l'évanouissement. Recouvrant ses esprits, elle se souvient de l'avertissement de ses sœurs et comprend que c'est le signe qu'elle peut avoir des enfants.

Est-ce qu'elle en veut vraiment ?

Il y a trop peu de temps encore elle était elle-même enfant et elle s'imagine avec difficulté devenir mère. Heureusement, tant qu'elle croira au cycle des âmes et à l'enseignement de l'Éveillé, le maître ne la prendra jamais de force. Il ne voudrait pas mettre enceinte une bouddhiste. Plongée dans ses pensées, elle entend à peine l'oiseau remuer à la tête de son lit et, après avoir épongé le sang, elle rajuste sa robe et retourne voir son seul ami. N'ayant rien à donner à manger à l'oiseau, sans réfléchir elle lui tend un peu de son sang, qui commence à former une croûte brune sur le linge.

Avec appétit il mange de sa menstrue.

De toute la nuit, l'époux n'est pas venu.

Redescendant en cuisine au petit matin, Sōshi-ka a avalé trop vite son bol de riz : elle en a assez de ce riz sauvage, pas tout à fait blanc. Pourtant elle a de la chance. Les paysans sont forcés de le mêler au millet, parce que les rizières, loin d'ici et près des côtes, sont devenues rares. Pour l'épouse du maître, c'est un luxe de profiter de ce mets. Les filles de la cuisine l'envient et se méfient d'elle.

Tout le monde semble la trouver prétentieuse.

De passage au château, la mère du maître – une vieille femme discrète et sans méchanceté – fait la leçon à Sōshi-ka et lui demande des efforts. Elle n'aimait pas le père du maître, lui confie-t-elle, et c'était un homme violent. Mais elle a appris à le connaître et à l'aimer. Le soir où il est mort, il lui a tenu la main et pour la première fois, avant de partir rejoindre les esprits, il l'a appelée « ma femme », il l'a regardée dans les yeux et l'a embrassée sur la joue. Aujourd'hui, dit la vieille femme fripée au fond de son siège en osier, comme chaque après-midi, les jeunes filles voudraient aimer d'abord et ensuite épouser : ce sont des idées qui viennent de l'étranger.

Tourmentée par son mal de ventre, Sōshi-ka acquiesce et demande à disposer.

« Vous ne m'écoutez pas. »

Elle s'excuse.

« Un jour, grimace la vieille, vous serez à ma place. Vous essaierez de parler à une petite imbécile comme vous. Et vous penserez à moi. »

Sōshi-ka lui adresse une révérence, pour obtenir le droit de partir.

« Disposez. »

Sur le chemin de la citadelle, Sōshi-ka essaie de retrouver le sens de l'illumination : il faut qu'elle s'accroche à cette certitude qu'un jour tout reviendra, que les âmes déliées se renoueront, que sa solitude dans cette vie-ci n'est qu'une apparence trompeuse. Mais ce sont là des mots. Tout ce que Sōshi-ka sent pour l'instant, c'est l'odeur du bois fumé, la lumière froide, le cri de crécelle de la vigie, le cliquètement des armes et la silhouette lourde de son mari de retour de la chasse, qui lui fait signe de se préparer : ils dîneront ensemble.

Montée dans sa chambre pour se laver le visage à l'eau claire, changer de vêtements et refaire sa coiffure, Sōshi-ka cherche dans la niche de pierre à la tête du lit l'hirondelle blessée, mais la bête n'est plus là. À peine guéri, pense-t-elle, l'oiseau avait trouvé le moyen de s'envoler et de quitter la chambre. Elle aurait aimé lui dire au revoir : Sōshi-ka se penche par la fenêtre mais n'aperçoit rien d'autre que la lumière lasse du soir.

Le cœur léger, elle descend l'escalier et rejoint en silence son mari dans la salle où, sur un tapis de laine, les plats sont déjà servis : il l'attend. Sōshi-ka s'assoit. Les esprits sont invoqués par le maître, mais elle pense à Bouddha. Enfin le maître d'armes relève l'assiette d'émail posée sur un bol et pousse vers Sōshi-ka le plat fumant.

À l'intérieur du bol, elle trouve l'oiseau mort, grossièrement cuisiné.

LA LOI DU LIEU

« Est-ce que tu sais pourquoi j'ai fait ça ?

— Non, répond-elle en séchant ses larmes.

— Il faut que tu manges de la viande pour honorer les esprits d'ici. Il faut que tu cesses de croire à l'amour universel. C'est un enfantillage. Il faut t'endurcir, si tu veux survivre. »

Le maître d'armes de Mononobe sent très fort entre les doigts de pied, car il sue en abondance. « C'est bon de suer », aime-t-il dire, quoiqu'il ne parle jamais très longtemps : il se montre méfiant à l'égard des mots. Sur ce point, Sōshi-ka et lui pourraient s'entendre en silence, mais leur silence est toujours un malentendu et très vite il s'en agace.

« L'empereur est faible, se plaint-il, et il écoute de plus en plus Soga. »

Le cœur de Sōshi-ka bondit quand il évoque le nom de son ancien père adoptif, mais elle essaie de le dissimuler en hochant la tête. Or le maître est intelligent, il devine quand elle essaie de masquer ses sentiments.

« Soga n'est pas mauvais, ose-t-elle répondre enfin.

— Parce qu'il fait mine de défendre ton dieu ? s'énerve le maître. Mais nos esprits ? Et les esprits de nos ancêtres ? »

Tandis qu'elle lui nettoie la crasse entre les doigts de pied, sans parvenir à le débarrasser de cette odeur amère et écœurante, il essaie de la convaincre :

« Pourquoi les esprits d'ici plutôt que d'ailleurs ? Tu te dis qu'il est ridicule de croire au renard argenté, à la Lune et à notre lopin de terre dans la forêt ? Tu voudrais croire au monde entier, au ciel, à l'illumination ? »

Elle baisse la tête.

« Tu crois que tout revient, tu crois que tout progresse ? Vraiment ? Eh bien, frotte-moi les pieds, puisqu'ils puent. Lave-les jusqu'à ce qu'ils sentent bon, si tu as raison. Moi, c'est ce que j'appelle un progrès… »

Elle part chercher une seconde bassine de métal. Dans l'eau elle plonge avec maladresse les pieds épais et noués d'oignons du vieux maître d'armes.

« Elle est froide ! Allez, donne-moi de l'eau chaude. »

Il soupire :

« Quelle piètre épouse tu fais. Mais je t'éduquerai. »

Puis il lui relève le menton, qu'il pince entre deux doigts :

« Tu ressembles à un petit animal. »

Sōshi-ka contemple ses ongles noirs, la moitié du gros pouce déformée par une cicatrice qui rentre vers l'intérieur, un énorme oignon et de la corne jaune…

« Je te dégoûte. »

D'une main il attrape les beaux et longs cheveux noirs de Sōshi-ka, lui plonge la tête dans la bassine où il vient de laisser tremper ses pieds.

Elle étouffe et se débat.

« Voilà, maintenant tu pues comme moi. Tu te crois meilleure ? Tu ne vaux pas mieux. »

Tâchant de recracher le jus noirâtre, Sōshi-ka démêle ses cheveux trempés. Elle a le hoquet et se trouve réduite une fois de plus aux sanglots.

« Tu fais comme toutes les femmes. »

Elle pleure franchement.

« Tu crois que je suis méchant. Est-ce que je suis méchant ? »

Et il approche sa grosse main de sa tête, attrape sans se presser ses cheveux, les noue autour de son poing et lui tend de nouveau la gueule vers le bassinet.

« Arrête. »

Elle n'arrive plus à résister.

« Arrête ! »

Elle cesse de pleurer.

« C'est mieux, voilà. Tu as retrouvé ta fierté. »

La fille retombe sur ses fesses, tandis que lui s'assoit sur le tabouret. Dans la bassine, l'eau trouble s'est calmée. De temps en temps, une gouttelette dégringole des longs cheveux poisseux de Sōshi-ka, tombe dans l'eau et dessine des cercles concentriques qui s'effacent vite.

« Montre-moi tes cheveux. »

Elle les lui donne à flatter.

« Ils sont beaux, c'est vrai. J'aime encore mieux lorsqu'ils sont sales. »

Il soupire :

« Comment faut-il faire avec les femmes ? Dis-le-moi, je suis fatigué, j'ai essayé avec ma première épouse. Je n'y suis jamais parvenu.

— Vous l'aimiez ? »

Il rit :

« Qu'est-ce que tu veux dire ?

— Est-ce que vous étiez liés, tous les deux ?

— Tu es jeune. Tu accordes trop d'importance aux mots. »

Il réfléchit. Tout de même, il voudrait lui répondre.

« Est-ce que je l'aimais d'*amour* ? C'est ça ? Est-ce que nous étions "liés" comme les amants dans les poèmes ? Ha ha ha ! »

Il s'amuse et se racle la gorge.

« Je vais te dire quelque chose… Les esprits sont juste une occasion de croire. Je n'ai pas la prétention ni la bêtise de croire vraiment aux esprits, je crois à ceux qui y ont cru. Je célèbre mes pères. Et ma mère, et la mère de ma mère, et les premiers hommes à travers eux. »

Du bout du pied, il remue l'eau sale dans la bassine :

« Est-ce que tu comprends ? »

Elle ne peut pas dire oui.

Le mari la regarde. Maintenant il ricane. Il a l'air d'une statue de démon, les cheveux taillés en couronne autour du crâne luisant :

« Idiote, tu ne connais rien. Ta religion c'est d'ignorer. »

JEUNE ET BEAU RENARD

Un jour, le maître d'armes de Mononobe part dans la campagne environnante pour châtier les paysans qui n'ont pas payé leur impôt en grain et en hommes. En vue de l'affrontement avec les Soga, il assemble ses troupes et se fait du souci. À la forteresse, il a confié Sōshi-ka au jeune samouraï qui lui sert parfois d'apprenti, qui porte un arc et qui sait monter, mais ne possède pas encore de quoi entretenir sa monture : sa famille est trop endettée. Au maître l'apprenti a juré de ne pas perdre de vue son épouse, en échange d'un poste de fantassin.

« D'où viens-tu ?

— Du village voisin », répond le jeune homme qui n'a pas voulu se servir de la laisse de cuir que lui a proposée Sōshi-ka pour aller la promener au bord du ruisseau : à son sens, ce n'était pas convenable pour une dame.

Elle l'en a remercié.

Taciturne, il essaie d'être un bon écuyer. Selon le code, il n'a pas le droit de fréquenter de femme, donc il ne la regarde jamais dans les yeux. Il marche à bonne distance d'elle dans la neige blanche qui s'écoule entre les fougères. Si elle s'arrête, il attend. Parfois, elle fait mine de ralentir, dans l'espoir qu'il s'approche d'elle, mais alors il ralentit aussi. Quand elle retourne dans ses appartements, à travers la cloison elle l'entend s'entraîner au sabre de bois. Son armure est incomplète. C'est un jeune homme blême, aux beaux traits réguliers d'animal affamé et il a le charme de ceux qui n'ont ni le ventre ni le cœur satisfait. Il essaie de gagner l'estime de son maître, mais pour l'instant il n'est rien.

Petit à petit, en l'amadouant comme les vers des sables, les hirondelles et les chiens errants, Sōshi-ka est parvenue à le faire parler :

« Je m'appelle Renard.

— Ce n'est pas un nom.

— C'est le nom qu'on me donne.

— C'est vrai que tu y ressembles…

— Ne te moque pas », et il la menace de son bâton.

« Ce n'est pas une moquerie. Tu n'as pas d'autre nom ?

— Non.

— Tu mens…

— Je n'ai pas le droit de mentir. Ça fait partie du code. »

Souvent, il plisse les yeux lorsqu'il la voit assise au bord du chemin caillouteux et lève la main comme s'il allait la saluer, pour se protéger les yeux du soleil : elle aime ce geste, car il manifeste sa ferme intention de ne jamais la perdre du regard, même s'il se retrouvait aveuglé par la lumière. Un matin, au bord du torrent, après s'être baignée et lavée, en sachant qu'il se tiendrait derrière elle à son poste de vigie, elle se penche entre les rochers pour ajuster ses chaussons et elle crie :

« *Mamushi !*

— Quoi ?

— Un serpent ! »

À coups de bâton il assomme la vipère gris pâle, dont les anneaux de forme irrégulière dessinent des bagues d'émeraude. Estourbi, le serpent s'est enroulé sur lui-même et ne bouge plus.

« Arrête. »

Sōshi-ka se penche vers l'animal et cherche un moyen de le soigner.

Il grimace :

« Tu voudrais aider un serpent ?

— Oui.

— C'est une vipère…

— Je sais.

— Tu soignes les oiseaux…

— Et alors ? Je soigne aussi les serpents.

— Les serpents tuent les oiseaux.

— Les hommes tuent les serpents, répond sèchement Sōshi-ka. Est-ce que tu crois que je te laisserais sans soin, si tu étais blessé ? »

Renard reste coi.

Psalmodiant sur une seule note, Sōshi-ka calme la vipère Mamushi : après l'avoir enroulée autour de son bras, elle se redresse, sourit et pose les mains sur ses hanches devant le garçon, avec fierté. Elle est revenue du ruisseau la poitrine nue.

Renard ferme les yeux.

« Tu as peur.

— Ce n'est pas ça... »

Il hésite et elle rit.

« Tu dois me protéger. Souviens-toi : tu ne dois pas me perdre de vue. »

Mis au supplice, le jeune samouraï entrouvre un œil et lui demande de se couvrir.

« Je suis couverte. »

Puis elle laisse glisser la vipère Mamushi à la tête noire d'une épaule vers l'autre : la bête descend jusqu'à ses seins et cache ses tétons noirs.

« Si tu viens comme ça à la forteresse, ils te traiteront de sorcière.

— Hmm », elle s'amuse. « Peut-être qu'ils auront raison. Regarde. »

Glissant avec délicatesse les doigts dans la gueule de la vipère, elle en écarte les crocs et recueille le venin qui goutte au creux de sa paume.

« Avec ce poison, je pourrais tuer n'importe qui.

— Arrête.

— Je croyais que tu voulais apprendre à tuer ?

— Pas comme ça, je... je veux user d'un moyen honorable.

— Ah.

— Repose ce serpent, je t'en prie, demande le jeune homme mal à l'aise.

— Très bien.

Et elle laisse aller la vipère, puis éponge le venin dans le tissu des manches réajustées de son kimono de soie, qu'elle enfile et dont elle boucle la ceinture.

« Tu peux regarder, maintenant. »

Fâché, le jeune samouraï marche devant elle sur le chemin du retour. Dès le lendemain, quand la nouvelle que la guerre a éclaté leur parvient, il ne lui permet plus de sortir avec lui : sous prétexte qu'il doit aller aux forges préparer son équipement, il la laisse seule enfermée dans la tour. Par la fenêtre, elle entend rire les enfants. Elle prie le Bouddha pour retrouver son père et ses sœurs. Puis elle s'ennuie d'attendre en sanglotant comme font les femmes et décide le soir même d'aller voir Renard.

« Apprends-moi à me battre », lui dit-elle.

Renard fronce les sourcils :

« Ce n'est pas pour les dames.

— Apprends-moi à me défendre, au moins.

— Non, je suis désolé, je ne peux pas. »

Elle ferme les yeux et réfléchit.

« Renard ?

— Oui ?

— Quelle est la couleur de mes tétons ? »

Il demeure silencieux.

« Réponds à ta maîtresse. Tu me dois la vérité, oui ou non ?

— Oui.

— Quelle est la couleur de mes tétons ?

— Tes seins… tes seins sont blancs, maîtresse.

— Idiot. Pas les seins, les tétons. La pointe.

— Ils… sont… noirs.

— Comment le sais-tu ? »

Il ne dit rien.

« Tu les as vus.

— Je…

— Je le dirai au maître. C'est mal.

— Non !

— Je poserai la question devant lui.
— Je ne dirai rien !
— Tu mentiras devant ton maître ?
— Je…
— Alors apprends-moi à me battre. »

Sans un mot, Renard part chercher un bâton droit en bois de chêne dans la réserve, puis il remonte dans la tour et il le lui confie sans la regarder en face.

« Tu es fâché ? »

Il l'attaque une première fois. Elle tombe. Il attend qu'elle se relève, l'attaque par l'autre côté et la frappe.

« Hé ! »

Mais le lendemain, elle a appris à esquiver.

TORRENT D'EAU FROIDE

Après des semaines d'entraînement en compagnie de Renard, Sōshi-ka se sent ragaillardie et entreprend de devenir une bonne épouse. Au cœur de l'hiver, elle participe à l'effort de collecte des réserves en vue de l'affrontement : elle descend dans les cuisines glaciales où les femmes et les gueux ne l'aiment guère, mais elle les encourage ; elle montre l'exemple et, à l'aide de son bâton d'entraînement et de fougères, elle se bricole un balai pour déblayer la poussière du camp.

À l'approche des premières manœuvres Renard a quitté la forteresse. Il a rejoint le maître et ses soldats dans les collines boisées où les troupes attendent les Soga. Sōshi-ka a perdu son compagnon de jeu mais elle s'est rapprochée des filles et des femmes du camp, avec qui elle lave les légumes, nettoie les casseroles, les marmites, jette les pelures et les ordures aux lapins, derrière le bâtiment des cuisines.

Est-ce cela, se demande-t-elle, être une femme ? Comment l'être convenablement ? Et pourquoi ? Est-ce à cause de mon utérus, parce que je peux recevoir la semence d'où naissent les enfants ? Assise après un effort, il lui arrive de contempler son ventre trop malingre, d'où il lui semble que la vie ne sortira jamais, et où la vie aurait déjà peine à entrer : elle se sent vivante, mais pas quand elle est femme ; alors, elle s'imagine plutôt comme un lit de rivière asséché lorsqu'il fait chaud l'été.

Elle tente de faire la conversation à Midori : c'est une paysanne boudeuse et boiteuse, qui ne l'apprécie pas. La servante juge la dame hautaine, prétentieuse dans son langage et ses gestes dès qu'elle lui prête main forte pour nettoyer les fourneaux. Ce que Sōshi-ka peut faire par générosité, Midori doit l'accomplir par devoir. Et puis la servante boiteuse craint les sorcières et les inconnues. Mais, passant outre sa défiance à l'égard de la jeune étrangère, elle prend du plaisir à lui enseigner quelques choses simples, dont elle s'étonne que Sōshi-ka, qui n'a jamais appris qu'à prier, ne sache rien. Alors Midori se sent supérieure : elle lui montre le bon moyen d'estourbir un poisson d'eau douce, de l'écailler en vitesse et surtout, puisque c'est ce qu'elle préfère faire, de quelle manière ouvrir un lapin aux yeux rouges, lui retourner la peau, faire saillir sa tête ensanglantée et, une fois pendu au crochet, comment attaquer sa chair à l'articulation de ses os, pour le débiter en morceaux. Assise sur un tabouret, avec l'air idiot d'une servante au service de la servante, Sôshi-ka la regarde faire et l'assiste même parfois.

Alors, les mains sentant la viande, elle sort des cuisines à midi, elle se lave au puits dont la margelle a été fendue par le gel, observe le haut rideau d'arbres gris comme de la fumée par-dessus les murs de la citadelle, cherche le soleil au-dessus de sa tête, se le représente briller à travers toutes les régions du monde, redescend avec la lumière sur cette humble région de la Terre, écoute le bruit de l'activité des hommes à la forge et attend le retour de son mari.

Le maître a passé plus d'une semaine avec Nakatomi et Mononobe dans les établis où l'on finit d'assembler les armures et les harnachements des officiers : là-bas, le camp est illuminé par des étincelles même la nuit.

Au matin, le maître a encore sommeil ; il n'a pas assez dormi.

Il est redevenu injuste et violent. À Sōshi-ka qui était prête à se soumettre à son autorité si tel était son destin, il fait remarquer qu'elle est trop maigre et qu'elle ne donne pas envie. Il lui ordonne de se nourrir, il lui crie aussi qu'elle ne sait pas faire à manger, qu'elle ne tient pas les cuisines comme le faisait sa première femme ; de toute manière, elle ne vaut rien. Se sentant coupable d'avoir provoqué sa colère, elle ferme les yeux et prie.

Elle ne veut pas de cette viande qui lui donne des hauts-le-cœur, pourtant il fait préparer à son intention un bol de ragoût de lapin et lui donne l'ordre de le finir. Pour vivre il faut se sustenter. Avec bonne volonté elle essaie. Hélas, la viande ressort de sa bouche : contre le dégoût elle ne peut rien, et la viande gâchée gît sur la paillasse des cuisines.

« À qui est-ce que tu appartiens ?

— Aux miens, murmure-t-elle.

— Qui ? Tes sœurs ? Ceux avec qui tu te promenais en liberté dans une autre vie ? C'est ça ? C'est vraiment ce que tu crois ? Au fond de ta petite tête… »

De sa main droite gantée il serre le crâne de Sōshi-ka, comme s'il avait la force de le faire éclater. Il maugrée :

« Si seulement je pouvais regarder là-dedans à quoi tu crois… Tu es l'épouse de ton maître, est-ce que tu le sais ?

— Oui.

— Ne dis pas oui comme si c'était vrai. Les hommes se moquent de moi, les femmes attendent que je t'engrosse… Mais je ne me salis pas avec une étrangère, pas dans le lit conjugal, ce serait faire insulte à ma mère et à la mère de ma mère. Tu as entendu ? »

Elle ne dit rien.

Enfin il la relâche.

« Qu'est-ce qui m'a pris d'accepter ce cadeau empoisonné de la part de ce démon de Soga… Il m'a jeté un sort ? Tu es vraiment une sorcière ? »

Elle fait signe que non.

« À cause de toi je deviens fou. Viens. »

Sur le chemin de la rivière, il lui broie le poignet et lui tord le bras : Sōshi-ka gémit. Dans un premier temps un samouraï les suit, puis le maître lui ordonne de rester à la porte du camp. Ils descendent à travers bois ; le maître ne reste pas dans l'ornière du sentier, en bottes il foule au pied les fougères, le peu qu'il reste de vie sous le givre et la neige.

Il la conduit au ruisseau.

« Mets-toi nue. »

Elle tremble de froid : c'est vrai qu'elle est maigre, les os saillent et ses côtes dessinent une cage dont son cœur est l'oiseau prisonnier.

« À genoux. »

Sur la rive, une vieille tortue l'observe. Sōshi-ka tente sans y parvenir de protéger sa poitrine et sa pudeur. Dans les yeux hagards de la tortue elle cherche le regard d'une amie, à défaut d'un témoin. En silence l'animal progresse sur le rivage.

Elle espère que c'est l'âme d'un proche, d'un compagnon ou d'une compagne qui par-delà les siècles la voit, et qu'elle n'est pas seule, livrée ici aux pierres aveugles, à la nature indifférente des arbres, aux animaux qui vaquent et à son maître qui voudrait la tuer. Si elle doit mourir en ce lieu désert, elle prie que quelqu'un, à travers la tortue, l'aperçoive. Elle sourit à l'animal, tout en se courbant forcée par les mains de l'époux furieux, qui la fait mettre à genoux.

« Rends-toi compte. »

Exaltée par l'imminence de sa propre mort, elle ne pense qu'à l'âme qui se cache sous la carapace de la tortue, qu'elle ne voit déjà plus, son visage projeté contre la surface de l'eau glacée.

Elle ne se rend compte de rien.

Exaspéré par l'attitude de la jeune fille, le maître l'étouffe dans le torrent, y plonge toute sa tête et la maintient dans un étau où les doigts crochus du froid qui pénètre par sa peau à travers ses muscles, par ses os, dans sa tête, la rendent folle, rentrent en elle et la délogent, la sortent d'elle-même et lui donnent l'envie de hurler ; mais il faut garder les yeux et la bouche fermés pour conserver une chance de vivre.

Pourquoi vivre ?

Elle se dit : si tu crois vraiment, tu sais que tu revivras. La prochaine vie sera meilleure que celle-ci. Elle pense à la tortue, lente, ridée et sage, qui est ici sa seule compagne.

La jeune fille sait qu'il vaudrait mieux mourir maintenant. Mais elle n'y arrive pas. Elle ne parvient pas à ouvrir la bouche, à offrir ses poumons fragiles à la brûlure du froid.

L'homme lui laisse relever la tête, elle inspire bruyamment, elle hoquette. Où est passée la tortue ? Elle ne la voit plus.

À présent elle comprend ce qu'il attend d'elle : il veut lui faire avouer qu'elle ne croit pas.

Il a raison.

Si elle croyait vraiment, elle accepterait la mort volontiers, puisque la mort n'est rien.

Elle ne le peut pas, donc elle ne croit pas.

Voilà, il l'a brisée.

« Je vais mourir, seigneur. Je t'en supplie… »

Sa peau délicate a été mordue par le gel ; elle n'entend plus par ses oreilles, le son de sa voix ne lui parvient qu'à travers les os brûlants de son crâne et de sa poitrine, et elle ne voit que derrière un rideau de glace, déjà envahi par l'obscurité. Elle supplie.

L'homme relâche son étreinte et elle respire enfin.

« Tu l'admets ? Tu as eu peur de mourir. »

Puis il la laisse reprendre son souffle.

« Est-ce que tu as admis à cause de la peur ?

— J'ai peur de vous, chuchote-t-elle.

— Tu as peur de moi ? »

Il grommelle :

« Peur de moi, ça ne suffit pas. Remercie l'esprit de la rivière. »

Bleuie par le froid, elle murmure pour elle-même une prière. Elle prie le Bouddha.

« Tu pries encore ton dieu. »

Il crache :

« Tu n'y crois même pas vraiment ! Pourquoi ? »

Il la saisit par les cheveux poisseux, qu'il noue autour de son poignet, afin de lui replonger le visage dans l'eau qui la tuera.

Mais il s'interrompt.

« Allez, rhabille-toi… Regarde à quoi tu m'obliges. Tout cela est déshonorant. »

Il soupire.

« Je ne comprends pas pourquoi tu t'obstines. C'est seulement l'ordre du monde que je défends… »

Maladroitement, il tente de lui montrer l'esprit du lieu, l'invisible, la lumière du matin, l'eau d'une absolue clarté, le banc de rochers blancs, la tortue grise qui continue d'avancer vers eux et tord le cou…

« Cette tortue, par exemple, c'est la protectrice du clan de ma mère… »

Il prend soudain le ton de la confidence :

« Je suis du clan de la tortue, moi aussi… Et… »

Il ne parvient pas à saisir dans l'air cet esprit de ses dieux qu'il aimerait lui rendre évident.

« Tu dois nous respecter. Tu m'entends ?

— Oui », admet-elle.

Mais il sait que c'est par crainte de sa propre colère – il enrage d'autant plus et la pousse sur le chemin du retour.

« Regarde ce que fait ton dieu. Il me rend méchant. Je ne te veux aucun mal. Dis-moi comment faire ?

— Je ne sais pas…, murmure-t-elle. Je peux faire semblant d'obéir. »

Et soudain il éclate de rire :

« Ah ! Chienne. Chienne de femme. »

Puis il demeure silencieux.

Empêchée par les tremblements de revêtir son kimono de soie déchiré, elle laisse choir le vêtement dans l'eau et éclate en sanglots. Le maître d'armes le ramasse, le tord, l'essore, pendant que, n'essayant même plus de protéger sa vertu, elle s'épuise en larmes, s'assoit brisée sur le rocher, la tortue impassible à ses pieds. Sōshi-ka caresse sa carapace. Après avoir tenté sans succès de faire sécher le kimono, le maître le jette dans la boue, se défait de sa fourrure de loup dont il enveloppe Sōshi-ka, désormais incapable de s'arrêter de claquer des dents ; il la prend dans les bras, la soulève et l'emporte vers la forteresse.

Du bout du pied, doucement et avec respect, il écarte la tortue qui lui barre le chemin.

ALCOOL DE RIZ

À la veille de la guerre des Mononobe contre les idées de l'étranger défendues par le clan Soga, le maître d'armes organise un grand banquet auquel sont conviées les femmes : elles doivent confier leur honneur aux garçons qui vont mourir pour elles. Dans la cour de la forteresse, des tréteaux ont été montés sur la terre battue pour soutenir des plateaux où du gibier, du millet au gras et du riz ont été cuisinés par Midori et les filles de cuisine. Depuis plusieurs jours elles pleurent les hommes qui se préparent à descendre dans la plaine affronter les troupes de Soga et de ses alliés, sous les ordres d'un jeune frère Mononobe : certes il faut faire la guerre, mais la victoire semble peu probable aux hommes de la région, inquiets de l'inexorable progression des bouddhistes.

On a bu beaucoup d'alcool de riz fermenté.

Pour la première fois, Sōshi-ka a trouvé l'audace de se confier à Renard, revenu tout fier des premières manœuvres. Il l'écoute parler de la foi de chacun, mais il répond :

« Le maître a raison. Tu connais nos traditions. Ici c'est ainsi ; là-bas c'est autrement.

— Mais là-bas, les autres hommes pensent comme toi… J'en viens.

— Tu es une femme. Tu ne sais pas comment sont les hommes.

— Je vous regarde.

— Ha ha ! Non, tu ne sais pas.

— Ils rient comme toi.

— Ce sont des hommes, sans doute. Ils vivent, donc ils rient. Qu'est-ce que ça peut faire… ?

— Il y a de la vie partout et toujours. Elle meurt et elle revient, et…

— Bah, ce sont des idioties qui naissent dans la tête des femmes. Tu es naïve.

— Et toi ?

— Je ne sais pas. Je répète ce que mes pères ont dit. Il n'y a rien d'autre à faire.

— La vie…

— Quelle vie ? La tienne, la mienne, la leur ?

— C'est la même vie. »

Renard gigote sur son siège de bois noir et Sōshi-ka s'efforce de respecter l'usage qui exige qu'elle ne le regarde pas quand elle lui parle, toujours de profil, avec douceur et le visage baissé, mais elle sent que Renard l'observe de biais.

« Je crois que votre Bouddha est faible », dit-il.

Le garçon est plus âgé qu'elle, mais à peine. La vantardise du jeune homme affleure sous son attitude réservée, qui pouvait sembler un signe de sagesse mais n'était due qu'à l'obéissance forcée. Il cherche à se faire valoir et il y peine car la fille a connu un autre continent, elle a traversé le grand détroit, elle connaît les hommes de Silla, de Paekche et de Koguryō.

Embarrassé par cette femme à la fois plus jeune et plus savante que lui, Renard parfois improvise, parfois devient moqueur afin de pallier son manque d'autorité sur elle. Mais cela, elle ne le sait pas, car c'est une fille encore jeune et qui ne peut s'imaginer d'autre garçon que celui-ci, qui au fond n'est ni très beau ni très intelligent, mais qui, aussi chétif qu'un poulet déplumé, quelques poils au-dessus de la lèvre, est le seul qu'elle ait rencontré dans la région ; donc elle l'écoute, amoureuse.

« Chaque lieu a ses dieux. Ça a toujours été ainsi.

— La vérité est la même partout.

— Non. C'est peut-être la vérité là-bas, mais ici la vérité est différente.

— Vous allez combattre ? Vous allez affronter Soga ?

— Oui. Il y aura la guerre et c'est une bonne chose.

— Vous allez mourir ?

— J'espère, pour l'honneur de mon maître. Mais j'espère tuer d'abord.

— Tu veux tuer des hommes ? »

Le jeune samouraï hésite.

« Oui, bien sûr. Quel guerrier ne le voudrait pas ?

— Mais pourquoi ?

— Tu es une femme, toi, tu as envie de donner la vie. Alors qu'un homme doit tuer pour prouver sa valeur.

— Mais… Tu n'auras pas plus de valeur à mes yeux si tu tues quelqu'un. Je serai triste.

— Les autres hommes me respecteront. Et s'ils me respectent… »

Renard hésite quant au mot à choisir :

« Tu m'aimeras un peu plus… Tu me craindras aussi, mais tu me trouveras plus fort quand j'aurai vaincu d'autres hommes. Les femmes sont comme ça. »

Il tâche d'avoir l'air d'un homme ; il renifle, il ne sait trop qui imiter : son maître est trop vieux ; quant aux autres, tel le beau-frère au nez crochu, ils n'ont jamais approché l'image de l'homme puissant que le vieux maître a déjà dépassée. Il n'y a pas de bon modèle, ici. Donc il s'invente des manières d'homme approximatives, mais quand il pose sa coupe, Renard peine à retenir une quinte de toux, surpris par les coups au ventre et à la tête que lui donne l'alcool. Il fait l'effort de résister et de paraître insensible.

Elle pouffe de rire.

« Quoi ? »

Elle a eu un père et elle a vu bien des hommes, là-bas. Elle s'amuse de ce qu'elle croit être une pitrerie ; lui s'en vexe, car boire était un effort sincère pour lui signifier sa force de caractère.

Renard s'en veut déjà d'avoir permis cette discussion avec la femme du maître. Il s'est avancé, il s'est découvert et aux yeux de cette femme il s'est ridiculisé. Il ne faut jamais leur faire confiance, pense-t-il. Agacé, il exprime son mépris pour les paysans – et elle comprend que les parents de Renard appartenaient à la paysannerie.

« Ils ne connaissent pas la gloire. Leur vie est minuscule. Ils servent sans savoir.

— Mais toi, où iras-tu après la mort ? » lui demande Sōshi-ka, de plus en plus entreprenante et qui l'observe de profil, à la lueur des flambeaux.

« J'espère qu'on se souviendra de moi, j'espère avoir honoré les miens et être honoré par eux. Si je me souviens de mes ancêtres, mes descendants se souviendront de moi. »

Échaudé il hésite une dernière fois, mais lui accorde sa confiance :

« J'espère que tu te souviendras de moi aussi, ma dame. »

Et il s'incline avant de quitter la table du banquet.

En proie à une impulsion qu'elle ne s'explique pas, Sōshi-ka arrache la bague accrochée à sa ceinture de soie. Discrètement, elle la lui glisse dans la main qu'elle referme sur le bijou. Il ne veut pas la prendre, mais elle insiste :

« Pour te porter chance. Lorsque tu combattras, tu penseras à moi. Je te protégerai. »

Renard ne dit rien et lui tourne le dos.

À l'issue du repas, le maître passe ses troupes en revue, encourage les samouraïs de la montagne, les archers et les cavaliers, leur remet la bannière traditionnelle du clan Mononobe, il porte un toast avec eux à la guerre qui vient.

Déjà couchée, Sôshi-ka se sent enivrée par la discussion. Elle prie, rêve du Bouddha qui dans son imagination devient Soga, puis se trouble et prend les traits bravaches du jeune samouraï, dont le doux visage lui apparaît sur un médaillon découpé sur fond du ciel infini, cerné par le double anneau d'or et d'argent de la bague brillante. Alors l'esprit de Sōshi-ka n'est plus que désir, elle tourne et se retourne en sueur sous le drap rêche, parce qu'elle pense à lui.

FEMMES SANS LES HOMMES

Il ne reste que les femmes : tous les hommes sont partis.

En vérité, en plus des vieillards impotents, il en reste un, c'est le beau-frère au nez crochu qui a pour charge de surveiller les femmes. Toutes les fois qu'elles demandent à aller au ruisseau, il les conduit en laisse. Elles ne l'aiment pas : il est pervers et il vient chaque soir se branler au milieu du dortoir, où Sōshi-ka a décidé de descendre dormir elle aussi, pour ne pas rester seule tout en haut de la tour carrée.

« Pourquoi est-ce qu'aucune n'ose le frapper ? demande un jour Sōshi-ka.

— Parce qu'il le dira au maître.

— Vous n'avez qu'à lui expliquer ce qu'il fait.

— Il parlera et nous n'aurons pas le droit de répondre.

— Il faudrait, gémit Midori, qu'il ne puisse plus parler du tout. »

Le soir même, Sōshi-ka verse dans le jus de la viande qu'il se fait préparer, parce qu'il adore le lièvre sauvage cuisiné, le venin de la vipère Mamushi qu'elle avait conservé dans une petite fiole de corne.

Il s'étrangle et meurt après avoir été pris de convulsions plusieurs heures.

Aux autres femmes, Sōshi-ka conseille de jeter le

cadavre aux orties, loin d'ici. Elle ne parle pas du poison et affirme simplement qu'elles sont libres désormais. Personne ne les surveille plus, puisque la mère du maître est partie à la cour de Nara.

Une fille plus vive que les autres remercie Sōshi-ka : elle travaille aux latrines et s'appelle Akiko. En compagnie d'Akiko et de Midori, Sōshi-ka entreprend de réformer leur vie au château. C'est le printemps, on attend les fleurs, on entend les rires. De bon matin, au ruisseau, Sōshi-ka, Akiko, Midori et quelques filles de la cuisine partent laver leurs vêtements, puis elles les étendent sur des cordes, entre les acacias dont les troncs blancs sont cernés de noir par le printemps précoce : il paraît, dit Akiko, que celle qui plante la première un acacia se mariera dans l'année.

« Qui veut se marier ? »

Midori s'esclaffe :

« Tu es déjà mariée, toi ! »

Et Sōshi-ka éclate de rire :

« J'avais oublié... »

À son égard les filles conservent la distance et la gêne respectueuse qui conviennent devant une dame, mais de temps en temps elles la charrient aussi.

Soulagées de leurs chemises, elles décident de se baigner. Akiko a des seins lourds et asymétriques. Et puis les poils au-dessus de son sexe sont drus.

« Les hommes aiment ça », explique-t-elle.

En battant des bras dans l'eau là où elle a pied, car elle ne sait pas nager, elle bavarde à propos du jeune samouraï : elle l'aime. Sōshi-ka promet de parler d'elle à Renard.

« Renard ?

— Oui, c'est comme ça qu'il s'appelle. »

D'abord elles rient, se moquent d'elle et prétendent qu'elle a inventé ce surnom ; puis il apparaît qu'il ne l'a révélé qu'à la seule Sōshi-ka, et les deux autres se renfrognent.

Midori est laide.

« Je ne sais pas ce que j'ai pour moi, soupire-t-elle.

— Cherche.

— Je ne suis pas très rapide, je boite. Je pue la viande.

— Est-ce que tu es gentille ?

— Je n'en ai pas beaucoup l'occasion.

— Mais tout de même…

— Allez, arrête ! Tu es gentille parce que tu es une dame, et puis voilà ! »

Sōshi-ka est désolée.

Il est déjà midi et les chemises n'ont pas encore séché. Aussi décident-elles en gloussant de rentrer nues aux forges : les autres filles les accueillent avec des cris d'enfant et à la fin tout le monde a enlevé ses vêtements.

« Personne ne nous voit ! »

Elles s'amusent, prennent un bain de boue et décident de ne rien faire à manger pour le lendemain. On ira cueillir des baies rouges près du ruisseau.

Comme Sōshi-ka est inventive – et Midori et Akiko la suivent volontiers –, en quelques jours leur vie change. Elles ne dorment plus dans les cuisines, mais toutes ensemble dans les appartements de la tour carrée, elles filent et se cousent de longues robes qui rendent les gestes plus faciles et les autorisent à courir. Les vieillards ne voient rien : elles les nourrissent quand il le faut et ils font la sieste au soleil. Peu des filles ont eu l'occasion, depuis qu'elles ne sont plus des enfants, d'explorer leur propre contrée : bien sûr, le pays semble rude, mais quand on le parcourt à plusieurs, en guettant les baies acidulées, les petits insectes cornus dans les fourrés, il est opulent. Sōshi-ka apprend à ses sœurs à jouer avec les vers des sables, à chanter avec les hirondelles, à cesser de craindre la vipère Mamushi et à laisser aller en paix les lièvres sauvages.

C'est amusant, et plus personne n'a envie de retourner travailler.

Midori, Akiko et Sōshi-ka sont devenues amies.

« À la lumière je te trouve belle », disent à Midori ses deux amies. Midori a une mauvaise peau, grasse, rougeaude, les joues luisantes et une dent gâtée juste sur le devant. Elle est renfermée, il lui arrive de bégayer.

« Frotte-toi la peau avec de l'eau, de la cendre et du gras !

— Et puis tu sais faire la cuisine.

— Il n'y a rien à manger. C'est la famine qui nous attend. Si j'épousais un homme qui travaille dans les champs, je recevrais peut-être encore un peu de riz. Mais ils sont tous partis… »

Sōshi-ka pleure pour elle.

« Pourquoi ?

— C'est triste. Tu ne connaîtras jamais d'homme. »

Midori hésite :

« Ce n'est pas le problème. J'en ai déjà connu beaucoup, comme Akiko, dans les latrines.

— Quoi ? »

Elle lui explique :

« Les hommes aiment qu'une femme prenne leur sexe dans sa bouche. »

Et Akiko éclate de rire :

« Tu es une bonne suceuse !

— C'est dégoûtant. »

Sōshi-ka reste interdite :

« Tu lui manges le sexe ? Tu le lui lèches seulement ?

— Mais non. Voilà comment il faut faire. »

Nues au soleil, les trois amies s'entraînent ensemble au bord de l'eau.

« Sōshi-ka, va sur le rocher moussu. Voilà. Assieds-toi contre ton poing ; voilà. Maintenant, tends ton pouce entre tes cuisses. Comme ceci...

— Hi hi ! »

Midori plie le genou et lèche le pouce de Sōshi-ka, qui frissonne.

« Dis-moi : Oh, c'est bon.

— Oh, c'est bon.

— Non, allez, avec plus d'énergie !

— Oh, c'est bon !

— C'est bon !

— Oui, oui, c'est bon.

— Et voilà. »

Midori crache sur le pouce de Sōshi-ka, entre ses cuisses, sous son sexe presque encore imberbe. Au passage, elle dépose un léger baiser à l'entrée de sa vulve, puis lui en mordille les grandes lèvres en grognant, pour plaisanter, et Sōshi-ka contemple son pouce qui dégouline maintenant de bave.

« Voilà, c'est comme ça que ça se passe.

— Et après, explique Akiko, l'homme est gentil.

— C'est important. Il faut que tu le saches. Lorsque les hommes sont énervés, s'ils veulent rentrer en toi, tu peux les calmer comme ça. Ensuite, ils ne frappent plus. »

Et toutes les trois éclatent de rire.

Puis on entend, au loin, une sœur qui sert de vigie à l'orée du bois, qui crie :

« Quelqu'un ! Un homme vient ! »

À la hâte, les filles se rhabillent alors que leurs habits sont encore trempés et remontent avec précipitation vers les forges.

Une charrette approche, cahin-caha.

C'est Renard qui conduit la carriole où sont entassés des blessés qui gémissent.

La guerre a commencé.

COMME UNE SORCIÈRE

Renard revient des premières escarmouches, entre le mont Ikomi et le mont Shigi, et il prétend qu'il boite : il dit qu'il a combattu, mais Sōshi-ka devine qu'il n'en est rien. Il est seulement chargé de ramasser les morts et les blessés.

Avec dépit, Sōshi-ka constate que les femmes, redescendues de la tour carrée dans les cuisines, ont tout de suite pris soin des soldats : tout est redevenu comme avant.

Or Renard ne veut pas montrer sa blessure, parce qu'il a été touché trop près des parties intimes. Midori insiste et Akiko propose de le veiller cette nuit. Mais il refuse et demande finalement, comme elles se font pressantes, à Sōshi-ka de rester auprès de lui. Dès cet instant, Midori et Akiko se rembrunissent. Elles repartent aux fourneaux préparer le brouet de millet pour le soir et le matin, et laissent Renard en compagnie de Sōshi-ka. Tous deux montent dans la tour.

« Comment est-ce ?

— Quoi ?

— La guerre. »

Il secoue la tête, qu'il a longue, fine et pâle.

« C'est beau. Le seigneur Mononobe a attaqué par le flanc droit dans la grande plaine, et les armées de Soga, des vauriens de l'étranger, ont fui dans les hauteurs. Mais le maître les a piégés entre les deux monts. »

Il hoche la tête :

« Beaucoup d'hommes ont montré leur valeur.

— Toi, montre ta blessure. »

Il rougit :

« Non. C'est... » Il hésite. « Je ne peux pas. »

Sur un coup de tête, Sōshi-ka s'accroupit devant lui et commence à dénouer les cordelettes en cuir qui retiennent son pantalon, mais il proteste, il résiste et elle doit glisser ses mains sous ses mains, fouiller par-derrière, pour tâcher de dénicher son sexe.

Il se remet debout, le pantalon tombe et Sōshi-ka voit bien qu'il n'a rien.

Il bégaie :

« C'est déjà passé... Je me suis vite remis.

— Ah... », dit-elle.

Et ils se couchent l'un à côté de l'autre. Quand elle se réveille, ils sont enlacés, encore habillés sur le lit du maître. C'est Midori qui ouvre la porte et qui annonce à Renard qu'il doit repartir au front.

Il faut qu'il reconduise là-bas les hommes dont les plaies étaient superficielles. Ils sont beaucoup à avoir exagéré leurs blessures. Mais les femmes n'aiment pas les lâches et elles les renvoient au front.

Renard répète qu'il espère combattre et Sōshi-ka lui répond qu'elle lui souhaite d'être heureux de ce qu'il apprendra à la guerre.

Puis la carriole s'éloigne, bringuebalante, des forges.

Les femmes enterrent leurs morts au pied des murs. Ni Akiko ni Midori n'adressent plus la parole à Sōshi-ka, qui se sent de plus en plus seule. Plus personne ne descend se baigner au ruisseau. Les filles en robe longue restent à la cuisine et ne disent mot. Il reste trois blessés graves, qui agonisent sur la paille et à qui on apporte des louches d'eau. Que faire de plus pour eux ?

Un beau matin, Sōshi-ka est réveillée dans la chambre de la tour carrée par sept femmes, conduites par Akiko et Midori, qui tiennent au bout d'un bâton une vipère Mamushi à la tête noire : elles l'ont découverte sur le seuil des forges, où il y a un nid. Elles accusent Sōshi-ka d'avoir attiré les serpents dans le village. Midori prétend que leur dame nourrit des hirondelles pour mieux les livrer aux vipères et Akiko ajoute que la mère du maître avant de partir lui a parlé de la *tatareri*, cette sorcière qui sait extraire du serpent le poison pour tuer les hommes : elle avait peur que Sōshi-ka n'en fasse usage pour se débarrasser de son fils.

Et puis les femmes se souviennent des circonstances de la mort du beau-frère du maître.

Après délibération avec ses compagnes, Midori décide qu'on fera le procès de Sōshi-ka. Et si elle est coupable, ajoute Akiko, on la brûlera. Enfin elles rouent la jeune dame de coups et la conduisent dans l'arrière-cuisine, la repoussent à coups de balai et l'enferment pour la journée, le temps de convoquer le tribunal des femmes.

Peut-être qu'elles se calmeront. Mais dans la cour, par la fenêtre grillagée, Sōshi-ka les entend crier, alors elle se dit qu'elles la feront monter au bûcher sans pitié et qu'elles la tueront pour de bon.

Dans une autre vie elle reviendra : tout recommencera.

D'abord, Sōshi-ka accepte son sort et elle attend, en chemise de nuit déchirée, assise sur une marmite renversée.

Après quelques heures de réflexion, elle sent bien qu'elle n'aura jamais le courage de brûler. Quand les femmes reviennent et ouvrent le loquet, sans réfléchir elle attrape le balai à deux mains, elle en arrache les branchettes mortes de hêtre qui lui servent de poils et applique scrupuleusement les leçons de Renard. Après avoir esquivé, elle frappe du tranchant. Elle recule d'un pas, assène un coup par le milieu, projette l'autre main en avant et en entraînant toute l'épaule fait revenir le bâton de l'arrière vers l'avant, pour frapper fort et juste.

Elle met à terre toutes les femmes du village, l'une après l'autre.

Les pieds nus, elle franchit la porte et dévale la pente.

LE LINGE SERRÉ AUTOUR DE LA POITRINE

Sans savoir comment, elle pense aller retrouver son seul ami.

Une fois passé le torrent, dans la forêt épaisse du pays elle efface ses traces et se nourrit de baies. À l'approche des villages des collines, elle se coupe les cheveux à l'aide d'un couteau dérobé à Midori et se comprime la poitrine grâce au drap qui lui servait jusqu'ici de baluchon. Quand elle s'observe dans le reflet d'une mare, il lui semble qu'elle pourrait passer pour un jeune homme chétif, dont elle devra aussi imiter la voix. Sans chaussons de soie, elle avance avec précaution dans les bois et il lui plaît d'être libre, même si pour prix de son indépendance elle doit risquer sa vie.

Régulièrement elle entend passer des hommes à cheval, cliquetants de métal, qui partent au combat ou en reviennent, par petites troupes de cinq ou six, et elle suit leurs traces, qui mènent au front.

En chemin, elle essaie de changer d'apparence et emprunte aux quelques hommes qu'elle a connus leurs manières : elle urine debout, garde les jambes écartées quand elle s'assoit, regarde droit devant et ferme son visage plutôt que de sourire. Avec un peu d'exercice, il lui semble vraiment devenir un jeune garçon et le monde change à mesure que sa façon de le voir et d'y marcher se transforme.

À L'OMBRE D'UN GRAND CERISIER TORDU

Au cœur de l'été, les troupes des deux camps se sont massées de part et d'autre du mont Shigi. La chaleur s'élève à mesure que les soldats montent la pente, eux aussi.

Après quelques jours de marche, Sōshi-ka aperçoit cette montagne où se prépare la bataille. Au bord des chemins sur lesquels elle croise des maraudeurs et des paysans qui fuient, elle entend parler d'un premier assaut avorté. Parfois on la prend pour un samouraï dépenaillé, sans argent, qui cherche à s'engager. Un vieil édenté qui a été camelot mais a perdu son chargement lui explique que les Mononobe ont fortifié leurs positions en construisant des palissades en faisceaux de plants de riz, qui les ont jusqu'à présent protégés des flèches et ont empêché la charge des cavaliers : les Soga ont battu en retraite.

Sōshi-ka a une pensée pour son ancien père adoptif, vaincu par les traditionalistes.

Pourtant ce n'est pas terminé. Les hommes de Soga se sont repliés là-bas, dans le vallon au pied du mont Ikomi, maintenant que les hommes de Mononobe occupent la position élevée, à l'abri derrière les palissades au sommet.

Cette fois elle pense au maître d'armes, son mari, et à Renard : sans soute attendent-ils là-haut un nouvel assaut meurtrier.

Après avoir remercié le vieil homme, hésitant toujours entre le mont Ikomi et le mont Shigi, elle entreprend de grimper le long des chemins escarpés sur une colline entre les deux. Parmi les hautes herbes la fraîcheur du printemps résiste encore au soleil d'été. Les papillons volettent autour de ses jambes fouettées par les brins d'herbe biseautés. Toujours pieds nus, elle franchit quelques avant-postes déserts, aux poteaux plantés de flèches en plumes d'oie, puis s'enfonce dans les bois de pins et de cerisiers qui ne sont déjà plus en fleur et dont les pétales flétris forment sur le sol un tapis moelleux. À l'ombre d'un grand cerisier tordu, elle découvre un homme qu'elle croit mort – mais qui n'est que mourant. Il agonise parmi les fleurs qui pourrissent.

Avec précaution, Sōshi-ka s'approche du corps, qui bouge encore. Touché à la gorge et à l'abdomen, l'homme gargouille plutôt qu'il ne parle et quand il bouge, c'est avec le mouvement ridicule d'un pantin de chiffon.

Retrouvant des manières de femme, Sōshi-ka s'agenouille, s'incline, lui rend hommage, lui prend la main et lui demande de quoi il a besoin.

Il ne peut pas parler.

Inutile, Sōshi-ka attend, l'ombre et le vent jouent, là-bas une clairière troue les bois. Il fait bon. Est-ce qu'elle devrait achever ce malheureux ? Derrière l'arbre, elle trouve son équipement et, dans un fourreau en peau de raie manta, son sabre ensanglanté. Un peu plus loin gît l'armure légère dont il s'est délesté avant de choir au pied du cerisier, la gorge trouée et le ventre ouvert.

Il lui semble qu'elle devrait lui tenir compagnie : durant quelques minutes, elle s'accroupit sans rien dire et lui serre la main. En fouillant dans ses affaires éparses sous la fougère, elle déniche une gourde en corne à demi remplie et lui donne à boire, ou lui permet du moins d'humecter ses lèvres ; comme un animal reconnaissant, il hoche la tête et elle demeure près de lui. Il meurt lentement.

Bien sûr, elle aimerait mieux maîtriser l'enseignement. Elle s'en veut de ne pas avoir retenu les paroles exactes du Bouddha.

Elle lui dit :

« Tu reviendras, ne t'en fais pas. »

Mais c'est tout ce qu'elle parvient à lui expliquer.

Après le cri du hibou aux yeux ronds qui annonce la nuit, l'homme pousse toutes sortes de cris. Elle croit que c'est la fin. Du revers de la main, elle lui nettoie le front et lui referme les yeux. Pourtant il résiste, garde les yeux ouverts, sursaute, se débat, s'accroche à elle, embarrassée, qui doit se dégager.

Que faire ?

L'homme perd du sang et il n'en finit pas de

rendre l'âme ; il la garde, il la tient serrée au fond de la bouche et paraît refuser de l'ouvrir pour lâcher prise.

« Tant qu'il y a de la vie, il y a de l'espoir, dit-elle en tâchant de le réconforter. Bouddha a certainement dit ça, ou quelque chose qui y ressemble. Quel est ton nom ? »

Il gargouille.

« Hmm. »

Enfin, elle cesse de parler et laisse le jour tomber, assise les jambes écartées, les fesses sur un rocher moussu, à deux ou trois pas de lui. Elle nettoie le sabre, rafistole le fourreau en peau de raie ; elle admire l'arme et à la façon de Midori qui savait coudre et filer, elle renforce l'armure ajourée, aux lamelles métalliques déchaussées. Pendant ce temps, elle essaie d'entretenir la conversation.

Elle parle de ses sœurs, de Soga, de Mononobe, du maître d'armes, de Renard et de Midori.

« J'ai eu beaucoup d'amis, beaucoup de compagnons. »

Elle voudrait lui rendre la mort plus facile et il lui semble qu'une sorte de complicité les unit dans la nuit. Elle aurait préféré connaître son véritable nom, mais faute d'information elle fabrique toute une histoire fantaisiste, elle lui invente une famille, une femme mariée qu'il aime en secret, une vocation de chevalier, elle fait le récit résumé de sa vie, de ses exploits, et comme personne ne l'interrompt, elle poursuit son histoire. À force de lui raconter tout ça, elle trouve au mourant de la noblesse, tout du moins de la dignité.

Puis elle se tait.

« Écoute ! »

On dirait que la nuit tombée parle à son tour : c'est le frou-frou des hautes futaies, le cri du hibou aux yeux ronds et tout là-haut l'agitation du clan qui tient les fortifications. À cet instant elle réalise qu'elle ne sait toujours pas pour quel camp l'homme combattait.

« Les Soga ou les Mononobe ? »

Quand elle se lève et marche doucement vers son compagnon allongé au pied du grand cerisier, afin de chercher son insigne, elle découvre qu'il a trépassé. Eh bien, opine Sōshi-ka, il doit être passé dans une autre forme de vie. Peut-être est-il déjà ce papillon jaune qu'elle voit voleter à la lumière de la lune, dans le bois sombre, ou cet insecte à la carapace dorée qui rampe sur le sol. Inquiète, elle se tient sur la pointe des pieds pour ne pas l'écraser.

Puis, convaincue que l'homme a maintenant un autre corps, elle commence à dépouiller le cadavre, enfile ses chausses trop larges, attache avec une ceinture de cuir son baudrier et le fourreau de son sabre à la taille. Le casque ne lui convient pas. Toutefois, elle trouve de quoi se grimer un peu mieux qu'auparavant en jeune samouraï. Après avoir serré le drap autour de sa poitrine, elle se peint les paupières et les joues. Pour se donner des mains d'homme, elle racle la terre molle et humide, se noircit les ongles et s'érafle la peau.

Une fois maquillée en sauvageon, elle laisse derrière elle une montagne et commence à escalader l'autre.

Les Soga, défenseurs de la nouvelle religion, se sont retirés et au troisième jour de la bataille, leurs troupes démoralisées se sont enfoncées au pied du mont Ikomi, avant de s'y installer. Quant à la majeure partie du camp traditionaliste Mononobe, qui tient les hauteurs du mont Shigi, elle s'agite bruyamment afin d'effrayer l'adversaire désormais acculé.

Ne sachant pas où elle est, Sōshi-ka ignore aussi pour qui elle combattra. Les sentinelles qui l'invectivent, à la lueur de torches, lui apprennent qu'elle a rejoint les traditionalistes Mononobe :

« Qui es-tu ?

— Je viens d'un village voisin », prétend Sōshi-ka.

Empruntant le timbre de voix de Renard, elle affirme qu'elle en veut aux Soga qui ont tué sa famille et qu'ils sont des démons de l'étranger.

« Pourquoi ? demande l'officier méfiant qui a rejoint les vigies.

— Leur dieu veut tuer nos esprits. C'est l'esprit de nos pères, et des pères de nos pères. »

Le soldat acquiesce.

« Tu es jeune mais tu parles bien. Est-ce que tu sais te battre ? »

Et il demande à l'une des sentinelles d'attaquer ce vagabond un peu efféminé, qui esquive vite et avec agilité. À la place de son bâton d'entraînement, Sōshi-ka manie désormais le sabre du mort et frappe la sentinelle à l'aine.

« Bien, bien ! » s'exclame impressionné celui qu'elle prend pour un officier.

C'est en réalité un villageois débraillé qui, à la

lumière proche des torches, révèle des dents de lapin et une armure en pièces de cuir de lièvre mal cousues. Il a l'haleine fétide, mais il est bon camarade et promet à Sōshi-ka un engagement contre trois pièces d'argent. Puis il l'introduit dans le camp des Mononobe. De loin, en contrebas, elle aperçoit les lumières des Soga éparpillées dans la nuit.

« Comment est-ce que tu t'appelles ? demande le soldat aux dents de lapin.

— Renard.

— Ce n'est pas un nom !

— C'est le mien. »

Et elle porte la main au pommeau de son sabre.

« Ne t'avise pas de te moquer…

— Oh ! Du calme ! »

Il rit.

« Le maître d'armes de Mononobe se trouve-t-il ici ? demande-t-elle.

— Le maître… » Il fait non de la tête. « Mononobe, Nakatomi et leurs seigneurs sont redescendus dans la plaine et les rizières, près du château.

— Ah. Il est vivant ?

— Le maître ? Oui, il vit ! Pourquoi est-ce que tu poses la question ? Tu le connais ?

— Non. Je voudrais me faire une idée de nos positions. »

Il rit de nouveau :

« Je ne te dirai rien. Tu es peut-être un espion à la solde des Soga, qui sait ? »

Elle reste silencieuse.

« Je plaisante. Viens ! »

Et le soldat aux dents de lapin lui fait traverser le camp de nuit, qui ressemble aux forges infernales de cet hiver, quand elle résidait dans la forteresse de l'arrière-pays, mais à ciel ouvert et en haut des montagnes. Pour occuper le Shigisan, il a fallu abattre des arbres aux feuilles rouges et dresser de longues palissades *inoki*, qui serpentent à flanc et sentent le plant de riz sec. Sur le plateau à l'abri des vents, les mercenaires et les paysans enrôlés de force ont établi un drôle de camp : le bois a brûlé, tout sent le cramé dans la nuit fraîche, les tentes versent d'un côté, rien ne tient tout à fait, il fait à la fois trop chaud et trop froid, des feux crépitent sans ordre, par-dessus les hommes ont embroché des lièvres, des poissons d'eau douce pêchés dans le vallon, et l'odeur de la chair qui cuit recouvre celle des blessés qui se sont chié dessus et qui reposent désormais sur des draps blancs sales, à l'écart des tentes. Dès qu'elle essaie de se déplacer, Sōshi-ka bute contre des branchages cassés, du tissu maculé de sang et de merde, de la paille et des faisceaux de plants de riz qui roulent par fagots à travers le camp. Quand elle lève les yeux elle aperçoit les étendards Mononobe aux trois cercles brisés, à la lueur des lampions, qui défient les ennemis installés sur le versant de l'autre montagne. On les insulte régulièrement et certains soldats, qui ont trop bu, leur lancent à travers la nuit des ordures, des os ou de la chiure.

DENTS DE LAPIN

Autour d'un feu, le chevalier aux dents de lapin laisse s'asseoir Sōshi-ka, qu'il présente comme un jeune samouraï de valeur aux autres soldats emmitouflés dans leurs fourrures : peu engageants, ils grognent, préfèrent cuver et dormir que discuter. Pourtant, l'homme aux dents de lapin se révèle être un excellent compagnon et Sōshi-ka trouve les hommes très cordiaux entre eux. Les amis de Dents de lapin deviennent vite ses amis aussi. L'un d'eux, avec qui elle se lie parce qu'il rit facilement à ses traits d'esprit et n'a pas la timidité renfrognée des femmes, est un bel homme presque noir de peau. Il a déjà connu trois guerres. Après avoir assuré sa relève à la sortie du camp, ce mercenaire noiraud vient partager sa viande avec eux, remercie Sōshi-ka, qui n'a pas faim, de lui donner sa part du râble et, la main posée contre son épaule, échauffé par le feu, par l'atmosphère, il propose à Sōshi-ka un « petit divertissement » qu'elle accepte, curieuse et enjouée.

En compagnie du noiraud et de Dents de lapin, qu'elle tance à cause de sa gueule de lièvre bouilli, elle marche à travers le camp en chantant. À l'écart de la grand-tente du commandement, elle découvre un drap tendu, offert au vent. On devine des ombres derrière, à la lumière des lampes. Les hommes rient avant d'y pénétrer, ensuite ils geignent, dit le noiraud, après ils pleurent et ils parlent du passé. À la fin, ils s'endorment.

« Qu'est-ce que c'est ?

— Ha ha ! Tu plaisantes ! » Il cligne de l'œil. « Tu le sais bien. »

Sōshi-ka attend à l'entrée : elle hésite.

Finalement ils la poussent et elle bascule dans un espace minuscule, circonscrit par d'autres draps tendus, où de l'encens a été consumé. De la fumée grise flotte près d'une lampe qui brûle encore du pitchpin, auprès de laquelle se tient, la poitrine nue, une grande fille laide aux yeux louches.

Ce soir, l'aide de camp des Mononobe a autorisé les femmes à entrer dans le camp et les *kisaeng* du continent, ces prostituées de la péninsule qu'on fait venir par barques, ont été payées par le clan.

« Viens. »

La fille ne sait articuler qu'une ou deux phrases dans la langue des hommes de Wa. Elle a des cernes et semble fatiguée. Sōshi-ka peine à comprendre l'excitation des hommes alentour, qui trébuchent en ôtant avec précipitation leur pantalon. La fille est triste et disgracieuse. À cause de son strabisme, quand elle regarde quelqu'un, on dirait toujours qu'elle vise quelqu'un d'autre par-derrière et on a envie de se retourner.

La fille soumise sourit, se frotte les mains et les écarte. Elle exhale l'encens étranger de mauvais calambac, le savon de cendres graissées, la sueur et le foutre d'un autre. C'est dégoûtant.

Sōshi-ka grimace.

Elle essaie de parler à cette grande fille qui a peut-être son âge, peut-être un peu moins. Puis elle retient un cri de surprise. Très entreprenante ou simplement pressée, la fille a ouvert grand le devant de son armure mal lacée pour chercher les cordelettes du pantalon, sous l'armature de bois.

« Attends, dit doucement Soshi-ka, tu vas te blesser à cause des lamelles de métal. Elles coupent. Je vais le faire moi-même. »

La fille, qui ne vient pas de l'île, ne comprend pas. Elle croit avoir mal fait, s'arrête et baisse la tête comme si elle devait être punie.

Peut-être qu'il suffit de laisser passer quelques minutes, puis de repartir, se dit Sōshi-ka. Mais de l'autre côté du drap froissé, le noiraud et Dents de lapin ont déjà fait s'agenouiller deux filles et paraissent vaguement, d'après ce qui transparaît du jeu d'ombres, leur rentrer dans le cul qu'ils flattent à la façon de la croupe des juments. Ils l'apostrophent :

« Alors, Renard ? »

Il faut qu'elle s'exécute.

Péniblement, Sōshi-ka se défait de la partie droite de l'armure rigide, glisse son bras dans le dos, laisse passer ensuite sa main agile entre ses cuisses et tend le pouce à l'endroit de sa vulve. Puis elle sourit, rassurante, et fait signe à la fille d'approcher. De la main gauche, elle l'accompagne avec délicatesse, guide la tête de la prostituée pour lui faire sucer son pouce.

« Ha ha ! s'amusent le noiraud et Dents de lapin, qui applaudissent le spectacle de son ombre de l'autre côté du drap blanc sale.

— C'est bon, ça ! C'est bon ! C'est bon ! l'encourage Dents de lapin.

— C'est bon ! » répond en écho Sōshi-ka.

Bientôt elle crie :

« Oh oui ! »

Enfin, c'est assez. Elle retire la fille, crache sur son doigt, laisse la salive couler, ajoute de la morve, s'essuie dans le drap et referme son armure inconfortable en grommelant. Elle voudrait glisser un mot amical à l'intention de la fille qui louche, qui se couvre les seins, apeurée dans un coin, près de la lampe dont la lumière vacille :

« N'aie pas peur. Tu reviendras. Tout revient. Ce sera différent. Peut-être que tu seras un homme, la prochaine fois. »

Elle cherche une autre leçon du Bouddha, mais ne trouve pas.

« Tu verras bien. »

En relevant le drap sale, elle retrouve le noiraud et Dents de lapin, qui s'esclaffent :

« T'es bon, toi ! »

Elle rit avec eux et bras dessus, bras dessous, ils partent fêter en toute camaraderie leur dernière nuit avant l'assaut.

« On mourra demain ! exulte Dents de lapin.

— Ouais, acquiesce Sōshi-ka, affalée contre un tas de vêtements déchirés, au coin du feu.

— Mes amis…, remarque avec une larme au coin de l'œil le noiraud, c'est beau de devoir mourir ainsi. »

Et Sōshi-ka le trouve aussi.

Tous les trois, ils contemplent les étoiles éternelles dans le ciel, ils commencent à les compter, abandonnent, tentent de les nommer, renoncent : dans leur ivresse ils sont fiers d'être mortels, ils imaginent les esprits sous forme de lucioles : les ancêtres de tous les hommes cloués dans le ciel noir de la nuit comme autant d'yeux qui les regardent – et que voient les dieux ? Ils les voient, eux. Ils les regardent affalés, ivres morts et satisfaits, au coin du feu qui s'éteint, avant la bataille, ils voient des amis qui vont combattre, ils observent les mortels et ils les aiment.

« Les dieux nous aiment », acquiesce Sōshi-ka.

Dents de lapin s'est endormi.

LE NOIRAUD

Accoudé, parce qu'il ne trouve pas le sommeil, le noiraud lui sourit.

« Tu es un drôle d'homme, Renard. Quand tu t'endors, tu ne ronfles pas comme les autres.

— Je ne dormais pas.

— Ah, c'est pour ça. Tu n'as pas de poils autour de la bouche.

— Je suis en retard.

— Ah. »

Il hoche la tête et tâche de nourrir le feu qui grésille.

« Est-ce que tu penses que nous allons tuer tous les Soga, demain ? demande-t-elle. Ou bien nous allons tous mourir ?

— Les Soga ont plusieurs rois et un seul dieu, nous avons un seul roi et plusieurs dieux. »

Alors Sōshi-ka le corrige :

« Les rois des bouddhistes ne sont pas ce que tu appelles des rois, toi.

— Comment le sais-tu ? Tu connais l'enseignement de leur dieu ? »

Elle prétend que non. Mais elle a voyagé.

« Hum. »

Il lui apprend que dans la journée le Prince Shotoku des Soga a coupé un arbre sacré et l'a fait sculpter à l'image des Quatre Rois célestes du bouddhisme, avant de disposer cette amulette contre son front ; Shotoku et Soga no Umako ont juré de construire un temple aux Quatre Rois célestes ; les hommes des Soga se sentent donc revigorés.

« Nous… »

Il renifle.

« Les Mononobe sont de l'ancienne école. Ils nous ont envoyé les putains, ils nous ont donné de l'alcool de riz et maintenant ils consultent les esprits dans le vallon, en attendant la bataille. Mais ils ont un plan trop compliqué.

— Tu le connais ?

— Je ne te dirai rien. »

Dents de lapin est un féal d'un vassal des Mononobe, il est heureux de quitter pour la première fois son champ, de niquer aussi, et de tuer, un peu. S'il doit mourir ici, eh bien, il n'en est pas malheureux. Mais le noiraud, c'est différent : c'est un mercenaire qui combat depuis longtemps, pour différents maîtres. Et il préférerait ne pas avoir à crever dans cette souricière-là.

Dans l'obscurité, il se montre très superstitieux et procède par toutes sortes de gestes, de déplacements, de formules compliquées qui échappent à Sōshi-ka ; chaque heure ou presque, il adresse une attention à tel ou tel esprit du lieu, mais si Sōshi-ka lui pose une question, il apparaît incapable d'expliquer la fonction, l'attribut précis de ce dieu.

« C'est le dieu, voilà tout, marmonne-t-il.

— Tu y crois ?

— Et toi ? »

Sōshi-ka s'invente une vie de paysan, qui est en fait celle du vrai Renard.

« Tu es beau », murmure le noiraud qui tend la main pour l'approcher de ses joues et Sōshi-ka frémit.

Le cœur serré, elle éprouve un instant une attirance pour cet homme mûr comme un grand chêne, et hésite à lui confier la vérité, mais il se lève, il va pisser.

« Tu devrais faire de même. »

Troublée, elle se dégourdit les jambes, attend un instant et puis s'en va dans les fourrés. Il fait noir : le silence a emporté le souvenir de la fête dans l'obscurité.

Pour uriner, après avoir délacé les coutures de

l'armure, Sōshi-ka tâche en général de rouler une feuille d'eucalyptus et de diriger le jet loin de ses jambes, mais elle est fatiguée et décide de se soulager comme une femme.

Quand elle se retourne, elle découvre le noiraud qui l'a suivie. Est-ce qu'il voulait s'accoupler avec elle dans les fourrés comme certains hommes le font parfois avec d'autres hommes ?

« Tu es un homme contrefait. Je dois te dénoncer. Je suis désolé.

— Non, s'il te plaît. »

Elle ferme les yeux, elle a sommeil, le combat de demain lui donne le vertige :

« Je t'en prie. Ne fais pas cela. C'est idiot.

— Une femme parmi les soldats. Ce n'est pas bon signe. »

Et il récite une formule traditionnelle.

« Le noiraud… Je veux me battre… »

Elle hésite.

« … mais pas contre toi. Nous nous battrons tous les deux, demain, contre l'ennemi.

— Non… »

Il ne sait pas quoi ajouter.

« Ce n'est pas bon.

— S'il te plaît. Pense que les dieux nous regardent. Ils ont envie de nous voir nous battre l'un à côté de l'autre. Nous sommes amis.

— Non. »

Et il lui tourne le dos, pour se diriger vers la grand-tente du commandement.

« Arrête ! »

À contrecœur, Sōshi-ka sort le sabre du fourreau ancien en peau de raie. Sa lame mal aiguisée fend la nuit, et elle l'implore une dernière fois.

« Non. Non. »

Mais le noiraud refuse d'entendre raison.

« Je sais me battre, dit Sōshi-ka. Ne me dénonce pas et demain je serai à côté de toi sur le champ de bataille.

— Non. »

Il panique : il a repris en main sa hallebarde rouillée avec laquelle il la menace.

« Réfléchis. »

Il n'est pas si expérimenté qu'il le prétend. Les mouvements de son arme semblent désordonnés. Elle essaie de le tenir en garde. Bientôt il se prend le pied dans une racine biscornue, il trébuche, avance, recule, ne sait plus. Enfin, désemparé, il attaque de front.

Alors elle le tue, d'un seul coup.

Pourquoi ?

Quel idiot. Mais elle ne le regrette pas. Il reviendra. De-ci de-là, dans le minuit, elle cherche une âme d'animal, peut-être d'arbre. L'homme est encore là, sous une forme différente. Sōshi-ka remonte son pantalon, referme non sans peine l'armure couture après couture ; elle imagine que le Bouddha lui aurait posé la main sur l'épaule et qu'il lui aurait dit : la vérité c'est que c'est comme ça. C'est toujours comme ça. Ne t'en fais pas.

Voilà, c'est comme ça.

C'est le grand enseignement de la vie.

Après avoir jeté le corps, qui roule le long des pentes du mont Shigi dans le noir, elle retrouve son chemin, salue les sentinelles et s'allonge auprès du feu presque éteint, où Dents de lapin ronfle. Elle essaie de ronfler comme un homme. Elle se racle la gorge, cherche à laisser son souffle rouler à la manière des vagues de la tempête, essaie de respirer aussi fort qu'un bœuf, mais reste désespérément silencieuse.

LA BATAILLE

Peu avant que le soleil ne se lève, les hommes commencent à se préparer à l'affrontement. Les sentinelles aux lances dont les lames d'argent ne brillent pas encore réveillent les hommes engourdis et patauds, qui renouent à la hâte les cordelettes de leurs pantalons, inspectent leurs armes près du feu éteint.

« Où est passé le noiraud ? demande Dents de lapin.

— Il est parti.

— Le salaud…

— Il reviendra.

— On n'est plus que tous les deux. »

La brume empêche le jour de naître sur le mont Shigi et les deux compagnons se perdent pendant quelques minutes à l'intérieur du camp. Ils peinent à rejoindre le petit groupe qui doit défendre les palissades en faisceaux de plants de riz, dont certaines parties se sont affalées durant la nuit et ont été redressées en catastrophe. En passant derrière la tente rouge du commandement, désormais vide, Sōshi-ka aperçoit les prostituées apeurées, assises sur le tas de draps sales, qui attendent dans le froid : elles n'ont pas été escortées à l'écart du champ de bataille.

« C'est par là. »

Depuis le lever, Sōshi-ka a pris Dents de lapin sous son aile : il est mort de peur, il n'arrête pas de répéter qu'il se bat mal, qu'il ne s'est jamais vraiment battu... Patiemment, elle le dirige vers l'entrée du camp, où les vigies qui n'ont pas encore fui annoncent, au milieu d'ordres de plus en plus contradictoires, que le gros des troupes doit redescendre par l'autre versant pour rejoindre Mononobe no Moriya, ses officiers et la cavalerie qui tiennent leurs nouvelles positions à Shibukahwa.

« Où est-ce ? »

Dents de lapin répond :

« À l'est, dans la région de Kawachi, près de la forteresse de Mononobe.

— Ah ! s'exclame Sôshi-ka. J'y suis allée !

— Quand ? »

Elle ne répond pas et donne l'ordre à Dents de lapin de tenir le battant droit de la porte, près des buissons cendrés, sous le grand cèdre. Hélas, ils ne sont plus qu'une dizaine à prendre position, sous le commandement d'un mercenaire âgé.

Pendant une heure environ, le temps que le soleil rose monte et dissipe les derniers nuages, Sōshi-ka attend en silence. Du fourreau écaillé en peau de raie, qui pèse lourd à sa taille, elle a sorti le sabre recourbé à la lame qui lui semble manquer de tranchant. Son poignet délicat supporte difficilement le poids de l'arme. De temps en temps il faut qu'elle la laisse reposer contre le tronc d'un arbuste déraciné, en travers du champ. Le chant des hirondelles remontées du rivage lui donne du courage et elle rend la moitié de ce courage à Dents de lapin en chantonnant les premiers mots du sutra du Lotus Blanc :

« *Hokke kyō...* »

Dents de lapin tente à son tour de psalmodier :

« *Hokke kyō* », mais le mercenaire âgé le frappe d'un coup de bâton courbé et le rappelle à l'ordre :

« Qu'est-ce que tu chantes ? C'est un chant des Soga ! Abruti ! »

Puis on entend dans les fourrés désembrumés monter la rumeur d'hommes qui braient, couinent comme des porcs, courent droit devant, semblables à des sangliers noirs qui foulent au pied la fougère. Ils finissent l'ascension du mont Shigi à bout de souffle. En fronçant les sourcils, Sōshi-ka se penche dans l'espoir de deviner le visage des ennemis, mais elle n'a pas le temps de les regarder qu'ils sont déjà là : ils ont tué deux hommes à coups de hache. Tout le monde hurle, si ce n'est de douleur c'est de terreur, ou pour se donner du cœur.

Sans réfléchir, cherchant seulement à se battre selon l'enseignement de Renard, Sōshi-ka se tient le pied droit avancé, la main opposée dressée droit devant l'adversaire, la main qui porte le sabre en recul, afin de se donner le temps et l'espace nécessaires pour chercher le point où frapper, de dessiner avec le bras un demi-cercle, en sollicitant l'épaule et à la fin seulement, d'une torsion du poignet, laisser pénétrer la lame à l'endroit précis où l'armure de l'adversaire est ajourée.

Aussi soudainement qu'elle a frappé, elle inverse la position de ses pieds, recule, retire l'arme et projette la paume vers l'avant en criant pour fixer le prochain combattant. Deux fois, trois fois, elle s'exécute, avec le souci de bien réussir son geste. Enfin elle réalise qu'elle vient de tuer deux hommes et que le troisième, touché au foie ou à l'estomac, se roule à terre en hurlant le nom de sa mère.

« Hum. »

D'un rapide coup d'œil à travers les palissades fragiles qui ont commencé à craquer, Sōshi-ka compte les assaillants dans un large périmètre autour d'elle, puis cherche du regard Dents de lapin, déjà désarmé, qui tente d'échapper à un soldat à l'équipement complet, sur le point de le transpercer de sa longue lance à la pointe de bronze.

L'homme porte tatoué sur le front un troisième œil grand ouvert et il hurle :

« Pour Soga ! »

Mais Sōshi-ka s'interpose. À la peine face à un combattant aguerri, elle ne peut faire mieux que de le détourner de Dents de lapin et de contrer ses attaques vives, précises et bien placées, à la lance. À chaque coup porté, elle parvient tout juste à dévier le cours de la lame étincelante, en frappant dur contre le bois de sa hampe : la lance part de côté ou vers le bas, au lieu de venir se planter dans sa poitrine.

Sōshi-ka recule.

« Cours ! » crie-t-elle à Dents de lapin.

Il se relève ; c'est un malin. Il siffle, ramasse un galet et le jette à la gueule du samouraï au troisième œil tatoué, qui ne porte pas de casque couvrant et jure en portant la main à son crâne.

Puis Dents de lapin détale et Sōshi-ka, qui doit se défaire de la ceinture et du fourreau pour aller plus vite, le suit dans la mêlée : sur le plateau, les hommes de Soga ont maintenant franchi les palissades et débordent les partisans de Mononobe, qui se trouvent pris au piège sur cette hauteur, attaqués de toutes parts et sans solution de repli.

Sōshi-ka n'a plus peur de la mort, ni de tuer.

« Il reviendra », dit-elle chaque fois qu'elle tranche

la peau, les tendons et les muscles d'un ennemi, chaque fois qu'elle brise les os d'un jeune homme. Elle plante même son sabre, de plus en plus lourd à mesure qu'il se couvre de sang, dans le cul d'un paysan en haillons : la plupart des mercenaires ont déserté ; il reste des campagnards, partisans des deux camps, et quelques rares officiers qui encouragent leurs hommes à mourir dignement.

À terre certains font semblant d'être déjà morts pour ne pas avoir à crever pour de bon. Excellente imitatrice, Sōshi-ka envisage un instant de faire de même, mais elle se sent si vivante qu'elle n'a pas envie de feinter. À dire vrai, l'exaltation du combat commence à l'enivrer aussi fort que la bière d'hier – et puis tout s'arrête. Devant elle se tient cet homme, jambes écartées, qui renifle, se mouche et cherche à occire Dents de lapin, caché derrière elle en sanglotant comme une femme. L'homme hésite à attaquer et il fait basculer son poids, car il a un très gros ventre, d'un côté et de l'autre.

Sōshi-ka se concentre : il s'agit de rester simple et sereine. Du premier coup elle le déchire en plein milieu, mais son ventre est vraiment trop gros, l'homme couine, et le sabre reste prisonnier de ses tripes. Elle jure en tentant de récupérer l'arme.

« Allez, va-t'en ! dit-elle. Tu reviendras. »

Rien n'y fait : le sabre enfoncé trop profondément dans l'abdomen de l'autre refuse de ressortir. « Lâche ! supplie-t-elle. Laisse tomber. » Après s'être battue à mains nues avec le gros gaillard ouvert en deux, elle lui flanque un coup de pied, chaussé de cuir et renforcé de métal à la pointe, dans les parties génitales : il bascule vers l'arrière, l'entraîne avec lui et Sōshi-ka se retrouve à ramper sur lui, désespérément agrippée à ses cuisses. Tête-bêche, la gueule entre les cuisses du pauvre gars, elle le mord peut-être à la bite, peut-être à côté, elle ne sait plus, parce qu'il pisse le sang. Avec l'énergie du désespoir mais les yeux aveuglés par le sang de ce type proprement increvable, elle s'emploie à se dégager, empoigne le sabre, s'appuie sur ses pieds – ou bien sur ceux de l'homme, elle n'en sait rien – pour faire levier, ahane, tire afin de récupérer enfin l'épée fichée jusqu'à la garde dans le gros ventre transpercé de part en part.

Alentour la forêt brûle.

Et là-dessous, le sang qui coule de l'homme commence à l'empêcher de respirer.

Elle aurait pu mourir étouffée sous lui, mais elle parvient à retenir son souffle assez longtemps et se convainc qu'elle va s'en sortir. Un bref instant, elle repense au maître, son mari, qui lui avait plongé la tête sous l'eau. Où se trouve-t-il aujourd'hui ?

« Dents de lapin ! »

Elle ne voit plus rien. Lâchant le sabre, elle roue de coups cette sorte d'acharné qui refuse toujours de crever. « Meurs, bon sang ! Mais meurs ! Crève ! » Elle hurle. « Allez ! » Et alors qu'elle rampe sur ses coudes pour se désempêtrer, les mains de l'homme retiennent ses chevilles et avec le peu de vie qu'il lui reste il l'attire contre lui :

« Lâche-moi ! »

Elle enrage.

Tout en décrassant ses paupières engluées par le sang comme par de la boue, elle sent le type à l'agonie qui remonte le long de son corps, les viscères à l'air, en sifflant par la gorge ouverte, pour l'entraîner avec lui dans la mort. Elle trouve un gros caillou blanc, rugit pour se redonner de la force, lève la pierre, frappe au hasard, le rate une première fois, arrache une oreille au gars qui refuse de rendre son dernier souffle et tente maintenant de basculer par-dessus elle, le ventre toujours troué par le sabre. Enfin, après deux tentatives ratées, Sōshi-ka parvient à lui fendre le crâne avec la pierre : il cesse de gigoter.

Mort, il pèse encore de tout son poids, qui doit bien être le triple de celui de Sōshi-ka, contre ses jambes et il faut qu'elle le pousse partie par partie avant de pouvoir se relever hagarde, sans arme, l'armure ouverte sur sa chemise déchirée : par-dessous, le drap blanc défait contient à peine ses seins.

« Dents de lapin ? »

Sur le terrain légèrement en pente, on dirait que les cadavres ont commencé à rouler ; ils s'accumulent dans un coin du champ, à mesure que les hommes de Soga progressent. Là-bas, les soldats tombés s'ajoutent aux arbres déjà abattus.

Plus rapide que les assaillants harassés de fatigue mais soulagés d'avoir gagné, Sōshi-ka parvient à s'échapper. À la lisière du bois, elle jette un œil au paysage dévasté : la bataille est bientôt finie et les vainqueurs relèvent la visière de leur casque pour reprendre leur souffle en silence.

En reculant, elle bute contre un corps assis en travers, qui attend à l'ombre d'un cèdre : c'est Dents de lapin qui sourit.

Elle est heureuse de le retrouver.

« Tu vas bien ? »

Il dort les yeux ouverts.

« Dents de lapin ? »

Il tombe à la renverse et Sōshi-ka découvre que l'arrière de sa tête a été fracassé par une masse d'armes. Il est mort assis, implorant sans doute qu'on le laisse en vie.

Il était gentil, Dents de lapin, elle l'aimait bien.

Bouddha pense que c'est bien ainsi, s'imagine Sōshi-ka. Si tout revient, il faut que tout commence par partir : Bouddha l'a dit. C'est l'enseignement. Bouddha l'a sans doute pensé lorsque le Gautama est sorti de son palais pour la première fois et qu'il a vu la misère de ce monde. « Tu sais, je suis sûre que Bouddha a eu peur lui aussi », explique Sōshi-ka à Dents de lapin dont elle essaie de nettoyer l'arrière du crâne avant de l'allonger dans une position convenable, près d'une fleur de prunier.

Bien sûr, Dents de lapin ne tient pas droit, même allongé, parce que son corps a été déséquilibré par la blessure. Il s'effondre sur le flanc et le sang goutte sur la fleur. Peut-être qu'il est fatigué. C'est dommage : à présent la fleur est tachée. Elle dit au revoir à son ancien compagnon, tousse, se nettoie la bouche, le visage, puis pénètre dans le sous-bois, avise un tas de linge qui appartenait à la cohorte des prostituées, roule en boule un *hakama* au motif de fleurs brodées.

Un cheval hennit.

Dans son dos, la défaite est maintenant évidente ; avoir cru à la victoire lui paraît même absurde, rétrospectivement. Remontant des pentes boisées sur la clairière de la cerisaie où fuient les derniers hommes des Mononobe, les partisans de Soga commencent à chanter leur triomphe.

Elle repense à son père adoptif, qui sera heureux de l'issue du combat, et s'émerveille qu'il y ait toujours des êtres pour être heureux quand d'autres pleurent.

Puis Sōshi-ka se défait de l'armure : elle se déshabille, ne garde que la chemise de coton noir, gris et blanc ivoire, déroule le pan de drap qui pend à sa poitrine et cherche à quitter au plus vite le mont Shigi. Il n'est pas encore midi quand elle débouche dans le vallon, sur un petit chemin où attend la carriole chargée de ramasser les morts.

CHARRETTE À MOITIÉ VIDE, À MOITIÉ PLEINE

La charrette penche : une demi-douzaine de cadavres seulement y ont été jetés ; mais le cheval qui la tirait a péri, affalé contre ses pattes avant, la tête baissée et la croupe relevée.

« Est-ce qu'il y a quelqu'un ? »

Accoudé au moyeu d'une roue de la charrette des morts, au soleil poussiéreux de midi, un jeune homme se tient immobile. C'est Renard.

Sōshi-ka soupire et le croit mort, lui aussi. Pourtant en s'approchant de l'apprenti samouraï, elle le voit se réveiller en sursaut, grimacer, gémir et à sa vue hurler à pleins poumons :

« Sorcière !

— C'est moi. »

Elle s'accroupit :

« Idiot, est-ce que tu es blessé ? »

Il se plaint beaucoup. Une flèche aux plumes de cygne lui est rentrée dans la cuisse et l'empêche de marcher. Il prétend qu'il va mourir.

« Mais non, voyons. »

Elle a vu beaucoup d'hommes trépasser, aujourd'hui :

« On ne meurt pas d'une flèche dans la cuisse. Ce n'est rien. »

Il pleure :

« Je vais perdre ma jambe.

— Arrête. »

Accablé par la chaleur et la faim, il continue de geindre. De la bataille il n'a rien vu.

« Tu as perdu. Mononobe a perdu.

— Hélas… »

Il se répand encore en lamentations.

« Tais-toi. »

Blottie contre lui, Sōshi-ka plaque une main sur sa bouche. Il vient une troupe d'hommes qui descendent du mont par la sente entre les cerisiers.

« Écoute-moi bien… », chuchote-t-elle. Sortant de sous sa chemise le *hakama* de femme aux fleurs brodées qu'elle vient de voler, elle entreprend de déshabiller Renard, qui résiste mais qu'elle gifle pour s'en faire obéir : en dépit de ses protestations, elle lui fait enfiler la robe. Après quoi elle glisse un bâton entre ses dents et, sans le prévenir, arrache la flèche aux plumes de cygne. Il défaille. Sōshi-ka le décoiffe, laisse retomber ses beaux et longs cheveux sur ses épaules. Il n'a pas un seul poil au menton. C'est presque une jolie fille. Quant à elle, elle se débarrasse de ses pantalons et ouvre sa chemise sur ses seins blancs aux tétons noirs. Puis elle se presse contre Renard, étourdi par la douleur et qui ne dit plus un mot.

Lorsque les hommes à cheval passent devant eux, ils croient voir deux femmes.

« Regarde-moi ces deux putains.
— Celle-ci est blessée, elle ne vaut rien.
— Elle peut encore sucer !
— Laisse… », répond l'officier, qui porte un troisième œil tatoué sur son front. Un instant, il dévisage Sōshi-ka et pense peut-être la reconnaître. Mais ce n'est qu'une femme. Il la salue tout de même, par galanterie.

Elle demande de l'aide et de l'eau.

« Il y a une rivière, plus bas. Où sont les autres dames de votre compagnie ? »

Sōshi-ka fait signe qu'elle ne sait pas.

« Attendez là. »

L'homme au troisième œil tatoué fouille parmi les cadavres entassés dans la charrette et ne trouve que quelques corps ennemis, alors il crache sur leur pile de morts, empoigne de nouveau la bride de cuir noir et conduit la troupe vers la forteresse de Mononobe qui a été prise par Soga.

La poussière demeure quelques instants en suspension après le passage des chevaux, pique les yeux de Sōshi-ka, qui tousse, éternue. Le soleil est haut, il fait un temps étouffant.

« Viens », dit-elle à Renard.

En glissant un bras contre la taille de son compagnon, elle marche lentement et descend jusqu'à la rivière aux flots verts et gris ; près de la source, c'est marécageux.

Un beau harle huppé, à la poitrine rouge, y a trouvé une charogne à becqueter.

« Va-t'en ! » crie Sōshi-ka en chassant le palmipède à coups de pied. Elle se penche et repousse le cadavre dans l'eau en espérant que le courant suffira à l'emporter, mais le corps se prend dans les gros galets où le harle à crête recommence à le picorer. D'abord Sōshi-ka s'efforce de nettoyer Renard dans l'eau trouble du ruisseau. Puis elle transporte la dépouille un peu plus loin, dans le bois de grands hêtres *buna*. Enfin elle installe Renard, qui commence à reprendre ses esprits, dans une grotte venteuse : c'est un nid d'ombre fraîche de l'autre côté du cours d'eau.

LA GROTTE PRÈS DU RUISSEAU

Habillé et coiffé en femme, il est en fait encore plus beau que lorsqu'il était un garçon.

Après avoir étalé sur le sol de la grotte le drap qui lui servait à comprimer ses seins, excitée et encore recouverte de sang, Sōshi-ka défait les nœuds de sa robe de prostituée en le couvrant de baisers. Du bout de sa langue elle cherche celle de Renard, mais elle ne trouve que sa bouche fermée. Le garçon est timide. Elle sourit. Jamais Sōshi-ka n'a fait l'amour, mais il lui semble que la mémoire lui revient, comme si déferlait sur elle l'océan, la masse liquide de tous les désirs des hommes et des femmes avant sa naissance, et elle trouve le geste juste sans l'avoir accompli auparavant : apaisant l'angoisse du jeune homme, elle écarte les pans de sa chemise et lui offre ses seins blancs aux tétons noirs. Le jeune homme tremblant, qui n'arrive pas à replier la jambe, la dévore fébrilement du regard, attend l'autorisation de la toucher, mais elle est déjà occupée à faire entrer son sexe fin et bien tendu dans le sien, il se plaint, « baise ! », elle serre les dents, « baise-moi maintenant ! », elle voudrait son sexe à la place du sien, elle préférerait lui foutre son trou dans la queue, et elle imagine un moment qu'elle est lui, qu'il est elle, jusqu'à ce qu'elle perde le sens de leurs positions respectives, emmêlés dans les vêtements déchirés de femme, ils s'agrippent et grimpent l'un sur l'autre.

Et c'est fini.

Vide et enfoncé en elle jusqu'à la garde, Renard déborde de semence, que Sōshi-ka frotte du bout des doigts, pour mieux la goûter. Toujours chaude, elle la sent refroidir. Elle le chevauche encore, mais l'énergie de la vie l'a quitté. Il gémit faiblement, à la façon du harle.

« Sōshi-ka… »

Il y a longtemps qu'on ne l'a pas appelée par son nom. Depuis quelques jours il lui semblait porter vraiment le patronyme de Renard. Mais tout est redevenu comme avant. Elle sourit, descend de l'homme en veillant à ne pas trop peser contre sa cuisse blessée.

« Je t'aime. »

Il a le sentiment d'avoir désobéi, dit-il.

« Pourquoi ?

— Un apprenti ne doit pas connaître de femme.

— Apprenti quoi ?

— Pour devenir guerrier.

— La guerre est finie. »

Il geint encore :

« Je n'ai rien vu.

— Il n'y avait rien à voir.

— Tu as vu, toi ? »

Elle hausse les épaules.

« Tu as combattu ? »

Voilà qu'il est jaloux. Donc elle ment pour ne pas froisser son honneur :

« Je ne me suis pas battue.

— Ah. »

Mais, peut-être rattrapé par le remords, il précise :

« Tu pouvais. Tu te bats bien. »

Il ajoute même :

« Mieux que moi. »

Et elle sourit.

« Maintenant nous sommes tous les deux ! C'est ce qui compte. Sans toi, dit-elle, le monde me semble froid et mort. »

Il ne dit rien.

« Avec toi, le monde est vivant. »

Il est toujours silencieux.

« Nous quitterons le pays. »

Il murmure :

« Les Mononobe ont perdu. Nous ne serons accueillis nulle part.

— C'est pour ça que nous quitterons le pays. Rejoignons mes sœurs, sur le continent.

— Je n'ai jamais voyagé.

— Tu verras. »

Il se tait.

« Le monde est plus grand que ce que tu crois.

— Là-bas… »

Il se tait de nouveau.

« … il y a d'autres dieux, c'est différent. Tu verras.

— Ah. »

Mais depuis qu'ils ont fait l'amour, il parle peu. Il semble à Sōshi-ka que quelque chose s'est rompu – elle ne sait pas quoi. Entre ses jambes écorchées, du sang coule et elle n'en dit rien à Renard. Lui, taciturne, s'est construit une béquille à l'aide d'une branche de hêtre en forme de fourche. À la fin de la journée il sort de la grotte humide pour leur chercher de quoi manger.

« Je peux cueillir des baies sauvages, dit Sōshi-ka.
— Non, je m'en occupe. »

UN RAGOÛT ÉCŒURANT

Une heure après, il revient et brandit fièrement un lapin qu'il a abattu à coup de pierre :

« Tu vois, je suis agile.

— Je ne mange pas de lapin. »

Il proteste et elle lui fait confiance, le regarde embrocher le lapin dont elle a dû retirer avec dégoût la peau, à la manière de Midori, pour le cuire sur un feu qu'il a eu toutes les peines du monde à allumer. On dirait que l'animal aux yeux rouges fixes la contemple, chaque fois que la broche tourne et qu'il lui fait face : c'est certain, l'animal lui en veut.

« Est-ce qu'on n'est pas bien comme ça ? »

Pourtant, elle se sent mal. Il est loin d'elle, elle est loin de lui. À cause de la viande, elle tombe malade. Prise de fièvre, elle se plaint à son tour. Allongée au fond de la grotte trop venteuse, elle croit même perdre la vue. Il prend soin d'elle, et puis elle perd conscience et la nuit dure longtemps.

Quand elle se réveille, il l'a abandonnée.

D'abord, elle pense qu'il est parti chercher de l'eau douce afin de lui rafraîchir le front, parce qu'elle avait de la fièvre, mais elle attend une heure, deux, trois, et il ne revient pas. Il n'a pas laissé de mot : il ne sait pas écrire. Il a seulement abandonné la bague d'or et d'argent qu'il portait en médaillon au cou et qui lui avait porté chance jusqu'à présent. Est-ce que c'était voulu ? Ou bien est-ce qu'étourdi comme la plupart des hommes il l'avait oubliée là par hasard… ?

Elle n'en sait rien.

En tout cas, Renard n'ira pas bien loin. Apprenti aux ordres du maître d'armes des Mononobe vaincus, il sera capturé dans un village voisin. Contre une récompense d'à peine quelques pouces de grain, on le donnera et il sera pendu haut et court par les autorités locales désormais soumises aux Soga.

Peut-être qu'il se balance déjà au bout d'une corde… Peut-être que le jeune homme maigre dont les poils sur les joues tardaient à pousser, qui avait l'air d'un enfant affamé, est mort depuis quelques heures, peut-être qu'il est passé dans une autre forme de vie. Il reviendra, essaie de se convaincre Sōshi-ka.

Peut-être même qu'il est déjà là. Tout autour d'elle, la jeune femme cherche un insecte juvénile, une fourmi rouge pâle, un papillon tête de mort, une vipère Mamushi… Mais il n'y a pas âme qui vive dans cette grotte au fond des marais ; la vie a déserté cet endroit.

Il faut repartir.

Elle ramasse la bague, déchire la chaîne de cuivre au bout de laquelle elle pendait et la glisse à son annulaire droit.

Affaiblie, Sōshi-ka sent le découragement l'envahir quand elle bat la poussière du drap sur lequel ils dormaient tous les deux et s'en sert pour se comprimer de nouveau la poitrine. Un fois de plus, la voilà seule. Elle sort de la grotte. Éblouie par le jour, la jeune fille se perd dans les marécages, les pieds nus parce qu'il lui a volé ses chausses trouées, cherche une sente, trouve le chemin des villages d'Ikomi et mendie au bord de la route.

De là elle essaie de rallier la forteresse de Mononobe, où elle était arrivée au pays il y a moins d'un an.

DE NOUVEAU LES FOUGÈRES AU BORD DU CHEMIN

À présent Sōshi-ka sait se repérer et près de la rivière Ega elle rejoint les routes commerçantes et militaires qui convergent devant le fort de Mononobe, dont la partie nord semble avoir été éventrée sous le soleil d'été : ce sont les traces du récent assaut victorieux des bouddhistes. Elle reconnaît l'endroit et se revoit, à l'automne dernier, marchant au milieu des soldats de Soga jusqu'à la forteresse de terre et de pisé, observant naïvement l'ondulation des fougères au bord des chemins, entre les silhouettes métalliques des soldats qui allaient au pas.

Naguère elle aurait pleuré en repensant au passé ; mais aujourd'hui elle sait se retenir. Elle se souvient et elle se trouve seulement naïve et écervelée.

Après avoir réfléchi au meilleur moyen de rentrer dans la citadelle des Mononobe tombée entre les mains des Soga, Sōshi-ka choisit de reprendre l'apparence d'une femme. À l'entrée du camp, leurs étendards ont remplacé les insignes aux cercles brisés du clan traditionaliste. Dans un fossé d'orties, Sōshi-ka s'est recomposé une figure. Elle porte les cheveux courts, mais en se rafraîchissant les joues et en souriant timidement, la tête baissée, elle retrouve une posture digne d'une dame. En échange de la bague d'or et d'argent, elle a obtenu d'un vieux camelot un kimono complet à la mode des Sui, un *hakama* de coton léger aux motifs de dragon approximatifs et qui se noue par l'arrière.

À petits pas comme toutes les femmes, Sōshi-ka s'approche des portes.

Les hommes de garde la saluent et elle ne rencontre

aucune résistance lorsqu'elle entre dans la grande cour pavée où il y a quelques mois le clan Mononobe accueillait le clan ennemi pour une négociation qui avait échoué. Aujourd'hui, il n'y a plus que des femmes en habit de travail qui vont et viennent dans la grande cour : elles nettoient les lieux après la bataille. Mononobe n'est plus ici ; les siens ont fui, ils se sont éparpillés dans le pays, ils ont perdu leur titre et changeront de nom. Aux hampes des bâtiments les femmes font dresser les nouvelles couleurs, dans l'attente de l'arrivée des officiers de Soga.

À Sōshi-ka, une vieille dame donne l'ordre de brosser le pavé. Des feuilles de gingko jaune recouvrent les dalles, du sang aussi.

Au beau milieu de la cour, dans une cage de fer, on dirait qu'une bête féroce est exposée au regard des passants. Sans s'en soucier, les femmes s'affairent tout autour, lessivant à genoux les étendards et les draps. L'eau mêlée à la cendre graisseuse des savons s'écoule comme par des gouttières entre les rainures du pavé, où Sōshi-ka passe la brosse et le balai.

Elle s'approche de la cage.

Ce n'est pas une bête, c'est un homme.

Il est assis seul, enfermé. Son ventre est encore lourd, entièrement tatoué : un dragon violet lui remonte de la gorge jusqu'aux joues, la gueule ouverte autour de son nez et de ses paupières bridées, par la fente étroite desquelles il contemple sa défaite. Nu, le maître d'armes de Mononobe attend la sentence. Parfois, une femme qui relève la tête et s'éponge la figure, à cause de la chaleur de l'été, désigne son sexe rabougri, rit et attire l'attention des autres, qui s'esclaffent à leur tour ; il arrive que l'une ou l'autre lui lance à la tête un grand seau d'eau sale… Alors il détourne le visage, sans baisser le regard, puis recrache l'eau turbide et s'ébroue brièvement : l'eau s'attarde entre les replis graisseux de son corps, puis coule sur le sol de la cage.

Il n'a pas vu Sōshi-ka.

Prise de pitié elle s'approche, lâche le balai, s'agenouille devant la cage et joint les mains.

« Seigneur… »

Elle dit doucement :

« Vous me reconnaissez ? C'est moi, Sōshi-ka… »

Elle prie pour lui, puis tend les mains à travers la cage.

Il l'ignore. Sans rien dire il lui tourne lentement le dos. Il grommelle, comme d'habitude. Mais peut-être qu'il ne sait plus qui elle est.

« J'étais votre femme… », chuchote-t-elle. Elle veut ne pas se faire entendre des autres. Mais déjà on l'a remarquée, étrangement agrippée aux barreaux métalliques de la cage, au beau milieu de la grande cour.

On chuchote.

« Seigneur, s'il vous plaît… »

Sōshi-ka cherche le regard du maître.

« Je suis là… »

Il ne la regarde pas.

Trois hommes en habits de cérémonie ont fait leur entrée dans la cour, et les filles les laissent passer avec respect.

L'un d'eux s'exclame :

« Qui est cette femme ? »

Ils viennent chercher le maître d'armes de Mononobe pour l'exécuter. Le traître sera décapité sans les honneurs dans l'arrière-cour du bâtiment.

Mal fagotée en servante, Sōshi-ka se met à genoux et supplie les trois officiers. Elle demande grâce pour la vie du noble maître d'armes.

Leur chef porte un troisième œil tatoué sur le front. Il se souvient :

« Qu'est-ce qu'elle fait là ? Cette femme n'est ni une servante ni une dame. C'est une prostituée, je l'ai aperçue près du mont Shigi. »

Il se baisse et agrippe le menton de Sōshi-ka, qui fait mine de pleurer :

« C'est toi, n'est-ce pas ? »

Il a un doute et l'inspecte d'un peu plus près, avant d'ordonner qu'elle soit renvoyée parmi ses semblables.

DERRIÈRE LES DRAPS TENDUS

Au pied de la forteresse, on a tendu les tissus derrière lesquels attendent les prostituées.

Les hommes des Soga qui débarquent du front viennent y fêter la victoire. Au milieu des étoffes suspendues à des cordes, nouées à des crochets de fer vissés sur les murs de la citadelle et à des poteaux plantés dans les champs, Sōshi-ka doit chercher dans un tas de linge de quoi se grimer en courtisane ; une fille l'aide et quand elle relève ses cheveux, Sōshi-ka remarque qu'elle louche.

La fille se souvient, cligne des yeux, panique un instant, mais Sōshi-ka la rassure, lui prend les mains… Bientôt la fille qui louche fait signe qu'elle ne la trahira pas. Dans une langue inconnue de Sōshi-ka, elle lui parle longuement, puis dans la langue de Wa elle lui dit seulement :

« Sucer d'abord. »

Et Sōshi-ka lui répond :

« D'accord. »

Soulevant le drap derrière elle, la fille s'en va dans une chambre voisine. En plein jour les ombres paraissent moins nettes, donc Sōshi-ka ne la voit pas faire, mais elle l'entend contenter un soldat.

Ensuite c'est au tour de Sōshi-ka, prise de court par l'intrusion de trois hommes en armes qui sentent fort la sueur et la merde. L'un d'entre eux pose déjà ses mains épaisses contre ses yeux, et elle ne voit rien pendant qu'un autre baisse sa robe avec soin, sans la déchirer. Ils parlent fort, ils s'appellent « camarades », ils rient et Sōshi-ka comprend que sans forcer on la penche vers l'avant, tandis que quelqu'un derrière elle tâtonne sous son cul, cherche l'entrée avec les doigts et lui ouvre les lèvres serrées de l'orifice, pour faire passage à sa queue molle, qui s'enfouit quelque part dans les replis de chair, entre son con et son cul. Il n'arrive pas à rentrer, et les autres se moquent de lui.

À présent, Sōshi-ka n'a plus de mains contre les yeux qui l'empêchent de voir, mais elle se tient penchée vers l'avant, accoudée à un tabouret trépied, donc elle ne distingue rien d'autre que le bas du drap, qui va et vient sous le vent léger, sur l'herbe rase, la terre brune et molle, où un scarabée cornu déploie ses ailes et s'envole.

De nouveau elle ne voit plus rien, parce que l'homme de derrière est passé devant elle et agite devant ses yeux son gros sexe gris. Sōshi-ka se souvient de Midori et d'Akiko, mais quand elle se décide à prendre dans la bouche la chose qui sent la viande faisandée, elle s'étouffe, elle tousse et l'homme peste.

« C'est bon, ça ! Allez ! » s'exclame l'un de ses amis, qui claque les fesses de Sōshi-ka. Tentant de se remémorer la technique de Midori, elle s'efforce d'apporter un peu de paix à l'homme nerveux, qui n'est pas très sûr de lui et demande à ses amis de le laisser tranquille.

« Profite bien ! »

Ils s'amusent.

Restée seule avec lui, Sōshi-ka essaie toujours de bien faire et suce l'homme avec toute la délicatesse dont elle est capable. Mais bientôt il s'excite, il glapit, lui agrippe le crâne, lui fourre son sexe trop profond dans la gorge et elle doit se dégager. Alors un flot de liquide âcre surgit et comme la mer quand on plonge, et dont on boit de l'eau sans le vouloir, la semence déferle ; il faut qu'elle recrache tout.

L'homme s'excuse, il rit.

Toujours penchée, Sōshi-ka laisse le sperme lui filer entre les lèvres. Finalement elle s'en amuse aussi et leurs rires résonnent ensemble. Il fait bon. L'homme lui offre à boire.

Éblouie par la blancheur des tissus sous le soleil d'été, la poitrine nue, Sōshi-ka cherche à s'éponger les mains, avec lesquelles elle s'est nettoyé les lèvres.

« Merci », dit-elle en prenant la jarre à thé remplie d'alcool de riz qu'il lui tend.

« Comment tu t'appelles ? »

Alors seulement, Sōshi-ka relève la tête et elle le reconnaît. Cette fois, elle sanglote pour de bon et a l'impression qu'elle ne pourra plus jamais cesser de pleurer – ou plutôt elle sait qu'elle pleure pour la dernière fois de sa vie.

Il a un bec-de-lièvre.

« Pourquoi pleures-tu ? »

Il est gentil avec elle.

« Qu'est-ce qui ne va pas ?

— Tu ne te souviens donc pas ? »

Et les sanglots lui sortent non plus seulement des yeux, mais de la bouche, de la gorge, des poumons : tout en elle semble secoué par des spasmes incontrôlables. Elle a le sentiment que tout ce en quoi elle croyait a été définitivement humilié. L'homme ne se souvient pas.

« De quoi ? »

Même si Sōshi-ka est incapable de reprendre son souffle, elle voudrait lui dire : sur ce grand navire, au treizième jour du troisième mois de la deuxième année après le décès de l'empereur Bidatsu, sur ce grand et beau navire qui retournait au pays de Wa...

« Quoi ?

— C'est toi qui m'as donné cette bague d'or et d'argent... Deux anneaux entrelacés... J'étais jeune... On m'avait coupé les cheveux... On m'avait séparée de mes sœurs et de mon père d'adoption... Je découvrais le monde... J'allais sur la mer qui sépare Koguryō de notre pays... Je t'avais pris les mains et je t'avais promis de te dire la vérité le jour où je te reverrais... »

Il reste coi.

Peu à peu, ça lui revient. Le rouge d'une honte profonde lui monte aux joues.

« La vérité... C'est que tu m'as oubliée... Tout le monde oublie... On ne se souvient de rien. »

Et elle ne peut que répéter, entre des hoquets inconsolables :

« De rien. De rien du tout. »

En moins d'un an il a un peu vieilli, le soldat au

bec-de-lièvre. Il a pris du poids aussi, parce que parmi les troupes de Soga on mange bien. Il a combattu, à coup sûr. Il a tué et il n'est pas mort. Il lui revient vaguement en mémoire les jours d'orage où, traversant le détroit vers l'archipel, il avait parlé avec cette jeune fille à la robe verte de moniale du Bouddha : à l'époque, il avait pensé qu'il n'existait rien de plus pur en ce monde. Maintenant c'est une vulgaire prostituée, et il a bien du mal à la reconnaître.

Au terme d'un long et pénible silence, assise de travers par terre, sur la terre molle et brune où volettent des scarabées cornus comme des casques, entre quatre draps blancs maculés de boue et de sperme séché, Sōshi-ka reprend son souffle. Elle se mouche au creux de l'un des draps et se couvre la poitrine d'un bras, replié contre ses petits seins. Lui ne dit rien, le pantalon encore baissé et la bite molle. Le bec-de-lièvre lui fend la bouche même quand il la ferme. Il reprend à boire de l'alcool de riz. Il redonne de la bière à la fille aussi, qui termine la jarre et la jette par terre, la brisant en deux. Il n'ose pas faire le moindre geste, il n'a même pas le courage de se rhabiller. Haut dans le ciel, le soleil de Nara brille contre les draps et, de l'autre côté, où l'ombre ne tombe pas encore car il est tout juste midi, la fille qui louche agite le tissu pour savoir si tout se passe bien ; Sōshi-ka le remue en retour, pour lui répondre qu'il n'y a aucun problème. Rassurée, la fille qui louche fait entrer un nouveau client.

« Qu'est-ce que je peux faire pour toi ? » murmure le soldat au bec-de-lièvre.

Elle aurait aimé prendre le temps de parler, lui dire : tu m'avais offert cette bague, que j'ai donnée à un homme, qui me l'a rendue, et puis je l'ai vendue. La chose a circulé, elle s'est perdue. Voilà. Tout passe et rien ne revient. C'est la seule leçon de tout ça. Mais elle sait désormais que tout ce qu'ils pourraient se dire finira comme paille au vent, et qu'il ne sert à rien d'expliquer aux autres ce que l'on croit être absolument vrai.

Donc elle se redresse, elle remet sa chevelure noir de jais en ordre et lui demande :

« Sors-moi d'ici. »

Après s'être recoiffée, elle tire à la louche un peu d'eau dans le bassinet commun sous les draps, afin de se purifier la bouche.

« Je ne dirai rien. »

En retrouvant la mémoire, le soldat au bec-de-lièvre a repris sa posture déférente et craintive. Devant lui se tient l'une des moniales éduquées dans le royaume de Koguryō, une des filles adoptives de Soga, son maître. Donc il pourrait être exécuté sur-le-champ si l'on découvrait qu'il l'a souillée.

Il tremble :

« Pardonne-moi.

— Je ne dirai rien, n'aie pas peur. Mais sors-moi d'ici. Amène-moi à Soga.

— Je…

— Débrouille-toi. »

Il tombe à genoux :

« Pardonne-moi. »

Mais elle lui tourne le dos.

« Ne me demande pas ce que je ne peux pas te donner. »

Et elle se rhabille.

« Ramène-moi aux miens, c'est tout.

— Oui, madame. »

Sept ans plus tard

LA LOI DU BOUDDHA

Des rides au coin des yeux qu'elle plisse à cause du vent, Sōshi-ka marche au bord de la mer agitée. Elle respire l'air du large et observe les femmes rendant hommage aux *stûpas* du Bouddha qui se sont multipliés le long du rivage. Les jours d'orage, quand elles prient pour les marins, elles ne s'adressent plus aux esprits de la région. Les temps ont changé. Dès que des paysans la croisent sur le chemin du rivage, ils s'inclinent et baissent le regard par respect. Elle salue à son tour et poursuit son chemin, accompagnée à quelques pas par les jeunes moniales qui suivent son enseignement au monastère.

Parfois dans l'expression d'une de ces jeunes filles elle croit reconnaître cette petite lueur vive qui, peut-être, brillait sur son propre visage quand elle avait le même âge ; mais elle ne pense plus que quelque chose de mystérieux passe d'un être à l'autre à travers le temps. Bien sûr elle connaît les textes des sutras, elle sait réciter les grands principes et les apprendre aux jeunes filles du monastère, tout comme la maîtresse Zenshin les lui avait appris sur le continent, il y a longtemps.

Mais ce ne sont que des mots.

À l'époque, à l'âge de douze ans, elle vénérait Soga no Umako comme un père et elle se sentait si proche de ses deux sœurs, disciples de Zenzo et de Keizen, qu'elle était certaine d'avoir déjà vécu plusieurs vies en leur compagnie.

Et puis elle était revenue dans l'archipel, où Soga no Umako l'avait donnée au maître d'armes des Mononobe, en signe d'apaisement – en fait pour gagner du temps alors qu'il se préparait à attaquer le clan ennemi ; parfois elle repensait à toutes les aventures qu'elle avait vécues durant cette folle année, prisonnière des Mononobe, évadée, déguisée en jeune soldat, combattante traditionaliste, avant de revenir dans le camp des Soga.

Après avoir retrouvé son père adoptif et ses sœurs, venus s'installer sur l'archipel après la victoire définitive du clan bouddhiste, Sōshi-ka avait compris qu'elle s'était trompée dès le début : ses véritables sœurs d'âme, elle les avait perdues. Ce n'était pas ses sœurs, et ça n'avait jamais été elles. Il n'existait aucun lien substantiel entre Sōshi-ka et ces femmes. Non, elles ne partageaient rien de profond et quand elle leur avait raconté ses malheurs dans le pays, leurs paroles avaient été superficielles, de réconfort et de simple convenance. Elle avait eu tort : elles ne formaient pas de *bhunti*, elles n'avaient pas vécu ensemble dans une existence antérieure. Ses véritables sœurs, Sōshi-ka ne les avait jamais retrouvées. Il y a sur cette terre probablement des milliers et des milliers de formes de vie, d'hommes, de femmes, d'enfants, d'animaux à cornes ou à ailes, d'ânes, d'hirondelles, d'insectes dorés, de larves des sables, de poissons argentés, de serpents crochus, d'arbres en fleur, de fougères ou de fleurs de prunier ; et parmi cette masse presque infinie d'âmes, elle n'était pas parvenue à rencontrer ses parentes ; dans cette vie-ci, elle resterait donc seule du début à la fin, même après s'être mariée.

Cela fait cinq ans qu'elle est mariée.

Où sont les êtres auxquels je suis vraiment liée ? se demande Sōshi-ka, qui fait tourner à son doigt l'alliance qui la serre dès que ses mains gonflent un peu. C'est un anneau d'argent forgé dans l'archipel et consacré au Premier Roi céleste. Mais c'est un anneau froid. Il fait d'elle la propriété de son mari, rien de plus.

Sōshi-ka est devenue une longue femme mûre à l'apparence sévère, qui impressionne beaucoup les jeunes filles. Elle porte toujours une longue robe de soie verte, honore le Bouddha et enseigne les préceptes sacrés. Parfois, l'envie lui revient d'aller se promener, rechercher sur la rive des vers des sables et écouter encore le chant de l'hirondelle, mais rapidement elle se sent ridicule.

Ça a déjà été joué, la jeunesse est finie.

Quand elle rentre et traverse les appartements du monastère aux hauts murs de pierre chapeautés de tuiles, elle salue d'une inclinaison de la tête ses deux sœurs occupées à faire la leçon aux servantes illettrées. Puis, passant en toute discrétion le long des cloisons de pin pâle, fines comme le papier, à la mode du continent et qui sentent l'encens, elle rend visite à ses deux jeunes garçons, de beaux enfants qu'elle prend dans les bras.

•

« Viens », dit alors une voix de l'autre côté du mur blanc.

Elle obéit à son mari et se déshabille avec chasteté, puis démaquille son visage fardé.

Il a déjà retiré son armure et l'attend assis sur le lit où il respire lourdement, les pieds trempés dans une bassine d'eau froide : ça calme les douleurs incessantes qu'il ressent dans les articulations. Il est âgé. Sa fine moustache et sa barbiche sont grises et déplumées. Le vieux Soga no Umako, son père spirituel, son ancien père adoptif, lui ouvre les draps du lit. Comme l'autorise la nouvelle loi bouddhiste, c'est maintenant son mari.

« Viens, ma femme. »

Et elle sourit. Vêtue de l'ample chemise blanche qui convient aux épouses elle s'agenouille, remercie avec lui les Quatre Rois célestes et récite le sutra « Tout ce qui meurt reviendra ».

Ensuite le chef du clan Soga parle librement à sa femme. Il caresse ses longs cheveux noirs coiffés en ailes de corbeau, il lui dit qu'il a trop vécu et qu'elle a déjà beaucoup vécu, elle aussi. Il lui parle des complots ourdis à la cour de l'empereur, lui raconte les erreurs des derniers défenseurs des Mononobe et des Nakatami, lui avoue ses peurs, ses espoirs et ses soucis ; puis il s'en remet au Bouddha et peu à peu il s'endort comme font les vieillards, la bouche ouverte, en ronflant.

Avant de sombrer, il lui dit :

« Nous sommes liés. »

Et doucement elle répond que oui, mais elle n'y croit pas.

Onzième histoire

ATTENDS-MON-RETOUR

Territoire Ngaatjatjarra, 869

LE TEMPS TOUJOURS

Au petit matin lorsque le rose clair de la terre prend la couleur du sang, Kamekura part en compagnie de celui qu'il appelle son fils et de deux autres jeunes gens pour préparer le rite du lendemain.

Avant midi ils basculent de l'autre côté de la colline du crocodile, en direction du trou d'eau.

C'est un puits par où s'écoule le passé. Il faut imaginer, explique Kamekura à ses apprentis, que le temps est comparable au désert ; il semble stable et plat ; mais quand on le connaît mieux il forme des plis, des replis, il y a de brusques cassures et à certains endroits il est percé : le temps fuit.

En bordure de ce site du souvenir, il fait contempler aux jeunes gens impatients un long couloir venteux dans le sable rouge. Comme un spectre il se revoit jeune homme accroupi exactement à cet endroit, écoutant à moitié la leçon de l'oncle dont il a hérité le savoir – certains diront le bavardage. À l'ombre d'un mur rocheux où du fer dessine des rubans orange, dont les lignes ondulées expriment le lent mouvement de toutes choses vers l'avant, il donne un coup de calebasse qui annonce qu'il est temps pour eux de se mettre en chasse.

Il fait semblant de maîtriser le mouvement de toutes choses.

Mais à mesure qu'il vieillit, ses gestes lents et précis se sont vidés de sens.

De nos jours la chasse n'a plus rien de glorieux. Le temps des héros est fini. Il ne s'agit plus que de débusquer quelques petits serpents aux crocs venimeux, de les enfumer et de les frapper à l'aide de la calebasse ; au mieux on harponne une poignée de varans, au début de la saison des pluies.

Pourtant les jeunes garçons sautent à pieds joints d'excitation.

« Venez, dit Kamekura. Il nous faut des serpents pour demain. » Et le sourire de joie qui découvre l'émail brillant des dents de celui qu'il appelle son fils, c'est le souvenir de son propre sourire, il y a des années. En pensée il s'efforce de revenir vers celui qu'il était, pour lui apprendre à considérer avec moins de sévérité l'attitude prudente de cet oncle dont il a pris la place depuis : hélas, il ne peut plus retourner dans le cœur scellé de l'enfant qu'il a été. Il est trop tard. Des années le séparent de lui-même. À leur tour son fils et ses compagnons l'apprendront à leurs dépens quand ils le remplaceront et seront confrontés à d'autres jeunes gens insolents. Ainsi va la vie.

En silence, ils arpentent les terres que les ancêtres de leurs proies parcouraient déjà, lorsque son oncle, lui et ses camarades du même âge partaient traquer les serpents la veille du rite.

Les jeunes croient toujours qu'il y a un vainqueur et un vaincu : ils espèrent une guerre de mouvement ; les anciens savent que c'est en fait une guerre de position, une éternelle parlementation entre les espèces du désert. Ils savent qu'il y a à gagner et à perdre dans chaque camp, que les pertes et les gains sont négociés et renégociés à chaque génération : les serpents prospèrent, les hommes en tuent quelques-uns ; les serpents leur font peur et limitent l'expansion des hommes tout autour des trous d'eau.

Tout se répète, varie et change imperceptiblement… Il n'y a pas vraiment d'événement.

« Qu'est-ce que c'est que ça, *ngankari* ? » lui demande le fils agenouillé au bord d'un trou d'eau.

Kamekura fronce les sourcils.

Ça paraît nouveau. Déjà à demi recouverte par le sable que charrie le vent émerge, la dépouille d'un homme – ou plutôt d'une partie de lui. Il a été tué il n'y a pas très longtemps.

« Attendez. »

Prudemment, Kamekura s'est laissé glisser le long de la pente et, parvenu tout au fond, creuse autour d'une tête grimaçante, aux yeux grands ouverts. Ce n'est pas un Ngaatjatjarra comme eux. Il a la peau plus sombre, les lèvres plus roses et, surtout, il porte un vêtement brodé qui lui couvre le torse et remonte le long de son cou, avec des motifs de fleurs. On dirait que l'homme a souffert et que la douleur s'est inscrite sur son visage jusque dans la mort ; il lui manque la partie inférieure du corps.

« Qui est-ce ? Un démon ? La moitié d'un démon ?

— Non, un homme aussi, peut-être un étranger.

— *Ngankari !* »

Celui qu'il appelle son fils siffle comme un oiseau pour l'avertir : un peu plus haut, derrière la barrière rocheuse, il vient de découvrir l'autre partie du cadavre. Là-bas, loin de sa tête et de son buste, les jambes du mort portent des pantalons, d'un tissu épais qui leur est inconnu. Qui l'a coupé en deux ?

Intrigué, Kamekura sourit : on dirait que le crocodile géant descendu du ciel l'a croqué comme un vulgaire ver de terre. « Allez, rassemblons les morceaux de l'homme », ordonne-t-il aux garçons qui l'accompagnent, en palpant les oreilles ornées de bijoux dorés de l'étranger à la peau noire.

Mais ils n'obéissent pas.

La tradition veut qu'on ne touche pas aux choses du passé. S'ils l'ont trouvé ainsi, c'est qu'il y a une raison. Il faut le laisser où il est.

Et celui qu'il appelle son fils hésite, avant de dire :

« Toi, tu l'as touché. C'est mauvais signe. »

Il a peur pour le rite du lendemain.

Kamekura soupire. Que ces jeunes gens sont obéissants. À leur âge, lui ne l'était pas.

Il prononce quelques formules rituelles, invoque l'esprit du crocodile et relève la tête, aveuglé par le soleil haut dans le ciel. C'est alors qu'il voit ou qu'il croit voir, à quelques pas d'eux par-dessus la barrière rocheuse occidentale, une grande bête repue, dont il ne reconnaît pas la forme, avec une crinière de feu : il n'existe rien de semblable chez nous... Le temps de désigner cette apparition fantastique aux enfants, elle a disparu dans le vent – les jeunes garçons chuchotent, se moquent de lui. Il les entend lui conseiller de retourner se reposer près du foyer, pourtant il sait qu'ils se disent tous : vieux fou... Il est temps de le remplacer.

« Je suis certain qu'il y avait quelque chose là-bas ! » Peut-être un trou dans l'espace et le temps.

Mais à quoi bon ? Il faut qu'ils se préparent pour le rite du lendemain.

« Allons-y. »

Ils n'ont rien attrapé à la chasse et l'épouse de Kamekura attend leur retour.

RÊVE VERT

Il fait nuit.

Rêver, disait l'oncle, c'est voir dedans. Et voir, pense Kamekura, c'est rêver dehors.

Il rêve : il voit le désert couvert d'herbe ; mais l'oncle dirait : il ne l'a jamais été et ne le sera jamais. Peu importe, Kamekura continue de rêver : il marche sur l'herbe, le rêve est vert, le vieil homme sent une partie de lui qui n'est pas ici mais appartient là-bas, derrière l'horizon, à un animal dont il devine la silhouette et qu'il identifie bientôt ; c'est la bête inconnue, qu'il appelle *Waltaka*, c'est-à-dire « le jaune ».

« Waltaka ! Attends-moi ! » crie-t-il, les mains en porte-voix.

Soudain le rêve le regarde et le vieux Kamekura se réveille en sursaut.

Dans les bras de son épouse qui ronfle, il cligne des yeux : leur foyer est éteint. À cet endroit du temps en repos la nature nocturne reste somptueusement indifférente aux hommes. Les croûtes rocheuses, les dunes fossilisées et les herbes sèches peuvent paraître arides au premier regard, alors qu'elles sont gorgées de mémoire : aux yeux de celui qui y croit elles contiennent l'histoire du monde.

Pour initier les jeunes hommes, Kamekura et les siens marcheront demain en direction des terres à brûlis, qui se souviennent des guerres féroces du python, qui a planté une graine dans le désert et fait couler l'eau du ciel sur la terre ; l'arbre qui en est né est devenu de la pierre, où le python a creusé sa demeure. Après quoi le conflit avec les serpents venimeux et jaloux a éclaté : il a conduit au séisme, à la séparation, à la mort du dieu et au début du temps toujours.

Là où ils dorment aujourd'hui, au bord des routes invisibles le long desquelles vont les hommes qui marchent comme eux, le désert vu par les milliers d'yeux des étoiles s'étale plat et brun comme la peau douce du nouveau-né, mais aussi sec que la bouche du vieillard. C'est une plaine quasi infinie qui conduit à la mer turquoise où Kamekura se rend une fois par an, pour prier ; il tousse.

Dans son sommeil son épouse l'appelle doucement par son petit nom de naguère. Kamekura portait un autre nom avant l'initiation du *tjukurpa*, qu'elle seule connaît encore. Il a été une femme et un homme, il a été jeune et vieux, il a été un humain, un animal terrestre, céleste et marin… Enfin, durant l'initiation, il a pris le nom de Kamekura, qui signifie : « Attends-mon-retour ».

Mon retour mais d'où ? se demande-t-il souvent.

Il ne dort pas et pense à sa vision du jour. Enfant, il voyait des images fantastiques dans le désert et posait tout le temps des questions à son oncle. Apprends d'abord les réponses, disait l'oncle, puis trouve les questions qui conviennent. Il n'a jamais réussi : il fait seulement semblant qu'il sait.

Kamekura réfléchit et mastique de l'herbe à

houppe. Dans son cache-sexe en cuir de reptile, il cherche une poignée de graines de *mulga*. Apaisé par ce remède de bonne femme contre les esprits inquiets, il se tourne, se retourne auprès de sa vieille épouse qui se comporte comme sa sœur : aujourd'hui elle a cueilli quelques poignées de fleurs d'acacia pour le rite. Comme ensorcelé par le parfum nostalgique sur les mains de sa femme, qui lui rappelle leur enfance, il referme les yeux.

Semblable à un acacia planté dans le désert rouge, Kamekura se sent trop souvent seul parmi les siens. Comme l'acacia, il prodigue autour de lui une ombre généreuse, il donne des graines fertiles – il a eu des enfants –, il leur distribue de bons fruits qui les nourrissent, on pourrait même dire qu'il est fait d'un bois souple, qui durcit quand il devient sec… Autant que l'arbre, il remplit son rôle.

Kamekura prend soin de sa famille ; il traite leurs maladies.

Même s'il est trop curieux et toujours distrait, c'est un *ngankari*. Il connaît tous les êtres vivants du pays – et jamais, ô grand jamais, il n'a vu ni entendu parler d'un énorme animal jaune à la crinière enflammée. D'où vient donc cet être-là ? De l'autre côté du monde ?

Les yeux toujours fermés, son épouse l'a entendu penser.

« Dors, Kamekura. Demain nous marcherons.

— Je n'ai pas sommeil.

— Tu t'épuises, tu m'épuises.

— Je suis désolé.

— Le crocodile a croqué la moitié de ton esprit. Tu rêves, tu réfléchis, tu attends – mais quoi ?

— Je ne sais pas.

— Sois avec moi, sois avec nous qui sommes les tiens. Sens notre lien. »

Et elle lui tend la main, encore parfumée par l'acacia.

« Je le sens.

— Tu mens.

— J'appartiens autrement, je suis un mauvais *ngankari*.

— Mais non. Tu es bon.

— Notre fils sera meilleur que moi. » (Il pense : pire.)

Elle répond : « Tu l'as formé. Il sera le même, et c'est tant mieux. » Puis elle se rendort.

Il pense encore à ce qu'il est certain d'avoir vu. Plus il y réfléchit, plus cette bête lui paraît familière, et pourtant son oncle n'avait jamais évoqué une telle forme prise par la vie, dans les récits des Ngaatjatjarra.

À la fois Kamekura croit au « temps toujours » de ses ancêtres et il n'y croit pas. Faute de mieux, il en inculque les principes au fils de sa sœur qu'il appelle son fils – car les enfants d'une sœur et d'un frère tiennent dans la même main. Tous ensemble, formant une famille, ils marchent chaque jour comme au premier, ils mangent des serpents à crocs, des varans *tinka*, des lézards écaillés quand il fait rouge et violet le soir, ils grignotent les larves douceâtres réfugiées dans les racines de l'acacia et Kamekura offre aux enfants de sa sœur et de son épouse des fourmis de miel lorsqu'il fait aussi rose que leurs lèvres, au petit matin.

Ils épousent le mouvement du soleil qui monte et qui descend… Son épouse aime cette vie. Et il n'y a pas d'autre vie que celle-ci, avait coutume de dire l'oncle.

« Mais qu'est-ce qu'il y a de l'autre côté ?
— De quoi ?
— Du temps !
— Rien. » Et, après une pause, l'oncle ajoutait : « N'y va pas. »

NGAATJATJARRA

Parmi les Ngaatjatjarra, Kamekura est anormalement grand.

Il a le ventre gonflé, rebondi comme une outre pleine d'eau fraîche après la pluie. Ses cheveux ressemblent à un bosquet épineux – la barbe aussi – et ses yeux sont d'émeraude, ce qui est chose rare et lui a donné dès sa naissance un statut privilégié d'initié, avec le droit d'épouser la fille du crocodile. Il porte la cendre du feu dans les cheveux. Dans son cache-sexe en cuir de serpent, son pénis pend, flasque et vide : il a déjà tout donné. Par alliance, il appartient aux hommes du clan du crocodile et il leur doit tout : au fil de longues marches, pour les remercier il cueille de l'acacia, du *karltu karltu*, des graines afin d'avoir bonne haleine, des selles bien moulées, une semence fertile et une urine translucide… Mais quand il part marcher pour eux, Kamekura traîne toujours les pieds, de plus en plus meurtris par des cals aux talons qu'il ne parvient pas à soigner.

Aujourd'hui, pour procéder au rite d'initiation, il doit guider les siens vers de grands brûlis. On lui fait confiance : plus qu'aucun autre, il est allé loin, il a même franchi l'horizon ; il connaît la carte des trous d'eau. Alors qu'il fait mine de conduire son clan vers un site sacré, il guette en fait des traces dans le sable.

« Qu'est-ce que tu cherches ? »

À son épouse, il avoue son obsession : la bête jaune.

Elle fait claquer sa langue : « C'est mauvais, Kamekura » – et cette fois elle l'appelle par son nom d'aujourd'hui plutôt que d'hier, d'un air sévère. Et elle hume l'air.

À mi-chemin des terres rituelles du brûlis, en effet, il pleut. D'après celui qu'il appelle son fils, qui répète les prédictions ancestrales, « quelque chose menace ».

Fadaises. À cette saison, les pluies sont toujours violentes, mais cessent aussi vite qu'elles étaient apparues. Ensuite l'écoulement des eaux creuse des trous, qui sont au sol ce que les étoiles sont au ciel : il faut apprendre à les interpréter ; elles donnent l'image du *mouvement*.

Du moins c'est ce qu'il raconte aux enfants. Ils ont grandi. Petit, celui qu'il appelle son fils croyait tout ce qu'il disait – alors que Kamekura lui-même n'y croyait qu'à moitié. Parfois, il arrive à Kamekura de penser qu'il n'y a que ce qu'il y a, c'est-à-dire une terre pauvre, des hommes pauvres, dans un coin insignifiant de l'univers où ils survivent depuis des générations à moitié nus, en s'efforçant tant bien que mal d'arracher quelques souvenirs à l'oubli. Peut-être.

Kamekura aime celui qu'il appelle son fils, qui lui succédera. Mais le fils, même quand il rêve, se méfie – il est prévoyant, il ne voit pas très loin pourtant ; disons qu'*il voit ce qu'il y a*. C'est un vrai Ngaatjatjarra. Les hommes se donnent à eux-mêmes le nom de ceux qui disent *Ngaat* pour désigner « ceci », « cela » – quelque chose, quoi que ce soit, là, ce qu'il y a, c'est *Ngaat*, et c'est bien ainsi.

Celui qu'il appelle son fils pense toujours que « c'est ainsi », et pas autrement.

Parfois coupable, parfois agacé, Kamekura devine des mouvements différents du temps, ce qu'il appellerait faute de mieux des « possibilités » ; néanmoins, aucune de ces possibilités ne s'est jamais réalisée et il mène la même vie que les autres Ngaatjatjarra.

Chaque soir et chaque matin, ils changent de feu. Quand il pleut, ils attendent que le ciel redevienne sec. Aucun de leurs foyers ne dure plus longtemps qu'un feu ; quand le feu est éteint, le foyer aussi, les hommes, les femmes et les enfants se mettent alors en quête d'une nouvelle lumière. Comment vivre, sinon ? Celui qui s'arrête est mort, celui qui continue vit. Nous vivons ainsi depuis toujours – peut-être qu'il y a des hommes qui font autrement, ailleurs. Et alors ? Ils vivent à leur façon, disait l'oncle, qui ne nous regarde pas. Sans doute ont-ils leurs dieux à eux.

Mais « eux » faisaient l'objet d'une véritable obsession de la part de Kamekura, depuis qu'il était enfant.

Son oncle refusait de répondre – parfois il entrait dans de violentes colères. Il arrivait même qu'il le corrige à coups de branche épineuse de *mulga*. L'oncle l'aimait, pourtant il lui avait fait du mal, et Kamekura s'était promis de ne jamais se comporter ainsi à l'égard de ses propres enfants.

Une fois parvenu au terme de sa vie il aurait aimé savoir : ai-je été comme mon oncle ? Comme l'oncle de mon oncle ? Ai-je été le même – à quelques détails près ? Ou quelqu'un d'autre ? Mais à qui le demander ? Si c'est à moi-même, qui m'assurera que je ne suis pas fou ?

Mieux vaut ne pas y penser.

Il n'y a qu'à suivre le mouvement, jusqu'au prochain feu.

LE FEU SE SOUVIENT DE LUI

Après quelques jours de marche silencieuse, ils se préparent enfin au rite du brûlis après quoi celui qu'il appelle son fils deviendra *ngankari* comme lui ; les autres jeunes gens, une fois initiés, auront le droit de chasser seuls sur le territoire redessiné par les Ngaatjatjarra.

Régulièrement, ils brûlent en effet une partie de leurs terres. Depuis le début du temps toujours, quand l'éclair a frappé pour la première fois le sol, après que le fluide subtil a parcouru les nerfs des êtres vivants, le feu est offert aux hommes, qui sculptent le paysage en le brûlant, marquent les limites des sables et des herbes sèches : comme le peintre avec la couleur, à l'aide des flammes ils tracent sur le sol les frontières et les lignes du mouvement de leur pays.

Leurs rivaux qui viennent de l'est ont décidé de redessiner leur ligne de chasse et de cueillette : déjà, quelques foyers d'incendie éclairent les collines sèches, remarque Kamekura. Il faudrait répliquer. Lorsqu'ils parviennent à la lisière orientale, attiré par les flammes en dépit des protestations des jeunes garçons qui l'accompagnent, Kamekura approche un peu trop près.

Comme le rêve, le feu se souvient de lui.

Devant le miroir de l'incendie des hautes herbes, indifférent aux cris de son épouse, Kamekura s'avance encore et croit distinguer dans le feu l'image de ce qui lui manque si cruellement dans cette vie-ci. Bientôt il se trouve encerclé par la danse des flammes qui sifflent comme le serpent.

Et quand il revient à lui, paniqué, il est trop tard. Le feu a refermé ses portes sur lui.

« *Ngankari !* crie son fils épouvanté de l'autre côté du rideau de flammes. Reviens ! »

Vieil homme découragé par sa propre stupidité, Kamekura tombe à genoux : il s'est condamné à une mort certaine en suivant de vaines images qui n'existent que dans son esprit.

Le vieillard accepte de mourir. Que faire d'autre ? De toute sa vie, il n'aura rien compris.

Mais, alors qu'il croit succomber et rejoindre les esprits de ses ancêtres au fond d'un trou d'eau creusé dans le temps, la bête au pelage jaune vif réapparaît, observe un instant le pauvre Ngaatjatjarra à genoux et incline sa gueule aux longs crocs recourbés : Kamekura a l'impression que cet animal féroce s'apprête à le dévorer – en fait il le saisit par une cuisse, le traîne et lui fait traverser la barrière crépitante des flammes, dont il le protège. La créature sent le parfum d'une terre lointaine et de fleurs brûlées – dont Kamekura ignore le nom. Comment donc a-t-il fait pour le sauver ? Et pourquoi ?

Recroquevillé de l'autre côté de l'incendie sur la colline, il rouvre les yeux à quelques pas des siens, qui s'agitent et lèvent en s'encourageant les uns les autres leurs bâtons pointus en direction de cette bête redoutable qui contemple Kamekura avec l'œil ému d'un vieil ami ; soudain, il lui revient le souvenir d'avoir eu d'autres vies, même s'il ignore où, quand et lesquelles.

« Qui es-tu ? »

Celui qu'il appelle son fils projette avec adresse une lance acérée qui vient se planter dans le flanc palpitant de la bête, puis ordonne aux autres Ngaatjatjarra de prendre l'ennemi à revers par la gauche : il espère sauver son père de ce prédateur étranger, venu les attaquer sur leurs terres, qui rouvre la gueule et rugit comme si elle était le roi des animaux – mais pas ici, pas chez nous.

« Arrêtez ! »

En se relevant tant bien que mal, Kamekura leur intime d'arrêter : la bête blessée a déjà fui.

Redevenu leur *ngankari*, Kamekura retient la hargne des apprentis chasseurs, pressés de prouver leur valeur au combat, de poursuivre ce démon à la peau d'or.

« Pourquoi ? Pourquoi nous empêcher de le tuer ? » s'écrie celui qu'il appelle son fils.

« Je crois que je le connais. »

Son esprit est devenu confus ; il ne peut pas en dire plus.

Les larmes aux yeux, celui qu'il appelle son fils frappe du pied dans le sable :

« Tu mens ! »

CERCLE DE LA TRADITION

Les jours passent mais il ne parvient pas à oublier l'apparition.

« Même lorsque tu m'appelles, regrette l'épouse, c'est son nom que tu prononces.

— Quel nom ?

— *Waltaka*, celui que tu appelles « le jaune ». Dans ton sommeil, tu lui parles. Tu étais un sorcier, mais cette chose t'a ensorcelé. » Elle sanglote :

« Tu ne sais plus où tu vas… Tu ne sais plus lire le sol et le passé. L'incendie nous a désorientés. Les collines de l'est sont passées à l'ouest, le sud est au nord, et c'est comme si le soleil et la nuit s'étaient inversés dans ton esprit. »

Depuis plusieurs jours, à cause de lui, les enfants n'ont plus mangé d'acacia ni de larves de miel. Ils ont faim, ils pleurnichent et se roulent sur la terre sèche des brûlis où ils errent.

« Kamekura, reviens…

— Je suis ici.

— Il ne reste que ton apparence. Où est passée ton âme ? » implore son épouse.

Accroupi en position de *ngankari*, celui qu'il appelait son fils essaie d'interpréter des traces à sa place. Il prétend que le vieillard est malade et que l'esprit du crocodile, qui a rampé à travers le territoire ennemi des Nyangaatjatjarra après lui avoir dévoré le foie, a pris possession de son esprit. C'est une fable grossière pour des esprits faibles et Kamekura voudrait en faire la démonstration, mais on ne le laisse pas s'exprimer.

« Tu as été trompé par la bête qui veut nous détruire, envoyée par les Nyangaatjatjarra.

— Tu es tombé amoureux d'elle ! crache son épouse.

— Est-ce que vous vous êtes ligués contre moi ? » murmure Kamekura, fébrile.

Il sent que les jeunes gens qui l'entourent s'approchent de lui à pas comptés.

« Tu n'es plus toi-même ! pleure son épouse. Un démon a pris ta place ! »

Même s'il se débat, ils n'ont aucune peine à l'attraper et à le plaquer au sol, dans la poussière et la cendre. En murmurant quelques formules pour implorer son pardon, celui qu'il appelle son fils lui flanque un coup de calebasse à l'arrière du crâne.

Kamekura s'évanouit.

Une heure plus tard, à la manière du varan, il lève une paupière et regarde tout autour de lui.

Le voilà prisonnier.

Assis au centre d'un cercle magique tracé au sol, Kamekura ne peut plus en sortir.

Dessinée par celui qu'il appelait son fils, la ligne indique au prisonnier les limites de la tradition. Une fois par jour, les femmes viennent le nourrir. Elles déposent quelques graines de céréales par une ouverture pratiquée par celui qu'il appelait son fils dans le cercle ; ensuite, il le refermera avec la pointe d'un bâton d'acacia.

Même les images et les bruits sont arrêtés par la ligne. Au-delà de ce mur immatériel qui le sépare des siens, Kamekura n'entend ni ne voit rien ; il attend son jugement.

Accroupi sur ses talons calleux, Kamekura essaie de deviner le paysage à travers la barrière de l'air. De l'autre côté de la paroi invisible, le désert rouge attend la nuit. Rien n'a changé autour du foyer dont il est désormais exclu. Songeur, Kamekura ne peut s'empêcher de diriger ses pensées vers la bête.

Où et quand l'a-t-il rencontrée ?

« Kamekura ! »

Son épouse lui parle par une fente minuscule qu'elle, l'honorable fille du crocodile, a le pouvoir d'ouvrir dans le cercle de la tradition.

— C'est pour ton bien. Le mauvais sort va partir. Sois patient…

— Laisse-moi sortir… »

Mais déjà l'épouse a refermé l'ouverture et il retombe sur ses vieilles fesses.

Il se demande : qu'est-ce qui demeure du sang coulé quand il a séché ? Quand le soleil a percé la croûte et que la poussière s'en est allée avec le souffle purificateur de l'été, quelques semaines plus tard ; quand les traces de pas des morts ont été effacées après l'hiver, et les traces de ceux qui les avaient connus l'hiver suivant, et la piste de leurs enfants des années plus tard, et ainsi de suite. De ce qui a souffert, il demeure toujours un indice ténu, des témoins, quelques conséquences bonnes ou mauvaises, une voie déviée, un nœud dans les cordages du monde et de ses chemins. À partir de ces nœuds qui s'entremêlent avec le temps, il se tisse une toile nouvelle, sur laquelle les vivants inscrivent leurs traces, suivent leur route, distinguent des camps, s'affrontent et versent le sang, se tordent en croyant se tenir droit, biaisent les sentiers, coupent les voies, le vent et le mouvement, changent l'ordre des trous d'eau, des campements, des sites sacrés, plantent et déracinent les acacias… Tout se tisse et forme une autre toile : de nouveau, une étendue qu'on croit vierge. Voilà la vérité. Depuis des siècles, les ancêtres se souviennent, oublient, se souviennent… Sur la terre ils tissent une toile qui semble le sol aux suivants. Ça s'accumule. Les couches s'enfoncent dans le passé et s'effacent. Il nous reste des traces de traces – et à la fin : rien.

Accroupi, il secoue la tête.

Il voudrait avancer la main dans la nuit, pour toucher la barrière invisible. Mais il a peur.

Kamekura respecte encore sa prison. Il a sommeil, aussi.

Après quelques heures passées à attendre accroupi, il s'endort, chancelle et roule dans la poussière. Sans le vouloir, il a franchi la frontière. Il s'en excuse, se redresse et s'apprête à retourner à l'intérieur… Mais non, il reste dehors. Autour de lui, il observe la nuit, sa famille qui dort, le foyer qui faiblit sous les étoiles claires de l'été. Rien d'autre que cette terre sèche, poussiéreuse, les replis et les méplats des collines, les corps de ses familiers et, à ses pieds, un cercle approximatif, coupé net par l'empreinte de ses pas. Il lève le regard.

Un monde vide de tradition s'ouvre à lui.

Il part.

ARC-EN-CIEL

Aux lisières du territoire Ngaatjatjarra, Kamekura cherche des traces de la bête étrangère.

Sur le chemin il arrache quelques feuilles d'eucalyptus et des baies qu'il frotte, qu'il écrase pour fabriquer des emplâtres posés à la va-vite sur la plante de ses pieds meurtris. Il dort à moitié en marchant, mais il ne perd pas de temps : il sait que les siens le pourchassent sans doute déjà.

Afin de les tromper il marche de côté, escalade des dunes dont il provoque ensuite l'avalanche jusqu'à recouvrir de sable ses empreintes, dessine des cercles et des spirales, joue avec l'esprit des jeunes chasseurs inexpérimentés ; il rit à l'idée de les faire tourner en rond.

Peut-être est-il un élu. Peut-être que le *waltaka* à la crinière couronnée est un signe qui lui a été envoyé : il appartient à une histoire secrète du temps ; il est la fleur d'un arbre qui pousse à travers des générations d'âmes, dont les branches complexes dessinent siècle après siècle la forme de la vérité.

Il se sent exalté – mais peut-être qu'il n'est qu'un imbécile qui a abandonné sa famille pour suivre les traces d'une bête moribonde, dont il est tombé amoureux.

Kamekura imagine des âmes de couleurs, comme un arc-en-ciel, qui partent du passé le plus ancien en direction de l'avenir le plus lointain… Dans sa folie, il croit voir au pied de l'arc-en-ciel des campements de verre, de sable translucide, la lumière du soleil devenue un feu subtil qui court dans les membres de certains êtres de l'avenir marchant plus vite que ne vole un oiseau, la terre ouverte, le fer chauffé formant des concaténations de pièces sculptées par milliers, d'immenses roues dentées, partout du feu liquide et des images de lumière qui clignotent…

Il trébuche, se relève, recouvre de cendre son front dégarni et ses cheveux crépus. Encore ébahi par la vision, il cherche en vain les indices du passage de l'animal – et s'il n'avait jamais existé ?

Parmi les acacias dorés de sa jeunesse, à l'orée du rivage, il trouve une figue mûre : le figuier est plus rachitique que naguère. De saison en saison, le temps change imperceptiblement, les fruits nous sont moins favorables ; mais le doux nectar du *pirpiri* lui remet l'eau à la bouche et il sent dans l'air la bonne odeur de la mer.

Peu à peu la terre rouge perd sa couleur pour se fondre dans le bleu de l'océan. Une langue de sable glisse sous des eaux transparentes et profondes. Quelques nuages voilent le dôme du ciel, obscurcissant la barrière de corail ; comme les éclairs dans le ciel d'orage, de minces filaments blancs vibrent sous la surface des eaux où se reflète le ciel…

Il s'arrête net.

Sur la plage il avise une forme gigantesque qu'il n'avait encore jamais remarquée. Ce n'est pas un animal, ni un rocher déplacé par la tempête.

Mais qu'est-ce que c'est ?

On aurait dit une roche sacrée émergeant du sable depuis quelques jours. La chose immense est en bois et quelqu'un l'a construite avec des doigts de géant et une patience de fourmi. Elle ressemble, en beaucoup plus grand, à ces barques que les hommes du Nord utilisent pour circuler à la surface des eaux, sur la mer qui ne conserve le souvenir de rien, qui va et qui vient au gré des vents. Les Ngaatjatjarra ne sont pas navigateurs, néanmoins ils connaissent certains peuples qui le sont : il a déjà vu des navires.

Cette chose-là, c'est un navire à demi enfoncé dans le sable de la plage. Mais il est si grand !

Des oiseaux volent en cercle et piaillent par-dessus l'épave gigantesque.

Elle a la taille d'un être du rêve, d'un dieu brisé par les vagues et rejeté sur le rivage. C'est une construction étrangère, le cadavre d'au moins une centaine d'arbres taillés, sculptés et assemblés… Qui, pense-t-il à la fois fasciné et effrayé, a la puissance de bâtir une telle œuvre ?

Tout le long de sa coque, il aperçoit des ouvertures d'où sortent des tubes de roche et de fer, comme des langues dans des bouches de démon. Ça sent la mort ou la défaite.

À mesure qu'il approche, Kamekura comprend que ce bateau provient d'un autre continent d'où arriveront tôt ou tard des hommes entreprenants. Il n'est pas certain de savoir s'il faut les espérer ou les craindre. Est-ce pour le prévenir du danger que la bête jaune est venue le voir ? En tout cas, le bateau s'est écrasé et la terre l'a vaincu. De son équipage il ne reste rien ou presque…

Assis à l'ombre du navire échoué, il aperçoit deux hommes : un mort et un vivant.

NOIR GRIS BLANC

Habillé comme l'homme noir coupé en deux dont il avait trouvé la tête au fond du trou d'eau, un homme gris se tient assis les yeux révulsés, après avoir succombé à ses blessures : un gros tube de fer lui était tombé sur les jambes et l'avait empêché de se relever ; il portait une longue barbe, une coiffe de tissu…

À quelques pas de lui est allongé un homme blanc, qui vient à peine de se réveiller.

L'homme blanc arbore un casque brillant ; très pâle de peau, il commence à parler. Il veut se relever, mais doit reprendre son souffle, en poussant de petits cris et en levant un doigt vers le ciel.

Qu'est ce qu'il dit ?

Kamekura vient à son secours – et dès qu'il est près de lui l'homme blanc lui agrippe le poignet, puis plante ses yeux bleus dans les siens : ils dardent de rage. Son regard brûle Kamekura qui veut se dégager. Trop tard, l'homme blanc a brandi une lame aiguisée, de la pointe de laquelle il menace le vieillard, lui intimant avec des gestes de se mettre à genoux.

Mais il profite d'une faiblesse de l'homme blanc pour se défaire de son emprise, et il essaie de courir.

Hélas, Kamekura a de plus en plus mal aux talons et il est ralenti par ses plantes de pied à vif. En se retournant brièvement, il aperçoit derrière lui, à l'ombre de l'épave, l'homme blanc qui a encoché une flèche sur un arc étrange tenu à l'horizontale ; sans tirer lui-même sur la corde, quand l'étranger crie, le mécanisme de l'arc se déclenche avec un bruit qui cingle les airs, résonne contre les parois du navire – et la flèche file tout près de Kamekura, qui tombe à plat ventre dans le sable humide.

Hors d'haleine, il cherche encore des traces de la bête jaune.

Au milieu des rochers humides, il aperçoit une cage rouillée, dont la porte cassée a été ouverte en grand, et il comprend que la bête vient du navire échoué, qui la transportait ; à peine a-t-il le temps de deviner, à demi enterrés dans le sable, le cadavre d'un autre animal fantastique, des pots de terre, de fer aussi, de nombreux instruments dont il ne connaît pas l'usage, qu'il entend l'homme blanc, derrière lui, encocher une nouvelle flèche dans son arc mécanique.

Il l'a pris en chasse.

« Pitié ! »

La flèche vole et se fiche entre ses côtes.

Frappé par la douleur, Kamekura pense : maintenant je suis le serpent, il est le chasseur.

Il fait l'effort de retrouver son souffle, arrache la flèche pour chercher un abri : il n'y en a pas.

Pris de panique, il voudrait prendre ses jambes à son cou, mais la vieillesse attrape fermement ses chevilles et le ralentit… Comme s'il ricanait, le temps sort du sol, de ce sol qu'il a trahi et, en agrippant ses jambes avec des doigts crochus, il enfonce

Kamekura dans le sol. Les poumons percés, ce dernier tâche de reprendre son souffle, mais l'air aussi le punit : il ne croyait plus en son pays, alors le pays lui refuse ce don du ciel.

Débrouille-toi tout seul, murmure sa terre natale. Tu m'as abandonnée.

Et pourtant, Kamekura se souvient encore un peu. Après un gros rocher arrondi qui représente la borne des terres Nyangaatjatjarra, il retrouve un ancien chemin du temps de son oncle et décide d'entraîner l'homme blanc, qui marche derrière lui d'un pas lent mais régulier, sans cesser de l'interpeller dans sa langue incompréhensible, sur cette piste d'antan.

Après une pente de travers où il a été initié jeune homme, il y a ce trou d'eau profond, dont Kamekura espère qu'il existe toujours, au fond duquel il a passé sa première nuit de *ngankari* ; sans prévenir il le contourne alors que l'homme blanc, lui, prend le raccourci : il va tout droit et tombe dans le trou.

Kamekura entend un dernier cri – puis plus rien.

Prudemment, abasourdi par la douleur, il se penche et aperçoit l'homme blanc, tombé la tête la première dans le piège ; il semble mort.

Puis, entendant ronronner derrière lui, il se tourne et découvre à l'ombre de la pente ensablée la bête jaune, qui attend. Elle est blessée, elle aussi – mais Kamekura sourit.

Il ne sait pas depuis combien de temps ni pourquoi il l'a cherchée – mais il a fini par la retrouver.

LA SENSATION D'ÊTRE NÉ

« Je te soignerai », dit Kamekura.

Il lui semble que, plus loin vers l'ouest, là où

vivent les Nyangaatjatjarra qui sont leurs rivaux, pousse une herbe qui fait oublier la douleur et soigne l'entaille des pointes de flèche. C'est l'oncle qui le lui a appris. Donc ils avancent dans cette direction et Kamekura encourage l'animal naufragé, pour qui tout ici est étranger.

Mais la bête prend soin de lui aussi. Elle lui lèche les plaies. Clopin-clopant, tous les deux sortent du territoire rocheux le long de la mer et suivent le paysage des dunes. Sur le chemin ils se parlent sans se comprendre. Kamekura rit, la bête marche péniblement près de lui et le soutient dès qu'il trébuche. Elle saigne encore. Il lui flatte le pelage et ils se reconnaissent, ils se souviennent d'avoir été compagnons : où et quand – il n'en sait rien.

Ça a été un long chemin – il a la sensation d'être né, enfin.

Après avoir fouillé ses poches à la recherche de graines ou de fleurs séchées pour apaiser sa douleur et celle de l'animal, Kamekura a aussi goûté à la nourriture de l'homme blanc, une sorte de viande salée au goût amer ; à présent il a mal à la tête, des visions l'encerclent puis l'envahissent, il ne parvient plus à distinguer son esprit du soleil au-dessus de lui. De l'herbe verte recouvre tout le désert. Plus question de lire les rocs et les trous d'eau : désormais, il y a des sentiers, des routes, des ponts… Il rêve qu'il voit, il voit qu'il rêve, et il a la vision d'un autre pays, loin dans l'avenir ou le passé ; il ne se trouve plus ici ni maintenant.

Par un trou dans l'espace et dans le temps Kamekura découvre une grande construction, encore plus haute que le navire, qui s'appelle une ville, surplombée par une tour, et au milieu il aperçoit un palais peuplé par des foules… Lui, il est devenu une femme, richement vêtue, tandis que la bête est maintenant humaine : ils s'aiment ; d'autres compagnons les ont rejoints.

« Viens, dit Kamekura à l'animal qu'on appelle là-bas un lion. C'est fini. »

Ensemble, ils marchent vers la vision, entrent dans l'image du passé ou de l'avenir et y disparaissent aussitôt.

★

Un groupe de Nyangaatjatjarra était en mouvement depuis l'aurore, et celui qui les orientait les fit passer entre deux dunes qui s'étaient déplacées avec les années. Pour dire « ceci », « cela », quelque chose – quoi que ce soit – les Nyangaatjatjarra disent *Nyangaat*, et c'est à cela qu'on les reconnaît parmi les peuples voisins, particulièrement les Ngaatjatjarra, dont ils se méfient tant.

Celui qui les orientait les arrêta soudain.

« Regardez. »

Dans le sable des ossements découverts par le vent : quelque chose qui provenait du passé. Étonnés, les plus jeunes se penchèrent, accroupis, pardessus ces os mélangés qui leur laissaient deviner une forme de vie inattendue :

« Est-ce qu'il y a un squelette ou est-ce qu'il y en a deux ? » demanda l'un d'entre eux.

La silhouette de ce qui avait été un animal allant à quatre pattes gisait confondue avec celle d'un homme, et leur alliance formait une bête à six pieds, à la fois haute et longue, aux côtes entrecroisées qui blanchissaient sous le soleil de midi.

Ils observèrent alentour : rien.

Après avoir tourné autour des restes, celui qui les orientait dit :

« Une seule âme pour deux corps. »

Il profita de la pause pour donner à boire, dans l'outre en peau de serpent, aux plus jeunes, et pensa à haute voix :

« Ils se sont perdus dans le désert qu'ils ne connaissaient pas, ils ont eu soif, ils ont eu faim, il faisait trop chaud, ils cherchaient l'ombre, ils ont pensé voir quelque chose qui n'existe pas – c'est souvent le cas des Ngaatjatjarra. Qui sait à quoi ils ont cru ? Avec de l'imagination, ils ont dû avoir des visions. Ils se sont arrêtés, peut-être qu'ils se sont sentis soulagés. La mort a approché et ils ont tout oublié. Ils ont même oublié qui ils étaient.

— Mais qu'est-ce que c'est que cette bête ? Et l'autre… C'était un homme ?

— Je ne sais pas. »

Ils étaient morts enlacés et confondus, sans même s'en apercevoir : paix à leur âme.

« Est-ce que je peux essayer de les séparer ? demanda le jeune Nyangaatjatjarra.

— N'y touche pas. »

Et celui qui les orientait prononça quelques formules rituelles, puis regarda l'horizon.

« Laisse-les derrière nous. Allons-y, maintenant.

— Pourquoi ?

— Parce que ça ne s'arrête jamais. »

Et ils reprirent le mouvement.

FIN

ANNEXES

Table des âmes

	BLEU	ROUGE	VERT	JAUNE
1 NAISSANCE DE LA SENSATION	La sensation			
2 LE VER	Une moitié du ver	L'autre moitié du ver		
3 JURAMAIA – LA MÈRE MAMMIFÈRE	La mammifère	Le prédateur	La progéniture	
4 FRONT HAUT	« Moi »	Front Haut	Le premier fils	Le second fils
5 UR – LES JUMEAUX	« Moi », prêtresse d'Eanna	Le roi d'Ur En-men-lu-ana	Le Premier	Le Second, qui devient le Roi
6 NOSTOS – LE RETOUR		L'Aveugle	Les Yeux verts	
7 HULI LIU	Tian-lian-sé (le brigand ?)			Huli Liu (le Roi ?)
8 CRUCIATUR	Jésus	Le vieux larron Mort Kefas	Le jeune larron Moshe le Chieur	Le philosophe Lucius Helvus Tinniter
9 RĀMA	La princesse, dite Rāma, avatar de Viṣṇu	Le Général des Morts, avatar de Kṛṣṇa	Les quatre Śeṣa	L'eunuque, dit Agni, dit le Brûlé
10 SŌSHI-KA			Sōshi-ka	
11 ATTENDS-MON-RETOUR			Kamekura	La bête

Carte des âmes

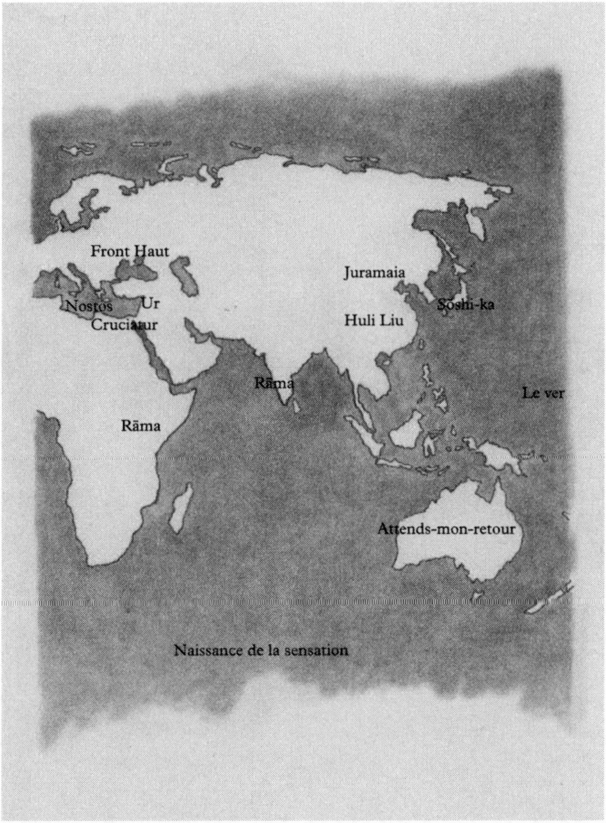

Références

Ceci est une sélection de textes consultés.
Les erreurs historiques n'engagent que l'auteur.

Première histoire
NAISSANCE DE LA SENSATION

Donald M. Broom, *The Evolution of Pain*, Soulsby & Morton, 2001.

Deuxième histoire
LE VER

Brenda Gavilán, Elena Perea-Atienza et Pedro Martínez, « Xenacœlomorpha : A Case of Independent Nervous System Centralization ? », *Philosophical Transactions of the Royal Society of London. Series B, Biological Sciences*, 371, 5 janvier 2016.

Troisième histoire
JURAMAIA – LA MÈRE MAMMIFÈRE

Zhe-Xi Luo, Chong-Xi Yuan, Qing-Jin Meng et Qiang Ji, « A Jurassic Eutherian Mammal and Divergence of Marsupials and Placentals », *Nature*, 476, 25 août 2011.

Quatrième histoire

FRONT HAUT

Marylène Patou-Mathis, *Neanderthal. Une autre humanité*, Perrin, 2009.

Frederick Coolidge et Thomas Wynn, *How to Think Like a Neandertal*, Oxford University Press, 2012.

Martin Kuhlwilm, Sergi Castellano *et alii*, « Ancient Gene Flow from Early Modern Humans into Eastern Neanderthals », *Nature*, 530, 25 février 2016.

Cinquième histoire

UR – LES JUMEAUX

L'Épopée de Gilgameš. Le grand homme qui ne voulait pas mourir, traduction de Jean Bottéro, « L'Aube des peuples », Gallimard, 1992.

Leonard Woolley, *Ur Excavations*, British Museum & Museum of the University of Pennsylvania to Mesopotamia, 1934.

Jean-Jacques Glassner, *Écrire à Sumer. L'invention du cunéiforme*, Éditions du Seuil, 2000.

Pascal Butterlin, *Les temps proto-urbains de Mésopotamie. Contacts et acculturation à l'époque d'Uruk au Moyen-Orient*, Éditions du CNRS, 2003.

Véronique Grandpierre, *Histoire de la Mésopotamie*, « Folio Histoire », Gallimard, 2010.

Sixième histoire

NOSTOS – LE RETOUR

La Bible, traduction de Henri Meschonnic, Desclée de Brouwer, 2001-2008.

Homère, *Odyssée*, traduction de Philippe Jaccottet (1955), La Découverte, 1982.

Robert Drews, *The End of the Bronze Age. Changes in

warfare and the catastrophe Ca. 1200 B.C., Princeton University Press, 1995.
Eric H. Cline, *1177 avant J.-C. Le jour où la civilisation s'est effondrée*, traduction de Philippe Pignard, La Découverte, 2016.

Septième histoire

HULI LIU

Annales du royaume de Lu ou *Printemps et Automnes*, traduction de Séraphin Couvreur, Les Belles Lettres, 1951.
Alain Reynaud, *Une géohistoire. La Chine des Printemps et des Automnes*, « Géographiques », Reclus, 1992.
René Grousset, *Histoire de la Chine* (1942), Payot, 2004.
John Lagerwey (dir.), *Religion et société en Chine ancienne et médiévale*, « Patrimoines-Orient », Éditions du Cerf-Institut Ricci, 2009.

Huitième histoire

CRUCIATUR

Flavius Josèphe, *La guerre des Juifs contre les Romains*, traduction d'André Pelletier, Les Belles Lettres, 1975.
Hermann Broch, *La mort de Virgile* (1945), traduction d'Albert Kohn, « L'Imaginaire », Gallimard, 1980.
Geneviève Rodis-Lewis, *La morale stoïcienne*, PUF, 1970.
Paul Veyne, *La vie privée dans l'Empire romain* (1985), « Points Histoire », Éditions du Seuil, 2015.
Jesus Seminar, *The Five Gospels : The Search for the Authentic Words of Jesus*, Polebridge Press, 1993.

Neuvième histoire

RĀMA

Le Rāmāyana de Vālmīki, « Bibliothèque de la Pléiade », Gallimard, 1999.

Madan Mohan Singh, *Life in North-Eastern India in pre-mauryan Times*, Motilal Banarsidass, 1967.

James McHugh, *Sandalwood and Carrion : smell in indian religion and culture*, Oxford University Press, 2012.

The Periplus of the Erythraean Sea, traduction de George Wynn Brereton Huntingford, Halkuyt Society, 1980.

Karl W. Butzer, « Rise and Fall of Axum, Ethiopia. A geo-archeological interpretation », *American Antiquity*, vol. 46, n° 3, 1981, p. 471-495.

Jean-Pierre Chrétien, *The Great Lakes of Africa. Two thousand years of history*, traduction de Scott Strauss, Zone Books, 2006.

Dixième histoire

SŌSHI-KA

William George Aston, *Nihongi : Chronicles of Japan from the Earliest Times to A.D. 697*, Japan Society of London, 1896.

Onzième histoire

ATTENDS-MON-RETOUR

Laurent Dousset, *À la recherche des Aluridja. Parenté et organisation sociale chez les Ngaatjatjarra du désert de l'Ouest australien*, École des hautes études en sciences sociales, 1999.

Illustrations

PREMIÈRE HISTOIRE

Expérience sur la formation des premières cellules : image par cryomicroscopie électronique de membranes concentriques dans une solution d'acides aminés.

DEUXIÈME HISTOIRE

Vue au microscope d'un ver acœlomorphe. Neochildia fusca © CC.BY. S-A 2.5.

TROISIÈME HISTOIRE

Reconstitution artistique de *Juramaia Sinensis*, illustration © Mark Klinger/Carnegie Museum of Natural History.

QUATRIÈME HISTOIRE

La « vénus de Hohle Fels », entre 35000 et 40000 av. J.-C., musée de la Préhistoire, Blaubeuren. D'après photo © Javier Trueba/MSF/Science Photo Library.

CINQUIÈME HISTOIRE

Figurine de taureau, période des Dynasties archaïques, vers 2500 av. J.-C., alliage de cuivre, British Museum,

Londres. D'après photo © The British Museum, Londres, Dist.RMN-GP/The Trustees of the British Museum.

SIXIÈME HISTOIRE

Détail de la grande fresque de la « Bataille contre les peuples de la mer », 1277 av. J.-C., temple funéraire de Ramsès III, Médinet Habu. D'après photo © Universal History Archive/UIG/Bridgeman Images (détail).

SEPTIÈME HISTOIRE

Portrait d'une dame, d'un phénix et d'un dragon, période des Royaumes combattants, peinture sur soie, musée provincial du Hunan. D'après photo © Photo12/Alamy/The History Collection (détail).

HUITIÈME HISTOIRE

Buste en marbre d'un patricien, période julio-claudienne, Ier siècle av. J.-C., Metropolitan Museum, New York. D'après photo © Metropolitan Museum of Art/CC.1.0.

NEUVIÈME HISTOIRE

Statue de Viṣṇu, période Gupta, Ve siècle ap. J.-C., grès rouge, National Museum, New Delhi. D'après photo © Jen/CC.BY.S-A. 3.0.

DIXIÈME HISTOIRE

Le régent Taishi et ses fils, ère Nara, VIIIe siècle ap. J.-C., collection impériale, Tokyo. D'après photo © Aurimages.

ONZIÈME HISTOIRE

Peinture pariétale aborigène, site du mont Borradaile, Arnhem Land. D'après photo © DEEPOL by Plainpicture/Art Wolfe.

Remerciements

À Agnès Gayraud, qui a vu l'œuvre se faire et qui l'a faite avec moi.

À mes parents, Monique Landry et Denis Seel, Patrick Garcia et Domenica Brassel, qui m'ont raconté toutes les histoires du monde et m'ont patiemment appris à les raconter à mon tour.

Merci pour sa lecture à Flora Katz. Merci pour sa relecture à Mathis Durand.

Merci pour toutes les discussions qui ont nourri ce livre à :

Perrine Bailleux, Vivien Bessières, Mathieu Bonzom, Flore Boudet, Étienne Chambaud, Christophe Charrier, Emanuele Coccia, Bojana Cvejic, Jean-Baptiste Del Amo, Arnaud Despax, Laurent de Sutter, Martin Fortier, Richard Gaitet, Julien Gouarde, Donatien Grau, Alexandre Guirkinger, Léonard Haddad, Sylvia Hansel, D. E. Lucas, Louis Morelle, Vincent Normand, Julien Sirjacq, Hélène Paris, Loïc H. Rechi, Jan Ritsema, Lucie Schmiedlechner, Antoine Seel, Juliette Sol, Xavier Thiry, Louisa Yousfi, Isabelle Bryskier…

Table des matières

Âmes

Histoire de la souffrance

I

Note sur la présente édition 11

AVERTISSEMENT 13

Première histoire. NAISSANCE DE LA SENSATION 15

Deuxième histoire. LE VER 21

Troisième histoire. JURAMAIA – LA MÈRE MAMMIFÈRE 27

Quatrième histoire. FRONT HAUT 39

1 41

2 47

3 62

Cinquième histoire. UR – LES JUMEAUX 67

Ils arrivent sauvages 69

Sous les remparts de la ville 71

La porte de cèdre 72

Devant le temple d'Eanna 75

Il y a un grand taureau sur le marché 76

Moi, prêtresse d'Eanna 79

Le Roi En-men-lu-ana 82

Le Premier et le Second 85

Le sens des rêves et le sens des mots 88

Substitut du Roi 92

Ils échangent leurs destins 94

Et tous les hommes voient le feu 99

Jaloux l'un de l'autre 104
Bois, mon frère 108
Ils reviendront 110

Sixième histoire. NOSTOS – LE RETOUR 115

CHAPITRE 1
Un caillou au début... 117
Un caillou contre deux cailloux 125
Deux cailloux contre un arbre 134

CHAPITRE 2
Un arbre contre une forêt 142
Une forêt contre un radeau 150
Un radeau contre un sac 153

CHAPITRE 3
Un sac d'or contre une petite fortune 158
Une petite fortune contre deux moitiés d'idée 160
Une moitié d'idée contre une moitié de bateau 162
Une moitié d'idée contre dix hommes 164
Dix hommes morts contre une femme vivante 170
Une femme contre un remède à la douleur 176

CHAPITRE 4
Un remède à la douleur contre un bateau entier 188
Un bateau contre... 190
... des cailloux à la fin 195

Septième histoire. HULI LIU 201
1. L'eau endiguée par la terre 203
2. La terre labourée par le bois 213
3. Le bois coupé par le métal 218
4. Le métal fondu par le feu 227
5. Le feu éteint par l'eau 244

Huitième histoire. CRUCIATUR 255
1. *Jubar lucifer*. Avec l'Étoile du matin se réveille le maître 257
2. *Mane*. En assistant, hélas, au châtiment des hommes 274

3. *Meridies*. Profite de la joie tant qu'il y en a 293
4. *Suprema*. Celui qui domine souffre aussi 307
5. *Media nox*. À minuit voici l'homme 320

Neuvième histoire. RĀMA 347
Aśvamedha ou le Livre du sacrifice 349
Ayodhyā ou le Livre de l'espérance 369
Himalaya ou le Livre de l'errance 394
Gaṅgā ou le Livre du fleuve 415
Lankā ou le Livre des illusions 436
Barbaricum ou Le livre de la défaite 452
Ithiyōpiyā ou le Livre de l'exil 471
Aphrīkā ou le Livre de la vie heureuse 489
Dans la bouche de Brahmā 507

Dixième histoire. SŌSHI-KA 517
Je retourne là d'où je viens 519
Bec-de-lièvre 523
Les fougères au bord du chemin 527
La fourmi sur le rocher 531
Citadelle d'hiver 537
Une hirondelle blessée 549
La loi du lieu 555
Jeune et beau renard 558
Torrent d'eau froide 563
Alcool de riz 570
Femmes sans les hommes 575
Comme une sorcière 580
Le linge serré autour de la poitrine 583
À l'ombre d'un grand cerisier tordu 584
Le mont Ikomi ou le mont Shigi 589
Dents de lapin 591
Le noiraud 595
La bataille 600
Fleur de prunier tachée 607
Charrette à moitié vide, à moitié pleine 608
La grotte près du ruisseau 611

Un ragoût écœurant 614
De nouveau les fougères au bord du chemin 616
Derrière les draps tendus 619
Sept ans plus tard. La loi du Bouddha 625

Onzième histoire. ATTENDS-MON-RETOUR 629
Le temps toujours 631
Rêve vert 635
Ngaatjatjarra 639
Le feu se souvient de lui 642
Cercle de la tradition 644
Arc-en-ciel 648
Noir gris blanc 651
La sensation d'être né 653

ANNEXES

Table des âmes 659
Carte des âmes 661
Références 663
Illustrations 667
Remerciements 669

DU MÊME AUTEUR

Aux Éditions Gallimard

LA MEILLEURE PART DES HOMMES, roman (Folio nº 5002).

MÉMOIRES DE LA JUNGLE, roman (Folio nº 5306).

EN L'ABSENCE DE CLASSEMENT FINAL, nouvelles.

FABER. LE DESTRUCTEUR, roman (Folio nº 5913).

7. ROMANS, roman (Folio nº 6331).

ÂMES, HISTOIRE DE LA SOUFFRANCE I, roman (Folio nº 7203).

VIE CONTRE VIE, HISTOIRE DE LA SOUFFRANCE II, roman.

Aux Éditions Denoël

LES CORDELETTES DE BROWSER, roman (Folio nº 5693).

Chez d'autres éditeurs

L'IMAGE, essai, *Éditions Atlande.*

NOUS, ANIMAUX ET HUMAINS, essai, *François Bourin Éditeur.*

FORME ET OBJET : UN TRAITÉ DES CHOSES, essai, *Éditions PUF.*

SIX FEET UNDER : NOS VIES SANS DESTIN, essai, *Éditions PUF.*

CRITIQUE ET RÉMISSION, dans ALGÈBRE DE LA TRAGÉDIE, avec Mehdi Belhaj Kacem, essai, *Éditions Léo Scheer.*

LA VIE INTENSE : UNE OBSESSION MODERNE, essai, *Autrement.*

NOUS, essai, *Grasset.*

KALÉIDOSCOPE I. IMAGES ET IDÉES, essai, *Éditions Léo Scheer.*

KALÉIDOSCOPE II. CE QUI COMMENCE ET CE QUI FINIT, essai, *Éditions Léo Scheer.*

L'ARCHITECTURE DU POSSIBLE, essai, *Éditions PUF.*

LAISSER ÊTRE ET RENDRE PUISSANT, essai, *Éditions PUF.*

COLLECTION FOLIO

Dernières parutions

6921. Jonathan Coe	*Le cœur de l'Angleterre*
6922. Yoann Barbereau	*Dans les geôles de Sibérie*
6923. Raphaël Confiant	*Grand café Martinique*
6924. Jérôme Garcin	*Le dernier hiver du Cid*
6925. Arnaud de La Grange	*Le huitième soir*
6926. Javier Marías	*Berta Isla*
6927. Fiona Mozley	*Elmet*
6928. Philip Pullman	*La Belle Sauvage. La trilogie de la Poussière, I*
6929. Jean-Christophe Rufin	*Les trois femmes du Consul. Les énigmes d'Aurel le Consul*
6930. Collectif	*Haikus de printemps et d'été*
6931. Épicure	*Lettre à Ménécée* et autres textes
6932. Marcel Proust	*Le Mystérieux Correspondant* et autres nouvelles retrouvées
6933. Nelly Alard	*La vie que tu t'étais imaginée*
6934. Sophie Chauveau	*La fabrique des pervers*
6935. Cecil Scott Forester	*L'heureux retour*
6936. Cecil Scott Forester	*Un vaisseau de ligne*
6937. Cecil Scott Forester	*Pavillon haut*
6938. Pam Jenoff	*La parade des enfants perdus*
6939. Maylis de Kerangal	*Ni fleurs ni couronnes* suivi de *Sous la cendre*
6940. Michèle Lesbre	*Rendez-vous à Parme*
6941. Akira Mizubayashi	*Âme brisée*
6942. Arto Paasilinna	*Adam & Eve*
6943. Leïla Slimani	*Le pays des autres*
6944. Zadie Smith	*Indices*
6945. Cesare Pavese	*La plage*
6946. Rabindranath Tagore	*À quatre voix*

6947. Jean de La Fontaine — *Les Amours de Psyché et de Cupidon* précédé d'*Adonis* et du *Songe de Vaux*
6948. Bartabas — *D'un cheval l'autre*
6949. Tonino Benacquista — *Toutes les histoires d'amour ont été racontées, sauf une*
6950. François Cavanna — *Crève, Ducon !*
6951. René Frégni — *Dernier arrêt avant l'automne*
6952. Violaine Huisman — *Rose désert*
6953. Alexandre Labruffe — *Chroniques d'une station-service*
6954. Franck Maubert — *Avec Bacon*
6955. Claire Messud — *Avant le bouleversement du monde*
6956. Olivier Rolin — *Extérieur monde*
6957. Karina Sainz Borgo — *La fille de l'Espagnole*
6958. Julie Wolkenstein — *Et toujours en été*
6959. James Fenimore Cooper — *Le Corsaire Rouge*
6960. Jean-Baptiste Andrea — *Cent millions d'années et un jour*
6961. Nino Haratischwili — *La huitième vie*
6962. Fabrice Humbert — *Le monde n'existe pas*
6963. Karl Ove Knausgaard — *Fin de combat. Mon combat - Livre VI*
6964. Rebecca Lighieri — *Il est des hommes qui se perdront toujours*
6965. Ian McEwan — *Une machine comme moi*
6966. Alexandre Postel — *Un automne de Flaubert*
6967. Anne Serre — *Au cœur d'un été tout en or*
6968. Sylvain Tesson — *La panthère des neiges*
6969. Maurice Leblanc — *Arsène Lupin, gentleman-cambrioleur*
6970. Nathacha Appanah — *Le ciel par-dessus le toit*
6971. Pierre Assouline — *Tu seras un homme, mon fils*
6972. Maylis Besserie — *Le tiers temps*
6973. Marie Darrieussecq — *La mer à l'envers*
6974. Marie Gauthier — *Court vêtue*
6975. Iegor Gran — *Les services compétents*
6976. Patrick Modiano — *Encre sympathique*

6977.	Christophe Ono-dit-Biot et Adel Abdessemed	*Nuit espagnole*
6978.	Regina Porter	*Ce que l'on sème*
6979.	Yasmina Reza	*Anne-Marie la beauté*
6980.	Anne Sinclair	*La rafle des notables*
6981.	Maurice Leblanc	*Arsène Lupin contre Herlock Sholmès*
6982.	George Orwell	*La Ferme des animaux*
6983.	Jean-Pierre Siméon	*Petit éloge de la poésie*
6984.	Amos Oz	*Ne dis pas la nuit*
6985.	Belinda Cannone	*Petit éloge de l'embrassement*
6986.	Christian Bobin	*Pierre,*
6987.	Claire Castillon	*Marche blanche*
6988.	Christelle Dabos	*La Passe-miroir, Livre IV. La tempête des échos*
6989.	Hans Fallada	*Le cauchemar*
6990.	Pauline Guéna	*18.3. Une année à la PJ*
6991.	Anna Hope	*Nos espérances*
6992.	Elizabeth Jane Howard	*Étés anglais. La saga des Cazalet I*
6993.	J.M.G. Le Clézio	*Alma*
6994.	Irène Némirovsky	*L'ennemie*
6995.	Marc Pautrel	*L'éternel printemps*
6996.	Lucie Rico	*Le chant du poulet sous vide*
6997.	Abdourahman A. Waberi	*Pourquoi tu danses quand tu marches ?*
6998.	Sei Shônagon	*Choses qui rendent heureux* et autres notes de chevet
6999.	Paul Valéry	*L'homme et la coquille* et autres textes
7000.	Tracy Chevalier	*La brodeuse de Winchester*
7001.	Collectif	*Contes du Chat noir*
7002.	Edmond et Jules de Goncourt	*Journal*
7003.	Collectif	*À nous la Terre !*
7004.	Dave Eggers	*Le moine de Moka*
7005.	Alain Finkielkraut	*À la première personne*
7007.	C. E. Morgan	*Tous les vivants*

7008.	Jean d'Ormesson	*Un hosanna sans fin*
7009.	Amos Oz	*Connaître une femme*
7010.	Olivia Rosenthal	*Éloge des bâtards*
7011.	Collectif	*Écrire Marseille.* 15 grands auteurs célèbrent la cité phocéenne
7012.	Fédor Dostoïevski	*Les Nuits blanches*
7013.	Marguerite Abouet et Clément Oubrerie	*Aya de Yopougon 5*
7014.	Marguerite Abouet et Clément Oubrerie	*Aya de Yopougon 6*
7015.	Élisa Shua Dusapin	*Vladivostok Circus*
7016.	David Foenkinos	*La famille Martin*
7017.	Pierre Jourde	*Pays perdu*
7018.	Patrick Lapeyre	*Paula ou personne*
7019.	Albane Linÿer	*J'ai des idées pour détruire ton ego*
7020.	Marie Nimier	*Le Palais des Orties*
7021.	Daniel Pennac	*La loi du rêveur*
7022.	Philip Pullman	*La Communauté des esprits. La trilogie de la Poussière II*
7023.	Robert Seethaler	*Le Champ*
7024.	Jón Kalman Stefánsson	*Lumière d'été, puis vient la nuit*
7025.	Gabrielle Filteau-Chiba	*Encabanée*
7026.	George Orwell	*Pourquoi j'écris* et autres textes politiques
7027.	Ivan Tourguéniev	*Le Journal d'un homme de trop*
7028.	Henry Céard	*Une belle journée*
7029.	Mohammed Aïssaoui	*Les funambules*
7030.	Julian Barnes	*L'homme en rouge*
7031.	Gaëlle Bélem	*Un monstre est là, derrière la porte*
7032.	Olivier Chantraine	*De beaux restes*
7033.	Elena Ferrante	*La vie mensongère des adultes*
7034.	Marie-Hélène Lafon	*Histoire du fils*
7035.	Marie-Hélène Lafon	*Mo*

7036.	Carole Martinez	*Les roses fauves*
7037.	Laurine Roux	*Le Sanctuaire*
7038.	Dai Sijie	*Les caves du Potala*
7039.	Adèle Van Reeth	*La vie ordinaire*
7040.	Antoine Wauters	*Nos mères*
7041.	Alain	*Connais-toi* et autres fragments
7042.	Françoise de Graffigny	*Lettres d'une Péruvienne*
7043.	Antoine de Saint-Exupéry	*Lettres à l'inconnue* suivi de *Choix de lettres dessinées*
7044.	Pauline Baer de Perignon	*La collection disparue*
7045.	Collectif	*Le Cantique des cantiques. L'Ecclésiaste*
7046.	Jessie Burton	*Les secrets de ma mère*
7047.	Stéphanie Coste	*Le passeur*
7048.	Carole Fives	*Térébenthine*
7049.	Luc-Michel Fouassier	*Les pantoufles*
7050.	Franz-Olivier Giesbert	*Dernier été*
7051.	Julia Kerninon	*Liv Maria*
7052.	Bruno Le Maire	*L'ange et la bête. Mémoires provisoires*
7053.	Philippe Sollers	*Légende*
7054.	Mamen Sánchez	*La gitane aux yeux bleus*
7055.	Jean-Marie Rouart	*La construction d'un coupable.* À paraître
7056.	Laurence Sterne	*Voyage sentimental en France et en Italie*
7057.	Nicolas de Condorcet	*Conseils à sa fille* et autres textes
7058.	Jack Kerouac	*La grande traversée de l'Ouest en bus* et autres textes beat
7059.	Albert Camus	*« Cher Monsieur Germain,... »* Lettres et extraits
7060.	Philippe Sollers	*Agent secret*
7061.	Jacky Durand	*Marguerite*
7062.	Gianfranco Calligarich	*Le dernier été en ville*

7063. Iliana Holguín Teodorescu — *Aller avec la chance*
7064. Tommaso Melilli — *L'écume des pâtes*
7065. John Muir — *Un été dans la Sierra*
7066. Patrice Jean — *La poursuite de l'idéal*
7067. Laura Kasischke — *Un oiseau blanc dans le blizzard*
7068. Scholastique Mukasonga — *Kibogo est monté au ciel*
7069. Éric Reinhardt — *Comédies françaises*
7070. Jean Rolin — *Le pont de Bezons*
7071. Jean-Christophe Rufin — *Le flambeur de la Caspienne. Les énigmes d'Aurel le Consul*
7072. Agathe Saint-Maur — *De sel et de fumée*
7073. Leïla Slimani — *Le parfum des fleurs la nuit*
7074. Bénédicte Belpois — *Saint Jacques*
7075. Jean-Philippe Blondel — *Un si petit monde*
7076. Caterina Bonvicini — *Les femmes de*
7077. Olivier Bourdeaut — *Florida*
7078. Anna Burns — *Milkman*
7079. Fabrice Caro — *Broadway*
7080. Cecil Scott Forester — *Le seigneur de la mer. Capitaine Hornblower*
7081. Cecil Scott Forester — *Lord Hornblower. Capitaine Hornblower*
7082. Camille Laurens — *Fille*
7083. Étienne de Montety — *La grande épreuve*
7084. Thomas Snégaroff — *Putzi. Le pianiste d'Hitler*
7085. Gilbert Sinoué — *L'île du Couchant*
7086. Federico García Lorca — *Aube d'été* et autres impressions et paysages
7087. Franz Kafka — *Blumfeld, un célibataire plus très jeune* et autres textes
7088. Georges Navel — *En faisant les foins* et autres travaux
7089. Robert Louis Stevenson — *Voyage avec un âne dans les Cévennes*

7090.	H. G. Wells	*L'Homme invisible*
7091.	Simone de Beauvoir	*La longue marche*
7092.	Tahar Ben Jelloun	*Le miel et l'amertume*
7093.	Shane Haddad	*Toni tout court*
7094.	Jean Hatzfeld	*Là où tout se tait*
7095.	Nathalie Kuperman	*On était des poissons*
7096.	Hervé Le Tellier	*L'anomalie*
7097.	Pascal Quignard	*L'homme aux trois lettres*
7098.	Marie Sizun	*La maison de Bretagne*
7099.	Bruno de Stabenrath	*L'ami impossible. Une jeunesse avec Xavier Dupont de Ligonnès*
7100.	Pajtim Statovci	*La traversée*
7101.	Graham Swift	*Le grand jeu*
7102.	Charles Dickens	*L'Ami commun*
7103.	Pierric Bailly	*Le roman de Jim*
7104.	François Bégaudeau	*Un enlèvement*
7105.	Rachel Cusk	*Contour. Contour – Transit – Kudos*
7106.	Éric Fottorino	*Marina A*
7107.	Roy Jacobsen	*Les yeux du Rigel*
7108.	Maria Pourchet	*Avancer*
7109.	Sylvain Prudhomme	*Les orages*
7110.	Ruta Sepetys	*Hôtel Castellana*
7111.	Delphine de Vigan	*Les enfants sont rois*
7112.	Ocean Vuong	*Un bref instant de splendeur*
7113.	Huysmans	*À Rebours*
7114.	Abigail Assor	*Aussi riche que le roi*
7115.	Aurélien Bellanger	*Téléréalité*
7116.	Emmanuel Carrère	*Yoga*
7117.	Thierry Laget	*Proust, prix Goncourt. Une émeute littéraire*
7118.	Marie NDiaye	*La vengeance m'appartient*
7119.	Pierre Nora	*Jeunesse*
7120.	Julie Otsuka	*Certaines n'avaient jamais vu la mer*
7121.	Yasmina Reza	*Serge*

*Tous les papiers utilisés pour le-s ouvrages
des collections Folio sont certifiés
et proviennent de forêts gérées durablement.*

*Composition Nord Compo
Impression Grafica Veneta
à Trebaseleghe, le 06 mars 2023
Dépôt légal : mars 2023*

ISBN 978-2-07-300566-3 / Imprimé en Italie

553778